LA DERNIÈRE TRACE

DU MÊME AUTEUR
CHEZ LE MÊME ÉDITEUR

La Maison des sœurs
Les Roses de Guernesey
Le Sceau du secret
Illusions mortelles
L'Invité de la dernière heure
Le Poids du passé
Le Soupirant

Charlotte Link

LA DERNIÈRE TRACE

Roman

Traduit de l'allemand
par Danièle Darneau

PRESSES DE LA CITÉ

Titre original : *Die letzte Spur*

ISBN 978-2-258-07990-8

Novembre 2002

Il allait neiger pendant le week-end, selon les prévisions de la météo. Le froid glacial de cet après-midi de novembre, accompagné d'une bise du nord-est qui mettait les larmes aux yeux et le feu aux joues, semblait lui donner raison. Une obscurité hivernale précoce était en train de s'installer : alors que le jour n'avait pas véritablement réussi à percer, le crépuscule paraissait déjà là, prêt à faire la jonction avec la nuit.

La jeune femme était dans un état pitoyable, grelottante, les joues marbrées, les bras serrés autour du torse comme si le froid cruel qui régnait dehors sévissait aussi à l'intérieur. Pourtant, la petite antichambre de l'institut médico-légal était chauffée. L'inspecteur Fielder et sa collaboratrice, le sergent Christy McMarrow, y avaient fait entrer la visiteuse une fois qu'elle avait identifié le corps de l'inconnue de l'Epping Forest.

Elle n'avait jeté qu'un bref coup d'œil au visage cireux de la morte, puis s'était très vite détournée en réprimant un hoquet. Et encore, elle n'avait rien vu du corps martyrisé !

Si on le lui avait montré, se dit Fielder, elle serait certainement tombée dans les pommes.

Il lui avait fallu quelques instants pour se reprendre avant qu'elle puisse articuler :

« C'est elle. C'est Jane. Jane French. »

Dans l'antichambre, elle demanda une cigarette. Lorsqu'il lui donna du feu, Fielder constata que les mains de la jeune femme tremblaient violemment. Ce n'était pas seulement à cause de l'épreuve qu'elle était en train de subir. C'était une toxicomane, ça sautait aux yeux. Doublée d'une prostituée, à en croire sa tenue : avec une jupe aussi courte et des bas noirs aussi fins, autant se promener sans rien ! Cette quasi-nudité était agrémentée de bottes à talons hauts, d'un blouson en tissu métallisé, largement ouvert, de manière à exposer avantageusement une poitrine opulente. Elle devait avoir un peu plus de vingt ans.

— Donc, mademoiselle Kearns, dit-il, délibérément professionnel et froid pour permettre à la fille de se ressaisir, vous êtes tout à fait sûre que cette morte est une certaine... Jane French ?

La jeune femme tira avec avidité sur sa cigarette en confirmant d'un signe de tête.

— Absolument. C'est elle. Je l'ai reconnue tout de suite. Elle a... disons, un peu changé, mais je suis sûre que c'est elle.

— Elle a passé presque une semaine dans la forêt avant que son corps soit découvert. Ça signifie qu'elle a été assassinée aux alentours du 10 novembre.

— Assassinée... Vous en êtes certain ?

— Hélas, oui. Compte tenu de la nature de ses blessures et du fait qu'on l'a retrouvée attachée, c'est la conclusion qui s'impose.

— Quelle merde ! lâcha son interlocutrice.

Elle s'était présentée le matin même, alors que la police avait pratiquement abandonné tout espoir de recueillir le moindre renseignement sur l'identité de la morte de l'Epping Forest. Depuis la découverte du cadavre par des promeneurs près de quinze jours auparavant, l'enquête piétinait. Devant la cruauté avec laquelle la victime avait été torturée avant d'être assassinée, les policiers eux-mêmes étaient restés sans voix.

« Un psychopathe », avait fini par déclarer l'un d'eux.

Tous avaient hoché la tête.

La pauvre fille avait dû tomber entre les mains d'un fou furieux.

D'après ses vêtements – ce qu'il en restait –, il s'agissait d'une prostituée, ce qui semblait indiquer qu'elle était montée dans la voiture du mauvais client. Ce genre d'affaire n'était malheureusement pas exceptionnel, même si, malgré tout, une telle barbarie était chose rare. Mais la ville regorgeait de pervers en tout genre, et le trottoir était leur terrain de chasse de prédilection. Les cinglés ne portaient pas obligatoirement les signes de leur déviance sur le visage. Certains avaient même la tête du gendre idéal.

La morte n'avait pas de papiers sur elle et son signalement ne correspondait à aucun avis de recherche. Sa photo avait été publiée dans la presse, sans résultat, jusqu'à l'entrée en scène de Lil Kearns :

la fille de la photo était, selon elle, son ancienne compagne de chambre.

— Début mars, elle s'est tirée sans prévenir et elle est plus jamais revenue. Et puis je l'ai vue dans le journal.

Fielder lui demanda pourquoi elle n'avait pas signalé la disparition de son amie et n'obtint qu'un haussement d'épaules en réponse. Il n'avait pas besoin qu'on lui fasse un dessin. Une fille comme Lil Kearns évitait la police comme la peste. Toxicomane, elle était automatiquement impliquée dans des affaires illicites, ou, en tout cas, comptait parmi ses connaissances un certain nombre de délinquants. Elle n'allait pas se jeter de gaieté de cœur dans la gueule du loup !

Elle affirmait être tout récemment tombée sur la photo de son amie, dans un vieux numéro, mais l'inspecteur Fielder la soupçonnait d'être au courant depuis plus longtemps. Simplement, il lui avait fallu du temps pour se décider à aller trouver la police.

Malheureusement, cette Lil Kearns n'avait pas grand-chose à dire. Tirant sur sa cigarette et se balançant nerveusement sur ses talons qui menaçaient de céder, elle débita ce qu'elle savait :

— Jane vient de Manchester. Je crois qu'elle a plus que sa mère. Elle est arrivée à Londres y a trois ans. Elle voulait faire carrière…

Elle cracha ce dernier mot comme s'il s'agissait d'une grossièreté.

— Bon, entre nous, ça veut dire qu'elle voulait rencontrer un mec. N'importe qui, juste un type qui l'épouse pour qu'elle s'en sorte. Elle a bossé un peu ici ou là… je sais pas quoi exactement. Elle a fini par atterrir sur le trottoir, parce qu'il faut bien bouffer, hein ? Seulement, c'était mon trottoir, alors je lui ai dit de s'barrer de mon trottoir.

— C'était quand ? intervint Christy McMarrow.

— Y a à peu près un an de ça. Et puis elle m'a fait pitié. Je lui ai proposé de venir s'installer chez moi. On s'est mises à bosser ensemble.

— Pour qui ?

Lil décocha un regard furieux à Christy.

— Pour personne ! Je suis pas du genre à filer mon pognon à un enfoiré de souteneur. On était indépendantes, nous deux.

— Et elle a disparu au mois de mars qui a suivi ?

— Oui. Un jour, elle est pas rentrée, et je l'ai plus jamais revue.

Elle jeta son mégot sur le lino et l'écrasa du talon.

— Mais elle est pas morte depuis le mois de mars, si ? poursuivit-elle.

— Non, répondit Fielder. Comme je vous l'ai dit, cela ne fait pas plus de trois semaines.

— Bizarre. Elle était passée où pendant tout ce temps-là ?

L'inspecteur Fielder aurait bien aimé le savoir.

— Elle avait des amis ? Des connaissances ? Quelqu'un avec qui elle était en contact ?

— Pas que je sache. Mais, un jour, j'ai cru...

Elle s'interrompit.

— Oui ? insista l'inspecteur.

— Ça devait être en janvier, par là. Je lui ai demandé si elle n'avait pas rencontré un mec. Parce que, d'un coup, elle s'est sapée avec des super fringues.

— Qu'entendez-vous par des « super fringues » ?

Elle eut un vague sourire.

— Ben... bon, c'était encore sa tenue de travail, vous voyez ce que je veux dire. Mais ces fringues-là, c'était plutôt du haut de gamme, de la qualité. Comme si elle s'était mise à avoir de la tune.

— Et selon vous, elle ne payait pas ces achats avec l'argent qu'elle gagnait ?

— Non. Je voyais bien combien elle se faisait, y avait pas moyen, ça pouvait pas le faire.

— Vous voulez dire qu'elle avait un ami qui lui faisait des cadeaux ?

— C'est ce que j'ai pensé. Mais elle a dit que non. J'ai pas posé d'autres questions, c'était pas mon problème.

Fielder soupira. La morte avait à présent une identité, malheureusement tout semblait indiquer que leurs progrès s'arrêteraient là. Lil Kearns menait un combat si acharné pour sa survie qu'elle ne pouvait s'intéresser à sa colocataire que de loin. Le sort des autres ne la concernait pas, sauf s'ils finançaient sa dose suivante.

— Vous nous avez bien aidés, mademoiselle Kearns, dit-il cependant. Merci beaucoup d'être venue.

— Ben oui... parce que... C'est vraiment moche, pour Jane.

Elle repoussa une mèche de cheveux sur son front brillant de sueur. La vue du cadavre l'avait visiblement perturbée.

L'inspecteur sortit ses clés de voiture de sa poche.

— Venez, dit-il, je vous ramène chez vous.

— Sérieux ? Ah ça, c'est sympa, le remercia Lil.

Il pourrait ainsi jeter un coup d'œil dans la chambre où Jane French avait vécu jusqu'à sa disparition. Mais sans doute cela ne lui servirait-il pas à grand-chose.

Sa longue expérience lui disait que l'enquête sur l'affaire Jane French se solderait par un échec. Car l'environnement social dans lequel avait évolué la jeune femme rendait les choses très compliquées.

Et il semblait n'y avoir aucun témoin.

Si, malgré tout, quelqu'un possédait un élément quelconque concernant les derniers instants de la victime, il y avait de fortes chances pour qu'il vienne du même milieu qu'elle. Un milieu où on gardait ses informations pour soi. Soit parce qu'on était délinquant, soit par peur des représailles.

Par conséquent, inutile de se bercer d'illusions. Aucun témoin ne se manifesterait.

L'inspecteur Fielder se l'avoua à contrecœur, mais tout indiquait que l'assassinat de Jane French resterait impuni.

Vendredi 10 janvier 2003

Pourquoi, bon sang, n'avait-elle pas fait comme prévu ?

Elaine se fit la réflexion que si elle avait pris le premier avion du matin pour Málaga, elle serait déjà arrivée à destination. A Gibraltar. Là-bas, dans cette enclave britannique nichée à la pointe sud de la péninsule Ibérique, le temps n'avait certainement rien à voir avec celui de Londres, où le brouillard refusait de se lever, de plus en plus épais au fil des heures.

En cet instant même, à Gibraltar, le soleil devait être en train de disparaître en rougeoyant sur le ciel bleu pastel, plongeant dans une mer bleu marine alors que s'allumaient les premières étoiles.

Elle ratait ce spectacle parce que Geoff avait piqué une crise la veille et l'avait empêchée de prendre le premier vol. Pourtant, elle avait fait en sorte que l'infirmière engagée pour trois jours lui prépare son petit déjeuner. La brave femme lui avait promis d'être ponctuelle en affirmant :

« Ne vous inquiétez pas, mademoiselle Dawson, vous pouvez partir tranquille. On va le chouchouter, ce petit. »

A dire vrai, Elaine s'attendait à la réaction de Geoff. Quand elle lui avait annoncé son intention d'aller passer trois jours à Gibraltar, il avait pris la chose bien trop calmement. Certes, il n'avait pas sauté de joie, mais il avait fait montre d'une certaine maturité :

« Oui, oui, vas-y, l'avait-il encouragée, ça te changera les idées. Evidemment, ça m'embête un peu, mais avec tout ce que tu fais pour moi, je ne vais pas être égoïste ! Tu as besoin de souffler un peu.

— Je ne saisis pas très bien pourquoi Rosanna m'a invitée... avait-elle murmuré, songeuse. Nous n'avons jamais eu beaucoup de contacts. On ne peut pas dire que nous soyons amies... »

Geoff lui avait alors fait comprendre qu'il considérait ce voyage comme superflu.

« C'est toi qui vois, Elaine. A mon avis, c'est par pure charité. Je parie que c'est sa mère qui l'a convaincue. Tu sais bien qu'elle a toujours eu un côté dame patronnesse... "Il faut qu'on fasse quelque chose pour cette pauvre petite Elaine." Et Rosanna a dû pousser un gros soupir en acquiesçant. Enfin... »

Il s'était tu, mais son silence était éloquent : Si ça te fait plaisir quand même...

Non, ça ne me fait pas particulièrement plaisir, se dit-elle en scrutant le panneau lumineux qui lui signalait que son vol pour l'Espagne était annulé, comme tous ceux en partance de Heathrow en cette fin d'après-midi de janvier, mais j'y ai vu un moyen de peut-être changer les choses. Une chance que m'accordait le destin.

Les comptoirs étaient pris d'assaut par des voyageurs énervés, pressés de connaître la suite des événements. Le personnel, dépassé, s'efforçait de conserver son calme et de répondre aux questions. Une chose était néanmoins sûre : aucun avion ne décollerait de Heathrow avant le lendemain.

Elaine réussit à aborder une employée de la British Airways.

— Excusez-moi... je dois absolument partir pour Málaga ce soir.

Son interlocutrice sourit, professionnelle et indifférente.

— Je suis désolée. Nous ne pouvons rien faire dans ce brouillard. C'est trop dangereux.

— Oui, mais...

Tout en elle s'insurgeait. C'était la première fois en vingt-trois ans d'existence qu'elle quittait le trou perdu où elle était née, qu'elle avait l'occasion de voyager, de respirer un peu, de s'évader de la routine mortelle du quotidien. Et voilà que tout s'écroulait par la faute du brouillard.

Sentant les larmes monter, elle tenta désespérément de les retenir.

— J'avais l'intention de partir ce matin, expliqua-t-elle, consciente de l'inanité de ses propos, mais j'ai changé mon billet...

— Ah, c'est bien dommage, répliqua l'employée, parce que ce matin il n'y avait pas de problème.

En effet, c'était dommage. Mais, la veille, Geoff avait craqué. Pendant le dîner, il s'était contenté de picorer, puis avait soudain posé ses couverts et s'était mis à pleurer à chaudes larmes, en s'excusant entre deux sanglots.

« Pardon, répétait-il, pardon, ne fais pas attention !

— Mais, Geoff, ne pleure pas ! C'est à cause de moi ? C'est parce que je pars à Gibraltar ? »

Une pure question de rhétorique. Ça ne pouvait être que ça.

Curieusement, la discussion qui avait suivi n'avait concerné que l'heure de son départ, et non pas le voyage lui-même.

« Si au moins tu étais là pour le petit déjeuner ! Est-ce que tu es obligée de partir si tôt ? De me laisser avec cette bonne femme que je ne connais pas ?

— Bon, il y a peut-être un vol plus tard, avait-elle concédé à contrecœur. Le mariage n'a lieu que samedi... »

Il avait aussitôt saisi la balle au bond.

« Tu ferais ça ? Tu partirais l'après-midi seulement ? Oh, Elaine, ce serait tellement plus facile pour moi ! »

Plus facile ? Pour quelques heures... Le petit déjeuner... Mais il y avait belle lurette qu'elle s'était accoutumée au comportement de Geoff. Irrationnel. Incompréhensible. De quoi y perdre son latin. Enfin, il était comme ça, espérer un changement était illusoire.

— Qu'est-ce que je peux faire ? insista-t-elle auprès de l'employée. Est-ce que vous pensez qu'un autre aéroport... ? Gatwick ? Stansted ? Vous croyez qu'il y a une possibilité ?

— Non, ils ont les mêmes problèmes que nous.

— Oui, mais...

— Vous habitez à Londres ?

— Non, à Kingston St. Mary. Dans le Somerset, se hâta-t-elle de préciser. Malheureusement, ce n'est pas la porte à côté.

Elle se retint d'ajouter un commentaire sur les transports en remarquant que son interlocutrice avait perdu son sourire professionnel et hésitait entre l'énervement et l'exaspération.

— A votre place, je me dépêcherais de chercher une chambre d'hôtel. Il y a tellement de gens bloqués ici que ça ne va pas être facile pour ce soir. Ou alors, essayez de vous dénicher une place dans une salle d'attente pour y passer la nuit.

— Vous pensez que les avions décolleront demain matin ?

L'employée, qui s'était déjà éloignée de quelques pas, consentit à répondre avec un haussement d'épaules :

— Ce n'est pas garanti. Mais c'est possible !

Une passagère qui avait suivi leur conversation s'écria, indignée, qu'il était intolérable que personne ne fasse rien.

Elaine regarda autour d'elle. C'était la première fois de sa vie qu'elle se trouvait au milieu d'une foule aussi dense. Comment « faire quelque chose » dans un tohu-bohu pareil ? L'employée lui avait donné le seul conseil réaliste. Le mieux était de se chercher une place à peu près confortable pour la nuit.

Au bord des larmes, elle resta plusieurs minutes les bras ballants au milieu du chaos, incapable de réagir. Le brouhaha des voix la submergeait, véritable ouragan amplifié par le vacarme des haut-parleurs qui débitaient leurs annonces. Des voyageurs couraient en tous sens, la bousculant au passage comme si elle était invisible dans son manteau marron élimé, lequel manquait déjà d'élégance au moment de son achat. La valise à ses pieds, elle agrippait d'une main son sac en simili, une contrefaçon qui avait coûté dix livres chez Woolworth, et, dans l'autre, serrait son passeport au fond de sa poche. Prêt à être montré… ce qui n'aurait pas lieu dans l'immédiat.

Il faut que je réfléchisse à ce que je vais faire, se dit-elle enfin.

Elle avait été inconséquente en achetant une robe hors de prix pour le mariage de Rosanna. D'ordinaire, elle surveillait scrupuleusement ses dépenses, car son salaire de réceptionniste à mi-temps dans un cabinet médical de Taunton ne l'autorisait pas à faire des folies. Geoffrey percevait une petite allocation, grâce à laquelle ils s'en sortaient tant bien que mal. C'était un peu juste, mais Elaine réussissait malgré tout à mettre un peu d'argent de côté pour les imprévus. Par imprévus, elle entendait les véritables cas d'urgence. Les belles robes et les voyages à Gibraltar n'entraient pas dans cette catégorie. Or, brusquement, elle avait été saisie d'un accès de déraison : Pourquoi pas ? Moi aussi, j'ai le droit de me faire plaisir ! Une belle robe, une belle fête ! Sois donc… déraisonnable pour une fois.

C'était un droit qu'elle ne s'octroyait pas souvent. Son rôle de garde-malade ne lui permettait pas de jouer les écervelées. Son frère lui-même, depuis qu'il était en fauteuil roulant, ne lui laissait aucune latitude.

Geoffrey était une pieuvre munie de tentacules puissants avec lesquels il la tenait prisonnière. Il enfermait ainsi tout ce qui lui restait : sa sœur. Jamais il ne la lâcherait.

Et voilà que le destin s'en mêlait à son tour. A l'instant où elle s'apprêtait à s'engouffrer dans cette brèche qui s'était enfin ouverte, toutes les puissances se liguaient contre elle. J'imagine d'ici la tête que j'aurai après une nuit assise dans une salle d'embarquement ! se dit-elle. Avec un peu de chance, elle aurait un avion le lendemain matin, mais quant à passer à son hôtel... Elle serait obligée de se changer dans les toilettes de l'aéroport de Málaga. La probabilité de pouvoir prendre une douche ou au moins se laver les cheveux et se faire un brushing était nulle. Sa robe serait toute chiffonnée. Elle arriverait à l'église à la dernière minute, épuisée et échevelée. Et pendant toute la fête, elle se dirait : « Tu es immonde. » Au bout d'un moment, elle finirait par ne penser qu'à une chose : l'heure du départ.

Elle avait agi à la légère et s'était imaginé qu'elle avait le droit de profiter un peu de la vie. Le retour de manivelle n'avait pas tardé.

En fin de compte, elle donnerait d'elle-même l'image habituelle. Rien n'avait changé, tous le constateraient : Rosanna, ses parents, son frère, des gens qui la connaissaient depuis qu'elle était née, qui l'avaient vue grandir, qui ne savaient que trop bien qu'elle n'avait jamais connu que le côté sombre de la vie. Qu'avait dit Geoffrey, l'autre soir ? *Il faut qu'on fasse quelque chose pour cette pauvre petite Elaine.*

La petite Elaine. La pauvre Elaine. C'est tellement elle ! Son vol est annulé à cause du brouillard, elle va peut-être louper la fête, elle arrive avec une robe qui a l'air d'un torchon. Pas lavée, pas coiffée. De toute façon, elle ne ressemble à rien.

Cette pauvre Elaine... ce qu'elle peut être à plaindre ! dirait-on.

Les larmes jaillirent avec une force telle que, cette fois, elle ne put les endiguer.

Les gens commencèrent à la regarder avec curiosité. Un enfant la montra du doigt en se retournant vers sa mère.

Impossible de rester plantée là à pleurer toutes les larmes de son corps.

Ramassant sa valise, elle se mit à marcher à l'aveuglette, secouée de sanglots. Les toilettes. Il devait y avoir des toilettes quelque part. Oh ! S'enfermer dans le secret d'une petite cabine, à l'abri de l'humanité qui se pressait, téléphonait, se bousculait, et la dévisageait ! Pouvoir s'écrouler sur le couvercle d'une cuvette de W-C, et pleurer, pleurer, pleurer...

A travers les larmes qui l'aveuglaient, elle distingua le panneau salvateur, les petits pictogrammes synonymes de refuge.

Tirant sa valise, elle se dirigea en trébuchant vers la porte, l'ouvrit et entra en collision avec un homme qui sortait.

— Eh là ! s'exclama l'inconnu.

Elle esquissa un mouvement pour passer, mais il la retint par le bras.

— Excusez-moi, reprit-il, mais ce sont les toilettes des hommes. Vous êtes sûre de vouloir y entrer ?

Malgré les sanglots et les tremblements, ces paroles se frayèrent un chemin jusqu'à son cerveau.

— Les toilettes des hommes ? répéta-t-elle, ahurie.

— Il faut prendre la porte voisine.

— Ah bon, souffla-t-elle avant de pleurer de plus belle.

Comme ils bloquaient le passage, l'inconnu empoigna la valise et entraîna Elaine sur le côté.

— Ecoutez… Est-ce que je peux faire quelque chose ? Vous êtes seule ici, ou est-ce que… ?

Tout en parlant, il laissait son regard errer sur la foule, comme si, de la marée humaine, il espérait voir surgir quelque sauveur qui le délivrerait de cette femme éplorée.

Devant le mutisme qui accueillit ses questions, il finit par sortir un mouchoir et le lui tendit.

— Allez, calmez-vous, poursuivit-il. Ce n'est sûrement pas si grave que ça. Alors, ça va mieux ?

Oui. Grâce à cette voix apaisante, elle se sentait un peu mieux.

Elaine déplia le mouchoir, se moucha bruyamment, tamponna ses yeux humides.

— Excusez-moi, parvint-elle à prononcer.

— Je vous en prie, répondit l'inconnu d'un ton un peu pressé, mais sans faire mine de s'éloigner, comme s'il se faisait un devoir de rester auprès d'elle.

— C'est que… mon vol pour Málaga est annulé, murmura-t-elle en trouvant son explication idiote.

Il sourit.

— Tous les vols qui partent de Londres sont annulés, avec ce satané brouillard. C'est pareil pour moi, je ne pourrai plus me rendre à Berlin aujourd'hui.

— Mais j'ai un mariage demain à Gibraltar !

— Vous aurez peut-être plus de chance demain matin, la réconforta-t-il.

Retenant ses larmes, elle concéda :

— Peut-être…

L'homme au mouchoir en avait visiblement assez. Sans doute se demandait-il pourquoi le sort s'acharnait ainsi sur lui. Son voyage à Berlin tombait à l'eau, et avec lui, probablement, un projet professionnel important. Comble de déveine, il se heurtait à un laideron en pleurs qu'il était trop bien élevé pour laisser en plan.

— Bien, je rentre chez moi, annonça-t-il, est-ce que je peux vous déposer quelque part ? Ma voiture est au parking.

— Je n'habite pas à Londres... commença Elaine, avant de se moucher à nouveau.

Ah, je dois être jolie à voir ! se dit-elle avec résignation.

— J'habite à... reprit-elle. De toute façon, je n'arriverai pas à rentrer ce soir. C'est au bout du monde.

— Ah, murmura le bon Samaritain avec un regard circulaire sur la bousculade du hall. Dormir à l'aéroport, ce n'est pas bien confortable. Et à l'hôtel... ?

— Je ne sais pas si je trouverai une chambre. En plus, je n'en ai pas les moyens, parce qu'il faudra sans doute que je paie la réservation de l'hôtel à Gibraltar, même si je n'y couche pas cette nuit.

— Pas forcément, la rassura-t-il. Mais vous avez raison, vous aurez du mal à trouver quelque chose à Heathrow.

— Bon, dit-elle en risquant un sourire, je vais essayer de me dégoter une petite place dans une salle d'embarquement. Au moins, ici, il fait bien chaud et on est au sec.

Il hésita. Puis :

— Vous savez... vous pourriez venir dormir chez moi. Ma chambre d'amis est minuscule, mais ce sera quand même mieux qu'une salle d'embarquement. Et demain matin, vous pourrez revenir facilement ici en métro.

Cette invitation la surprit. Elle avait suffisamment recouvré ses esprits pour remarquer qu'elle avait affaire à un très bel homme. Grand, mince, un visage intelligent aux traits réguliers. La petite quarantaine. Un manteau de coupe élégante. Le genre d'homme à qui il suffisait de claquer des doigts pour avoir les femmes à ses pieds. Pas le style à se préoccuper d'une jeune femme de vingt-trois ans tout à fait ordinaire qui errait dans un aéroport en pleurant comme une Madeleine et faisait un caprice parce que ses projets tombaient à l'eau... S'il lui proposait de l'héberger, ce n'était certes pas parce qu'il la trouvait fascinante, ni qu'il avait envie de mieux la connaître. Simplement, elle lui faisait pitié et il était gentil. En d'autres circonstances, il serait passé à côté d'elle sans même la voir.

— Je crois que je ne peux pas accepter, dit-elle.

Il haussa les épaules avec une pointe d'impatience.

— En ce qui me concerne, vous le pouvez, sinon je ne vous en aurais pas parlé. Au fait, je m'appelle Reeve. Marc Reeve. Tenez...

Il sortit une carte de sa poche de poitrine.

— Vous êtes avocat ?

— Oui.

Sa pauvre maman lui avait évidemment appris qu'on ne partait pas avec des messieurs qu'on ne connaissait pas. Qu'on ne montait jamais dans leur voiture, et encore moins chez eux.

« Ça, les hommes le comprennent de travers, lui avait-elle expliqué, et après, ils ne veulent pas te croire quand tu leur dis que ce n'est pas à ça que tu pensais. »

Ah, maman, songea Elaine, tu le faisais pour mon bien, mais si tu n'avais pas passé ton temps à me mettre en garde contre tout le monde, je n'en serais peut-être pas là aujourd'hui.

Elle était consciente qu'elle n'avait rien à craindre de ce Marc Reeve, séduisant avocat londonien visiblement fortuné, car sans doute la trouvait-il aussi pétillante que du champagne éventé. Il avait juste l'air d'un homme qui pensait aux autres.

Je suis sa B.A. du jour, se dit-elle. Eh bien, tant mieux !

— Je m'appelle Elaine Dawson, dit-elle, et ce serait super si je pouvais dormir chez vous.

— Parfait, répondit-il en empoignant sa valise. Alors venez, suivez-moi.

— Et votre femme, elle ne va rien dire si vous amenez quelqu'un sans prévenir ?

— Nous sommes séparés, répliqua-t-il d'un ton bref.

Elle lui emboîta le pas. Malgré la foule, il marchait très vite, au point qu'elle avait un peu de mal à ne pas le perdre de vue. Son cœur battait plus rapidement et plus fort que d'habitude.

Même s'il ne se passe rien, pensa-t-elle, ce sera toujours mieux que Kingston St. Mary. Enfin un peu d'imprévu dans ma vie.

Plongeant discrètement la main dans son sac, elle farfouilla à la recherche de son téléphone portable et l'éteignit. Ce n'était pas très sympa, mais, exceptionnellement, elle voulait être injoignable pour Geoffrey.

Juste pour une nuit.

PREMIÈRE PARTIE

Vendredi 8 février 2008

Pratiquement tous les vendredis soir, c'était la bagarre entre Dennis et Robert. Ça en devenait pénible. Rosanna comprenait le point de vue de chacun : à seize ans, Robert avait envie de sortir avec ses copains, tandis que Dennis, de son côté, le trouvait trop jeune pour être confronté aux dangers de l'alcool, de la drogue et des tentations en tout genre.

« Mon père m'aurait bien reçu, tiens, si j'avais eu l'idée d'aller traîner dehors la nuit à seize ans ! » disait Dennis.

Evidemment, au mot « traîner », son fils prenait la mouche, piqué au vif :

« On ne traîne pas ! Pourquoi tu te sens obligé de critiquer tout, mais alors tout ce que je fais ? Pourquoi...

— Je ne veux pas discuter !

— C'est pas juste ! Papa, tu es injuste. J'y crois pas ! »

Ce vendredi-là, la scène s'était reproduite à l'identique. Et elle s'était terminée comme d'habitude : Robert avait filé dans sa chambre en claquant violemment la porte. Il en sortait à présent le vacarme assourdissant de sa « musique », souligné par les basses qui faisaient vibrer toute la maison.

— Attends un peu, il va voir ce qu'il va voir ! s'exclama Dennis en bondissant de son fauteuil.

Rosanna lui posa la main sur le bras pour le retenir.

— Non, laisse tomber. Ça ne fera qu'aggraver les choses. Laisse-le tranquille.

— Mais il n'a pas à nous infliger ce boucan infernal !

— Il a besoin d'exprimer sa frustration. Dans un quart d'heure, j'irai lui demander de baisser le son. Ça marchera.

— Sa frustration ! grogna Dennis. Voilà que monsieur est frustré ! Moi, à son âge...

— Dennis, les temps ont changé. Tu devrais peut-être lui faire confiance.

— Ah bon ? Bientôt, ça va être de ma faute, toutes ces scènes. C'est moi qui me comporte mal ? Non mais je rêve !

Dennis se leva pour aller se servir un verre de whisky.

— Ah, quelle plaie, ces fils en pleine puberté ! maugréa-t-il en revenant s'asseoir.

Rosanna avait espéré que la soirée se déroulerait dans le calme, pour une fois, car elle avait une question délicate à aborder avec son mari. Mais les conditions ne semblaient pas réunies. Dennis était d'une humeur massacrante. A cause du comportement de son fils, et aussi parce qu'il sentait que Rosanna, malgré les trésors de diplomatie qu'elle déployait, était plus sensible aux arguments et au point de vue du fils qu'à ceux du père.

— Ce n'est pas toi qui en as la responsabilité ! fulmina-t-il.

Elle sursauta.

— Excuse-moi, je n'aurais pas dû m'en mêler, bien sûr ! C'est toi le père. Et moi, je ne suis pas sa mère. Sauf quand il s'agit de lui faire à manger, laver son linge, l'aider à faire ses devoirs, aller voir ses profs pour intercéder en sa faveur ou lui servir de chauffeur. Là, je n'ai pas l'impression que vous fassiez la différence, ni l'un ni l'autre.

— Je n'ai jamais dit que tu...

— Si. Quand tu dis que ce n'est pas moi qui en ai la responsabilité, tu me fais comprendre que je n'ai aucun droit. Mais pour...

— ... sa lessive et le reste, je sais. Excuse-moi, fit-il, l'air soudain las, ce n'est pas ce que j'ai voulu dire.

— N'en parlons plus. Mais je comprends Robert... A seize ans, ils se prennent pour des adultes, alors qu'en réalité ce sont encore des enfants. Et on a peur pour eux.

Evidemment, elle comprenait aussi Dennis.

Quand ce dernier et elle s'étaient mariés, Robert avait onze ans. C'était un mignon petit garçon au visage couvert de taches de rousseur, fruit d'une relation entre un Dennis très jeune et une étudiante plus jeune encore qui, complètement dépassée par sa grossesse, avait laissé à Dennis l'autorité parentale. A l'entrée de Rosanna dans leur vie, Robert, qui avait toujours vécu seul avec son père, lui avait immédiatement accordé la place de la mère qu'il n'avait jamais connue.

En principe, c'était une chose acquise pour Dennis, mais il lui arrivait de lui rappeler qu'il était le seul à jouir de l'autorité parentale. Particulièrement depuis que Robert était adolescent. Et ces situations conflictuelles pesaient beaucoup plus sur leur couple que Dennis n'en avait conscience.

Mais de quoi a-t-il vraiment conscience ? se demanda Rosanna.

Elle souffrait de cette mésentente, et quand elle en parlait à son mari, il ne l'écoutait pas. Tout comme lorsqu'elle lui disait qu'elle n'était pas heureuse à Gibraltar et se languissait de l'Angleterre. Ou dans les moments où elle lui confiait que son métier de journaliste lui manquait.

Il était sincèrement convaincu que sa femme nageait dans le bonheur et qu'ils avaient une vie commune des plus harmonieuses.

Rosanna savait que le moment était mal choisi pour parler de ce qui la préoccupait, mais elle n'avait pas le choix.

— De toute façon, je pars demain pour l'Angleterre, lui rappela-t-elle.

— Je sais. Et je sais aussi que tu attends que je...

Elle l'interrompit vivement :

— Non. Vraiment. Il n'y a pas de problème, tu n'es pas obligé de m'accompagner.

Son père allait fêter ses soixante-six ans le dimanche suivant. Son premier anniversaire depuis le décès brutal de sa femme. Rosanna s'y rendait seule, Dennis ayant invoqué des rendez-vous importants le lendemain. Elle ignorait s'il s'agissait d'un prétexte. Malgré l'affection qu'il portait à son beau-père, il rechignait à retourner dans son pays natal lorsqu'il n'y était pas obligé pour des raisons professionnelles. En cinq ans de mariage, Rosanna n'avait toujours pas réussi à découvrir la cause de cette aversion envers sa mère patrie.

— Bien sûr, j'appellerai ton père dimanche, affirma Dennis.

Rosanna prit une profonde inspiration et se jeta à l'eau :

— Tu te souviens sûrement d'Elaine Dawson ?

— Elaine Dawson ?

— Oui, mon amie de Kingston St. Mary... Enfin, ce n'était pas vraiment une amie. Son frère et le mien étaient dans la même classe. Elle était beaucoup plus jeune que moi.

Il plissa le front.

— Ce n'est pas la fille qui devait venir à notre mariage et qui a disparu ?

— Si, disparu sans laisser de traces.

— Je m'en souviens vaguement. Je ne la connaissais pas, remarqua Dennis sans manifester beaucoup d'intérêt.

— J'ai souvent pensé à elle ces dernières années, poursuivit Rosanna, et je me suis toujours demandé ce qui avait bien pu se passer.

— Elle a dû se tirer, et elle est en train de se la couler douce quelque part, suggéra-t-il.

— Ce n'était pas son genre. C'est ce qu'a pensé la police au début, mais depuis quelque temps on se demande si elle ne serait pas tombée entre les mains d'un criminel.

— Je crois me rappeler qu'elle était bloquée à Heathrow à cause du brouillard. Comment veux-tu qu'on la tue ou qu'on l'enlève dans un aéroport aussi fréquenté ?

— On sait qu'elle est partie avec un homme. Le type s'est signalé lui-même à la police. Il lui avait proposé de passer la nuit chez lui parce qu'il n'y avait plus moyen de trouver une chambre d'hôtel.

— Et cet homme, bien sûr, c'était en fait Jack l'Eventreur, et il l'a…

— Très drôle ! Il a juré à la police qu'il l'avait mise dans le métro le lendemain matin, direction l'aéroport. On n'a rien trouvé qui puisse prouver le contraire.

— Ça veut donc dire que ma théorie est la bonne, fit Dennis. Elle mène la grande vie quelque part.

— C'est tout le mal qu'on pourrait lui souhaiter… On m'a demandé de faire un reportage sur cette affaire.

Dennis la dévisagea par-dessus son verre.

— Quoi ?

— Mais pas seulement sur cette affaire. Nick Simon m'a appelée ce matin.

— Hein ?

— Le rédacteur en chef de *Cover*. Tu sais, celui…

— Je sais qui est Nick Simon, tu travaillais pour lui avant notre mariage. Qu'est-ce qu'il veut ?

— Il a un projet pour son journal. Une série d'articles sur des personnes disparues sans laisser de traces, des gens dont on n'a plus jamais entendu parler, mais qu'on n'a pas non plus retrouvés morts. Des gens qui se sont évaporés.

— Ah bon ? Et comment se fait-il qu'il ait pensé à toi au bout de cinq ans ?

Elle répondit en évitant son regard :

— Je lui avais dit de ne pas hésiter à faire appel à moi de temps en temps, que ça me ferait plaisir. Il s'en est souvenu. De plus, il sait que j'ai connu Elaine Dawson. Visiblement, il estime que je suis celle qu'il lui faut pour cette série.

— Mais on avait bien décidé que tu ne travaillerais plus pendant quelque temps ?!

— Non, « on » n'avait pas décidé ça. C'est toi qui le voulais, et comme il n'y a rien à faire ici, j'ai accepté. Mais je t'ai dit à maintes reprises que mon métier me manquait.

— Et moi, je t'ai proposé à maintes reprises de venir travailler avec moi à mi-temps !

Si seulement il se montrait un peu plus compréhensif ! songea-t-elle.

— Dennis, tu es agent immobilier. Ce n'est pas mon métier. Moi, je suis journaliste. Est-ce que tu es capable d'imaginer que j'aimerais bien exercer *mon* métier ?

— Oui, bien sûr que je peux l'imaginer, mais je te croyais plus souple, répliqua-t-il avec humeur.

Soudain, sans crier gare, il posa rageusement son verre sur la table basse et se leva d'un bond.

— Bon, maintenant, j'y vais ! Ça suffit, cette musique débile !

Rosanna se leva à son tour.

— Je t'en prie, ne te défoule pas sur ton fils. Laisse-moi faire, je vais m'en occuper.

Ils se mesurèrent du regard. Dennis n'appréciait pas d'avoir été bousculé ainsi, mais Rosanna savait d'expérience que le moment choisi n'y était pour rien et qu'il aurait réagi de la même façon si elle s'était montrée un peu plus diplomate. Il acceptait difficilement leurs divergences de vues. Il n'était pas macho à proprement parler, mais sa propension à tout contrôler prenait parfois le dessus. Pour être satisfait, il lui fallait l'adhésion totale, inconditionnelle, de sa femme, et malgré son solide bon sens, il refusait de comprendre qu'il était irréaliste d'exiger l'accord parfait avec l'autre.

— Je suppose que tu as déjà dit à ton Simon que tu acceptais ? demanda-t-il enfin.

— Je lui ai dit que j'acceptais de déjeuner avec lui à Londres lundi, répondit-elle tout en se reprochant le sentiment de culpabilité qui s'emparait d'elle.

A trente-six ans, elle avait le droit de convenir d'un rendez-vous professionnel sans demander l'autorisation de son mari, tout de même !

— Tu m'avais dit que tu serais de retour lundi, objecta-t-il.

— Je sais. J'ai annulé mon vol. J'aimerais parler du contrat avec Nick. Soit cette affaire ne me dit rien, et dans ce cas j'essaierai d'attraper un avion pour Gibraltar lundi soir ou mardi matin, soit...

— Oui ?

— Soit je reste un peu plus longtemps en Angleterre. Parce qu'il me faudra alors faire quelques recherches. Mes articles, je pourrai les écrire ici.

Dennis resta silencieux quelques minutes, puis finit par lâcher :

— Je vois que tu as déjà tout organisé. Bravo ! Tu me dis que tu pars en Angleterre pour l'anniversaire de ton père et que tu reviens tout de suite après, alors qu'en réalité tu as manigancé un rendez-vous avec ton ex-patron. Et la véritable raison de ton voyage, c'est ce rendez-vous.

— Tu te trompes du tout au tout ! répliqua vivement Rosanna. Au départ, il ne s'agissait que de l'anniversaire. Mais quand Nick m'a appelée, je me suis dit que, puisque de toute façon j'allais en Angleterre, je pouvais aussi bien accepter de le rencontrer. Mon Dieu, Dennis, qu'est-ce qu'il y a de mal à ça ?

Il avala son whisky d'un trait avant de répondre :

— Rien. En principe, rien. Mais je suppose que tu es consciente que si tu dois faire des recherches pour un reportage, tu seras retenue là-bas un certain temps. Ce n'est pas particulièrement bon pour notre petite famille, inutile de te le préciser.

— Notre petite famille... Je sais où ça coince, Dennis. Tu n'as plus aucun contact positif avec ton fils, et moi, je te sers d'intermédiaire. C'est à travers moi que tu arrives à maintenir un dernier reste d'influence. C'est moi qui règle les conflits. Tu en es à te demander si tu arriverais à le sortir du lit le matin si je n'étais pas là.

— Et alors ? Il est à un âge qui pose beaucoup de problèmes. Il y a des tas d'ados comme lui qui n'obéissent plus à leur père !

— Mais moi, je ne peux pas passer mon temps à faire le tampon entre vous deux. Il faut que tu réussisses à rétablir le contact, Dennis.

Je ne vais pas me substituer à toi dans le rôle du père. Ce n'est pas bon pour Robert... et en ce qui me concerne, je trouve que tu tires un peu trop sur la corde.

— Je croyais que...

— J'aime Robert. Je suis tout à fait d'accord pour remplacer sa mère. Pas son père. Et je ne peux pas rester enchaînée à cette baraque uniquement parce que ça risque d'être la guerre entre vous dès que je m'absente une semaine. Vous allez me rendre folle. Ma vie ne va pas se réduire à jouer les médiateurs.

— Mais c'est toi qui fais tout pour ça ! Quand je veux demander à Robert de baisser le son, tu m'en empêches, sous prétexte que tu es la seule à savoir t'y prendre pour lui présenter une requête aussi extravagante !

— Je reconnais que j'ai ma part de responsabilité dans l'histoire. Oui, c'est vrai, je mets mon grain de sel partout. Raison de plus pour que je vous laisse en tête à tête pendant quelque temps.

— Ah bon, pendant quelque temps. Ce qui veut dire que tu vas faire cette série. Ce déjeuner dont ta décision est censée dépendre, c'est une blague !

— Qu'est-ce qui te fait dire ça ? Je ne sais même pas quel est le salaire proposé.

— Oh... je ne crois pas que M. Simon se montre mesquin. Un bon cheval comme toi, on est toujours content de le récupérer dans son écurie !

— Effectivement ! Sinon il n'aurait pas fait appel à moi ! riposta Rosanna avec colère.

Cette discussion n'avait plus aucun sens. Dennis était de mauvaise humeur, contrarié. Elle se voyait acculée à se justifier, et elle n'avait pas envie de continuer dans cette voie. Même si elle était dans son droit, il était inutile d'espérer que Dennis change de point de vue.

Cela ne l'empêcha pas d'ajouter :

— De toute façon, j'attendrai de me trouver à Kingston St. Mary, dans les lieux où a vécu Elaine, pour décider. Il est possible que ce soit trop difficile à supporter et que je ne me sente pas d'attaque.

— Ah, bien ! Ça me redonne un peu d'espoir ! persifla Dennis avant de se servir un deuxième verre, à ras bord.

Rosanna se dirigea vers la chambre de Robert.

Finalement, se dit-elle, une petite séparation ne nous fera pas de mal.

Samedi 9 février

Chaque soir, lorsque, son service terminé, elle quittait l'Elephant pour s'enfoncer dans l'obscurité de la place, elle sentait revenir le malaise.

Non, pensa-t-elle tout en se hâtant, tête baissée, vers la ruelle endormie au bout de laquelle s'élevait la maison de son propriétaire, « malaise » n'est pas le mot juste. J'ai peur. J'ai encore peur. Encore et toujours.

Elle détestait particulièrement le vendredi soir et les premières heures du samedi matin. Le vendredi, après le départ des derniers clients, on faisait la caisse de la semaine et on notait jusqu'au moindre penny dans un gros registre de comptes. Justin McDrummond, le patron du pub, ne plaisantait pas avec l'argent. Ses deux employés n'étaient autorisés à rentrer chez eux qu'une fois les comptes vérifiés et exacts. C'est-à-dire bien après minuit. A cette heure-là, les extras étaient partis depuis belle lurette. Seuls Bert, le cuisinier, et elle, la serveuse, étaient forcés de rester.

Par malchance, Bert habitait dans la direction opposée ; il n'était donc pas question qu'ils fassent un bout de chemin ensemble. De plus, il était toujours très pressé de retrouver son foyer où l'attendaient sa femme et ses enfants.

De toute façon, se dit-elle, il ne lui viendrait pas à l'esprit de me raccompagner, parce que personne n'imagine qu'il pourrait se passer quelque chose dans ce coin. Pas dans un village tranquille comme Langbury.

Elle consulta sa montre. Une heure et demie passée. Plus personne n'était dehors à une heure pareille. L'endroit ne grouillait jamais de monde, mais l'été, il arrivait qu'on tombe de temps en temps sur un couple d'amoureux ou un type qui promenait son chien. Pas en plein mois de février. La nuit était glaciale, le vent soufflait dans les rues en faisant tournoyer quelques flocons de neige. Pas une lumière derrière les fenêtres.

Elle avait traversé la place et marchait à présent dans sa ruelle pavée, en pente très douce, si étroite qu'on avait l'impression qu'il suffisait aux habitants de se pencher un peu de part et d'autre pour pouvoir se serrer la main. Dans ces vieilles maisons, les étages supérieurs étaient construits légèrement de guingois, pour le plus grand plaisir des touristes enchantés par la vue de ces habitations si anciennes, si anglaises.

Elle se dit que seuls ceux qui n'étaient pas obligés de vivre dans ces baraques pleines de courants d'air, équipées de fenêtres miniatures qui fermaient mal, de pièces minuscules et d'escaliers où on risquait sa peau à chaque marche, pouvaient se permettre d'être extatiques. Avaient-ils une idée des ténèbres qui régnaient là-dedans, même au cœur de l'été ? De l'exiguïté des lieux ? Non. Ils se repaissaient de l'image « romantique » de ce petit village du Northumberland, puis rentraient chez eux, dans leurs logements confortables et bien éclairés.

Certes, elle pouvait s'estimer heureuse d'avoir trouvé cette location. Et cette place chez M. McDrummond. Quand elle avait perdu son dernier emploi – elle était magasinière dans un commerce de chaussures et sa tâche consistait à trier et étiqueter la marchandise –, elle s'était retrouvée complètement désemparée. Elle ne regrettait pas le travail en lui-même, bien sûr, mais dans cette arrière-boutique, elle se sentait à l'abri des tracas du monde. Hormis ses collègues, elle ne rencontrait pratiquement personne. Ce n'était pas la vie dont elle avait rêvé, mais elle avait gagné là une paix intérieure qui pesait plus lourd dans la balance que les accès de solitude et la conscience de voir filer la vraie vie. La peur, c'était ce qu'il y avait de pire. Toute forteresse contre la peur, même si elle devait en même temps faire obstacle au contact humain, aux amitiés et à l'amour, était la bienvenue.

Travailler dans un pub était bien la dernière solution qu'elle avait envisagée. La plupart des clients étaient des villageois, mais, l'été, les touristes débarquaient en masse. Les étrangers. N'importe lequel d'entre eux pouvait surgir à tout instant. Y compris…

Elle était à l'Elephant depuis le mois de juin, huit mois déjà. Cela ne l'empêchait pas de sursauter chaque fois que la porte du pub s'ouvrait. D'avoir subitement les mains moites. De mettre plusieurs minutes à retrouver un pouls normal.

A l'époque, elle n'avait rien trouvé d'autre pour gagner sa vie. Elle avait déjà deux loyers en retard. M. Cadwick, son propriétaire, qui vivait au rez-de-chaussée, la guettait au bas de l'escalier.

« Ça peut pas continuer comme ça, je vais pas vous loger à l'œil, disait-il. Y a pas marqué maison de bienfaisance sur mon front. Je vous laisse huit jours. Après, j'appelle la police. »

En désespoir de cause, elle avait pris la place offerte à l'Elephant. Justin ne payait pas trop mal, et avec les pourboires, elle gagnait plus que dans son précédent emploi. En contrepartie, elle dormait moins bien et avait déjà maigri. Elle continuait à chercher autre chose, sans succès.

Arrivée à mi-chemin, quoique en bonne forme physique, elle fut contrainte de s'arrêter sous l'effet d'un point de côté né de la peur et de la tension. Elle essaya de respirer à fond, la main appuyée sur la taille. De part et d'autre de la ruelle, les entrées des maisons étaient plongées dans le silence et l'obscurité. Va savoir si personne ne se cache là… songea-t-elle. La peur l'aiguillonna. Elle reprit sa course, poignardée par la douleur.

Tu es complètement malade, se morigéna-t-elle. Vraiment malade. Si ça continue, tu vas finir par perdre la boule !

Mais quand on avait vu ce qu'elle avait vu… quand on avait subi…

Non, mieux valait ne pas y penser. Il ne lui restait plus que deux cents mètres à parcourir. Quand elle aurait franchi le seuil, quand elle aurait constaté qu'elle n'avait pas été suivie, quand elle aurait fermé les volets et qu'elle se serait blottie sous la couette bien chaude avec une bouillotte et un verre de lait chaud au miel sur la table de chevet, tout irait mieux. Elle se sentirait en sécurité. Elle saurait qu'elle avait réussi à survivre un jour de plus.

A quelques pas de chez elle, elle s'arrêta pour chercher sa clé. Il faisait noir comme dans un four. Soudain, une lampe électrique s'alluma et lui éclaira le visage.

Elle leva la tête, voulut crier. Sans parvenir à émettre le moindre son.

Dimanche 10 février

1

Rosanna, surprise, constata que Cedric avait recommencé à fumer.

— Quand nous... à l'enterrement de maman... tu avais arrêté, bafouilla-t-elle.

Il confirma d'un hochement de tête et aspira la fumée avec délice.

— J'ai repris à Noël. Tu sais bien, avec les fêtes de Noël tous azimuts et tout le tremblement... Les autres fument, alors forcément, on craque.

— Je croyais qu'aux Etats-Unis, veiller à sa santé était pratiquement obligatoire. Il est interdit de fumer à peu près partout.

Cedric sourit.

— Quand on veut, on arrive toujours à se débrouiller. Plus il y a d'interdits, plus il y a de moyens pour les contourner. Tu crois que les gens picolaient moins pendant la prohibition ?

Elle regarda son grand frère avec un sourire plein de tendresse. Elle lui était très reconnaissante d'être venu spécialement de New York pour l'anniversaire de leur père, même si elle soupçonnait que ce n'était pas la sollicitude qui l'y avait poussé, mais sa propre solitude.

Cedric menait une vie de patachon, une vie dont il avait besoin, mais qui ne lui faisait pas grand bien. Lors de l'enterrement de leur mère, l'automne précédent, il était accompagné d'une petite amie, une fille aux yeux outrageusement fardés, à peine sortie de l'adolescence. Il l'avait présentée comme sa compagne. Entre Cedric et cette fille, tout semblait déjà fini, ce qui en soi n'avait rien d'étonnant. La plus longue histoire d'amour de son frère avait duré six mois. A trente-huit ans, Rosanna estimait qu'il était temps pour lui de trouver sa place dans la vie. De fonder une famille et un foyer.

— Tu en veux ? s'enquit Cedric en lui présentant son paquet.

Elle refusa d'un signe de tête.

— Non, merci. Je m'y tiens.

— Ton cher Dennis ne serait pas d'accord, pas vrai ? Les filles qui fument n'ont pas leur place dans sa vision traditionnelle de la vie.

Cedric avait détesté son beau-frère au premier regard, et Dennis lui rendait cordialement son animosité. Il était vrai que tout opposait les deux hommes.

Ils bavardaient dehors, dans le jardin de Hazel. Le « jardin de Hazel ». C'était ainsi qu'on appelait depuis toujours le jardin familial, l'œuvre de leur mère. C'était elle qui s'y était consacrée et lui avait donné son aspect unique. Elle qui avait planté les arbres, les buissons et les fleurs, recouvert de verdure le mur sévère entourant la propriété, et fait en sorte que les fruits abondent à la fin de l'été. Rosanna la revoyait, en bottes de caoutchouc ou en sandales, s'affairant au milieu de ses plantes, toujours prête à offrir un cadeau au visiteur qui se présentait : quelques longues branches fleuries à mettre dans un vase posé à même le sol, un bouquet de grosses tulipes aux couleurs resplendissantes, une unique rose au parfum magique. Hazel aimait faire des cadeaux. L'idée de ne plus jamais la voir surgir entre les arbres, le sourire aux lèvres, était difficile à supporter.

En ce dimanche de février maussade et gris, il avait neigé aux petites heures du matin, une neige tardive, mouillée, lourde, qui commençait déjà à fondre maintenant qu'il était midi. Sous le tapis blanc, on voyait pointer les brins d'herbe, ainsi que la multitude de crocus violets et jaunes qui fleurissaient timidement sur la pelouse. C'était un spectacle assez triste, exprimant l'abandon, la mélancolie.

Le jardin est abandonné, se dit Rosanna, abandonné par Hazel. Comme nous tous. Aujourd'hui particulièrement.

Elle ne réagit pas à la provocation de Cedric concernant son mari.

— Il fait froid, dit-elle en frissonnant, rentrons. Tu as bientôt fini ta cigarette ?

— Tu n'es pas assez couverte. Evidemment, maintenant que tu vis au soleil de Gibraltar, l'hiver, tu ne sais plus ce que c'est.

— Si, je le sais. Et ça me manque, répondit-elle en regardant le jardin délaissé. C'est plus ou moins la dernière neige de l'année. Bientôt, ce sera le printemps. Tu ne peux pas savoir comme je regrette ces changements de saison bien marqués. Le printemps en Angleterre est quelque chose d'incomparable.

Cedric jeta son mégot dans la neige gadouilleuse.

— De toute façon, si j'ai bien compris, tu vas passer quelque temps ici, avec cette histoire de série.

— A condition que ça se fasse ! Tout dépend de mon rendez-vous de demain avec Nick.

— Allons, allons ! Tu accepteras dans n'importe quel cas de figure. Tu meurs d'envie de reprendre le boulot, ça saute aux yeux ! Je l'avais déjà remarqué à l'enterrement de maman. Tu es frustrée de ne pas travailler.

— A l'enterrement de maman, j'étais triste, aucun rapport avec l'envie de travailler.

— Bien sûr que tu étais triste. Mais il y avait déjà quelque chose, dans ton expression, qui n'avait rien à voir avec la mort de notre mère. Ces petits plis, là, ils y sont depuis pas mal de temps. Tu n'es pas très heureuse avec ton Dennis à Gibraltar, ma chère petite sœur, et ça se voit.

— Tandis que toi, à New York, tu nages dans le bonheur, hein ?

— Je n'ai jamais dit ça. Mais toi, quand tu t'es mariée, c'était comme si Dennis était le type le plus fabuleux que la terre ait jamais porté, et Gibraltar le seul endroit vivable au monde. C'en était même un peu pénible. Je vois que les choses ont changé en cinq ans.

— D'accord, mais au moins, ça fait cinq ans, répliqua Rosanna, piquée, et d'après ce que je sais, toi, tu n'as jamais tenu cinq ans avec qui que ce soit. Je veux bien admettre que l'éclat se soit un peu terni, et c'est normal. N'empêche que Dennis et moi, nous sommes faits l'un pour l'autre.

Cedric s'apprêta à répondre, par une rosserie à en juger par son expression, mais au même moment, une fenêtre s'ouvrit et Victor, leur père, se pencha à l'extérieur.

— Rosanna ! Cedric ! Le déjeuner est prêt !

Cedric ravala ses paroles et suivit sa sœur à l'intérieur. De la terrasse, on accédait à la salle à manger où Victor avait dressé la table avec la belle porcelaine de Hazel. Rosanna avait proposé de préparer le plat favori de son père, mais celui-ci avait insisté pour leur faire une spécialité : de l'irish stew selon la recette de Hazel.

— C'est ce que votre mère aurait fait pour fêter nos retrouvailles. Elle aurait été tellement contente !

Victor apporta les plats et déboucha la bouteille. Malgré le choc, la mort de sa femme ne lui avait fait perdre ni son sourire ni la chaleur dont il avait toujours fait preuve.

En ce terrible samedi de la fin novembre, Hazel avait été prise de malaise en revenant du marché et avait succombé à une attaque dans le véhicule d'urgence qui l'emmenait à l'hôpital. Elle était morte en l'espace de quelques minutes. Rosanna, arrivée en fin d'après-midi de Gibraltar, avait trouvé son père à la cuisine, totalement désorienté, en train de faire cuire des sablés.

« C'est elle qui a préparé la pâte, ne cessait-il de répéter. Elle voulait les faire cet après-midi. »

Il avait à présent retrouvé tous ses esprits, mais la solitude formait autour de lui un épais manteau dont le poids semblait l'écraser un peu plus chaque jour.

Tandis qu'ils étaient assis ensemble autour de la table par cette grise journée d'hiver, Rosanna se demanda comment se passaient les dimanches de son père, seul dans cette maison, avec la neige qui tombait silencieusement alors que résonnait le tic-tac régulier de la pendule. Elle eut froid, soudain, d'un froid qui venait du plus profond de son être.

Cedric assura la conversation pratiquement à lui tout seul pendant le repas, enchaînant les anecdotes amusantes sur les péripéties de sa vie à New York. Son verre sitôt vidé, il le remplissait, et, comme toujours lorsqu'il était sous l'influence de l'alcool, il était gai. Rosanna remarqua avec plaisir que Victor riait beaucoup et paraissait détendu. Après le dessert, il proposa :

— Les enfants, allez donc faire un petit tour pendant que je m'occupe de la vaisselle. Vous avez sûrement envie de vous promener dans le village, depuis le temps que vous n'êtes pas venus.

— Il n'en est pas… commença Rosanna.

Mais elle fut aussitôt coupée par son frère :

— Oh oui ! Papa, si tu pouvais nous libérer pendant une ou deux heures, ce serait fantastique. J'aimerais bien… Enfin, j'ai pensé que je pourrais aller rendre visite à Geoff. Il y a longtemps que je ne l'ai pas vu.

— Mais enfin ! Pas aujourd'hui, c'est l'anniversaire de papa ! protesta Rosanna, indignée.

— Qui sait quand je reviendrai ?

— Tu n'as quand même pas l'intention de rentrer à New York dès demain, si ?

— Non, mais j'ai des gens à voir à Londres.

— Je te reconnais bien là ! Une journée complète à Kingston, c'est déjà trop te demander. Moi qui pensais que tu resterais plusieurs jours !

— Et toi ? Tu ne files pas à Londres peut-être... ?

Victor interrompit leur altercation en agitant les deux mains :

— Pas de dispute, les enfants ! Je comprends très bien que vous ayez des choses à faire à Londres. Ça ne me pose pas de problème. Rosanna, tu pourrais accompagner ton frère. Si vous êtes de retour à cinq heures pour le thé, ce sera parfait.

Cedric saisit la balle au bond.

— Super ! Tu es d'accord, Rosanna ? Je serais beaucoup plus à l'aise si tu m'accompagnais. Parce que... les conversations avec Geoffrey... enfin, tu sais... Depuis son accident, c'est très compliqué.

— Il est évident que passer sa vie dans une institution spécialisée, scotché à un fauteuil roulant, sans aucune perspective d'avenir, ce n'est pas vraiment rigolo.

— Rosanna, tu pourras peut-être apprendre des choses intéressantes en allant le voir, remarqua Victor. Concernant tes articles, je veux dire. Demande-lui ce qu'il pense de la disparition d'Elaine. Il a sûrement sa petite idée sur la question. D'un autre côté, je trouve que puisque vous êtes là tous les deux, il est normal que vous alliez le voir. Après tout, vous étiez très amis, autrefois.

Rosanna se leva avec un soupir.

— D'accord, tu m'as convaincue, dit-elle. J'y vais. Il est à Taunton, c'est ça ?

— Il va en faire, une tête, en nous voyant ! lança son frère.

Rosanna suivit ce dernier en se disant que, décidément, il était très doué pour se débarrasser des corvées sur les autres. A elle, donc, de faire la conversation à un garçon aigri, voire agressif, tandis que monsieur Cedric retournerait au bercail avec le sentiment agréable du devoir accompli envers son vieux copain.

Il n'en était pas moins vrai que leur père avait raison : si elle devait vraiment écrire un article sur Elaine, il lui faudrait de toute façon rencontrer son frère. Geoffrey était son dernier parent survivant, celui qui était touché de plus près par sa disparition.

2

L'Elephant était ouvert le dimanche, mais après quelques hésitations, elle appela Justin en lui annonçant qu'elle ne pourrait pas venir travailler ce jour-là non plus. Comme elle s'y attendait, Justin réagit avec mauvaise humeur, mais, les touristes étant absents en cette saison et les habitants du village restant généralement cloîtrés chez eux le dimanche soir, il ne pouvait pas prétendre qu'il croulerait sous la tâche parce que sa serveuse lui faisait défaut. L'extra pourrait s'en sortir toute seule. La veille au soir, un samedi pourtant, les affaires avaient été très calmes, ce qui ne l'avait pas empêché de se lamenter comme si la survie de son établissement était menacée.

« Hier, vous m'avez dit que vous seriez sur pied aujourd'hui, avait-il grogné.

— C'est ce que j'espérais, mais je ne vais pas mieux. Je croyais que c'était une indigestion, mais j'ai peut-être attrapé un virus.

— Bon, eh bien, y a plus qu'à attendre », avait marmonné Justin avant de raccrocher.

— Vous avez vraiment une petite mine, commenta M. Cadwick, le propriétaire, d'un ton compatissant.

Elle avait été obligée de lui demander la permission de téléphoner de chez lui, car elle n'avait pas le téléphone. Elle savait qu'il épierait ses moindres paroles, comme elle savait qu'il croirait à son histoire d'indigestion, voire de gastro. Car son teint blafard et ses cernes noirs étaient toujours là.

— C'est vrai, je ne me sens pas bien, confirma-t-elle.

Elle était pressée de remonter chez elle. De fermer la porte à clé, de se rouler en boule dans son lit. D'échapper au bavardage faussement amical de M. Cadwick. A l'époque où elle payait son loyer en retard, il avait été à deux doigts de lui envoyer les flics, et maintenant qu'elle payait rubis sur l'ongle, il voulait faire ami-ami.

Evidemment, il n'était pas près de retrouver un amateur pour l'infâme trou à rats qu'il avait le front de louer. Les candidats ne se bousculaient pas à Langbury, encore moins pour venir se terrer dans le coin le plus sombre de la localité. Les gens n'étaient pas fous.

— Vous devriez aller voir le docteur, lui conseillait à présent le vieux monsieur. Vous avez une tête à faire pitié, si je peux me permettre. Faut pas prendre ce genre de choses à la légère.

— Je vais rester couchée une journée de plus, et ça ira mieux demain, affirma-t-elle.

— Vous voulez que je vous prépare une tisane ? Vous n'avez personne pour s'occuper de vous… Et est-ce que vous avez de quoi manger, au moins ?

La bonne âme ! Voilà qu'il jouait à la nounou ! Mais ce type était un vrai faux jeton. Bientôt soixante-dix ans, célibataire… Elle sentait parfois sur elle ses regards lubriques… Sans doute regardait-il des films pornos, enfermé dans son salon étouffant, jamais aéré, où les murs exhalaient les relents de tous les repas qu'il avait pris depuis la guerre… Certes, elle n'avait pas de preuve, mais c'était bien son genre. Il prenait le bus et le train deux fois par mois pour Newcastle, sans jamais dire ce qu'il allait y faire. Sûrement pour aller au bordel… Un vieux vicieux… Le soir, par précaution, elle poussait la petite commode devant la porte. Il avait une clé de chez elle et elle n'avait pas envie de se réveiller une nuit en le retrouvant à côté de son lit.

— Oui, j'ai à manger, merci, prétendit-elle, mais je n'ai pas faim. Quand je serai débarrassée de ça, tout ira bien. Merci pour le téléphone.

— Si vous avez besoin d'aide… cria-t-il dans une dernière tentative alors qu'elle s'éloignait, le laissant seul, frustré, en ce dimanche sinistre.

Mais qu'est-ce que ça peut me faire, qu'il passe un dimanche sinistre ? se dit-elle une fois chez elle. Ma vie à moi n'est plus qu'une succession de journées sinistres, et tout le monde s'en fout.

Elle respira, soulagée, ferma la porte à clé et poussa la commode devant.

Maintenant qu'elle se sentait en sécurité, elle allait mieux. Elle avait deux jours tranquilles devant elle, car le lendemain était un lundi, jour de fermeture du pub. Après quoi, la corvée reprendrait, et il lui faudrait trouver le courage de remonter la pente.

C'était la deuxième fois qu'elle faisait ce genre de crise, avec nausées, fièvre, tremblements, vertiges. Deux ans auparavant, elle avait cru voir Pit devant une poissonnerie à Morpeth, convaincue de l'avoir reconnu, avec ses rares cheveux, son corps filiforme qui cachait une force qu'on ne soupçonnait pas avant d'avoir reçu ses coups de poing. Même de dos, il émanait de lui une brutalité phénoménale. Ron lui faisait moins peur, car il était plus intelligent et plus prévisible. Mais Pit était un psychopathe. Il pouvait péter les plombs à tout moment, et malheur à celui qui lui tombait entre les pattes.

Elle s'était rendue à Morpeth parce qu'elle avait besoin d'un nouveau jean. Quand elle l'avait aperçu, elle avait cru s'évanouir de terreur. Aujourd'hui encore, elle ne savait toujours pas comment elle avait fait pour arriver jusqu'à l'arrêt de bus, puis jusqu'au village où elle habitait à l'époque.

Elle avait passé le restant de la journée à vomir et à frissonner de fièvre, en se répétant qu'il n'y avait aucune raison pour que Pit se balade dans le Northumberland, à Morpeth, si ce n'était pour la retrouver, elle.

Trop mal en point pour travailler, incapable de maîtriser le tremblement de ses mains, elle n'était pas allée au magasin de chaussures pendant deux jours. Dans un premier temps, elle avait envisagé de couper tous les ponts derrière elle, de partir loin, très loin, en Ecosse peut-être, ou dans les Hébrides... Mais au soir du second jour, elle n'avait plus été si sûre d'avoir vraiment vu Pit. A force de se repasser la scène, elle avait commencé à douter. Le type était plus grand que Pit, et son aspect général n'était pas exactement le même. Ses cheveux étaient trop foncés, à peine, mais trop foncés tout de même.

D'un seul coup, elle s'était demandé comment elle avait pu croire que cet homme était Pit. Et, instantanément, elle s'était sentie mieux.

Cette fois, ce qui s'était passé était encore moins grave.

Dans la nuit de vendredi à samedi, une lampe électrique lui avait envoyé sa lumière crue dans la figure. Elle avait vraiment pensé qu'elle était foutue. Qu'il l'avait retrouvée. Qu'il l'avait attendue, tapi dans le noir. Et qu'il n'y aurait pas de quartier. Qu'il la tuerait.

Au moment où elle s'était aperçue qu'elle avait devant elle la petite vieille d'en face, Mlle Pruett, aussi terrifiée qu'elle, avec son basset en laisse et sa lampe de poche à la main, il était déjà trop tard : la sueur avait commencé à l'inonder, elle avait été prise de tremblements incoercibles et son cœur battait la chamade. Elle se rappelait avoir voulu crier, mais pas un son n'était sorti de sa gorge nouée.

Sans doute n'était-elle restée sur place que quelques secondes, aveuglée par la lumière, mais cela lui avait semblé une éternité. Puis Mlle Pruett avait fini par baisser sa lampe et avait prononcé d'une voix chevrotante :

« Ah, c'est vous ? Qu'est-ce que vous faites là ? »

Sa propre voix ne lui avait obéi qu'au bout de deux tentatives :

« Mademoiselle Pruett, c'est... c'est exactement ce que j'allais vous demander ! »

Elle avait appris que Zeb, le basset, était malade – une inflammation de la vessie, comme l'avait avoué Mlle Pruett, un peu honteuse – et qu'il demandait sans arrêt à sortir. Sa pauvre maîtresse était donc condamnée à arpenter la rue toutes les heures en pleine nuit.

Une fois de plus, elle s'était monté la tête pour rien.

Il faut que j'arrête de vivre dans la peur, se dit-elle en regardant fixement la commode coincée sous la poignée de porte, ça me rend malade. Ça me rend folle. Ça me détruit.

Des années s'étaient écoulées. Peut-être n'avait-elle plus rien à craindre. Peut-être se terrait-elle pour rien dans son trou, comme une bête, et était-il temps de se débarrasser du passé, de se construire une nouvelle vie. Peut-être devait-elle commencer par faire le premier geste en remettant cette commode ridicule à sa place. M. Cadwick n'était pas dangereux, il était simplement repoussant.

Elle tendit l'oreille avec appréhension, à l'affût d'un bruit quelconque qui monterait de chez lui. Mais il régnait un silence total. Généralement, elle pouvait le suivre à la trace, guidée par ses pas traînants et ses fréquents raclements de gorge. Mais quand, comme à présent, rien ne trahissait sa présence, elle s'imaginait avec effroi qu'il pouvait avoir retiré ses chaussures, gravi l'escalier furtivement et s'être glissé sur son palier, devant sa porte... pour guetter les bruits excitants qui pourraient parvenir de chez elle, ce vieux lubrique.

Mais c'étaient certainement ses fichues angoisses qui lui donnaient des idées pareilles. En réalité, M. Cadwick était sans doute tranquillement assis dans son fauteuil, en train de lire son journal ou de boire une tasse de thé. Et jamais, au grand jamais, l'idée de se promener en chaussettes dans l'escalier ne lui avait traversé l'esprit. Encore moins celle de s'introduire dans le logement de sa locataire.

Malgré tout... impossible de se décider à repousser la commode. Elle en avait besoin pour se protéger de M. Cadwick, d'autres dangers éventuels, et de sa propre panique.

Ah, tu es encore bien loin de te comporter normalement, se dit-elle.

Elle s'avança vers l'une de ces petites fenêtres qui fermaient si mal, laissant entrer le froid, et regarda dehors. Pas un chat dans la rue, et quelques flocons de neige. Comme depuis plusieurs jours. Le temps ne changeait pas. Toujours froid et gris. Là-haut, dans le Nord, aucune trace du printemps.

Elle s'allongea sur son lit, les yeux au plafond, et tenta de déceler des bruits, de les identifier. Une habitude qui était ancrée dans sa chair, dans son sang : rester en éveil, toujours et partout, être présente, savoir où elle en était, garder le contrôle.

Peut-être sa survie en dépendrait-elle un jour.

Mais la maison était complètement silencieuse, et c'est dans cette absence de bruit qu'elle finit par s'endormir.

3

Geoffrey Dawson accueillit avec perplexité l'infirmière venue lui annoncer qu'il avait de la visite. Même si un grand nombre de ses amis et relations d'autrefois vivaient toujours dans la région, les visiteurs se faisaient très rares. Au début, dans les deux premières années qui avaient suivi l'accident, ils se déplaçaient très souvent, puis le flux des gens compatissants s'était tari. Car il n'y avait rien de réjouissant à venir s'asseoir auprès d'un infirme et à contempler sa mine douloureuse. Après la disparition d'Elaine, quand il avait été forcé de déménager pour le centre spécialisé de Taunton, l'intérêt pour sa personne s'était brièvement réveillé. Certains amis l'avaient sans doute sincèrement plaint d'avoir perdu son foyer et de voir son cauchemar tant redouté, le centre pour handicapés, devenir réalité.

Mais Geoffrey ne se faisait aucune illusion : la plupart n'étaient mus que par la curiosité. L'affaire Elaine avait fait grand bruit, et d'aucuns avaient dû espérer apprendre par son frère quelques détails omis par la presse. D'autre part, le spectacle du centre, avec ses longs couloirs au sol tapissé de linoléum, ses néons allumés en permanence, ses petites cellules dans lesquelles croupissaient des créatures pitoyables contraintes de passer leur vie en ce lieu, tout cela leur procurait un délicieux frisson d'effroi. Les pensionnaires qui disposaient de plus de moyens pouvaient espérer jouir d'une chambre individuelle. Geoffrey n'était pas de ceux-là. Il partageait son espace avec deux malades dont l'un marmonnait en permanence des paroles inintelligibles, tuantes, à la longue, pour ses deux compagnons d'infortune.

Tuantes. Si seulement ! Geoff songeait souvent au suicide, mais il ne voyait pas le moyen de parvenir à ses fins. A sa fin.

Donc, les visites étaient devenues très rares. Depuis cinq ans, l'intérêt pour le sort d'Elaine s'était dissipé. Et le décor du centre avait cessé de chatouiller agréablement l'échine des visiteurs. A quoi bon sacrifier du temps pour aller voir un garçon dont l'état ne s'améliorerait jamais et auquel il était vain de prodiguer de bonnes paroles sous peine de paraître cynique ? Seul Victor Jones continuait à faire quelques apparitions... par pure pitié, évidemment.

— Qui est-ce ? s'enquit-il après s'être un peu remis de sa surprise.

L'infirmière, l'une de celles qu'il trouvait gentilles, sourit. Elle paraissait sincèrement heureuse pour lui.

— Un certain M. Jones, répondit-elle, et une certaine Mme Hamilton. Ils vous attendent en bas, au foyer.

Tiens, tiens, se dit Geoffrey, les Jones ! Cedric et Rosanna. Ça fait une éternité que je ne les ai pas vus. Qu'est-ce qui leur prend ?

Il savait que Rosanna s'était mariée à Gibraltar. Comment aurait-il pu l'oublier, alors que la piste d'Elaine se perdait à l'aéroport de Heathrow, d'où elle devait décoller pour aller au mariage de Rosanna ?

Quant à Cedric, il vivait à New York et ne revenait pratiquement jamais en Angleterre. Bizarre de les voir venir tous les deux à Taunton pour rendre visite à ce vieux copain qui avait eu tant de malchance dans la vie.

L'espace d'une seconde, il fut tenté de demander à l'infirmière de les renvoyer. Débarquer ainsi sans prévenir ! Ces deux-là entre tous !

Le beau Cedric qui avait tant de succès auprès des filles, et Rosanna, à laquelle il ne pardonnerait jamais d'avoir invité Elaine à son mariage...

— Je... commença-t-il, mais déjà l'infirmière avait attrapé les poignées de son fauteuil et lui faisait faire demi-tour.

— Rien du tout ! dit-elle. Vous allez les recevoir !

Sans doute avait-elle lu sur son visage ce qui se passait en lui.

— Mais je crois que je... insista-t-il dans une dernière tentative, alors qu'ils franchissaient le seuil.

— Vous y allez, et pas d'histoires !

Il sentit tout à coup une bouffée de haine envers elle. Parce qu'elle lui imposait cette épreuve. Parce qu'elle lui retirait avec tant d'autorité son droit à l'autodétermination.

Et pourtant, elle fait ça pour mon bien, se dit-il, résigné.

Il avait d'abord refusé d'aller prendre un pot au café en face du centre, plus exactement, de s'y laisser pousser en fauteuil, mais Rosanna, avec la même inflexibilité aimable que les infirmières, n'avait pas cédé.

« Ça ne te fera pas de mal de prendre l'air », avait-elle décrété en embrassant du regard le foyer dont l'éclairage donnait mauvaise mine même aux gens éclatants de santé, et dont le linoléum avait pris une teinte jaunâtre, repoussante, comme dans tout l'établissement. Certes, les rebords de fenêtre étaient chargés de pots de fleurs, et les murs, décorés de tableaux peints par les patients, mais l'atmosphère n'en était pas moins triste et la pièce ce qu'elle était : le foyer d'un centre pour grands handicapés.

« On peut avoir du café ici, avait-il proposé, et vous pouvez aller vous acheter des gâteaux, si vous voulez... »

Mais Cedric, qui n'arrivait pas à dissimuler son malaise, s'était déjà levé.

« Super idée ! s'était-il exclamé. Rosanna a raison, il faut que tu sortes un peu ! »

Ils se retrouvaient donc installés dans ce café, en train de remuer le sucre dans leur tasse, mal à l'aise tous les trois. Geoffrey remercia intérieurement le bon Dieu de lui avoir au moins laissé l'usage de ses bras, ce qui lui permettait de manger et de boire en toute autonomie, même s'il semait des miettes. D'autres, au centre, des tétraplégiques, ne pouvaient littéralement rien faire d'autre que tourner la tête et devaient être nourris comme des bébés. Par bonheur, ce n'était pas son cas.

Sinon, j'aurais freiné des quatre fers pour éviter cette escapade grotesque, pensa-t-il.

Des quatre fers ! Il retint un rire amer.

Cedric, vers lequel il ne pouvait se défendre de loucher régulièrement, parce qu'il était si bien portant, si robuste, si beau, parla un peu de la vie à New York, mais d'un ton manquant de naturel, coincé, le ton qu'employaient les gens en bonne santé en sa présence. Tous, ils s'efforçaient de rendre l'ambiance plus légère, mais conscients de parler d'une vie pour toujours interdite à leur interlocuteur, ils marchaient sur des œufs, essayant de lui décrire leur quotidien sans lui saper le moral. Malgré leurs efforts, ils ne parvenaient pas à cacher qu'il leur faisait pitié et qu'ils n'avaient qu'une envie : être ailleurs. Tout compte fait, mieux valait ne pas recevoir de visites.

— Si j'ai bien compris, tu travailles chez un photographe ? s'enquit Geoffrey par politesse.

Cedric acquiesça.

— Oui, j'ai fait une formation. J'espère pouvoir ouvrir un jour mon propre studio.

— Tu es marié, tu as des enfants ?

— Non, je papillonne. Je n'ai pas encore rencontré l'âme sœur, répondit Cedric.

Puis, dans un accès d'autocritique, il précisa :

— C'est sûrement de ma faute. J'ai trente-huit ans, j'aurais certainement pu faire mieux. Je ne sais peut-être pas m'y prendre. Il y a beaucoup de raisons qui font que ça ne marche pas entre un homme et une femme.

— Oh oui, répliqua Geoffrey méchamment, c'est clair. Par exemple, ça peut être parce que l'homme est incapable de marcher, de chier, de pisser ou même de baiser tout seul. Je vous jure que ça limite sérieusement les possibilités de trouver la bonne partenaire.

La mine de ses deux visiteurs s'allongea. L'espace d'une seconde, il en éprouva une joie malsaine. Parfois, il prenait plaisir à choquer son entourage, particulièrement des gens comme le frère et la sœur Jones, honteusement favorisés par le destin. Mais il savait d'expérience que son petit sentiment de triomphe était éphémère. Cela ne changeait rien à rien : les autres restaient en bonne santé, solides, et lui malade et faible.

Pendant que Cedric picorait son gâteau tout en regardant sa montre à la dérobée, Rosanna redressa les épaules dans une attitude que Geoffrey trouva... offensive, en quelque sorte. Elle avait quelque chose en tête. Sans doute quelque chose de désagréable, mais au moins cela mettrait-il un terme à leur bavardage insignifiant.

— Geoffrey, si je suis venue en Angleterre, en dehors de l'anniversaire de mon père, c'est pour une raison précise dont j'aimerais bien te parler.

— Oui ?

Elle hésita avant de se lancer :

— Il s'agit d'Elaine

Il prit une profonde inspiration. Il s'y attendait : ce ne pouvait être que désagréable.

— Elaine ?

— Plus précisément, d'une série d'articles que je dois écrire pour *Cover*. Tu sais, ce...

— Je sais, ce magazine plutôt racoleur pour lequel tu travaillais avant.

Il la connaissait suffisamment pour savoir qu'elle réagissait au quart de tour à la provocation et qu'un autre aurait récolté une réplique cinglante. Mais elle n'allait pas se disputer avec un infirme ! Les gens restaient toujours très comme il faut avec lui.

— On m'a demandé d'écrire une série d'articles sur les personnes qui ont disparu sans laisser de traces, et de commencer par Elaine.

— Ah bon.

Il s'en voulait terriblement mais il ne pouvait empêcher son corps de réagir quand on abordait ce sujet. Son cœur battait plus vite, sa bouche s'asséchait, ses mains devenaient moites. Encore ! Au bout de cinq ans !

— Nick, le rédacteur en chef, m'a choisie à cause de mes liens avec elle. J'aimerais bien accepter sa proposition.

— Normal. Mais tu n'as pas besoin de ma permission pour ça.

— Non, bien sûr, mais tu pourrais refuser de me parler d'Elaine. Et je le comprendrais très bien.

— Ah oui ? Qu'est-ce que tu vas écrire ? Tout ce qu'on sait a déjà été dit. Il n'y a rien de nouveau. A quoi va servir cet article ?

— Il va reprendre les éléments de l'époque, ce qui s'est passé ce soir-là à Heathrow. Parler un peu d'Elaine, de la personne qu'elle était. C'est tout simplement un...

Elle haussa les épaules dans un geste d'impuissance, avant de reprendre :

— C'est tout simplement un article sur un événement dont on n'a jamais réussi à percer le mystère.

— Et qui a le don d'exciter les gens, je sais !

Geoffrey repoussa son assiette restée presque intacte. Le malaise de Cedric grandissait de seconde en seconde et Rosanna elle-même semblait avoir perdu sa belle assurance. Bien fait pour eux.

— Bon, dit-il, je vais t'en parler, d'Elaine, comme je te parlerai de cette idée complètement idiote que tu as eue de l'inviter à ton mariage. Et aussi de la vie merdique que je mène maintenant, parce que le sort de son pauvre frère handicapé et abandonné de tous est exactement le sujet qui plaira aux lecteurs de *Cover*. Tout ça, je vais le faire, mais je te demande une chose en contrepartie. Je veux que tu me démolisses Marc Reeve dans ton article. Que tu le jettes encore une fois en pâture à la vindicte populaire. Que tu réveilles son cauchemar, pour que ses voisins le montrent du doigt et que ses derniers clients le fuient. C'est ma condition. Autrement, tu n'apprendras rien de moi, je resterai muet comme une carpe.

Rosanna répéta, perplexe :

— Marc Reeve ?

— Oui, Marc Reeve, confirma-t-il. Le mec qui l'a attirée chez lui, ce soir-là. Rosanna, c'est lui, l'assassin d'Elaine. Simplement, on n'a rien contre lui. C'est Marc Reeve qui a tué ma sœur et détruit ma vie, et je te jure que si je n'étais pas dans cet état, il y a longtemps que je lui aurais réclamé des comptes. Achève-le, Rosanna ! Je t'aiderai au maximum !

Elle le regarda en ouvrant de grands yeux pensifs.

Lundi 11 février

1

Angela Biggs avait un objectif précis : s'en sortir. Sortir de ce logement social d'Islington. Vivre une vie meilleure. Elle n'avait pas envie de passer son existence dans la promiscuité des quatre-vingts mètres carrés qu'elle occupait avec ses parents, sa sœur et ses trois frères, tous plus jeunes.

Elle était obligée de partager une chambre minuscule avec sa sœur. Les trois garçons dormaient à côté, dans une pièce à peine plus grande. Le soir, les parents ouvraient le canapé-lit du séjour. Papa avait parfois du travail, mais le plus souvent, non. Maintenant, maman buvait dès le matin. L'autre jour, l'aîné des garçons avait été ramené au bercail par les flics, parce qu'il avait braqué une boutique de spiritueux avec des copains. Sa sœur Linda, seize ans, avait pris l'habitude, depuis quelque temps, de se tartiner de maquillage et de se mettre des jupes qui lui arrivaient au ras des fesses. D'ailleurs, ça avait bardé avec papa :

« Tu sors pas fringuée comme ça ! avait-il hurlé, en la voyant prête à partir en minijupe et cuissardes à talons hauts.

— Oh là là ! Où est le mal ? avait-elle braillé en retour. T'as qu'à regarder autour de toi, tout le monde est habillé pareil. »

Ce n'était pas vrai. D'accord, beaucoup de filles s'habillaient sexy, mais pas aussi vulgaire. Linda se faisait des yeux si charbonneux qu'on se demandait comment elle arrivait à y voir clair, et les talons de ses bottes faisaient au moins douze centimètres. Quant à sa jupe, c'était quasiment comme si elle n'en avait pas. Mais ce qui était bizarre, c'était la qualité de ses fringues : vulgaires, d'accord, mais chères. Angela s'y connaissait un peu, parce que, toute à sa volonté de changer de vie, elle parcourait parfois les étages du grand magasin Harrods en dévorant des yeux les beaux tissus et en les palpant. A force, elle était capable d'estimer le prix d'un vêtement. Et elle se demandait comment Linda, au chômage après avoir arrêté sa scolarité, son apprentissage et quitté son boulot dans les bureaux d'un atelier de mécanique automobile, finançait ses tenues.

Mais elle n'avait pas eu l'occasion de poser la question à sa sœur, parce que la dispute avec papa avait dégénéré, et après une engueulade dont la totalité des habitants du pâté d'immeubles avait dû profiter, papa avait hurlé :

« Je veux plus te voir ici dans cette tenue, espèce de petite putain !

— Tu me verras plus du tout ! » avait répliqué Linda sur le même ton, avant de partir en claquant la porte.

Depuis, on ne l'avait plus revue. Depuis trois nuits, son lit restait vide.

Les deux premières nuits, la famille avait pensé qu'elle était chez son ex-petit ami. Elle l'avait quitté six mois auparavant, ce qui ne les empêchait pas de continuer à se voir et il arrivait qu'elle passe la nuit chez lui. Mais Angela l'avait rencontré par hasard à l'arrêt de bus, où il traînait avec d'autres jeunes, trompant son ennui en envoyant des coups de pied dans des canettes vides. Lorsqu'elle lui avait posé la question, il lui avait décoché un regard surpris.

« Linda ? Non, elle est pas chez moi. Ça fait une paie que je l'ai pas vue. »

Angela avait répété ça à ses parents, sans déclencher de grande réaction.

« C'est qu'elle est chez un autre mec, avait grogné leur père. Elle a toujours un mec sous la main, elle peut pas s'en passer. »

On était à présent lundi matin. En se réveillant, Angela avait jeté un coup d'œil vers le lit jumeau, espérant vaguement y trouver sa sœur, apercevoir ses longs cheveux, blond platine depuis peu, étalés sur l'oreiller. Mais le lit était vide. C'était pas normal, quand même. Une sourde angoisse s'empara d'Angela.

Elle se leva et sortit dans l'étroit couloir. Sally, sa mère, le visage bouffi par la bière de la veille au soir, essayait péniblement d'inciter ses fils à se lever pour aller en cours. Gordon, son père, lisait le journal, installé à la table de la cuisine.

La jeune fille alla s'asseoir à côté de lui.

— Linda, elle est toujours pas revenue, annonça-t-elle.

Son père ne leva même pas les yeux.

— Et alors ? Elle est sûrement quelque part, en train de se demander si elle ferait pas mieux de s'habiller comme il faut. Ça peut lui faire que du bien.

— Mais où elle peut être depuis tout ce temps-là ? Avec ce froid, impossible qu'elle traîne dans les parcs.

— C'est ce que j'ai dit hier, elle est chez un mec. Y a pas un mec dans tout Londres avec qui elle a pas couché, elle en a sûrement dégoté un qui l'a prise chez lui.

Sally entra dans la cuisine et se laissa tomber en gémissant sur le vieux tabouret de bar placé dans l'angle. Elle alluma une cigarette et inhala profondément.

— Si j'arrive à les faire aller à l'école jusqu'au bout, dit-elle, je brûle un cierge à l'église. Je le jure.

Son mari éclata de rire, mais Sally était sérieuse.

— Si, je le fais !

Des vociférations furieuses leur parvinrent de la salle de bains. On semblait s'y bagarrer pour la première place sous la douche.

Les yeux de Sally firent le tour de la pièce.

— Elle est où, Linda ?

— C'est de ça que j'essaie de parler avec papa, répondit Angela, elle est toujours pas rentrée. Moi, je trouve que c'est pas normal, ça commence à faire long.

— Moi aussi, je trouve pas ça normal, renchérit sa mère. Trois nuits de suite ! Eh bien ! Il aurait fallu voir ça, si j'avais fait pareil à son âge ! A seize ans !

— C'est toi qui l'as trop gâtée ! intervint son mari. Elle en a toujours fait qu'à sa tête. Pas étonnant qu'elle soit devenue une petite pute de première.

— Ma fille, c'est pas une petite pute !

— Ah bon ? Tu l'as regardée de près ? T'as vu comment elle se promène depuis quelque temps ? C'est plus ta petite fille, va !

— Elle a seize ans ! A quoi tu t'attendais ?

— A ce qu'elle soit un peu mieux élevée ! A ce qu'elle ait des meilleures manières ! Au moins envers ses parents ! Qu'est-ce que ça veut dire, foutre le camp comme ça, découcher pendant des nuits entières !

— C'est toi qui as dit que tu voulais plus la voir ici, fit remarquer Angela.

Son père reposa enfin son journal.

— J'ai dit que je voulais plus la voir ici dans cette tenue ! Quand elle s'habillera comme il faut et qu'elle arrêtera de se peinturlurer la figure, elle pourra revenir.

— Ses fringues... Ça vous a pas frappés que c'est des fringues chères ?

Ses parents la dévisagèrent, étonnés.

— Chères ? répéta Sally.

— Ce qu'elle se fiche sur le dos ou rien, c'est du pareil au même, grommela son père, comment ça peut être cher ?

— Les tissus, c'est des tissus chers, et c'est de la marque, ça coûte du fric. Je me demande comment elle a pu se payer ça.

— Si jamais j'apprends qu'elle pique dans... commença Gordon, la mine sombre.

Mais il fut aussitôt interrompu par sa femme :

— Non, elle pique rien ! Mes enfants, y piquent pas !

— Ah bon ? C'est pour ça qu'il y a pas longtemps, on a eu les flics à la maison, parce que ton fils...

— C'est les autres qui l'ont entraîné. Ses copains, c'est pas le genre qu'il lui faut. Lui, il n'aurait jamais... Oh là là... j'ai besoin d'un petit remontant, moi.

Joignant le geste à la parole, Sally profita de l'occasion pour prendre son premier verre de la journée.

— Peut-être que Linda s'est trouvé un mec friqué, réfléchit Gordon, et c'est lui qui lui paie ses belles frusques. Ça montre qu'au moins elle a un peu de jugeote. Son ancien copain était un sacré bon à rien. Elle aurait été bien bête de rester avec.

L'odeur de l'alcool envahissait la cuisine. Après s'en être servi une bonne rasade, Sally était retournée s'asseoir sur son tabouret de bar.

— Eh, peut-être qu'elle tient de moi, pour dégoter des bons à rien, avança-t-elle avec perfidie.

Gordon envoya valser son journal par terre et regarda sa femme, les yeux étrécis :

— Qu'est-ce que tu veux dire ?

— Rien.

Angela était à bout. Une fois de plus, la conversation menaçait de se terminer dans l'alcool et les cris. Il fallait intervenir d'urgence si elle voulait en tirer du concret :

— Et s'il lui était arrivé quelque chose et que c'est pour ça qu'elle rentre pas ?

— Qu'est-ce que tu veux qu'il lui arrive ? répliqua Gordon. Elle est au pieu avec un mec, et c'est tout ! Elle va bien finir par rappliquer un jour ou l'autre.

— Angela a raison, objecta Sally, Linda, elle a que seize ans, et ça fait trois nuits qu'elle est pas rentrée.

— Et alors, qu'est-ce que vous voulez que je fasse ? Vous voulez peut-être que j'essaye de la retrouver ?

— Il faut le signaler à la police, dit Angela. Linda est mineure, et elle a disparu. Elle est pleine aux as en ce moment, et on sait pas d'où il sort, le fric. Peut-être qu'il y a rien de grave là-dessous, mais...

Elle ne termina pas sa phrase en voyant le visage de ses parents se figer.

Dans ce quartier d'Islington, et en particulier dans ce groupe d'immeubles, moins on avait affaire à la police, mieux on se portait. Ce qui ne voulait pas dire que les flics ne débarquaient pas plus souvent qu'à leur tour. Dans la plupart des familles, les disputes dégénéraient généralement en pugilats, et bien souvent la police était alertée par un coup de fil anonyme. Les jeunes, eux aussi, étaient régulièrement impliqués dans un délit quelconque. Le taux de chômage était élevé, et la consommation d'alcool encore plus. Toutes les familles avaient leur délinquant. Il n'était donc pas question de faire appel aux flics : la police, c'était l'ennemi. Mais il arrivait qu'on en ait besoin.

— Attends, rien que parce qu'elle a un mec... fit Gordon.

— Peut-être qu'on va lui attirer des ennuis, renchérit sa femme.

Le verre de cette dernière était presque vide. Le moment était venu de s'en servir un autre.

Angela comprit qu'elle n'avait plus rien à attendre de ses parents ce jour-là. Il se pouvait qu'ils aient raison. Linda avait un nouveau copain, un type qui la gâtait et qui l'avait recueillie après son altercation avec son père. Dans ce cas, elle serait furieuse si on lui lançait la police aux trousses. Et pourtant...

Angela avait un mauvais pressentiment. Elle ne s'expliquait pas pourquoi, car elle connaissait sa sœur suffisamment pour savoir que celle-ci était capable de rester quelque temps sans donner de nouvelles uniquement pour faire peur à ses parents. Mais une voix intérieure lui disait que ce n'était pas ça. Il n'y avait pas de raison logique, c'était une chose qu'elle sentait, et comme tout le monde en pareille situation, elle se méfiait de ce qu'elle éprouvait.

Ça ne l'empêcherait pas d'aller trouver la police. Une fois son travail à la jardinerie fini, à seize heures trente, elle irait leur signaler la disparition de Linda.

Et s'il s'avérait qu'elle s'était trompée, le soulagement n'en serait que plus grand.

2

— Oui, Rosanna, dit Nick Simon, il faut absolument que tu ailles voir Marc Reeve. Mais quant à savoir si tu dois le démolir, c'est une autre paire de manches. Selon moi, cet homme n'a aucun rapport avec la disparition d'Elaine, et pourtant, il en subit durement les conséquences.

Ils déjeunaient dans un restaurant indien de Londres. C'était l'indien préféré de Rosanna, autrefois, et Nick s'en était souvenu, ce qui la touchait. Elle venait de lui relater sa conversation avec Geoffrey Dawson, ainsi que la violente sortie de ce dernier contre Marc Reeve. Nick ne pouvait cacher sa satisfaction de l'avoir gagnée à sa cause. Il n'aurait pu rêver meilleur choix pour couvrir l'affaire Dawson : n'était-elle pas au plus près de la source ?

Rosanna était heureuse, elle aussi. D'être à Londres, de déjeuner dans un restaurant rempli de journalistes. Elle avait déjà reconnu d'anciens collègues, qu'elle avait salués avec plaisir. L'atmosphère était animée, les gens occupés, pressés. C'étaient des gens qui travaillaient, mangeaient sur le pouce, échangeaient des informations, avant de courir vers d'autres activités.

C'était son monde, autrefois. Son quotidien. La normalité. Elle s'apercevait à quel point tout cela lui avait manqué. A quel point elle se sentait enfermée, à quel point elle s'ennuyait à Gibraltar. Sa frustration était-elle vraiment visible, comme l'avait prétendu Cedric ? Nick n'en avait rien dit. Mais il était vrai qu'il ne lui avait pas fait de compliments, contrairement à ses habitudes d'autrefois.

Légèrement paniquée, elle se demanda si on lisait sur son visage à livre ouvert. D'ailleurs qu'y avait-il à lire ? Une vie monotone ? Un mariage malheureux ? D'autres échecs ?

Ce n'est pas le moment d'y réfléchir, se dit-elle. Plus tard. Pas maintenant.

Elle se concentra sur Nick, sur leur entretien. Elle accepterait la mission et s'efforcerait de faire un super boulot.

— Marc Reeve, répéta-t-elle, la dernière personne à avoir vu Elaine et à lui avoir parlé. J'ai cru comprendre qu'il était allé de lui-même se présenter à la police ?

Elle ne se rappelait plus le déroulement exact des événements au cours des semaines qui avaient suivi son mariage. C'était par téléphone que sa mère lui avait rapporté ce qui était paru dans la presse. Elle savait que la police avait entendu un homme ayant un lien avec la disparition d'Elaine, mais qu'on n'avait rien trouvé de suspect dans son comportement. Elle n'avait pas d'élément plus précis.

— Pour autant que je m'en souviens, dit Nick, à l'époque, la police a reçu un signalement de la part d'un voisin, mais Reeve s'est manifesté de lui-même presque en même temps. Je t'ai apporté les photocopies des articles de presse pour que tu puisses les relire. La photo d'Elaine est parue dans le *Daily Mirror*, à la suite de quoi il y a eu quantité d'appels, comme toujours dans ces cas-là. Un homme l'avait vue en Ecosse, un autre à Land's End, en Cornouailles, au même moment, et le troisième jurait l'avoir vue une semaine avant en train de faire le trottoir à Paris... ce genre d'appels... Mais deux témoignages semblaient plausibles et se recoupaient : celui d'un voisin de Marc Reeve, et celui de Marc Reeve lui-même. Ce soir-là, le voisin avait vu Elaine entrer chez Reeve en sa compagnie, et Reeve a confirmé. Il a déclaré l'avoir rencontrée à Heathrow et lui avoir proposé de l'héberger pour la nuit. Les avions ne décollaient pas, des milliers de voyageurs étaient bloqués dans les aéroports et les gens se préparaient à passer la nuit dans les salles d'attente. Dans ces conditions, il n'est pas impossible qu'Elaine ait accepté sa proposition. Reeve jure qu'il l'a accompagnée le lendemain à la première heure à la station de métro Sloane Square, d'où elle devait repartir pour Heathrow, dans l'espoir d'attraper un vol pour Gibraltar. Aucun témoin ne les a vus sur le trajet, mais ce n'est pas étonnant, car il faisait encore nuit et le brouillard était toujours là. Et on n'a rien à opposer à Reeve pour prouver qu'il a menti. Pour finir, cette piste a abouti… dans le néant.

— Et pourtant, c'est une piste, objecta Rosanna. La dernière. Pourquoi Geoffrey est-il si fermement convaincu que Marc Reeve a tué sa sœur ? Est-ce qu'il existe des indices quelconques ?

Nick fit un signe négatif de la tête.

— Non. On pourrait argumenter en disant que le fait d'inviter une jeune inconnue à passer la nuit chez soi n'est pas une conduite au-dessus de tout soupçon, loin s'en faut. D'un autre côté, cela peut effectivement être un geste de pur altruisme. Les journaux ont décrit le personnage de Reeve, et j'ai du mal à l'imaginer en assassin, en violeur ou autre chose du même acabit. C'était un avocat en vue, sur le point de faire une grande carrière dans l'un des cabinets les plus cotés de Londres. L'argent, la réussite… Bel homme, en plus. Le genre qui n'a absolument pas besoin d'attirer les nanas chez lui. A mon avis, au contraire, il devait plutôt avoir du mal à s'en débarrasser. Je suppose que Geoffrey Dawson avait besoin d'un coupable, et il tenait là le coupable idéal. Un point de vue partagé par pas mal de gens.

— Par qui ?

— Surtout les journalistes. Pour d'autres raisons que Dawson, s'entend. Le fameux voisin qui a signalé Reeve à la police s'est aussi répandu dans les médias. Pour se faire mousser, ou alors, il avait une dent contre Reeve, va savoir. L'histoire serait passée inaperçue du grand public si ce type n'avait pas fait un tel cirque. Je précise que Geoffrey Dawson, dans son désir de vengeance, l'a fortement soutenu. Et tu connais la presse… D'ailleurs, je ne prétends pas que *Cover* soit différent, il nous faut du sensationnel, en permanence. La disparition d'Elaine en soi n'aurait pas été une grande affaire, pas comme une disparition d'enfant, par exemple. C'était une adulte… Elle avait très bien pu se faire la malle avec un amant, ou quelque chose de ce genre. Donc, on s'est acharné sur Reeve, le type qui l'avait abordée à Heathrow et l'avait emmenée chez lui. Juste après, elle se volatilisait… Reeve a été copieusement traîné dans la boue, et le fait qu'on n'ait rien retenu contre lui ne l'a pas blanchi.

Rosanna haussa les sourcils.

— Tu m'as dit tout à l'heure qu'il l'avait payé cher ?

— Oui, parce qu'il n'a jamais réussi à se défaire de tout ça. Il n'a jamais été considéré comme quelqu'un dont l'innocence avait été prouvée, mais comme un gars dont on n'avait pas pu prouver la culpabilité... grosse différence. Terminée, la perspective de devenir associé dans un cabinet réputé. Et plus de clients. Parce qu'il était devenu une très mauvaise publicité pour le cabinet. Je crois qu'il est parti de son plein gré... Il s'est mis à son propre compte, et aujourd'hui, ça va assez bien pour lui. Les gens n'y pensent plus, on a arrêté de le montrer du doigt. Mais ça a fichu un sacré coup à sa carrière, et il n'est pas parvenu à l'effacer vraiment. Si on part du point de vue qu'il est bel et bien innocent, c'est une tragédie.

— Il est marié ?

— Divorcé. Il s'est peut-être remarié, mais je ne suis pas au courant. Au moment de l'affaire Elaine, il était en instance de divorce. Sa femme était partie avec leur fils. Ça aussi, les journalistes l'ont utilisé contre lui : pourquoi sa femme l'a-t-elle fui ? Est-ce que ça n'en dit pas long sur lui ?

Nick secoua la tête avec désapprobation et poursuivit :

— C'est n'importe quoi, évidemment. Personne ne sait ce qui s'est passé entre eux. C'est tellement banal ! Si un divorce peut vous transformer en assassin potentiel... je suis dans de sales draps !

Il eut un large sourire. En effet, il avait divorcé trois fois.

— Tu as l'adresse de Reeve ? s'enquit Rosanna.

— J'ai le numéro de téléphone de son cabinet. Il n'habite plus au même endroit qu'à l'époque. Je crois qu'il s'est installé dans un petit appartement une fois divorcé. Tout ce qu'il te faut pour prendre contact avec lui, tu le trouveras dans la chemise qui contient les articles de presse.

Il se tut un instant en la dévisageant d'un air grave, puis reprit :

— Rosanna, tu sais que je tenais beaucoup à t'avoir pour cette série, justement du fait que tu as été proche d'Elaine Dawson. Mais n'oublie pas que cette affaire n'est que la première de la série. Ne t'y investis pas trop, parce que tu en auras d'autres à couvrir. Il ne s'agit pas de trouver la clé du mystère. Il s'agit simplement de remettre les événements de l'époque en perspective et de montrer leurs répercussions sur la destinée d'autres personnes. Dans le cas Dawson, les personnes les plus intéressantes sont évidemment son frère, qui a dû être transféré dans un centre pour handicapés, et l'avocat dont la carrière a volé en éclats. Nous n'avons pas besoin d'en savoir plus.

Elle eut un signe d'approbation.

— J'accepte cette mission, Nick, dit-elle, mais je m'aperçois maintenant que ce sera plus dur pour moi, émotionnellement, que je ne pensais. Quand je me suis retrouvée à Kingston, quand j'ai vu Geoffrey à Taunton, des tas d'images me sont revenues. Quand nous étions gosses, nous étions toute une bande à faire les quatre cents coups. Mon frère Cedric et Geoff étaient inséparables, c'étaient nos chefs. C'étaient eux qui décidaient de tout. Elaine était bien plus jeune que moi, c'est la raison pour laquelle nous n'avions que peu de contacts, mais elle faisait partie de l'ensemble. Tu vois… dans mon enfance, elle faisait partie de ma vie. J'aimerais vraiment savoir ce qui lui est arrivé.

— Je comprends très bien, répondit Nick, mais ne te crispe pas là-dessus. C'est inutile. La police n'avait aucune piste à l'époque, et cinq ans ont passé. Parfois, on est obligé de vivre avec des énigmes non résolues.

— C'est difficile.

— Tu y arriveras, lança-t-il avec optimisme, avant de faire signe au serveur. Il faut que je retourne au boulot. Qu'est-ce que tu comptes faire maintenant ?

— Rentrer à l'hôtel et téléphoner à mon mari. Il faut que je lui dise que j'accepte la mission et que je vais passer un certain temps ici.

— Je vois à ta tête que ça va être un coup de fil délicat.

— Il préférerait que je rentre à la maison.

— Ce serait un beau gâchis, si je peux me permettre cette remarque. Tu étais une bonne journaliste.

Elle sourit.

— Et je ne te décevrai pas cette fois non plus, Nick. Tu seras content de mon travail, je te le promets.

Il lui tendit les pochettes transparentes contenant les articles de presse.

Sur le dessus, elle vit une feuille de papier portant le nom et le numéro de téléphone de Marc Reeve.

— Ce sera mon coup de fil suivant, annonça-t-elle. Je vais essayer d'obtenir un rendez-vous avec Marc Reeve. J'ai hâte de le rencontrer.

— Et moi, de voir ce que tu écriras sur lui.

Nick posa quelques billets sur la note, se leva, se pencha au-dessus de la table pour déposer deux baisers sur les joues de sa journaliste.

— A bientôt, dit-il. Si tu as besoin d'aide et de soutien, appelle-moi.

Elle le regarda sortir en se disant : Bon, maintenant, il va falloir affronter Dennis.

3

Sally était trop soûle pour parler aux policiers, mais Gordon, qui, par principe, ne buvait qu'à la nuit tombée, était tout à fait maître de lui, et par conséquent furieux d'apprendre que sa fille aînée était allée voir les flics de son propre chef. Encadrée par deux agents, Angela n'en menait pas large. Elle avait cru pouvoir simplement signaler la disparition de sa petite sœur puis rentrer tranquillement chez elle, mais les policiers avaient affirmé qu'ils étaient obligés d'avoir une conversation avec leurs parents. Deux agents, Burns et Carley, l'avaient ramenée en voiture et étaient montés avec elle.

Angela vit que l'expression de son père ne présageait rien de bon. Il était en colère. Elle pouvait se préparer à des ennuis.

— Votre fille Linda a disparu depuis vendredi, c'est ça ? questionna Burns, le plus âgé des deux. C'est ce que nous a déclaré votre fille Angela au commissariat.

— Disparu, disparu, qu'est-ce que ça veut dire ? grogna Gordon. Elle est chez un mec, comme d'habitude.

— Comme d'habitude ? Elle a l'habitude de partir longtemps comme ça ?

— Non, pas aussi longtemps, reconnut Gordon à contrecœur.

— On peut entrer ? demanda Carley. On n'est pas obligés de parler de ça sur le palier.

Gordon les introduisit dans la cuisine, où Sally était assise à la table, devant une bouteille de brandy, les yeux braqués sur le mur qui lui faisait face.

— Oh... de la v-visite, bafouilla-t-elle.

— Vous avez une idée du « mec » chez qui votre fille pourrait se trouver ? interrogea Burns.

Gordon eut un geste méprisant de la main.

— Je peux pas connaître tous les mecs avec qui elle est. Ça serait pas possible. Ça change tous les jours. Elle est comme ça. Une petite pute. C'est triste.

— M-ma fille, c'est p-pas... s'insurgea Sally, avant de retomber dans son mutisme.

Burns essaya quand même :

— Et vous, madame Biggs, vous ne savez pas non plus où pourrait être votre fille ?

Sally fronça les sourcils, avec l'air de se triturer les méninges, mais ne dit rien.

Burns soupira.

— Mlle Angela Biggs a déclaré que, depuis quelque temps, sa sœur disposait de moyens financiers plus importants qu'à l'ordinaire et que cela se voyait à ses vêtements. Vous n'avez aucune idée de la provenance de cet argent ?

— Non, répondit Gordon. Ce qui est sûr, c'est que c'est pas en bossant qu'elle l'a gagné. Parce que le boulot, elle connaît pas. A mon avis, elle a fini par tomber sur le bon mec, un mec qui a du pognon. Je vois pas autre chose.

— Vous vous êtes disputé avec votre fille avant qu'elle quitte cet appartement, vendredi ? demanda Burns.

Gordon décocha un regard furibond à Angela.

— Disputé... disputé, c'était pas vraiment une dispute, éluda-t-il.

— Vous lui auriez dit en quelque sorte que ce n'était plus la peine de revenir si elle n'était pas... habillée plus correctement ?

— Vous auriez dû la voir ! Une vraie pute ! Je peux pas laisser ma fille de seize ans se balader habillée comme ça ! On aurait cru une putain en tenue de travail !

— Mais vous ne l'avez pas empêchée d'aller se balader comme ça, comme vous dites, rétorqua Burns. Au contraire, vous lui avez montré la porte. Elle n'a peut-être plus le courage de rentrer ? C'est peut-être une éventualité ?

— Hein ? Celle-là, celui qui lui fera peur, il est pas encore né, croyez-moi ! Elle a pas froid aux yeux, la gamine. Si elle rentre pas, c'est pas à cause de moi.

— C'est pourquoi, alors ?

— J'en sais rien, moi. Je vous le dis, elle est chez un mec. Je vous en fiche mon billet.

— Je vous conseille quand même de signaler sa disparition, dit Burns. Votre fille n'a que seize ans. A cet âge-là, elle ne devrait pas rester absente pendant des jours sans que vous sachiez où elle est.

— Je croyais qu'Angela avait…

— C'est à ceux qui ont la responsabilité parentale de le faire.

— Bon, marmonna Gordon, qu'est-ce qu'il faut que je fasse ?

Carley sortit un formulaire et un stylo, s'assit à la table sans y avoir été invité, en face d'une Sally complètement absente.

— Il nous faut des informations concernant la personne de votre fille. Son nom, sa date de naissance, son âge, sa taille, sa couleur de cheveux, etc. Comment était-elle habillée le jour de sa disparition ? Et une photo nous serait utile.

— Conneries… grommela Gordon, tout en attirant une chaise et en s'asseyant. Bon, Linda Biggs, seize ans, née le 8 décembre 1991, teinte en blonde…

La peur serra la gorge d'Angela. Sans crier gare. Sans doute à cause de la situation. A cause du flic qui était assis dans cette cuisine en désordre devant cette table crasseuse, et qui réduisait Linda à une fiche. Elle avait disparu.

Sa petite sœur avait disparu.

Mon Dieu, faites qu'elle se soit seulement tirée, pria-t-elle, elle qui ne priait jamais.

Mais quelque chose l'empêchait d'y croire.

4

Dehors virevoltait une bourrasque de neige tombée d'un ciel anthracite, mais les flocons fondaient, à peine arrivés au sol. Les essuie-glaces des voitures qui peinaient dans la circulation londonienne en cette fin d'après-midi travaillaient à plein régime. La ville entière était grise et triste. Au cœur de Londres, les prémices du printemps se faisaient encore désirer.

Rosanna se détourna de la fenêtre et examina la chambre d'hôtel qui serait son logis pendant les quinze jours à venir. Nick ne s'était pas montré chiche : c'était l'impressionnante tour du Hilton de Park Lane, en bordure de Hyde Park. Des chambres vastes et luxueuses. Un grand lit king size, un joli salon, un téléviseur, un minibar, une armoire logeable plaquée acajou, une salle de bains carrelée de marbre. Sans compter une grande table de travail avec accès à Internet pour son ordinateur portable. Toutes les conditions étaient réunies pour lui permettre de fournir un travail efficace dans un environnement agréable.

On frappa à la porte et Cedric entra. Pour son séjour à Londres, qu'il passerait principalement en visites à ses amis d'autrefois, il avait choisi de réserver la chambre voisine de celle de sa sœur. Sans doute son prix dépassait-il largement son budget, mais Rosanna n'avait fait aucune observation. A trente-huit ans, Cedric savait ce qu'il faisait. Ce n'était pas à sa petite sœur de lui faire la leçon.

Il portait une veste de cuir marron foncé luisante d'humidité, et ses cheveux étaient tout aussi trempés. Se secouant comme un chien mouillé, il s'exclama :

— Quel temps pourri ! J'ai pris la douche rien qu'en venant du métro. Je peux prendre une serviette dans la salle de bains ?

Cedric disparut en laissant de larges traces sur le tapis gris clair et les carreaux blancs.

Il aurait pu faire ça dans sa chambre, pensa Rosanna avec irritation.

Cedric réapparut, muni d'une immense serviette blanche avec laquelle il se sécha le visage, se frotta les cheveux. Naturellement, les petites serviettes pour les mains ne lui suffisaient pas, il avait fallu qu'il prenne son drap de bain.

— Où étais-tu ? s'enquit-elle.

— Je suis allé voir une copine d'autrefois que tu ne connais pas.

Il jeta le drap de bain sur le lit. Elle le regarda, avec ses cheveux ébouriffés, ses vêtements décontractés… C'était son frère, mais elle comprenait sans peine l'attrait qu'il exerçait sur les femmes. Pas étonnant qu'il lui suffise de claquer des doigts pour en avoir une. Malheureusement, il se trompait toujours d'adresse.

Elle se frotta les tempes.

— Tu as mal à la tête ? s'inquiéta Cedric.

— Non… C'est juste que… Je viens de téléphoner à Dennis pour lui dire que j'acceptais le boulot et que je resterais quelque temps ici. Ça… Ça ne s'est pas très bien passé.

Elle se mordit la lèvre. Elle répugnait à nourrir l'aversion de son frère envers son mari, mais elle était tellement bouleversée par la conversation qui venait de se dérouler qu'elle avait besoin de s'épancher. Le terme de conversation n'était d'ailleurs pas le plus approprié. Elle avait parlé, expliqué, argumenté, s'était justifiée de manière pratiquement ininterrompue, tandis que lui était resté muet, de glace. A la fin, il lui avait simplement déclaré :

« C'est toi qui vois. Si tu as envie de passer des semaines loin de ta famille, je t'en prie, je ne vais pas te l'interdire. De toute façon, je suppose que les conséquences t'importent peu.

— Quelles pourraient bien être les conséquences irréversibles d'un séjour de quinze jours en Angleterre ? » avait-elle rétorqué. Mais il l'avait interrompue d'un sec : « Il n'y a plus rien à dire », avant de lui raccrocher au nez.

— A mon avis, il a du mal à se contrôler, ce brave Dennis, commenta Cedric. Je l'ai vu tout de suite. Il a peut-être peur que tu l'abandonnes... Je ne sais pas d'où ça vient, mais on dirait qu'il a absolument besoin de t'avoir sous la main. Ton séjour en Angleterre, tes contacts avec le monde du journalisme, avec des gens qu'il ne connaît pas... je suppose que ça le désécurise.

Elle en fut estomaquée :

— C'est toi, docteur Freud, qui comprends Dennis, maintenant ?

— Non, ce n'est pas vraiment de la compréhension. J'ai simplement réfléchi à une explication de son comportement. Je ne l'aime pas, tu le sais. Je n'ai jamais compris pourquoi tu...

— Je sais, l'interrompit-elle.

Ce n'était pas le moment d'entrer dans l'inévitable spirale de l'analyse des erreurs et manquements de Dennis, où, à son grand dam, elle décelait bon nombre de vérités. Une fois de plus, elle se contraindrait à une défense véhémente en ayant le sentiment oppressant de vouloir à tout prix se convaincre elle-même.

— Cedric, j'ai un coup de fil important à passer, poursuivit-elle. Je dois appeler Marc Reeve pour lui demander un rendez-vous, et j'ai bien peur que ça ne soit pas très facile non plus.

— C'est clair, il ne va pas être très chaud à l'idée de remuer toute cette histoire. Il a tout intérêt à ce qu'elle reste recouverte du voile de l'oubli.

— Très poétique, ta formule. S'il te plaît... dit-elle avec un signe de tête en direction de la porte. Tu sais que, contrairement à toi, je suis ici pour travailler.

— Ça va, j'ai compris.

Pour atténuer la brusquerie de ses paroles, elle l'arrêta au moment où il saisissait la poignée de la porte :

— Eh, Cedric, murmura-t-elle, je suis contente de te retrouver. Ça fait tellement longtemps...

— Moi, pareil, affirma-t-il. On pourrait peut-être aller manger un morceau ensemble au Trader Vic's ce soir ?

— D'accord. A plus tard.

Elle attendit qu'il ait fermé la porte pour s'approcher du téléphone, en s'interdisant d'accorder la moindre pensée à Dennis, lequel devait faire la tête, assis à son bureau, espérant qu'elle le rappelle pour lui passer de la pommade.

Son papier à la main, elle composa le numéro que lui avait donné Nick tout en souhaitant confusément que l'avocat ne décroche pas. Mais son espoir fut vain, car Reeve répondit dès la seconde sonnerie.

— Reeve, s'annonça-t-il.

Elle se racla la gorge.

— Euh... Monsieur Reeve, bonjour, je suis Rosanna Hamilton...

— Oui ?

Très aimable. Sans doute la prenait-il pour une cliente potentielle.

— Je suis journaliste. Je travaille en ce moment pour *Cover*. C'est un magazine qui...

— Merci, je connais *Cover*.

Le ton était déjà moins amène.

— Que puis-je faire pour vous ? poursuivit-il, d'une voix qui laissait entendre qu'il avait compris ce qui allait suivre.

Le malaise de Rosanna s'accentua.

— Je prépare une série d'articles sur des personnes qui ont disparu sans laisser de traces, et...

— Et Elaine Dawson fait partie de ces personnes ? l'interrompit-il, d'un ton qui cette fois était résigné. Mon Dieu... Quand je pense qu'il y a cinq ans, j'ai été assez bête pour proposer à une jeune inconnue en larmes de l'héberger pour une nuit ! Vous ne pouvez pas savoir à quel point je continue à m'en mordre les doigts !

— Je comprends très bien, monsieur Reeve... enfin... que vous en éprouviez de l'amertume, et...

— Je n'éprouve pas d'amertume, la coupa-t-il. Je me suis donné beaucoup de mal pour éviter de tomber là-dedans, justement. Mais j'ai déjà donné avec cette histoire, et, pour être franc, je n'ai aucune envie de recommencer à faire les choux gras de la presse à scandale.

— Il ne s'agit pas de choux gras, mais d'aborder différentes affaires de disparition sous l'angle des conséquences sur les personnes qui ont été touchées d'une façon ou d'une autre. Dans l'affaire Dawson, cela concerne surtout le frère d'Elaine, Geoffrey, qui, comme vous le savez peut-être, est gravement handicapé et...

A nouveau, il lui coupa la parole :

— Merci, Geoffrey Dawson, je ne le connais que trop. Et je sais aussi qu'il clame sur tous les toits que j'ai tué sa sœur. Il m'a poursuivi de menaces au téléphone à tel point que j'ai été obligé de porter plainte. Il a arrêté de me harceler, mais il n'est pas impossible qu'il mijote encore quelques coups tordus.

Rosanna comprit alors que, contrairement à ce que ce Reeve affirmait, il était rempli d'amertume, et, de plus, rancunier.

Elle fit une dernière tentative :

— C'est bien en cela que vous pourriez m'être utile, monsieur Reeve. Vous pourriez vous servir de mon article pour faire passer votre vision des choses, votre point de vue. Vous pourriez décrire une nouvelle fois le déroulement de la soirée, et balayer des malentendus qui n'ont jamais été levés. Mon propos est d'exposer les faits d'une manière loyale et objective, et non pas d'accuser qui que ce soit sur la base de simples suppositions. Je peux aussi vous proposer de ne pas citer votre nom, de le changer.

— Il y aura toujours assez de lecteurs pour savoir immédiatement qu'il s'agit de moi, rétorqua Reeve. Non, madame Hamilton, je regrette.

— Seriez-vous prêt néanmoins à me recevoir ? Peut-être pourrai-je vous repréciser ce que je...

— Madame Hamilton...

Il pouvait à tout moment raccrocher. Il fallait le prendre de vitesse :

— Ecoutez, attendons demain, et réfléchissez calmement, se hâta-t-elle de dire, vous pouvez m'accorder cela, n'est-ce pas ? Mon appel d'aujourd'hui vous a pris par surprise. Puis-je vous donner mon numéro ? Vous pourrez me rappeler demain pour me faire connaître votre décision.

— Je ne crois pas que je changerai de position, affirma Reeve.

Toutefois, il nota son numéro de portable avant de raccrocher sans plus de commentaires.

Elle était déçue. Certes, elle pouvait parfaitement écrire son article sans avoir rencontré Reeve, mais, en dehors du côté journalistique, elle était intéressée par l'affaire à titre personnel, et brûlait d'envie de s'entretenir d'Elaine avec celui qui avait été le dernier à la voir et lui parler.

Elle décida de prendre un bain moussant bien chaud. Deux coups de fil désagréables d'affilée, c'était beaucoup. Il fallait qu'elle fasse quelque chose si elle ne voulait pas être de mauvaise humeur toute la soirée.

Mardi 12 février

1

Elle se prépara à sortir de chez elle à onze heures et demie pour se rendre à son travail. Sa journée de repos de la veille l'avait aidée à se calmer les nerfs et à retrouver à peu près figure humaine. Le soir, déprimée par l'étroitesse et la laideur des pièces où elle vivait cloîtrée depuis trois jours, elle avait même réussi à juguler ses craintes et à sortir faire un petit tour dans le village.

A son âge, on ne pouvait pas se contenter de lire ou de regarder la télévision. Parfois, elle se demandait combien de temps encore elle supporterait cette vie qui n'en était pas une, sachant que, peut-être, cette partie de cache-cache était inutile, que personne n'était plus à sa recherche. Cette idée, pourtant réconfortante, l'enfonçait encore plus dans la dépression, car elle faisait ressortir le fait que ses moindres actes et toutes ses souffrances étaient déterminés par une phobie dénuée de sens. Quelle que soit sa décision – continuer ou arrêter de se cacher – elle ne saurait jamais d'avance si elle ne commettait pas une erreur fatale. Et si elle pourrait jamais surmonter sa dépression ni ses peurs.

La veille au soir, lorsqu'elle était sortie faire sa promenade, humant l'air qui, pour la première fois, sentait le printemps, elle avait cédé aux larmes. Tous les désirs qu'elle parvenait généralement à endiguer avaient rompu les amarres et l'avaient littéralement inondée de tristesse, de désespoir. L'amour, la chaleur, la vie... Un mari, des enfants, des amis... La paix et la sécurité... Qu'il devait être bon d'attendre l'arrivée du printemps en se réjouissant, au lieu de la craindre parce que les couleurs et la gaieté soulignaient encore davantage la noirceur de sa propre existence.

Elle s'était hâtée de rentrer, de peur de croiser quelque bonne âme qui s'étonnerait de la voir en pleurs. Elle obéissait à un principe fondamental, celui de ne se faire remarquer à aucun prix, et ce principe s'était si profondément ancré en elle qu'elle s'y pliait de façon automatique.

Mais grâce à son travail, elle pourrait se cramponner au quotidien. L'Elephant ouvrait à midi, il lui fallait être à l'heure, et même si c'était justement l'endroit où sa nervosité atteignait des sommets, le pub lui parut le havre sûr qui la sauverait de son océan de douleur.

Au moment où elle ouvrait sa porte, elle faillit se cogner dans M. Cadwick visiblement en train d'épier les bruits qui provenaient de chez elle.

Elle poussa un petit cri d'effroi, en même temps que son propriétaire faisait un pas en arrière, tout aussi effrayé.

— Oh ! lâcha-t-il.

Je suppose que ce n'est pas la première fois, se dit-elle.

Normalement, il était prévenu de son départ par le bruit de la commode qu'elle déplaçait, mais ce matin-là, elle était sortie de bonne heure pour s'acheter du pain et du beurre et ne s'était pas barricadée après son retour, dans le but de faire un léger pas vers le retour à la normalité.

— Monsieur Cadwick, l'apostropha-t-elle en remarquant qu'une fois de plus son cœur battait à se rompre, qu'est-ce que vous faites ici ?

— Je suis ici parce que je suis chez moi, voilà pourquoi !

Pris sur le fait, il était forcément agressif ! Il savait bien qu'il était ridicule, surpris devant sa porte, sur ce palier plongé dans le noir.

Elle regarda les pieds du bonhomme. Il était en chaussettes, de vieilles chaussettes de laine crasseuses. Exactement comme elle l'avait imaginé. Oui, il enlevait ses chaussures pour se promener sans bruit dans la maison !

Elle ne répondit pas. Quel vieux saligaud !

— Cette nuit, poursuivit le vieil homme, je n'arrivais pas à dormir et j'ai beaucoup gambergé. A propos de vous.

Elle garda le silence, pensant : Allez, vas-y, vieux vicieux, dis ce que tu as à dire.

— Moi, je trouve que vous avez quelque chose de bizarre, reprit-il, plus assuré maintenant qu'il était passé à la contre-attaque. D'ailleurs, je vous ai trouvée bizarre dès le début ! Votre façon de vivre, votre comportement... Vous êtes belle fille, encore jeune ! Pourquoi vous vivez comme ça ?

Elle mourait d'envie de le pousser de côté sans cérémonie et de sortir sans lui adresser la parole, mais il n'avait sûrement pas fini. Il avait quelque chose à lui dire. Et si elle ne l'écoutait pas maintenant, elle le retrouverait à la même place à son retour.

— Qu'est-ce que vous voulez dire par bizarre ? s'enquit-elle.

— Ben... vous ressemblez à une espèce de taupe. Toujours dans le noir, toujours enfermée chez vous. Pas d'amis. Pas... d'homme. Vous n'avez pas d'homme dans votre vie ? C'est pas bon, ça !

— Est-ce que ça vous regarde ?

— Vous habitez dans ma maison !

— Je vous paie le loyer, je ne fais pas de dégâts, je ne vous embête pas et j'observe le règlement intérieur. En dehors de ça, il n'y a rien qui vous regarde !

— Ne le prenez pas comme ça ! répliqua-t-il, changeant alors de registre. C'est parce que je vous veux du bien ! Je me fais du souci pour vous. Vous n'avez pas l'air d'aller bien !

Elle franchit le seuil et ferma la porte derrière elle, la boucla démonstrativement à double tour... geste inutile, car s'il voulait entrer, libre à lui.

— Contrairement à ce que vous pensez, je ne m'enterre pas chez moi, j'ai un boulot, dit-elle, et il ne faut pas que j'arrive en retard. Vous allez devoir continuer à réfléchir à mon sujet tout seul.

— Vous êtes vraiment désagréable, geignit-il, chagrin, en la dévorant des yeux.

Il se mit néanmoins sur le côté pour la laisser passer. Lorsqu'elle fut presque arrivée au bas des marches, il se pencha par-dessus la rampe :

— Vous savez ce que je crois ? cria-t-il.

Malgré elle, elle s'arrêta.

Il ne peut pas savoir, se dit-elle, il ne peut pas être au courant.

— Vous vous cachez de quelqu'un ! Oui, voilà ce que je pense ! Il y a quelque chose ou quelqu'un qui vous flanque la trouille ! Vous êtes en cavale, et c'est ma maison que vous avez choisie pour vous planquer ! Et ça, vous trouvez que ça ne me regarde pas ?

Son cœur battait à faire mal. D'un pas vif, elle se dirigea vers la porte d'entrée.

— Mais tout ce que je veux, c'est vous aider ! cria-t-il encore.

Elle sortit, claqua la porte derrière elle, s'appuya contre le battant. Elle sentait le rouge qui lui brûlait les joues, la sueur qui emperlait son front.

Il ne faut pas que je panique, il faut que je réfléchisse, s'intima-t-elle.

Non, le vieux ne savait rien. Il avait juste exprimé ses soupçons et avait tapé dans le mille par hasard. Nul besoin d'être un génie. On voyait bien qu'elle avait peur, qu'elle avait des problèmes, qu'elle se coupait du monde, qu'elle n'avait aucune vie privée. Pas d'amis, pas de famille. Pour un type comme Cadwick, elle avait l'air d'être surgie du néant, de vivre dans le néant et de se diriger vers le néant. Et pour couronner le tout, elle avait des attaques de panique. Rien de plus normal qu'il trouve ça curieux et que ça le fasse gamberger.

La question était : est-ce qu'il pouvait devenir dangereux ?

Elle longea la ruelle, tête baissée comme toujours, l'écharpe remontée de manière à lui recouvrir la moitié du visage. Il faisait moins froid, mais il soufflait toujours un vent frais qui ne rendait pas suspecte sa manière de s'emmitoufler. Pas encore. Au printemps, elle serait bien obligée de se défaire petit à petit de son camouflage. Chaque année, l'arrivée du printemps était problématique, et son angoisse durait jusqu'au cœur de l'été, avant de s'atténuer à mesure qu'elle s'habituait à sa vulnérabilité.

Non, il ne pouvait pas devenir dangereux. Il était exclu qu'il connaisse son histoire. Sinon, il y aurait fait allusion. Restait qu'il pouvait aller voir la police. Mais que pourrait-il dire aux flics ? Que sa locataire était bizarre, qu'elle n'avait pas de mec et qu'elle avait peur d'un rien ? Il n'avait rien de plus suspect à signaler. La police ne se déplaçait pas pour ça.

Elle releva la tête, débarrassée d'une partie du poids que Cadwick lui avait posé sur les épaules.

Néanmoins, elle eut le sentiment que son séjour à Langbury tirait à sa fin. Ce vieux type lui avait déplu dès le premier instant, mais du moins lui avait-il fichu la paix. Désormais, elle ne pouvait plus compter là-dessus. Il n'était pas idiot. Il avait sûrement senti à quel point elle s'était sentie acculée, et il recommencerait. Peut-être valait-il mieux chercher un autre logement. Mais Langbury était un petit village et ce n'était pas en déménageant qu'elle empêcherait Cadwick de la poursuivre. Sans compter qu'elle avait décidé dès le début de ne pas séjourner trop longtemps au même endroit. Il était préférable de quitter le village avant que les gens ne se mettent à se poser des questions et à s'étonner du comportement étrange de cette fille qui n'était pas du coin.

La perspective de ne pas avoir à croupir plus longtemps dans le trou à rats de Cadwick la revigora. Son pas se fit plus vif. Elle releva la tête plus haut que de coutume.

2

Le refus de Marc Reeve de coopérer avait affecté Rosanna, mais elle tenta d'agir en personne sensée et de se dire que cela ne gênerait en rien son travail. Nick lui avait passé suffisamment d'archives pour lui permettre de reconstituer les événements de l'époque. Toutefois, en ce qui concernait la vie actuelle de Reeve, elle en était réduite aux supputations. Elle savait qu'il n'avait pas pu rester plus longtemps dans son grand cabinet d'avocats et travaillait de ce fait à son propre compte. Cela n'avait pas dû être facile. Où en était-il maintenant ? Avait-il pu réorganiser sa vie professionnelle et personnelle, se remettre des échecs subis ? Mais si tout allait pour le mieux, pourquoi manifestait-il tant d'amertume ? Il lui avait semblé fatigué et frustré quand elle avait abordé le sujet d'Elaine.

Etait-il toujours en train de se battre contre les effets néfastes de l'affaire ?

Attention, pas de suppositions, tiens-t'en aux faits ! se morigéna-t-elle.

Ce matin-là, à l'hôtel, elle avait également parcouru les documents ayant trait aux autres affaires qui seraient l'objet de sa série d'articles : un vieux monsieur qui s'était échappé huit ans auparavant d'une maison de retraite et dont on n'avait plus jamais entendu parler, sans que l'on retrouve de cadavre ; un jeune homme qui avait quitté sa famille un soir pour aller s'acheter de la bière et avait disparu depuis ; une jeune fille qui avait rendez-vous avec son copain à un arrêt de bus et n'était jamais arrivée jusque-là. Et deux autres cas. Six en tout.

Elle avait beaucoup à faire. Une quantité de gens à contacter, à rencontrer, leurs déclarations à noter. Et les articles à écrire. Elle n'avait pas le temps de se plonger à fond dans l'histoire d'Elaine et de se laisser entraver pendant des jours par le refus de Reeve. Nick l'avait avertie : hors de question de lui donner la prépondérance parce qu'elle était influencée par ses liens personnels avec la jeune femme disparue.

On frappa à la porte et Cedric entra, propre comme un sou neuf, en veste de cuir comme de coutume et en jean râpé.

— Tu as pris ton petit déjeuner ? s'enquit-il.

Elle éclata de rire.

— Il est onze heures. Tu viens de te lever ?

Il bâilla.

— Oui. Et toi ? Tu travailles déjà ?

— J'ai pris connaissance des différentes affaires. Ça va me donner pas mal de boulot.

— Raison de plus pour laisser Reeve là où il est et te jeter à l'eau, dit-il.

La veille, au restaurant, elle lui avait rapporté sa conversation avec l'avocat, et Cedric lui avait conseillé de ne pas se laisser freiner par lui. Elle avait tenté de lui expliquer ce qu'elle ressentait, à savoir que c'était un moyen pour elle de se rapprocher d'Elaine, non pour sa série, mais pour elle-même.

« Je ne peux pas vraiment dire que je culpabilise par rapport à ce qui lui est arrivé, lui avait-elle confié, mais je ne peux pas oublier que c'est à mon mariage qu'elle voulait venir. C'est à cause de mon invitation qu'elle a quitté son village pour prendre l'avion à Londres. Pour elle, telle que nous la connaissons, c'était une entreprise extraordinaire. Et voilà qu'elle arrive jusqu'à Heathrow, puis disparaît.

— Ce n'est pas ta faute.

— Non, mais c'est moi qui suis à l'origine de sa disparition. En quelque sorte... je fais partie de l'histoire. Sans moi, sans mon mariage, rien de tout cela ne serait arrivé.

— Mais tu ne vas pas te faire du mouron pour ça, avait rétorqué son frère. Ça n'apporte rien à personne. Nous faisons tous partie d'une histoire quelconque et nous ne sommes pas à chaque fois responsables de son déroulement. C'était ton mariage, et tu as été bien sympa en invitant cette bonne vieille Elaine. Il s'est passé quelque chose, d'accord, mais le lien avec son voyage n'est même pas prouvé. Elle a peut-être profité du prétexte de ton mariage pour filer avec un amant marié, qui sait ?

— Enfin, Cedric ! Elaine et un amant marié ! Déjà, Elaine et un amant, c'est difficilement imaginable ! »

Ils avaient ri tous les deux, mais d'un rire qui n'était ni joyeux ni détendu. Le destin de la famille Dawson était trop cruel pour cela, trop cruel pour une seule famille. Un frère et une sœur, le frère paralysé, la sœur disparue sans laisser de traces. Les deux parents, morts depuis longtemps. Le frère condamné à vivre dans un centre pour handicapés.

— C'est curieux, quand même, dit Rosanna, pendant toutes ces années, je n'ai pas beaucoup pensé à Elaine, mais maintenant, j'ai du mal à rester neutre dans cette affaire. Je suis trop impliquée... mais de là à tout laisser tomber...

— Si tu laisses tomber, Dennis croira qu'il a gagné, répondit Cedric. A propos : ton époux s'est-il manifesté, aujourd'hui ?

Rosanna secoua la tête.

— Non, et moi non plus. Il m'a raccroché au nez, hier, en me balançant qu'il n'y avait plus rien à dire. C'est à lui de rappeler.

— Je serai très fier de toi si tu t'en tiens à cette position, déclara Cedric, sceptique, avant de regarder sa montre. Il faut que j'y aille. Je vais à Cambridge, voir une fille avec qui j'ai fait mes études. Je peux prendre la voiture ?

Il faisait allusion à la voiture qu'ils avaient louée pour venir à Londres. Rosanna acquiesça :

— Je n'en ai pas besoin. Cedric...

Elle hésita.

— Oui ?

— Oh, non, rien.

Ce n'était pas le moment de lui faire la leçon, de lui dire qu'il gaspillait son temps... qu'il se contentait de vivre au jour le jour au lieu d'avoir un but qui le ferait avancer...

Elle n'avait aucune envie de se disputer avec lui.

— Non, non, ce n'est rien, répéta-t-elle.

Il parut soulagé. Sans doute se doutait-il des pensées qui l'agitaient.

— Bien. Je m'en vais, dans ce cas, dit-il. Salut, à ce soir !

Il ouvrit la porte, puis s'arrêta.

— Il me vient une idée, ajouta-t-il. Puisque Reeve ne veut pas te parler… tu as évoqué un voisin, hier soir, le type qui les a vus ensemble, Elaine et lui, et qui a prévenu la police. Peut-être qu'il est toujours là. Tu pourrais essayer d'aller le voir. Ce n'est pas pareil, mais il a vu Elaine. Et il pourrait te donner quelques renseignements sur Reeve, quel genre de mec c'est, etc.

Elle dévisagea son frère et déclara :

— Parfois, tu es vraiment génial, Cedric !

Il la gratifia d'un large sourire :

— C'est que je tiens à ta tranquillité d'esprit. Allez, à plus !

Sitôt dit, sitôt fait. Elle sortit le dossier Dawson.

Où dénicher les coordonnées de celui qui avait prévenu la police à propos de Reeve ?

3

Deux heures plus tard, elle était assise en face de l'ancien voisin de Marc Reeve en ayant du mal à croire en sa chance : non seulement elle l'avait retrouvé, mais, de plus, il était chez lui ! Et tout disposé à lui accorder du temps. Ce n'était pas étonnant : deux minutes avaient suffi pour qu'elle comprenne qu'elle avait affaire à un bavard doublé d'un m'as-tu-vu. L'affaire Reeve/Elaine et son propre rôle auprès des journalistes avaient apparemment représenté le moment le plus exaltant de son existence. Sans doute avait-il du mal, de son côté, à croire en la chance qui lui était donnée d'avoir une nouvelle occasion de s'exprimer au bout de tant d'années !

Elle l'avait retrouvé très facilement. Dans un journal de 2003, elle avait découvert une indication sur l'adresse de Reeve : Belgravia. Le nom de la rue n'y figurait pas, mais on disait qu'il s'agissait d'une « petite rue donnant sur King's Road, très proche de Sloane Square ». Cela limitait le rayon des recherches. Un autre journal avait publié une photo de la maison. Elle faisait partie d'une rangée de cinq bâtisses accolées, de vieilles constructions en brique rouge, à bow-window et à pignon. De minuscules jardinets bien arrangés, en bordure d'une rue pavée. Quelques arbres aux branches nues recouvertes d'une épaisse couche de neige. Le quartier, comme saupoudré de sucre blanc, avait l'air sorti tout droit d'un conte de fées. Calme. Bourgeois. Très cher.

Le nom complet du voisin ne figurait nulle part. Il circulait dans la presse sous la dénomination de *Richard H. (45 ans)*.

Il s'appelait Richard Hall, était aujourd'hui âgé de cinquante ans et vivait dans la maison à la droite de l'ex-domicile de Reeve. Il rentrait déjeuner, aussi Rosanna put-elle le rencontrer chez lui. Elle lui proposa, bien entendu, de revenir à un autre moment, mais à la perspective de pouvoir répéter son histoire, d'avoir de nouveau son nom dans les journaux, Hall oublia sa faim et intima à sa femme, une blonde insignifiante à l'air timide, de remballer les plats.

— Tu me réchaufferas tout ça ce soir, enjoignit-il à son épouse, laquelle entreprit sans le moindre commentaire de débarrasser la table dressée dans la salle à manger.

Comme la cheminée dégageait une agréable chaleur, Hall proposa que l'entrevue ait lieu au coin du feu. Il approcha deux fauteuils au plus près du foyer et s'installa en face de sa visiteuse.

Cette dernière l'observa à la dérobée. Grand et pas trop mal bâti, il portait un costume bien coupé, mais son physique pâtissait d'un visage rond comme une bille, au teint blafard, percé de petits yeux trop rapprochés. Il faisait l'effet d'un homme sans charme qui s'efforçait de tirer le meilleur parti de sa personne, sans y parvenir tout à fait. Il souffrait vraisemblablement d'un complexe d'infériorité. Mais Rosanna s'interdisait de se livrer à une interprétation psychologique trop poussée du personnage, dont l'être profond ne l'intéressait que dans la mesure où il lui permettait d'évaluer le pourcentage de vérité contenu dans ses déclarations. Elle devinait qu'il avait une propension à enjoliver la réalité et à présenter comme des faits des éléments qui n'étaient que de simples suppositions. Toutefois, ce n'était sans doute pas un menteur.

— Oui, dit-il, je les ai vus, ce soir-là, tous les deux, Reeve et Mlle Dawson. Ils sont arrivés dans la voiture de Reeve et sont entrés ensemble chez lui. Il portait sa valise. Lui, il n'avait qu'un sac de voyage.

— Comment savez-vous que c'était la valise de Mlle Dawson ?

— C'était une valise rouge, pour ce que j'ai pu en voir à la lumière des lampadaires, expliqua Hall qui se souvenait apparemment du moindre détail, et elle avait l'air... en plastique. Ce n'était pas le style de Reeve.

— Je comprends. Il était quelle heure ?

— Environ dix-neuf heures. J'étais à la fenêtre du séjour, j'attendais mon fils. Il était allé jouer chez un copain, et je lui avais dit de rentrer à sept heures du soir. Il avait neuf ans à l'époque.

— Quelle impression vous a faite Elaine Dawson ? En admettant que vous ayez pu la voir de loin et dans l'obscurité...

— Nous avons un lampadaire qui éclaire parfaitement, répondit Hall. J'ai tout vu, très nettement. Et si j'ai regardé comme ça, c'est parce que j'étais assez... intrigué.

— Intrigué ?

— Oui, parce que Mlle Dawson ne cadrait pas avec le tableau de chasse de Reeve.

— Vous voulez dire qu'il préférait d'ordinaire un autre genre de femme ?

— Eh bien... prononça Hall avec un plaisir qui prouvait son goût pour les commérages, c'est-à-dire... enfin... Environ neuf mois avant ce soir de janvier, Mme Reeve était partie en emmenant leur fils. Depuis, Marc Reeve vivait seul, et d'après tout ce que j'ai pu voir... il a rencontré d'autres femmes pendant cette période. Des femmes différentes. En général, elles restaient pour la nuit.

Ah, dis donc, tu l'avais à l'œil ! lui répondit Rosanna en pensée. Pauvre Reeve ! Pour quelqu'un qui était sur le point de faire une belle carrière, ce voisin qui n'hésitait pas à révéler ce genre de détails intimes au grand public était un vrai cauchemar !

— Et Elaine Dawson n'entrait pas dans cette catégorie ?

— Pas du tout. Les... accompagnatrices de Reeve étaient toutes des femmes beaucoup plus belles que la moyenne. Bien habillées. Je suppose que c'étaient en majorité des avocates, ou des femmes qui avaient un rapport avec sa profession. Des femmes élégantes, qui avaient de la classe... si on passe sur le fait qu'elles n'hésitaient pas à se galvauder en acceptant de coucher comme ça, pour une nuit. Ah ça, les temps ont changé, c'est sûr !

Et toi, tu crevais de jalousie derrière ta fenêtre, lui répliqua mentalement Rosanna, et ça t'a fait jubiler de pouvoir le traîner dans la boue ! Tu en jubiles encore !

— Enfin... Cette Mlle Dawson, ce n'était pas du tout le même topo, poursuivit Hall. Premièrement, elle était vraiment très jeune, et Reeve n'avait jamais ramené de femmes aussi jeunes. Et ensuite, elle était si... insignifiante. Oui, c'est le mot. Pas vraiment moche, mais rien pour elle. Elle portait un manteau très vilain... et puis cette valise en plastique... Quant à ses cheveux, n'en parlons pas ! Elle avait l'air de sortir tout droit de sa campagne, de ne pas savoir du tout s'arranger.

C'était une assez bonne description de la fille que Rosanna avait connue.

— Comment vous a-t-elle paru ? Effrayée ? Contente ?

— Elle avait l'air d'avoir pleuré. Elle ne pleurait plus, mais elle avait pleuré avant, c'est sûr. En tout cas, elle ne semblait pas contente du tout. Elle ne paraissait pas non plus effrayée. Plutôt... un peu apathique, peut-être. Fatiguée.

— Ils sont entrés ensemble ?

— Oui, mais ils sont ressortis au bout de dix minutes environ.

— Ah bon ?

— J'étais toujours à ma fenêtre. Je m'inquiétais, parce que notre fils rentrait toujours à l'heure, normalement. Mary, ma femme, était en train de téléphoner aux parents de son copain...

— Qu'est-ce qu'ils ont fait, Reeve et Elaine ?

— Ils ont descendu la rue en direction de King's Road.

— Vous aviez l'impression qu'ils formaient...

— Un couple ? Pas du tout. Ils ne se tenaient pas par le bras, ni par la main ou autre chose. Ils marchaient côte à côte. Comme deux personnes qui se connaissent, rien de plus.

— Vous savez où ils allaient ?

— Reeve aurait déclaré à la police qu'ils étaient allés dîner dans un restaurant italien, et ça a été confirmé par le patron. Il se souvenait d'eux. Mais ce qui s'est passé après...

Hall haussa les épaules en arborant un air entendu.

— En tout cas, vous ne les avez pas vus revenir ?

— Non. Mon fils est rentré, nous avons dîné, j'ai vérifié les devoirs des enfants et ensuite je me suis installé devant la télé avec ma femme. Je n'ai plus regardé par la fenêtre.

— Vous n'avez pas vu Reeve le lendemain matin, quand il a accompagné Mlle Dawson au métro ?

— Non, je ne suis pas devant ma fenêtre vingt-quatre heures sur vingt-quatre ! protesta Hall avec indignation. Je ne m'intéresse pas particulièrement à ce que fabriquent mes voisins.

— Bien entendu ! répondit Rosanna avec une certaine ironie.

Même si elle se sentait vaguement coupable de voyeurisme envers ce Marc Reeve qu'elle ne connaissait pas, elle enchaîna avec une nouvelle question :

— Est-ce que vous savez pourquoi Mme Reeve est partie ?

Il se tourna vers sa femme, qui était en train de plier la nappe avec soin. Cette pauvre Mme Hall se déplaçait si silencieusement que Rosanna avait oublié sa présence.

— Mary, toi, tu lui parlais souvent, à Mme Reeve !

— Non, pas très. Elle ne parlait pas beaucoup d'elle. Elle avait une mère malade qui vivait en maison de retraite près de Cambridge. Elle allait souvent la voir. Au retour, elle avait l'air assez perturbée, parce que ça la bouleversait de voir sa mère souffrir. Mme Reeve était une femme très sensible. Elle peignait. De très belles aquarelles. On m'a dit qu'elle était connue dans les milieux artistiques.

— Tu m'as dit à l'époque que tu l'avais rencontrée plusieurs fois alors qu'elle sortait de chez elle avec les yeux rouges et gonflés, lui rappela son mari avec impatience.

— C'est vrai, mais je ne lui parlais pas, je faisais comme si je ne voyais rien. Je me disais... qu'elle n'avait pas envie qu'on la voie comme ça. Je ne sais donc pas pourquoi elle était... dans cet état.

— Parfois, on ne pouvait pas éviter d'entendre des cris et des disputes à côté, précisa Richard Hall avec un plaisir manifeste. Et si vous voulez mon avis...

Il marqua une pause significative.

En fait, tout ça ne me regarde pas, se dit Rosanna, mal à l'aise, et ça n'a rien à voir avec l'affaire.

Pourtant, c'était justement la situation du couple qui avait joué un rôle important dans la presse, à l'époque. Elle passa mentalement en revue les articles qu'elle avait lus, dans la presse à scandale en particulier. Partout, on avait mis en exergue le fait que Mme Reeve était partie avec son fils, et partout, on pouvait lire entre les lignes la raison supposée, qui allait des adultères à répétition de Reeve à son penchant marqué pour les très jeunes femmes. Sans oublier les actes de violence auxquels il se livrait régulièrement au sein de son couple. Rien n'avait été omis pour s'approcher au plus près d'un profil le présentant comme un dangereux maniaque afin de pouvoir poser au lecteur la question décisive : *Marc Reeve a-t-il tué Elaine Dawson ?*

Rosanna ne l'avait pas encouragé à continuer sa phrase, mais Hall ne put s'empêcher de lui donner son avis :

— Et si vous voulez mon avis, reprit-il, elle en avait assez d'être trompée. Et ça ne m'étonnerait pas non plus si...

— Oui ?

— Je crois qu'il perdait les pédales quand les choses ne se passaient pas comme il voulait. Et la pauvre Mme Reeve, elle l'a drôlement senti passer, quelquefois.

Rosanna hocha lentement la tête en signe de compréhension.

— Mais vous n'en avez pas de preuves concrètes ?

— Qu'il la maltraitait ? Qu'il la trompait à tour de bras ? Bien sûr que non. C'était quelqu'un de très orgueilleux, de très intelligent. Ce genre de types, ils savent très bien se camoufler. Mais... c'était... enfin, c'était dans l'air, vous comprenez ? Il y a des gens chez qui on sent très bien que, derrière leur aspect comme il faut, se cache quelque chose de pas net. C'est comme une mauvaise odeur, on la sent, mais on ne se l'explique pas. Reeve m'a tout de suite été antipathique, je l'ai trouvé suspect dès le début. Je suis enchanté qu'il ait déménagé assez vite après son divorce.

Rosanna avait pris quelques notes. Elle referma son petit carnet noir et le rangea dans son sac, avant de se lever.

— Je ne veux pas vous déranger plus longtemps, dit-elle. Je vous remercie de m'avoir accordé cet entretien, monsieur Hall.

Ce dernier se leva à son tour.

— Je vous en prie. Tenez, dit-il en lui tendant sa carte. Si vous souhaitez me contacter, je reste à votre disposition.

Je te crois, lui répondit Rosanna mentalement, avant de dire à voix haute :

— Parfait, je ne manquerai pas de faire appel à vous au cas où j'aurais besoin d'autres informations.

Alors qu'ils se dirigeaient vers la porte, elle ajouta, provocatrice :

— Donc, vous pensez que Marc Reeve a quelque chose à voir avec la disparition d'Elaine Dawson ?

Il s'arrêta net.

— Je n'ai pas dit ça.

— Mais...

— Disons que... s'il s'avérait qu'il avait quelque chose à y voir, je n'en serais pas étonné.

Il ouvrit la porte. Un air humide et froid vint les gifler au visage. Il avait commencé à pleuvoir.

— Non, insista-t-il, vraiment, je n'en serais pas étonné.

4

Georgina Ennis aimait son chien Bluebird, un labrador noir bâtard. Elle l'avait appelé ainsi, « Oiseau bleu », parce que, petit, il avait le poil légèrement bleuté. A présent, il tirait sur le gris, car Bluebird avait douze ans bien sonnés. Georgina, qui n'avait jamais eu de chance avec les hommes, avait décidé, à près de cinquante ans, d'abandonner toute idée du grand amour et de se résigner à sa solitude. Bluebird était son seul compagnon et elle souhaitait, bien sûr, qu'il vive encore longtemps. Mais, certains jours, non sans un soupçon de culpabilité, elle enviait les gens qui n'avaient pas de chien et n'étaient donc pas obligés de sortir par un temps aussi désagréable.

La semaine précédente, le printemps semblait sur le point d'arriver, mais février s'était bien vite chargé de remettre les pendules à l'heure en envoyant quelques giboulées de neige qui s'étaient transformées en pluie et en grisaille. Georgina, qui travaillait dans un salon de coiffure, regrettait de ne pouvoir commander une pizza et s'installer confortablement dans l'arrière-boutique pour trois quarts d'heure, comme le faisaient ses collègues. En effet, à l'heure du déjeuner, elle était obligée de rentrer au pas de charge pour permettre à Bluebird de faire son tour. Mais les démonstrations de joie du chien lui faisaient un peu oublier sa contrariété.

Georgina demeurait à Epping, au nord de Londres, dans une tour située à quelques pas de l'Epping Forest, une gigantesque étendue boisée que les Londoniens envahissaient chaque week-end pour s'y promener, faire du vélo, pique-niquer, ou tout simplement rêvasser sur un banc. On y croisait également du monde pendant la semaine, de sorte que Georgina ne se sentait jamais seule dans ces bois profonds. De toute façon, elle n'avait pas peur : elle avait Bluebird.

Elle n'imaginait pas être attaquée avec ce chien imposant et vif à ses côtés.

Ce jour-là, étant donné le temps, il n'y avait évidemment personne dehors. Georgina marchait d'un bon pas. Pour se réchauffer, et aussi parce que, sa pause de midi n'étant pas illimitée, il n'était pas question de traîner si elle voulait boucler son tour. Elle emprunta quelque temps un large chemin sablonneux qui s'enfonçait dans la forêt, puis obliqua dans un sentier obscur et étroit, connu uniquement des habitués. De là, le ciel était pratiquement invisible, caché par les arbres, et on avançait en glissant sur un sol boueux, avant de retomber au bout d'un moment sur le chemin qui ramenait au point de départ.

Pourtant, ce jour-là, Georgina regretta de ne pas avoir dérogé à ses habitudes en faisant demi-tour. Des branches basses et humides lui fouettaient le visage, et elle faillit plus d'une fois tomber. Elle portait de hautes bottes de caoutchouc qu'elle pourrait passer sous la douche en rentrant, mais la toilette de Bluebird promettait d'être sportive. En effet, pour une raison qu'elle ne s'expliquait pas, chaque fois qu'elle s'approchait de lui avec une serviette, il était pris de panique. Elle serait en retard au salon, et Mme Wentworth, la patronne, ne manquerait pas de lui faire les gros yeux.

Mais... où donc était passé Bluebird ?

Georgina s'arrêta. Trop occupée à lutter, tête baissée, contre la pluie et les branches, elle n'avait pas pensé à surveiller son chien. D'ordinaire, il la précédait en trottinant, non sans tourner régulièrement la tête pour s'assurer qu'elle suivait. Elle s'aperçut qu'il ne l'avait pas fait depuis un certain temps.

— Bluebird ! l'appela-t-elle. Bluebird !

Un oiseau s'envola en criaillant. Mais sinon, c'était le silence.

— Bluebird ! Au pied ! Tout de suite ! Bluebird !

Il n'était pas chasseur. Elle ne l'avait jamais vu poursuivre le moindre animal.

Elle ressentit soudain une chose qu'elle n'avait jamais éprouvée durant toutes ces années. Une peur indéfinie, encore très légère, qui s'annonça par une infime contraction de l'estomac et un picotement au creux des mains. Elle comprit alors à quel point elle était seule. A quel point la forêt qui l'entourait était inextricable et sombre. A quel point elle était loin de la civilisation.

De nouveau, un oiseau cria quelque part. La pluie ruisselait.

Tu ne vas pas paniquer, se dit-elle. Ton chien t'a échappé. Rien de plus.

— Birdie ! Birdie, où es-tu ?

Elle écouta le son de sa voix. Elle avait l'impression qu'il ne portait pas très loin. La pluie avalait tout.

— Birdie !

Elle crut alors déceler un aboiement lointain, si faible qu'elle pensa avoir mal entendu. Elle tendit l'oreille. Si, c'était bien ça. Au loin, un chien aboyait. Ce pouvait être Birdie.

Elle se hâta le long du sentier sans se préoccuper des branches qui lui giflaient la figure. Ses pieds s'enfonçaient dans la boue avec un bruit de succion. Elle arriverait en retard au salon, le visage égratigné, avec l'air de sortir d'une caverne de voleurs, mais cela lui était égal. Il s'agissait de Bluebird. Son seul véritable ami.

Arrivée au bout du sentier, elle s'arrêta, le souffle court. Elle s'était tellement dépêchée qu'elle en avait un point de côté. Normalement, elle aurait dû prendre à droite pour rentrer, mais l'aboiement ne semblait pas provenir de cette direction.

Elle appela à nouveau :

— Bluebird ! Birdie !

Un nouvel aboiement, plus proche cette fois. En face de l'endroit où son sentier débouchait sur le chemin, elle découvrit une sorte d'éclaircie entre les arbres, un prolongement de la piste boueuse d'où elle venait. Encore plus étroit. Et sans doute encore plus boueux.

Elle reprit sa marche en trébuchant. S'enfonça dans un fouillis de végétation quasiment inextricable. Une eau glacée lui coulait dans le cou et dégoulinait le long de son dos, déjà trempé de sueur. Ce qui, au début, était encore un vague passage entre les arbres se resserra et elle dut se battre pour se frayer un chemin entre les buissons. Au bout de quelques minutes, elle avait perdu tout sens de l'orientation. Son seul repère restait l'aboiement du chien – Birdie ? – qui répondait fidèlement à chacun de ses appels. Dans cette forêt immense et dense, il était très facile de se perdre, comme l'avaient plus d'une fois constaté à leurs dépens des randonneurs. Il avait fallu faire appel à des patrouilles de recherche pour les retrouver.

A quel moment entreprendrait-on les recherches pour elle ? Qui s'apercevrait qu'elle avait disparu ? La patronne, les collègues...

Combien de temps leur faudrait-il pour s'inquiéter pour de bon ? Et combien de temps arriverait-elle à survivre dans le froid et la pluie ?

Elle s'arrêta pour reprendre son souffle et se calmer.

Tu n'en es pas là, se rassura-t-elle. Et dès que tu auras rejoint Birdie, tout ira bien. Un chien retrouve toujours son chemin.

Elle appela. L'aboiement qui répondit était nettement plus proche.

Au bout de quelques mètres de bagarre avec les broussailles, les branchages perfides qui la griffaient méchamment et se prenaient dans ses cheveux, l'horizon s'éclaircit. Elle atteignit une clairière et se retrouva devant un étang. Gris comme le ciel, entouré de roseaux et d'herbe, la surface de l'eau ridée par la pluie.

Il existait dans cette forêt quelques petits lacs, dont beaucoup étaient aménagés pour la baignade. Les rives étaient entretenues, l'herbe tondue, et des bancs installés tout autour. Mais la mare qui s'étalait sous ses yeux, petite, difficilement accessible, était livrée à elle-même.

Quelques foulques jaillirent des roseaux. Contre toute vraisemblance, l'endroit semblait n'avoir jamais été foulé par aucun être humain. Il était en revanche certain que personne n'y venait en cette saison.

Elle respira, soulagée de revoir le ciel et heureuse d'échapper aux griffures des branches. Puis elle aperçut Bluebird qui la rejoignait en bondissant. Très excité, il aboyait avec force, avec exigence, comme il le faisait d'habitude quand il voulait qu'elle lui lance une balle.

Elle s'agenouilla et l'entoura de ses bras. Il était trempé, l'eau dégoulinait de son pelage, il était couvert de boue, mais cela lui était égal.

— Birdie, vilaine bête, qu'est-ce qui t'a pris de partir comme ça ? Tu m'as fichu une sacrée trouille ! Je vais arriver en retard à mon travail, tu vas me faire avoir des ennuis !

Bluebird, qui, en temps normal, adorait les câlins, se libéra de son étreinte, fit quelques bonds en arrière et aboya de plus belle. Elle se releva.

— Mais qu'est-ce qui se passe ? Tu veux me montrer quelque chose ?

Il démarra comme une flèche sous la pluie qui tombait à verse, l'entraînant à sa suite. Georgina, malgré la sueur, se remit à frissonner. Comme tout à l'heure, quand elle avait eu conscience de sa solitude. De nouveau, son estomac se contracta. De nouveau apparut son mauvais pressentiment.

Qu'avait trouvé Bluebird ?

Elle la vit soudain, étendue au milieu des roseaux. La végétation, à cet endroit, était si épaisse que sans le chien Georgina ne l'aurait jamais découverte. La position de la femme était étrange. Elle gisait recroquevillée, face contre terre. Son visage disparaissait sous l'eau. De longs cheveux blonds flottaient sur une eau brunâtre. Bluebird, qui s'affairait autour du corps depuis un certain temps sans doute, avait consciencieusement retourné la boue de l'étang à cet endroit.

— Oh, mon Dieu ! murmura Georgina. Oh, mon Dieu !

Malgré son envie folle de tourner les talons et de fuir à toutes jambes, elle resta figée sur place quelques secondes, incapable de faire un geste, les yeux agrandis d'effroi. Puis les jappements de son chien lui firent reprendre ses esprits. Passant outre à sa terreur, et sans écouter la voix intérieure qui lui murmurait de s'enfuir le plus vite possible, elle s'approcha du corps, comme prise au piège d'une fascination morbide.

C'était un corps juvénile, mince, lisse et ferme. De longues jambes fines, des chevilles entourées par un collant noir déchiré. La fille ne portait pas de chaussures, mais non loin de là, Georgina aperçut un haut talon noir dans la boue sur le bord, bercé par l'eau. Le slip de la fille, minuscule morceau de lingerie noire, était baissé jusqu'aux genoux. Les croûtes de sang séché qui descendaient le long de ses cuisses, la jupe relevée jusqu'à la taille révélaient ce qui s'était passé : cette jeune fille avait été violée de manière bestiale, quelque part dans ces bois isolés, et ensuite... Dans son désespoir, elle s'était jetée dans cette mare la tête la première...

Non, ce ne pouvait pas être ça.

Car Georgina vit alors les bras noués dans le dos par des liens. On ne s'attachait pas les mains dans le dos avant de se jeter à l'eau... Horrifiée, elle en conclut que quelqu'un d'autre, le violeur sans doute, avait traîné jusqu'à la rive de cette mare sa victime sans défense et l'avait jetée là comme un sac. Le spectacle qu'elle avait sous les yeux n'était pas seulement révélateur d'une barbarie hors du commun, c'était aussi le signe d'un mépris cruel, d'une humiliation qui dépassait l'acte du viol et dépossédait la victime de sa dignité jusque dans la mort.

Une foulque cria, trouant le silence qui régnait sur la clairière. Une idée soudaine traversa l'esprit de Georgina : peut-être le crime ne datait-il pas de la veille ou de quelques heures, peut-être venait-il juste de se passer ! Peut-être Bluebird avait-il surpris l'assassin !

— Birdie ! Birdie, vite ! On s'en va ! cria-t-elle, affolée.

Birdie lui répondit par un aboiement.

Et si la femme était encore vivante ? Si elle venait tout juste de... Combien de temps survivait-on quand on avait le visage dans l'eau ?

Georgina n'en avait aucune idée, mais ce qu'elle savait, c'était que, le temps de retrouver son chemin et d'avertir la police, la fille serait morte.

Malgré la terreur qui la submergeait, elle rassembla toute son énergie pour s'approcher du corps, pataugeant dans l'eau qui venait lécher doucement la grève sablonneuse.

— Hé là ! chuchota-t-elle, sans pouvoir s'empêcher de se trouver ridicule.

Il n'y eut évidemment aucune réaction.

Debout devant le corps martyrisé, elle réprima la violente nausée qui montait en elle. Le spectacle était trop affreux, et en faire partie, en quelque sorte, dans cette effrayante solitude, livrée à la pluie glaciale, les pieds chaussés de bottes maculées de boue dans cette eau trouble, était plus qu'elle n'en pouvait supporter. Avec un hoquet, elle se pencha lentement, attrapa à deux mains la tête de la fille et, après l'avoir soulevée, la tourna vers elle.

Une écume blanche en forme de champignon jaillit du nez et des lèvres légèrement ouvertes. Un visage recouvert de croûtes de sang séché. Des yeux sans regard.

La fille était morte.

Georgina la laissa retomber dans l'eau et vomit dans les roseaux, encore et encore, jusqu'à ce qu'il ne remonte plus que de la bile.

Puis elle s'éloigna de la rive en chancelant, se dirigea vers la clairière, et comme son chien refusait d'obéir à ses ordres donnés d'une voix à peine audible, se résolut à utiliser la laisse qu'elle portait autour du cou. Elle fit demi-tour, la fixa au collier du chien et tira si fort que Bluebird obéit sans opposer de résistance.

— Il faut partir, lui murmura-t-elle, il faut partir le plus vite possible !

Au grand soulagement de sa maîtresse, Bluebird prit la tête sans hésiter une seconde sur le chemin à suivre.

La pluie redoubla de violence, se mêlant aux larmes qui inondaient le visage de Georgina, mais elle ne s'en rendait pas compte.

5

En route vers la station de métro Sloane Square, non loin de chez l'affreux Hall, Rosanna sortit son portable de son sac et constata qu'elle avait eu un appel. Le numéro affiché lui dit vaguement quelque chose, et son soupçon concernant la personne qui avait cherché à la joindre se confirma quand elle vérifia ses notes.

Elle poussa un juron. Marc Reeve. Elle avait dû le louper pendant qu'elle était chez Hall, en train de l'écouter déverser son venin de sa voix trop forte. Il y avait décidément trop longtemps qu'elle ne travaillait plus, autrement elle aurait pensé à garder son téléphone à portée de main.

Il pleuvait. Fallait-il courir se réfugier au sec, dans la station de métro, avant de rappeler Reeve ? Non. Trop de monde susceptible de l'entendre. Là où elle se trouvait, à l'extrémité de cette petite rue écartée, elle était certes sous la pluie, mais il n'y avait personne à l'horizon.

De nouveau, Reeve décrocha à la seconde sonnerie :

— Bonjour, madame Hamilton.

Tiens, il était déjà capable d'identifier son numéro !

— Vous m'avez appelée, lui dit-elle, mais j'étais occupée et je n'ai pas entendu la sonnerie.

Si tu savais que je suis devant ton ancien domicile ! ajouta-t-elle en pensée.

— Nous étions convenus que je reprendrais contact après votre demande d'hier, dit Reeve, et je voulais vous dire que j'en suis désolé, mais je n'ai pas changé d'avis. Je n'ai pas envie d'être une fois de plus mêlé à cette affaire. J'espère que vous me comprenez.

Elle ne le comprenait que trop bien, mais il n'était pas dans son intérêt à elle de le laisser tranquille. Elle opta instantanément pour une autre stratégie : jouer cartes sur table.

— Monsieur Reeve, je comprends très bien, s'empressa-t-elle de répondre, et croyez-moi, ce rôle de journaliste collante ne me plaît pas du tout. Mais c'est que... hier... je ne vous ai pas dévoilé toutes mes motivations.

— Vos motivations ?

— Je... ce que je vous ai dit sur la série d'articles, etc. C'est vrai, mais si c'est moi qu'on a choisie pour l'écrire, malgré le fait que je ne sois plus dans le métier depuis cinq ans, il y a une raison particulière.

Elle respira à fond avant de se jeter à l'eau :

— Je suis... j'étais une amie d'Elaine.

— Oh ! lâcha-t-il, surpris.

Elle retrouva un peu d'assurance. Son instinct lui dit qu'en étant parfaitement sincère elle avait des chances d'obtenir quelque chose de Reeve.

— Pour être honnête, « amie » est un peu exagéré. Mais nous nous connaissions depuis notre enfance. Nous avons grandi dans le même village. Elaine avait sept ans de moins que moi, mais, au village, nous formions une grande famille.

— Je comprends, répondit Reeve. Donc, en dehors de votre mission de journaliste, vous avez un intérêt personnel dans cette affaire ?

— Oui, exactement. Je ne sais pas si Elaine vous a dit, à l'époque, pourquoi elle voulait se rendre à Gibraltar ?

Il parut réfléchir, puis :

— Attendez... Je crois qu'elle était invitée à un mariage, c'est ça ?

— Oui, monsieur Reeve, à mon mariage. Je me suis mariée à Gibraltar le 11 janvier 2003. J'avais invité Elaine, mais elle n'est jamais arrivée. Je ne peux pas dire que je ressente une certaine culpabilité, mais... je me sens impliquée.

— Je comprends, répéta Reeve.

Rosanna eut l'impression qu'il était sincère.

— Vous êtes la dernière personne à l'avoir vue et à lui avoir parlé, reprit-elle, tout du moins, à ma connaissance. J'aimerais tout simplement savoir comment elle était, ce qu'elle vous a dit, comment vous l'avez trouvée. Je ne me suis pas préoccupée de son sort pendant ces cinq années, mais je remarque que j'éprouve maintenant un grand besoin de me rapprocher d'elle. Je crois que c'est une manière pour moi de l'empêcher de tomber complètement dans l'oubli... de lui donner une dernière fois de l'importance en tant qu'être humain.

— Madame Hamilton...

— Peut-être pourrions-nous nous rencontrer à titre privé ? Je vous promets de n'en rien dire dans mon article. Je ne prendrai pas de notes, je ne ferai pas d'enregistrement.

— Et votre rédacteur en chef, qu'est-ce qu'il en pensera ?

— Il ne le saura pas.

Il hésita. Elle ne pouvait lui en vouloir de se méfier d'une représentante de la presse.

— Je vous en prie, insista-t-elle, ce n'est pas un piège. Il ne s'agit pour moi que d'Elaine. Je dirai à Nick, mon rédacteur en chef, que vous n'avez pas accepté de rendez-vous.

— Bien, répondit Reeve. Je vous propose de nous rencontrer pour faire connaissance. Je prendrai ma décision à ce moment-là.

— Merci, dit-elle, soulagée. Merci beaucoup. Voulez-vous que je passe à votre bureau ?

— Ce sera difficile aujourd'hui dans la journée. Mais pourquoi pas ce soir ? Pouvons-nous dîner ensemble ?

— Volontiers. Dans quel coin de Londres vivez-vous ?

— Et vous ?

— Au Hilton de Park Lane.

Il ne voulait pas la laisser pénétrer sur son terrain. Ni à son bureau ni même à proximité de son domicile. Chat échaudé craint l'eau froide. Il la maintenait à distance.

— Je passerai vous prendre à dix-neuf heures, proposa-t-il. Au revoir, madame Hamilton.

— Au revoir, monsieur Reeve.

Elle rangea son portable mouillé dans son sac trempé. La pluie avait redoublé d'intensité. Elle se demanda ce que penserait Nick du marché qu'elle venait de conclure, et à l'idée du commentaire furieux qu'il ne manquerait pas de faire, elle baissa involontairement le nez.

Dans ses chaussures, l'eau faisait un bruit de clapotis. Elle courut se réfugier dans le métro, en imaginant avec délice le bon bain chaud dans lequel elle se glisserait à son retour. Elle se ferait monter un sandwich, et peut-être même un verre de vin.

Oh oui, elle l'avait bien mérité !

6

Ce furent de nouveau les agents Burns et Carley qui se présentèrent en début de soirée sur le seuil des Biggs. Gordon, qui leur ouvrit la porte, avait toujours un mauvais pressentiment en voyant des représentants de l'ordre, mais cette fois, ce fut encore pire. La mine des deux policiers lui déplut particulièrement.

— Monsieur Biggs... commença Carley.

Puis il se tut et regarda son collègue.

— On peut entrer ? s'enquit ce dernier.

— Bien sûr, répondit Gordon, qui aurait mille fois préféré envoyer ces flics au diable.

Comme la veille, il les précéda dans la cuisine, où Sally et Angela étaient assises autour de la table, tandis que Patrick, l'un des fils, était adossé au mur dans un coin, une canette de bière à la main. Sally avait bu comme d'habitude, mais elle s'était absentée de chez elle trois heures pour aller chez le médecin, réduisant du même coup fortement sa consommation d'alcool. Toutes proportions gardées, on pouvait quasiment la considérer comme étant à jeun.

Elle feuilletait un magazine. Angela buvait du thé.

— C'est encore la police, leur annonça Gordon.

Les occupants de la cuisine sentirent immédiatement qu'une menace planait dans l'air. Angela se leva brusquement. Patrick laissa retomber la canette qu'il venait de porter à sa bouche. Sally redressa la tête.

— Ouais ? fit-elle, alarmée.

Burns se racla la gorge.

— Il faut que je vous précise que nous n'avons pas la certitude qu'il s'agit de votre fille Linda... commença-t-il.

— Vous l'avez retrouvée ? le coupa Angela.

— C'est justement ce que nous ne savons pas.

Burns hésita, puis se lança :

— Ce midi, une promeneuse a retrouvé dans l'Epping Forest le... corps d'une jeune fille. D'après sa description, ce pourrait être Linda.

— Un corps ? répéta Gordon avec difficulté.

Sally mit une main devant sa bouche.

— Putain, fit Patrick.

— Comme le dit Burns, intervint Carley, nous n'en sommes pas sûrs. C'est pour ça que ce serait bien si l'un de vous pouvait nous accompagner pour identifier la morte… ou, justement, exclure qu'il s'agit de Linda.

— Qu'est-ce qu'elle aurait été faire dans l'Epping Forest ? s'étonna Gordon. Elle y a jamais mis les pieds !

— Pour l'instant, nous ne pouvons pas dire si le crime a été commis là-bas ou si la jeune fille y a été transportée après coup. Ça ne facilite pas la tâche du médecin légiste. Elle a passé du temps dehors, sous la pluie, et on a du mal à reconstituer les circonstances exactes.

— Comment elle est… je veux dire, comment on l'a…

Angela s'interrompit, incapable de prononcer les paroles qui s'étaient formées dans sa tête.

Mais Burns avait compris :

— Nous n'avons pas encore le rapport complet. Il semblerait que ce soit un décès par noyade.

— Linda savait nager, objecta Patrick de son coin, et même très bien !

— C'est vrai, ça, renchérit Sally, quand elle était petite, elle a même fait partie d'une équipe de natation. Ils faisaient des concours et tout. Elle a gagné deux coupes, pas vrai, Gordon ?

— Ouais, c'est vrai, confirma son mari.

Les deux policiers se virent contraints de décevoir le léger espoir qu'ils lisaient sur les visages de leurs interlocuteurs.

— Elle ne s'est pas… simplement noyée, avança prudemment Burns, il semble qu'on l'ait… attachée… et qu'on l'ait déposée au bord d'un étang. Elle était sans doute inconsciente. Sa tête était sous l'eau. On l'a noyée.

Un silence s'installa que seul rompait le faible bourdonnement du réfrigérateur.

Au bout de quelques secondes, Carley dit :

— Peut-être qu'il ne s'agit pas de Linda, et que vous avez de la peine pour rien. Monsieur Biggs, vous acceptez de nous accompagner ?

Gordon se passa une main tremblante sur la figure.

— Est-ce qu'elle a été… violée ? demanda-t-il d'une voix sourde.

— Je préfère ne pas entrer dans les détails avant l'identification, éluda Burns.

Sally se leva.

— Je viens avec toi, annonça-t-elle. Gordon, on y va ensemble.

— Maman, je ne crois pas que tu supporteras, objecta Angela, blanche comme un linge.

— Mais je veux y aller, s'entêta Sally, c'est peut-être ma Linda qu'ils ont retrouvée. Allez, viens, Gordon, c'est peut-être notre enfant. Il faut qu'on y aille.

— Faut que je mette mes chaussures, déclara Gordon.

Il s'éloigna lentement, d'un pas traînant.

— Maman ! supplia Angela.

— Toi, tu vas t'occuper de tes frères, lui intima Sally, ils vont pas tarder à rentrer. Vous leur dites rien encore. Tu leur feras à manger et tu les feras mettre au lit. D'accord ? Je peux compter sur toi ?

— D'accord, répondit Angela.

Puis elle fondit en larmes.

— Patrick, tu lui donnes un coup de main, ajouta Sally.

D'ordinaire, le garçon s'élevait avec véhémence contre pareille exigence, mais cette fois, il accepta sans discuter :

— Ouais, ouais, ça marche.

Sally sortit à son tour. Les policiers lui emboîtèrent le pas. Angela les suivit des yeux. Pour la deuxième fois de sa vie, elle éprouva le besoin de s'agenouiller et de prier Dieu à haute voix. Elle ne le fit pas. Ce n'était pas le genre de la famille, et elle avait peur que son frère se moque d'elle.

7

Il était près de dix-neuf heures, et Rosanna venait de se changer pour son rendez-vous avec Marc Reeve lorsque son portable sonna. L'espace d'un instant, elle craignit que ce ne fût Reeve qui se décommandait. Puis elle reconnut le numéro qui s'était affiché : c'était son propre numéro à Gibraltar. Dennis. Enfin ! Son silence avait duré plus de vingt-quatre heures, ce qui commençait à l'inquiéter. Etait-il fâché à ce point ?

— Allô ? dit-elle.

Au bout d'un bref moment, une voix hésitante résonna à l'autre bout :

— Rosanna ?

Robert... Ce n'était pas Dennis. Déçue, elle choisit cependant de n'en rien laisser paraître.

— Robert ! Je suis contente de t'entendre. Comment ça va ? dit-elle, consciente de se montrer trop enjouée.

Robert savait-il que son père et sa belle-mère avaient eu des mots ?

— Tranquille, dit-il du ton décontracté qui s'imposait à cet âge. Et toi ?

— Oui, ça va aussi. Il fait un temps affreux, mais c'est normal pour l'Angleterre.

— Papa dit toujours que vivre en Angleterre, c'est impossible à cause du temps.

— Oui, je sais.

Elle décida de prendre le taureau par les cornes. Son beau-fils ne l'appelait sûrement pas pour parler du temps.

— Robert, ton père et moi nous nous sommes disputés, dit-elle, j'espère qu'il n'est pas de trop mauvaise humeur ?

Le soulagement de l'adolescent fut perceptible. Il répondit :

— Il est d'une humeur massacrante, tu veux dire.

Même s'il s'efforçait de paraître stoïque, sa voix était triste.

— Je n'ai plus le droit de rien faire. Ce week-end, les terminales font une teuf, on est invités, les copains et moi, et je n'ai pas le droit d'y aller.

— Oh... Bien sûr, c'est dur, mais vous êtes peut-être encore un peu jeunes. Il y a quand même deux ans de différence entre vous !

— Deux ans, qu'est-ce que ça peut faire ? Les autres, ils ont le droit d'y aller ! Papa, il est... infect.

Toujours le même refrain. Le problème avec Dennis, ce n'était pas tant qu'il voulait protéger son fils que sa manière de le faire. Immanquablement, le mot « teuf » sous-entendait pour lui l'alcool, la drogue, le sexe débridé et non protégé. Pour une raison qu'elle ne s'expliquait pas tout à fait, il ne parvenait pas à avoir avec son fils une conversation sereine, ce qui aurait permis à l'adolescent de comprendre son point de vue, même un peu. Il n'était capable que d'asséner l'interdit, assorti de l'injonction : pas de discussion ! Dans ces conditions, leurs rapports ne pouvaient que s'envenimer.

— Non, Robert, ton père n'est pas infect. C'est simplement... qu'il se fait du souci. Tu peux le comprendre, n'est-ce pas ? Il a peur que tu boives trop, qu'ils boivent tous trop. Que les plus vieux prennent le volant après avoir bu et qu'ils vous embarquent dans leur voiture. Il a dans sa tête des images qui l'inquiètent énormément.

— Mais...

— Ton père t'aime, Rob. Il n'est pas facile, parfois, mais il t'aime. Beaucoup.

Robert garda le silence quelque temps, un silence qui sentait l'incrédulité à plein nez. Puis il s'enquit d'un ton faussement indifférent :

— Tu rentres quand ?

— Dès que je pourrai. Vous me manquez, à moi aussi. Surtout toi.

C'était vrai, il lui manquait. Son visage parsemé de taches de rousseur... L'expression « je me fiche de tout » qu'il affichait en permanence, dont on remarquait à quel point elle était jouée... Derrière sa façade décontractée se cachait l'enfant qu'il avait été et qu'il était encore... le petit garçon vulnérable qui n'avait pas eu de mère, qui avait posé un si grand problème à des parents trop jeunes et dépassés, quand il était venu au monde sans avoir été désiré, et au mauvais moment. Son père avait, certes, fini par le prendre en charge, mais Rosanna savait qu'il l'avait fait sans enthousiasme. Le bébé qu'il était à l'époque avait ressenti cela beaucoup plus sûrement que les adultes n'en avaient eu conscience.

— Bon... répondit Rob.

Au même moment, le téléphone de la chambre sonna.

— Ne quitte pas, dit Rosanna en décrochant.

C'était la réception.

— Madame Hamilton, M. Reeve est là.

— J'arrive, répondit-elle.

Puis elle retourna à Robert.

— Rob, il faut que je...

— Qui c'est, ce M. Reeve ? demanda l'adolescent d'un ton méfiant.

Apparemment, il avait entendu le réceptionniste.

— C'est quelqu'un que je dois voir à propos de l'une des affaires sur lesquelles je fais un reportage. Un témoin, si tu veux. J'ai quelques questions à lui poser.

— Ah, bon. OK. Bon, eh bien... à bientôt. Ciao ! dit Robert avant de raccrocher.

Elle éteignit son portable et réfléchit quelques instants. Quand l'adolescent avait posé sa question, elle avait senti dans sa voix une inflexion anxieuse. Ce gamin ne l'avait pas seulement appelée pour se plaindre de son père. Il l'avait appelée pour établir le contact avec elle, pour s'assurer qu'elle existait toujours, qu'elle appartenait toujours à sa vie. Il savait qu'elle s'était disputée avec son père. Sans doute savait-il aussi qu'elle ne se plaisait pas à Gibraltar. Qu'elle se languissait de son métier. Que le quotidien de sa vie commune avec Dennis était marqué par de nombreuses querelles... et par une frustration grandissante de son côté à elle. Elle avait toujours su combien il était heureux de son entrée dans leur existence à tous deux, mais, pour la première fois, elle comprit qu'il vivait sans doute constamment dans la peur que cette cellule familiale n'éclate. Qu'il souffrait de l'absence de sa belle-mère et craignait qu'elle ne rentre pas. Si sa vraie mère l'avait abandonné sans hésiter, pourquoi sa belle-mère ne ferait-elle pas de même ? Il n'était âgé que de quatre semaines quand la femme qui l'avait mis au monde l'avait déposé dans les bras de son géniteur en disant qu'elle ne pouvait pas s'en occuper.

Il n'avait pas eu conscience de ce moment. Et pourtant, c'était une partie déterminante de sa biographie et de son être, une partie enracinée dans ses rêves et ses angoisses.

Ah, Robert, lui dit mentalement Rosanna, si seulement tu pouvais me croire... Evidemment que je viendrai te retrouver ! Bien sûr !

Elle résista à l'envie de le rappeler et de lui dire qu'elle l'aimait et qu'il faisait partie de sa vie, mais le moment n'était pas bien choisi. Une telle phrase prononcée dans ce contexte n'aurait d'autre effet que de le remuer désagréablement. Ils avaient besoin d'une vraie conversation à ce sujet, en tête à tête. Et en bas, dans le hall, l'attendait Marc Reeve.

Elle n'avait pas de nouvelles de Cedric. Elle avait glissé un mot sous sa porte : *Suis allée dîner avec Marc Reeve.*

Elle prit son manteau et sortit.

Elle connaissait Reeve par les photos et savait que c'était un bel homme. C'était tout ce qu'elle avait pu en juger. Son visage lui avait paru fermé, son expression ne révélait rien. Impossible de déterminer si c'était un homme gai ou sérieux, aimable ou dur, tourné vers les autres ou renfermé, chaleureux ou froid. Sa voix, au téléphone, était agréable, et il était très courtois. Rien de plus. Elle s'était forgé une image avec ce qu'elle avait picoré dans les journaux, renforcée par ce que lui avait déclaré Hall, et qu'elle résumait en quelques mots : séduisant, intelligent, carriériste, orgueilleux, lisse, calculateur.

Elle l'avait doté des caractéristiques que l'on attribue généralement aux avocats renommés. Plus tard, après la première heure passée en sa compagnie, elle ajouterait un autre qualificatif : prudent. Jamais elle n'avait rencontré une personne plus prudente.

Ils se trouvaient dans un restaurant indien de Marshall Street. Il lui avait demandé si elle préférait indien, italien, ou autre chose, et elle s'était soudain aperçue qu'elle avait si faim qu'à la seule idée de manger un curry d'agneau elle avait l'eau à la bouche.

« Indien », avait-elle répondu.

Il avait eu un signe d'approbation :

« Je connais un bon indien à Soho. Si vous voulez...

— Avec plaisir. »

Il conduisait vite et bien dans la circulation londonienne. Il semblait connaître la ville comme sa poche, car par deux fois, pour éviter les embouteillages, il avait pris des chemins de traverse dans lesquels Rosanna se serait perdue. Il avait trouvé une place à proximité du restaurant, même s'il semblait impossible d'en trouver une dans ce quartier où les voitures étaient garées pare-chocs contre pare-chocs. En descendant, Rosanna s'était demandé s'il possédait déjà ce Range Rover noir cinq ans auparavant. Etait-ce dans cette voiture qu'Elaine était montée ? S'était-elle assise sur ce même siège ? Cette voiture n'avait pas l'air neuve, mais elle n'avait pas osé lui poser la question. Marc Reeve n'avait accepté de la rencontrer qu'avec de grandes réserves, inutile de l'effrayer d'emblée en le bombardant de questions.

Il régnait une agréable chaleur dans le restaurant, l'air était parfumé d'épices, et tous les serveurs portaient des vestes brodées et de grands turbans. A cette heure, et en milieu de semaine, il n'y avait pas grand monde.

Marc Reeve avait demandé une table tout au fond. Il était visible qu'il voulait éviter qu'on entende leur conversation.

Ils avaient commandé le repas. Une conversation à bâtons rompus s'était engagée pendant qu'ils patientaient en buvant leur vin à petites gorgées. Rosanna avait évoqué sa vie à Gibraltar, la douceur du climat au sud de l'Espagne, tandis que Reeve avait déploré celui de l'Angleterre ainsi que la situation catastrophique de la circulation à Londres, déclarant :

« Parfois, je rêve d'aller m'installer à la campagne. Il y a tellement d'endroits magnifiques dans notre pays ! Des endroits tranquilles... »

Elle l'observait à la dérobée. Elle l'avait imaginé bronzé, peut-être grâce aux bons soins d'un solarium, mais il était très pâle, de cette pâleur classique chez les habitants d'Europe du Nord au mois de février. Des cheveux bruns, striés çà et là de gris. Chemise, cravate, costume sombre. Il arrivait sans doute directement de son cabinet. Il paraissait fatigué.

Ce fut lui qui fit le premier pas. L'expression devenue grave, il se pencha un peu en avant et la regarda droit dans les yeux.

— Nous ne nous voyons pas pour parler du temps ou de la circulation à Londres, dit-il, mais pour parler d'Elaine Dawson. Je voudrais vous dire que je n'ai accepté de vous rencontrer que parce que je comprends que vous vous intéressiez personnellement au sort de Mlle Dawson, compte tenu de vos liens d'amitié. Pardonnez ma franchise, mais j'espère qu'il ne s'agit pas d'une ruse de journaliste. De même, je vous fais confiance pour considérer, comme vous l'avez affirmé, que cet entretien est d'ordre strictement privé et que rien n'en transpirera dans la presse sans mon autorisation expresse. Ce sont mes conditions.

Rosanna approuva d'un signe de tête.

— Je ne reviens pas sur ma promesse, monsieur Reeve. Je suis ici en tant qu'amie, ou, plus précisément, en tant que relation proche d'Elaine Dawson. Pas comme journaliste.

Malgré son léger sourire, Rosanna n'eut pas l'impression qu'il était soulagé. S'il ne mettait pas ses paroles en doute, il semblait loin de lui faire entièrement confiance. Dans ce cas, pourquoi avait-il accepté de la rencontrer ? Car s'il voyait la chose ainsi, il n'avait strictement rien à y gagner.

Comme s'il devinait ses pensées, il déclara :

— Je vais être tout à fait sincère, madame Hamilton. Votre appel m'a déstabilisé. Réchauffer cette histoire, c'est bien la dernière chose au monde que je souhaite. Mais pour finir, je me suis dit...

Il s'interrompit.

— Oui ? l'encouragea Rosanna.

— Eh bien, reprit-il, je comprends votre problème. Mais, en dehors de cela, il m'est venu l'idée que, dans tous les cas de figure, vous écrirez votre article. Si j'accepte de coopérer un peu, j'ai une chance d'avoir une certaine influence. Si je refuse, je n'en ai aucune.

— Vous êtes très franc, apprécia Rosanna.

Après quelques instants de silence, elle ajouta :

— Vous me faites l'impression d'être un chat particulièrement échaudé.

Il eut un nouveau sourire, amer, cette fois.

— Il y a cinq ans, un jour de janvier, j'ai eu la malchance d'entrer littéralement en collision avec une jeune femme en larmes, à la porte des toilettes pour hommes de l'aéroport de Heathrow. J'aurais très bien pu la planter là. Je ne la connaissais pas, et son sort ne me regardait pas. Mais elle pleurait tellement… si… désespérément que je lui ai tendu la main. Il s'est avéré que je pouvais lui rendre le service de l'héberger pour la nuit. La malchance a voulu qu'elle accepte. C'est là que ma vie a basculé.

Le serveur apporta leur commande. Une odeur délicieuse vint chatouiller les narines de Rosanna.

— Je meurs de faim, déclara-t-elle.

— Moi aussi. C'est mon premier vrai repas de la journée.

— Comme moi.

Moi, précisa-t-elle en pensée, un peu honteuse, c'est parce que, au lieu de manger, je suis allée voir ton ancien voisin à ton sujet. J'espère que tu n'en sauras jamais rien !

Au bout de quelques bouchées, Reeve demanda tout à trac :

— Pourquoi les gens sont-ils persuadés qu'il est arrivé malheur à Elaine ?

— Parce que c'est ce que les gens croient ?

Il confirma d'un hochement de tête.

— Beaucoup de gens, oui. Surtout le frère de Mlle Dawson. Il en est intimement convaincu. La police a pris cette éventualité en considération, ce qui, évidemment, fait partie de son travail. La presse s'est engouffrée là-dedans avec bonheur… Eh oui, un meurtre, ça se vend mieux qu'une simple disparition !

— On imaginait mal qu'Elaine puisse disparaître ainsi sans laisser de traces, je suppose. Pour aller où, et pourquoi ? D'ailleurs... moi non plus, je ne la vois pas du tout...

Il l'interrompit.

— Mais vous la connaissiez ! Ceux qui la connaissaient devaient bien savoir à quel point elle était malheureuse de la vie qu'elle menait. C'est l'une des premières choses qu'elle m'ait confiées, à moi, un parfait inconnu ! Elle se disait prisonnière de son frère, prisonnière de son village. Elle n'avait aucune perspective d'avenir. J'ai senti que c'était une femme qui rêvait désespérément de s'échapper.

— Mais...

Il ne la laissa pas poursuivre.

— Pourquoi personne n'a-t-il eu l'idée que la réponse la plus vraisemblable est tout simplement qu'elle a filé avec son ami, et qu'elle se cache depuis ? De son frère en particulier ?

Rosanna le dévisagea, sidérée.

— Un ami ? Elaine avait un ami ?

Il parut surpris.

— Vous n'étiez pas au courant ?

— Non, absolument pas.

Il haussa les épaules.

— En tout cas, c'est ce qu'elle m'a dit. Elle m'a dit aussi qu'elle ne pouvait pas en parler à cause de son frère et qu'elle n'avait qu'une idée en tête : fiche le camp. Vous savez, honnêtement, quand j'ai appris qu'elle avait disparu, je n'en ai pas été vraiment étonné.

Rosanna était aussi sonnée que si elle avait reçu un coup de massue. Il y avait un homme dans la vie d'Elaine !

Cela changeait tout.

Mercredi 13 février

1

Elle avait rêvé de Pit. Il y avait longtemps qu'elle ne s'était pas réveillée dans cet état d'angoisse hébétée qui la replongeait dans les premiers mois de sa fuite, époque où les cauchemars la visitaient régulièrement. Leur disparition représentait comme une première victoire sur son passé. Mais à présent...

Un accident, se dit-elle en se levant.

Comme toujours, il faisait très froid dans la petite pièce, car un courant d'air glacé s'infiltrait par les fenêtres disjointes et, dehors, le temps était à la pluie.

Elle avait rêvé de la scène qui s'était passée sur le parking du supermarché, mais quelques détails surréalistes s'y étaient ajoutés. Le supermarché, une grande bâtisse plate et étirée, s'était transformé en un immense gratte-ciel qui noyait son environnement dans une ombre glaciale, sinistre. Elle-même n'était qu'une fourmi égarée qui recherchait la lumière, condamnée à ne plus jamais la retrouver.

C'est sûrement parce qu'il fait un froid de canard dans cette chambre, se dit-elle avec un frisson qui lui fit contracter les épaules, parce qu'en réalité... ce jour-là...

C'était au début du mois d'octobre, par une journée quasi estivale. A l'époque, elle aimait Pit, tout du moins le croyait-elle. Bien sûr, elle se demandait pourquoi, au lieu d'être simplement heureuse, elle ne parvenait pas à se débarrasser de sa nervosité. Elle avait toujours pensé que le jour où elle serait vraiment amoureuse, ce serait le paradis, que la vie serait merveilleuse, qu'elle nagerait dans le bonheur.

Mais avec Pit, on était loin du paradis. C'était surtout à cause de Ron. Un sale type, mais Pit le portait aux nues. Il ne pouvait pas vivre sans lui, l'invitait sans arrêt, et c'était à elle de faire la cuisine. Et il fallait mettre les petits plats dans les grands pour monsieur Ron !

Ce jour-là, pas exigeant, il avait demandé du dindonneau. Au moment où elle partait pour le supermarché, Pit avait été pris de l'envie soudaine de l'accompagner.

Aujourd'hui, elle se rendait compte à quel point elle avait été stupide, à l'époque, pour n'avoir pas compris très vite que tout clochait dans leur relation. Quand on était amoureuse, on recherchait la présence de son compagnon, mais elle, il suffisait qu'il veuille l'accompagner au supermarché pour qu'elle prenne peur et se retrouve au bord des larmes.

En effet, pour elle, les courses en grande surface étaient un espace de liberté. Elle pouvait flâner parmi les rayons, comparer les prix, observer les autres, avoir l'impression d'être l'une de ces ménagères compétentes qui remplissaient leurs chariots avec soin. Elle imaginait alors leur style de vie en les regardant faire leur choix. La femme qui achetait des packs de litres de lait et des tas de sortes de céréales avait sans doute une grande famille. Une autre mettait un temps fou à se décider pour des boîtes de pâtée pour chats et un paquet de croquettes. Le jeune qui paraissait si pressé était certainement étudiant ; il entassait les canettes de Coca et les paquets de café en semblant oublier qu'il pourrait aussi avoir faim. Peut-être était-il en train de préparer des examens et faisait-il le plein pour tenir le coup pendant des nuits entières.

Mais quand Pit l'accompagnait, impossible de jouer à imaginer la vie des gens.

Il n'y avait aucune complicité entre eux. Il était tout à fait capable de la traiter avec amour quand il était d'humeur, mais il savait aussi être odieux et lui faire comprendre sans ménagement qu'il la prenait pour une gourde. Impossible de lui avouer qu'elle faisait travailler son imagination avec le contenu des chariots, sous peine de s'attirer une remarque désobligeante.

Ce jour-là, Pit s'était montré tout de suite agressif. Il lui avait passé le volant, mais n'avait pas cessé de la critiquer tout au long du trajet. Elle roulait trop vite ou pas assez, freinait trop tôt ou trop tard, bref, commettait toutes les erreurs possibles. Evidemment, sa nervosité augmentait à chaque tour de roues, et elle finit par perdre son assurance.

« J'y crois pas, dit-il avec un soupir théâtral lorsque, sur le parking, elle manqua de peu un cycliste qui ne dut sa survie qu'à ses bons réflexes. J'y crois pas. Mais tu conduis vraiment comme une patate !

— Tu n'avais qu'à prendre le volant, puisque je ne sais pas conduire ! répliqua-t-elle en luttant contre les larmes.

— Tu apprendras jamais rien si je fais tout à ta place ! Il serait peut-être temps que tu deviennes autonome ! Je te jure ! »

Elle réussit néanmoins à se garer sans s'attirer les foudres de Pit. Il maugréa un peu parce qu'ils étaient trop loin de l'entrée, mais elle avait opté délibérément pour cet emplacement : à côté, la place était libre, de sorte qu'elle avait pu s'y engouffrer facilement.

Elle ne devait jamais parvenir à reconstituer entièrement ce qui se passa ensuite, n'ayant pas eu conscience des secondes déterminantes.

Au moment où ils sortaient chacun de leur côté, une Mini Cooper rouge s'engagea sur la place libre à leur gauche en prenant le virage à une telle vitesse qu'elle manqua de peu la portière ouverte, ainsi que Pit à côté. Son conducteur prit le temps, pour se décontracter de sa conduite sportive, de s'étirer sur son siège en exhibant des bras musclés.

En réalité, il ne s'était rien passé du tout. La Mini Cooper s'était arrêtée à temps, rien ni personne n'avait été touché, et le conducteur, un jeune en jean et pull, leur adressa un sourire d'excuse.

Mais Pit était piqué au vif.

« Espèce d'enfoiré ! Allez viens, sors ! » hurla-t-il.

Le sourire du jeune se figea, remplacé par une expression d'égarement.

« Sors, je t'ai dit ! » vociféra Pit.

Une jeune femme poussant un chariot où était assis un petit enfant passa en leur décochant un regard effrayé, puis pressa le pas. Un couple de personnes âgées se dépêcha également de regagner sa voiture.

Le jeune homme fit une petite marche arrière. L'espace d'une seconde, il sembla qu'il s'apprêtait à repartir, et sans doute l'idée lui était-elle venue, mais sa fierté l'emporta. Avec prudence mais détermination, il vint placer son véhicule à côté de Pit qui tempêtait toujours.

En pensée, elle le supplia, affolée : Va-t'en ! Mais va-t'en !

Hélas, le jeune homme sortit de sa Mini

Les deux hommes n'auraient pas pu être plus différents. L'inconnu était grand, portait des vêtements chers et discrets, paraissait cultivé et intelligent. Pit faisait plus d'une tête de moins, mais était un véritable paquet de muscles. Ses jambes courtes et arquées étaient moulées dans un jean trop étroit, passé, effrangé. Il portait un tee-shirt sans manches qui dévoilait ses nombreux tatouages.

« Qu'est-ce que t'as ? brailla-t-il. Hein, qu'est-ce que t'as ?

— Je ne sais pas ce que vous me voulez, répondit le jeune homme. Excusez-moi si je vous ai fait peur en prenant mon virage. Mais vous n'avez pas été blessé, et d'après ce que je vois, votre voiture n'a rien non plus.

— Et tu me cherches en plus ? Hein, tu me cherches ? »

Les manières policées de l'autre augmentaient encore l'agressivité de Pit. De même que la Mini, le pull et les chaussures de marque. Ce type représentait tout ce que Pit détestait.

« Je vais te casser la gueule ! » beugla-t-il.

Le jeune automobiliste parut décontenancé, mais s'efforça de le cacher. Il était beaucoup plus grand que Pit, ce qui ne l'empêcherait pas d'avoir immanquablement le dessous s'ils en venaient aux mains. Il n'avait sans doute pas l'habitude de régler les conflits de cette manière et ne possédait pas une once de la brutalité qui faisait la renommée de Pit.

« Il ne s'est rien passé », répéta-t-il d'un ton calme.

Mais ses joues avaient légèrement pâli.

« Ah bon, il s'est rien passé, enfoiré ? T'as failli me foutre en l'air avec ta caisse de naze et t'as le culot de dire qu'il s'est rien passé ? »

Pour souligner ses paroles, Pit envoya un bon coup de pied dans le pare-chocs de la Mini, réussissant à la décorer d'une jolie bosse.

« Arrêtez ! protesta le jeune homme.

— T'as dit quoi là ? J'ai pas bien entendu. T'as dit quoi ? Plus fort, pour que je t'entende ! »

Pit fit le tour de la voiture et s'approcha de l'autre, menaçant.

Visiblement, le pauvre jeune homme n'en menait pas large, jetant autour de lui des regards semblant chercher de l'aide, mais les rares personnes qui se trouvaient dans cette partie reculée du parking se hâtaient vers leur véhicule en baissant les yeux. Pit était le genre de type devant lequel on changeait instinctivement de trottoir.

« Je vous ai dit d'arrêter de donner des coups de pied dans ma voiture, répéta le jeune homme, poussé dans ses retranchements, sinon j'appelle la police.

— Les flics ? Tu veux appeler les flics, enfoiré ? Tu veux me foutre en l'air et après tu veux appeler les flics ? Tu manques pas d'air, tu trouves pas ? Hein ? Quoi ? Plus fort, je t'entends pas !

— Je ne dis rien », répondit le jeune homme.

Mais pourquoi n'es-tu pas parti ? se lamentait-elle intérieurement.

Le poing de Pit s'abattit sur le nez du conducteur de la Mini. Celui-ci tomba à genoux. Un flot de sang jaillit de son nez. La main sur le visage, il leva des yeux égarés sur son agresseur.

« Tu veux toujours appeler les flics ? Je t'entends pas ! Je t'entends toujours pas, je te dis ! »

Il accompagna ses paroles d'un violent coup de pied dans les côtes de sa victime, qui bascula sur le côté avec un cri et resta recroquevillée sur l'asphalte brûlant.

« Non... gémit le jeune homme, s'il vous plaît...

— Quoi ? Qu'est-ce que t'as dit ? T'as dit quelque chose ? »

Un nouveau coup de pied. Assez puissant pour briser plusieurs côtes au malheureux gisant à terre, lequel poussa un nouveau gémissement, plus audible, cette fois.

Lorsqu'il leva sur elle un regard suppliant, elle détourna les yeux. Elle ne pouvait rien pour lui. Elle savait ce qui l'attendait si elle se mêlait de l'affaire. Etre tabassé sur ce parking simplement parce qu'il avait eu la malchance de se trouver au mauvais endroit au mauvais moment, tomber sur un minable comme Pit qui cherchait un bouc émissaire pour son agressivité et sa haine envers la société, était certes une chose horrible ; mais il n'en mourrait pas. Il retrouverait sa vie normale, dans laquelle il n'existait pas de types comme Pit et où on se traitait de manière civilisée. Ce qui n'était pas son propre cas : liée à Pit et Ron, elle ne pourrait pas s'échapper. Elle ne pouvait se permettre d'aggraver sa situation. Pit ne l'avait pas encore frappée, mais il avait été plus d'une fois tout près de le faire, et elle savait parfaitement qu'un jour ou l'autre il passerait à l'acte. Au fond, à cette époque, elle se doutait déjà de l'enfer qui l'attendait.

En ce jour d'octobre, sur ce parking, avec ce jeune homme ensanglanté recroquevillé à ses pieds, elle se demanda pour la première fois si, au bout du compte, elle ne regrettait pas son ancienne vie.

Elle se souvenait encore de la réponse qu'elle s'était faite ce jour-là : Mais je ne peux pas vivre sans Pit ! Je ne peux plus vivre sans un homme à moi.

Elle s'était détournée et avait cessé de regarder celui qui gémissait sur l'asphalte. Finalement, Pit en avait eu assez, lui avait arraché des mains les clés de la voiture et lui avait dit :

« Allez, on y va.

— Mais… et les courses ? avait-elle demandé comme s'il s'agissait de cela en un moment pareil.

— On les fait ailleurs. Monte. »

Ils avaient démarré en trombe, en faisant crisser les pneus, mais c'était ce que Pit faisait toujours quand il conduisait. Dans le rétroviseur, elle avait vu la forme étendue par terre, toute tordue, et elle avait été parcourue par un frisson glacé. Pendant ce temps, Pit sifflotait gaiement. D'humeur resplendissante, il l'avait même emmenée dans un magasin de chaussures et lui avait offert des talons hauts vernis, noirs, de douze centimètres, avec deux grandes brides garnies de strass devant, sur les pointes. Il aimait la voir porter ce genre de chaussures. Elle, non, mais elle n'osait pas lui résister.

Dans le réduit glacial qu'était la salle de bains du logement que lui louait ce vieux voyeur de Cadwick, elle contempla son visage dans le miroir, un visage qui paraissait beaucoup plus âgé qu'il ne l'était.

Le jeune homme avait porté plainte. Des passants qui avaient été trop lâches pour intervenir avaient au moins relevé le numéro de sa plaque minéralogique. Il n'y avait pas eu trop de répercussions. Pit s'en était tiré avec une amende et une peine de prison avec sursis. Le fait d'avoir un casier ne l'avait pas gêné. Au contraire, il semblait considérer cela comme une sorte d'adoubement.

Elle passa un peu d'eau sur son visage, se brossa les cheveux. Elle renonça à la douche, ce matin-là : le chauffe-eau était si petit que l'eau chaude tarissait très vite, et elle n'aurait pas supporté le brutal jet d'eau glacée qui aurait suivi. Elle retourna dans sa chambre, se glissa en hâte dans ses sous-vêtements, son jean, son pull, et ses épaisses chaussettes. Il lui fallait d'urgence boire un café brûlant pour se réchauffer un peu. Que Cadwick ait le toupet de louer un taudis pareil était une vraie honte. Qu'est-ce qu'il attendait pour faire réparer les fenêtres ? Si au moins il avait été sympathique !

Dans la cuisine, un journal était posé sur la table. Elle l'avait acheté la veille pour étudier les annonces immobilières. A quelques kilomètres de là, dans un autre village, deux logements étaient à louer. Le loyer n'était pas plus élevé que celui de ce trou à rats, mais ça ne pouvait pas être pire. En revanche, elle ne pourrait aller travailler à pied. Il y avait bien un bus, mais qui ne circulait évidemment pas tard le soir. Il lui faudrait s'acheter un vélo, et le trajet ne serait pas une sinécure l'hiver. Peut-être trouverait-elle du travail sur place. Bien sûr, l'idéal aurait été de rester, mais elle éprouvait désormais une aversion presque maladive envers Cadwick, si bien que déménager lui semblait la seule solution.

De toute façon, un changement d'horizon ne pouvait pas lui faire de mal. Les premiers temps, elle s'était juré de ne jamais s'attarder au même endroit. Peut-être était-elle déjà en train de relâcher son attention, et l'horrible Cadwick était-il un signe du ciel pour lui faire lever le camp. Il lui arrivait de se dire que c'était son imagination qui faisait des siennes, que, traumatisée comme elle l'était, elle s'infligeait une fuite inutile. Mais après avoir revécu en pensée l'épisode du parking, elle se dit qu'elle ne pourrait jamais être trop prudente. Tout avait commencé sur ce parking. Par la suite, il s'était passé encore bien d'autres choses. Pit était un psychopathe. Tout au fond d'elle, elle savait qu'il lui était impossible de vivre avec une facture impayée. Parfois, elle se réveillait en pleine nuit en sentant que Pit continuait à la rechercher.

Elle mit le journal dans son sac. Elle ne pouvait appeler de chez Cadwick, c'était évident. Elle téléphonerait du travail.

Peut-être n'aurait-elle plus jamais froid, les matins d'hiver, comme dans le taudis de Cadwick.

Cette perspective à elle seule lui remonta le moral.

2

Assis sur une chaise dans la cuisine des Biggs à Islington, l'inspecteur Fielder de Scotland Yard se dit que, finalement, il n'aimait pas vraiment ce boulot. Gamin, il avait passé son temps à dévorer tous les polars qui lui tombaient sous la main, s'identifiant aux détectives et policiers célèbres et ne se voyant pas faire carrière ailleurs que dans la police : il allait résoudre des affaires de meurtres ; aiderait le mort à rentrer dans son droit de façon posthume ; ferait payer ceux qui ne reculaient pas devant le pire des crimes : donner la mort.

Il n'avait pas été long à comprendre que la réalité ne ressemblait pas à la fiction. Même si son sens de la justice était toujours aussi vif, Fielder avait pas mal déchanté. Non seulement parce que bien des affaires n'étaient jamais élucidées et qu'un policier éprouvait souvent une grande amertume au vu des peines ridicules récoltées par des gens qui avaient causé le malheur d'autrui, mais aussi parce que la violence était tout bonnement insupportable. Ainsi que la bassesse, la pourriture, la perversité des êtres humains. Sans arrêt, il se retrouvait sur des scènes de crime. Voyait des morts. Etait confronté aux traces laissées par une incompréhensible brutalité. Et au chagrin, à la douleur des proches. A l'époque où il se rêvait policier, il n'avait pas conscience de cet aspect du métier. Il ne pensait pas qu'il aurait à se tenir aux côtés des parents de la victime et être témoin de l'horreur dans laquelle leur vie était brutalement plongée. Qu'il lui faudrait leur poser des questions alors que, sous le choc, ils n'avaient besoin que de calme, d'assistance psychologique. Qu'il serait obligé de les cuisiner tant que la piste était encore un tant soit peu chaude. Parfois, il se faisait l'impression d'un sadique tournant et retournant allègrement un couteau dans une plaie.

L'affaire Biggs avait pris une dimension qui l'avait catapultée dans le domaine d'intervention de Scotland Yard. Fielder, ce matin-là, n'avait donc eu d'autre choix que d'aller importuner la malheureuse famille Biggs.

La veille, Sally et Gordon avaient identifié la morte de l'Epping Forest comme étant leur fille Linda. Désormais, le cadavre avait un nom, un visage, une histoire.

Linda Biggs, seize ans, née le 8 décembre 1991, demeurant dans le quartier d'Islington à Londres. Scolarité interrompue. Pas d'apprentissage. Pas de travail.

Linda Biggs, à ce qu'il semblait, n'avait pas beaucoup de perspectives. Un logement exigu dans un quartier déshérité. Sept personnes partageant quatre-vingts mètres carrés. Le père régulièrement au chômage. La mère alcoolique. Le frère aîné déjà en conflit avec la loi. Certains jeunes arrivaient à se libérer de leur milieu, mais c'était la minorité. La plupart vivaient et mouraient dans la misère sociale qui les avait vus naître.

Linda aurait pu avoir une petite chance, car elle était d'une beauté hors du commun. Les gènes de ses parents, dotés d'un physique peu attrayant, s'étaient combinés pour le meilleur. Hélas, elle n'avait pas compris le parti qu'elle pouvait en tirer. Avec sa manière de s'habiller et de se maquiller, elle s'interdisait l'accès à un autre milieu social. Son père avait malheureusement raison lorsqu'il disait qu'elle était accoutrée comme une prostituée.

Etait-ce cela qui avait attiré son assassin ?

Tous les membres de la famille étaient rassemblés. Les garçons, muets, perturbés, n'étaient pas en mesure d'aller à l'école par un jour pareil. Angela, elle aussi, avait appelé son employeur pour le prévenir qu'elle n'irait pas travailler. Elle avait les yeux rouges et gonflés, l'air épuisé. Elle avait dû passer la nuit à pleurer.

Gordon gardait les yeux fixés sur le mur. Sally avait posé une bouteille de brandy sur la table, devant elle, mais elle avait évité jusqu'alors de se servir en présence de l'inspecteur. Elle se contentait de l'attraper fermement de temps à autre, comme pour s'assurer qu'il lui restait cette planche de salut si l'horreur devenait trop insupportable.

Fielder leur avait présenté ses condoléances sans obtenir de réaction, mais qu'auraient-ils pu dire ?

Il se racla la gorge. Il leur avait déjà demandé de l'excuser de sa venue en cette heure matinale, et Sally lui avait répondu d'une voix rauque, comme brisée :

« Faut bien que vous fassiez votre boulot. »

— Nous avons besoin d'une liste de tous les amis et connaissances que votre fille fréquentait, dit-il, et, surtout, de ceux qu'elle voyait le plus souvent ces derniers temps. Mais aussi avant. Vous pensez pouvoir me faire une liste ?

Ils se tournèrent tous d'un même mouvement vers Angela. Celle-ci passa la main sur ses yeux rougis.

— Je peux le faire, oui. Je crois… je crois que c'est moi qui suis le plus au courant.

— Vous étiez très liée avec votre sœur ? s'enquit Fielder.

Angela haussa les épaules.

— Oui, en principe. Mais depuis six mois… plus tellement.

— Qu'est-ce qui vous fait dire ça ?

— Avant, elle me racontait des tas de trucs. Ça durait des nuits entières. On... on dormait dans la même chambre. Souvent, je lui demandais de se taire, parce que j'avais sommeil. Mais elle se remettait toujours à causer. Elle... avait un caractère super-gai, il lui fallait quelqu'un pour bavarder et rigoler.

— Je comprends, dit Fielder.

Il réfléchit puis regarda Gordon.

— Monsieur Biggs, j'ai vu dans le rapport de l'agent Burns que vous lui avez déclaré que votre fille... enfin, qu'elle avait eu beaucoup de petits copains. Vous étiez même pratiquement sûr qu'elle était hébergée chez un homme. Vous avez un nom et une adresse ?

Gordon releva la tête avec effort.

— Il y avait ce... Comment il s'appelait déjà ? Ben. Ben Brooks. Il habite un peu plus loin dans le quartier.

— C'était son copain ?

Gordon opina.

— C'était son copain, ouais. Un brave gars, mais rien à en tirer.

— Comment ça ?

— Pas d'apprentissage, trop d'alcool, pas d'avenir. Vous comprenez ?

Fielder comprenait. Ben Brooks était comme tout le monde dans le coin.

— Elle est restée deux ans avec Ben. Elle l'a laissé tomber il y a six mois.

— Six mois... répéta Fielder, pensif. Et depuis six mois, elle avait arrêté de vous faire ses confidences, mademoiselle Biggs. Savez-vous pourquoi elle l'a laissé tomber ?

Angela fit non de la tête.

— Elle m'avait même rien dit. C'est Ben qui m'a demandé ce qui se passait, un jour que je l'ai rencontré par hasard. Il m'a raconté que Linda lui a dit comme ça que c'était fini et qu'elle lui a pas expliqué pourquoi. Elle a juste dit qu'elle avait plus envie. Ben pensait que j'en savais plus, mais moi, j'étais même pas au courant.

— Vous avez sûrement posé la question à votre sœur ?

— Bien sûr. Elle m'a juste dit que Ben était qu'un fifils à sa maman, c'est comme ça qu'elle a dit. Que c'était pas un vrai homme. Elle avait plus envie de perdre son temps avec des fifils à leur maman.

— Il a quel âge, ce Brooks ?

— Dix-huit ans. Il est très sympa. Elle était pas mal tombée du tout avec lui.

— C'est un bon à rien, grommela Gordon, un bon à rien sympa.

— Et les autres copains... ? hasarda prudemment Fielder.

Angela jeta un regard de colère à son père.

— C'est papa qui arrêtait pas de faire des insinuations ! lança-t-elle. Il disait qu'elle couchait avec tout Londres. C'est n'importe quoi. Pendant les deux ans qu'elle a été avec Ben, elle a pas toujours été fidèle, d'accord. Elle a suivi un mec aux toilettes un soir pendant une teuf, et une autre fois, elle s'est fait draguer par un mec chez Boots, et elle a été avec lui pendant quinze jours. Mais c'est tout.

— Vous n'êtes peut-être pas au courant de tout ?

— Si. Elle me racontait tout ! insista Angela.

— Monsieur Biggs, vous n'avez aucun élément concret à me donner concernant les petits copains de votre fille, très nombreux selon vous ?

Gordon marmonna des paroles incompréhensibles.

— Papa, il supportait pas sa façon de s'habiller et de se maquiller, intervint Angela, il disait qu'elle avait l'air d'une...

Sally, qui était restée muette jusqu'alors, se manifesta tout à coup avec une vigueur inattendue :

— Non ! Le dis pas ! Dis plus jamais ce mot sur ta sœur !

— C'est lui qui le disait ! se défendit Angela, rougissante. Il disait que comme ça elle avait l'air d'une... et donc qu'elle se comportait aussi comme une...

— Cette façon de s'habiller... commença Gordon.

Mais Fielder coupa court à ses velléités de poursuivre sur un sujet brûlant.

— Vous ne pouvez donc pas me donner les noms des autres hommes avec lesquels elle aurait pu avoir une relation ?

— Non, répondit Angela.

— Non, reconnut Gordon.

— Nous allons évidemment avoir un entretien avec Ben Brooks, annonça Fielder, ainsi qu'avec des amis, des connaissances, des voisins. La moindre petite pièce de puzzle peut être importante, vous le savez. Pour ma part, j'ai le sentiment qu'il y a six mois, c'est-à-dire vers le mois d'août, un changement important est intervenu dans la vie de Linda. Pour les raisons suivantes : premièrement, elle se sépare sans explication de l'ami qu'elle fréquente depuis des années. Deuxièmement, elle cesse subitement de tenir sa sœur au courant des événements de sa vie, alors que cette dernière avait toujours été sa plus proche confidente. Troisièmement, Angela a évoqué le fait, lors de la première visite de la police, que sa sœur portait depuis quelque temps des vêtements de luxe, et qu'on ne s'expliquait pas dans la famille d'où elle tirait les moyens de se les payer. Ce changement est-il également intervenu il y a six mois ?

Angela réfléchit.

— Oui, c'est possible, confirma-t-elle.

Fielder opina.

— Tout porte à croire qu'elle a fait une nouvelle rencontre, dit-il. Elle a fait la connaissance de quelqu'un qui avait de l'argent, et c'était du sérieux pour elle. Si sérieux qu'elle ne pouvait plus en parler avec sa sœur le soir, une fois couchée.

— Vous croyez que c'est lui qui l'a tuée ? demanda Gordon.

— Pour l'instant, nous n'avons aucun élément là-dessus. Et tant que nous ne connaîtrons pas l'identité de cet homme, nous resterons dans le flou. Il n'a peut-être strictement rien à voir avec le meurtre de votre fille, mais il est peut-être notre seul point de repère. Selon toute probabilité, c'est chez lui qu'elle est allée après la dispute avec son père.

Le policier se leva.

— Me permettez-vous d'aller inspecter les affaires de Linda ? L'armoire, les tiroirs, les sacs, tout. Je trouverai peut-être un indice sur le mystérieux copain.

— Bien sûr, répondit Gordon en l'imitant. Venez, je vais vous montrer sa chambre.

— Je viens aussi, dit vivement Angela.

L'inspecteur acquiesça. C'était aussi sa chambre, après tout.

— Au fait, dit-il en s'immobilisant, est-ce que le nom de Jane French vous dit quelque chose ?

Tous les yeux se braquèrent sur lui.

— Jane French ? répéta Sally.

— C'est une copine de Linda ? s'enquit Gordon.

Fielder secoua la tête.

— Non, sûrement pas. Jane French est une jeune femme qui a été assassinée il y a plus de cinq ans. On l'a retrouvée dans l'Epping Forest, mais pas du tout dans le même secteur que Linda. Les deux affaires n'ont peut-être rien à voir, mais... quand j'ai vu les photos de Linda, là-bas, et que j'ai lu le rapport d'autopsie, j'ai tout de suite pensé à l'autre affaire. Jane avait été violée et affreusement battue avant d'être ligotée et jetée au bord d'un étang dans lequel elle s'est noyée.

— Comme... notre... balbutia Sally à voix basse.

— Mais ça n'a peut-être aucun rapport, répéta Fielder.

— Est-ce que... est-ce qu'on sait qui, à l'époque... ? demanda Gordon.

Fielder nia d'un signe de tête. L'affaire Jane French faisait partie des plus grandes frustrations de sa vie professionnelle. Toutes les pistes, tous les indices avaient abouti au néant.

— L'affaire French n'a jamais été élucidée, répondit-il.

3

Rosanna dut attendre un peu avant d'avoir Geoffrey au téléphone. L'infirmière qui avait décroché et écouté sa demande avait soupiré en disant :

« Je vais essayer, mais M. Dawson n'est pas facile. J'espère qu'il acceptera de vous parler. »

Selon toute vraisemblance, le personnel était habitué au manque de coopération de Geoffrey.

Pendant qu'elle patientait, Rosanna songea au jeune homme plein de vie qu'il avait été et fit la comparaison avec le malheureux handicapé rempli d'amertume qu'elle avait rencontré quelques jours auparavant. C'était une pensée douloureuse. Elle comprenait sa colère, sa haine envers le monde entier, envers le destin. Sans doute aurait-elle réagi de la même façon à sa place.

Elle entendit qu'on se rapprochait de l'appareil – un léger couinement, les pneus de caoutchouc du fauteuil roulant sur le lino couleur lait écrémé – et, aussitôt après, la voix de Geoffrey.

— Rosanna ? Qu'est-ce qu'il y a ?

— Allô, Geoffrey, excuse-moi de te déranger...

A peine eut-elle prononcé ces mots qu'elle se mordit la langue. Une formule toute faite mais, pour quelqu'un comme Geoffrey, qui devait tenir de la moquerie. S'il recevait un appel par mois, cela représentait sans doute une distraction, et non pas un dérangement.

En effet, la réponse fusa :

— Oh, pas de problème, vu ce que je fais de mes journées, tu ne déranges pas grand-chose !

Dans la foulée, il s'enquit :

— Est-ce que tu as parlé à Reeve, ce gros porc ?

— Oui, hier soir. Nous avons eu une longue conversation.

— Ah bon ? Il a daigné te parler ? Il a l'air d'être vraiment sûr de lui. En même temps, ça ne m'étonne pas. Parce que maintenant tout le monde s'en fiche, d'Elaine. Elle a disparu, et voilà tout ! Ça arrive, ça, qu'une femme disparaisse. Pas la peine d'en faire un plat !

— Geoffrey, se lança Rosanna, tu savais qu'Elaine avait un ami ?

Un bref silence consterné. Puis :

— Comment ça... un ami ? Tu veux dire... ?

— Un homme. Un... amant. Une relation. Elle en a parlé à Reeve, ce soir-là.

— Ah oui, c'est l'histoire qu'il a déjà servie à l'époque.

— A l'époque ?

— Oui, pendant son interrogatoire, il a raconté ça à la police. Les policiers m'ont posé la question, et je leur ai répondu comme je te réponds aujourd'hui : non.

— Le non se rapportait à la question de savoir si tu étais au courant ou...

— Le non se rapportait à la question de savoir s'il y avait un homme dans sa vie. Non, il n'y en avait pas. Reeve a inventé cette histoire pour détourner les soupçons. Pas bête, comme idée, mais n'oublions pas que ce mec est un avocat rusé. Il invente un fantôme, et voilà que l'affaire prend une autre tournure. Parce que, maintenant, tout le monde est persuadé qu'Elaine a pris le large avec son grand amour. Et comme ça, Reeve est hors jeu.

Rosanna hésita avant de hasarder prudemment :

— L'idée qu'elle ait pu garder pour elle l'existence de ce... cet ami, tu l'exclus ?

— Tu veux dire qu'elle aurait eu un ami dont elle ne m'aurait pas parlé ? Mais par contre, à l'aéroport, elle rencontre un mec qu'elle ne connaît ni d'Eve ni d'Adam et elle lui raconte aussi sec sa vie intime ? Excuse-moi, mais c'est absurde.

Rosanna ne répondit pas. Non parce qu'il l'avait convaincue, mais parce qu'elle comprenait qu'il était illusoire de chercher à s'entretenir sereinement avec Geoffrey. Il n'était aucunement disposé à regarder une vérité désagréable en face. Sans doute lui était-il impossible de s'avouer à quel point il avait mis Elaine sous pression, avec quelle implacable solidité il l'avait enchaînée à lui. A ses yeux, il était impensable qu'Elaine ait pu bâtir une autre vie sans lui en parler. Se confronter à cette possibilité lui coûterait le dernier reliquat de stabilité intérieure qu'il cherchait à conserver par tous les moyens.

Elle pensa à sa conversation de la veille avec Marc Reeve.

« Est-ce que vous avez parlé à la police de la possibilité qu'Elaine ait filé avec son ami ? lui avait-elle demandé. Et cet ami inconnu, vous l'avez mentionné ? »

Reeve avait confirmé :

« Bien sûr. Mais le problème était là, justement : l'ami était inconnu. Personne n'avait jamais entendu parler de lui. On n'avait pas de nom, pas de description. Elle n'est pas entrée dans les détails avec moi. La police a ensuite interrogé son frère, qui a contesté avec véhémence l'existence d'un tel ami. Malheureusement, ses collègues de travail n'étaient pas non plus au courant. Cet ami est resté un fantôme… une piste qui ne menait à rien. »

— Rosanna ! fit la voix impérieuse de Geoffrey, la tirant de ses pensées. Ecoute, ne te laisse pas embobiner par Reeve ! Il n'y avait pas d'homme dans la vie d'Elaine. Je l'aurais su. Quelqu'un aurait été au courant. Tu peux poser la question dans tout Kingston, dans tout Taunton, tu ne trouveras pas un chat qui l'ait vue avec un homme. C'est quand même bizarre, non ? Cette relation ne peut pas avoir été invisible à ce point !

Sauf si Elaine a tout fait pour te la cacher et s'est arrangée pour que tu ne l'apprennes pas par un tiers, lui répondit mentalement Rosanna. Ce genre de chose ne marche pas éternellement, mais ça peut très bien fonctionner un certain temps.

— Rosanna, Reeve est un criminel ! C'est un beau mec, intéressant, et tu es peut-être déjà…

— Arrête tes bêtises ! Geoffrey, crois-moi, je suis tout à fait capable de considérer les choses de manière rationnelle. Je n'ai pas eu l'impression que Reeve me mentait quand il a évoqué l'existence de cet homme dans la vie d'Elaine. Mais il est aussi possible qu'Elaine se soit fait des illusions. Elle avait peut-être le béguin pour quelqu'un de son entourage et en a parlé comme de son petit ami, même si l'intéressé lui-même n'était pas au courant. C'est envisageable.

— Ah bon ? Alors comme ça, au lieu d'imaginer que Marc Reeve te mène en bateau, tu préfères croire que c'est Elaine qui…

— Geoffrey, les choses ne sont pas toutes blanches ou toutes noires. Je ne dis pas qu'Elaine a menti, mais elle a peut-être un peu rêvé. Tout le monde rêve un peu ! C'était une jeune femme de vingt-trois ans. Tu ne crois pas qu'il lui arrivait d'avoir envie d'être aimée ? C'est normal, non ?

— Elle m'avait, moi !

— Tu es son frère.

— J'étais son confident. Elle me parlait de tout, elle ne me cachait jamais rien.

Et je mettrais ma main au feu que tu te trompes, lui répondit Rosanna en pensée.

Cette conversation ne menait nulle part. Reeve le lui avait bien prédit, quand elle lui avait annoncé qu'elle appellerait Geoffrey pour essayer d'en savoir plus sur le mystérieux ami.

« Il dira la même chose qu'à l'époque. Que c'est exclu. Qu'Elaine n'avait pas de secrets pour lui. »

Elle demanda à Geoffrey de noter son numéro de portable ainsi que celui de l'hôtel, et de l'appeler au cas où lui reviendrait un souvenir quelconque concernant l'éventuelle vie sentimentale de sa sœur. Geoffrey s'exécuta en l'avertissant qu'elle se fourvoyait complètement.

— Je te rappelle, dit-elle enfin. Je te tiens au courant.

— Fais bien attention à ce que Reeve ne te…

— Je ne suis pas une imbécile, tu sais, l'interrompit-elle avant de raccrocher.

Geoff lui faisait pitié, mais il l'énervait prodigieusement. Lui parler, c'était s'adresser à un mur.

Rien ne bouge, chez lui, se dit-elle, comme s'il avait perdu sa mobilité intellectuelle en même temps que sa mobilité physique. Sa vision des choses est coulée dans le béton.

C'était comme ça et pas autrement. Interdit d'envisager d'autres éventualités, ne serait-ce qu'en les effleurant.

Elle se sentit tout à coup fatiguée et frustrée. Triste de voir ce qu'était devenu cet ami d'enfance qu'elle avait connu tellement différent. Mais là n'était pas son seul souci. Sa conversation de la veille au soir la hantait, ainsi que le fait que Dennis ne cherche pas à la contacter.

Elle se demanda si toute cette entreprise n'était pas une erreur. L'histoire d'Elaine la perturbait plus qu'elle ne l'aurait cru. Pour ce qui était des autres histoires, elle n'avançait guère, littéralement bloquée par son implication personnelle dans l'affaire Elaine. Son couple était en crise, son beau-fils souffrait de son absence et luttait contre les peurs qui le tourmentaient. Elle vivait dans une chambre d'hôtel, et alors qu'elle avait tant apprécié son luxe confortable, elle commençait à souffrir de son impersonnalité, de sa froideur, et avait l'impression d'y étouffer.

Un accès de langueur s'empara d'elle. Sa vie quotidienne lui manquait. Elle avait envie de pouvoir aller dans sa cuisine se faire un thé, s'occuper du linge, du ménage, ou encore de gratouiller la terre dans son jardin. D'aller faire ses courses et de se demander ce qu'elle pourrait faire à dîner.

Elle se regarda dans le miroir accroché au-dessus du bureau.

— Non mais, tu débloques, ma pauvre fille ! dit-elle à haute voix, c'est bien cette monotonie que tu avais envie de fuir, non ?

Elle vit l'expression soucieuse de ses yeux.

Une bonne journaliste doit garder de la distance par rapport aux sujets qu'elle traite, se tança-t-elle.

Elle décida de sortir et d'aller faire un jogging. Le ciel était d'un gris crasseux, mais la pluie de la veille s'était arrêtée. Peut-être avait-elle simplement besoin de bouger. Courir lui faisait généralement du bien.

Elle passa sa tenue et sortit.

Elle n'avait plus de nouvelles de Cedric. Soit il était rentré tard dans la nuit et dormait encore, soit il n'était pas revenu. Elle s'inquiétait un peu pour lui. L'hôtel était cher, et son frère ne roulait pas sur l'or. Un séjour prolongé à Londres risquait de le mettre à sec. De plus, il avait sans doute des obligations à New York, un boulot quelconque. N'avait-il pas annoncé qu'il envisageait de se mettre à son compte comme photographe ? C'était lui tout craché. Au lieu de se lancer enfin dans les choses sérieuses, il traînait à Londres, dormait pendant la moitié de la journée et allait voir ses vieux copains. Une fois de plus, il fuyait la vie et ses responsabilités. Même s'il était adulte, c'était aussi son frère, et peut-être était-il temps d'avoir avec lui une conversation sérieuse.

L'air froid et humide la fouetta agréablement. Hyde Park était pratiquement de l'autre côté de la rue. Elle ne rencontra pas grand monde dehors : quelques promeneurs qui sortaient leur chien, marchant vite et le col relevé, une poignée de jeunes traînards qui se roulaient des cigarettes avec des doigts gourds, quelques personnes en retard qui couraient à leur travail ; ici ou là, un jogger.

Très vite, elle s'aperçut qu'elle était en petite forme. Après un démarrage en flèche, elle ralentit et, bientôt, trouva son rythme et foula les allées sablonneuses d'un pas régulier.

Lorsque, une heure plus tard, elle rentra à son hôtel, elle était trempée de sueur, mais elle se sentait mieux. Et un peu plus motivée pour poursuivre la route qu'elle s'était tracée.

Depuis le couloir, elle entendit sonner son portable, qu'elle avait laissé sur la table de chevet. Elle se précipita dans la chambre et décrocha.

C'était Nick.

— Qu'est-ce que tu fabriques ? lui demanda-t-il d'une voix chargée de reproche. Ça fait au moins une demi-heure que j'essaie de te joindre !

— J'étais en train de faire mon jogging. J'avais besoin de me remuer.

— Tu sais, l'objet grâce auquel je te parle a été inventé pour pouvoir être transporté partout, répliqua Nick, contrarié, avant d'enchaîner sur un autre ton : Super nouvelle, Rosanna ! Nous sommes invités à un talk-show.

— Ah bon ?

— Je ne sais pas si tu connais, il s'agit de *Private Talk.* Ça passe tous les vendredis soir à vingt-deux heures. Il y a en général trois ou quatre invités, des gens qui n'ont rien à voir entre eux, mais qui font l'actualité pour une raison ou une autre. Des acteurs qui ont tourné un nouveau film, des journalistes de la presse à scandale qui ont dégoté un scoop, des écrivains qui présentent leur nouveau roman, la nouvelle miss Liverpool, etc.

— Et ils t'ont invité ?

Nick éclata de rire.

— Qui s'intéresse à un rédac' chef vieillissant ? Non, c'est la jeune et jolie journaliste qui les intéresse. C'est toi qui seras l'invitée-vedette après-demain.

A cette nouvelle, elle prit si peur que ses genoux faiblirent et qu'elle dut s'asseoir sur son lit.

— Moi ? Mon Dieu, Nick, je n'ai jamais fait ça !

— Tu seras parfaite, Rosanna. Tu es intelligente, éloquente et en plus tu es jolie. Et je n'ai pas besoin d'ajouter que tu seras une pub fantastique pour notre série.

— On m'invite pour la série, pas pour autre chose, répliqua Rosanna, tout en trouvant que sa remarque n'était pas très spirituelle.

— Oui, bien sûr. Pour la série en général, et pour Elaine et ta relation avec elle en particulier. Le fait que la journaliste qui traite cette affaire soit personnellement intéressée à ce qu'une réponse soit apportée à la disparition d'Elaine donne du piquant à la chose. Mais la rédactrice responsable de l'émission a demandé, de plus, si...

Il s'interrompit.

— Oui ? l'encouragea Rosanna.

— Eh bien, ils aimeraient aussi avoir Geoffrey Dawson. Le frère qui est en train de végéter dans son centre pour handicapés. Tu vois le topo... J'ai déjà dit que...

— Nick, c'est complètement exclu ! s'exclama Rosanna.

Elle n'imaginait que trop bien ce que donnerait l'intervention de Geoffrey, émaillée d'accusations et de sorties haineuses et revanchardes contre Marc Reeve. Ce serait replonger Reeve dans son cauchemar personnel.

— Je sais. Il n'en sera pas capable, dit Nick, c'est ce que j'ai expliqué à la rédactrice.

Contrairement à ce que pensait Nick, Geoffrey en aurait été parfaitement capable. Mieux, il brûlerait d'accéder à cette tribune qui lui était offerte, prêt à accomplir le trajet en fauteuil roulant si nécessaire !

Mais Rosanna jugea préférable de garder ses réflexions pour elle. Mieux valait laisser croire que participer à une émission en direct représentait un effort trop pénible pour ce pauvre Geoffrey.

— En tout cas, poursuivit Nick, ce sera excellent pour nos ventes, et c'est ça l'essentiel. Je t'accompagnerai jusqu'au studio, Rosanna.

Il faudra y être deux heures avant pour la préparation, le maquillage, etc. Ça va, tu n'es pas trop nerveuse ?

— Non, répondit Rosanna.

C'était la vérité, elle n'était pas vraiment nerveuse, mais un étrange malaise s'était emparé d'elle. Comme si toute cette affaire prenait une dimension imprévisible et devenait incontrôlable.

Elle connaissait assez Nick pour savoir qu'il serait inutile de chercher à le convaincre de renoncer à cette émission. Le tirage de son journal était pour lui primordial. Il ne laisserait jamais échapper la gigantesque publicité gratuite que représentait une apparition à la télévision, sous prétexte que cela troublait une de ses collaboratrices.

Mieux valait voir le bon côté des choses et remercier le ciel qu'il ne se soit pas mis directement en contact avec Geoffrey pour le gagner à sa cause. Au moins, elle pourrait orienter ses propres interventions.

— Donc, à vendredi soir, dit Nick avant de raccrocher.

Les yeux fixés sur son portable, elle se demanda : Qu'est-ce que je vais dire à Marc Reeve ?

4

Il y avait eu un accident sur la M11, et la police avait sans doute fermé l'autoroute, car, depuis plus d'une heure, tout le monde était à l'arrêt. Plusieurs voitures de police, des ambulances ainsi que deux camions de pompiers étaient passés en trombe sur la bande d'arrêt d'urgence. Ça devait être quelque chose. Au bout d'un moment, un hélicoptère fit également son apparition.

Il ne lui restait plus qu'à prendre son mal en patience.

Nombreux étaient ceux qui, sortis de leur voiture, discutaient dans le froid, en tentant de voir ce qui se passait. Pour la plupart, il s'agissait de banlieusards qui se rendaient à Londres pour leur travail et dont le planning de la journée venait de voler en éclats. Presque tous avaient le portable collé à l'oreille et parlaient avec animation. Cedric, pour sa part, ne voyait pas l'intérêt de quitter sa confortable voiture pour aller se geler sur le bord de la route. Cet embouteillage était contrariant, certes, mais lui-même n'était pas particulièrement dérangé dans ses projets. Tout ce qui l'attendait, c'était une chambre d'hôtel et un déjeuner quelque part avec Rosanna, si elle avait le temps. Il n'avait encore rien prévu pour l'après-midi. Alors, peu importait qu'il le passe sur la M11 ou ailleurs.

De façon étrange, cette pensée n'eut pas le pouvoir de le rasséréner. Au contraire. Il observa les gens agités autour de lui et constata avec étonnement qu'il les enviait.

Il les enviait pour leur vie structurée, pour l'importance et le sens de leurs actes, les objectifs qu'ils semblaient avoir.

Il avait passé toute la nuit à se débattre avec ce genre de pensées.

Il était allé rendre visite à une ancienne copine de fac qui habitait Royston, près de Cambridge. Un village pittoresque aux petites maisons soigneusement entretenues nichées au milieu de vertes prairies vallonnées. Sa copine était mariée et avait trois enfants, des fillettes ravissantes qui portaient de longues nattes et des collants blancs. Dans le salon, deux chats paressaient, allongés sur l'appui de fenêtre. Le soir, à son retour, le père de famille avait été accueilli par les filles qui s'étaient précipitées sur lui. Avant, il aurait méprisé pareille existence de petits-bourgeois. Mais maintenant, c'était fini. Il pensa à son appartement de New York où régnait une atmosphère froide et sombre, à ses soirées dans les bars de Manhattan, aux filles interchangeables qui défilaient dans son lit, et à ses dimanches matin solitaires, en tête à tête avec le journal et en proie à la gueule de bois.

Ils avaient beaucoup bu et ses hôtes lui avaient proposé de passer la nuit dans la chambre d'amis. A son réveil, le lendemain matin, il avait trouvé l'un des chats installé sur ses pieds, tout ronronnant, et entendu les filles papoter et rire sous sa fenêtre. Il s'était levé et les avait suivies des yeux tandis que, vêtues de leurs uniformes d'écolière, elles se dirigeaient vers l'arrêt de bus. Un sentiment aigu de solitude s'était alors emparé de lui. Il était retourné se coucher, avait attiré le chat contre lui et l'avait posé sur sa poitrine, avec le sentiment insensé que son doux pelage possédait le pouvoir d'atténuer son froid intérieur.

Il avait loupé quelque chose dans sa vie… Il ne parvenait pas à lui faire prendre le bon tournant. Et pourtant, il était grand temps.

Ces pensées n'étaient pas chose nouvelle. Depuis trois ou quatre ans, comme une petite douleur latente, elles s'étaient nichées quelque part dans un coin de sa tête. Assez discrètes pour lui permettre de les refouler par les activités, les gens, les nouvelles conquêtes, la fête, l'alcool. A New York, les possibilités de s'étourdir ne manquaient pas. Mais, régulièrement, revenait le moment où la douleur se rappelait à lui, lui signalant qu'elle était toujours là. Qu'elle le serait toujours. Que, s'il s'arrêtait, il la sentirait.

Parfois, c'était au cours d'une soirée passée au sein d'une famille heureuse. Parfois, en plein embouteillage sur l'autoroute.

A New York, il était allé consulter un psychothérapeute. La plupart de ses connaissances suivaient une thérapie ou une analyse. Alors qu'il se trouvait dans l'une de ses périodes où la solitude et le vide se faisaient particulièrement sentir, il s'était dit que cela valait le coup d'essayer.

Le type à cheveux gris en face duquel il s'était retrouvé, assis au fond d'un fauteuil de cuir dans une grande pièce claire, avait très vite dépisté quelques points cruciaux dans la vie de son patient. Il s'était littéralement accroché au problème Geoffrey. Plus exactement, à la nuit de l'accident, lui faisant inlassablement répéter le déroulement des événements et analyser ses sentiments, jusqu'à la nausée.

Il avait cessé les séances de thérapie. Parler de Geoffrey ne lui faisait aucun bien. Il n'était pas stupide ! Il savait pertinemment que ce qui rendait l'affaire intéressante pour le thérapeute, c'était le malaise, ou plutôt le sentiment d'horreur qui l'étreignait à l'évocation de Geoffrey. Mais pourquoi, dans ce cas, tardait-il tant à l'aider ? A quoi rimait de mettre son patient sens dessus dessous et de le renvoyer ensuite chez lui sans rien faire, jusqu'à la fois suivante ? Il lui était arrivé d'éclater en sanglots. Plus jamais ça ! Se retrouver en larmes dans la rue...

Geoffrey. Geoffrey et Cedric. Geoffreyetcedric. Il fut un temps où on aurait pu fondre les deux prénoms en un seul, tant ils étaient inséparables. Ils ne faisaient jamais rien l'un sans l'autre. De vrais jumeaux.

Jusqu'à la nuit fatale.

Il tenta de repousser cette idée. Ce n'était pas le moment de gamberger, coincé dans ce foutu embouteillage qui lui interdisait tout mouvement. Il risquait de péter les plombs. De se mettre à hurler ou à klaxonner. Ou les deux. Il avait sans doute commis une erreur en venant en Angleterre, mais s'il l'avait fait, c'était pour son pauvre père livré à sa solitude. D'ailleurs, pour être honnête, sa propre solitude lui pesait également. Il ne pouvait tout de même pas se priver de son pays à cause de Geoffrey ! Pourquoi, aussi, était-il allé le voir dans cet horrible centre ? Mais, s'il ne l'avait pas fait, il serait passé pour un saligaud à ses propres yeux.

Et, pour couronner le tout, voilà que Rosanna travaillait sur l'affaire Elaine ! Il était vraiment maudit !

Il n'avait pas bien connu la petite sœur de son meilleur ami. C'était une gamine pleurnicharde pas bien mignonne qui énervait tout le monde et que la puberté n'avait pas arrangée. En fait, il n'avait jamais fait attention à elle. Il n'avait pas été réellement touché quand elle avait disparu, cinq ans plus tôt.

Mais pour la première fois, en plein embouteillage sur la M11, il pensa à elle. La petite Elaine... Bon Dieu, qu'est-ce qui a bien pu lui arriver ?

Pour certaines filles, la première pensée qui vous venait à l'esprit, quand elles disparaissaient, était qu'elles avaient mis les voiles avec un mec. D'autres quittaient leur foyer en stop sans but précis, finissaient par atterrir dans une colocation quelconque ou par rejoindre un groupe de marginaux dans une ferme. D'autres encore partaient pour Paris ou la Provence, où elles finissaient par vendre des olives et leurs propres peintures. Des filles pour lesquelles on n'avait pas à s'inquiéter parce qu'elles avaient l'esprit d'aventure, qu'elles étaient curieuses de tout et pleines d'envie de vivre.

Mais pas Elaine.

Si on lui avait demandé de la décrire, les mots qui lui seraient venus à l'esprit auraient été : coincée, ennuyeuse, prude, popote.

Il savait que, après avoir grandi sans père, elle s'était occupée avec dévouement de son frère une fois leur mère morte. Pouvait-elle l'avoir abandonné tout en sachant que c'était la vie en institution qui l'attendait ?

Il secoua la tête. Ça ne lui ressemblait pas. Et pourtant, il était peut-être hasardeux de s'avancer à ce sujet. Qui pouvait prétendre savoir ce qui lui ressemblait et ce qui ne lui ressemblait pas ? Car, justement, personne ne savait vraiment qui était Elaine. Elle n'avait pas eu de meilleure amie auprès de qui s'épancher. Aucun confident. Tout du moins, on ne lui en connaissait pas.

Eh bien justement, se reprit-il avec humeur, ça non plus, je ne le sais pas. Je ne sais rien. Pas plus que Rosanna. Geoffrey lui-même en sait peut-être moins qu'il ne croit.

Cette idée nouvelle qui venait de germer dans l'esprit de Cedric ne semblait pas absurde, tout compte fait : et si derrière cette façade terne, derrière cette réserve, cette timidité, s'était développé un être entièrement différent de ce qu'on imaginait ? Si cette sœur dévouée, cette assistante médicale consciencieuse, cette jeune femme à qui nul ne prêtait attention dissimulait une autre facette de sa personnalité ? Peut-être Elaine menait-elle une double vie. Peut-être s'était-elle servie de ce voyage à Gibraltar pour tirer sa révérence et se couler dans cette seconde vie.

Cedric se recula au fond de son siège. Un nouvel hélicoptère était apparu à l'horizon. L'accident avait dû être terrible.

Cela pouvait durer longtemps.

Résigné, il ferma les yeux. Telles que les choses se présentaient, il pouvait s'octroyer un petit somme.

5

L'appartement était plus petit que son logement précédent, mais beaucoup plus clair et accueillant. Un séjour avec coin-cuisine et des meubles en pin, une chambre minuscule aux rideaux ornés de fleurs et un tapis bariolé en patchwork, un cabinet de toilette doté d'une douche, carrelé de bleu. Par les fenêtres à croisillons blancs, la vue donnait sur les prés qui s'étendaient à l'infini derrière la maison. Le sol sablonneux était recouvert d'une herbe d'hiver maigre et pâle. En se penchant un peu par la fenêtre du cabinet de toilette, elle aperçut, sur la droite, une petite pointe de mer.

Oui, elle se sentirait bien ici. Beaucoup mieux que dans le taudis de l'infâme Cadwick.

Mme Smith-Hyde, sa nouvelle propriétaire, avait la soixantaine plutôt revêche, mais sans doute ne se mêlerait-elle pas trop de ses affaires. Elle avait expliqué qu'à la mort de son mari, deux ans auparavant, elle avait fait transformer sa maison pour y aménager le petit appartement qu'elle louait.

— Cette maison était trop grande pour moi, dit-elle, je m'y sentais perdue. Et en plus, rester toute seule comme ça, ça me faisait peur. Ça me rassure d'avoir quelqu'un chez moi.

— Je travaille comme serveuse à l'Elephant, à Langbury. Je rentre très tard le soir...

— Ce n'est pas grave. L'essentiel est que, s'il m'arrive quelque chose, quelqu'un s'en aperçoive. Vous n'avez qu'à ouvrir le journal, c'est plein de personnes âgées qui sont agressées chez elles sans que personne ne s'en rende compte, et à la fin, il est trop tard. C'est ce que je voudrais éviter.

— Bien sûr, je vous comprends.

Mme Smith-Hyde la considéra d'un œil méfiant.

— Vous êtes serveuse, m'avez-vous dit ? Mais vous ne ramènerez pas d'hommes ici ?

Je me demande pourquoi les gens prennent les serveuses pour des filles faciles, se dit la jeune femme.

— Non, répondit-elle, certainement pas. Je ne ramènerai pas d'hommes.

— Je ne suis pas un hôtel de passe, insista Mme Smith-Hyde. C'est à vous que je loue, un point c'est tout.

— Il n'y a aucun problème, vous n'avez aucun souci à vous faire !

La vieille dame marmonna quelque chose qui semblait être : « J'espère », et ajouta sans transition :

— Le loyer du premier mois se paie d'avance, c'est-à-dire pour ce qui reste de février et pour mars. Et deux mois de caution.

La jeune femme avala sa salive. Ça faisait beaucoup.

— Quand est-ce que je peux emménager ? s'enquit-elle.

— Tout de suite, si vous le désirez.

— Hum.

Elle réfléchit. Elle avait déjà payé le mois de février à Cadwick, et il n'était évidemment pas question qu'il lui rembourse quoi que ce soit, surtout si elle partait sans préavis. D'un autre côté, elle n'en pouvait plus... Elle était donc condamnée à payer deux fois le mois de février. Mais Cadwick lui devait sa caution, ce qui réduirait le trou dans son budget malgré la dépense nécessaire pour le vélo.

— Très bien, je le prends tout de suite, annonça-t-elle d'un ton décidé, et je m'installe demain. Je louais déjà un meublé, le déménagement sera facile.

— Parfait, dit la propriétaire. Croyez-moi, vous faites une bonne affaire. C'est très bien situé. Pour aller à la plage, il suffit de passer par le jardin et de traverser les prés. En été, on peut se baigner. Il n'y a quasiment pas un chat. Personne ne vient se perdre par ici !

Exactement ce qu'il me faut, pensa-t-elle tout en sentant son cœur se serrer un peu. Oui, les gens venaient sans doute encore moins se perdre par ici qu'à Langbury. Sa vie s'enfonçait de plus en plus dans la solitude, elle devenait de plus en plus recluse. Elle n'avait pas encore trente ans et elle s'enterrait dans la maison d'une veuve située au milieu de nulle part. Avec la perspective que cela ne changerait jamais.

— Bon, dit-elle, il faut que je me dépêche d'attraper le bus de Langbury. Au revoir, madame Smith-Hyde, je me réjouis d'habiter ici.

— Vous ne trouverez rien d'équivalent ailleurs ! affirma la propriétaire avec satisfaction.

Mme Smith-Hyde referma la porte de l'appartement avec soin, et les deux femmes se retrouvèrent sur une petite terrasse ventée, sur le côté de la maison. De là, l'accès à son futur logement était direct. Un avantage supplémentaire, cette entrée séparée.

Tout en courant vers l'arrêt de bus, elle se félicita de sa chance, se disant que cet appartement clair était une première étape, une ouverture sur autre chose.

Elle s'attarda devant une petite supérette, puis ouvrit la porte d'un geste résolu. Elle acheta un exemplaire du *Daily Mirror*, car elle n'avait pas encore lu le journal ce jour-là. Il était important de lire le journal tous les jours. Pas pour la politique intérieure, ni pour les nouvelles internationales. Non, depuis cinq ans, elle nourrissait le même espoir : tomber un jour sur la nouvelle de l'arrestation de Pit. Apprendre qu'il allait passer plusieurs années en prison. Encore mieux : que, lors de son arrestation, il y avait eu un échange de coups de feu avec la police et qu'il avait été tué. Liquidé. Nettoyé.

Il était évidemment peu probable que, le jour où ce qu'elle appelait de ses vœux se produirait, un journal annonce la nouvelle. Pit et son copain Ron n'étaient que du menu fretin. Et pourtant… Il suffirait que l'on apprenne ce qu'il faisait subir aux femmes, elle comprise… Cela valait bien un petit article dans la presse.

Quoi qu'il en soit, elle devait se maintenir au courant.

Son journal à la main, elle poursuivit son chemin. Tout en marchant, elle jeta un coup d'œil sur la première page.

En gros titre, elle lut : *Horrible meurtre dans l'Epping Forest.* Dessous, il y avait la photo d'une très jolie jeune fille blonde. *Qui est l'assassin de Linda Biggs ?* demandait la légende, et, plus loin, en caractères très gras : *Qui est capable de faire une chose pareille ?*

Suivaient les détails. Elle lut. S'arrêta. Ne pensa plus au bus qu'elle devait prendre. Son unique pensée se résuma à ceci : comme Jane French.

Mon Dieu, comme Jane French !

C'était comme si elle venait d'avoir des nouvelles de Pit.

Mais pas celles qu'elle espérait.

6

Angela dut attendre la fin de l'après-midi du mercredi pour jouir d'un moment de solitude et en profiter pour utiliser l'ordinateur de son frère Patrick. Plus exactement, elle n'était pas tout à fait seule, car Sally était à la maison elle aussi, endormie sur le canapé du salon. Elle avait absorbé un puissant tranquillisant qui, mélangé à sa dose coutumière d'alcool, avait eu un effet spectaculaire : elle avait tout juste eu le temps d'atteindre le canapé avant que ses jambes se dérobent sous elle. Elle avait alors basculé et sombré dans un profond sommeil. Elle dormait la bouche légèrement ouverte et les traits tourmentés de son visage s'étaient détendus. Angela s'en réjouissait pour elle. Après la catastrophe, Sally avait réagi comme elle le faisait devant n'importe quel problème : en se réfugiant dans le brandy. Mais, cette fois, l'apaisement s'était refusé à elle. L'ivresse était impuissante à lui enlever de la tête les pensées et les images qui la torturaient. Seule l'aide des médicaments lui permettait quelque repos.

Gordon qui, depuis le départ de l'inspecteur Fielder, s'était contenté de rester assis dans la cuisine, les yeux dans le vague, s'était soudain levé en déclarant qu'il devenait fou dans cette baraque et qu'il allait prendre l'air. Blanc comme un linge, le visage ravagé, il avait chaussé ses bottes, pris son anorak et était sorti en claquant la porte. Angela s'était dit qu'il essayait de fuir les visions qui le tourmentaient, qui les tourmentaient tous : les dernières heures de Linda, ses dernières minutes.

Ils n'avaient pas seulement perdu une fille, une sœur ; il leur faudrait désormais vivre en sachant qu'un membre de la famille avait subi les pires violences, des violences qui avaient abouti à la mort. Linda n'était pas morte en paix. Elle était passée par l'enfer, avait été battue, torturée, avait dû lutter et supplier, se défendre de toutes ses forces sans l'ombre d'une chance.

« Le meurtrier de Linda est un psychopathe, avait expliqué Fielder. Elle a subi des tortures sadiques. Celui qui a fait ça est un malade. Et un malade extrêmement dangereux. »

C'est horrible, se dit Angela, on va transporter ça avec nous pour le restant de nos jours. Ça ne nous quittera jamais.

Plus rien ne serait jamais normal.

Les garçons, qui n'étaient pas allés à l'école ce jour-là, avaient disparu l'un après l'autre, on ne savait où. Sans doute traînaient-ils avec leurs copains, à fumer, à donner des coups de pied dans les canettes de bière vides, et sans doute à fanfaronner. La photo de Linda avait paru dans plusieurs journaux du matin, et tout Islington était au courant du drame qui avait touché les Biggs. Angela imaginait sans mal ses frères en train d'en rajouter dans la décontraction. Une façon de commencer à digérer la chose. Mais ce serait très difficile, et sans doute aucun d'entre eux n'y réussirait-il complètement.

Elle s'était déjà servie de l'ordinateur de Patrick à maintes reprises. Après avoir entré le mot de passe de son frère, elle alla sur Google et tapa : Jane French.

Une seconde plus tard, elle avait des pages et des pages d'entrées sous les yeux.

Jane French avait été retrouvée le 17 novembre 2002 dans l'Epping Forest, gisant avec la tête dans l'eau au bord d'un étang qui se situait juste à côté de l'abri d'une aire de pique-nique à l'écart du chemin. Deux promeneurs, un couple de personnes âgées qui avaient cherché refuge dans la cabane pour se protéger d'une averse, avaient aperçu le corps d'une femme en jetant un coup d'œil par la fenêtre. A l'autopsie, on avait constaté que le cadavre se trouvait là depuis un long moment. En novembre, on ne pique-niquait plus.

L'endroit où le corps avait été découvert n'était pas le même que celui du crime.

Jane French présentait des blessures dans la région du vagin. Sans doute avait-elle été violée avec un objet dur, probablement une bouteille de verre. Elle avait été tailladée sur tout le corps et son visage portait des marques de coups de poing. Plusieurs fractures des côtes et de profondes blessures au bas-ventre indiquaient qu'elle avait été rouée de coups de pied. Mais tout cela n'avait pas suffi pour la tuer. La cause de la mort était la noyade. On l'avait déposée au bord de l'étang, ligotée et inconsciente, de manière à ce que son visage se retrouve sous l'eau.

Angela se recula sur son siège. Elle sentit poindre des maux de tête et une nausée. Qui pouvait infliger une chose pareille à une jeune femme ? La torturer de toutes les manières imaginables et la tuer ensuite d'une façon particulièrement cruelle ? Avait-elle glissé de l'inconscience à la mort ? Ou avait-elle repris conscience, avait-elle essayé de se rouler sur le côté sans y arriver, trop épuisée pour parvenir à se maintenir la tête hors de l'eau ?

La disparition de Jane French n'avait pas été signalée, et la police avait tâtonné pendant près de quinze jours avant de découvrir l'identité de la morte. Puis, l'une de ses amies s'était présentée après avoir cru la reconnaître sur une photo publiée dans un journal. L'amie, une prostituée toxicomane, avait longtemps hésité avant d'appeler la police mais lorsque, par bonheur, elle s'y était décidée, elle avait identifié la morte sans hésitation. Elle avait indiqué que Jane French était âgée de vingt ans au moment de son décès, qu'elle était originaire de Manchester et était arrivée à Londres à dix-sept ans. Elle avait perdu son père depuis longtemps, et avait rompu tout contact avec sa mère, ce qui expliquait pourquoi cette dernière n'avait rien su de la disparition de sa fille. A Londres, elle avait enchaîné plusieurs petits boulots avant d'atterrir sur le trottoir. Elle partageait une chambre avec son amie. Jane ne se droguait pas, ne buvait pas d'alcool et voulait se sortir de la prostitution. Elle rêvait de rencontrer quelqu'un qui l'épouserait et lui offrirait une vie meilleure. « Mais les mecs qu'elle rencontrait, il y en avait pas un pour relever l'autre », avait déclaré l'amie.

Un soir de mars 2002, Jane n'était pas rentrée dans la chambre qu'elles partageaient. Elle avait disparu sans prévenir. Elle n'avait apparemment pris que son sac – que l'on n'avait jamais retrouvé – et les vêtements qu'elle portait.

L'amie en question ne s'en était pas vraiment étonnée et ne s'était pas fait de souci.

« Jane, elle ne disait pas grand-chose sur elle. J'ai pensé qu'elle avait fini par rencontrer quelqu'un et qu'elle s'était mise avec.

Pourquoi elle n'avait rien emporté ? J'en savais rien, mais je m'étais dit comme ça qu'elle avait voulu tirer un trait sur son ancienne vie. Parce que je savais qu'elle voulait se casser. »

Selon les articles, la police avait cherché d'autres pistes dans l'environnement de Jane, sans grand résultat. Les anciens clients de Jane étaient demeurés introuvables, et personne, évidemment, ne s'était manifesté. Les enquêteurs s'étaient mis en relation avec sa mère, mais celle-ci, qui n'avait plus revu sa fille depuis trois ans, s'était montrée incapable de donner le moindre renseignement. En dernier ressort, on en avait conclu que Jane était tombée sur un psychopathe et qu'elle était montée dans sa voiture. « Risque professionnel classique pour une prostituée », comme l'écrivait un peu cyniquement un journaliste. La police s'était préparée à de nouveaux meurtres, partant du principe qu'un assassin aussi perturbé ne s'arrêterait pas là, mais plus rien ne s'était produit qui portait la signature de l'affaire Jane French. Elle restait un cas unique.

Jusqu'au 12 février 2008. Ce jour où une promeneuse avait découvert le corps de la jeune Linda Biggs dans l'Epping Forest.

Angela releva la tête, les yeux brûlants. Elle avait fixé l'écran avec une telle intensité qu'elle n'avait pas remarqué combien son corps s'était tendu. Elle poussa involontairement un petit cri de douleur en bougeant les épaules et la nuque.

Elle ne pouvait évidemment pas se substituer à la police, mais elle avait malgré tout espéré trouver un indice important. Une similitude quelconque entre cette inconnue, Jane French, et sa petite sœur Linda. Quelque chose qui avait échappé à la police, une chose qui la conduirait sur la bonne piste, elle qui avait connu Linda comme personne.

Elle revint à l'écran.

En quoi consistaient les similitudes ?

Les deux corps avaient été retrouvés dans l'Epping Forest, même si c'était à des endroits différents.

Les deux femmes avaient été violées de la même façon, avec un objet aux arêtes vives, on les avait battues et rouées de coups de pied. Il n'y avait pas de présence de fluides corporels, ce qui rendait l'identification de l'assassin plus difficile.

Les deux étaient mortes noyées.

Les circonstances de leurs morts avaient énormément de points communs.

Et leurs conditions de vie ?

Jane French travaillait comme prostituée. Linda – Angela était bien forcée de l'admettre – s'habillait comme une prostituée. Est-ce que c'était un point de départ ? Est-ce que le déséquilibré était excité par ce genre de tenue ?

Mais il y avait des centaines de filles qui s'habillaient comme ça. Le psychopathe n'aurait pas eu besoin d'attendre cinq ans pour trouver sa victime suivante. Des tas de gamines allaient en discothèque le week-end dans des tenues si provocantes qu'on pouvait facilement les confondre avec des professionnelles.

Et si leur père avait eu raison sans le savoir, quand il traitait Linda de pute ? Linda disposait de plus d'argent depuis six mois : y avait-il un rapport ? Etait-ce de cette façon qu'elle remplissait sa tirelire ? Et était-elle tombée par hasard sur le criminel qui avait Jane sur la conscience ?

Restait la question du temps écoulé entre les deux assassinats. Pourquoi le tueur n'allait-il pas chercher une nouvelle proie sur le trottoir tous les trois mois ?

Elle se replongea dans les articles.

Même si elle devait y passer la nuit, elle trouverait quelque chose.

Jeudi 14 février

1

Dennis n'appela pas non plus le jour de la Saint-Valentin. Rosanna, espérant un coup de fil, avait emporté son portable pendant sa séance de jogging, mais c'était toujours le silence du côté de Gibraltar.

Dennis tout craché… Quand il était vexé, cela pouvait durer.

Elle avait brièvement envisagé de se montrer la plus sage des deux, de céder, de l'appeler la première. Mais elle y renonça, par crainte de la discussion qui ne manquerait pas de suivre. Comme il lui en voulait toujours, il saisirait l'occasion de lui expliquer une fois de plus son point de vue, en lui assénant en prime que sa manière à elle de voir les choses ne l'intéressait pas. Tout cela se terminerait en dispute, et elle ne se sentait pas capable de le supporter, nerveuse comme elle l'était à la veille de son passage à la télévision.

De plus, elle avait rendez-vous avec Marc Reeve dans un café. Elle avait besoin de se concentrer.

Elle avait appelé Reeve la veille pour l'informer de l'émission prévue. Celui-ci avait accepté de lui accorder un entretien, ce qu'elle avait grandement apprécié.

Elle avait constaté qu'il était déjà au courant et paraissait assez déprimé :

« Ils m'ont également appelé pour m'inviter, lui avait-il appris. J'ai refusé parce que cela n'aurait d'autre effet que de me rappeler au souvenir du bon peuple. Ils vont encore remuer toute cette affaire, c'est déjà largement suffisant. Et moi qui pensais que la page était tournée…

— Je suis désolée, monsieur Reeve. Je n'imaginais pas que cette histoire engendrerait autant de publicité. Mais malheureusement, je ne peux pas refuser de participer à l'émission. Mon rédacteur en chef...

— Je sais. Vous devez faire votre travail. Je comprends. »

Elle avait eu une idée :

« Nous pourrions nous rencontrer avant, qu'en pensez-vous ? S'ils s'intéressent tellement à vous, ils me poseront certainement des questions sur le rôle que vous avez joué. Il serait bon que je sois un peu mieux préparée. »

Il avait hésité. C'était très net. Elle avait compris qu'il ne lui faisait toujours pas confiance.

« Je n'ai pas changé d'avis, avait-elle affirmé, je n'écrirai rien, je ne dirai rien qui n'ait reçu votre consentement. »

Il avait fini par céder, alors même qu'il se faisait clairement violence. Il ne le lui avait pas caché : s'il acceptait de lui parler, c'était uniquement parce que cela lui permettait d'exercer une certaine influence.

Avec son insistance, elle se faisait l'effet d'un terrier qui plantait ses crocs dans les mollets des passants sans plus vouloir les lâcher. Un rôle qui lui déplaisait au plus haut point. Puis elle se dit que cette escapade anglaise qui mettait son couple à l'épreuve pour la première fois avait finalement du bon : peut-être lui servirait-elle à abandonner sans regret son métier de journaliste. Se mêler des affaires des autres faisait partie du boulot. Or, visiblement, quelque chose en elle avait changé au cours des années. Elle était devenue plus sensible. Elle ne se sentait plus aussi à l'aise. Cela ne semblait plus lui convenir.

Eh bien, au moins, Dennis sera content, se dit-elle.

Elle arriva au lieu du rendez-vous avec un quart d'heure d'avance, ce qui témoignait de son degré de nervosité. Jamais une mission ne l'avait rendue aussi fébrile.

Pour s'occuper, elle nota quelques remarques concernant les autres dossiers de son enquête, affaires qu'elle avait une fâcheuse tendance à négliger. Régulièrement, elle se rappelait à l'ordre en se répétant qu'elles avaient autant d'importance que l'affaire Elaine. Elle prit la ferme résolution de se consacrer à l'une d'elles, et de boucler l'histoire d'Elaine dès le lendemain soir, après l'émission.

Elle utiliserait le matériel dont elle disposait, écrirait son article et passerait à autre chose. Terminé.

Marc Reeve fut exact à la seconde près. Il paraissait toujours aussi fatigué, aussi tendu, alors qu'il était encore relativement tôt. Il avait la tête de quelqu'un qui ne dormait pas bien la nuit. Rosanna en eut mauvaise conscience, une mauvaise conscience doublée d'un soudain accès de rancœur envers Nick. C'était lui qui l'avait incitée à pourchasser ce pauvre homme. Ne méritait-il pas qu'on le laisse tranquille ?

— Il y a longtemps que vous attendez ? s'enquit Reeve en regardant sa montre.

Elle nia d'un signe de tête.

— C'est moi qui étais en avance. C'est à cause de ma nervosité. Cette émission, demain... Merci de m'accorder un peu de temps en pleine journée.

— C'est aussi dans mon intérêt, répondit l'avocat en s'asseyant. J'ai une petite heure devant moi. Ma secrétaire a la grippe, je suis seul au cabinet, et tout est un peu chamboulé. Qu'est-ce que vous voulez savoir ? Vous m'avez dit que vous vouliez être un peu mieux préparée ?

— Euh... oui...

Elle rangea rapidement ses papiers concernant les autres affaires, sortit un bloc sur lequel elle avait jeté quelques notes.

— J'ai encore un ou deux petits points à éclaircir...

La serveuse arriva. Ils commandèrent tous deux un cappuccino, puis Rosanna se lança :

— Il y a une question que je n'ai pas encore résolue : ce soir-là, vous vous trouviez à Heathrow, en partance pour Berlin, mais cela n'a pas pu se faire, puisque tous les vols étaient annulés. Le lendemain matin, vous accompagnez Elaine à la première heure jusqu'à la station de métro Sloane Square. Pourquoi ne vous rendez-vous pas vous-même à l'aéroport, pour essayer d'attraper un vol ?

— Parce que ce n'était plus la peine. Il s'agissait d'un dîner à Berlin avec un client polonais qui intéressait le cabinet dans lequel je devais prendre une participation. Après l'annulation des vols, j'ai appelé notre correspondant sur place pour lui demander de déplacer le rendez-vous, mais notre client devait être de retour en Pologne le samedi. C'est donc tombé à l'eau. Nous avons décidé alors de faire une nouvelle tentative un peu plus tard, mais cela n'a pas été possible. En tout cas, pas avec moi. Parce qu'à ce moment-là la presse m'avait déjà jeté aux chiens et le cabinet m'avait fait savoir qu'il renonçait à ma collaboration. J'étais éjecté.

Il haussa les épaules. Son expression ne trahissait rien de ses sentiments.

Rosanna se garda de toute marque de commisération, se contentant de gribouiller quelques mots sur son bloc. Toute une vie mise sens dessus dessous en un tournemain, se dit-elle.

— La dernière fois que vous avez vu Elaine, c'était à l'entrée de la station de métro ? poursuivit-elle.

— Non, je l'ai vue derrière la vitre de la rame qui partait. Je l'ai accompagnée jusqu'au quai pour lui éviter de se tromper. C'était la première fois qu'elle venait à Londres et, de plus, elle était encore dans un triste état. Je me suis dit qu'il valait mieux m'en occuper jusqu'au bout, pour lui éviter d'atterrir Dieu sait où.

— Encore dans un triste état ?

— Elle ne pleurait plus, mais elle était toujours très perturbée. Il ne s'agissait pas tellement de ce vol, de ce voyage à Gibraltar, il s'agissait de sa vie entière. Oui, je crois que c'est ce qu'elle m'avait dit dans la soirée : « Il s'agit de ma vie entière, j'ai le sentiment que c'est maintenant que tout se joue. » Ce sont à peu près ses paroles.

— Vous avez une idée de ce qu'elle a voulu dire exactement ?

La serveuse apporta leurs cafés et posa une assiette de biscuits devant eux. Reeve en prit un, mais ne le mangea pas, se contentant de le faire tourner entre ses doigts.

— Absolument. Et aujourd'hui, je m'en veux à mort de ne pas y avoir prêté plus d'attention. En réalité, elle m'a fait comprendre sans ambages qu'elle avait envie de tout plaquer. Qu'elle n'en pouvait plus de la vie qu'elle menait. Qu'elle voulait fuir, en premier lieu son frère, mais aussi son village, son travail… tout. Si j'avais simplement réfléchi un peu plus, j'aurais compris qu'elle avait envie de profiter de l'occasion pour disparaître… et que moi, qui étais le dernier à me trouver en sa compagnie, je me retrouverais mêlé à l'histoire d'une façon ou d'une autre. Mais à l'époque, je n'y ai pas réfléchi. Pour être sincère, je dois admettre qu'elle ne m'intéressait pas assez pour que je m'en préoccupe. J'avais fait ma bonne action, je lui avais procuré une chambre pour la nuit, j'avais subi ses lamentations pendant des heures et je l'avais mise dans la bonne rame de métro. Cela me suffisait. Je suis rentré chez moi et je me suis mis au boulot.

— Qu'auriez-vous pu faire d'autre ?

— Justement ! C'est là la question. Par la suite, je me la suis souvent posée. L'accompagner à Heathrow, m'assurer qu'elle montait dans l'avion ? Cela aurait prouvé qu'elle était vivante en quittant ma maison. Insister pour qu'elle appelle son frère, qu'elle lui dise qu'elle allait bien ? La ramener moi-même dans le Somerset pour être sûr qu'elle ne fasse pas de bêtise ? Mais c'est facile à dire. De plus, comment justifier mon geste ? Je n'avais pas affaire à une adolescente. Elle était jeune, mais c'était une adulte, elle était libre de faire ce qu'elle voulait.

— Je crois que vous n'avez aucun reproche à vous faire, émit Rosanna d'une voix douce.

Reeve secoua la tête.

— Si. J'ai un reproche à me faire, mais pas celui de ne pas avoir agi. Je n'ai pas à me reprocher de n'avoir pas fait quelque chose, mais d'avoir fait quelque chose. J'ai commis une grossière erreur en emmenant cette jeune femme en larmes chez moi. C'est l'action la plus stupide de ma vie. C'était...

D'un geste furieux, il reposa le biscuit émietté sur la table et reprit :

— ... c'était une idiotie pure et simple.

— Vous avez voulu l'aider...

— Oui, c'est ça. Et je n'ai pas pensé aux conséquences éventuelles. Et pourtant... à l'aéroport, j'ai eu un bref moment...

Il se tut.

— Oui ? le pressa Rosanna.

Il poursuivit sans la regarder :

— Il y a eu un instant où mon système d'alarme a fonctionné. Juste avant de lui proposer de venir chez moi. Cela a été... comme un réflexe. Je l'ai regardée et j'ai évalué son âge en pensée.

— Son âge ?

— J'ai vérifié qu'elle n'était pas mineure. Pas du tout parce que j'avais des intentions coupables, mais parce que je n'aurais pas emmené une mineure avec moi. Pour m'éviter des ennuis. Voilà ce que je me reproche tellement aujourd'hui. J'ai vu un signal d'alarme s'allumer, mais je l'ai éteint trop vite. Je lui donnais au moins vingt ans. Donc, pour moi, il n'y avait pas de problème. Et c'est là que j'ai commis une erreur. J'aurais dû savoir que le fait d'emmener chez moi une inconnue ne pourrait que m'attirer des ennuis, qu'elle ait quinze ans ou qu'elle en ait vingt-trois.

— Un réflexe, répéta Rosanna, vous avez parlé d'un réflexe...

Il eut un léger sourire.

— C'est un réflexe qu'ont sans doute la plupart des hommes.

— De vérifier si une jeune femme est mineure ou non ?

— Eh bien... fit-il d'un ton d'excuse.

Elle réfléchit. A moins que ce ne soit seulement un réflexe de dragueur ? Comme toi ? D'après ce que dit ton voisin...

Elle chassa bien vite cette pensée. Il ne fallait pas accorder trop de poids aux allusions de l'ex-voisin de Marc Reeve, dont l'aversion sautait aux yeux.

— Vous n'avez jamais évoqué ce bref instant où vous avez senti un avertissement, n'est-ce pas ? demanda-t-elle. En tout cas, je n'en ai rien lu dans les articles de presse.

— Non, je n'en ai jamais parlé. On l'aurait utilisé contre moi. On aurait cru que j'étais parti avec Elaine parce que je cherchais une aventure. Ce n'aurait été qu'un pas de plus en direction du viol et du meurtre, là où presque tout le monde voulait aller. Où ils ont fini par aller, quelles qu'aient été mes justifications.

Ils étaient parvenus à la question que Rosanna n'avait pas encore résolue en dépit de ses nombreuses lectures.

— Monsieur Reeve, prononça-t-elle en hésitant, n'allez pas mal le prendre, mais... il y a encore une chose...

— Oui ?

— Une chose que je ne comprends pas tout à fait, même si vous l'avez expliquée souvent. Je ne voudrais pas que vous croyiez que je me méfie, ou...

— Allez-y, posez votre question.

Elle se jeta à l'eau.

— Ça peut vous paraître idiot, mais je suis désolée, aucune de vos réponses à ce sujet ne m'a convaincue. C'est pourquoi je vous la repose, même si vous ne pouvez plus supporter de l'entendre : pourquoi avez-vous emmené Elaine Dawson chez vous ce 10 janvier ? Pourquoi avez-vous proposé d'héberger chez vous cette femme qui était pour vous une parfaite inconnue ? Qu'avait-elle de particulier pour vous inciter à accomplir cette démarche ? Qu'est-ce qui vous a touché en elle ?

Elle s'attendait à ce qu'il réagisse avec humeur. Cette question lui avait été posée trop souvent.

Mais à sa surprise, il se contenta de la regarder pensivement.

— C'est une bonne question, dit-il. Jamais elle ne m'a été formulée de cette façon. Et pourtant, elle fait mouche : qu'est-ce qui m'a touché en Elaine Dawson ? C'est surtout autour de cela que tourne toute l'affaire, n'est-ce pas ? Je vais essayer de vous l'expliquer.

2

Presque toutes ses affaires tenaient dans la seule valise qu'elle possédait, et elle emballa dans un sac plastique les rares objets qui n'y entraient pas.

Elle avait appelé à l'Elephant en prétextant un rendez-vous chez le dentiste, nouvelle qui fut accueillie avec une certaine réticence.

« Mais je serai là ce soir, avait-elle promis.

— J'espère bien, avait grogné Justin, on a un club sportif qui vient faire la fête ici ! On a besoin de toi !

— Pas de problème ! » avait-elle assuré.

Elle espérait pouvoir se procurer une bicyclette d'ici là. Peut-être sa propriétaire en avait-elle une dans son garage.

Elle était clouée chez elle, obligée de guetter le moment où Cadwick quittait la maison. Il lui avait confié un jour qu'il sortait tous les matins faire ses courses.

« Je n'achète rien à l'avance. Si je n'avais pas ça, je ne mettrais plus le nez dehors ! »

Pourvu qu'il aille à la supérette ! se dit-elle.

Elle était décidée à lever le camp incognito pour éviter les discussions. Elle ne tenait pas à perdre du temps en explications.

Sa demi-heure d'absence lui permettrait largement de quitter la maison et de rejoindre l'arrêt de bus. S'il ne traînait pas trop avant de sortir, elle pourrait peut-être même attraper le bus de midi. Elle retournerait le voir quelques jours plus tard pour lui demander le remboursement de la caution. Il ne serait évidemment pas content, mais elle lui ferait remarquer qu'il ne perdait rien sur le mois de février, puisqu'elle l'avait payé en totalité.

Dans l'intervalle, elle aurait pris ses marques dans son nouveau logement et puisé assez d'assurance pour oser affronter un tête-à-tête avec ce vieux dégoûtant.

Sa patience fut mise à rude épreuve. Elle n'entendit aucun bruit avant dix heures. Sans doute rôdait-il dans l'escalier en se demandant pourquoi sa locataire ne partait pas à son travail. Ou alors, il se demandait s'il l'avait manquée, si elle était partie de très bonne heure... De peur qu'il ne vienne vérifier, elle avait laissé la commode contre la porte. S'il essayait d'entrer et découvrait sa présence, l'excuse des douleurs dentaires ferait l'affaire. Vraiment, ce propriétaire lui rendait la vie impossible. Pourquoi avait-elle attendu si longtemps avant de prendre la décision qui s'imposait ?

Enfin, à onze heures, il finit par donner signe de vie. Elle sursauta en entendant sa voix résonner. Elle provenait du petit couloir juste devant sa porte.

— Hé, hé ! Mademoiselle ! Vous êtes là ?

Elle ne répondit pas. Il avait donc découvert qu'elle n'était pas partie travailler.

— Je sais que vous êtes là ! cria-t-il.

Mais malgré sa curiosité maladive et son incorrection, il n'alla pas jusqu'à ouvrir sa porte.

— Hé ! répéta-t-il avec prudence.

Fidèle à sa résolution d'éviter tout contact, elle ne broncha pas. C'est alors qu'une pensée lui vint : et s'il restait là, à la guetter, la condamnant à rester cloîtrée pour la journée ?

Tremblante de colère rentrée, elle répondit donc :

— Je suis là, monsieur Cadwick. Tout va bien.

— Pourquoi vous n'êtes pas au travail ?

— Mal aux dents.

— Mais il faut aller voir le dentiste, ma petite ! Il ne faut pas laisser traîner ces choses-là !

— J'ai rendez-vous à midi.

— Je peux faire quelque chose pour vous ?

— Non, merci. Ça va, j'ai tout ce qu'il me faut.

Allez, fous le camp ! lui enjoignit-elle intérieurement.

Après un instant de silence, il annonça :

— Bon, j'y vais, je vais aux commissions. Vous voulez que je vous rapporte quelque chose ?

— J'ai tout ce qu'il me faut.

— Il faut manger ! Vous êtes trop maigre !

Voilà que tu joues les bons vieux messieurs attentionnés ! Mais je te connais trop bien !

— Je mange, ne vous inquiétez pas, monsieur Cadwick. Tout va bien !

Elle se retint de l'envoyer promener purement et simplement. Mais elle risquait de provoquer une discussion qui le ferait s'éterniser, et elle avait envie d'attraper son bus de midi.

— Bon, d'accord. Alors j'y vais ! lança-t-il.

Oui, vas-y, grouille-toi. Et ne te presse pas pour rentrer !

Deux minutes plus tard, elle entendit se refermer la porte d'entrée. Au bout d'un moment, elle hasarda un coup d'œil par la fenêtre. Elle le vit descendre la rue du pas mal assuré des gens qui restent trop souvent assis. Adieu, vieux Cadwick ! Trouve-toi une nouvelle victime à tyranniser !

Rapidement, elle mit ses bottes, passa son manteau, attrapa sa valise et son sac en plastique, puis parcourut d'un dernier regard les pièces qui avaient été sa maison pendant près de deux ans. Elle ne s'y était jamais sentie très bien, mais elle s'était habituée au mobilier laid et usé et, d'une certaine façon, c'était chez elle.

Mais elle chassa bien vite cet accès de mélancolie. Son style de vie ne lui permettait pas de s'enraciner quelque part. A tout moment, elle devait être prête à larguer les amarres.

L'arrêt de bus n'était pas très éloigné, mais sa valise était lourde, et elle devait régulièrement s'arrêter pour souffler. De plus, elle avait choisi de faire un détour, par crainte de croiser son désormais ex-propriétaire rentrant de ses « commissions ». Tout en marchant, elle réfléchit à l'article du journal qui l'avait tant secouée. La pauvre fille qui avait été assassinée à Londres avec une telle barbarie s'appelait Linda Biggs. Pit n'était pas obligatoirement dans le coup. Les circonstances, telles qu'elles étaient décrites dans l'article, rappelaient l'affaire Jane French, de même que le lieu où le corps avait été retrouvé. Et cependant il était fréquent que des criminels prennent un malin plaisir à copier les forfaits des assassins qui avaient défrayé la chronique. Il pouvait s'agir d'un cinglé fasciné par l'affaire French… Il l'avait trouvée sur Internet, s'était monté la tête, en était devenu obsédé et avait répété mille fois en pensée les horribles choses qu'on lui avait faites. Et des années après le crime, il était passé à l'acte, parce que le hasard lui avait mis la jeune fille entre les mains et que les circonstances étaient favorables.

Ce genre de choses arrivait. Il n'y avait qu'à voir les fous furieux qui s'introduisaient dans les établissements scolaires ou les universités et tiraient à l'aveuglette, la tête farcie des scénarios sanglants dont on gavait les gens à la télévision et au cinéma.

Qu'est-ce qui me dit que Linda Biggs n'est pas tombée entre les mains d'un monstre de ce genre ? se demanda-t-elle.

Rien ne te le dit, mais c'est ce qui t'arrangerait, parce que tu trembles à l'idée que Pit soit toujours le même. Parce que tu espères qu'il a changé.

Etait-ce bien réaliste ? Cela tenait de l'utopie. Pit n'était peut-être pas mêlé à l'affaire Biggs, mais il n'avait sans doute pas changé pour autant. C'était un psychopathe, elle en était sûre. Et les psychopathes restaient des psychopathes, ils ne se débarrassaient pas du jour au lendemain de cette maladie.

Dans le bus, elle regarda défiler le paysage par la vitre. Le temps s'améliorait. Pour la première fois depuis des jours, des trouées de ciel bleu laissaient filtrer les rayons du soleil qui éclairaient la terre par intermittence et baignaient le paysage hivernal d'une agréable lumière. Il faisait toujours froid, et le printemps, dans le nord de l'Angleterre, se faisait attendre plus longtemps que dans le sud, mais c'était comme s'il envoyait un émissaire pour annoncer son arrivée prochaine. C'étaient des auspices favorables.

Après un quart d'heure de trajet, il lui fallut porter sa valise jusqu'à l'adresse de sa nouvelle propriétaire. Elle sonna à la porte, en nage malgré le froid.

Sa première impression se renforça lorsque Mme Smith-Hyde vint lui ouvrir. Cette femme paraissait décidément bien méfiante. Mais peut-être était-ce tout bonnement sa nature.

— Me voilà, déclara-t-elle bêtement.

— C'est ce que je vois, répondit sa propriétaire d'un ton sévère. Quelle idée de transporter une valise aussi lourde ! Vous allez vous faire un tour de reins, et plus tard, vous aurez des problèmes de disques !

— Je n'avais pas le choix. Et avant que j'oublie, est-ce que par hasard vous auriez un vieux vélo à me vendre ? Ou peut-être connaissez-vous quelqu'un qui en aurait un ?

— Un vélo ?

— Oui, comme il n'y a plus de bus à partir de huit heures du soir, j'aurai du mal à rentrer de Langbury après mon travail.

— Vous savez, rétorqua Mme Smith-Hyde, j'ai bien réfléchi. Ça ne me plaît pas trop que vous travailliez dans un café. Ce n'est pas un endroit convenable pour une jeune fille. Et circuler à vélo la nuit... Comment vous allez faire, l'hiver ? Sans parler des dangers qui vous menacent, même ici, dans cet environnement calme.

Elle se figea d'effroi. Est-ce que l'appartement lui passait sous le nez ? Non, ce n'était pas possible, elle ne pouvait pas retourner chez le vieux Cadwick !

— Je... c'est-à-dire... c'est mon travail... balbutia-t-elle.

— J'aurais besoin d'une femme de ménage, annonça Mme Smith-Hyde, imperturbable, et je sais qu'il y a des tas de gens qui en cherchent une. La jeune femme qui faisait le ménage dans presque tout le village va avoir un bébé, elle ne reprendra pas avant longtemps. Qu'est-ce que vous en pensez ? Vous travailleriez pour moi et je vous recommanderais ailleurs. Comme ça, vous n'auriez plus à sortir le soir, et vous mèneriez une vie beaucoup plus tranquille.

Elle réfléchit. Non, sa vie n'en serait pas plus tranquille. Se plier aux desiderata de ce dragon ne serait pas facile ; quant à savoir ce qui l'attendait chez les autres... ? Et, cependant, de cette manière elle s'épargnait les balades de nuit à vélo et, de plus, Langbury ne serait plus qu'un souvenir. Elle s'était déjà demandé si elle ne courait pas le risque que Cadwick vienne régulièrement faire un scandale à l'Elephant. En acceptant l'offre de sa nouvelle propriétaire, elle se débarrassait de tous ces problèmes.

— Je vais réfléchir, dit-elle.

— Mais pas trop longtemps ! jeta Mme Smith-Hyde.

De fait, elle avait déjà pris sa décision.

L'idée de rompre complètement les ponts était très séduisante.

3

Le jeudi à midi, Angela trouva ce qu'elle cherchait.

La veille, elle n'avait pas pu continuer longtemps ses recherches sur Internet, Gordon étant rentré plus tôt qu'elle ne l'avait espéré. Sa promenade ne lui avait sans doute pas fait le bien escompté, car il avait craqué. Effondré sur une chaise, il s'était mis à sangloter en répétant à l'envi à quel point il avait aimé sa petite Linda. Au lieu de lui rappeler qu'il n'avait pour elle que des paroles méprisantes et qu'il la traitait avec un manque d'amour évident, Angela l'avait pris dans ses bras pour le consoler.

« Comment peut-on faire une chose pareille ? Comment peut-on faire une chose pareille ? » répétait-il comme une antienne.

Oui, quel était le monstre capable d'infliger une chose pareille à un être humain ?

Elle avait pris un congé maladie pour la semaine, aussi passait-elle ce jeudi à la maison. Dans un accès d'énergie inhabituel, Sally avait convaincu ses fils de se rendre en classe, puis s'était bourrée de somnifères et de brandy avant de sombrer dans l'hébétude, pendant que Gordon, assis auprès d'elle dans la cuisine, se répandait en lamentations.

Angela avait parcouru encore une fois la masse d'entrées concernant l'affaire Jane French. Au début, elle s'était heurtée aux faits éternellement évoqués : la rupture avec sa famille, la prostitution à Londres, les déclarations de l'amie avec laquelle elle partageait sa chambre, sa vie en solitaire. Rien de tout cela n'était exploitable. Aucun point de recoupement avec Linda.

Puis elle tomba sur une longue interview de sa compagne de chambre, et, pour la première fois, elle lut une chose qui attira son attention.

A une question concernant le style de vie de Jane French, son amie avait répondu :

« A mon avis, elle avait trouvé un nouveau moyen de se procurer du pognon, c'était disons deux, trois mois avant qu'elle disparaisse. Elle s'était acheté des super fringues, moi je n'ai pas assez de blé pour m'en payer des comme ça. »

Angela plissa les yeux, parcourue par un frisson d'excitation mêlée d'angoisse. Voilà, se dit-elle, ça, c'est un point commun. C'est ce qu'on a remarqué nous aussi pour Linda, ses nouvelles fringues de marque.

Elle se leva, sortit de la chambre et tendit l'oreille en direction de la cuisine. Son père débitait des paroles sur un ton monocorde. Aucun bruit en provenance de Sally. Ce qui n'avait rien d'étonnant : elle avait avalé deux cachets, alors qu'un seul aurait suffi à l'assommer pour des heures.

Elle ne dirait rien à ses parents. Elle s'adresserait directement à l'inspecteur Fielder.

« Si vous avez une idée, lui avait-il dit en lui donnant sa carte, même si elle ne vous paraît pas importante, appelez-moi. Surtout, n'ayez pas peur, vous ne serez pas ridicule, tous les détails sont importants. »

Angela se glissa dans le séjour où se trouvait le téléphone. Ses parents avaient omis ce matin-là de replier le canapé-lit. Les draps étaient sens dessus dessous. Sans doute son père avait-il passé la nuit à se tourner et à se retourner.

Inconsciemment convaincue que, compte tenu de l'origine sociale de la victime, la police ne mettait pas beaucoup d'énergie à mener l'enquête, elle avait pensé qu'il ne serait pas facile de joindre Fielder. Mais à sa grande surprise, on le lui passa immédiatement.

— Mademoiselle Biggs ! s'exclama-t-il presque joyeusement. Vous avez eu une idée ?

Ils doivent être sacrément dans la panade pour qu'il soit si content de m'entendre ! se dit-elle.

— Eh bien… Je sais pas si ça va vous aider, mais…

Elle lui fit part de ce qu'elle avait trouvé sur Internet. Il l'écouta attentivement.

— Effectivement, c'est un point commun important, commenta-t-il quand elle eut fini.

Elle eut l'impression qu'il était déjà au courant de ce détail, mais qu'il était trop aimable pour le lui dire.

— C'est un élément de plus pour confirmer ce que nous soupçonnons, c'est-à-dire que le meurtrier de Jane French et celui de votre sœur sont une seule et même personne.

— Mais qui ça peut être… ?

— Nous ne le savons pas encore, mais si nous avons affaire au même homme, nous pourrons le serrer plus facilement. Nous avons l'environnement de votre sœur comme terrain d'enquête.

— Vous avez interrogé l'ex-petit ami de Linda ?

Fielder acquiesça.

— Oui, mais ça ne nous a pas fait progresser. Cela nous a permis tout au plus de l'exclure du nombre des suspects possibles. Il est sous le choc. Il a l'air désespéré, il ne s'est toujours pas remis de leur séparation. Votre sœur ne lui a donné aucune explication sur les raisons de la rupture. Il a évidemment pensé, lui aussi, qu'elle avait quelqu'un d'autre, mais elle ne lui a rien dit.

— Donc, vous n'avez pas avancé du tout, soupira Angela, découragée.

Fielder tenta de paraître confiant.

— Croyez-moi, mademoiselle Biggs, je veux retrouver le meurtrier de votre sœur. J'y tiens autant que vous.

— Mais on n'a presque rien, aucune indication !

— Il y a beaucoup d'indications tendant à prouver qu'il y avait un nouvel homme dans la vie de votre sœur. Elle passait du temps avec lui... justement, semble-t-il, dans les derniers jours de sa vie, après... la dispute avec votre père. Quelqu'un a dû la voir avec lui. Les gens finissent toujours par être reconnus par quelqu'un, même quand ils cherchent à se cacher. La photo de Linda est dans tous les journaux. Un jour ou l'autre, quelqu'un se manifestera.

— Mais est-ce que ce quelqu'un n'aurait pas déjà dû se manifester ?

— Oh, non, la plupart des gens ont très peur de se tromper et de s'en vouloir après. Ils voient une photo dans un journal, croient reconnaître la personne, mais ensuite, ils ne sont plus aussi sûrs. Ils interrogent leur entourage, les uns confirment, les autres non. Ils ne savent plus, ils ruminent. Et puis quelqu'un leur conseille d'aller voir la police. Ils réfléchissent encore, et finalement, ils se prennent par la main et ils y vont... L'un dans l'autre, il peut bien se passer une semaine.

— Vous me tiendrez au courant, hein ?

— Bien sûr ! répondit Fielder avec conviction, avant d'ajouter après un silence : C'est important, ce que vous avez découvert, mademoiselle Biggs. Vous avez bien fait de me téléphoner. Rappelez-moi, s'il vous plaît, si jamais vous remarquiez autre chose.

Elle le lui promit et raccrocha, sans pour autant avoir l'impression de s'être rapprochée un tant soit peu de sa sœur. Elle n'était même pas sûre que le fait de découvrir son assassin l'y aiderait.

Elle avait pensé être soulagée, pouvoir respirer plus librement, quand elle saurait qui était responsable de la mort abominable de Linda. Mais, maintenant, elle n'en était plus aussi sûre. Peut-être cela n'améliorerait-il rien du tout.

Peut-être n'y avait-il aucun remède à sa douleur.

4

Il était cinq heures de l'après-midi lorsque Dennis Hamilton rentra du bureau, beaucoup plus tôt que d'habitude. Il ne se sentait pas très bien, souffrant depuis le matin de violents maux de tête. La grippe, sans doute.

Il commença par prendre deux comprimés d'aspirine en espérant faire cesser ainsi les coups de marteau qui lui défonçaient le crâne.

Il n'était quasiment jamais malade. Peut-être n'était-ce pas un hasard si cela lui arrivait en ce jour de la Saint-Valentin. Il n'avait pas appelé Rosanna. C'était pourtant à lui de le faire, après leur dernière conversation téléphonique. Il avait eu tort de l'agresser comme il l'avait fait à propos de son voyage professionnel en Angleterre. Il avait conscience de se montrer injuste quand il s'emportait contre elle ou son fils mais il n'y pouvait rien, les peurs qui étaient ancrées au fond de lui prenaient le dessus.

A la cuisine, il se servit un ballon de vin blanc et se promena dans les pièces du bas, le verre à la main. L'alcool n'était sans doute pas ce qu'il y avait de mieux pour soigner son mal de crâne, mais c'était bon pour le moral. La maison symbolisait Rosanna à tel point que la douleur de son absence le reprit avec une violence inattendue. C'était elle qui avait choisi les tableaux accrochés aux murs, acheté les tapis espagnols jetés sur la terre cuite rouge du sol, disposé avec amour les photos de famille encadrées sur le manteau blanc de la cheminée. Les canapés confortables garnis de coussins aux couleurs vives, les rideaux blancs, légers, qui voilaient les fenêtres, tout cela était son œuvre. C'était elle, également, qui entretenait les massifs de fleurs égayant la cour intérieure. Elle avait donné à la maison du cachet, mêlant avec art les éléments espagnols et anglais. Elle avait déployé des trésors d'amour et d'imagination pour en faire un petit nid douillet, alors qu'en réalité, elle ne se plaisait pas à Gibraltar.

Il s'arrêta devant la fenêtre. A la mi-février, le printemps était déjà bien avancé. Les arbres fleurissaient à profusion. Il aimait cela. Il aimait l'Espagne, la chaleur, la végétation luxuriante. Il avait toujours détesté le climat anglais. Mais il ne pouvait exiger de Rosanna qu'elle partage son goût pour le soleil. Il ne pouvait que lui opposer qu'elle l'avait épousé en toute connaissance de cause, sachant où il vivait et où il exerçait sa profession.

Ils s'étaient mariés cinq ans auparavant, en ce fameux 11 janvier 2003. Une folle journée qui, d'une certaine façon, les rattrapait aujourd'hui. Car cette Elaine Dawson – qu'il ne connaissait pas – n'aurait peut-être jamais disparu si Rosanna ne l'avait pas conviée à son mariage. Ou s'il n'y avait pas eu autant de brouillard la veille sur Londres. Ou si, ou si... Une chose était sûre, en tout cas : si cette fille n'avait pas été invitée, Nick Simon n'aurait eu aucune raison de confier à Rosanna ces satanés articles, et elle serait rentrée aussitôt après l'anniversaire de son père. Ils auraient fêté la Saint-Valentin ensemble et seraient maintenant en train de dîner dehors. Il n'y aurait pas eu de dispute. Au lieu de quoi...

Il avala une bonne rasade de vin.

Le 11 janvier 2003. Bon nombre de leurs amis leur avaient fait faux bond, car la plupart habitaient l'Angleterre, et ceux qui n'étaient pas arrivés un peu en avance étaient restés bloqués à Heathrow ou ailleurs. La mère de Rosanna, qui les avait rejoints trois jours auparavant, avait passé son temps à se lamenter, répétant à tout bout de champ que ce n'était pas une bonne idée de se marier en janvier. Rosanna avait joint ses récriminations aux siennes. Elle avait toujours été opposée à cette date. Elle voulait se marier en été. Mais Dennis avait imposé son point de vue en lui rappelant la température qui régnait en été à Gibraltar. Il avait également fait valoir un autre argument, très romantique, celui-là : ils s'étaient rencontrés un 11 janvier – à la fête d'anniversaire de Rosanna.

C'était avec ce dernier argument qu'il avait fini par emporter l'adhésion de sa fiancée. Et qu'il avait un peu terni la fête. Les invités étaient en nombre beaucoup plus restreint que prévu. Rosanna avait pleuré parce que son frère chéri, qui venait de New York, avait été victime, lui aussi, du brouillard, lors de son escale à Londres. Toute la journée, les gens avaient appelé, annulant leur venue ou la repoussant. C'était un chaos bien éloigné du « plus beau jour de leur vie ».

« Au moins, nous sommes mariés », avait soupiré Dennis alors qu'ils se couchaient, épuisés, très tard dans la nuit.

Elle s'était tournée sur le côté sans répondre. Il lui avait gâché son mariage, ce qui n'était évidemment pas la meilleure façon de commencer une vie conjugale. Il s'était rassuré en se disant que ce n'était pas la réussite de la fête qui déterminait la réussite d'un couple.

Il s'était montré très exigeant dans le choix de sa future épouse. En particulier pour Robert, qui avait tant besoin d'une mère. Alors que son fils était âgé de cinq ans, Dennis avait rencontré une femme avec laquelle il avait vécu deux ans. Le petit garçon s'était pris pour elle d'un amour débordant et l'avait immédiatement adoptée comme sa mère. Mais elle, de son côté, s'était sentie investie d'une trop lourde charge. Elle avait fini par rencontrer quelqu'un d'autre et n'avait été que trop heureuse de prendre le large. Pour Robert, le monde s'était écroulé. Il lui avait fallu beaucoup de temps pour surmonter cette perte, mais il lui en était resté une cicatrice indélébile. Dennis s'était juré que cela ne se reproduirait plus. Soit il resterait seul avec son fils, soit il choisirait une femme présentant toutes les garanties. Si la chose était possible.

Il avait fait la connaissance de Rosanna par hasard, lors d'un séjour professionnel à Londres, alors qu'il était logé chez un ancien copain de fac, journaliste au magazine *Cover*. Le soir de l'arrivée de Dennis, cet ami était invité à la fête d'anniversaire d'une collègue et lui avait proposé de l'accompagner. Dennis, après avoir renâclé à s'imposer ainsi, avait finalement accepté. Par bonheur, il y avait une telle foule dans le petit appartement de Rosanna Jones que sa présence n'avait choqué personne. A un moment donné, il avait eu l'occasion de converser avec l'hôtesse, debout devant la grande baie vitrée, derrière laquelle tombaient lentement de gros flocons de neige qui recouvraient les rues en les plongeant dans un silence ouaté. Quelques bougies étaient allumées dans la pièce. La plupart des invités étaient déjà partis. Il était bien plus de minuit.

Il se souvenait encore de sa tenue. Elle portait une petite robe noire en jersey et aucun bijou, hormis deux perles aux oreilles. Ses cheveux bruns bouclés, coupés très court, semblaient difficiles à discipliner. Dennis préférait les femmes à cheveux longs, mais les cheveux courts allaient si bien à Rosanna qu'on ne l'imaginait pas coiffée autrement. Elle avait les yeux très foncés, d'un brun sombre comme il n'en avait jamais vu, et il l'avait trouvée magnifique. Elle n'était absolument pas son type de femme. Dennis cherchait une fille à l'ancienne, une fille pétrie de principes : Rosanna était jeune, pleine de vie, ouverte. La seule chose à l'ancienne, c'était son prénom, qu'elle détestait de tout son cœur, ainsi qu'elle devait le lui révéler par la suite. A l'ancienne également, Kingston St. Mary, le village d'où elle venait. Là-bas, on vivait encore normalement. Cela lui donna du courage.

Tombé fou amoureux de Rosanna, il s'était mis en devoir de faire sa conquête, pour lui et pour Rob. Il lui paraissait impensable de retourner à Gibraltar sans la perspective d'une vie commune, un jour, là-bas.

Ils s'étaient revus plusieurs fois pendant son séjour à Londres. Il avait fait son siège en la submergeant d'attentions. Ses efforts s'étaient révélés payants, car un jour il avait senti qu'il avait éveillé son intérêt. Deux jours avant son retour à Gibraltar, elle l'avait invité dans son village. Et, effectivement, à Kingston St. Mary, le temps était comme arrêté. Les petites maisons, les jardins qui, même en janvier, témoignaient des soins dont ils étaient l'objet, l'école aux fenêtres décorées de fleurs en papier naïves, l'église de pierre entourée de son cimetière, les arbres vénérables, nus en cette saison, mais qui, l'été, devaient se déployer au-dessus des morts comme un toit rafraîchissant... tout ce décor lui avait procuré une sorte d'apaisement.

Il avait fait la connaissance des parents de Rosanna et constaté que, Dieu merci, il semblait leur plaire. Dans son for intérieur, il les avait considérés séance tenante comme ses futurs beaux-parents. Il avait compris que Rosanna avait été élevée avec des principes, et, de plus, dans un village où les enfants et les jeunes étaient préservés des mauvaises influences. Certes, son métier de journaliste à Londres l'avait éloignée de ce cocon, et son frère, que Dennis ne connaissait encore que par ouï-dire, s'aventurait sans doute quelquefois en terrain glissant. Mais ce qui émanait de Rosanna et de son environnement l'avait charmé. Il en avait assez de la solitude. Il avait envie de vivre au sein d'une vraie famille. Il avait donc pensé pouvoir tenter sa chance, pour lui-même et pour son fils.

Elle lui avait fait visiter Glastonbury, un endroit magique au milieu des plaines du Somerset, où, selon la légende, Joseph d'Arimathie bâtit la première église britannique, trente ans après la mort du Christ. C'est là qu'il lui avait demandé sa main. Elle avait été fort perplexe et s'était contentée de répondre, après s'être un peu remise de sa surprise :

« Tu ne trouves pas que tu vas un peu vite ? »

C'était une façon d'éluder, mais elle n'avait pas répondu non... Il avait considéré cette réponse comme un signal très prometteur. Et il était arrivé à ses fins. Elle avait accepté son invitation à Gibraltar et avait passé ses vacances avec lui et Robert. En retour, il était allé fêter Noël dans sa famille à Kingston avec son fils. Ils s'étaient mariés un an jour pour jour après leur rencontre. Il s'était senti le plus heureux des hommes et, depuis, l'était resté. Jusqu'au moment où cette peur était montée en lui, une peur d'autant plus angoissante qu'il n'arrivait pas à mettre un nom dessus.

Il entendit la porte d'entrée s'ouvrir et se retourna.

— Rob ? s'écria-t-il. C'est toi ?

Son fils entra. Comme de coutume, son visage était maussade, fermé. Dennis se demandait parfois depuis quand il ne l'avait plus vu sourire. Connaissait-il encore le mode d'emploi ?

— Tu es déjà là ? s'étonna Rob, contrarié.

— J'ai mal à la tête, je suis rentré plus tôt.

Dennis réfléchit un instant. Puis il proposa :

— Dis, j'ai une idée. Et si on allait dîner quelque part tous les deux, puisqu'on est célibataires ? C'est toi qui choisis... sauf le McDo.

— Je croyais que tu avais mal à la tête, rétorqua Robert.

— J'ai pris de l'aspirine, ça va mieux.

Rob haussa les épaules :

— J'en sais rien...

Dennis conserva son calme :

— C'était juste une proposition. Tu veux qu'on se commande des pizzas ?

— Je n'ai pas très faim.

L'expression de Robert ne laissait aucun doute : il n'avait pas envie de dîner avec son père. Pas envie de passer ne serait-ce que cinq minutes en sa compagnie.

Rien à faire, se dit Dennis, je n'arrive pas à l'approcher.

— Réfléchis, insista-t-il, c'est à toi de choisir.

— OK, répondit son fils.

Alors qu'il s'apprêtait à sortir, Robert se ravisa et annonça, avec une expression qui était une véritable déclaration de guerre :

— Je voulais te dire... juste pour que tu saches... Demain, j'y vais, à la teuf.

Dennis ne comprit pas tout de suite.

— Quelle teuf ?

— La teuf des terminales. C'est demain soir.

— On en a déjà parlé, et tout a été dit.

— C'est toi qui as tout dit, siffla Robert. Tu n'as même pas pris la peine d'écouter ce que je te disais, moi.

— Si, j'ai tout écouté. Mais je t'ai dit aussi ce que j'en pensais et je t'ai expliqué très clairement pourquoi je ne veux pas que tu y ailles.

— J'y vais quand même. Tout le monde y va. Je ne vais pas rester tout seul chez moi à glandouiller, juste parce que mon père est un...

Il s'arrêta net.

— Oui ? insista Dennis. Vas-y, continue ! Qu'est-ce qu'il est, ton père ? Un vieux chnoque ? Un imbécile ? Un rabat-joie ? Un...

— Un nazi ! proféra Rob avec tant de haine que Dennis eut un mouvement de recul. Un vrai nazi !

— Un nazi ? répéta Dennis, plus estomaqué que furieux.

— Oui, tu écrases tout ce qui ne te convient pas ! Tu n'écoutes pas les autres, il n'y a que ton opinion qui compte. Tu aimerais bien pouvoir enfermer tous ceux qui ne font pas ce que tu dis ! Même Rosanna, tu l'as chassée !

— Minute ! Laisse Rosanna en dehors de tout ça. Elle est en Angleterre parce qu'on lui a confié une mission intéressante, pas parce que je l'ai fait fuir !

— Elle ne reviendra pas ! hurla Rob. Tu comprends ça ? Elle ne reviendra pas ! Elle en a marre de toi ! Et moi, c'est pareil !

Il sortit en trombe, courut dans sa chambre, claqua la porte avec une violence telle que, dans la cuisine, un verre tomba de l'évier et se brisa au sol à grand bruit. Dennis entendit la clé qui tournait dans la serrure de la chambre de son fils. Aussitôt après, une musique tonitruante résonna dans toute la maison, principalement constituée de basses vrombissantes.

Dennis en resta comme assommé. Abasourdi par la colère de son fils, et frappé par une révélation. En temps normal, cette sortie l'aurait rendu fou furieux. Il serait allé cogner dans la porte de la chambre, aurait crié, annoncé les pires sanctions.

Mais il restait inerte, comme paralysé. En une phrase, son fils avait mis des mots sur son angoisse latente et la lui avait jetée à la tête : *Elle ne reviendra pas ! Tu comprends ça ? Elle ne reviendra pas !*

Il sentit qu'il tremblait. Il posa son verre sur la table basse, se laissa tomber sur le canapé et enfouit sa tête dans ses mains.

Et si Rob avait raison ?

Vendredi 15 février

Le visage d'Elaine s'étalait sur tout un pan de mur dans le studio. C'était son visage à vingt-trois ans, la photo diffusée dans la presse après sa disparition. Celui d'une femme encore toute jeune, aux grands yeux craintifs, au pli amer autour d'une bouche sérieuse, et au grand front recouvert d'une frange de fins cheveux bruns. C'était un visage ni beau ni laid. Quelconque, un peu trop rond, sans contours très précis. Quand on l'observait de plus près, on décelait une certaine tristesse dans ces traits mal définis.

Devant le mur, Rosanna et Lee Pearce, la modératrice, se faisaient face, assises dans de profonds fauteuils noirs. Rosanna avait longuement réfléchi aux vêtements qu'elle porterait pour son passage à la télévision, et s'était décidée pour un pantalon noir et une veste d'un rouge éclatant. Par un malheureux hasard, Lee Pearce avait fait le même choix. Sa veste était d'un rouge légèrement plus soutenu et s'accordait magnifiquement avec ses longs cheveux blond doré. Comparée à elle, Rosanna se trouvait bien peu à son avantage, avec ses boucles courtes. De plus, elle était trop maquillée à son goût. La maquilleuse lui avait affirmé que la couleur serait absorbée en grande partie par l'éclairage du studio, mais cela ne l'avait rassurée qu'à moitié.

Je n'aurais pas dû venir, se dit-elle, mal à l'aise.

Non seulement elle se sentait en état d'infériorité en face de cette poupée Barbie à l'assurance insupportable, mais elle se reprochait également de ne pas avoir soupçonné dès le début que le but de l'émission ne serait pas un exposé clair et objectif des faits. *Private Talk* était une émission racoleuse. Autrement, elle n'aurait pas suscité un tel intérêt chez Nick Simon.

Celui-ci trônait au premier rang des invités, au nombre d'une cinquantaine. Tous les sièges étaient occupés. Le public était jeune, émaillé de quelques personnes plus âgées. Rosanna estima que, dans l'ensemble, il s'agissait plutôt de gens simples.

— Nous aurions beaucoup aimé avoir M. Marc Reeve avec nous dans ce studio, disait Lee Pearce avec un sourire radieux à la caméra, mais, malheureusement, il ne s'est pas laissé convaincre.

Elle se tourna vers Rosanna.

— Rosanna, est-ce que vous savez pourquoi ? Vous qui êtes en train d'écrire un article concernant cette affaire et qui avez étudié la documentation, savez-vous pourquoi il se cache ?

En pensée, Rosanna vit Marc Reeve, assis sur son canapé, enfouir la tête dans ses mains avec un soupir. C'étaient des journalistes du genre d'une Lee Pearce qui lui avaient coûté sa carrière. Avec des questions qui cherchaient le sensationnel, qui donnaient au spectateur une idée préconçue et mettaient leur interlocuteur dans la position de l'accusé contraint de se justifier, le plaçant d'emblée dans une situation défavorable.

— Monsieur Reeve ne se cache pas et n'a pas besoin de se cacher, répliqua-t-elle d'un ton ferme. Par exemple, il a accepté immédiatement de m'accorder un entretien. Plus exactement, nous avons déjà eu deux entretiens très ouverts.

Elle évita de regarder Nick, mais elle devinait qu'il avait sursauté. Elle lui avait rapporté que Marc Reeve avait refusé toute participation à son enquête. Et sans doute Reeve, de son côté, était-il en train de fixer son écran avec incrédulité, car elle venait de rompre l'un de leurs premiers accords. D'un seul et même coup, elle mettait en jeu la confiance qu'ils lui accordaient l'un et l'autre.

Nick ne manquerait pas de lui passer un savon après l'émission.

Mais elle avait pris spontanément la décision de s'écarter du concept initial car elle avait compris où l'émission voulait en venir : faire de Marc Reeve le coupable, l'homme qui attirait des inconnues chez lui pour les faire disparaître. Elle le défendrait de façon plus convaincante en admettant qu'elle le connaissait personnellement.

— Des entretiens très ouverts ? reprit Lee. Vous a-t-il raconté ce qui s'est passé à l'époque ?

— Il m'a raconté exactement ce qu'il a toujours répété à propos de la soirée qui s'est déroulée il y a cinq ans. Rien d'autre. A aucun moment, je n'ai eu l'impression que ses déclarations n'étaient pas dignes de foi. D'ailleurs, c'est également l'impression qu'a eue la police en son temps.

— Pardonnez-moi si je vous parais un peu naïve, répondit Lee avec un sourire rayonnant qui ne trahissait pas une once de naïveté, mais j'avais et j'ai toujours un problème avec l'histoire que Marc Reeve n'a cessé de répéter. En effet, n'est-il pas étrange qu'un homme aborde sans arrière-pensée une jeune femme inconnue dans un aéroport et lui propose de passer la nuit seule avec lui, chez lui ?

Un nouveau sourire, puis :

— Mais je vous semble peut-être vieux jeu...

Dans le public s'éleva le murmure que Lee avait escompté. Il était évident que les spectateurs se sentaient solidaires et, loin de la trouver naïve ou vieux jeu, s'accordaient à trouver l'attitude de Reeve extrêmement suspecte.

— Il ne l'a pas abordée, contesta Rosanna. Ils se sont heurtés l'un à l'autre quand...

— Oh, l'interrompit Lee, c'est quand même curieux, vous ne trouvez pas ? Il m'arrive très souvent de me heurter à d'autres personnes, y compris des hommes, à l'aéroport, ou simplement ici, à la cantine de la chaîne. Eh bien, si à chaque fois j'emmenais chez moi tous ceux auxquels je me heurte...

Elle ne termina pas sa phrase, mais eut un sourire entendu. Le public rit.

Rosanna commençait à comprendre très précisément ce qu'avait pu ressentir Marc Reeve vis-à-vis des médias. C'était sans issue.

Mais pour moi aussi, c'était le point d'achoppement, pensa-t-elle. La question du pourquoi.

Pourquoi l'avait-il emmenée ?

« Qu'est-ce qui vous a touché en elle ? » lui avait-elle demandé, la veille à peine au café, et pour la première fois, on lui avait, semblait-il, posé la bonne question.

Elle se rappelait sa réponse.

« Je n'avais pas l'impression de me trouver simplement devant une femme en larmes. Elle ressemblait plutôt à... oui, une enfant. Une enfant perdue, abandonnée, désespérée. C'est ce désespoir, ce chagrin, qui m'a bouleversé, ce soir-là. Elle n'avait pas l'air de pleurer parce qu'elle avait loupé son vol et qu'elle allait devoir passer la nuit dans une salle d'attente bondée... Non, c'était sur sa vie entière qu'elle pleurait. Plus tard, quand elle m'a parlé d'elle, j'ai compris que je ne m'étais pas trompé. Elle se trouvait dans une impasse. Tout avait toujours raté pour elle. Elle était poursuivie par la poisse. Elle était l'éternelle perdante. Et le jour où elle se secouait, où elle osait se lancer dans une entreprise extraordinaire en acceptant une invitation à Gibraltar, sans céder aux supplications de son frère, à ses moyens de pression plus ou moins subtils… le jour où elle partait pour Londres, toute tremblante et hésitante, décidée à opérer un changement dans son existence, à ne plus rester cachée dans l'ombre, invisible pour le monde entier… voilà que le brouillard s'en mêlait. Une fois de plus, elle perdait la partie. Pendant toute l'année, trois cent soixante-quatre jours par an, les avions décollaient, mais pas le jour où Elaine Dawson partait en voyage.

« C'est pour cela qu'elle s'est écroulée, ce soir-là, avec l'impression que le destin lui refusait obstinément, définitivement, le droit aux plaisirs de la vie. Et qu'elle s'est cognée dans un type qui passait par hasard. Pas de chance pour moi.

« Vous m'avez demandé ce qui m'avait touché en elle ce soir-là ? Je crois que ce soir-là, c'est mon instinct protecteur, paternel, qui m'a poussé à agir de la sorte. Oui, c'est ça, paternel. En aucun cas une attraction d'ordre sexuel, non. Ce n'est pas le genre de sentiment qu'on éprouve en présence d'un enfant qui pleure. Pas moi, en tout cas.

« Voilà. Je ne peux pas vous en dire plus. Et je ne le pourrai jamais. »

— Rosanna ? Vous êtes toujours là ? Je disais que…

Rosanna se ressaisit. Il était inutile de chercher à répéter en ce lieu les paroles de Marc. Ces mots s'écraseraient contre la poupée factice qu'elle avait en face d'elle. Ainsi que contre ce public à l'intelligence limitée. Sans compter que cela équivaudrait à étaler au grand jour la vie privée d'Elaine. Celle-ci ne méritait pas que sa tragédie personnelle soit ainsi livrée en pâture aux bonnes gens.

— Oui, je suis toujours là, répondit-elle, et je vous écoute. Vous venez de dire que vous n'emmenez pas chez vous *tous* les hommes auxquels vous vous heurtez.

Elle gratifia Lee d'un sourire non moins aimable que le sien en se réjouissant en son for intérieur de voir un éclair de colère s'allumer dans les yeux de son vis-à-vis. Elle-même commençait à sentir la moutarde lui monter au nez. Elle n'était pas disposée à laisser une Lee Pearce lui faire la leçon.

— Et si nous prenions simplement connaissance d'un fait précis en nous débarrassant de toute idée préconçue ? poursuivit-elle avant de laisser à l'animatrice le temps de rebondir. Une jeune femme aveuglée par les larmes veut entrer dans les toilettes pour hommes de l'aéroport. Un homme qui en sort la bouscule involontairement, lui signale son erreur. A ce moment, elle redouble de sanglots. Il aurait pu continuer son chemin, car il ne connaissait pas cette femme, il n'avait aucune raison de s'intéresser à son problème. Mais est-ce que c'est ce que vous auriez fait ?

Elle regarda le public.

— Et vous ? Et vous ? Certains d'entre nous non, d'autres oui, absolument. Nous nous insurgeons contre le manque d'humanité de notre société. Nous ne nous intéressons pas les uns aux autres. Mais ce soir, et ce n'est pas la première fois, un homme qui, justement, s'est opposé à cette tendance se voit cloué au pilori pour avoir cherché à venir en aide à quelqu'un. Il a emmené cette jeune femme chez lui, l'a invitée à dîner, l'a écoutée lui exposer ses problèmes pendant des heures. Il lui a offert l'hospitalité dans sa chambre d'amis et, le lendemain matin, est allé jusqu'à l'accompagner au métro. Il s'est assuré qu'elle était bien montée dans la bonne rame. Et quelle a été la réaction de la presse ? Elle a fait de lui un maniaque sexuel. Un violeur. Et, pire, un assassin. Car c'est exactement l'idée de ces crimes – le viol et le meurtre – qui a été distillée dans les journaux de manière plus ou moins subtile. Et ce soir, les questions sont toutes orientées dans ce même sens. Reconnaissons qu'on ne peut guère faire mieux pour dissuader n'importe lequel d'entre nous de se montrer serviable envers autrui.

Elle se tut, sentit que le public abondait dans son sens. Elle avait touché les gens.

— Vous oubliez un fait qui a son importance, répliqua Lee d'un ton piqué en oubliant de sourire. Elaine Dawson a disparu depuis cette fameuse nuit. Elle a disparu sans laisser de traces. Elle a suivi Marc Reeve chez lui et depuis, plus personne ne l'a revue. N'y a-t-il pas certaines conclusions à en tirer ? Même lorsque, comme vous, on est apparemment ensorcelé par l'éloquence d'un séduisant avocat…

Rosanna ne releva pas cette dernière provocation.

— Vous parlez de conclusions. Mais les médias n'ont jamais tiré qu'une seule et même conclusion, alors qu'en réalité il y a plusieurs possibilités.

— Lesquelles ?

— Je sais, par exemple, qu'il y avait un homme dans la vie d'Elaine. En raison de circonstances particulières, dont, entre autres, son sens du devoir à l'égard de son frère, elle a tenu cette relation secrète. Je sais aussi qu'Elaine voulait rompre avec son mode de vie, pour des raisons qui ne regardent qu'elle, mais que je devine, moi qui la connais depuis l'enfance. Il me paraît tout à fait envisageable que ce voyage et son déroulement inattendu aient représenté pour elle une chance à saisir.

— C'est-à-dire ?

Rosanna regarda la caméra.

— Je suis convaincue qu'Elaine est vivante, dit-elle, et qu'elle se cache. En Angleterre ou ailleurs. Mais elle est vivante. On n'a pas le droit de la dire morte simplement parce qu'elle a pris la liberté de décider elle-même de sa vie.

Elle regarda les spectateurs, ignora le regard furieux de Nick.

— Peut-être veut-elle simplement qu'on la laisse tranquille, ajouta-t-elle, et elle est en droit d'attendre de nous que nous respections ce vœu. Y compris, et surtout, les médias.

Le public applaudit à tout rompre.

Et moi, je n'ai plus qu'à dire adieu à mon contrat, pensa-t-elle.

Samedi 16 février

1

— Non mais, qu'est-ce qui t'a pris hier soir ? hurlait Nick hors de lui. Qu'est-ce que ça veut dire ? Tu t'es conduite comme une avocate au tribunal ! Comme l'avocate de Marc Reeve !

Rosanna était assise dans son lit, encore un peu étourdie. Le téléphone avait sonné à six heures et demie du matin, l'arrachant au sommeil. Elle avait tout de suite deviné que c'était Nick.

La veille, elle l'avait vainement cherché une fois l'émission finie. Dans sa colère, il était rentré chez lui, la plantant là sans mot dire. Il se rattrapait à présent.

— Il faut voir comme tu as agressé Lee Pearce ! Et toute l'émission, d'une certaine façon. Et notre magazine du même coup, soit dit en passant. Tu es tombée à bras raccourcis sur le genre de journalisme que pratiquent *Private Talk* et *Cover*, ne t'en déplaise. Je me demande quelle mouche t'a piquée !

— Nick, je...

— Tu veux qu'on laisse Elaine Dawson tranquille ! Tu ne te rends pas compte à quel point ça sonne absurde ! Tu es chargée d'écrire un article sur elle, et tu tiens des discours de ce genre à la télé !

— Nick, je n'aurais pas dû participer à cette émission, rétorqua-t-elle, profitant de ce que son interlocuteur reprenait son souffle. Si j'avais su quel était le genre de cette Pearce, crois-moi, j'aurais tout de suite compris que ça n'avait pas de sens. Tu me reproches de m'être comportée comme l'avocate de Reeve ? C'est tout simplement parce que ta fichue modératrice se comportait en procureur. Elle a tout fait pour le présenter comme un coupable.

— Il aurait pu se défendre lui-même ! Il aurait suffi qu'il accepte l'invitation.

— Il n'a peut-être plus envie de se défendre, c'est tout. Pour une histoire dans laquelle il n'a rien à voir !

— Ah bon ? Parce que toi, tu sais qu'il n'a rien à voir dans cette histoire ?

— Je ne sais pas tout, mais il me paraît sincère. Et je n'arrive pas à lui trouver de motif. Je te rappelle que la police n'a rien contre lui. Nick, on ne peut pas s'acharner contre quelqu'un pendant toute sa vie à cause d'une affaire dont il n'est pas coupable.

— Il ne s'agit pas de ça, répliqua Nick. La culpabilité de Reeve n'est pas le problème. Et je t'avoue que je m'en contrefiche. Je vends des histoires, et dans ce cadre, ce qui m'importe, c'est mon tirage et rien d'autre. Et je vais être direct, Rosanna : un Marc Reeve sur lequel continue à flotter l'ombre du soupçon se vend beaucoup mieux qu'une Elaine Dawson qui s'est fait la malle et mène sa vie quelque part dans le monde. C'est comme ça. Tu connais la musique, tu le savais avant d'accepter.

Elle ne répondit pas. Il avait raison. Elle ne pouvait pas faire semblant d'avoir été prise en traître.

— Sans compter, poursuivit son rédacteur en chef, que j'ai été très surpris d'apprendre que tu avais un si bon contact avec Reeve. Deux longs entretiens très ouverts ? Merci de m'avoir mis au courant de cette façon. Tu m'avais dit que Reeve refusait toutes les interviews.

— Je sais. Excuse-moi. Mais j'ai dû lui promettre de ne pas parler de nos conversations.

— Alors il ne doit pas être particulièrement ravi de ta déclaration d'hier soir.

— Sans doute que non. Mais je ne voyais pas d'autre moyen pour être son avocate, comme tu dis. J'espère qu'il comprendra.

— Tu devrais plutôt t'inquiéter de savoir si je te comprends, moi, jappa Nick, parce que c'est moi qui te paie, ainsi que ton séjour à Londres. Et on ne peut pas dire que je sois mesquin !

— C'est vrai. Et je comprendrais si tu décidais de me retirer…

— Oh, que non ! Tu ne vas pas t'en tirer comme ça ! l'interrompit-il aussitôt. Tu vas continuer. Nous avons un contrat. Mais à partir de maintenant, tu t'y conformes. Ce qui veut dire que dans toute future interview, presse ou télé, tu t'en tiendras exclusivement au point de vue de *Cover* et de la mission qu'on t'a confiée. Et, Rosanna, tout, absolument tout ce que tu entreprendras, tu le feras avec mon accord. Compris ? Je veux être informé. N'oublie pas que je suis ton boss !

Sur ces mots, il raccrocha.

Rosanna raccrocha à son tour avec un juron. Puis elle sursauta en entendant à nouveau la sonnerie du téléphone. Elle se demanda si elle devait répondre. Elle n'avait aucune envie de subir de nouveaux reproches. Sans doute était-ce Marc Reeve. Elle préférait discuter avec lui après avoir bu un bon café.

Mais elle finit par décrocher.

— Allô ?

— Tu as perdu la tête ? lui hurla Geoffrey à l'oreille. Qu'est-ce que c'est que cette guignolade d'hier soir ? Je me suis demandé si je ne rêvais pas ! Marc Reeve, innocent comme l'agneau qui vient de naître ! Et Elaine qui a prétendument filé avec un mec ! Tu te rends compte des absurdités que tu as débitées ?

— Geoffrey, je sais que tu as ta propre théorie sur Elaine, mais il faut que tu acceptes que...

— Je n'ai rien à accepter ! Surtout pas que tu salisses la réputation de ma sœur maintenant qu'on l'a assassinée ! Tu la fais passer pour quoi ? Pour une garce qui fout le camp avec un type en laissant son frère handicapé dans la panade ? Qui n'a même pas la correction de dire adieu à ce pauvre infirme ? Tu sais ce que je trouve le plus répugnant de ta part ? C'est que tu aies été chargée de ces articles uniquement parce que tu t'es vantée partout de connaître Elaine depuis ta plus tendre enfance. Mais quand on la connaît vraiment, tu entends, quand on la connaît vraiment, on sait qu'elle n'aurait jamais fait une chose pareille. Elle avait beaucoup trop de classe. Et de correction. Et ça, c'est justement ce qui te manque...

Cette fois, la coupe était pleine. Elle fit ce que Nick Simon avait fait quelques instants auparavant : elle raccrocha.

— Ça suffit, dit-elle à voix haute. Pas sur ce ton, et pas à une heure pareille.

Aussitôt, la sonnerie retentit à nouveau, mais elle sauta du lit et courut à la salle de bains sans en tenir compte. Geoffrey pouvait bien taper sur les touches à s'en faire saigner les doigts ! Ce n'était pas parce qu'il était malheureux qu'il avait tous les droits. Elle avait été idiote de donner son numéro à cet hystérique !

Douchée, coiffée et habillée, elle se sentit mieux. A présent, elle était capable de comprendre la mauvaise humeur de Nick, et même, d'une certaine façon, le courroux de Geoffrey. Mais cela ne l'empêchait pas d'avoir le sentiment d'avoir bien agi. Elle était en paix avec elle-même, ce qui importait plus que de vouloir faire plaisir aux uns et aux autres.

Lorsque le téléphone sonna à nouveau, elle se sentit armée pour l'attaque suivante et c'est d'une voix assurée qu'elle répondit.

— Allô ? Rosanna Hamilton.

— Marc Reeve. Il n'est pas trop tôt ?

— Oh, pas du tout ! Il était six heures et demie quand mon rédacteur en chef m'a appelée pour me passer un bon savon, et quand il a eu fini, Geoffrey Dawson en a rajouté une couche. Je suis donc tout à fait réveillée. Si vous appelez pour me hurler dessus, je vous en prie, faites ! Je suis blindée.

Reeve eut un léger rire.

— Vous vous y attendiez, non ? Je parle de la réaction de votre patron et de Dawson.

— Sans doute. Mais quand on vous réveille avec des beuglements, ça surprend un peu.

— Je suis désolé pour vous. Mais moi, je ne vous appelle pas pour vous passer un savon, au contraire. Je tenais à vous remercier.

— C'est vrai ?

— Oui. Je reconnais que j'ai été horrifié quand vous avez parlé de nos conversations. J'ai cru au début que... enfin, peu importe. Mais j'ai très vite compris pourquoi vous l'avez fait. Vous avez magnifiquement plaidé ma cause, et vous avez bien mouché Lee Pearce. Ça m'a fait beaucoup de bien.

Rosanna ressentit un soulagement inattendu en entendant ces paroles.

— J'en suis heureuse, monsieur Reeve. Sincèrement. J'ai parfois l'impression que toute cette histoire menace de m'échapper, mais tant que vous serez content de la manière dont je la traite, j'aurai l'impression de maîtriser la situation.

— En tout cas, vous ne vous êtes pas laissé intimider par Lee Pearce, et ça m'a fait plaisir. Dites-moi, est-ce que vous accepteriez de déjeuner avec moi aujourd'hui ? Maintenant que vous avez affirmé publiquement que vous ne me considérez pas comme un violeur ou un meurtrier, je peux prendre le risque de vous inviter. Nous pourrions partir à la campagne et nous trouver un pub sympa. Il fait un temps magnifique.

— Ah oui ? fit Rosanna qui n'avait pas encore tiré les lourds rideaux. Ce serait bien. Oui, j'en ai très envie.

Elle avait du travail, mais après la soirée de la veille doublée du doux réveil qui lui avait été réservé, et après la pluie incessante des derniers jours, une escapade à la campagne sous le soleil annonciateur du printemps était exactement ce qu'il lui fallait.

— Bien. Je passe vous prendre à dix heures à votre hôtel, dit Marc Reeve.

2

Brent Cadwick se demandait ce qu'il devait faire. Dans son état d'agitation, il n'avait pas fermé l'œil de la nuit et, n'y tenant plus, avait fini par se lever à cinq heures. Il faisait encore nuit. Il s'était préparé un café avec une tartine, mais n'avait pas réussi à en avaler plus d'une bouchée. Trop de choses tournaient dans sa tête.

L'aube commença à poindre. Il alla vérifier par la petite fenêtre de sa salle de séjour, et en tordant un peu le cou, aperçut un bout de ciel bleu entre les maisons. Enfin, il allait peut-être faire beau.

La veille au soir, il avait été comme frappé par la foudre. Il ne regardait que rarement l'émission *Private Talk*. Elle passait beaucoup trop tard, à une heure où il dormait déjà en temps ordinaire, et les sujets abordés ne l'intéressaient pas particulièrement. Mais en zappant, il était tombé par hasard sur Lee Pearce et s'était amusé de voir que l'animatrice et son invitée étaient habillées presque pareil. Il s'était fait la réflexion qu'elles ne devaient pas trouver ça très drôle, ces deux bonnes femmes, et il avait donc continué à regarder. C'est alors que le nom avait été prononcé, le nom qui l'avait électrisé. Il s'était redressé dans son fauteuil et s'était exclamé à voix haute : « Ah ça alors ! »

Elaine Dawson.

Ils parlaient d'Elaine Dawson.

Cela faisait deux ans tout juste qu'elle s'était installée dans son appartement – ainsi qu'il aimait appeler le logement qu'il louait au premier parce que ça faisait chic – après s'être présentée par une belle journée d'avril :

« Elaine Dawson. J'ai lu votre annonce et je serais intéressée par la location. »

Comme elle avait été la seule candidate, ils avaient tout de suite fait affaire. Il avait demandé à voir sa pièce d'identité et exigé une caution équivalant à deux mois de loyer, qu'elle avait payée sans discuter. Elle travaillait dans un magasin de chaussures d'un faubourg de Morpeth. Ensuite, elle avait perdu son travail et s'était retrouvée sans emploi quelque temps. Elle avait eu des difficultés de trésorerie et il avait dû attendre pour récupérer son loyer. Mais il ne l'avait pas jetée dehors. Bon, il l'avait un peu harcelée. Mais il s'agissait d'argent, non ? Et il lui avait tout de même permis de rester. Une fois entrée à l'Elephant, elle avait payé sans problème.

Mais depuis la veille au soir, il écumait de rage. Il avait été généreux, compréhensif. Lui avait proposé son aide quand elle avait eu des soucis de santé. Et comment l'avait-elle remercié ? En fichant le camp. Sans tambour ni trompette, sans un mot.

Il avait accusé le coup. Ah, ça oui.

Il avait d'abord supposé qu'elle avait – enfin – rencontré quelqu'un et qu'elle passait quelques nuits avec lui. Elle était jeune, il était temps qu'elle commence à profiter de la vie. Mais comme il ne pouvait pas s'empêcher d'aller fouiner dans l'appartement quand elle n'était pas là, il avait constaté qu'elle avait emporté toutes ses affaires. Plus de valise et l'armoire vide.

Il en était resté sans voix quelques minutes, jusqu'à ce qu'il comprenne qu'elle était partie sans intention de revenir et qu'elle n'avait pas jugé utile de l'avertir.

La grande photo accrochée au mur du studio était en partie masquée par les deux bonnes femmes, mais cela ne l'avait pas empêché de s'approcher tout près du récepteur pour voir s'il s'agissait bien de son Elaine Dawson à lui. Parce qu'il pouvait y en avoir plusieurs. Par exemple, il savait qu'il y avait un autre Brent Cadwick à quelques kilomètres à peine de Langbury. La vie était pleine de hasards.

Mais ça pouvait vraiment être… Avec ses cheveux bruns tout raides, c'était bien ça. Le visage de la sienne était beaucoup plus maigre que celui de la fille plutôt joufflue de la photo, mais à écouter les deux femmes, c'était une photo qui datait d'au moins cinq ans. En cinq ans, une femme pouvait parfaitement perdre ses rondeurs.

Le souffle court, il avait regardé toute l'émission et appris qu'Elaine Dawson avait disparu sans laisser de traces cinq ans auparavant et qu'un homme, un avocat de Londres, était soupçonné de l'avoir tuée. Mais la journaliste qu'on avait invitée à l'émission avait l'air convaincue que la disparue était toujours vivante.

Et il se pouvait bien qu'elle ait foutrement raison.

Brent Cadwick avait toujours espéré qu'il se passe un jour quelque chose de vraiment passionnant dans sa vie, mais, en soixante-huit ans, cet espoir ne s'était toujours pas réalisé. Et voilà que quelque chose semblait se présenter. Si son Elaine était la même que la disparue de Londres, il deviendrait l'homme qui avait élucidé l'affaire. Ce serait lui, Brent Cadwick, qui en apporterait la certitude à la famille, qui laverait l'avocat de tout soupçon. Comme on lui en serait reconnaissant ! On parlerait de lui dans les journaux. On le prendrait en photo devant sa maison, on voudrait aussi voir l'appartement où avait vécu Elaine. Il serait interviewé. Il serait sans doute invité à *Private Talk*, et, assis face à la ravissante blonde, Lee Pearce, il répondrait à ses questions. Il deviendrait célèbre dans tout le pays. La famille d'Elaine Dawson lui enverrait une carte de vœux chaque année à Noël, peut-être même à son anniversaire. Comme il n'en recevait jamais, cette simple perspective avait de quoi le réjouir.

Ce qui l'avait tenu éveillé toute la nuit et le préoccupait encore en ce matin ensoleillé était les trois questions suivantes :

Etait-il sûr qu'il s'agissait de la bonne Elaine ?

A qui devait-il s'adresser au juste ?

Et où, bon Dieu de bon Dieu, avait-elle fichu le camp ?

C'était la dernière question qui l'ennuyait le plus. Car s'il se présentait à la police ou ailleurs en commençant par dire qu'il ne savait pas où elle était, il se couvrirait de honte. Donc… le mieux était de ne pas le dire tout de suite.

Et en ce qui concernait l'identité d'Elaine… Il n'en était pas tout à fait sûr, mais presque. Car il devait mettre dans la balance le comportement étrange, le style de vie particulier de sa locataire. Et il avait toujours flairé qu'elle avait un passé mystérieux.

Avec le jour naissant, il trouva les réponses et fut enfin capable de préparer un plan d'action.

Il opina du chef, satisfait. Il allait procéder avec beaucoup d'astuce.

3

Ce samedi-là, Angela se décida à sortir de l'appartement familial. Elle avait mis son gros anorak et s'était enveloppée dans un châle, mais elle ne tarda pas à avoir trop chaud. Le soleil brillait dans un ciel sans nuages et ses rayons étaient étonnamment puissants. Dire qu'Islington, avec ses immeubles sociaux sans imagination, ses arbres encore nus qui se dressaient sur des terrains marron sale, respirait la joie de vivre aurait été très exagéré, mais le bleu du ciel embellissait malgré tout le quartier, et une odeur de printemps flottait dans le vent léger.

Un printemps que ne verrait pas Linda.

Une fois de plus, Angela sentit les larmes lui monter aux yeux. Mais elle les refoula avec énergie, bien décidée à tout faire pour chasser sa sœur de ses pensées. Depuis la mort de Linda, elle n'avait cessé de se repasser mentalement les images de l'horrible martyre qu'elle avait subi. Si elle ne voulait pas devenir folle, il lui fallait à tout prix trouver le moyen de s'octroyer une pause, aller faire un tour, sentir le vent sur sa figure, laisser pénétrer dans sa tête d'autres pensées, d'autres images.

Sauf que c'était dur. Affreusement dur.

Elle déambula sans but dans les rues pendant un certain temps et s'aperçut qu'elle se sentait un peu mieux. Quand elle s'arrêta, hors d'haleine – elle n'avait pas remarqué qu'elle marchait si vite –, elle constata qu'elle se trouvait devant l'atelier de mécanique automobile où Linda avait travaillé six mois. Gordon connaissant l'un des employés, il avait réussi à faire embaucher sa fille au bureau, où elle tapait les factures et s'occupait du classement. Linda avait détesté ce travail et, il y avait de cela environ neuf mois, avait tout envoyé promener en déclarant qu'elle préférait se jeter du haut de Tower Bridge plutôt que de retourner dans « cette taule ». Angela se souvenait encore de l'énorme dispute qu'il y avait eu ce jour-là à la maison. Gordon avait tempêté et menacé, mais Linda n'avait pas cédé.

Angela, elle aussi, avait fait des reproches à sa sœur. Question boulot, elles étaient tout à fait différentes. Angela était d'avis que n'importe quel travail valait mieux que pas de travail du tout, et que, dans la vie, il fallait savoir prendre sur soi. Linda lui opposait l'argument qu'on n'avait qu'une vie et qu'elle n'avait pas l'intention de se la laisser pourrir.

Avec le recul, ces paroles devenaient poignantes. On ne s'était pas contenté de lui pourrir la vie, on la lui avait ôtée.

Angela se dit que si ses pas l'avaient menée là, ce n'était sûrement pas un hasard. Elle avait beau essayer de penser à autre chose, Linda était toujours là, dans sa tête.

Autrefois, elle allait souvent chercher sa sœur à l'atelier, quand elle rentrait de la jardinerie. Parfois, elles faisaient un crochet par le kiosque d'en face et s'achetaient un hot-dog. Les soirs d'été, c'était agréable de faire le trajet ensemble, même si Linda passait son temps à rouspéter au sujet de son travail.

Elle essuya les larmes qui lui mouillaient les yeux. Le kiosque existait toujours.

Une ombre surgit tout à coup derrière elle, en même temps qu'une voix prononçait :

— Tu serais pas la sœur de Linda ?

Elle se retourna et aperçut une grande fille mince en combinaison de travail, une casquette de base-ball sur ses cheveux blond-roux. Elle sentait un peu l'huile de moteur.

— Ouais, poursuivit-elle, t'es bien Angela Biggs ?

Angela sortit un mouchoir de sa poche et se moucha à grand bruit avant de répondre :

— C'est ça, je suis la sœur de Linda.

— Moi, c'est Dawn Sparks, dit la fille, je fais une formation de mécanique ici, fit-elle en désignant l'atelier. Je t'ai vue t'arrêter ici, et alors je me suis dit... Enfin, je voulais te dire que, oh, c'est trop horrible ce qui lui est arrivé, à Linda. Je te jure, j'y croyais pas au début. Quand j'ai lu ça dans le journal... Oh la vache, j'en ai eu la chair de poule. Qui ça peut bien être ?

Elle dévisagea Angela comme si celle-ci pouvait lui donner la réponse.

— Je sais pas, répondit Angela.

— On s'entendait bien toutes les deux. Elle se plaisait pas du tout ici et elle arrêtait pas de se plaindre, mais moi, je l'aimais bien. Je lui ai dit que c'était dommage quand elle a arrêté.

— Moi aussi, affirma Angela. Les parents aussi. On était tellement contents qu'elle ait un boulot. Mais...

Elle leva les bras dans un geste d'impuissance, comme pour signifier qu'il était difficile d'influencer Linda.

— Ce boulot, c'était pas ce qu'elle cherchait, dit Dawn, elle voyait plus grand.

— Je crois plutôt qu'elle savait pas encore exactement ce qu'elle voulait. C'était ça, son problème. Mais elle était encore tellement jeune ! Ce qu'elle voulait, c'était vivre. Vivre, tout simplement.

Les deux jeunes femmes se turent, toutes deux au souvenir de Linda, Linda vivante, avec son joli visage, ses vêtements provocants, son rire sonore, sa gaieté. Il paraissait impossible qu'elle soit allongée à la morgue, affreusement mutilée, en train d'être autopsiée à la recherche de traces qui pourraient donner une indication sur le monstre qui lui avait ôté la vie.

— Comme je te l'ai dit, je l'aimais bien, Linda, reprit Dawn, mais n'empêche que je me faisais un peu de bile dans les derniers temps. Parce que... C'est... Elle faisait un peu n'importe quoi. Des fois, il y avait des choses qu'elle aurait dû voir. Et là où j'ai commencé à m'en faire vraiment, c'est quand je l'ai vue avec son nouveau mec, mais...

Angela, dont l'attention avait un peu fléchi, sursauta. Elle dévisagea son interlocutrice :

— Qu'est-ce que tu veux dire ? Quel nouveau mec ?

— Elle avait un nouveau mec. Je l'ai vue avec lui.

— Tu parles de Ben Brooks ?

— Non, lui, je le connaissais, il venait souvent l'attendre ici. C'est avec lui qu'elle aurait dû rester. Il était bien, lui.

— Qui c'était, alors ? On n'était pas au courant, nous.

Dawn parut surprise.

— Ah bon ? Peut-être que c'est parce qu'elle était pas tout à fait sûre de rester avec lui. J'espère que non. Parce que ce type-là, c'était une racaille. Un mec brutal, vulgaire.

Angela se retint de la secouer pour lui faire cracher plus vite tout ce qu'elle savait.

— C'était pas loin d'ici, juste devant Woolworth. J'ai failli pas la reconnaître, parce que quand elle venait bosser chez nous, elle était pas sapée et maquillée comme ça. Mais quand je l'ai vue là... Je me suis dit, eh bien, qu'elle était sapée comme si...

Elle s'interrompit, se mordit les lèvres.

Angela devina ce qu'elle avait voulu dire :

— Elle était fringuée comme pour faire le trottoir.

Dawn, embarrassée, confirma :

— Eh bien… ouais, un peu quand même. Mais c'était peut-être à cause du mec qui était avec elle. Parce que lui, c'était vraiment, mais vraiment, le genre mac. Il m'a foutu la trouille.

— C'était quand, exactement ?

— Il y a pas très longtemps. C'était juste avant Noël, je crois. J'étais sortie pour acheter mes cadeaux de Noël. Mi-décembre, disons.

— C'est toi qui l'as abordée ?

— Non, c'est elle. J'ai entendu quelqu'un qui me disait : « Salut, Dawn ! » et là, j'ai pas capté tout de suite que c'était Linda. J'ai eu l'impression qu'elle avait envie qu'on discute un peu, mais le mec était pressé, il l'a tirée par le bras sans rien dire et ils sont partis.

— Elle te l'a présenté comme son copain ?

— Non. Elle a juste dit un truc du genre : « Ben ouais, on est pressés, comme d'hab », tu sais, un peu comme pour le mettre en boîte. Donc moi j'ai pensé que c'était son nouveau copain, mais je sais pas si c'était vrai.

— Elle n'a pas prononcé son nom, par hasard ?

Dawn haussa les épaules comme à regret.

— Non. Mais tu sais, tout ça, ça s'est passé très vite. Moi aussi, d'ailleurs, j'avais pas le temps, c'était mon heure de pause, et je voulais trouver des cadeaux. J'ai même pas essayé de la retenir. Mais je me souviens que je me suis dit : « Mais d'où elle le sort, ce mec-là ? J'espère qu'elle va le jeter vite fait. Il a vraiment une tête de voyou. »

Le cœur d'Angela battait à se rompre. Voilà, elle la tenait ! La toute première petite piste. Une information sur le nouveau mec dont Linda avait fait la connaissance. La police était certaine qu'il y avait quelqu'un. Quelqu'un qui n'avait pas obligatoirement de rapport avec sa mort, mais qui pourrait en avoir.

— Dawn, c'est très important ! dit-elle d'une voix qui déraillait légèrement sous l'effet de l'excitation. Il faudrait que tu te souviennes autant que possible du type qui accompagnait Linda, c'est très important ! Du moindre détail, tu comprends ? La police le recherche, ce mec, mais elle n'a rien sur lui. Tu crois que tu pourrais le décrire ?

— Je sais pas bien… répondit Dawn, réticente. A la police, tu veux dire ?

— Oui. S'il te plaît, Dawn. Je t'accompagne. Mais ce que tu viens de me dire, c'est la toute première info.

Elle sortit son portable de sa poche, ainsi que la carte de l'inspecteur Fielder qu'elle portait toujours sur elle.

— J'appelle le flic chargé de l'enquête, annonça-t-elle. Il voudra peut-être qu'on y aille tout de suite. Ou alors, c'est lui qui viendra.

— Mais je suis en plein boulot, moi ! protesta la jeune fille. Le samedi, je bosse jusqu'à midi. Mais après…

— Non, c'est trop tard. L'inspecteur Fielder va parler à ton chef, tu n'auras pas d'ennuis, promis !

Dawn n'eut pas l'air de partager l'optimisme d'Angela. Il était visible qu'elle commençait à regretter d'être sortie dire bonjour à la sœur de Linda.

Angela, de son côté, remerciait le destin de l'avoir amenée précisément à cet endroit.

Si c'était le destin… Angela, bien que croyante, était en proie au doute concernant la vie après la mort. Or, en cet instant précis, elle était presque certaine que c'était Linda elle-même qui l'avait amenée là. Peut-être était-ce sa sœur qui avait guidé ses pas.

4

Ils s'étaient rendus dans la région de Cambridge, en empruntant des départementales, désertes en ce samedi matin ensoleillé. Marc Reeve conduisait vite et avec assurance. Il paraissait plus détendu que lors de leurs rendez-vous précédents. Sans doute était-ce parce que, cette fois, il n'aurait ni à répondre à des questions ni à se justifier. C'était lui qui avait souhaité cette rencontre. Depuis l'émission de la veille, il ne ressemblait plus à une bête traquée.

Et pourtant, se dit Rosanna, pour l'instant, il n'y a que moi qui prenne sa défense. Reste à savoir si ça portera ses fruits.

Il avait un peu parlé de lui pendant le trajet, disant qu'il adorait les sports nautiques, qu'il avait possédé un bateau.

« Il était au mouillage dans le port de plaisance de Wiltonfield. Un très beau coin à la campagne. Je sortais souvent sur la Tamise.

— Vous ne l'avez plus ?

— Après le divorce, j'ai laissé le bateau à ma femme. Nous ne pouvions pas fréquenter le même club nautique. Il valait mieux que ce soit elle qui l'ait. Elle habite maintenant à Binfield Heath, juste à côté de Wiltonfield, et moi, de toute façon, je n'ai pas le temps de m'occuper sérieusement d'un bateau.

— Il y a eu beaucoup de changements dans votre vie, n'est-ce pas ? Nick m'a dit que vous n'habitiez plus non plus dans votre maison d'alors.

— Oui, elle a été vendue. Elle était beaucoup trop grande pour moi tout seul. J'ai un appartement à Marylebone, maintenant.

— Et votre fils vient vous voir le week-end ? »

Un voile invisible s'était alors glissé sur le visage de Reeve, qui s'était fermé.

« Non, avait-il répondu d'une voix brève, mon fils et moi n'avons plus aucun contact. »

Ces paroles avaient été prononcées sur un ton qui interdisait à Rosanna de poser d'autres questions. Pourtant, elle aurait aimé savoir si son fils avait rompu les liens à cause de l'affaire Elaine Dawson ou à cause du divorce de ses parents. Peut-être le garçon agissait-il par solidarité avec sa mère. Peut-être aussi sa mère le montait-elle contre son père.

Rosanna avait le sentiment que sa question avait touché le point le plus sensible dans la vie de Marc Reeve.

Le pub s'appelait le Duc de Wellington. Il était presque vide. Seul un couple de personnes âgées était installé à une table d'angle, assis face à face sans échanger un mot, ce qui ne l'empêcha pas de détailler les nouveaux arrivants avec une curiosité non déguisée.

— On mange bien ici, déclara Marc. J'y venais assez souvent. Ma belle-mère était placée dans une maison de retraite juste à côté, et j'accompagnais parfois Jacqueline – ma femme – quand elle allait la voir. Je connais un peu la région.

Après qu'ils eurent passé commande, Rosanna se risqua à une nouvelle question sur le sujet brûlant :

— Quel âge a votre fils ?

— Il aura quinze ans le 1er mars.

— Et vous ne le voyez même pas pour son anniversaire ?

— Non.
— C'est...
— Rosanna... l'interrompit Marc, je peux vous appeler Rosanna ? Ne le prenez pas mal, mais je n'ai pas envie de parler de Josh. Le 1er mars 2002, le jour de ses neuf ans, j'ai trouvé la maison vide en rentrant du cabinet. Ils étaient partis tous les deux, lui et ma femme, partis sans laisser d'adresse. Ensuite, j'ai reçu la demande de divorce par l'intermédiaire de l'avocate de ma femme, avec une lettre qui stipulait qu'on ne pouvait s'opposer juridiquement à ce que je voie mon fils, mais que celui-ci refusait absolument de me voir ou de me parler. Hormis quelques rencontres très désagréables, nous n'avons plus eu de contacts. Depuis six ans, je suis forcé de m'accommoder de cette situation et je me porte mieux quand je n'en fais pas un sujet de conversation.
— Je comprends. Mais, excusez-moi... Pourquoi acceptez-vous cela depuis six ans ? Parce que...
— J'ai fait tout ce que je pouvais, bien sûr. Mais on m'a toujours répondu par des certificats médicaux selon lesquels Josh réagissait en faisant des dermatoses allergiques dès qu'on évoquait l'éventualité d'une rencontre avec moi. Qu'est-ce que vous vouliez que je fasse ? Je n'avais pas envie d'utiliser la contrainte.
Elle se garda de pousser plus avant son interrogatoire. Elle était déjà allée relativement loin, et elle souhaitait éviter de mettre en danger la fragile ébauche de confiance qui s'était installée entre eux. Elle avait en tout cas appris que le différend entre le père et le fils ne trouvait pas sa source dans l'affaire Elaine. Voir son père traîné dans la boue par une presse qui le considérait comme un meurtrier potentiel n'était pas de nature à améliorer l'opinion du garçon, mais le nœud du problème n'était visiblement pas là. Il s'était passé une chose qui avait amené Josh à se détourner irrévocablement de son père. Peut-être était-il d'ailleurs simplement sous la coupe de sa mère. Influencer un enfant de neuf ans n'était pas chose difficile. Si tel était le cas, le temps travaillait pour Marc Reeve. Le jour arriverait où Josh aurait l'âge de reconsidérer les événements et de se faire sa propre opinion.
Rosanna lui parla alors de Robert et de ses relations avec son père :
— Mon beau-fils de seize ans et son père passent leur temps à s'affronter. Je ne peux pas m'empêcher de plaindre un peu ce

garçon. Je ne sais pas pourquoi, mais j'imagine qu'il est marqué par le fait que ses parents, très jeunes au moment de sa naissance, se soient renvoyé leur bébé, lequel a fini par être confié au père. Il porte en lui une sorte de tristesse, ce qui provoque chez lui des réactions de défi, d'agressivité... D'où des disputes de plus en plus fréquentes avec son père.

— Bien sûr, dit Marc, mais des relations difficiles valent mieux que pas de relations. Même si elles consistent en disputes.

— C'est vrai, acquiesça Rosanna avant de reporter son attention sur les plats qu'on venait de leur servir.

C'était délicieux, comme l'avait prédit Marc. Ils mangèrent quelque temps en silence, puis Marc prit la parole :

— Vous savez des tas de choses sur moi, et moi, je ne sais presque rien de vous.

— Si, vous savez deux ou trois petites choses, répondit Rosanna avec un rire.

Il réfléchit.

— Attendez... Vous vivez à Gibraltar, vous êtes mariée, vous avez un beau-fils de seize ans. Vous étiez journaliste avant votre mariage. Vous venez d'un village situé au fin fond de la campagne. Vous avez...

— J'ai trente-six ans.

A son tour d'éclater de rire.

— Ce n'est pas ce que je voulais savoir. J'étais en train de penser à votre prénom. Rosanna. Très...

— ... Démodé.

— Non, je voulais dire très mélodieux. Mais à en juger par votre expression, vous ne l'aimez pas.

Elle n'avait pas remarqué qu'elle avait fait la grimace.

— Je déteste mon prénom, confirma-t-elle. Et en réalité, il est encore pire : j'ai été baptisée Rose Anne. Vous imaginez ? J'adore mes parents, mais je me demande quelle mouche les a piqués de me donner ce nom. Rose Anne Jones. Mon père l'a transformé en Rosanna, et tout le monde m'appelle comme ça. C'est un petit peu mieux que Rose Anne. Mais un petit peu seulement.

— Rose Anne, répéta-t-il lentement, pensivement. Moi, j'aime beaucoup. Comment auriez-vous voulu vous appeler ?

— Je ne sais pas. Quand j'étais adolescente, Nancy, peut-être. Ou Patty.

— Des noms de pom-pom girls américaines !

— A un certain âge, on rêve d'être une pom-pom girl américaine. Avec de longs cheveux blonds, des yeux bleus et un nez en trompette. Plus le nom qui va avec.

— Ne me dites pas que vous n'aimez pas non plus la couleur de vos yeux et de vos cheveux ?

Elle passa la main dans ses courtes boucles brunes.

— Je m'y suis habituée. Je crois que je suis encore assez loin de m'accepter, mais je remarque que ça va un peu mieux chaque année. C'est sans doute le seul avantage qu'il y a à vieillir. On commence à s'accepter petit à petit.

Reeve opina du chef, soudain très sérieux :

— Oui, c'est vrai. Etre en paix avec soi-même, c'est tellement mieux ! Ça change tout, vous ne trouvez pas ? Ça donne de l'assurance.

Elle s'apprêtait à répondre quand son portable sonna. Avec un geste d'énervement, elle le sortit de son sac.

— Je sais que c'est incorrect à table, mais Nick Simon doit pouvoir me joindre partout. Je ne peux pas me permettre de le fâcher davantage.

— Je vous en prie.

Elle décrocha.

— Nick ? Oui, je t'entends. La ligne n'est pas très bonne, mais...

Elle l'écouta parler. Ses yeux s'agrandirent, s'arrondirent. Puis elle souffla :

— Evidemment. Bien sûr, donne-lui mon numéro. Oui, je suis joignable. Je te tiens au courant. Oui, oui !

Elle raccrocha.

— C'est incroyable, dit-elle.

Marc reposa sa fourchette.

— Qu'est-ce qui se passe ?

— C'était Nick Simon. Il a eu un appel anonyme. Un type qui appelait du Northumberland. Il n'a pas donné son adresse exacte. Il affirme qu'Elaine est sa locataire. Il l'a reconnue à la télé, hier soir. Mais il ne veut en parler à personne d'autre que moi.

— Alors ça, ce serait un vrai scoop ! s'exclama Marc.

5

L'appétit coupé par l'excitation, ils quittèrent le pub très rapidement et, la réception étant très mauvaise sur le portable, marchèrent quelque temps dans les rues du village pour trouver un endroit propice au réseau.

Enfin, devant le jardin du presbytère, l'écran afficha trois barres. Derrière les murs de pierre jaillissaient des forsythias dont les fleurs d'un jaune lumineux explosaient sous le soleil. Un vent léger et tiède parfumait l'air d'une senteur de terre humide et de printemps.

— Quelle journée magnifique ! se réjouit Rosanna.

Marc acquiesça d'un mouvement de tête. Sa tension se lisait sur son visage. Ainsi que ses sentiments contradictoires. L'espoir qui s'était levé en lui était contrebalancé par son scepticisme et l'effort qu'il faisait sur lui-même pour ne pas se laisser aller à anticiper la fin de son cauchemar personnel.

— Marc, murmura Rosanna, peut-être...

— Ne nous réjouissons pas trop tôt, l'interrompit-il. Il peut s'agir d'un farceur qui ne se manifestera plus. Ou d'un type qui veut nous mener en bateau. Et même s'il est sincère, il peut se tromper.

— Je sais.

— Après la disparition d'Elaine Dawson, il y a eu un nombre incalculable d'appels. On l'avait vue dans les endroits les plus invraisemblables, et beaucoup de gens étaient sans doute convaincus de ce qu'ils disaient. Et pourtant, aucune piste n'a abouti.

Elle comprenait sa prudence. La déception serait trop grande.

— Il ne veut parler qu'à moi. Il va appeler Nick qui lui donnera mon numéro, et ensuite, je verrai. Ecoutez, Marc, je suis plutôt psychologue. Je pense que s'il s'agit d'un affabulateur, je le démasquerai.

Non loin de la porte du presbytère, Marc aperçut un amas de gros rochers gris.

— Venez, allons nous asseoir. Pas la peine de rester comme des âmes en peine dans cette rue déserte.

Les rochers avaient été chauffés par le soleil. Rosanna offrit son visage aux rayons bienfaisants.

— Que c'est bon... murmura-t-elle. Je serais capable de marcher des kilomètres dans les champs et les prés ; d'escalader les murets et les barrières ; de longer les ruisseaux et de dénicher les premières primevères, en humant cet air si pur... Est-ce que les gens savent encore apprécier le printemps en Angleterre ?

Il la regarda avec un mélange d'étonnement et de compréhension.

— Je viens d'apprendre une chose de plus sur vous, maintenant. Je sais que l'Angleterre vous manque. Vous n'êtes pas heureuse à Gibraltar.

Elle n'éprouva pas l'envie de le contredire, de lui opposer des arguments comme le climat et la proximité de l'Espagne ; des arguments si souvent assénés par Dennis lorsqu'il vantait sa région d'adoption : « Nous vivons dans un paradis pour vacanciers. »

Au contraire, elle déclara avec une vigueur qui la surprit elle-même :

— Vous avez raison, Marc. L'Angleterre me manque à m'en rendre malade. Depuis longtemps. Je crois que c'est pour cette raison que j'ai accepté la proposition de Nick. Je voulais revenir en Angleterre, pas seulement pour l'anniversaire de mon père, mais pour y passer quelques semaines. L'envie de rentrer me submergeait au point que...

Elle ne termina pas sa phrase, détourna les yeux. Elle connaissait à peine Marc. Pourquoi lui confiait-elle tout cela ?

— Maintenant que vous l'avez retrouvée, l'Angleterre correspond-elle à vos souvenirs, à vos attentes ?

Elle respira à fond.

— Oui. J'aurais préféré...

— Quoi ?

— J'aurais préféré que ce ne soit pas le cas. Je me disais que j'avais peut-être tout idéalisé, que je m'étais fabriqué des images et des souvenirs qui n'existaient pas. Que, peut-être, je m'apercevrais que je n'y étais pas mieux qu'à Gibraltar, et que je reprendrais mon avion apaisée. J'aurais bien aimé.

— Mais, finalement, vous vous plaisez mieux ici qu'à Gibraltar ?

Elle embrassa du regard le vieux presbytère, le jardin encore nu dont les arbres crouleraient sans doute sous les fruits en été, les petites maisons qui bordaient la rue. Elle respira la douceur de l'air, dans cet endroit qui ressemblait un peu à Kingston. Mais tout cela n'était pas déterminant. Le temps avait été gris et froid les jours précédents, un temps triste de février. Et pourtant, en pleine ville, sans l'ombre d'une fleur ou d'un rayon de soleil, ce sentiment avait été là. Le sentiment d'être à sa place.

— Il ne s'agit pas tant du fait que ce soit mieux ici ou là-bas, dit-elle. Je crois qu'il s'agit simplement de savoir si on est à sa place dans un lieu déterminé. Je ne suis pas à ma place à Gibraltar. Cela ne veut pas dire que je ne me sente bien qu'en Angleterre. Je pourrais parfaitement m'installer en Afrique du Sud ou au Canada, ou même en Inde, peu importe. Mais Gibraltar... Non, ça ne me va pas.

— Inconfortable, comme situation. Votre mari et votre beau-fils sont là-bas.

— Je sais, et je me dois d'être auprès d'eux. Mais je préférerais rester ici. Ici, à cet endroit, sur ces rochers au soleil. Ne plus bouger.

— Eh bien, vous avez une bonne chance d'être exaucée, répliqua Marc, parce qu'il est fort possible que nous soyons obligés d'attendre pendant des heures le coup de fil hypothétique d'un plaisantin qui n'a aucunement l'intention de nous appeler. Croyez-moi, vous en aurez assez avant ce soir. Ils vont vous paraître durs, à la longue, ces cailloux.

Ils se regardèrent et rirent en chœur, et au milieu de ce rire libérateur, le téléphone sonna.

Marc se tut, ses lèvres se serrèrent.

— C'est peut-être lui, dit-il.

Rosanna décrocha.

— Rosanna Hamilton, fit-elle, la voix rauque d'excitation.

Un long silence au bout de la ligne. Puis une respiration nerveuse. Enfin, la voix enrouée d'un homme âgé.

— Brent Cadwick à l'appareil. Brent Cadwick de Langbury, dans le Northumberland.

— Bonjour, monsieur Cadwick, dit Rosanna.

Il se tut à nouveau. C'était son moment de gloire. Il tremblait de nervosité.

— Je... j'ai des informations, parvint-il à dire enfin. Des informations qui concernent Elaine Dawson.

— Elaine Dawson est vivante ? interrogea Rosanna.

Encore un silence. M. Cadwick était excité, et, de plus, il n'avait sans doute pas l'habitude de faire la conversation, encore moins au téléphone avec quelqu'un qu'il ne connaissait pas.

Puis un rire. Un rire de gorge, qui sonnait faux, dont Rosanna ne comprenait pas ce qui l'avait déclenché. Qu'y avait-il de drôle ?

— Elle est vivante, dit Brent Cadwick. Et comment qu'elle est vivante !

Et il éclata d'un nouveau rire.

6

Dennis Hamilton était au désespoir. Au point qu'il était prêt à jeter aux orties toutes les sanctions qu'il avait trouvées, mises au point et fignolées, et à serrer son fils dans ses bras avec reconnaissance.

Si son fils avait été là. Car il n'était toujours pas rentré.

Ayant prévu que Rob essaierait de braver son interdiction de participer à la fête du vendredi soir, Dennis avait voulu parer le coup. Une fois de plus il avait quitté son bureau en avance, abandonnant les dossiers qui s'amoncelaient sur sa table de travail, afin d'intercepter son fils à la maison. Il avait songé à lui parler calmement, lui exposer son point de vue et lui demander de le comprendre. Ce qui ne l'empêchait pas d'être fermement décidé à l'enfermer dans sa chambre s'il insistait pour participer malgré tout à la beuverie – car c'était ainsi que Dennis voyait la fête en question.

Mais il avait attendu en vain. Rob l'avait devancé : il n'était pas rentré du tout vendredi.

Sans doute s'attardait-il au lycée ou chez un copain de classe pour éviter d'affronter son père et d'être consigné chez lui.

Même s'il pressentait que son fils ne rentrerait pas, Dennis l'avait attendu, en proie à une fureur qui allait croissant de minute en minute. Ce n'était pas possible ! Un garçon de seize ans n'avait pas à se comporter de cette façon. Même Rosanna, qui intercédait pour lui en permanence, aurait été de son avis. Cette fois, la punition ne se ferait pas attendre. Interdit de sorties pendant deux mois au moins. Plus d'argent de poche pendant trois mois. Privé d'ordinateur, ce qui aurait l'avantage de lui faire abandonner pour quelque temps son *World of Warcraft*. Depuis quand n'avait-il plus mis la main à la pâte dans la maison et dans la cour ? Il passerait le printemps à arracher les mauvaises herbes et à arroser les plantes. Il y avait aussi la véranda à repeindre. Et n'avait-il pas demandé à passer quelque temps en Angleterre avec Rosanna ? Il pouvait toujours courir !

Dennis avait parcouru toutes les pièces, essayé par deux fois de joindre son fils sur son portable, mais, comme il fallait s'y attendre, il était tombé sur la messagerie.

Il avait bu deux whiskies pour se calmer, mais, l'estomac noué par l'angoisse, avait été incapable de manger. Deux ans auparavant, une fête semblable avait fait beaucoup de bruit : deux gamins complètement soûls avaient roulé le pied au plancher jusqu'en Espagne, et leur course s'était terminée contre le pilier d'un pont. L'un d'eux était mort sur le coup, l'autre était condamné au fauteuil roulant pour le restant de ses jours. Dennis avait découpé l'article du journal et l'avait posé sur le bureau de son fils. Il avait essayé d'en parler avec lui, mais cette histoire l'avait laissé indifférent. Il ne se sentait pas concerné.

Dennis était allé se coucher, car il n'avait pas l'habitude de boire, et l'alcool agissait vite sur son organisme. Il s'était endormi rapidement, d'un sommeil sans rêves, et s'était réveillé le samedi matin peu après sept heures. Convaincu que son fils dormait dans sa chambre, il s'était levé pour aller vérifier. Le lit était vide et pas défait.

Bien. Cela ne signifiait pas pour autant qu'il lui était arrivé quelque chose. Sans doute était-il tellement imbibé qu'il était resté dormir sur place. Ils devaient être dans un bel état, lui et ses camarades, trop malades pour penser seulement à téléphoner chez eux !

A seize ans ! Ah, à son âge, lui, son père, ne se serait jamais risqué à faire une chose pareille !

Dennis essaya de contrôler sa peur, de ne pas se conduire comme une mère hystérique. A l'inverse des mères, les pères étaient d'avis qu'une bonne cuite faisait partie de l'initiation à l'âge d'homme. Comme de passer une nuit dehors et de faire le zouave en voiture. Les pères ne voulaient pas d'une chiffe molle comme fils.

Pourquoi ne suis-je pas capable de tenir le même raisonnement ? se demanda Dennis tout en buvant son café à la cuisine, tandis que, dehors, s'annonçait une journée resplendissante. Pourquoi ne suis-je pas un père comme les autres, un père normal ?

Peut-être n'était-on pas un père normal quand on était à la fois le père et la mère. Quand, malgré tous ses efforts, on ne parvenait pas à combler tous les besoins du petit être qu'on avait engendré. Rob avait besoin d'une mère, et il lui était impossible de la remplacer.

Rosanna était arrivée trop tard. Elle avait pris Rob sous son aile avec amour et dévouement mais, depuis quelque temps, elle commençait à donner des signes de faiblesse, à prendre ses distances avec leur famille recomposée. Elle se retirait dans sa coquille. Ses pensées allaient dans des directions qui lui restaient inconnues. Elle semblait voir des images qu'elle gardait pour elle. Rob avait-il remarqué ce changement ? Certainement, sinon, pourquoi aurait-il exprimé ses peurs avec tant de force : *Elle ne reviendra pas ! Tu comprends ça ?*

Et il avait dit aussi : *Tu l'as chassée !*

Dennis n'avait pas envie d'y réfléchir. Pas maintenant. Ces pensées étaient trop effrayantes, elles l'entraîneraient dans un exercice d'autoanalyse dont il ne se sentait pas capable pour l'heure.

Il décida de prendre une douche, de s'habiller, d'aller faire des courses, de s'arrêter au lycée sur le chemin du retour et de ramener Rob. D'essayer de lui parler. Et en aucun cas de l'engueuler.

Il rentra chez lui après midi, épuisé et la tête en feu. Il posa ses courses dans la cuisine, mais, trop vidé pour ranger les aliments dans le réfrigérateur, les abandonna sur la table.

Il avait cherché partout et ne voyait pas où chercher encore.

Au lycée, il n'avait plus trouvé personne. Pas de lycéens, en tout cas. Un bataillon de femmes de ménage étaient en train de nettoyer les lieux.

« A sept heures, ce matin, il n'y avait plus personne, lui avait déclaré une jeune Espagnole qui tirait un grand sac-poubelle derrière elle. Quand il commence à faire jour, ils vont finir la fête ailleurs, en Espagne, dans les bars, les discothèques, tout ça. »

Il avait dû faire un gros effort de concentration pour se souvenir de l'adresse des deux meilleurs copains de Rob et était passé chez eux.

Le premier, encore couché, avait été tiré du lit par ses parents. Il n'était pas allé à la fête, et ne pouvait donc pas donner de réponse.

« Je n'ai pas eu le droit d'y aller, avait-il dit en jetant un regard furieux à sa mère.

— Rob non plus », avait répondu Dennis.

Il y avait visiblement des jeunes qui se conformaient aux désirs de leurs parents. Rob n'en faisait hélas pas partie.

L'autre, Harry, était allé à la fête, mais était rentré avant minuit et n'y avait pas rencontré Rob.

« Il n'y était pas ? avait demandé Dennis, stupéfait, sans savoir s'il devait s'en réjouir ou s'en affoler.

— Ça, je n'en sais rien. Je ne l'ai pas vu, mais ça ne veut rien dire. C'était blindé de monde, et il y en avait au moins mille qui n'étaient pas du lycée. On pouvait à peine respirer, c'est pour ça que je suis rentré tôt. C'était pourri.

— Et tu ne sais pas où il est allé après la classe ? Parce qu'il n'a pas l'air d'être passé par la maison. »

Harry avait haussé les épaules.

« Je n'en sais rien, moi. Il a pris la même direction que d'habitude, j'ai cru qu'il rentrait chez lui.

— Vous avez parlé de la fête ? Est-ce qu'il t'a dit qu'il avait envie d'y aller ? »

Harry avait réfléchi.

« Je crois qu'il a dit qu'il ne savait pas encore.

— Et tu n'as pas idée de l'endroit où il pourrait être ?

— Non, vraiment pas. »

Dennis était rentré, abattu et anxieux, espérant retrouver son fils à la maison. Mais Rob n'était pas là. Pas de musique tonitruante. Pas d'écran d'ordinateur allumé. Pas de sac à dos jeté au milieu du couloir malgré les recommandations mille fois répétées. Et pourtant, comme il aurait aimé trébucher sur ce sac à dos ! Dennis sentait sa colère disparaître progressivement, avalée par une angoisse grandissante.

Où était Rob ?

Fallait-il avertir la police ? Il devrait parler de leur dispute. Dire que Rob voulait aller à la fête. Il entendait d'avance ce qu'on lui rétorquerait : « Et vous vous faites du mouron pour ça ? Votre garçon a fait la fête toute la nuit, il a picolé, il est sans doute chez un copain en train de cuver. Ne vous inquiétez pas, il reviendra dès qu'il sera d'aplomb. Il n'a pas envie de se montrer dans cet état. »

Peut-être était-ce la réalité.

Peut-être était-il idiot de se faire des cheveux blancs.

Pourtant, il ne parvenait pas à chasser l'angoisse qui le tenaillait. Au contraire, elle ne faisait que croître.

Il ne lui restait plus qu'une solution s'il ne voulait pas devenir fou. Il avait repoussé cette idée, vexé et furieux, trop fier… ou, comme il se l'avouait à présent, trop buté pour faire le premier pas. Il s'y résolvait parce qu'il avait le dos au mur.

Il composa le numéro de Rosanna.

7

— Cette entreprise est une folie, déclara Rosanna. Nous n'avons même pas une brosse à dents !

— Ni pyjama ni linge de rechange, compléta Marc. Mais…

Rosanna termina sa phrase à sa place :

— Rentrer à Londres aurait pris trop de temps. Et je suis bien trop impatiente.

— Et moi donc !

Marc était tendu à craquer. Une piste ! Au bout de cinq ans ! Une piste qui pouvait ne mener à rien, mais qui pouvait aussi lui apporter la réhabilitation.

« Si cette femme, dans le Northumberland, est vraiment Elaine, avait dit Rosanna une fois que Cadwick eut raccroché, je vous promets d'obliger Nick à faire un foin de tous les diables dans *Cover*. Nous allons crier votre innocence, et si fort que toute la presse du pays sera contrainte d'emboîter le pas. Plus personne en Angleterre ne pourra ignorer qu'Elaine Dawson est vivante et que vous n'avez rien à voir avec sa disparition. »

Puis elle s'était arrêtée au milieu du chemin qui les ramenait à leur voiture et avait proposé :

« Marc… Et si on y allait tout de suite ? En partant d'ici ! Oui, allons-y, dans ce bled, ce Langbury, pour voir si ce type dit la vérité ! »

Marc s'était arrêté à son tour et l'avait regardée avec surprise :

« Maintenant, tout de suite ?

— Vous n'avez pas envie de savoir si cette mystérieuse jeune femme est bien Elaine ? Je vous avoue que retourner à Londres, passer la nuit, discuter de ce que nous allons faire… je ne tiendrai pas le coup.

— Et vous voulez...

— Oui. Qu'est-ce qui nous empêche d'y aller tout de suite ? A moins que... Vous n'avez peut-être pas envie de m'accompagner ? Vous avez peut-être d'autres projets ? »

Il avait eu un geste de dénégation.

« Non, aucun. Je suis d'accord. Je ne pensais pas que vous me le proposeriez.

— C'est vous qui êtes le plus concerné par cette affaire. Allez, venez. Vous avez une carte routière dans votre voiture ?

— Oui. Nous allons le trouver, ce bled. Nous allons trouver Elaine, si c'est elle. Mais est-ce que vous ne devriez pas informer votre patron ?

— N'ayez crainte, il va se manifester », avait prédit Rosanna.

Sa prédiction se réalisa à peine avaient-ils quitté le village en direction de l'autoroute.

D'une voix vibrante d'excitation, Nick lui cria dans l'oreille :

— Alors ? J'ai donné ton numéro à Cadwick. Il t'a appelée ?

Rosanna éloigna un peu son portable.

— Arrête de hurler comme ça ! Oui, il m'a appelée et il m'a donné son adresse. Il dit qu'Elaine Dawson est sa locataire. Nick... je suis en voiture, en route vers chez lui.

Son patron en eut le souffle coupé.

— Quoi ?

— De toute façon, j'étais déjà à la hauteur de Cambridge. Alors je me suis dit...

— Excuse-moi... tu es à la hauteur de Cambridge ? Pratiquement dans le Northumberland, en fait ! Et tu t'es dit que, tant qu'à faire, autant aller jeter un coup d'œil sur cette Dawson ?

— Euh... je...

— Je peux te rappeler l'objet de ton contrat ? Parce que tu as l'air de l'oublier régulièrement : tu t'es engagée à écrire une série d'articles pour moi. Ces articles concernent Elaine Dawson, entre autres, mais il y a aussi plein d'autres personnes disparues. Et tu dois t'occuper exclusivement de ce qui s'est passé à l'époque pour chacune d'elles. Tu comprends ? Tu n'as pas à mener l'enquête pour savoir ce qu'est devenue Dawson, nom d'un chien ! Ce n'est pas ton boulot ! s'emporta-t-il.

— Nick, Cadwick s'est adressé à moi et...

— Et alors ? Ce n'est pas une raison pour filer illico et jouer les détectives. Quand est-ce que tu as l'intention de faire le boulot pour lequel je te paie, c'est-à-dire écrire tes articles ?

— Tu les auras, tes articles, Nick. Et à temps. Mais c'est le week-end, je vais faire un tour dans le Northumberland, tu ne peux pas me l'interdire.

— J'y crois pas !

— Mais enfin ! Tu n'as pas envie de savoir si la fille dont parle Cadwick est vraiment notre Elaine Dawson ?

— Bien sûr que si. Et si c'est elle, je veux le scoop. Mais j'aurais envoyé un reporter, quelqu'un qui sait comment se mène ce genre de recherches. Et pas une ancienne journaliste qui ne bosse plus depuis cinq ans !

— Si tu penses que je ne suis pas capable d'écrire, ce n'était pas la peine de m'engager ! aboya Rosanna, furieuse.

— Tu es capable d'écrire, mais tu n'es pas armée pour ce genre de journalisme !

— Nick, je vais voir Cadwick, que tu le veuilles ou non !

— Donne-moi son adresse.

— Non.

Nick lâcha une bordée de jurons. Puis, parce que c'était quelqu'un qui, bien que n'aimant pas perdre, savait reconnaître sa défaite, il dit :

— Tu me tiens au courant de tes moindres gestes, tu entends ? Je veux tout savoir, jusqu'au moindre détail. Sinon, je t'étrangle de mes propres mains !

Sur ce, il raccrocha.

— Il est drôlement en colère, commenta Rosanna.

Marc lui jeta un bref regard :

— Vous préférez faire demi-tour ?

— Certainement pas !

— Vous n'avez pas dit que je vous accompagnais, fit-il observer.

— Cela l'aurait rendu encore plus agressif. Il aurait pris ça pour un coup monté contre lui. Il est déjà assez furieux que je ne lui aie pas parlé de nos rencontres dès le début.

— Il perd le contrôle de l'affaire, c'est normal qu'il n'apprécie pas.

— Il aurait dû savoir que je ne me laisse pas manipuler. Il me connaît depuis assez longtemps.

Son portable sonna de nouveau. Elle regarda le numéro affiché et laissa échapper un soupir.

— Ils se sont donné le mot. Contrôle... dit-elle. C'est mon mari.

Elle n'avait plus eu de nouvelles de Dennis depuis leur querelle, ce qui l'inquiétait, mais le moment était mal choisi pour avoir avec lui une conversation chargée d'émotion.

Elle décrocha quand même.

Contrairement à ce qu'elle craignait, Dennis n'avait pas l'intention d'avoir une discussion de fond.

Au son de sa voix, elle comprit qu'il était nerveux, pire, bouleversé. Il lui annonça que Rob avait disparu. Et lui demanda quand elle envisageait de rentrer à la maison, compte tenu des circonstances.

8

Une forte odeur de produit nettoyant, mélangée à un pénétrant parfum de citron, flottait dans les couloirs du centre pour handicapés. Le soleil brillait à travers les vitres étincelantes, éclairant les peintures multicolores exécutées par les patients. Cedric n'avait jamais vu des vitres aussi propres. Il pensa à celles, poussiéreuses, de son appartement new-yorkais, qui devenaient pratiquement aveugles quand le soleil était bas. Bizarrement, son logement négligé, dont il fuyait souvent la crasse et le désordre parce qu'il n'avait pas envie de faire le ménage, lui parut beaucoup moins oppressant que cette propreté presque agressive.

Comment fait Geoff pour respirer ? se demanda-t-il. La réponse était hélas trop évidente. Il n'avait pas le choix.

Il n'avait pas prévu d'aller rendre visite à Geoff. Non. C'était la dernière chose qu'il avait envisagée. Le matin même, il avait emprunté la voiture de location de sa sœur, puisqu'elle lui avait affirmé ne pas en avoir besoin, en lui annonçant qu'il avait l'intention d'aller voir leur père.

Rosanna avait accueilli ses paroles avec un sourire de reconnaissance.

Cedric en avait eu mauvaise conscience. Bien sûr, il se préoccupait de leur père, mais là n'était pas la raison de ce voyage à Kingston. S'il se rendait là-bas, c'était parce qu'il avait besoin d'argent. Et qu'il n'avait personne d'autre à qui s'adresser.

Il n'avait plus de quoi payer cet hôtel si chic, ni de quoi payer son billet de retour à New York. Il ne savait comment rembourser l'amie qui lui avait avancé le prix du billet aller. Quant à financer ses débuts de photographe professionnel, c'était hors de question.

Il était complètement à sec.

A trente-huit ans, il n'avait pas de métier, pas d'argent, pas de femme, pas d'enfants.

Finalement, se dit-il, je n'ai rien fait du tout de ma vie. J'en suis au même point que Geoffrey, avec son handicap. Sauf que moi, je n'ai pas de raison pour justifier mon échec. J'ai mes quatre membres, je suis en bonne santé, je suis vigoureux, et je ne suis pas trop bête. Mais j'ai loupé le coche quelque part.

Victor l'avait accueilli avec un sourire rayonnant. Il ne recevait pas souvent de visites impromptues. Au cours du déjeuner, pour lequel il avait invité son fils au Cygne de Kingston, ils avaient parlé de la prestation de Rosanna à la télévision, et, naturellement, de l'affaire Elaine Dawson. Victor avait également évoqué toutes les plantations qu'il avait l'intention d'entreprendre au printemps dans son jardin.

« Mais tu ne t'es jamais intéressé au jardinage ! » s'était étonné Cedric.

Son père était l'incarnation même de l'intellectuel : cultivé, réfléchi, sans aucun sens pratique. L'idée de le voir avec un sécateur à la main avait fait rire son fils, tout en l'inquiétant un peu.

« Ta mère aimait tellement son jardin, avait expliqué Victor. Je... je me sens très proche d'elle quand je m'en occupe. »

Ils avaient alors parlé de Hazel, et, au café, Cedric avait enfin abordé le sujet. Son père pouvait-il lui prêter un peu...

« Mais bien sûr ! l'avait aussitôt interrompu Victor. Combien te faut-il ? »

En entendant le montant, il avait avalé sa salive, mais n'en avait pas moins établi séance tenante un chèque qu'il lui avait tendu par-dessus la table.

« Tiens, comme ça, tu pourras repartir du bon pied. »

C'était plus qu'il n'avait demandé. Cedric l'avait remercié avec embarras en se préparant à la leçon de morale qui allait suivre immanquablement : « Tu ne peux pas continuer comme ça, il est temps que tu fasses quelque chose de ta vie, tu ne crois pas qu'il est temps de devenir adulte », etc. Mais Victor n'avait rien dit de tel. En quittant le pub, il lui avait simplement demandé comme un service :

« J'aimerais que tu ailles rendre visite à Geoff avant de rentrer à Londres. Il ne va pas bien. Je crois qu'il est en pleine dépression. Je suis allé le voir il y a quelques jours, et j'ai été attristé par son état. Alors, si tu avais le temps… »

Il avait le temps, mais pas l'envie. Et cependant, ne pas accéder à la demande de son père l'aurait fait passer pour un immonde personnage à ses propres yeux.

C'était ainsi qu'il se retrouvait dans ce foyer, au milieu d'un tas de gens en fauteuil roulant, à attendre Geoffrey. Dans sa poche, un gros chèque qui lui permettait de respirer et l'enveloppait d'une douce quiétude.

Pendant le trajet, il avait reçu un appel de Rosanna. La ligne était mauvaise mais il avait cru comprendre qu'elle se dirigeait vers le Northumberland, dans un bled du nom de Langbury, parce que quelqu'un prétendait savoir où se trouvait Elaine. Puis la communication avait été brutalement interrompue.

Elle s'implique trop dans cette affaire, pensa-t-il, avant de se demander comment elle se rendait là-bas. C'était lui qui avait la voiture. Avait-elle pris le train ? Loué une autre voiture ? Etait-elle partie avec Nick Simon ?

Quand Geoff pénétra dans le foyer, il parut surpris de trouver Cedric. Impossible pourtant de savoir si cette visite le réjouissait. Mais Victor avait raison, il avait très mauvaise mine. Des cernes noirs sous les yeux. Des lèvres décolorées.

— Ah, Cedric ! Je te croyais reparti à New York.

— Salut, Geoff. Non, comme tu vois… J'avais envie de rester encore un peu en Angleterre, et je suis venu voir mon père.

— Alors, c'est lui qui t'a envoyé ici ! lança Geoff. Ton père est un gars bien. C'est le seul qui vienne me voir de temps en temps. Mais lui non plus ne peut rien pour moi.

Cedric ne répondit pas. Geoffrey avait le chic pour faire naître le malaise en un quart de seconde. Un mélange de culpabilité, de pitié, d'impuissance. Déjà, il se prenait à regretter d'avoir écouté son père.

— Tu as envie de retourner au café où nous étions avec Rosanna ? proposa Geoff. A moins que l'atmosphère palpitante de cette superbe pièce pleine d'infirmes ne suffise à ton bonheur ?

— C'est très bien ici, mais je peux aussi t'emmener faire un tour, si tu veux. Il fait un temps splendide.

Geoff eut un geste de refus.

— C'est gentil de ta part, mais je préfère ne pas sortir, je vais toujours plus mal après. Les gens en bonne santé, la vie tout autour, la belle nature du bon Dieu... Le retour me fiche toujours le bourdon.

A l'aide de sa télécommande, il dirigea son fauteuil vers une table. Cedric le suivit et prit place en face de lui. Geoffrey garda les yeux fixés sur le plateau gris pâle de la table. Il avait l'air de quelqu'un qui n'aspirait qu'à la mort. Cette constatation fit sursauter Cedric. « Fatigué de la vie. » Cette expression s'appliquait exactement à Geoffrey.

Il se pencha vers son ami :

— Geoffrey, tu avais fait tellement de progrès ! Ton accident remonte à vingt ans. Tu avais appris à vivre avec ton handicap. Je sais que tu te déplaçais sans aucun mal dans Kingston. Tu avais même ce boulot de distributeur de publicités. Enfin... tu vivais beaucoup mieux que maintenant. Maintenant... tu as l'air de... de végéter.

Geoffrey releva la tête, avec, dans les yeux, une expression de colère mêlée d'amertume qui l'effraya :

— Ça t'étonne ? Tu as raison, maintenant, je ne fais plus que végéter, comme tu dis, mais ça t'étonne ? Regarde donc autour de toi, et compare ma vie avec la tienne ! Qu'est-ce que tu fais pour commencer ta journée ? Tu sors faire ton jogging ? Tu vas dans une salle de sport ? Tu fais sûrement un truc dans ce genre, sinon tu n'aurais pas ce beau corps plein de muscles !

— Je fais du jogging, reconnut Cedric avec une pointe de culpabilité.

— Du jogging ! C'est bien ce que je pensais. Et moi, tu sais par quoi je commence ? On me lave, on me nourrit, et après, commence ce que j'aime par-dessus tout, c'est-à-dire mon programme intestinal. Tu sais ce que c'est ?

— Eh bien...

— Tout ce qu'on me fourre dans la bouche, il faut bien que ça ressorte de mon corps bon pour la casse. Comme pour toi, comme pour tout le monde. Sauf que mes intestins ne peuvent pas faire ça tout seuls, parce qu'ils sont aussi paralysés que le reste. Alors un soignant vient avec ses gants de caoutchouc et...

— Geoff, je t'en prie ! l'interrompit Cedric, le front emperlé de sueur.

Geoff ricana.

— Tu vois ? Tu ne supportes même pas d'en entendre parler. Mais moi, il faut que je supporte ça, jour après jour, depuis vingt ans. Chaque jour que Dieu fait, jusqu'à ce qu'il estime que j'ai assez souffert et qu'il souffle la bougie. Ce cauchemar va continuer jusque-là.

— Geoffrey, je comprends que tu...

— Rien du tout ! Tu ne comprends rien à rien. Et ta sœur encore moins. Tu dis que j'avais beaucoup progressé ? Nom de Dieu, tu as raison ! C'était quand Elaine était avec moi, chez nous, dans la maison de nos parents. Quand je n'étais pas obligé de supporter la vue de tous ces infirmes et de ces infirmières à la bonté qui pèse des tonnes. Quand j'avais un foyer et quelqu'un qui m'aimait. Quand j'étais protégé d'une institution comme celle-ci. Et tu sais pourquoi je veux que ce salopard de Marc Reeve finisse par avouer ? Parce que, alors, je saurai de façon indéniable qu'Elaine a été assassinée. Ça ne la fera pas revenir, mais j'aurai la certitude qu'elle ne m'a pas abandonné de son plein gré. Tu comprends ça ? L'idée qu'elle ait pu fiche le camp, ça me démolit. Qu'elle ait pu me laisser tomber, m'infliger tout ça, ici...

Ses yeux étaient brillants de larmes. Cedric comprit alors pour la première fois. Il comprit pourquoi Geoffrey avait besoin d'un coupable, pourquoi il voulait voir Marc dans le box des accusés : c'était pour trouver enfin la paix de l'âme. Toute sa vie en dépendait.

— Mais Rosanna creuse allègrement dans l'autre direction, poursuivit Geoffrey. Tu l'as vue à cette malheureuse émission de télé, hier ? Bon Dieu, on n'a jamais vu un coupable défendu avec tant d'ardeur. Je n'en croyais pas mes oreilles. Elle n'avait pas assez de mots pour présenter Reeve comme un saint, victime de la pire des injustices. Pourquoi fait-elle ça, nom d'un chien ? Qu'est-ce qui se passe avec ce Reeve ? Tu sais quelque chose ? Elle couche avec lui ?

— Je… Non, je ne crois pas, répondit Cedric, perplexe.

Geoff éclata de rire.

— Ça ne m'étonnerait pas. Je suis très bon pour sentir les vibrations, tu sais. Quand on est aussi paralysé que moi, il y a d'autres sens qui se développent.

— Et si Reeve était vraiment innocent ?

Geoff s'apprêta à réagir violemment, mais Cedric le coupa dans son élan.

— Attends, je ne dis pas ça en l'air. Imagine… imagine, juste comme ça, qu'Elaine réapparaisse un jour !

— Au bout de cinq ans ? C'est plus qu'improbable.

— Personne ne l'a recherchée pendant ces cinq ans. Il n'a donc rien pu se passer de ce côté. Mais avec cette émission de télé…

Il s'interrompit. Rosanna n'apprécierait pas forcément qu'il parle du Northumberland et du mystérieux correspondant. Son coup de fil de la matinée avait été trop bref et trop brouillé pour qu'ils évoquent la question. Sans doute Rosanna préférait-elle taire provisoirement cet élément. D'un autre côté, quelle importance, si Geoffrey l'apprenait ? Il ne pouvait rien faire. Et même s'il répandait cette information dans son hospice… qui s'y intéresserait ?

Geoff était tout ouïe.

— Oui ? Pourquoi parles-tu de cette émission ? Il y a eu un résultat ?

— On n'a rien de précis encore.

Cedric se fit l'effet d'une vieille commère. Pourquoi parlait-il de cela à Geoffrey, au risque de mécontenter Rosanna et de donner de faux espoirs à ce malheureux ?

Simplement pour lui jeter quelque chose en pâture, comme on jette un os à un chien, et pouvoir le quitter ensuite le cœur plus léger. Ce centre, Geoffrey, son état, sa dépression l'empêchaient de respirer. Il ne savait comment se libérer, s'en aller… Laisser son ancien meilleur ami seul dans cet enfer… Il avait absolument besoin de lui offrir une chose qui le sortirait un peu de son désespoir. Ce que je peux être lâche ! se dit-il avec résignation.

— Je ne suis pas bien informé, poursuivit-il, mais il semble que Rosanna ait été contactée par un spectateur de l'émission qui habite dans un trou paumé du Northumberland. Langbury, je crois. Il prétend connaître Elaine. Elle vivrait là-bas, c'est sa voisine ou quelque chose de ce genre.

Geoff le dévisagea avec stupéfaction.

— Quoi ? Elaine ? Dans le Northumberland ?

— Ça peut très bien être une erreur. Une homonymie. Une ressemblance. Ou alors, le type veut se faire mousser, et il a tout inventé. Mais...

— Il y a eu des tas d'appels de ce genre quand Elaine a disparu, objecta Geoffrey, et il n'en est jamais rien sorti.

Cedric opina du chef.

— C'est pour ça qu'il faut rester très prudent. Mais quand on a un renseignement, il faut l'exploiter.

La pâleur de son ami s'était encore accentuée, si la chose était possible.

— Je n'y crois pas. Je ne crois pas qu'Elaine vive dans le Northumberland.

— Rosanna est en route, elle va vérifier. On en saura bientôt plus.

— Elle s'implique sacrément pour ce type !

— Pour Reeve ? Geoffrey, je crois vraiment que c'est pour Elaine qu'elle fait ça. Cette affaire ne la lâche plus. Elle aimerait savoir ce qui s'est passé à l'époque.

— Non, elle aimerait innocenter Reeve.

— Arrête avec ton idée fixe ! jeta Cedric avec humeur.

Geoff leva les yeux au ciel.

— Evidemment, c'est aussi simple que ça ! Geoff, l'infirme, a des idées fixes. Toi, tu es à l'aise. Tu me racontes que ta sœur est sur une piste brûlante et tu repars tranquillement vivre ta vie en me laissant enfermé ici, avec tout ce qui me trotte maintenant par la tête. Qu'est-ce que je fais de cette information, moi ? J'y puise de l'espoir, l'espoir qu'Elaine est vivante et se laisse convaincre de revenir me sortir de la mouise ? Ou, au contraire, j'espère que c'est du pipeau parce que sinon, ça me confronterait de façon irréfutable au fait qu'elle ait vraiment fichu le camp ? Qu'elle ne pense pas une seconde à revenir pour se coltiner un infirme pendant le restant de ses jours ?

Il avait élevé le ton. Quelques résidents tournèrent vers eux des regards curieux.

Cedric tenta de le calmer.

— Je crois qu'il faut simplement regarder vers l'avant. Attendre ce qui va se passer et voir ensuite. Fermer les yeux, te forger ta propre vérité et ignorer la réalité ne t'avancera à rien. Ça ne servira qu'à te détruire. Nous devons tous apprendre à gérer les problèmes que la vie nous flanque à la figure.

— Oui, surtout toi. Toi, la vie t'a flanqué tout un tas de problèmes à la figure !

— Qu'est-ce que tu en sais ? Tu ne vois que la façade. Je reconnais qu'elle est beaucoup plus intacte que la tienne. Mais savoir si je mène bien ma barque, si je suis content, voire heureux... Ça, tu n'as pas envie de le savoir !

— Et pourquoi veux-tu que je...

— Oui, pourquoi devrais-tu t'intéresser à quelqu'un d'autre, pour une fois ? Après tout, c'est une chose que tu as complètement oubliée au fil du temps. Et même s'il t'arrive de demander poliment « Comment ça va ? », on voit bien que tu n'as aucune envie de le savoir. Parce que tu es persuadé que, de toute façon, tout le monde va forcément mieux que toi, et qu'il est donc superflu de t'intéresser aux soucis et aux problèmes des autres.

— Je crois qu'il vaut mieux que tu t'en ailles maintenant, répondit Geoffrey, dont les lèvres s'étaient pincées.

Cedric se leva.

— Réfléchis-y, répliqua-t-il calmement. J'étais ton meilleur ami avant. Peut-être que j'aurais mérité de pouvoir m'épancher un peu auprès de toi. Même si ça te paraît incroyable, moi aussi j'ai des soucis.

Il fit demi-tour pour partir. Un petit rire le retint... un petit rire méchant, presque haineux.

— Je n'ai pas besoin de te demander quels sont tes soucis, Cedric, dit-il avec une lueur railleuse dans les yeux, parce que je les connais. Je le connais parfaitement, ton problème.

— Ah oui ?

Cedric savait qu'il commettait une erreur en l'écoutant.

— Oui. Il te poursuit depuis vingt ans, ton problème : l'idée que c'est l'inverse qui aurait pu se produire. Que ce soit toi qui pourrais être assis là-dedans, et moi qui franchisse la porte. On a eu vraiment une idée merdique, à l'époque, et elle s'est mal terminée pour l'un de nous. Tu dis qu'il faut accepter ce que la vie nous jette à la figure ? Mais la vie est injuste, bon Dieu, et c'est ça qui la rend si difficile. Si elle était juste, tu serais ici, à ma place. Tu le sais. Et ta conscience te travaille. Vois-tu, dit-il d'une voix basse, insistante, c'est là qu'elle commence tout de même, la justice. Finalement, elle existe, sauf qu'elle prend une tout autre forme, ce qui fait qu'il nous faut souvent beaucoup de temps pour la reconnaître. C'est cette conscience, Cedric, qui te paralyse. Malgré ton physique, ta santé, tu es tout aussi paralysé, tout aussi infirme que moi. Tu es un infirme, Cedric, un infirme de l'âme. Et tu veux que je te dise ? Ça me fait vraiment, vraiment plaisir !

Il eut un nouveau rire.

Cedric se détourna et quitta la pièce à grands pas.

Dans le corridor, il entendait encore résonner le rire de Geoff.

9

Ils avaient trouvé Langbury dans l'atlas routier, mais il s'agissait de cartes vieilles de vingt ans, et la nouvelle route de contournement qui menait au village n'y figurait pas encore. La vieille départementale qu'ils empruntèrent se terminait par une barrière rouge et blanc derrière laquelle commençaient les champs. Il était déjà tard, et la nuit était tombée. Le ciel était parsemé d'étoiles et la température voisine de zéro. Marc s'arrêta, ils descendirent de voiture et regardèrent la barrière.

— Il faut faire demi-tour et essayer de trouver un embranchement quelconque. Il doit bien y avoir un moyen de parvenir à ce satané village !

Rosanna se frotta les bras en frissonnant. Trop légèrement vêtue, elle n'était pas armée pour ce froid.

— Espérons que ce M. Cadwick n'est pas encore couché, dit-elle. Je suis tellement impatiente de savoir s'il s'agit bien de notre Elaine que j'aimerais bien être fixée ce soir.

Marc consulta sa montre :

— Vingt et une heures trente. Si Cadwick n'est pas un couche-tôt, ça devrait pouvoir se faire. Bon, allons-y. Je vous avoue que je suis crevé et que j'aimerais bien arriver quelque part.

Ils reprirent la départementale en sens inverse pendant ce qui leur parut une éternité et finirent par trouver une station-service où on leur indiqua la route.

A vingt-deux heures, ils parvinrent enfin dans un petit village qui semblait déjà plongé dans un profond sommeil. Seules quelques rares fenêtres étaient éclairées.

— Tout le monde est déjà au lit ! constata Rosanna.

— C'est que nous sommes au bout du monde ! Et aller au cinéma doit être une véritable expédition... Je me demande...

Il s'interrompit.

— Oui ? insista Rosanna.

— S'il s'agit vraiment d'Elaine Dawson, la nôtre, je me demande pourquoi elle est venue se retirer ici. Parce que ce n'est pas logique. A l'époque, ce qui semblait lui peser, c'était la vie confinée de son petit village. Or celui-ci m'a l'air d'être encore plus morne que Kingston St. Mary. Je me trompe ?

— Comparé à Langbury, Kingston est presque une métropole ! confirma Rosanna. Moi non plus, je ne comprends pas. Mais toute cette histoire est une énigme, de toute façon, et j'espère que nous en aurons la clé ce soir même.

Elle baissa le nez sur la feuille de papier où elle avait noté les indications confuses que Cadwick lui avait données pour trouver sa maison.

— Stop, Marc ! Je crois qu'il faut prendre cette ruelle.

Ils se perdirent dans des ruelles si étroites que Marc eut peur pour ses rétroviseurs. Rosanna se réjouissait d'avoir l'esprit occupé par ces recherches car l'appel de Dennis l'avait perturbée.

Robert.

Elle n'avait pas été surprise outre mesure d'apprendre qu'il avait disparu. Mieux, elle s'était préparée à quelque chose de ce genre. Elle avait su dès le départ que Robert irait à cette fête malgré l'interdiction paternelle, et qu'il y aurait du grabuge ensuite.

Mais elle avait conservé son calme, convaincue qu'il n'était rien arrivé à l'adolescent.

« S'il avait eu un accident, tu aurais été averti, avait-elle dit à Dennis. Il ne s'est rien passé de grave. Il est allé à cette fête, et comme il savait que ça ferait des histoires, il a préféré passer le week-end avec un copain.

— Je suis allé les voir, ses copains. Il n'y était pas.

— Tu n'es pas allé chez tout le monde. Tu en connais deux ou trois tout au plus ! »

Au bout de quelques secondes de silence pendant lesquelles elle entendait Dennis respirer avec difficulté, elle avait ajouté :

« Ce n'était pas un reproche, Dennis. Moi non plus, je ne connais pas tous ses copains. Il n'est pas très communicatif.

— Donc, tu n'envisages pas de rentrer maintenant », avait constaté Dennis.

Elle avait jeté un coup d'œil à Marc qui regardait droit devant lui pour ne pas se monter indiscret.

« Dennis, je ne peux pas rentrer maintenant. J'ai accepté une mission. Tu sais qu'elle va durer quelques semaines.

— Mon fils a disparu et...

— Vous vous êtes disputés, et il n'a pas envie de rentrer. Je ne crois vraiment pas qu'il se soit passé autre chose.

— Mais tu dois avoir fait suffisamment de recherches, maintenant. Tu peux l'écrire ici, cette foutue série d'articles !

— Non, ce n'est pas possible. Il y a du nouveau et... Oh, Dennis, ne me complique pas la tâche, s'il te plaît. Je ne peux pas rentrer maintenant. Je ne peux pas interrompre brutalement ce que j'ai commencé. Toi non plus, tu ne le ferais pas.

— Il s'agit de mon fils !

— C'est toi qui as provoqué la dispute. Pourquoi étais-tu obligé de lui interdire de sortir ?

— Parce que c'est dangereux.

— Tu ne peux pas le garder attaché. Il a seize ans. Les garçons de cet âge ont besoin de sortir, c'est normal. Evidemment qu'on a peur pour eux, mais Rob est raisonnable. Tu te fais beaucoup trop de souci pour lui.

— Bon. Donc, tu ne rentres pas. »

La voix de Dennis était inexpressive, comme toujours quand il était furieux.

« Je ne rentre pas maintenant en tout cas. Tiens-moi au courant, d'accord ? S'il y avait vraiment un problème, je... »

Elle n'avait pu terminer, car Dennis avait raccroché.

Elle n'avait pas voulu s'entretenir de cette conversation avec Marc. Il l'avait compris. Il ne lui avait posé aucune question.

A présent, alors qu'ils étaient en train d'errer dans le village, elle se répétait qu'elle ne pouvait pas lâcher l'affaire. Si Rob n'est pas rentré d'ici à lundi, je réfléchirai. Mais pour le moment, je dois me consacrer à Elaine. J'espère seulement que...

— Ça doit être là, annonça Marc.

J'espère seulement que mon couple survivra à cette crise, se dit-elle, achevant le cours de ses pensées. Puis elle en chassa provisoirement Dennis et Rob. Ce n'était pas le moment. La rencontre avec ce M. Cadwick requérait toute sa concentration.

— Oui, c'est le numéro 7, confirma-t-elle, et c'est le nom de la rue que j'ai sur mon papier. C'est drôlement étroit ! Et on a l'impression que les maisons sont sur le point de s'écrouler !

— Il y a encore de la lumière. On va laisser la voiture devant la maison pour l'instant, qu'est-ce que vous en pensez ? Je bouche le passage, mais il ne doit pas y avoir des masses de circulation à cette heure.

Rosanna ouvrit sa portière avec prudence afin de ne pas heurter le mur.

— Mon Dieu ! Comment Elaine fait-elle pour vivre ici ?

Cadwick était certainement aux aguets, car la porte d'entrée s'ouvrit à la volée devant eux.

Dans la faible lumière du couloir, ils distinguèrent un homme en gilet de tricot, pantalon tirebouchonné et chaussettes grises, sans chaussons. Il émanait de lui une odeur désagréable, celle d'un homme qui se lavait trop peu et portait ses vêtements trop longtemps.

Rosanna le détesta instantanément, sans pouvoir définir exactement la raison de sa répulsion. A côté d'elle, Marc s'était refermé comme une huître : il s'armait contre la déception qui allait suivre. Ce Cadwick était tout à fait du genre à inventer une histoire pour rompre la monotonie de son existence. Et à aimer se rendre important.

— Monsieur Cadwick ? dit Marc en lui tendant la main. Je suis Marc Reeve, et voici Rosanna Hamilton, que vous avez eue au téléphone.

Cadwick lui serra la main, puis serra celle de Rosanna avec un petit rire :

— Monsieur Reeve ! Ils ont parlé de vous aussi, hier, à la télé ! Et vous aussi, vous avez fait toute cette route pour venir me voir ? Enfin, je vous comprends… Vous êtes soupçonné de meurtre depuis cinq ans, pas vrai ?

Rosanna prit une inspiration en se préparant à le remettre vertement à sa place, mais Marc fut plus rapide.

— Il y a eu effectivement des jugements précipités dans une certaine presse, répondit-il poliment, mais avec votre aide, cette affaire sera peut-être bientôt élucidée.

— Est-ce que vous savez si Mlle Dawson est déjà couchée ? s'enquit Rosanna. Nous aimerions la voir maintenant, si c'est possible.

— Commencez d'abord par entrer, répondit Cadwick en s'effaçant. Quel froid de canard ! Mais vous n'êtes pas assez couverte, ma jeune dame ! Voilà bien les dames ! Jamais assez couvertes, et après, elles s'étonnent d'attraper un rhume ! dit-il avec un petit rire en précédant ses visiteurs à l'intérieur.

Rosanna leva les yeux au ciel. Marc lui adressa un sourire d'encouragement.

Comme il fallait s'y attendre, le logement encombré de lourds meubles en bois était surchauffé et semblait ne pas avoir été aéré depuis des mois. Sans doute Cadwick n'ouvrait-il pas de tout l'hiver pour éviter de laisser pénétrer le froid. Le téléviseur était allumé, et le son beaucoup trop fort. Cadwick l'éteignit, puis indiqua deux verres posés sur une table basse.

— Qu'est-ce que je vous offre ? Il me faut un verre pour moi, mais je croyais que je serais seul avec la petite dame. Je ne savais pas que M. Reeve serait là... expliqua-t-il en sortant un troisième verre d'un buffet hideux : Un sherry, peut-être ?

— C'est très gentil à vous, mais nous n'avons pas soif, déclina Rosanna. Vous comprendrez sans doute que nous sommes impatients de parler de Mlle Dawson. Vous avez dit que c'était votre locataire. Elle est chez elle ?

— Elle travaille tard le soir à l'Elephant, répondit Cadwick, tout en les servant malgré le refus de Rosanna. C'est le pub du village. On ne croirait pas qu'on a un pub ici, hein ? Mais l'été, il y a des tas de touristes. On n'est pas loin de la mer, vous savez. Il y a une plage. Et c'est bien calme.

— Mlle Dawson n'est donc pas chez elle ? insista Marc.

— Elle rentre aux alentours de minuit, répondit Cadwick en levant son verre. Allez, santé ! Bonté, il y a tellement longtemps que je n'ai pas eu du monde chez moi ! Ça remonte à plusieurs années !

— Nous devrions peut-être aller la trouver au pub, suggéra Rosanna sans toucher à son sherry, rebutée par la crasse.

— Si c'est son lieu de travail, ce n'est peut-être pas le moment idéal, objecta Marc. Elle risque de s'affoler en nous voyant. S'il s'agit de notre Elaine, elle a visiblement cherché à effacer toutes les traces et à vivre cachée. Il y a fort à parier que notre irruption ne lui ferait pas plaisir.

Il avait raison. Rosanna approuva :

— Oui, nous allons l'attendre ici.

— Ça, c'est sûr, on peut dire que cette femme, elle a tout fait pour effacer ses traces, confirma Cadwick. Je l'ai remarqué dès le premier jour, et ça m'a paru bizarre. Celle-là, elle a quelque chose de pas net, c'est ce que je me suis dit tout de suite. Mais elle était très polie, avec des bonnes manières. Je fais très attention, je ne veux que des gens bien élevés dans mon appartement.

Les candidats à la location ne doivent pas se bousculer, se dit Rosanna, pour un taudis pareil !

— Qu'est-ce qui vous paraissait bizarre chez Mlle Dawson ? demanda Marc.

— Eh bien... Elle avait l'air tellement... Elle avait l'air d'avoir la trouille. Oui, on aurait dit qu'elle avait la trouille. Moi, je me suis dit : elle se cache.

— De qui ? fit Rosanna.

— Ah ça, je n'en sais rien, reconnut Cadwick. Elle n'est pas très causante. J'ai souvent essayé de bavarder avec elle, vous comprenez, d'être un peu là pour elle... Une jeune comme ça, qui a peur, qui est toujours toute seule... Elle n'a personne. Pas d'amis, pas de copain, personne ! Comme si elle était seule au monde. En deux ans, elle n'est pas sortie avec un seul gars, rien ! Ce n'est pas bon, ça ! Une fille de cet âge-là, ça veut se marier, avoir des enfants ! Ça ne se cache pas dans un petit village sans parler à personne !

— Une fille de cet âge-là... répéta Rosanna. Elle a quel âge, Mlle Dawson ?

— Oh, je dirais dans les vingt-huit, vingt-neuf ans.

Marc et Rosanna échangèrent un regard. Ça pouvait coller.

— Bon, très bien, dit Rosanna avec résignation, nous allons donc attendre qu'elle rentre. Peut-être pourrions-nous nous asseoir dans la voiture, Marc ? Nous n'allons pas ennuyer M. Cadwick plus longtemps.

Elle éprouvait un tel dégoût pour ce vieux et sa baraque malpropre qu'elle n'y tenait plus.

— Non, non, vous ne m'ennuyez pas du tout ! affirma Cadwick avec conviction. Restez donc ! J'aime bien les visites. Vous savez, je me sens souvent seul. C'est pour ça que je loue l'appartement. L'argent, je n'en ai pas besoin, je m'en sors bien avec ma retraite, mais rester seul... c'est pénible. Ce n'est pas facile. Alors je me suis dit que je pourrais peut-être prendre un locataire. Comme ça, on boirait un coup ensemble, on irait se balader... Mais Mlle Dawson, elle est si farouche que des fois, je suis obligé de la guetter pour la voir. Une fille vraiment pas comme tout le monde. Il y a sûrement un truc dans son passé, un secret.

Il se mordit la lèvre inférieure, visiblement mal à l'aise. Il semblait avoir envie de révéler quelque chose, mais sans savoir comment s'y prendre.

— Monsieur Cadwick... commença Rosanna.

Il l'interrompit :

— Comme je vous le dis, une fille pas comme tout le monde. Je me demande même si elle est tout à fait normale. Sinon, je ne vois pas pourquoi elle...

— Pourquoi quoi ? le pressa Marc.

Cadwick se jeta à l'eau.

— Elle a l'air d'être partie de chez moi. Il y a deux jours de ça. Jeudi.

— Qu'est-ce que ça veut dire, « elle a l'air » ? demanda Marc d'un ton coupant.

Cadwick prit un ton pleurnichard :

— Ça veut dire qu'elle n'a pas donné son congé ou quoi ou qu'est-ce. Elle a fichu le camp sans rien dire.

— Mais on ne part pas comme ça ! objecta Rosanna. Quand on déménage, ça se voit, il y a des déménageurs, on transporte des objets... Vous auriez dû le voir !

— Elle n'a rien à elle, expliqua Cadwick. Juste une valise avec ses vêtements. C'était comme ça quand elle est arrivée ici, elle n'avait rien du tout. Je loue l'appartement meublé, il y a tout ce qu'il faut, même des coquetiers. Je suppose qu'elle a profité que je sois parti aux commissions pour filer, jeudi. Parce qu'après, je ne l'ai plus revue.

— Il faut donc aller voir au pub où elle travaille, décida Marc. Peut-être...

— Elle n'y est pas retournée non plus, avoua Cadwick, les yeux baissés. Je suis allé y voir jeudi soir et hier soir, juste avant l'émission de télé. Justin McDrummond, le propriétaire de l'Elephant, il était furieux. D'abord il a cru qu'elle était malade et qu'elle avait oublié d'appeler, mais après, quand je lui ai dit qu'elle avait foutu le camp sans rien dire, eh bien… il a compris qu'elle avait dû faire pareil avec lui.

— Vous voulez dire qu'elle n'est plus ici, et vous ne m'en avez pas avertie quand vous m'avez téléphoné ? fulmina Rosanna, affreusement déçue. Nous avons fait tous ces kilomètres pour… pour rien ?

— En tout cas, elle était encore là avant-hier, raisonna Marc, et elle n'est peut-être pas bien loin. Vous êtes sûr, monsieur Cadwick, qu'elle a vraiment déménagé ? Elle ne serait pas partie en week-end, par hasard ?

— Je suis monté à l'appartement. Ses placards sont vides. Il n'y a plus sa valise. Elle n'a rien laissé.

— Pouvons-nous voir son appartement ? demanda Marc.

— Bien sûr, bien sûr, répondit Cadwick avec empressement.

Il se dépêcha d'aller chercher la clé en se félicitant de son adresse : il leur avait annoncé la mauvaise nouvelle mais avait réussi à les empêcher de déguerpir.

Suivi de ses visiteurs, il s'engagea dans l'escalier escarpé, ouvrit la porte du logement, alluma la lumière.

— Voilà, dit-il, c'est là qu'elle habitait.

Rosanna avait rarement vu lieu plus susceptible de précipiter quelqu'un dans la déprime. Un plafond très bas et des fenêtres minuscules qui laissaient filtrer un courant d'air glacial. Un papier peint horrible. Un tapis à poils longs de mauvaise qualité, où devait grouiller la vermine. Une minuscule chambre contenant un vieux lit. Un séjour à peine plus grand, meublé d'un canapé affaissé. Cadwick avait manifestement entreposé le mobilier dont il ne voulait plus dans son « appartement ». N'importe qui d'autre aurait porté tout ça à la décharge.

Cadwick ouvrit l'armoire.

— Vous voyez, c'est vide. Pareil pour la commode. Elle avait mis sa valise au-dessus de l'armoire. Elle n'est plus là.

— Elle était rouge ? s'enquit Rosanna en se remémorant son entretien avec l'ancien voisin de Marc. Une valise pas chère en plastique rouge ?

Cadwick eut un geste de dénégation.

— Non. Elle était marron. Marron foncé. Mais elle n'avait pas dû coûter cher.

Cela ne voulait rien dire, bien sûr. En cinq ans, Elaine avait fort bien pu acheter une autre valise.

Rosanna embrassa les lieux du regard. C'était donc ici qu'elle avait vécu, qu'elle vivait encore deux jours auparavant.

Elle poussa un léger soupir. C'était comme si Elaine avait eu un pressentiment. Juste avant d'être repérée, elle avait levé le camp.

Marc rompit le silence :

— Je dois dire que je partage le point de vue de M. Cadwick. Ce logement n'a plus l'air habité. Tout porte à croire qu'Elaine Dawson a déménagé.

— Et que faisons-nous maintenant ? interrogea Rosanna.

Elle se sentait soudain très fatiguée. Vidée. Sa discussion avec Dennis, au téléphone, lui revint en mémoire. Dans sa fièvre, elle avait expédié son mari sans beaucoup de ménagement. Peut-être s'était-elle mal conduite, avait-elle déçu et sans doute blessé Dennis. Tout cela pour se cogner dans un mur.

— Aujourd'hui, plus rien, répondit Marc. Nous essayons de trouver un endroit pour la nuit et demain matin, soit nous retournons à Londres, soit nous réfléchissons à ce que nous pouvons faire ici. Nous verrons. Mais pour l'instant, je suis trop épuisé pour avoir les idées claires.

— Vous pouvez dormir ici, proposa Cadwick. L'appartement est vide, malheureusement !

— Merci beaucoup, mais nous ne voulons pas abuser, se hâta de répondre Rosanna. Nous...

— Vous ne trouverez rien par ici, l'interrompit Cadwick. L'Elephant n'a pas de chambres. Vous aurez beau tourner dans les parages, vous ne trouverez pas de chambre et vous finirez par vous perdre.

Marc et Rosanna échangèrent un regard. Cette perspective était bien loin d'être séduisante.

— Eh bien, si cela ne vous fait rien... accepta Rosanna, résignée.

L'idée de passer la nuit dans ce taudis lui faisait horreur, mais elle était au bout du rouleau. Elle s'aperçut tout à coup qu'elle n'avait rien mangé depuis le déjeuner, qu'elle n'avait ni brosse à dents, ni serviette, ni vêtements de rechange... Cela ne l'avait pas dérangée quand elle était encore mue par l'excitation de la chasse. A présent, elle se languissait de sa luxueuse chambre d'hôtel, d'une bonne douche, d'un peignoir moelleux, d'un verre de vin et d'un énorme sandwich avec beaucoup de salade et de mayonnaise.

Mais elle se trouvait à des années-lumière de tout cela.

Cadwick eut un petit rire égrillard et proposa :

— Si ça vous paraît trop intime, là-haut, l'un de vous peut dormir en bas, chez moi. M. Reeve par exemple. Moi, je préférerais Mme Hamilton !

Mais il est immonde, ce type ! se dit-elle.

Marc la consulta du regard :

— Vous préférez que je...

Jamais de la vie ! Hors de question qu'elle dorme seule là-haut !

— Non, non. Restez. C'est très bien.

Marc parut soulagé ; Cadwick, frustré.

— Bon, eh bien... si je ne peux rien faire de plus pour vous... Vous ne voulez pas descendre boire votre sherry avec moi ?

— Nous sommes très fatigués, monsieur Cadwick, répondit Marc d'un ton aimable mais ferme, nous aimerions bien nous coucher.

Cadwick se dirigea à pas exagérément lents vers la porte de son « appartement ». Lorsque, après avoir grignoté encore quelques secondes, il fut enfin dehors, Marc ferma ostensiblement la porte à clé et s'appuya contre le panneau. Rosanna vit alors la fatigue qui marquait ses traits.

— Sacrée... commença-t-il avant de ravaler le reste.

Rosanna n'avait que faire des bonnes manières en ce moment :

— ... merde, compléta-t-elle.

Jamais elle n'avait prononcé ce mot avec autant de ferveur.

DEUXIÈME PARTIE

Dimanche 17 février

1

Depuis le jour où elle avait constaté avec effroi qu'elle était en train de se transformer en matrone dodue, Marina Dowling avait pris l'habitude de faire une demi-heure de jogging tous les matins, quel que soit le temps. Elle n'était pas grosse à proprement parler, mais avec ses bourrelets, elle ne pouvait plus passer pour une femme mince. Ses hanches étaient trop larges, son ventre trop rond, et quant à son derrière et à ses cuisses, mieux valait n'en rien dire. La majorité des femmes, dans ce quartier pavillonnaire bien propret du sud de Londres, avaient aux alentours de la quarantaine et se battaient avec leurs kilos superflus. Nanties de mari et d'enfants, souvent sans profession, elles passaient leurs après-midi à papoter les unes chez les autres, en sirotant leurs verres et en mangeant des biscuits. Marina, conseillère fiscale divorcée et sans enfants, n'appartenait pas vraiment à ce milieu. Au cours de ses soirées solitaires, elle buvait trop de vin et étouffait sa solitude sous des montagnes de spaghettis. Rien de mieux qu'un plat de pâtes à la sauce tomate au basilic pour remonter le moral... et faire prendre des kilos.

Le jour de ses trente-huit ans, en novembre de l'année précédente, Marina avait décidé de changer de mode de vie. Elle en avait assez de la solitude. Elle voulait rencontrer quelqu'un, vivre à deux. Pour cela, il lui fallait être à son avantage physiquement. Afin de cacher les mèches grises qui parsemaient sa chevelure, elle se fit teindre en blond. Elle s'acheta aussi des vêtements de sport particulièrement classe et se trouva un circuit de trente minutes qui la faisait transpirer abondamment. Trois mois plus tard, elle avait perdu quatre kilos. Elle pouvait encore améliorer le résultat en freinant sa consommation de vin le soir. Car il n'y avait toujours aucun compagnon en vue – et seule son apparition lui permettrait de renoncer définitivement à l'alcool.

Marina se dit que l'été était plus propice aux rencontres, même si elle ne savait pas dire sur quoi se basait cette certitude.

Ce dimanche matin-là, la journée s'annonçait resplendissante. Il était encore très tôt. Le ciel bleu prenait lentement le pas sur l'obscurité, et le printemps, après une timide apparition la veille, s'enhardissait encore. L'air sentait la terre humide et fraîche. Les oiseaux chantaient à pleine gorge. Dans les jardins, les narcisses commençaient à s'ouvrir. En Angleterre, lorsque le temps était clément, le printemps devançait parfois l'appel. Il suffisait d'une apparition-surprise du soleil à la mi-février pour réveiller la nature. Le gel était peu fréquent sur l'île. A partir du mois de mars, il disparaissait complètement. De semblables journées de février vous dédommageaient de bien des étés pluvieux.

Le souffle court, et avec le sentiment du devoir accompli, Marina remonta l'allée, sortit sa clé de sa poche. La question à présent était de savoir ce qu'elle ferait du reste de sa journée. D'abord, une douche, puis un bon café. Peut-être un œuf mollet et quelques toasts. Non, un seul. Il faut que je continue à maigrir, se dit-elle.

Et ensuite ? La journée serait longue. Elle avait entamé la lecture d'un livre passionnant, mais rester enfermée chez elle par un temps pareil lui semblait inconcevable. Le plus affreux était là : quand les jours s'éclaircissaient, elle se trouvait confrontée avec plus d'acuité encore à sa solitude. L'hiver, il était bien agréable de se prélasser dans un bon fauteuil devant sa cheminée. Mais le printemps poussait à sortir et elle croisait alors à tout bout de champ des familles et des couples d'amoureux.

Elle avait commis quelques erreurs fondamentales au cours de sa vie, mais elle était jeune alors. Comment aurait-elle pu prévoir leurs conséquences ?

Et si elle allait faire un tour à vélo après le petit déjeuner ? Ainsi, elle ne resterait pas confinée à l'intérieur. De plus, cela allait dans le sens de son plan anti-kilos.

Sa bicyclette était restée au garage pendant tout l'hiver. Il fallait vérifier qu'elle était bien en état de marche.

Le garage, très vaste, était prévu pour deux voitures. Comme Marina n'en possédait qu'une, l'espace disponible était encombré par une quantité invraisemblable d'objets, utiles ou non. L'ampoule au plafond était cassée, mais un peu de lumière filtrait par la lucarne, côté jardin. Marina se fraya un chemin jusqu'à son vélo. A première vue, tout semblait aller. A côté, il y avait encore celui de Ken. Pourquoi ne l'avait-il pas emporté ? Sans doute faisait-il du tandem avec sa nouvelle femme !

Elle s'agenouilla, vérifia les pneus, qui lui parurent en bon état et suffisamment gonflés. Très bien. Elle pourrait avaler les kilomètres sans problème. Elle aurait mal partout au retour, crevée et ravie de son exploit...

Tout à coup, elle eut la sensation de ne pas être seule. Pourtant, rien n'avait bougé, rien n'avait craqué. Elle n'entendait aucun son, aucun souffle, ne voyait pas une ombre.

Malgré tout, elle sentait des yeux rivés sur elle.

Un violent frisson lui parcourut l'échine et la chair de poule lui hérissa les poils des bras.

Maudissant la pénombre, elle se releva, pivota sur elle-même et appela :

— Il y a quelqu'un ?

Aucune réponse.

— Il y a quelqu'un ? répéta-t-elle.

N'importe qui pouvait entrer, car la porte du garage n'était jamais verrouillée. Mais qu'y avait-il à prendre dans ce capharnaüm ? La voiture était fermée à clé. Qui, de nos jours, allait voler un vélo ?

Toujours pas de réponse. Et pas un mouvement.

Ce n'est peut-être pas pour voler... C'est peut-être à moi qu'on en veut...

— Arrête tes bêtises ! s'enjoignit-elle à voix haute.

Comme si on allait s'en prendre à une conseillère fiscale replète frisant la quarantaine qui, en dépit de ses efforts, n'attirait pas le moindre regard masculin !

Ses battements de cœur affolés se calmèrent. Sa chair de poule disparut.

Peut-être s'était-elle imaginé tout cela.

Qu'est-ce qui avait provoqué sa peur ? Rien. Rien du tout, à part cette simple sensation : Il y a quelqu'un. On m'observe. Il y a deux yeux plantés dans mon dos.

Pour mieux se convaincre que tout était redevenu normal, elle répéta à haute voix :

— Arrête tes bêtises !

Non, personne ne la regardait, le garage était vide. Peut-être commençait-elle à devenir folle. Pas étonnant, à force de vivre seule...

Malgré tout, une fois à la porte, elle balaya une dernière fois du regard la pièce plongée dans la pénombre. Les cachettes ne manquaient pas dans ce bric-à-brac ! Mais rien ne se passa. Pas le moindre frottement, pas le moindre grattement. Le silence complet.

Elle s'était fait peur pour rien.

Et cependant, rentrée à l'intérieur, contrairement à ses habitudes, elle ferma la porte à clé. A double tour.

2

Jamais Rosanna n'avait aussi mal dormi. Elle avait couché dans le lit d'Elaine, dont le matelas était si affaissé qu'il formait une poche en son centre. Au bout d'une heure, elle avait mal partout. De plus, elle avait été hantée par toutes sortes d'images : Rob qui n'était pas rentré ; Dennis qui faisait les cent pas, rongé par l'angoisse, pendant que sa femme était dans le Northumberland, courant selon toute vraisemblance après un fantôme.

Toute cette affaire lui échappait. Qu'est-ce qu'elle fichait dans ce bled paumé, dans ce taudis, chez cet horrible Cadwick ?

Par bonheur, les draps avaient l'air propres. Sans doute n'avaient-ils pas été changés depuis le départ d'Elaine – Cadwick les fourguerait certainement tels quels à son prochain locataire – mais la jeune femme avait apparemment le sens de l'hygiène. Ils avaient été lavés peu avant son départ, à en juger par leur bonne odeur de lessive.

Lorsque les premières lueurs de l'aube se glissèrent enfin par les volets, elle se leva.

Il n'y avait pas de serviette dans la salle de bains. Dans la corbeille à linge, Rosanna découvrit un gant de toilette tout sec roulé en boule et, sur le rebord du lavabo, un petit morceau de savon. Elle se lava tant bien que mal et se peignit avec les doigts. Elle était affreuse. Ses mèches folles ne se laissaient discipliner qu'à l'aide d'un sèche-cheveux et d'une quantité invraisemblable de laque... accessoires qui brillaient par leur absence. Ses cheveux ressemblaient à des poils de chat malade.

— Ou de rat galeux, au choix, marmonna-t-elle à son image dans le miroir.

Dans son sac, elle ne trouva ni mascara ni crayon noir comme elle l'espérait, mais uniquement un tube de rouge à lèvres, qui une fois appliqué la fit paraître encore plus pâle.

Dans la minuscule cuisine, elle tomba sur Marc, en boxer et en tee-shirt. Il parut surpris de la trouver debout.

— Je pensais que vous dormiriez encore à cette heure, dit-il.

— Je crois que je n'ai pas fermé l'œil une seconde. Ce lit est une sorte d'instrument de torture. Et votre canapé ?

— Pas meilleur, à mon avis. Je me suis retrouvé au niveau du sol. Je suis un type relativement sportif, mais ce matin, en me levant, j'ai cru avoir vieilli de dix ans pendant la nuit. Je ne savais pas qu'un dos pouvait faire aussi mal.

— Moi, j'ai l'impression d'avoir subi le supplice des brodequins.

Se passant la main dans les cheveux, Rosanna se hâta de préciser :

— Dans la salle de bains, il n'y a rien pour se faire une beauté. Avec ma coiffure, je pourrais passer pour une chanteuse de hard rock !

— Pas de problème, je suis parfaitement assorti, avec ma barbe de deux jours ! Ecoutez, j'ai vérifié, nous n'avons même pas de quoi nous faire un café. Je vous propose de filer en douce et d'aller dans ce pub. L'Elephant, si j'ai bien compris. Avec un peu de chance, nous pourrons y prendre notre petit déjeuner. Je n'ai pas envie de le prendre ici, et j'ai l'impression que vous non plus.

Rosanna acquiesça en frissonnant :

— Je ne suis pas délicate, mais quand je vois l'état de sa vaisselle, j'ai peur d'attraper une maladie. Et puis je trouve ce type absolument répugnant. Jamais je ne pourrais rester seule avec lui dans cette baraque, j'en aurais des cauchemars.

— Vous y croyez, vous, à son histoire ? Vous pensez qu'une Elaine Dawson a vécu ici ? Qu'une femme a vraiment vécu ici ?

— Parce que vous trouvez qu'elle a disparu très opportunément, c'est ça ?

Marc opina du chef.

— J'y ai réfléchi cette nuit. Il est effectivement possible qu'il ait tout inventé. Je suppose qu'il serait capable de monter un canular pareil uniquement pour mettre un peu d'animation dans sa vie. Au fond, ce n'est qu'un pauvre type,

— Ça se peut bien, mais ne comptez pas sur moi pour le plaindre.

— En tout cas, raison de plus pour aller faire un tour à l'Elephant. Parce que c'est là qu'elle est censée avoir travaillé, et s'il ne s'agit pas d'une histoire sortie de son imagination, on devrait nous confirmer ce qu'a dit Cadwick. Ou l'infirmer.

Pendant que Marc était dans la salle de bains, Rosanna, le cœur battant, composa le numéro de Dennis à Gibraltar, anxieuse à l'idée d'affronter l'agressivité de son mari, son insistance à lui faire réintégrer le bercail...

Et peut-être devrais-je rentrer, pensa-t-elle, parce que nous ne retrouverons pas Elaine et que j'ai suffisamment de matériel. Je pourrais reprendre l'avion dès demain matin...

Personne ne répondit. Le dimanche matin, Dennis se rendait souvent à son club de mise en forme. Mais peut-être était-il en train de passer le secteur au peigne fin à la recherche de Robert. Le fait que ce dernier ne décroche pas ne voulait rien dire : le week-end, il dormait à poings fermés jusqu'à midi et rien, pas même un tremblement de terre, n'était susceptible de le faire sortir du lit.

Marc était prêt. Ils passèrent leurs manteaux et se glissèrent dehors à pas de loup. Cadwick semblait encore dormir car rien ne bougeait dans son logement.

Le jour s'était levé. Ils se repérèrent facilement dans le dédale des ruelles et ne tardèrent pas à se retrouver devant le pub, une imposante bâtisse de brique rouge à l'air propret et accueillant, dotée d'un jardinet où l'on pouvait s'installer l'été à l'ombre de grands arbres touffus. En ce mois de février, les tables et chaises étaient rangées contre le mur, recouvertes de bâches en plastique.

A leur grand soulagement, c'était ouvert, et ils furent accueillis par une alléchante odeur de café. Derrière le comptoir, un homme à l'air fatigué les considéra avec étonnement.

— Je ne vois jamais personne à cette heure-ci, déclara-t-il.

Rosanna arbora un sourire enjôleur :

— On pourrait quand même avoir un café ?

— Oui, bien sûr. Il est fait, le café. Pour le reste, va falloir attendre. Le dimanche, on fait brunch, mais pas avant dix heures. Là, tout de suite, je ne peux vous proposer que des toasts avec de la confiture.

— Ce sera parfait, affirma Marc, nous avons simplement besoin de reprendre quelques forces.

Ils prirent place à une table d'angle, remarquèrent avec gratitude la nappe d'un blanc immaculé et la porcelaine fleurie dans laquelle fut servi le café. L'homme leur apporta une corbeille de pain grillé et une grande assiette remplie de petits pots de confiture et de beurre. Rosanna supposa qu'il était le propriétaire du pub.

Marc parut avoir la même pensée, car il s'enquit :

— Vous êtes M. Justin McDrummond ?

— Oui, pourquoi ?

— Je suis Marc Reeve, et voici Rosanna Hamilton. Nous venons de Londres.

— Ce n'est pas la meilleure époque pour des vacances par ici.

— Nous ne sommes pas en vacances, le détrompa Marc. Nous sommes à la recherche d'une amie, et on nous a dit qu'elle avait travaillé ici. C'est Elaine Dawson.

Justin haussa les sourcils en s'exclamant :

— Elli ?

— C'est vrai ? Elle travaillait bien ici ?

Justin posa la corbeille sur la table d'un geste un rien trop vif. Son visage las revêtit une expression de colère.

— Et comment qu'elle travaillait ici ! Et je peux vous dire que votre amie, elle ne tourne pas bien rond. Tous les quatre matins, elle avait une nouvelle excuse pour ne pas venir au boulot, mais moi, je ne disais trop rien, parce qu'elle me faisait pitié. C'est pour ça que je trouve que je n'ai pas mérité...

Il s'interrompit, gêné de s'être laissé emporter, avant de poursuivre devant l'insistance de Rosanna.

— Je n'ai pas mérité qu'elle foute le camp sans rien dire à personne. Elle fiche le camp comme ça, du jour au lendemain ! En cette saison, il n'y a pas trop de boulot, mais le samedi soir, on a les gens d'ici qui viennent, et aussi ceux des environs. Et hier soir, on avait un mariage. Cent douze personnes qui ont fait la bringue jusqu'à une heure du matin. Elle le savait, Elli. J'avais engagé deux extras, mais Elli était censée être là aussi. Eh bien, elle n'est pas venue ! Ni jeudi soir, ni vendredi soir, et ni hier soir. Pfft ! Partie, disparue ! Elle aurait dû se douter que je ne trouverais personne de valable pour la remplacer, parce qu'elle connaissait le boulot, elle avait des heures de vol ! Vous ne pouvez pas savoir ce qu'on en a bavé hier soir ! Ah, elle n'a pas intérêt à se pointer, celle-là !

— Il lui est peut-être arrivé quelque chose ? s'inquiéta Rosanna.

Justin s'emporta de plus belle :

— Ça, c'est ce que je me suis dit au début, pour l'excuser ! Mais après, j'ai vu débouler le vieux Cadwick, son proprio. Il lui avait loué un « appartement », comme il dit, dans son taudis. Et le voilà qui me raconte qu'elle s'est tirée avec armes et bagages. Sans rien dire à personne non plus. Quand on se fait écraser par une bagnole, ou qu'on se fait enlever, ou zigouiller, on ne fait pas ses paquets avant, non ? Non, elle s'est débrouillée pour trouver un meilleur boulot et une meilleure crèche ailleurs, et elle a filé sans laisser d'adresse !

Rosanna sortit de son sac la photo d'Elaine qu'elle transportait sur elle en permanence :

— C'est elle ?

Justin examina attentivement la photo avant de répondre avec hésitation :

— Je ne sais pas… Elli est beaucoup plus mince… Je dirais même qu'elle est maigre.

— Cette photo date de plus de cinq ans, expliqua Rosanna, nous n'en n'avons pas de plus récente. Elle a pu maigrir depuis.

— Ça pourrait être ça, confirma Justin. C'est le même genre, les cheveux, c'est ça aussi, et la coiffure pareil. Je n'affirme rien. Quand je regarde cette fille toute boulotte, c'est sûr qu'Elli n'est pas comme ça, elle, elle n'a que la peau sur les os. Mais peut-être que ça pourrait coller. Ou peut-être pas.

— Elaine a vingt-huit ans, précisa Rosanna. Elle en aura vingt-neuf le 1er août de cette année.

— Question âge, c'est ça, confirma Justin. Je ne connais pas sa date de naissance, mais c'est l'âge que je lui donne.

— Depuis quand travaillait-elle ici ? s'enquit Marc.

— Depuis juin dernier. Elle s'est pointée un beau jour en disant qu'elle cherchait du boulot. Et, coup de chance, une serveuse venait de me lâcher.

— Vous lui avez sans doute demandé ses papiers, son passeport, des certificats. Ce genre de choses, dit Marc.

Justin montra un léger embarras.

— Si, son passeport, elle l'avait. Elle n'avait pas de certificats, parce qu'elle avait bossé au noir dans un magasin de chaussures, d'après ce qu'elle m'a dit.

— Et elle était d'accord pour travailler chez vous sans être déclarée, en conclut Marc.

— Eh bien...

— Nous ne sommes ni de la police ni de l'inspection des finances, le rassura Rosanna. Ne vous inquiétez pas.

Justin se laissa tomber sur une chaise à côté de ses clients et poursuivit :

— Moi aussi, ça m'a fait tiquer, parce qu'elle est comme sortie de nulle part... J'ai eu des ennuis un jour à cause d'un Pakistanais qui n'avait pas de carte de séjour et les flics sont venus fourrer leur nez chez moi. Mais Elli avait un passeport britannique, ça m'a paru réglo. Evidemment, j'y gagne de faire travailler des gens au noir. Mais... je ne l'aurais pas engagée si ça n'avait pas été le même topo qu'hier soir. C'est-à-dire que le week-end d'après j'avais une grosse réservation. Donc, elle me tirait d'affaire, et je l'ai gardée.

Rosanna rangea la photo. Elle était tout à fait réveillée à présent. C'était peut-être grâce au délicieux café qu'elle dégustait par petites gorgées.

— Vous avez dit qu'Elaine ne tournait pas très rond. Que voulez-vous dire par là ?

Justin réfléchit. Puis :

— Elle avait quelque chose de pas net... de pas normal... Elle était hyper-nerveuse... Elle avait l'air d'avoir drôlement trinqué. Quelqu'un qui loge chez un vieux comme Cadwick et qui ne fait rien d'autre que bosser dans mon pub, ça sort de l'ordinaire. Elle n'avait aucun ami, aucun contact avec personne. Elle ne parlait jamais d'elle, pas un mot. Comme j'ai dit, on aurait cru qu'elle venait de nulle part. Elle ne parlait jamais de ses parents ni de ses frères et sœurs, de ses copains... rien. Ça n'existe pas, ça, d'avoir personne, et quand je dis personne, c'est personne. Elle avait l'air seule au monde, quoi.

— Et elle manquait souvent ?

— Oui. Deux, trois jours de rang, par-ci par-là. Mais elle prévenait toujours. Mal aux dents, mal à la gorge... Mais bon, j'avais l'impression que c'étaient des bobards, qu'il y avait autre chose, qu'elle inventait n'importe quoi.

— Et à votre avis, qu'est-ce qu'elle avait, en réalité ?

Justin hésita avant de répondre :

— Je crois qu'elle faisait des attaques de panique, qu'elle était morte de trouille et que des fois elle n'arrivait plus à sortir de chez elle.

— Des attaques de panique ? Elle avait peur ?

Justin regarda Rosanna avec surprise :

— Vous la connaissez, oui ou non ? Tout le monde le voyait, qu'elle avait la trouille, Elli. Elle avait une trouille bleue de quelque chose ou de quelqu'un. A chaque fois que la porte s'ouvrait, elle sautait en l'air. Et quand quelqu'un riait fort ou poussait une gueulante, elle devenait blanche comme un cachet d'aspirine.

Il réfléchit encore un peu, puis précisa :

— Moi, je dis qu'elle crevait de peur. Ça se sentait. Elle crevait de peur, mais je n'ai jamais réussi à savoir pourquoi.

3

Geoffrey comprit que l'autoapitoiement, quand il devenait une seconde nature, provoquait des dommages collatéraux désagréables. Pendant un certain temps, les gens, pris de culpabilité, devenaient manipulables, mais à un moment ou à un autre, cela finissait par se retourner contre celui qui tirait les ficelles.

Quand on se coule trop longtemps et avec trop de conviction dans un rôle de victime, on devient véritablement une victime.

Quelqu'un avait un jour prononcé ces paroles devant lui. Il ne savait plus qui. Une infirmière, un soignant ? En tout cas, l'une des personnes qui s'occupaient de lui et lui serinaient que la vie valait d'être vécue malgré tout. Ce qui le précipitait à chaque fois dans une colère noire.

Il fallait pourtant reconnaître qu'il y avait quelque chose de vrai dans cette histoire de victime. Car s'il s'était abstenu d'adopter cette attitude, il disposerait maintenant d'un portable et pourrait aller se réfugier dans un coin pour téléphoner, au lieu d'avoir à utiliser ce satané appareil à pièces devant tout le monde, dans le couloir.

Il avait bien un portable mais sa carte n'avait plus été rechargée depuis une éternité. Plus d'une fois, des infirmières lui avaient proposé de lui rendre ce service en lui faisant remarquer qu'il serait plus facilement joignable, et il avait toujours refusé. Pis, il leur avait aboyé à la figure. « Joignable pour qui ? »

Qui donc l'appelait ? Qui s'intéressait à lui ? Il n'existait pratiquement plus !

Par bonheur, on était dimanche. L'activité était réduite dans le centre, et il y avait moins de remue-ménage dans le couloir. Il avait donc une chance de pouvoir téléphoner sans être dérangé. Mais il lui fallait viser juste, il n'avait qu'un espace de temps réduit.

Il n'avait pas eu de problème pour obtenir le numéro de téléphone de la chaîne de télévision qui diffusait *Private Talk*. Obtenir la rédaction, en revanche, était une autre histoire. Une femme désagréable, au standard, lui avait dit qu'elle essayait de la lui passer, et depuis, il écoutait un morceau de piano particulièrement énervant. C'était l'inconvénient du dimanche : même les chaînes de télévision fonctionnaient au ralenti. Geoffrey se demanda si Lee Pearce travaillait le dimanche. Car c'était à elle qu'il voulait parler.

Il n'avait pas fermé l'œil de la nuit, trop occupé à réfléchir à ce qu'il devait faire. Depuis que Cedric lui avait parlé d'une nouvelle piste potentielle, il était en proie à une anxiété doublée d'une excitation croissante. Mille sentiments contradictoires s'agitaient en lui : l'espoir qu'Elaine soit effectivement en vie, lui revienne et le délivre. La crainte qu'elle ne soit vivante, mais refuse de revenir en déclarant que c'était de lui, son frère, qu'elle s'était cachée toutes ces années. Tout de suite après, une nouvelle pensée lui était venue : et si elle était bel et bien morte mais que Rosanna Hamilton, cette vipère sournoise, prétendait quand même qu'elle l'avait rencontrée dans le Northumberland ?

Depuis qu'il l'avait vue dans cette émission, Geoff savait que Rosanna en pinçait pour Marc Reeve, et qu'elle avait peut-être même une aventure avec lui. Cela expliquait son attitude : Rosanna voulait laver Reeve de tout soupçon concernant Elaine. A tout prix. Geoff la croyait parfaitement capable de raconter qu'Elaine était vivante, de l'annoncer triomphalement dans le torchon pour lequel elle travaillait, et d'ainsi réhabiliter Reeve. Personne n'irait vérifier ses fausses allégations. La police avait classé l'affaire depuis longtemps.

« Vous n'imaginez pas combien de femmes et d'hommes rompent quotidiennement avec leur vie, se cachent quelque part et recommencent une nouvelle existence, lui avait dit un flic après la disparition d'Elaine. Même des gens qui ont une famille, des enfants. Des gens qui n'ont apparemment pas de difficultés particulières, dont on n'aurait jamais cru qu'ils en seraient capables. Mais en leur for intérieur, ils en ont assez de tout ça, la responsabilité, les attaches, et ainsi de suite. Et ils fichent le camp, en laissant derrière eux un entourage bouleversé. »

Dans son entourage à lui, personne n'avait été vraiment bouleversé ; c'était ça le pire. On ne le lui avait pas dit clairement, mais il avait lu entre les lignes : les gens n'avaient aucun mal à envisager qu'Elaine ait eu envie de se dépêtrer d'un infirme qui l'empêchait de vivre sa vie. Et ils la comprenaient. S'il n'y avait pas eu l'histoire avec Marc Reeve et si on n'avait pas rapidement envisagé l'éventualité d'un meurtre, personne n'aurait levé le petit doigt pour retrouver cette femme qui avait disparu de la surface de la terre.

Et lui-même pouvait difficilement se rendre dans le Nord pour vérifier qu'il s'agissait bien de sa sœur. Rarement il avait autant maudit son impuissance, son incapacité à se mouvoir. Au fil des heures, sa haine pour son corps s'était transformée en une haine féroce envers Rosanna Hamilton, celle qui s'octroyait le droit de s'immiscer dans sa vie et de la réduire en miettes, celle qui avait le culot de vouloir jouer les maîtresses du destin des autres en se moquant des conséquences. C'était tout à fait elle, et son frère était pareil. Le frère et la sœur Jones, ces prétentieux qui se fichaient du reste du monde ! Qui se fichaient en tout cas des vrais soucis, de la vraie misère des autres. Quand il s'agissait de se battre pour eux-mêmes en revanche, comme Rosanna qui travaillait pour ce bellâtre de Reeve, ils faisaient preuve d'une belle inventivité.

Le plus rageant était qu'ils aient décidé de le tenir en dehors de tout ça. Cela le renforçait dans sa conviction qu'ils concoctaient un coup tordu. Rosanna ne lui avait pas dit un traître mot de la nouvelle piste, et il était clair que Cedric n'en avait pas eu l'intention non plus. Il s'était senti poussé dans ses retranchements et avait lâché le morceau, mais sans doute regrettait-il déjà d'avoir parlé. Rosanna, la plus fausse des deux, lui sonnerait les cloches quand elle l'apprendrait. Tant mieux !

Aux petites heures du matin, le plan de Geoff était au point. Hors de question de se laisser condamner à la passivité. Pas par des gens comme Rosanna et Cedric. Même s'il était incapable de faire bouger son corps, sa tête était encore en état de marche, et il était tout à fait capable d'agir. Il se servirait tout simplement d'autres gens pour aller enquêter dans le Northumberland et faire échouer le plan de Rosanna, quel qu'il soit. Et qui était mieux placé que Lee Pearce, la journaliste qui avait traité de l'affaire ? Et qui ne serait sûrement pas fâchée de flanquer une bonne claque à Rosanna Hamilton.

La voix de la standardiste retentit à son oreille :

— Je vous la passe, annonça-t-elle.

Il y eut un déclic.

— Allô ? fit une nouvelle voix féminine, mais beaucoup plus aimable, plus enjouée.

— Euh... allô, répondit Geoff. Geoffrey Dawson à l'appareil.

Il fit une pause, dans l'espoir que son nom évoque quelque chose à sa correspondante. En pure perte.

— Que puis-je faire pour vous, monsieur Dawson ? demanda-t-elle avec affabilité.

Les choses vont beaucoup trop vite à notre époque, se dit Geoff, ils sont déjà en train de préparer la prochaine émission et ne savent déjà plus de quoi ils ont parlé il y a seulement deux jours.

Il n'avait pas vraiment préparé son discours, trop occupé à trouver un créneau qui lui permettrait de téléphoner sans être dérangé.

Il se jeta à l'eau.

— J'aimerais bien parler à Mme Lee Pearce.

— A quel sujet, je vous prie ?

— Je m'appelle Dawson, répéta-t-il avec insistance. Je suis le frère d'Elaine Dawson. Vous vous rappelez ? Elaine Dawson, c'était le sujet de *Private Talk*, vendredi dernier. L'un des sujets.

— Exact, je me souviens de ce nom, maintenant, répondit son interlocutrice toujours aussi joyeuse. De quoi aimeriez-vous parler à Mme Pearce ?

A défaut de lui passer Lee Pearce sur-le-champ, elle ne l'avait pas envoyé promener. Cela laissait supposer que l'animatrice était dans les locaux et qu'il avait une chance de l'avoir au bout du fil, s'il arrivait à persuader ce gai pinson de l'opportunité de sa demande.

— A la suite de l'émission, nous tenons une nouvelle piste très intéressante, annonça-t-il. D'après une récente information, ma sœur serait encore vivante.

— Dans ce cas, vous devriez peut-être vous adresser à la police.

— Il y a longtemps que la police ne s'intéresse plus à l'affaire. Je ne pense pas qu'ils passent le comté du Northumberland au peigne fin sur la foi d'une unique information.

Il entendit très distinctement le gai pinson soupirer dans son oreille.

— Monsieur Dawson, je ne vois pas ce que Mme Pearce pourrait faire pour vous.

— Il y a plus, se hâta-t-il d'enchaîner.

Des pas résonnaient dans le couloir. Il tourna discrètement la tête et vit, tout au fond, une infirmière qui s'approchait, s'attardait devant une porte ouverte pour parler avec un pensionnaire. Mais elle allait bientôt poursuivre son chemin et risquait de s'arrêter à sa hauteur.

Mais qu'attendait donc cette idiote pour lui passer Pearce ?

— Ecoutez, dit-il d'une voix étouffée, j'ai des raisons de croire que Mme Hamilton, qui était invitée à votre émission de vendredi, manigance quelque chose. Pour des raisons très personnelles…

Private Talk était une émission à scandale. Avait-il enfin réussi à éveiller la curiosité de son interlocutrice ?

L'interlocutrice en question poussa un nouveau soupir qu'elle ne chercha pas à dissimuler.

— Je vais demander à Mme Pearce, en espérant qu'elle n'est pas en conférence. Attendez, s'il vous plaît !

Il y eut un déclic et, de nouveau, les insupportables notes de piano.

L'infirmière s'approchait maintenant, de ce pas décidé, pressé, exagérément important qu'il détestait, et auquel il était confronté jour après jour.

Est-ce qu'elles se sont déjà demandé comment il agit sur nous autres infirmes, ce pas ? s'interrogea-t-il pour la énième fois. Est-ce que c'est une façon de nous montrer leur supériorité, nous prouver qu'elles sont les plus fortes ?

L'infirmière, arrivée à sa hauteur, lui adressa un sourire resplendissant, ce qu'il trouva assez pervers.

— Alors, monsieur Dawson, comment ça va ? lui lança-t-elle gaiement.

Qu'avaient donc tous ces gens à être de si bonne humeur ?

Il lui fit un petit signe de rebuffade. Elle ne voyait donc pas qu'il était au téléphone ? Se serait-elle comportée de la même façon avec quelqu'un qui n'était pas un patient, sans aucun respect pour le fait qu'il était occupé ?

Elle s'apprêtait à lui poser une nouvelle question, mais au même moment le déclic qu'il connaissait bien maintenant retentit à son oreille.

— Monsieur Dawson ? Je vous passe Mme Pearce.

Aussitôt après il entendit une voix froide :

— Lee Pearce. Qu'est-ce qu'il y a ?

Il posa sa main sur le micro, se tourna autant que son corps paralysé le lui permettait vers l'infirmière qui continuait à sourire et siffla d'une voix basse, mais distincte :

— Allez, tirez-vous, nom d'un chien !

4

Ils avaient roulé un peu au hasard dans la région, avaient fini par garer la voiture sur un petit parking en bord de mer et étaient descendus sur la plage. En dehors du bruit des vagues qui venaient se briser sur le rivage et du cri des mouettes, c'était le silence. Malgré le soleil, il soufflait un vent vif qui se glissait sous les vêtements. Ils marchèrent à pas rapides sur le sable pour se réchauffer. Il n'y avait pas âme qui vive.

— Je ne comprends pas, dit Rosanna. Elle crève de peur. Ça me paraît tellement... exagéré. Nous sommes partis du principe qu'Elaine s'est enfuie pour échapper à son frère, et il est certain qu'elle n'aurait pas été ravie de le voir se pointer sans crier gare dans ce pub, mais de là à crever de peur... Qu'est-ce qu'il aurait pu lui faire ?

Marc se pencha pour ramasser un petit caillou plat, puis le rejeta par terre.

— Nous nous trompons peut-être en pensant qu'il s'agit d'une disparition volontaire ayant un rapport avec son frère. N'oublions pas qu'elle m'a parlé d'un homme qui jouait un rôle important dans sa vie. Il se pourrait que son histoire avec cet homme ait mal tourné, et que ce soit de lui qu'elle se cache.

— J'ai du mal à imaginer Elaine s'amourachant d'un type louche, dit Rosanna en revoyant en pensée l'adolescente boutonneuse qui avait peur de tout et ne prenait jamais l'ombre d'un risque. Elle était exagérément prudente. Extrêmement timide. Pas le genre de fille à se fourrer dans des situations dangereuses.

— Mais c'est justement à ce genre de personnes que cela arrive, objecta Marc. Ce sont les proies rêvées. Elaine avait l'air complètement inexpérimentée. Elle n'avait aucune notion du monde, de la vie. Elle avait peur, bien sûr, mais elle était en même temps trop ignorante pour reconnaître le danger. Elaine est, ou était, une victime toute désignée pour un type mal intentionné.

— Mais pourquoi ? Comment peut-on vouloir du mal à Elaine ?

Il haussa les épaules.

— Aucune idée. Sans doute n'était-ce pas elle qui était visée. Il y a des gens qui ont besoin d'une victime, n'importe laquelle. Elaine pourrait être tombée entre les mains de quelqu'un de ce genre. Mais ce n'est évidemment qu'une supposition.

— Bon. Supposons qu'elle se soit entichée du type qu'il ne fallait pas et qu'elle ait filé avec lui. Et qu'il se soit passé quelque chose au cours des cinq ans écoulés. Une chose qui est devenue une menace. Pourquoi n'est-elle pas allée trouver la police ?

— Parce qu'elle savait que, dans bien des cas, ça ne sert à rien. Je suis avocat, je suis hélas au courant. Elle est peut-être tombée sur un psychopathe, mais qui n'a encore commis aucun acte justifiant son arrestation. Elle sent qu'il représente une menace pour elle, mais la police ne peut agir qu'une fois le délit avéré. Parfois, la victime n'a effectivement d'autre choix que de se cacher.

— Cela voudrait dire qu'Elaine, et elle entre toutes, a compris certains mécanismes de la vie.

— Cinq ans, c'est long. Elle avait quitté le cocon protecteur de son village. Elle a peut-être reçu une sorte de cours accéléré sur l'appréhension de la réalité. La fille d'aujourd'hui n'a sans doute plus rien à voir avec la fille d'hier, et pas seulement physiquement.

Rosanna demanda pensivement :

— Et pourquoi n'a-t-elle pas changé de nom ? Elle aurait été beaucoup mieux protégée !

— Ce n'est pas si simple. Pour obtenir un logement ou du travail, il faut montrer ses papiers. Cela aurait impliqué des faux papiers. Pas facile de s'en procurer pour une fille comme Elaine.

— C'est vrai. Mais tout cela est très troublant. Difficile à faire coïncider avec mon Elaine d'autrefois.

— Nous devrions peut-être arrêter d'émettre des suppositions, dit Marc. Cela ne nous mène nulle part. Peut-être faut-il simplement accepter le fait que nous soyons arrivés trop tard. Nous l'avons loupée d'un cheveu à Langbury, et nous ne la retrouverons sans doute jamais. Pas de chance. Peut-être que c'était elle, peut-être que non. Nous allons devoir laisser l'affaire suivre son cours.

Rosanna s'immobilisa.

— Je m'étonne que vous preniez la chose avec tant de philosophie. L'enjeu est bien plus important pour vous que pour moi. Retrouver Elaine aurait signifié pour vous la pleine et entière réhabilitation. Pourtant, j'ai l'impression que le fait de l'avoir manquée me fait plus enrager que vous.

Marc s'était arrêté à son tour.

— Rosanna, je ne vais pas nier que j'avais de grands espoirs. Mais j'essaie aussi de voir tout cela avec réalisme. En ce qui me concerne, les vagues de l'affaire Dawson sont retombées. Ce n'est plus comme si je rencontrais de la méfiance à chaque pas. Dans mon entourage, plus personne ne s'intéresse à cette histoire. La retrouver maintenant ne changerait plus grand-chose pour moi.

Sachant qu'elle touchait un point sensible, Rosanna lui demanda sans le regarder :

— Mais votre fils… vous pourriez apporter la preuve de votre innocence à votre fils. Ce n'est pas important pour vous ?

Il se tut si longtemps qu'elle craignit d'être allée trop loin.

— Excusez-moi, dit-elle hâtivement, je n'aurais peut-être…

— C'est bon, la coupa-t-il. Vous avez raison. Mon fils y attacherait de l'importance. Même si ça ne changerait sans doute rien.

Ils reprirent leur chemin, en frissonnant sous le vent froid du nord-est. Soudain, la plage parut à Rosanna inhospitalière et leur entreprise, une folie condamnée à l'échec depuis le départ.

Elle s'arrêta de nouveau. Elle n'avait pas envie de s'éloigner davantage de la voiture.

— Marc, dit-elle, nous devrions…

Elle s'interrompit en le voyant se tourner vers elle et regarda avec étonnement son visage changer d'expression, puis se rapprocher…

Il l'embrassa. C'était un baiser presque furtif, un effleurement.

Il recula d'un pas.

— Excuse-moi, dit-il, ce n'est pas possible.

Elle le dévisageait toujours.

— Le mieux… commença-t-il avant de s'interrompre, les mains levées en un geste d'impuissance.

Puis il reprit :

— Je n'aurais pas dû.

Rosanna retrouva enfin l'usage de la parole.

— C'est que…

— Je sais. Ce n'est pas possible.

— Non, c'est… fit-elle en cherchant ses mots. Enfin, je ne suis pas fâchée, ou autre chose… Non, pas du tout.

Il enfouit les mains dans les poches de son manteau. Le vent avait rougi ses joues.

— Je sais que tu es mariée, dit-il, que tu as un beau-fils qui compte sur toi. Que tu ne vis pas en Angleterre. Je sais tout cela. Et pourtant, depuis ce matin… A chaque fois que je te regarde…

Cette phrase non plus, il ne l'acheva pas, comme si ce qu'il avait voulu exprimer coulait de source.

Elle passa la main dans ses cheveux encore plus ébouriffés par le vent. Elle pensa à ses yeux sans maquillage, à son visage qui devait paraître fatigué après une nuit sans sommeil.

— Alors que justement, aujourd'hui, je suis si… affreuse !

— Justement, aujourd'hui, tu parais si jeune !

Il la prit dans ses bras et l'embrassa encore, plus longuement et moins innocemment cette fois, et cette fois elle lui rendit son baiser et son étreinte, et s'y perdit, s'y perdit si loin que, pendant quelques secondes, elle ne pensa plus à Dennis ou à Rob, pas plus qu'à Gibraltar et à sa vraie vie.

Lorsqu'ils se séparèrent, tout était comme avant : la plage hivernale, la lumière crue du printemps, le vent glacial.

La question était de savoir si quelque chose avait changé en eux et dans leur vie.

Seulement si nous nous y autorisons, se répondit-elle.

— Mes excuses étaient tellement fausses que je n'essaie même plus de prétendre que je suis désolé, dit Marc. Ce serait mentir.

— De quoi t'excuserais-tu ? Moi aussi, j'en avais envie. Mais, bien sûr... Ça posera peut-être un problème si nous allons plus loin.

— Eh oui, confirma-t-il sans conviction.

Ils étaient face à face. Rosanna se fit la réflexion que la balle était dans son camp. Marc était libre. Elle ne l'était pas.

— J'ai froid, finit-elle par dire.

C'était une déclaration qui n'engageait à rien, et qui était vraie.

— Et si nous retournions à la voiture pour essayer de trouver un endroit où prendre un café bien chaud ? proposa-t-elle.

— Bien sûr ! approuva Marc avec empressement. Rien ne vaut un café bien chaud pour vous réveiller le tempérament !

Rosanna éclata de rire, d'un rire dont elle sentait bien qu'il contenait un certain désarroi.

— Je n'avais pas l'impression que notre tempérament avait besoin d'être réveillé, remarqua-t-elle.

Il lui prit la main en marchant et elle ne chercha pas à la lui retirer. A quoi bon ? Ça ne retirait pas les baisers échangés.

Ils avaient marché beaucoup plus loin qu'elle ne l'avait cru, et ils mirent longtemps à regagner le parking au bord de la route déserte. Rosanna se laissa tomber sur son siège avec soulagement. Marc mit le moteur en route ainsi que le chauffage.

— Ça va se réchauffer bientôt, annonça-t-il sans pour autant faire mine de démarrer.

— Qu'est-ce qu'il y a ? demanda Rosanna.

Il hésita avant de répondre :

— Je crois que c'est toi... C'est toi la raison pour laquelle j'aimerais bien retrouver Elaine et me tenir face à elle, les yeux dans les yeux. Je sais, moi, que je ne suis pour rien dans sa disparition, mais je donnerais tout pour ne plus voir dans tes yeux l'ombre d'un doute, aussi léger soit-il.

— Mais je ne doute absolument pas, répondit Rosanna. J'ai arrêté de douter quand j'ai commencé à m'occuper sérieusement de l'affaire.

Il opina et démarra. Elle aurait aimé le convaincre de la sincérité de ses paroles, mais elle craignait qu'il ne prenne ses affirmations pour ce qu'elles étaient : des affirmations dont il ne connaîtrait jamais le pourcentage de vérité. Même si elle n'avait pas la moindre incertitude, il en subsisterait chez lui. Ce qui n'aurait cependant aucune répercussion sur leurs relations futures, car ils n'avaient aucun avenir commun… Ils n'en avaient pas le droit. Peu importait l'image qu'elle aurait de lui plus tard, rentrée à Gibraltar. Peu importait qu'il doute d'elle lorsqu'il serait retourné à ses affaires, dans son cabinet londonien.

Non, cela n'aurait aucune incidence. Qu'ils retrouvent Elaine ou non n'aurait aucun impact sur leur vie ultérieure.

— Il faut absolument la retrouver, dit-elle, en totale contradiction avec ses pensées.

Marc détourna les yeux de la route pour lui lancer un bref coup d'œil.

— Ce serait un problème de moins, confirma-t-il.

Tous deux savaient qu'il en restait suffisamment.

5

— Téléphone pour toi, annonça Sally avec difficulté en passant la tête dans la chambre d'Angela, cette chambre qui, encore quelques jours avant, était « la chambre d'Angela et de Linda ».

Angela, couchée sur son lit, avait la tête pleine des voix qui semblaient toujours remplir la pièce – la sienne et celle de sa sœur.

— C'est qui ?

— J'ai pas bien compris son nom, murmura sa mère, mais elle veut te parler.

Angela se leva avec peine. Elle était malade, abattue. La veille, elle était restée des heures au commissariat avec Dawn, l'avait regardée passer en revue un fichier de criminels, avait attendu qu'un portrait-robot soit dessiné. Dawn s'était donné beaucoup de mal, mais en répétant que ses souvenirs étaient plutôt flous.

« Je l'ai pas vu longtemps, le mec, et je l'ai pas trop regardé. Moi, c'est sur Linda que j'étais branchée. Et ça fait déjà un bail…

— Prenez votre temps, n'avait cessé de répéter Fielder, parfois, il faut du temps à la mémoire pour se remettre en route. Ne vous mettez pas la pression ! »

Dawn avait eu des doutes devant cinq ou six visages :

« Ça pourrait être lui... »

Puis, trois photos plus tard, un autre lui avait semblé plus vraisemblable :

« Non, lui. Mais ces oreilles hyper-décollées, ça me dit rien. Il avait peut-être une casquette... »

A la fin, un portrait-robot avait été établi, mais Dawn s'était montrée tellement hésitante qu'Angela doutait de sa valeur. En ce qui la concernait, elle ne voyait pas du tout.

« Non, je connais personne comme ça. J'ai jamais vu Linda avec quelqu'un comme ça. De toute façon, je l'ai jamais vue avec personne. Ce nouveau copain, elle le cachait drôlement bien. »

L'inspecteur s'était néanmoins montré satisfait.

« Nous avons au moins un petit point de départ, et c'est mieux que rien.

— Mais je me souviens pas de grand-chose, avait déploré Dawn, frustrée.

— C'est normal, l'avait rassurée Fielder. Vous l'avez à peine vu, et vous n'aviez aucune raison de l'étudier particulièrement. Mais maintenant, votre subconscient est alerté, et il est possible qu'un souvenir remonte jusqu'à votre mémoire. Ça arrive assez souvent. »

Angela n'avait pas été convaincue, mais avait remercié Dawn avec enthousiasme :

« Tu as été trop cool, Dawn ! Et si jamais il y a autre chose qui te revient, même si c'est trois fois rien, tu m'appelles, hein ? Ou tu appelles l'inspecteur. »

C'était à tout cela que pensait Angela en allant répondre au téléphone. Etait-ce Dawn ? Elle avait peut-être eu un flash !

Une horrible odeur de vodka lui sauta au visage comme un coup de poing quand elle pénétra dans le séjour. Elle prit le combiné.

C'était bien Dawn. Sa voix résonna à son oreille, anormalement claire :

— Angela ? C'est toi ?

— Oui ? Qu'est-ce qui se passe ?

— Je l'ai vu ! s'écria Dawn d'une voix vibrante d'excitation, je l'ai vu ! Le copain de Linda. J'en suis sûre à cent pour cent. Et cette fois, je l'ai bien regardé !

— C'était presque au même endroit que la dernière fois, débita Dawn assise à côté d'Angela en face de l'inspecteur Fielder.

Ce dernier avait interrompu son déjeuner dominical pour filer à son bureau de Scotland Yard. Il avait encore un peu de sauce tomate au coin de la bouche.

— Tout près de Woolworth, continuait Dawn. Il était sur la place, assis sur le bord de la fontaine. S'il y avait eu du monde, je l'aurais sans doute pas vu, mais aujourd'hui c'est fermé, et il y avait presque personne. Il y a que des gens comme moi, ceux qui savent pas quoi faire le dimanche et qui vont se balader comme ça au hasard.

— Il était assis sur le bord de la fontaine ? reprit Fielder. Il y est peut-être encore ?

Dawn fit un signe de tête négatif.

— Non, déplora-t-elle, il s'est levé quand je suis arrivée et il est parti.

— Il vous a reconnue ? C'est pour cela qu'il...

— Je crois pas, non. Il en a pas eu l'air. D'ailleurs, il a pas regardé de mon côté. Je crois qu'il s'est juste assis comme ça pour se reposer, et ensuite, il est reparti. Enfin, c'est ce que je pense.

Fielder alluma une cigarette après avoir tendu son paquet à ses interlocutrices, lesquelles refusèrent avec ensemble.

— Mademoiselle Sparks, hier, vous avez hésité devant certaines photos de notre fichier. Acceptez-vous de les regarder à nouveau ? Vous avez de meilleures chances de reconnaître quelqu'un, maintenant.

Dawn accepta avec empressement :

— S'il est là-dedans, je le reconnaîtrai. Cette fois, j'ai bien imprimé sa tête. Si ça se trouve, il habite dans le coin ! Je l'ai peut-être souvent vu sans faire attention à lui !

Un quart d'heure plus tard, elle l'avait découvert.

— C'est lui ! affirma-t-elle avec détermination en désignant le visage brutal d'un homme brun, inquiétant à souhait. Oui, j'en suis sûre ! C'est lui !

— Ronald Malikowski... prononça lentement Fielder. Voyez-vous ça !

Angela regarda en frissonnant le visage de l'ancien petit ami de sa sœur. Comment, mais comment Linda avait-elle pu s'acoquiner avec un mec pareil ? Il le portait sur sa figure, que c'était un criminel ! Du premier coup d'œil, on comprenait qu'il valait mieux faire un grand détour pour l'éviter, et pas le fréquenter ! Et encore moins devenir sa maîtresse !

— Mon Dieu ! murmura-t-elle involontairement.

— Oui, un gars super, confirma Fielder. Plusieurs condamnations. Drogue, proxénétisme, chantage... Il a été mêlé à un tas de sales affaires. A chaque fois, il est tombé sur des juges compréhensifs... hélas ! En ce qui me concerne, ce genre de types, leur place est derrière les barreaux, et pour longtemps !

— Vous avez déjà eu affaire à lui ? demanda Angela.

— Oui, plus d'une fois, grogna Fielder. Et je serais très content de pouvoir le coffrer pour de bon.

— Proxénétisme ! répéta Angela. Ça correspondrait à l'affaire Jane French. Parce que c'était ça, son boulot : prostituée.

Fielder se gratta la tête.

— C'est exact. Mais...

Il se tut. Les deux jeunes femmes le dévisagèrent, attendant la suite.

— Malikowski est une pourriture, poursuivit Fielder. Une véritable pourriture, avec une tendance à la violence. C'est vrai. Mais pour autant que je peux en juger, et j'ai une certaine expérience, ce n'est pas un psychopathe. Les tortures qu'ont subies Jane French et Linda, gratuitement, sans objectif précis, ça ne concorde pas avec ce que je connais de Malikowski. J'étais convaincu qu'il ne se risquerait jamais à aller jusqu'au meurtre.

— Mais... vous croyez donc pas... ? interrogea Dawn, déçue.

Fielder lui adressa un sourire encourageant.

— Nous allons le retrouver, promit-il. Vous nous avez fourni une aide précieuse, vraiment, mademoiselle Sparks. Nous avons maintenant une vraie piste. Si ce n'est pas Malikowski lui-même, c'est peut-être quelqu'un de son entourage. Et nous avons maintenant d'assez bonnes chances de lui mettre la main dessus.

6

Marina revint vers seize heures trente de son tour à vélo. Elle était contente d'elle. A onze heures du matin, après avoir pris un bon petit déjeuner et vaqué à quelques tâches ménagères, elle s'était armée de courage et était retournée dans le garage pour vérifier si son étrange sensation du matin la reprenait. Mais, cette fois, elle n'avait pas eu l'impression d'être observée, et prenant son vélo, elle était partie se promener, en oubliant cette curieuse expérience qui, finalement, n'en était pas une.

Du quartier où elle habitait, on arrivait très vite à la campagne. Comme dans beaucoup de grandes villes, la transition entre les tours, la foule, la circulation, d'un côté, et les champs, les bois et les villages, de l'autre, était parfois brutale. Marina s'était rapidement retrouvée sur une petite route de campagne qui courait le long d'un canal aux rives bordées de digues herbeuses. La platitude du terrain était interrompue de temps à autre par une montée, et les voitures étaient rares. En revanche, les cyclistes s'y bousculaient, et, bien sûr, comme Marina l'avait craint, il s'agissait surtout de familles entières. Ou de couples. Elle ne rencontra pas une seule femme en solo. Le monde était étrange. Les médias évoquaient à qui mieux mieux la nouvelle société en train de s'installer, composée, à les en croire, de femmes et d'hommes seuls entre trente et cinquante ans, mais quand on mettait le nez dehors par une belle journée de fin d'hiver, on ne croisait que des familles de trois enfants au minimum.

Mais peut-être suis-je la seule célibataire assez stupide pour venir faire du vélo par ici, se dit-elle. Les autres s'en gardent bien. Ils restent chez eux ou ils vont ailleurs, là où ils sont préservés du spectacle des familles heureuses et des couples d'amoureux.

Elle avait déjeuné dans une auberge de village, même si elle détestait aller seule au restaurant. Lorsqu'elle avait pris le chemin du retour, le soleil était déjà bas, et il faisait nettement plus froid. Elle avait alors accéléré l'allure, livrant son visage à l'air revigorant tandis que le vent jouait dans ses cheveux.

C'était chouette d'avoir bougé toute la journée. Mais ç'aurait été plus chouette encore de boire un verre de vin et de passer une bonne soirée à deux devant la cheminée.

Elle rangea son vélo dans le garage et se dirigea vers la porte d'entrée en sentant dans ses cuisses les prémices de sévères courbatures, annonciatrices d'un lendemain pénible. Tant mieux ! Pendant toute la semaine, elle penserait ainsi à sa performance héroïque du dimanche.

Elle ouvrit la porte et, dans l'étroit couloir d'où partait, à droite, l'escalier en spirale qui montait au premier, elle s'écria :

— Je suis là !

Il n'y eut évidemment pas de réponse puisque personne ne l'attendait ! Pour la peine, elle allumerait un feu dans la cheminée et s'ouvrirait une bouteille. Oui, elle avait une forte tendance à chercher la consolation dans l'alcool mais, pour l'heure, elle ne voyait pas la solution à ce problème.

Elle se rendit à la cuisine, une cuisine à l'ancienne avec des meubles laqués de blanc, une fenêtre à petits carreaux aux rideaux bleus, et une porte qui s'ouvrait sur le jardin. Les marches qui y descendaient étaient si branlantes qu'on risquait de s'y rompre le cou, aussi ne sortait-elle que par la salle à manger attenante. Par habitude, elle vérifia la porte de la cuisine et prit peur : elle n'était pas fermée à clé.

— Mince ! lâcha-t-elle à mi-voix. Encore !

Elle oubliait sans cesse, depuis quelque temps. Après son petit déjeuner, elle avait l'habitude de jeter des miettes sur les marches pour un couple de pigeons qui habitait dans son jardin depuis des années et attendait impatiemment ce repas. Combien de fois étaitelle rentrée du travail, pour constater qu'un voleur aurait pu pénétrer chez elle en toute tranquillité ! Mais il ne s'était jamais rien passé. Le quartier n'était pas véritablement cossu, et sa maison ne faisait pas partie de celles qui témoignaient du compte en banque fourni de leurs propriétaires. Elle avait besoin d'être repeinte, et quant au jardin, c'était un vrai fouillis. Marina se disait qu'on pouvait penser que cette bicoque abritait une famille qui arrivait tout juste à joindre les deux bouts, et cela lui procurait une certaine sécurité.

Elle prit une bouteille de vin blanc dans le réfrigérateur et se servit généreusement.

Puis elle passa au salon, alluma la télévision, histoire d'entendre un bruit de voix. On passait un reportage sur l'Inde et ses petits orphelins. Elle regarda fixement l'écran quelques secondes. Un enfant...

Elle zappa sur un programme qui donnait un vieux film et se tourna vers la cheminée. Une belle cheminée de pierre que son ex-mari avait construite lui-même. La nuit n'allait pas tarder à tomber, et le feu donnerait une note intime, répandrait de la chaleur...

Au moment où elle s'agenouillait pour sortir quelques bûches soigneusement rangées dans la corbeille à bois, près du mur, elle entendit du bruit.

C'était le craquement d'une lame de parquet, et ça venait d'en haut. Au jugé, de son bureau.

Elle se releva, tendit l'oreille. Rien.

Sans doute s'était-elle trompée. Elle s'apprêtait à attraper une bûche lorsque le bruit se répéta. Elle vivait dans cette maison depuis assez longtemps pour être certaine qu'il provenait d'une lame de parquet. Et de son bureau.

Elle se releva d'un bond.

Du calme, s'ordonna-t-elle. Dans les vieilles maisons, ça craque... Ça ne veut peut-être rien dire.

Elle sortit à pas feutrés dans le couloir.

— Il y a quelqu'un ? appela-t-elle doucement, la main posée sur la poignée de la porte d'entrée, prête à se précipiter dehors et à appeler à l'aide.

Aucune réponse. Je suis ridicule, se dit Marina. Les parquets, ça craque pour des milliers de raisons. Mais lesquelles ? se demanda-t-elle tout de suite sans en trouver une seule. Monte et va voir au lieu de rester là à trembler et à tergiverser !

Elle réfléchit, se demanda si elle ne devait pas appeler une voisine à la rescousse, puis repoussa cette idée. C'était absurde. Elles ne trouveraient rien d'anormal et elle ne ferait que se ridiculiser. On jaserait dans le voisinage : « Elle vit seule depuis trop longtemps. Ça ne lui réussit pas. Elle devient de plus en plus bizarre. Ce n'est pas comme ça qu'elle va retrouver quelqu'un ! »

Serrant les dents, elle alluma la lumière dans l'escalier et se mit à gravir les marches. Elle repensa à sa sensation étrange du matin, dans le garage. Elle s'était absentée toute la journée et la porte de la cuisine était restée ouverte pendant tout ce temps. N'importe qui avait pu s'introduire dans la maison. Mais pourquoi ? Les voleurs venaient pour voler, pas pour se cacher et observer la propriétaire.

A moins que... ? Peut-être y avait-il là-haut un type qui ne cherchait ni ordinateur, ni bijoux, ni argent liquide, mais une femme.

Son cœur battait à se rompre. Là-haut, elle serait prise au piège. Là-haut, il ne lui resterait plus qu'à espérer pouvoir atteindre une fenêtre, l'ouvrir et hurler au secours dans la nuit.

Elle continua à monter.

Le couloir de l'étage était silencieux et vide. Quatre portes se découpaient sur les murs : celle de la salle de bains, celle de la chambre, celle du bureau de Ken transformé en chambre d'amis, et celle de son bureau. La porte de ce dernier se trouvait juste en face de l'escalier et, contrairement aux autres, elle était entrebâillée.

L'avait-elle laissée ouverte le matin même ? Et d'ailleurs, était-elle entrée dans son bureau ? Elle ne s'en souvenait plus. Mais cette porte n'était pas fermée et elle allait en trouver la raison.

Elle inspira profondément, se redressa de toute sa taille, avança d'un pas décidé et ouvrit la porte en grand tout en actionnant l'interrupteur. Aussitôt, la lumière jaillit du plafonnier, baignant la pièce dans une lumière crue.

Malgré sa peur, Marina était entrée avec détermination, convaincue de trouver le bureau vide. L'idée que quelqu'un puisse se promener dans sa maison était rocambolesque.

Mais, au milieu de la pièce, il y avait un homme. Exactement sous le plafonnier. L'homme, aveuglé, cligna des paupières et la regarda avec, dans les yeux, une stupeur identique à la sienne.

Ils restèrent ainsi à se dévisager quelques secondes. Marina s'aperçut que l'homme était très grand et très jeune et qu'il était sans doute plus fort qu'elle. Elle ouvrait la bouche pour crier quand le jeune homme fit un pas en avant et la supplia d'une voix tremblante :

— Non, s'il vous plaît ! Ne criez pas !

— Mais, bon Dieu... ! commença Marina d'une voix rauque, encore retournée à l'idée que quelqu'un se soit bel et bien introduit chez elle en son absence.

Ce genre de choses n'arrivait que dans les livres, dans les films... Pas dans la vie réelle !

Et pourquoi pas dans la vie réelle ? Elle venait de lire peu de temps avant que, dans la seule Grande-Bretagne, une effraction avait lieu toutes les deux minutes. C'était comme pour les maladies, les accidents, les coups du sort divers : on était convaincu que cela n'arrivait qu'aux autres.

— Je... La porte était ouverte... dit le jeune homme d'une voix hachée.

Le premier mouvement de panique passé, Marina comprit que l'homme en face d'elle n'était qu'un gamin.

— La porte était ouverte ? Et ça te donne le droit d'entrer comme ça chez les gens ? Non mais je rêve !

— J'avais froid.

— C'est toi qui étais dans le garage, ce matin ?

Il confirma d'un hochement de tête.

— Oui, mais j'avais tellement froid que j'ai fait le tour de la maison, et quand j'ai vu que la porte de la cuisine était ouverte...

— Tu as fait une fugue, et c'est chez moi que tu viens te réfugier ! Ecoute, j'aimerais savoir qui...

Il l'interrompit :

— Vous êtes Marina Dowling ?

— Oui, mais...

A nouveau, il lui coupa la parole. Ses yeux se rivèrent aux siens, et il dit :

— Je suis Robert Hamilton. Je suis votre fils.

7

Rosanna reçut l'appel alors qu'ils étaient sur le chemin du retour. L'après-midi touchait à sa fin, et le crépuscule se posait sur la campagne. Ils avaient sillonné la région de Langbury, s'étaient arrêtés régulièrement pour flâner dans les rues de différents villages, les yeux à l'affût, espérant vaguement tomber sur celle qu'ils cherchaient tout en essayant de se résigner à la triste réalité : ils avaient loupé Elaine, l'équipée dans laquelle ils s'étaient lancés tête baissée se soldait par un échec, et ils semblaient condamnés à renoncer définitivement. L'affaire ne serait jamais élucidée. Pour couronner le tout, chacun avait éveillé en l'autre des sentiments qui s'étaient dévoilés sur la plage.

Ils n'avaient plus parlé de ce qui s'était passé. Rosanna appréhendait le moment où le sujet serait abordé. Le visage collé contre la vitre, elle contemplait le paysage. Une chose était claire : elle ne reverrait plus Marc Reeve. Et elle rentrerait à Gibraltar le plus tôt possible. Sa place était là-bas, et c'était là-bas qu'on avait besoin d'elle. Elaine et son destin appartenaient au passé, demeuraient une énigme que nul n'arrivait à résoudre, et qu'elle, Rosanna, n'était pas obligée de résoudre. Dennis et Robert, en revanche, étaient le présent, son présent.

Et quel est ton avenir ? se demanda-t-elle. Mais elle n'avait pas envie de chercher la réponse à cette question. C'était trop dangereux.

Ils avaient quitté le comté et se dirigeaient vers York lorsque le portable de Rosanna sonna. Elle le sortit fébrilement de son sac, en formant des vœux pour que ce soit Dennis lui annonçant le retour au bercail d'un Robert sain et sauf.

— Oui ? s'écria-t-elle.

— Madame Hamilton, mon Dieu, mon Dieu, vous êtes où ?

Elle ne reconnut pas tout de suite la voix, mais ce n'était pas Dennis.

— Qui est à l'appareil ?

— C'est moi, Brent Cadwick !

— Oh, monsieur Cadwick ! Qu'est-ce qui se passe ?

Du coin de l'œil, elle vit Marc tourner brutalement la tête vers elle.

Cadwick cria d'une voix que l'excitation faisait dérailler :

— Je l'ai ! Elaine Dawson ! Je l'ai ! Venez le plus vite possible ! Dépêchez-vous !

Le visage de Cadwick avait viré au rouge malsain, trahissant une tension artérielle dangereusement élevée. Marc et Rosanna le trouvèrent planté devant la porte d'entrée, piétinant d'impatience. Marc avait conduit vite, mais ils avaient dû s'arrêter pour faire le plein et traverser de nombreux villages, ce qui les avait ralentis.

— Enfin ! s'écria Cadwick. Mon Dieu, vous étiez où ?

— Presque à la maison, répondit Rosanna d'un ton bref.

Elle ne faisait aucune confiance à ce type. Elle le croyait tout à fait capable de les faire revenir dans son trou perdu uniquement pour leur apprendre qu'Elaine avait encore disparu.

— Alors, monsieur Cadwick, où est-elle ?

L'horrible bonhomme agita un doigt menaçant.

— J'étais en pétard contre vous, madame Hamilton. Ce n'était pas bien de votre part de filer comme vous l'avez fait ce matin, sans dire au revoir. Ça ne se fait pas !

— Nous sommes dimanche, et nous n'avons pas voulu vous réveiller de si bonne heure, intervint Marc. Alors, monsieur Cadwick, Mlle Dawson a réapparu ?

Cadwick baissa la voix et indiqua du doigt la fenêtre du premier.

— Là-haut. Elle est dans l'appartement. Je l'ai enfermée !

Rosanna sursauta.

— Enfermée ? Vous ne pouvez pas faire ça !

— Vous croyez peut-être qu'elle vous aurait attendus ? s'écria le bonhomme. Elle voulait prendre son argent et fiche le camp !

— Quel argent ? demanda Marc.

— La caution. Elle m'a versé deux mois de caution. C'est ça qu'elle voulait récupérer. Elle en a besoin pour son nouveau logement. Alors moi, je me suis débrouillé comme un chef. Je lui ai dit qu'elle avait encore des affaires à elle là-haut, qu'elle n'avait qu'à monter les récupérer, et dès qu'elle a été à l'intérieur, hop ! j'ai tourné la clé et je vous ai appelés.

— Elle peut porter plainte pour séquestration, fit remarquer Marc.

Cadwick arbora un sourire de triomphe. Sa figure était toujours aussi rougeaude. C'était son jour de gloire.

— Elle n'ira pas à la police ! Pas elle ! Elle a bien trop la trouille.

— On pourrait peut-être monter ? suggéra Rosanna. Nous voudrions simplement faire la connaissance de cette femme, et ensuite, qu'elle vive sa vie, la pauvre.

Cadwick hésita.

— L'autre gars est déjà monté, bafouilla-t-il.

Rosanna et Marc échangèrent un regard perplexe.

— Quel autre gars ?

— Eh bien, le journaliste.

— Le journaliste ? Vous avez informé la presse ? s'exclama Rosanna.

Cadwick parut un peu froissé.

— Non, bien sûr que non ! Comme journaliste, j'ai seulement parlé avec M. Simon, de *Cover*, c'est tout, et c'était juste pour avoir votre numéro de téléphone. Non, je n'en sais rien, moi, qui a averti la presse. En tout cas, il y a un journaliste qui a rappliqué sans prévenir.

— Tony Harper, dit une voix derrière lui.

Un homme surgit du couloir mal éclairé. Il était peut-être là depuis le début, se dit Rosanna.

Il vint se placer à côté de Cadwick.

— *Daily Mirror*. On a eu un coup de fil, ce matin. Une info qui nous disait qu'il y avait ici une femme disparue depuis des années.

— Ça alors ! s'exclama Rosanna, stupéfaite.

— D'où venait cette information ? demanda Marc d'un ton coupant.

Harper haussa les épaules.

— Lee Pearce, de *Private Talk*. Elle l'a refilée à mon patron. J'ignore de qui elle la tient. Je suis chargé de vérifier si cette femme, là-haut, est cette Elaine Dawson qui a disparu. Je propose donc qu'on y monte tous ensemble, comme ça, vous pourrez l'identifier. Après, je m'en vais. Il faut que je me trouve un endroit où dormir.

— Vous ne croyez pas sérieusement que nous allons monter avec vous et vous vendre le scoop ! protesta Marc. Qui que soit cette femme et quelle que soit son histoire... ça ne vous regarde pas !

Tony sourit largement et tapota le grand sac qui pendait à son flanc gauche :

— J'ai fait une photo d'elle. Donc, n'importe comment, on saura qui c'est. Vous pouvez simplement me faciliter le boulot en me donnant l'info tout de suite.

— Allez vous faire voir ! gronda Marc. Fichez le camp ! Je passerai la nuit ici s'il le faut, mais je ne monterai pas là-haut avec vous !

Harper haussa les épaules. Il ne semblait même pas vexé.

— Mon patron m'a bien prévenu que vous maniganciez un truc pas net. Moi, je m'en lave les mains, monsieur Reeve. Plus vos affaires seront louches, meilleur ça sera pour l'article. En ce qui me concerne, j'ai quelques bonnes photos en boîte, et ce qu'on veut savoir, on le saura.

Il fit un signe de tête à Cadwick.

— Au revoir, monsieur Cadwick. Je vais me trouver un endroit pour passer la nuit. Je reviens un peu plus tard !

A peine Tony Harper se fut-il fondu dans l'obscurité que Rosanna apostrophait Cadwick :

— C'est vous qui avez appelé Lee Pearce ! Reconnaissez-le !

Mais Cadwick eut un geste de dénégation.

— Absolument pas, je vous le jure ! fit-il, sincèrement choqué. Je n'ai appelé personne à part vous. Je l'ai vu débouler en fin d'après-midi et il m'a posé tout un tas de questions. Je l'ai fait entrer et pendant qu'on était là, dans le salon, voilà que la Dawson arrive. Je l'enferme là-haut, et...

Il se tut, visiblement embarrassé.

— ... Et là, M. Harper a voulu à toute force faire une photo d'elle, compléta Marc, et vous, vous vous êtes empressé de lui donner satisfaction.

— Et moi, comment vous m'avez traité ? contre-attaqua Cadwick, piqué au vif. Vous avez décampé en me laissant tomber comme une vieille chaussette ! Après tout ce que j'ai fait pour vous ! Ce n'était pas bien, ça ! Vous m'avez sacrément déçu et...

— Monsieur Cadwick, est-ce qu'on pourrait monter voir Mlle Dawson ? l'interrompit froidement Rosanna.

Pendant qu'ils gravissaient le vieil escalier, elle chuchota à l'adresse de Marc :

— Qu'est-ce qui a bien pu se passer ?

— Aucune idée, répondit Marc en haussant les épaules. C'est peut-être Nick Simon ?

— Jamais Nick ne mettrait des concurrents sur l'affaire. Il se déplacerait en personne. Jamais il n'enverrait quelqu'un du *Daily Mirror* !

— Peut-être bien. Mais en dehors de nous deux, il est le seul à être au courant. Non... Tu l'as dit à ton frère, aussi. Tout du moins, tu le lui as fait comprendre.

— Cedric ? Il n'irait pas donner l'information à la presse ! Jamais !

— Nous éluciderons ça plus tard, répondit Marc. Nous avons mieux à faire pour le moment.

Ils étaient arrivés devant la porte du logement. Cadwick ouvrit.

— Allez-y, les invita-t-il à voix basse, vous connaissez le chemin.

Rosanna et Marc pénétrèrent dans les pièces étroites et sombres qu'ils avaient quittées près de douze heures plus tôt. Rosanna s'était préparée à se trouver en face d'une jeune femme folle de rage qui les attendrait d'un pied ferme et demanderait des explications. Mais il n'y avait personne dans le couloir, et il régnait un silence total.

Espérons qu'elle n'est pas sortie par la fenêtre, se dit Rosanna avec angoisse.

Suivie de Marc, elle entra dans le séjour. Seul le lampadaire, dans l'angle, était allumé, diffusant une faible lumière.

Une femme était assise sur le canapé. Elle portait une épaisse parka, une écharpe et des gants, comme si, loin d'avoir passé deux heures enfermée, elle s'apprêtait à repartir à tout instant... Ce qui correspondait d'ailleurs à la vérité.

Elle tourna la tête vers les nouveaux arrivants sans prononcer le moindre mot, se contentant de les regarder. Dans ses yeux, on ne lisait aucune colère. Pas la plus petite étincelle de contrariété ou de trouble. On n'y voyait que de la résignation. De la capitulation. Ils avaient devant eux un être prostré et silencieux qui semblait n'avoir qu'une priorité : ne pas attirer l'attention, traverser la vie inaperçu. Cette femme avait peur, et cette peur en était arrivée au stade où ne subsistait plus aucune velléité de lutte. La peur était devenue partie intégrante d'elle-même, au même titre que ses jambes, sa bouche ou son nez. Elle s'était enracinée en elle.

Et Rosanna vit également autre chose : cette femme n'était pas Elaine Dawson.

8

— Il faut que j'appelle ton père, dit Marina, il doit être fou d'angoisse. Tu comprends ça, bien sûr ?

Robert haussa les épaules.

— Je n'en sais rien. C'est obligatoire ? demanda-t-il avec un manque flagrant d'enthousiasme.

Les genoux encore flageolants et les mains tremblantes, Marina se fit la réflexion qu'elle n'aurait pas été plus secouée si elle s'était retrouvée face à un vrai cambrioleur.

Son fils. Robert. L'enfant qui était âgé de quatre semaines quand elle l'avait vu pour la dernière fois... Un bébé rose et doux, au crâne recouvert d'un fin duvet. Un petit être innocent, certes, mais qui hurlait en permanence, dormait peu et avait toujours faim. Qui avait fait naître en elle toute une gamme de craintes et déclenché des crises de larmes hystériques.

Ils étaient installés dans le salon. Robert avait allumé le feu dans la cheminée pendant que Marina lui préparait trois grandes tartines beurrées et du cacao.

Du cacao, ça se fait, pour un jeune de seize ans ? se demanda-t-elle, debout dans la cuisine, entre deux gorgées d'un vin blanc censé lui calmer les nerfs, mais qui ne l'empêchait pas de trembler comme une feuille. J'aurais peut-être dû lui proposer du vin à lui aussi ? Non, pas d'alcool. Qu'est-ce qu'ils boivent, les jeunes ? Du Coca. Mais du Coca, je n'en ai pas.

Finalement, il sembla que le cacao était exactement ce dont avait besoin Robert, à en juger par l'avidité avec laquelle il le but. Puis il se jeta sur les tartines.

— Eh bien... dit-elle en le resservant, pourquoi n'es-tu pas allé te servir dans le frigo pendant la journée ? Il y a longtemps que tu n'as pas mangé ?

— Oui. Je n'ai rien mangé depuis hier midi. Mais je n'avais pas envie de te voler.

Elle fut sur le point d'objecter : « Mais je suis ta mère ! », se retint. Comment Robert aurait-il pu la considérer comme sa mère, alors qu'elle-même ne ressentait aucun sentiment maternel pour lui ? Au fond, ils étaient deux étrangers réunis dans un salon sans aucune idée de ce que l'avenir leur réservait.

Elle l'étudia du coin de l'œil. Il ressemblait beaucoup à Dennis, y compris dans cette manière de se mouvoir qui lui rappelait son amour de jeunesse. Elle ne décela aucune ressemblance avec elle-même. Il était mignon. Monté en graine. L'air sportif. Mais aussi très sensible. Timide.

— Comment as-tu fait pour me retrouver ? s'enquit-elle.

Car depuis des années, il n'y avait plus aucun contact entre elle et Dennis.

Il leva les yeux de son bol.

— Un jour, ça remonte à quelques années, répondit-il, j'ai vu un papier avec ton adresse sur le bureau de papa. Je l'ai recopiée. Juste comme ça. Et je me suis dit qu'avec un peu de chance tu habitais toujours au même endroit.

Elle se rappelait vaguement avoir donné son adresse à Dennis lorsqu'elle avait épousé Ken. Il devait bien y avoir huit ans de cela. Elle s'était contentée de lui dire qu'elle s'était mariée et qu'elle habitait désormais à l'adresse indiquée. Plus tard, elle s'était interrogée sur la raison de son geste. Elle n'avait plus envie qu'il la contacte. Pour les trois ans de Robert, il lui avait envoyé quelques photos de l'enfant, et elle lui avait répondu en lui demandant de ne plus recommencer, précisant que ce chapitre de sa vie était pour elle définitivement clos. Depuis, Dennis ne s'était plus jamais manifesté. Elle avait compris qu'il la considérait comme la plus mauvaise mère de tous les temps, mais c'était pour elle la seule façon de gérer le fait qu'elle avait un fils qui ne pouvait en aucune façon faire partie de sa vie.

Huit ans. Robert avait dû trimballer cette adresse sur lui pendant longtemps.

— Et donc, tu es allé à l'aéroport, tu as acheté un billet et tu as pris l'avion pour Londres ? demanda-t-elle.

C'était une manière d'agir qui démontrait une grande indépendance de la part d'un garçon de seize ans.

Il hocha la tête, comme si cela n'avait pas grande importance, mais visiblement fier de lui.

— A peu près. J'ai réservé sur Internet. J'ai fait imprimer le billet à l'aéroport.

— Comment as-tu payé ?

Pour le coup, son assurance faiblit.

— Avec la carte de crédit de papa. Mais je vais le rembourser. J'ai de l'argent sur mon compte épargne.

— Mais cette carte, tu en as eu besoin à l'aéroport. Ça veut dire que tu as filé en emportant la carte de crédit de ton père.

— D'accord, mais je n'ai pas retiré d'argent. C'est vrai, je ne mens pas ! J'avais peur qu'ils ne me vendent pas de billet s'ils voyaient que je n'ai que seize ans, et c'est pour ça…

Il ne termina pas son explication.

— Pas mal pensé, dit Marina, à défaut de savoir que répondre.

Robert braqua les yeux sur les flammes qui dansaient dans la cheminée.

— Je ne veux plus retourner chez mon père. Ça ne marche pas entre nous.

— Qu'est-ce qui s'est passé exactement ?

— En fait, il se passe sans arrêt quelque chose. Il passe son temps à m'engueuler. Je ne fais jamais rien de bien. Je n'ai le droit de rien faire. Si ça tenait qu'à lui, il m'enfermerait. Cette fois, c'était à cause d'une teuf donnée par les terminales. Tout le monde y va. Il n'y a que moi qui n'avais pas le droit, une fois de plus. Parce qu'il y a de l'alcool, et papa a peur que je monte dans une voiture et que ça se termine dans un arbre. Je ne suis quand même pas débile à ce point !

Il dévisagea Marina, les yeux pleins de défi.

— Donc, au lieu d'aller à la « teuf », comme tu dis, tu es allé à l'aéroport, en conclut-elle.

— Oui, parce que j'en ai marre. Je vais avoir dix-sept ans à l'automne ! Il ne va quand même pas continuer à me traiter comme un bébé toute ma vie ! En plus, il y a aussi...

Il se tut abruptement.

— Quoi ? insista Marina.

— Rosanna est partie. Et ce n'est plus supportable maintenant.

— Rosanna ?

Robert parut surpris.

— Tu ne savais pas que papa s'était marié ?

— Non, il ne me l'a pas écrit. Mais nous n'étions plus en contact, de toute façon.

— Donc, il s'est marié il y a cinq ans. Et Rosanna est vraiment super. Elle me comprend, elle. Pas comme papa. Elle est presque toujours de mon côté. Oui, elle est vraiment cool.

— Et pourquoi est-elle partie ?

— Elle était journaliste, avant. Elle a accepté une mission en Angleterre.

— Mais dans ce cas, elle va revenir !

Il la regarda bien en face.

— Moi, je ne crois pas.

— Pourquoi donc ?

— Parce que ça ne va plus, entre papa et elle. Ils n'arrêtent pas de s'engueuler. Et Rosanna ne se plaît pas à Gibraltar. Elle est malheureuse avec papa.

— C'est peut-être l'impression que tu as. Mais peut-être que ton papa et Rosanna ne voient pas les choses comme ça. Après tout, dans la vie d'un couple, il arrive souvent qu'on s'entende moins bien, et puis ça repart.

— Non. Pas eux, répondit Robert en secouant la tête avant de demander : Tu es mariée ?

— Je suis divorcée.

— Tu vois ! Tu vois bien que souvent ça ne repart pas après.

— C'était une histoire tout à fait différente, répondit Marina. Ecoute, Robert, comme je te l'ai dit, il faut que j'appelle ton père. Il faut qu'il sache où tu es.

— Mais...

— J'encours des poursuites, sinon.

— Mais tu es ma mère !

— Oui, mais c'est lui qui a ta garde. Sans compter que je ne crois pas qu'il mérite d'être plongé comme ça dans l'angoisse. Ce n'est pas bien. Quels que soient les problèmes que tu as avec lui.

Robert eut l'air contrarié.

— Je ne veux pas retourner chez lui.

— Robert, c'est là-bas que tu vas en classe, que tu as tes amis, toute ta vie... Tu ne peux pas te défiler comme ça, uniquement parce que ton père estime que tu es trop jeune pour participer à des fêtes où il y a de l'alcool. Soit dit en passant, moi non plus je ne trouve pas que ce soit top. Je parle de l'alcool à ton âge. En ce qui me concerne, je ne suis pas sûre que tu aurais de meilleures chances de me convaincre.

— C'est aussi... comment il me traite, dit Robert sans s'expliquer davantage.

Marina comprenait ce qu'il voulait dire. Elle avait fréquenté Dennis Hamilton suffisamment longtemps pour savoir quel genre d'homme c'était. Il n'était pas méchant, mais la diplomatie n'était pas son fort. Il ne prenait pas de gants quand il voulait imposer son point de vue, ce qui avait provoqué de nombreuses querelles entre eux. Pour un adolescent, c'était beaucoup plus difficile encore à accepter.

— Allez, donne-moi son numéro de téléphone, insista-t-elle, il faut que je l'appelle. Je peux l'obtenir par les renseignements, mais tu pourrais me faciliter les choses.

— D'accord, accepta Robert de mauvais gré.

Puis il la regarda dans les yeux et, soudain, elle se dit : Les yeux. Il a mes yeux.

C'était comme si elle se regardait dans la glace. C'était fascinant.

— Je peux rester avec toi ? demanda-t-il.

Elle sursauta.

— Pour cette nuit ?

— Pour toujours.

— Robert, je...

— Je ne veux pas retourner chez mon père. Et je n'ai personne d'autre. Tu es ma mère. J'ai pensé...

— Quoi ?

— J'ai pensé que ça te ferait plaisir de me connaître.

9

— Nous sommes désolés, dit Rosanna à Brent Cadwick, mais cette femme n'est pas l'Elaine Dawson que nous cherchons.

Ils se trouvaient sur le palier. Par la porte, que personne n'avait songé à fermer, entrait un froid mordant. Cadwick était déçu. Lui qui avait espéré connaître son heure de gloire grâce à son information sensationnelle voyait ses espoirs réduits à néant.

Mais il ne peut pas être plus déçu que moi, se dit Rosanna.

Elle se sentit soudain submergée de fatigue – et en proie à un profond sentiment de frustration. Maintenant seulement, elle s'apercevait à quel point elle avait espéré réussir. Le fait d'avoir dû interrompre leurs recherches parce qu'ils avaient loupé Elaine l'avait dépitée, mais l'espoir avait subsisté que c'était elle et qu'ils avaient encore une chance de la trouver.

Or, il n'y avait plus de doute possible : ils avaient suivi la mauvaise piste. Une femme portait par hasard le même nom que celle qu'ils cherchaient et offrait une vague ressemblance avec elle. Rien de plus. Ils n'avaient pas avancé d'un iota.

L'énigme ne serait jamais résolue.

— Mais, remarqua Cadwick avec défi, comme si, par la seule persévérance, il pouvait changer les choses, cette femme est vraiment bizarre !

— C'est vrai, admit Rosanna.

Ce drôle de regard, cette peur... Cette femme avait un problème, indiscutablement.

— Mais ça n'en fait pas pour autant la personne que nous cherchons, intervint Marc.

— J'ai cru bien faire, dit Cadwick d'un ton pleurnichard.

— Et nous vous en sommes très reconnaissants, affirma Rosanna de mauvaise grâce.

Ils s'attardèrent, ne sachant que faire.

Londres, c'est fichu pour ce soir, se dit Rosanna. Il faut absolument que j'essaie de joindre Dennis.

Entendant un bruit de pas, ils se retournèrent. La femme qui s'appelait Elaine Dawson sortit lentement du logement.

— Je peux partir ? s'enquit-elle.

Rosanna se demanda comment elle pouvait être aussi humble, aussi peu vindicative. Cadwick l'avait enfermée. Il l'avait livrée à un journaliste puis à deux personnes qui – cela avait dû lui paraître troublant, étrange – s'attendaient à trouver quelqu'un d'autre. Elle aurait dû faire un foin de tous les diables, se dit Rosanna. Menacer de porter plainte. Mais non. Au contraire, elle paraissait encore plus tassée sur elle-même et n'avoir qu'un objectif, se sortir sans plus de dommages de cette situation. Chacun de ses regards semblait dire : je ne suis pas là. Oubliez-moi bien vite. Vous ne m'avez jamais vue. Je n'existe pas !

— Bien sûr, vous pouvez partir, répondit Rosanna à la place de Cadwick.

Ce dernier, qui gardait la tête baissée, bougon, ne dit rien.

— Nous sommes désolés de ce qui s'est passé, ajouta-t-elle. Vous êtes victime d'une homonymie, mais jamais les choses n'auraient dû aller aussi loin. Je suis vraiment désolée.

La femme la regarda, les yeux assombris par la peur.

— Il y a quelqu'un qui m'a prise en photo, dit-elle d'une voix rauque. Est-ce qu'il est avec vous ?

Rosanna nia d'un signe de tête.

— C'est un journaliste. Nous savons d'où il a reçu l'information, mais nous ne savons pas qui, chez nous, lui a donné le renseignement. Je vais essayer de l'apprendre, mais, pour l'instant, je n'en ai pas la moindre idée.

Les yeux de la femme s'écarquillèrent.

— Un journaliste ? répéta-t-elle, le souffle court.

— Oui, du *Daily Mirror*. Mais...

— Qu'est-ce qu'il veut ? Qu'est-ce qu'il veut faire de la photo ?

Rosanna sentit la panique monter chez son interlocutrice. Elle posa une main apaisante sur son bras.

— Sans doute rien, parce que vous n'êtes pas la personne qui nous intéresse tous. Cette photo n'a normalement aucun intérêt pour la presse. Même si quelqu'un la publie, on découvrira vite que...

— Comment ça, « si quelqu'un la publie » ? Est-ce que ça veut dire que...

— Sans doute que personne... commença Marc pour rassurer la jeune femme.

Mais celle-ci, sortant brutalement de la stupéfaction dans laquelle elle était plongée, l'interrompit avec violence :

— « Sans doute » ? Ce n'est pas ce que je veux, un « sans doute » ! Moi, ce qu'il me faut, c'est être sûre, absolument sûre que ma photo ne paraîtra dans aucun journal ! Vous entendez ? Absolument sûre !

Elle était d'une pâleur mortelle.

— C'est important ! s'écria-t-elle. Très important ! Vous ne pouvez pas savoir...

Et, au grand effroi de Rosanna, elle éclata en sanglots sonores, désespérés, avant de se laisser glisser lentement le long du mur. Elle se recroquevilla sur elle-même et resta ainsi, à pleurer et à trembler, roulée en boule sur le sol crasseux.

Ils avaient fini par lui faire descendre l'escalier et l'installer dans la voiture. Impossible de l'abandonner ainsi et de disparaître ! De plus, Rosanna sentait que, quelle que soit l'histoire que cette jeune femme avait à leur raconter, elle ne devait pas le faire en présence de Cadwick. Ce vieil homme malsain était si avide de sensationnel qu'on ne pouvait savoir ce qu'il ferait des informations qu'il obtiendrait. Car Rosanna n'arrivait pas à se débarrasser du soupçon que c'était lui qui avait mis Lee Pearce au courant. Elle ne savait toujours pas ce qui terrorisait la jeune femme, mais confier son secret à un Brent Cadwick était la dernière chose à faire.

Cadwick leur avait proposé le refuge de son salon, puis, quand il avait compris qu'il ne parviendrait pas à retenir ses visiteurs, il s'était répandu en imprécations, les accusant d'ingratitude, de manque de respect et de froideur.

Une fois dans la voiture, l'inconnue retomba dans son apathie. Rosanna prit place à côté d'elle.

Sans tenir compte des malédictions dont les poursuivait Cadwick, ils reprirent la route.

Rosanna, nerveuse, vérifia par la vitre arrière que Tony Harper avait bel et bien levé le camp. Aucun son ne vint trouer le silence de la nuit. L'espoir était donc permis qu'en dehors de Cadwick personne ne les ait vus partir.

Ils roulèrent une vingtaine de minutes sans prononcer un mot, puis Marc s'engagea brusquement dans un étroit chemin de campagne. La voiture cahota pendant quelques mètres sur les cailloux et les ornières, puis s'arrêta. Marc éteignit les phares, coupa le moteur, alluma la lampe de lecture avant de se tourner vers ses deux passagères.

— Pas très idyllique, comme endroit, s'excusa-t-il, mais, au moins, Cadwick ne pourra pas nous entendre. Je pense que nous devrions avoir une petite conversation avant de repartir. D'abord, demander à Mlle Dawson si elle a envie de rester avec nous, ou si elle préfère nous indiquer où la déposer. A moins que...

Il hésita brièvement, puis poursuivit :

— Peut-être pourriez-vous nous dire de quoi vous avez si peur, mademoiselle Dawson. Parce que... d'une certaine façon, l'histoire du journaliste, c'est un peu notre faute, même si nous ne sommes pas responsables de son irruption. Mais il se peut que nous puissions vous aider à vous en sortir, si cela devait présenter trop d'inconvénients pour vous.

La jeune femme ne réagit pas, se contentant de regarder dans le vague.

Rosanna saisit sa main, constata qu'elle était glacée, sans vie.

— Mademoiselle Dawson... Elaine... peut-être vous devons-nous quelques explications. Comme vous l'avez sûrement compris, vous êtes victime d'une confusion. Nous recherchons désespérément une jeune femme qui a disparu depuis cinq ans et qui porte le même nom que vous. M. Cadwick m'a contactée après avoir vu une émission de télévision, en affirmant que la personne que nous recherchons était sa locataire. C'est pour cette raison que nous sommes montés, M. Reeve et moi. Vous vous appelez Elaine Dawson, d'accord, mais...

Alors, pour la première fois depuis qu'elle s'était effondrée chez Cadwick, l'inconnue bougea de son propre chef. Elle tourna la tête vers Rosanna avec le même regard vide qu'auparavant, mais une modification dans son attitude trahissait un souffle de vie... le désir de cesser de se cacher.

— Je ne m'appelle pas Elaine Dawson, annonça-t-elle.

Puis, d'un geste vif, elle ouvrit la portière.

— Non ! Vous n'irez pas très loin comme ça ! s'écria Rosanna.

Mais elle s'était méprise. La jeune femme n'avait pas l'intention de s'enfuir. Penchée en avant, elle vomit sur le chemin pierreux, secouée de spasmes, encore et encore.

Lorsqu'elle eut fini, tremblante, suffocante, elle attrapa le mouchoir que lui tendait Rosanna et s'essuya la bouche.

— Excusez-moi, dit-elle enfin avant de se tourner à nouveau vers Rosanna.

— Je m'appelle Pamela. Pamela Luke. Depuis quelques années, je me cache sous le nom d'Elaine Dawson.

Elle prit son sac, fouilla à l'intérieur, puis, ayant trouvé ce qu'elle cherchait, le jeta sur les genoux de Rosanna : un passeport britannique.

Rosanna l'ouvrit et n'en crut pas ses yeux.

— Pas possible ! murmura-t-elle.

— Quoi ? demanda Marc.

Sidérée, Rosanna regardait fixement le document. Le doute n'était pas permis : la photo, l'état civil...

Elle avait entre les mains le passeport de la disparue, Elaine Dawson.

Lundi 18 février

1

Il voyait Ron moins souvent. Dommage. Parce qu'il l'aimait bien, son copain Ron, mais il fallait croire que la réciproque n'était pas vraie. Avant, ils faisaient tous leurs coups ensemble. C'était le duo Pit et Ron, c'était le bon temps. Mais allez savoir pourquoi, Ron s'était mis à faire le délicat. Il était même allé jusqu'à le traiter de malade !

N'importe qui d'autre aurait reçu son poing dans la figure, mais Ron était son ami et pouvait de ce fait se permettre certaines choses.

Parce que lui, Pit, on n'avait pas intérêt à lui marcher sur les pieds. Il avait beau être petit, il tapait fort, et une fois qu'il avait commencé à démolir un adversaire, impossible de s'arrêter. C'était comme une drogue. Les cris de douleur, les gémissements, les côtes qui craquaient sous les coups de poing ou les coups de pied, les articulations qui se brisaient, tout ça, c'était bon ! Et c'était encore meilleur quand il y avait du sang.

Avec Ron, c'était différent. Quand Ron s'en prenait à quelqu'un, il n'y allait pas non plus avec le dos de la cuiller, mais il restait cool. Il était violent, mais il savait s'arrêter. Pit, non.

Le mieux, c'était quand il passait à la torture. Mais les occasions n'étaient pas très fréquentes. Dommage, parce qu'alors c'était le pied intégral.

On se demandait franchement pourquoi ça énervait tant Ron.

C'était lui qu'il allait voir ce matin à Islington. Avant, à la belle époque, quand ils étaient colocataires, entre hommes, ils faisaient venir des femmes à longs cheveux et à gros seins qui comprenaient rapidement qu'elles avaient intérêt à leur obéir si elles ne voulaient pas se retrouver avec le nez cassé ou des dents en moins. Intimider les gonzesses, il n'y avait que ça de vrai. Il adorait voir leurs yeux papillonner et entendre leurs voix dérailler. Les femmes avaient un instinct beaucoup plus développé que les hommes. Jamais elles ne le sous-estimaient, contrairement aux hommes. C'était à cause de sa taille, un mètre soixante-trois. Les hommes le prenaient pour un frimeur. C'était excitant, évidemment. Parce qu'il était beaucoup plus costaud et beaucoup plus brutal qu'ils ne le croyaient. Le moment où il lisait sur leurs visages qu'ils avaient compris leur erreur et qu'ils s'en mordaient les doigts était particulièrement jouissif.

Pit Wavers déboucha à l'angle de la tour où Ron louait un rez-de-chaussée, et il arriva exactement à l'instant où Ron en sortait – les mains menottées dans le dos, flanqué de deux flics. Un panier à salade attendait, à côté duquel étaient postés deux autres flics.

Merde ! Qu'est-ce qui se passait ?

Il se recula prestement. Ce n'était pas le moment de se montrer ! Machinalement, il posa la main sur l'arme qu'il portait souvent à sa ceinture quand il sortait, puis la retira. Dans un film, il aurait sans doute tiré dans le tas pour libérer son copain. Pas dans la vraie vie. Trop dangereux.

Il réfléchit fébrilement. Qu'est-ce qui avait bien pu se passer ? Même si leur amitié n'était plus la même, ils se tenaient mutuellement au courant de leurs affaires. Plus exactement, ils savaient dans quel genre d'activité criminelle chacun était impliqué. Et d'après lui, il n'y avait rien de concret du côté de Ron, devenu beaucoup moins entreprenant avec les années. Il faisait toujours bosser des filles importées d'Europe de l'Est, mais il y avait pas mal de temps qu'il ne lui procurait plus de marchandise fraîche. Ron disait que les putes qui travaillaient pour lui s'étaient résignées à leur sort, parce que ça valait encore mieux que la vie pourrie qu'elles menaient dans leur pays.

Il y avait peu de chances pour que l'une d'elles soit allée le balancer aux flics, au risque de se faire expulser. Certaines avaient bien fait des plans pour s'échapper, au début, quand elles avaient compris ce qui les attendait en Angleterre, mais aucune n'avait jamais réussi, parce que le système de surveillance de Ron était infaillible. Les filles avaient toujours été calmées à temps. Après le traitement intensif que Ron et ses collègues leur administraient, elles perdaient généralement le goût du risque. Elles devenaient d'une soumission telle que ça en finissait par ne plus être drôle. Ça l'était davantage quand elles se défendaient, quand il fallait briser leur volonté... Mais, évidemment, ça ne marchait qu'à condition d'avoir une volonté en face. Les femmes que Ron avait matées ne savaient même plus ce que volonté voulait dire.

S'il ne s'agissait pas d'une pute, qu'est-ce que c'était, alors ?

Peut-être était-ce à cause de lui. Que ça avait un rapport avec l'histoire de cette garce... Linda. Elle avait le feu aux fesses, celle-là, mais impossible de lui faire fermer son clapet. Toujours en train de lui répondre. Un beau jour, il avait vu rouge... En fait, il avait juste voulu lui donner une petite leçon, mais il s'était laissé emporter.

Dans le journal, l'autre jour, ils disaient qu'on avait retrouvé son corps.

Un témoin qui l'aurait vue avec Ron ? De temps en temps, ils allaient faire une virée ensemble, Ron et la Linda.

Pit poussa une bordée de jurons.

Ron était peut-être un ami mais il ne paierait pas pour Pit. S'ils essayaient de lui mettre l'histoire de Linda sur le dos, il cracherait le morceau. Ce qui signifiait qu'il devait s'attendre à voir les flics débouler chez lui et qu'il ne pouvait pas rentrer.

Mais où aller ? Si au moins il savait ce qui se passait ! Il s'en faisait peut-être pour rien, mais il était hors de question de prendre des risques.

Si c'était à cause de Linda, le problème était de taille.

Pit n'avait pas encore pris son petit déjeuner, comptant sur l'invitation de Ron. Aussi se rendit-il au Starbucks le plus proche, où il commanda un cappuccino, alla s'asseoir dans un coin et réfléchit.

Une chose était sûre. Pendant au moins deux ou trois jours, il éviterait de se montrer dans son quartier. Des copains pouvaient l'héberger quelque temps, quelqu'un que Ron ne connaissait pas. On ne savait pas combien de noms son « ami » balancerait pour sauver sa peau.

Il but quelques gorgées de café. Apercevant le *Daily Mirror* au sommet de la pile de journaux sur le comptoir, il alla en prendre un. Peut-être tomberait-il sur quelque chose qui l'aiderait à comprendre.

Le meurtre de Linda, dont les détails morbides faisaient les délices de la presse depuis plusieurs jours, avait disparu des gros titres. Plus exactement, Pit, malgré une recherche minutieuse, ne trouva plus une ligne sur le sujet. Ce qui ne voulait évidemment pas dire que la police ne mettait pas tout en œuvre pour trouver l'assassin. Peut-être même suivait-elle déjà une piste bien concrète. Les flics ne disaient pas tout à la presse.

Rien. Il n'était pas plus avancé qu'avant, sauf qu'on ne parlait d'aucun délit dans lequel Ron aurait pu être impliqué. Et ça, c'était mauvais. Ça signifiait qu'il y avait de fortes chances pour que son arrestation ait un rapport avec Linda. Il tourna les pages sans conviction... et ses yeux s'écarquillèrent.

— C'est pas possible ! fit-il à mi-voix.

C'était une mauvaise photo, dans le tiers inférieur de la page, au grain grossier et pas très nette, et pourtant il aurait reconnu ce visage entre mille. Malgré les années.

Et malgré le fait que la fille de la photo ait essayé de changer son physique. Ses cheveux étaient bruns alors qu'ils étaient blonds à l'origine. Autrefois, ils lui arrivaient à la taille et maintenant, ils étaient coupés au carré. Ses fringues étaient ordinaires et elle n'était pas maquillée. Tout le contraire d'une bimbo. Elle avait l'air d'une ménagère sortie tout droit du fin fond de sa province. Sauf qu'elle paraissait plus triste que les ménagères ordinaires, et qu'elle avait l'air d'avoir la trouille.

Et, putain, elle avait bien raison !

C'était Pamela. Il en aurait mis sa main au feu. Jamais il n'oublierait cette grande bouche pulpeuse. Ce nez parfait. Avant, c'était une beauté. Et elle pourrait le redevenir si elle renonçait à son déguisement.

Bizarre. Il avait toujours su qu'il la retrouverait. Mais qu'on la lui serve sur un plateau dans le plus grand journal du pays, ça, c'était quelque chose !

Il commença sa lecture, s'étonna un peu. Apparemment, Pamela se faisait passer pour une certaine Elaine Dawson, et vivait dans un minuscule village du Northumberland appelé Langbury.

Le Northumberland ! Cette créature de rêve là-haut, dans le Nord, dans un coin paumé ! Incroyable !

S'il comprenait bien ce qui était écrit, une Elaine Dawson avait disparu dans des circonstances mystérieuses cinq ans auparavant, et le type soupçonné d'avoir un lien avec sa disparition et qui l'avait toujours nié avait cru l'avoir retrouvée sur la base d'une information donnée par un habitant de Langbury. Mais c'était une erreur. Le journal parlait d'une homonymie.

Pit sourit. Non, ce n'était pas une homonymie, mais évidemment, les journalistes ne pouvaient pas savoir que Pamela vivait sous un faux nom.

Pit poursuivit sa lecture attentivement. Une journaliste du nom de Rosanna Hamilton aidait le type qui voulait à tout prix qu'on le blanchisse, un avocat londonien qui s'appelait Marc Reeve. Rosanna Hamilton, disait le journal, « s'est fait un devoir de prouver l'innocence d'un homme sur lequel pèse depuis des années un horrible soupçon, et qui, à titre privé, ne lui est plus indifférent ». Le *Mirror* avait l'air de dire aussi que Reeve et Hamilton avaient espéré pouvoir faire passer la fausse Dawson pour la vraie, afin de démontrer une fois pour toutes que la disparue n'avait pas été victime d'un crime, mais avait choisi délibérément d'aller vivre dans le nord de l'Angleterre. Grâce à la vigilance des médias, ce plan était tombé à l'eau

Pas mal, comme histoire, se dit Pit, mais j'aimerais bien savoir comment le *Mirror* a été mis au courant. Bon, après tout je m'en tape. Qu'est-ce que je fais maintenant ?

Le mieux aurait été de partir sur-le-champ pour le Northumberland. Si, déjà, il était interdit de séjour chez lui, un petit tour à la frontière de l'Ecosse n'était pas la plus mauvaise solution pour passer le cap... et finir un boulot dont il savait depuis toujours qu'il lui faudrait le terminer s'il ne voulait pas mourir sans avoir réglé ses comptes.

Ce qu'elle lui avait fait, aucune fille ne le lui avait fait. Elle devait comprendre qu'elle avait commis une faute en l'humiliant. Un mec comme lui ne se laissait pas rouler dans la farine sans réagir. Et Pamela connaissait le tarif, d'où les cheveux teints, le faux nom, le bled paumé et ce regard terrorisé avec lequel elle fixait l'appareil photo du journaliste.

Il sourit. Pas de pot, ma pauvre choute ! Elle qui s'était si bien cachée, si bien sentie en sécurité ! Il avait fallu que sa photo atterrisse dans les journaux, accompagnée d'un article qui n'intéressait personne.

A part lui. Et comment !

Bon, il allait filer dans le Nord, mais pas sans avoir réfléchi soigneusement. Pamela était une garce, mais elle n'était pas idiote. Elle savait qu'elle était brûlée et elle ne courrait pas le risque d'attendre gentiment qu'il vienne la cueillir. Même si elle espérait qu'il ne lirait pas l'article, ou qu'il ne la reconnaîtrait pas sur la photo, elle ne se fierait pas à cet espoir. Elle ne savait que trop bien ce qui l'attendait s'il lui mettait la main dessus.

Elle avait certainement fichu le camp sans demander son reste.

Mais... où ?

S'il ne voulait pas se casser le nez dans le Northumberland, il devait partir de la seule donnée concrète en sa possession : ce Marc Reeve et sa courageuse camarade de combat, Rosanna Hamilton. Reeve était avocat à Londres, rien de plus facile à trouver. Ça pourrait donner quelque chose. Et s'il était verni, Pamela lui tomberait toute rôtie dans le bec.

Il but sa dernière gorgée de café, plia le journal et l'enfouit dans la poche de sa veste, ragaillardi. Avec l'arrestation de Ron, la journée avait mal commencé, mais il voyait maintenant le bout du tunnel.

Il quitta le café en sifflotant gaiement et se glissa dans la foule matinale.

Il allait essayer de retrouver ce Reeve. Ce qui ne l'empêcherait pas de rêver en même temps à ce qu'il ferait à Pamela quand il aurait mis la main dessus.

La vie vous réservait de ces surprises !

2

Pendant que Marc faisait du café, Rosanna examina discrètement le décor alentour. Deux pièces, un coin-cuisine, une salle de bains, rien de plus, mais c'était sans doute suffisant pour un homme seul qui passait au minimum douze heures par jour à son bureau. Dans le séjour, une aquarelle au mur représentait un voilier à quai. Elle était signée en bas, à droite, par deux initiales : J. R. Jacqueline Reeve. Rosanna se souvint que Mme Hall, l'ancienne voisine, lui avait révélé que Jacqueline était un peintre connu. Le tableau était très beau, mais très sombre.

Que Marc expose ainsi un tableau de son ex-femme lui parut étrange, mais cela signifiait sans doute qu'il était capable de recul. De plus, elle n'avait décelé ni haine ni animosité dans sa voix quand il lui avait parlé de Jacqueline et de l'échec de leur couple. Plutôt de la tristesse. Il ne semblait accuser personne. Malgré la perte de son fils – et elle avait senti combien cette épine dans son pied était douloureuse –, il était capable de considérer les choses avec pragmatisme.

Hormis le tableau, il y avait peu de détails personnels. Et même aucun. Pas de livres, pas de CD. Pas de photos encadrées, pas de décorations. Pas même une plante verte. Typique peut-être pour un homme qui avait fait de son métier le point central de son existence. Avait-il accroché quelque part une photo de son fils ? Peut-être dans la chambre. Par la porte entrouverte, elle aperçut un grand lit recouvert d'un dessus-de-lit gris foncé et, à côté, par terre, une pile de journaux. De l'endroit où elle se trouvait, on n'en voyait pas plus.

Ils avaient fait asseoir une Pamela apathique sur le canapé, où elle gisait dans la même position que lorsqu'ils l'y avaient installée. Elle ressemblait à s'y méprendre au petit chat blessé que Rosanna avait trouvé un jour. L'animal était si épuisé qu'il restait inerte là où elle le posait. Malgré tous ses efforts, il était mort.

Pamela n'avait plus prononcé un mot de tout le trajet et Rosanna avait fini par renoncer à lui demander comment elle se trouvait en possession du passeport d'Elaine, remettant ses questions à un moment plus propice. La jeune femme n'avait réagi qu'une seule fois, et ce, avec vivacité, lorsque Marc lui avait demandé s'il devait la ramener chez elle :

« Non ! Non, mon Dieu, non ! Il faut que je m'en aille d'ici !

— Mais vos affaires... avait objecté Rosanna. Vous devez...

— Je veux partir ! Emmenez-moi loin d'ici !

— Dans ce cas, vous venez à Londres avec nous, avait décidé Marc, mais il faudra nous expliquer certaines choses, mademoiselle Luke. C'est très important pour nous. »

Pamela avait appuyé sa tête contre la vitre et n'avait plus ouvert la bouche.

Ils avaient roulé à bonne allure, fendant les ténèbres trouées de temps à autre par les phares des voitures qu'ils croisaient. Rosanna et Marc étaient restés muets eux aussi jusqu'à ce que Marc s'arrête sur une aire de repos.

« Je fais une pause, avait-il annoncé. Je n'ai pas envie de m'endormir au volant. »

Ils étaient entrés au restaurant. Pamela n'avait pas réagi à leur proposition de les accompagner. Elle était restée à sa place, sans un mouvement. Mais elle ne dormait pas. Ses yeux étaient grands ouverts.

Rosanna s'était demandé avec inquiétude si elle ne profiterait pas de l'occasion pour s'enfuir mais Marc ne le pensait pas.

« Elle est beaucoup trop crevée. Et elle sait aussi qu'elle est ici au milieu de nulle part. Laissons-la tranquille. Elle a peut-être besoin de mettre une distance avec nous, et avec le monde entier, d'ailleurs. »

Dans le restaurant vide, mal éclairé, ils avaient été accueillis par une femme à la figure chevaline de fort mauvaise humeur. Mais, au moins, elle leur avait servi un café correct.

Ils avaient pris place à une table recouverte de plastique. Quelqu'un y avait écrit *J'aime Jeremy* au feutre vert.

Rosanna avait sorti de son sac le passeport d'Elaine avec ce commentaire :

« Notre petit tour à Langbury n'aura pas été inutile. Maintenant nous avons les papiers de la vraie Elaine. C'est incroyable. Mais ça ne fait qu'embrouiller les choses un peu plus.

— Tu es tout à fait sûre que c'est le passeport d'Elaine ? » s'était assuré Marc.

Il était pâle et ses yeux étaient rougis de fatigue, mais, dans sa voix, une vibration révélait combien il était excité.

Elle avait ouvert le document.

« Tout concorde. Elaine Susan Dawson. C'est son nom complet. Née le 1er août 1979, à Taunton, Somerset. C'est bon aussi. »

Après l'avoir refermé, elle avait poursuivi :

« Et la photo est indiscutablement celle de mon Elaine. Non, Marc, il n'y a aucun doute, c'est son passeport. Si nous arrivons à extorquer à cette étrange Pamela Luke la manière dont il a atterri entre ses mains, nous serons très près de la résolution de l'énigme.

— Elle le dira, mais quand ? Elle a l'air sérieusement traumatisée. Elle vit dans la terreur d'une chose précise, et cette terreur la fait se taire. Normalement, nous devrions la remettre entre les mains de la police.

— Nous ne devons pas lui donner le sentiment qu'elle ne peut pas nous faire confiance. Elle ne prononcerait plus un mot. Il faut l'amener quelque part où elle pourra se reposer.

— Je propose qu'on aille chez moi, avait suggéré Marc. Mon appartement est calme et vide, cela lui permettra de retrouver ses esprits. Mais ce ne peut être que provisoire, tu entends ? Il faut en parler à la police. Je ne veux pas qu'en plus de tout le reste on me soupçonne d'avoir voulu cacher des preuves ou des indices. Je veux jouer cartes sur table. »

Elle avait acquiescé :

« Bien sûr. C'est juste que je ne trouve pas très adroit d'aller tout droit à la police. A mon avis, elle n'ouvrirait pas la bouche.

— Et puis j'aimerais bien savoir qui nous a mis Lee Pearce aux trousses. Il ne faut pas que ce Tony Harper nous prenne de vitesse. Si son article est publié avant que nous ayons contacté la police, nous n'aurons pas les bonnes cartes en main. »

Elle avait alors réagi en se levant et en disant :

« Bon, dans ce cas, allons-y. Ne perdons pas de temps. »

Ils avaient atteint les quartiers périphériques de Londres au petit matin, mais cela ne les avait pas empêchés d'être bloqués dans les embouteillages. A huit heures, rompus de fatigue, ils pénétraient enfin dans l'appartement de Marc.

Rosanna se languissait d'une bonne douche pour retrouver un peu de tonus et dénouer ses muscles raidis. Jamais elle ne s'était sentie aussi peu à son avantage, aussi crasseuse, négligée. La présence de Marc et les sentiments inquiétants qu'il éveillait en elle augmentaient encore son malaise.

Il revint du coin-cuisine chargé d'un plateau où étaient posés une grande cafetière, trois tasses, un sucrier et un pot de lait.

— De quoi nous donner quelques forces. Veux-tu que j'aille acheter quelques muffins chez le boulanger d'en face ?

— J'y vais, proposa Rosanna. Reste avec Pamela et fais-lui boire un peu de café, si tu y arrives !

Lorsqu'elle fut de retour avec un sac rempli de muffins aux myrtilles, Pamela avait daigné s'asseoir à table et buvait son café. Ses joues avaient repris un semblant de couleur.

Marc était assis en face d'elle mais rien ne montrait qu'ils avaient parlé de choses importantes. Espérons qu'elle va se décider à nous faire confiance ! pensa Rosanna.

Elle plaça les muffins dans une corbeille et se joignit à ses compagnons.

Puis elle regarda Pamela avec gravité.

— Pamela, nous n'avons pas envie de vous bousculer, mais il est extrêmement important pour nous que vous nous expliquiez comment vous êtes entrée en possession du passeport de mon amie Elaine. Je vous en prie, dites-le-nous ! De plus, nous n'avons pas beaucoup de temps devant nous.

Pamela reposa sa tasse.

— Non, renchérit-elle, nous n'avons pas beaucoup de temps. Si ce journaliste publie ma photo, Pit va tout faire pour me retrouver. Et il me tuera.

Elle prononça ces paroles avec une assurance qui atteignit ses interlocuteurs de plein fouet.

Rosanna et Marc la dévisagèrent, horrifiés.

— Tuer ? répéta Rosanna.

— Qui est Pit ? demanda Marc en même temps.

Pamela répondit d'abord à la question de Marc :

— C'est un psychopathe. Un tueur. Un type très, très dangereux. Il a déjà assassiné une femme. Et il va faire pareil avec moi. C'est un malade.

— Il a assassiné une femme ? répéta Marc. Et il veut vous tuer ? Pourquoi n'êtes-vous pas allée trouver la police, bon Dieu ? Avec ce que vous saviez...

Pamela l'interrompit. Elle sourit. D'un sourire qui n'avait rien de gai, mais qui révéla la beauté peu commune de ses traits. Rosanna, étonnée, se dit qu'arrangée autrement Pamela Luke aurait pu gagner sa vie comme top model. Simplement, elle avait consacré toute son énergie à se transformer en femme invisible.

— Avec des types comme Pit, la police ne peut rien faire, déclara-t-elle.

— S'il est convaincu de meurtre, il en a pour des années de prison, fit observer Marc.

— Et si on ne peut pas prouver que c'est lui qui a commis le meurtre ? objecta Pamela. Monsieur Reeve, vous savez bien comment ça se passe. Personne ne s'intéresse à la victime, et encore moins à quelqu'un qui n'est pas encore une victime. C'est toujours au meurtrier qu'on s'intéresse, en lui cherchant des tas d'excuses. Et même quand ils mettent un assassin derrière les barreaux, il sort de prison plus tôt que prévu parce qu'il y a toujours un psychologue pour certifier qu'il ne présente plus de danger pour la société. Suffit de se faire bien voir par sa bonne conduite, et personne ne peut dire si ce n'est pas une stratégie. Plus jamais je n'aurais été en sécurité en présence de Pit. La seule solution pour moi, c'est de me cacher, un point c'est tout.

— Cette femme dont vous dites que Pit l'a tuée, commença Rosanna, est-ce qu'il pourrait s'agir d'Elaine Dawson ?

Pamela fit un signe de tête négatif.

— Non, je connaissais la fille. Elle s'appelait Jane French. Une prostituée. Ce n'était pas Elaine Dawson.

— Je ne comprends toujours pas, intervint Marc. D'où tenez-vous ce passeport, alors ?

— Je l'ai trouvé chez Ron. Dans un tiroir, dans sa chambre. Et je l'ai pris parce que je me suis dit que je pourrais peut-être m'en servir un jour.

— Qui est Ron ?

— Ron Malikowski, le meilleur ami de Pit. Ils étaient toujours fourrés ensemble.

— Et qu'est-ce que c'est comme genre de bonhomme, ce Ron ? demanda Rosanna.

— Un souteneur. Un type très brutal. Mais pas un malade comme Pit. C'est juste un type sans scrupules qui met les femmes sur le trottoir pour se faire du fric. Lui et ses hommes, ils soumettent les filles qui veulent quitter le métier en les violant pendant des heures. Mais il a jamais tué personne, je crois pas. Il veut pas être mêlé à des affaires de meurtre.

— Et c'est chez lui que vous avez trouvé le passeport d'Elaine ? insista Rosanna. Mais comment peut-elle avoir eu affaire à un souteneur ?

Pamela haussa les épaules.

— Sans doute qu'elle racole pour lui. Ils leur prennent leurs papiers. Mais normalement, ils les cachent pour qu'on les retrouve pas. Pour le passeport d'Elaine, ça m'a étonnée, mais je me suis dit qu'il avait oublié de le planquer. Et j'ai saisi ma chance.

Rosanna en avait le vertige. Elle pensa à Elaine, sa petite Elaine de Kingston. L'imaginer en prostituée était aussi absurde que d'imaginer la reine Elisabeth dansant le french cancan dans une revue.

— Mais Elaine ne ferait jamais le trottoir... murmura-t-elle.

— Si elle y est forcée... dit Marc. Et ce Malikowski semble avoir la méthode pour parvenir à ses fins.

— Mais comment ont-ils pu se rencontrer ? Tu l'as mise dans le métro en direction de l'aéroport. Est-ce que c'est là qu'elle a été abordée ? A l'aéroport ? A moins qu'elle n'ait changé d'avis, qu'elle ait décidé d'annuler son voyage à Gibraltar, et qu'elle ait été en train de rentrer chez elle quand elle lui est tombée dans les bras ?

— Tout est possible, répondit Marc. Mais tu oublies M. X, le grand inconnu. L'ami dont Elaine m'a parlé. C'est peut-être lui.

— Jamais Elaine ne se serait commise avec un type pareil. Sa mère l'a toujours prévenue contre les hommes.

— Comme je te l'ai déjà fait remarquer, ce sont justement ces filles-là qui se laissent avoir, objecta Marc. Des filles sans aucune expérience. Si elles tombent sur un type qui sait s'y prendre, elles se laissent embobiner facilement et parfois même tombent amoureuses, les pauvres. Quand elles voient où elles ont mis les pieds, il est trop tard ; elles sont prises au piège.

Il avait raison. Les choses avaient fort bien pu se passer ainsi.

Rosanna se tourna vers Pamela, laquelle avait suivi leur conversation sans un mot.

— Pamela, il faudrait nous accompagner à la police, c'est très important, dit-elle d'un ton suppliant. Ecoutez, c'est trop compliqué à expliquer maintenant, mais Marc a été soupçonné d'avoir joué un rôle dans la disparition d'Elaine. Personne n'a porté plainte, et on n'a rien pu trouver contre lui, et pourtant, aujourd'hui encore, il y a cette... cette ombre qui plane au-dessus de lui et de sa famille. Si on découvrait ce qui est arrivé à Elaine, il pourrait enfin refermer un chapitre assez dramatique, et très désagréable, de sa vie.

Pamela la dévisagea, incrédule.

— Il a été soupçonné ? Mais c'est complètement idiot ! Ce n'est pas le genre ! Rosanna, je sais pas ce qui s'est passé, mais cette Elaine est tombée je sais pas comment soit sur Ron soit sur Pit. Peut-être les deux. Et ça, ce n'est pas bon signe. Si elle est toujours vivante, elle est dans la panade jusqu'au cou, et depuis des années. Vous pouvez me croire !

3

Le premier pas étant fait, Pamela dévida son histoire. D'une voix monocorde, avec une expression curieusement absente.

Ce qu'elle raconta était monstrueux, et quand elle eut fini, ni Marc ni Rosanna ne prononcèrent une parole. C'était comme si Rosanna avait reçu un coup de massue sur la tête. Elle était en plein cauchemar. Quelqu'un viendrait la réveiller d'une minute à l'autre, non ?

Mais ce fut elle qui brisa le silence pesant.

— J'ai absolument besoin de prendre une douche, annonça-t-elle.

Et cette phrase qui n'avait aucun rapport avec le récit qu'ils venaient d'entendre brisa le sortilège dans lequel ils étaient pris.

Marc proposa de conduire Rosanna à son hôtel, mais elle refusa :

— Reste avec Pamela. Je prends un taxi.

Elle avait envie de rentrer, de se changer, de se maquiller. Elle était prête à faire le trajet à pied si nécessaire, pourvu qu'elle puisse se débarrasser des vêtements qu'elle portait depuis quarante-huit heures.

Elle avait proposé à Pamela de l'emmener, mais à l'idée de se retrouver dans un hôtel rempli de monde, la jeune femme avait eu un mouvement de recul.

« Non ! Non, non ! Je reste ici. »

L'appartement silencieux de Marc offrait plus de sécurité.

Marc avait réussi à reporter deux rendez-vous, mais il devait partir pour son bureau à onze heures et demie au plus tard. Sa secrétaire était encore en congé maladie et une masse de travail l'attendait.

— D'ici là, je serai de retour, dit Rosanna. Ou je réussis à emmener Pamela, ou je reste ici avec elle. Mais il ne faut pas la laisser seule pour le moment. Elle risque de s'échapper pour aller se cacher quelque part dans Londres, ou se jeter dans la Tamise. Ou autre chose encore. Elle va très mal psychiquement, et Dieu sait que ce n'est pas étonnant.

Marc l'accompagna dehors après avoir commandé un taxi.

— Mais tu sais qu'il faut alerter la police, dit-il une fois qu'ils furent seuls. Elle ne peut pas rester chez moi ou à ton hôtel pendant des jours, et nous ne pouvons pas garder pour nous ce qu'elle nous a confié. Je ne peux pas me le permettre, avec ma profession. Il faut qu'elle fasse une déclaration, elle n'a pas le choix.

Rosanna approuva :

— Oui, je lui parlerai en rentrant. Elle comprendra.

Ils étaient face à face. Il faisait encore froid, mais un soleil resplendissant se levait.

Marc tendit la main, lui effleura doucement la joue du bout des doigts.

— J'ai ressenti quelque chose de très particulier pour toi là-haut, dans le Northumberland, dit-il doucement. Sur la plage.

Elle savait qu'en s'engageant dans cette conversation elle jouait avec le feu, mais elle ne put s'empêcher de demander :

— Et maintenant ? Maintenant, ici, à Londres, il est toujours là, ce sentiment particulier ?

Quand il répondit, elle eut l'impression que c'était une réponse réfléchie. Il semblait avancer sur la pointe des pieds.

— Mon sentiment n'a pas changé, dit-il enfin, mais j'essaie d'être très prudent. Je ne sais pas ce qui se passera. Je sais seulement que les circonstances ne me sont pas favorables. Je ne veux pas perdre les pédales.

Elle leva les bras dans un geste d'impuissance.

— J'aimerais pouvoir...

— Je ne te mets pas la pression, l'interrompit-il. Nous sommes tous les deux empêtrés dans une situation compliquée. Je propose de commencer par résoudre l'énigme Pamela et Elaine... si nous y parvenons, et pour le reste... on verra plus tard.

Rosanna sourit, d'un sourire sans joie.

— C'est très raisonnable, dit-elle.

— Pour le moment, c'est tout ce que nous pouvons faire : essayer d'être raisonnables.

Le taxi s'arrêta devant eux. Marc ouvrit la portière.

— C'est bon de savoir que je te reverrai, murmura-t-il.

Le contraire serait difficilement supportable, pensa Rosanna. Et cette pensée l'effraya tant qu'elle ne tourna même pas la tête pour regarder s'il lui faisait signe. Les yeux droit devant elle, elle se demanda ce qui lui arrivait, comment c'était possible. Mais avant d'avoir trouvé la réponse – s'il en existait une –, son portable sonna. C'était Nick Simon et, une fois de plus, il était hors de lui.

Il avait lu le *Mirror*.

Elle se précipita dans le hall et prit sa clé à la réception. A côté du comptoir, il y avait un présentoir à journaux. Elle attrapa le *Mirror*, le paya avec un gros billet et gagna l'ascenseur sans prêter attention aux appels de l'employé qui voulait lui rendre sa monnaie. Dans la cabine, elle rechercha l'article. Le visage apeuré de Pamela lui sauta aux yeux. Le texte qui accompagnait la photo les accusait sans vergogne, Marc et elle, de tentative de falsification et, pour couronner le tout, d'être amants. Il était visible, et il fallait s'y attendre, que Tony Harper avait encore questionné Brent Cadwick, car il savait déjà que l'inconnue n'était pas Elaine.

— J'y crois pas ! s'exclama-t-elle à voix haute.

Marc avait raison : ils devaient alerter la police de toute urgence.

Parvenue à l'étage, elle courut jusqu'à la chambre de son frère et martela la porte à coups de poing.

— Cedric ! Tu es là ? Ouvre, s'il te plaît ! C'est moi, Rosanna ! Dépêche-toi, ouvre !

Elle craignit qu'il n'ait encore passé la nuit ailleurs, mais, au bout d'un moment qui lui sembla une éternité, la porte s'ouvrit sur un Cedric encore ensommeillé et en slip.

— Qu'est-ce qui se passe ? Tu es obligée de faire un boucan pareil ? grogna-t-il.

Elle se glissa dans sa chambre et lui tendit le journal.

— Tiens, voilà ce qui se passe. Voilà pourquoi je fais tout ce boucan. Voilà pourquoi j'ai à te parler !

Il referma la porte, regarda fixement la page.

— C'est qui ? s'étonna-t-il.

— Elle s'appelle Pamela Luke. Mais ça fait cinq ans qu'elle vit sous le nom d'Elaine Dawson !

Même encore à moitié endormi, Cedric réussit à en tirer une conclusion intelligente :

— La femme du Northumberland. Ce n'est pas notre Elaine. Une homonymie. Mais qu'est-ce qu'elle fabrique dans ce journal ?

Rosanna cracha toute la rage que Nick Simon avait déversée sur elle un quart d'heure plus tôt.

— Oui, qu'est-ce qu'elle fabrique dans ce journal ? Je te le demande, Cedric ! Comment se fait-il qu'un journaliste se pointe dans ce bled paumé du Northumberland juste au bon moment ? Mis sur notre piste par cette bonne Lee Pearce en personne ! Depuis douze heures, je retourne cette question dans ma tête : comment Pearce a-t-elle été mise au courant ?

— Comment veux-tu que je le sache ?

Elle enfonça l'ongle de son index dans sa poitrine nue. Il recula avec un petit cri de douleur.

— Parce que, s'emporta-t-elle, il n'y avait que deux personnes en dehors de Marc et de moi à être au courant de l'appel du type du Northumberland : Nick Simon, qui n'allait pas vendre l'histoire à la concurrence et qui m'a d'ailleurs déjà sérieusement remonté les bretelles, et toi ! Oui, toi ! Et j'ai un horrible soupçon, c'est que la balance, c'est toi !

Ses hurlements avaient eu le mérite de permettre à Cedric de se réveiller complètement.

— Hé là, doucement ! riposta-t-il, furieux. Qu'est-ce que c'est que ces âneries ? Tu ne crois quand même pas que je vais aller répéter tes confidences sur tous les toits ? Tu me crois capable d'avoir des idées pareilles ? Ça va pas, non ?

— En tout cas, je ne vois pas...

— N'oublie pas le mec qui t'a téléphoné du Northumberland ! Tu n'es peut-être pas la seule à être au courant ! Il a peut-être diffusé la nouvelle dans toute l'Angleterre !

Elle referma la bouche : elle-même avait aussitôt soupçonné Cadwick. Elle le voyait très bien appeler Lee Pearce.

Beaucoup plus calmement, et un peu contrite, elle insista :

— Donc, tu n'en as parlé à personne ?

— Bien sûr que non, à qui veux-tu...

Il s'interrompit. Elle le vit pâlir légèrement.

— Oh, merde... murmura-t-il.

Elle comprit aussitôt :

— Tu l'as dit à quelqu'un ? A papa ? Mais il...

— Non, pas à papa, la détrompa-t-il sans oser la regarder en face. A Geoff.

— A Geoff ?

— Je suis allé le voir samedi. L'ambiance était horrible. Geoff était dans un état affreux. Agressif et en même temps désespéré... Alors... Je ne sais pas comment l'expliquer... A un moment donné, j'ai voulu lui donner une branche à laquelle se raccrocher. Par lâcheté, précisa-t-il en la regardant cette fois droit dans les yeux. Je voulais le détourner de moi. Des reproches qu'il me faisait, ou en tout cas, des reproches que je voyais dans toutes ses paroles. J'ai pensé que s'il apprenait que sa sœur avait peut-être réapparu... C'était idiot bien sûr... Lui donner de l'espoir sans savoir s'il y avait une chance pour que ce soit vrai... De toute façon, ça n'a pas marché. Il a tout de suite pensé à un complot monté pour laver Reeve de tout soupçon.

Avec un profond soupir, il ajouta :

— Exactement ce qu'insinue cet article. Je pense que nous avons trouvé celui à qui nous le devons.

— Tu veux dire que c'est Geoff qui a pris le téléphone et...

— Geoff est obsédé par l'idée que Marc Reeve est un assassin. Il est prêt à tout pour le prouver. Ou, au moins, éviter qu'il ne prouve son innocence.

Cedric se passa la main dans les cheveux. Comme ceux de sa sœur, ils étaient pleins d'épis.

— Excuse-moi, Rosanna. Je n'aurais pas dû faire ça. Jamais je n'aurais imaginé cette réaction en chaîne... Je n'aurais pas dû...

Il parcourut l'article puis ajouta avec prudence :

— Mais pourquoi... En dehors du fait qu'ils prétendent que tu as une liaison avec Reeve, ce qui te mettrait sûrement en difficulté si Dennis l'apprenait, je ne vois pas vraiment le problème. Qu'est-ce qu'il y a de si grave, dans cet article ? Vous avez trouvé sur place une fille qui n'est pas la bonne, l'affaire est donc réglée. Demain, plus personne n'y pensera. Geoff a simplement fait en sorte que vous ne puissiez pas présenter la fausse Elaine comme la vraie... Et je suis bien convaincu que telle n'était pas votre intention !

Elle secoua la tête.

— Bien sûr que non ! Une idée pareille ne pouvait germer que dans la tête remplie de haine d'un Geoff. Mais cet article est quand même une catastrophe, Cedric. Bon, j'admets que tu ne pouvais pas le prévoir quand tu as lâché le morceau.

Cedric lui désigna un fauteuil.

— Assieds-toi.

Il attrapa son peignoir et s'assit en face de sa sœur, sur son lit en bataille.

— Allez, raconte-moi tout, la pressa-t-il. Tu as une mine terrible, si je peux me permettre.

— J'ai passé la nuit dans la voiture, je n'ai pas fermé l'œil la nuit d'avant parce que j'étais couchée dans un lit impossible, et ma dernière douche remonte à samedi matin.

Rosanna respira à fond et poursuivit :

— Cedric, nous avons mis les pieds dans une histoire épouvantable, et j'ai bien peur qu'Elaine ne soit plus vivante. La fille que nous avons trouvée dans le Northumberland, Pamela Luke, est originaire de Liverpool. Ses parents sont alcooliques. A dix-huit ans, elle est partie pour Londres, où elle a enchaîné des petits boulots. Puis elle a rencontré un type, Pit Wavers, qui avait lui-même un copain, Ron Malikowski. Ces deux types sont d'horribles brutes. Entre autres activités criminelles, ils sont proxénètes. Ils travaillent avec des voyous qui font venir des filles des pays de l'Est et les contraignent à la prostitution. Malikowski est brutal, mais prévisible, alors que Pit Wavers est un psychopathe. C'est ce que Pamela a compris très vite. Il l'a menacée des pires représailles si elle le quittait, et elle sait que ce n'est pas du bluff. Malgré son envie, elle n'avait pas le courage de s'enfuir. Puis Pit a commencé à la maltraiter systématiquement, et, donc, à l'intimider de plus en plus.

— Pourquoi n'est-elle pas allée le signaler à la police ? demanda Cedric.

— Elle n'avait plus confiance en personne. Il y a tout un réseau autour de Pit et de son copain Ron et elle savait bien que jamais la police ne pourrait arrêter tout le monde. Elle avait conscience de ce qui l'attendait si elle les donnait.

— Je comprends, dit Cedric.

— En novembre 2002, Pamela a assisté à un événement horrible qui la traumatise encore. L'une des prostituées qui travaillaient pour Pit et Ron, Jane French, a réussi à s'enfuir. Comme Jane avait été la maîtresse de Pit pendant un certain temps, il l'a très mal pris. A ses yeux, c'est son honneur qui était en jeu. Il a tout fait pour la retrouver, et il y est parvenu. Pamela, qui savait où se cachait Jane French, a essayé de la prévenir, mais elle est arrivée trop tard. Elle a vu Wavers torturer la pauvre fille pendant des heures avant de la tuer. Par chance, Wavers n'a pas su qu'elle avait assisté à la scène.

— Mon Dieu... laissa échapper Cedric.

— A partir de ce jour, l'idée de la fuite est devenue pour Pamela une obsession. Jusqu'à ce qu'en avril 2003 elle découvre le passeport d'une femme dans un tiroir de Ron. Car, évidemment, Malikowski retirait leur passeport aux malheureuses qu'il avait sous sa coupe. Celui de Pamela aussi avait été subtilisé. Et devine à qui appartenait ce passeport ?

— Je ne sais pas.

Rosanna sortit le document de son sac et le tendit à son frère, dont les yeux s'arrondirent de surprise.

— Pas possible ! souffla-t-il.

— Tu comprends maintenant pourquoi je crois qu'Elaine est morte ou en grande difficulté ? Elle disparaît en janvier 2003. En avril, on retrouve son passeport chez un proxénète à Islington. Cedric, quelque part entre l'appartement de Marc Reeve et l'aéroport de Heathrow, Elaine a rencontré soit Ron Malikowski, soit Pit Wavers. Pour son malheur.

Cedric se leva.

— Rosanna, il faut immédiatement alerter la police ! s'exclama-t-il.

— Je sais. Le problème, c'est Pamela. Elle est folle de terreur.

— Vous l'avez amenée avec vous à Londres ?

— Pour le moment, elle est chez Marc et refuse obstinément de mettre le nez dehors. Depuis cinq ans qu'elle s'est enfuie, elle se cache en divers endroits, en particulier dans le nord de l'Angleterre, sous le nom d'Elaine Dawson.

— Cinq ans... Pourquoi n'est-elle pas partie à l'étranger ?

Rosanna haussa les épaules.

— Parce qu'elle avait peur, je suppose. Elle était en possession de papiers dont elle ne connaissait pas la provenance. On peut présenter un peu n'importe quoi à un logeur dans le Northumberland, mais pas forcément à la police des frontières.

— Cinq ans... et elle a toujours aussi peur de ce Wavers ? Au bout de tant d'années, elle ne l'intéresse sans doute plus.

— Elle croit au contraire que son désir de vengeance n'a fait qu'augmenter avec le temps. Et maintenant, il faudrait en plus aller le dénoncer à la police ! Ça m'étonnerait qu'il soit ravi d'apprendre qu'elle révèle aux flics qui a assassiné Jane French et qu'elle dévoile ses trafics avec son copain Ron.

— Oui, je vois le problème. N'empêche, vous êtes obligés d'aller signaler tout ça à la police. Vous n'avez pas le choix. Qu'en pense Reeve ?

— La même chose : il faut aller trouver la police le plus tôt possible.

— Il a tout à fait raison. Rosanna…

— Je sais. Mais je m'inquiète pour Pamela. Parce que cette saleté d'article la met vraiment en danger. S'il tombe dessus, Wavers va peut-être se lancer sur ses traces. C'est la raison pour laquelle Pamela ne voulait à aucun prix rester dans le Northumberland. Elle n'est pas au courant de ce qu'ils ont écrit dans leur torchon, mais elle a vu le journaliste, elle s'est laissé photographier. Sans compter que nous sommes nommément désignés, Marc et moi. Ce peut être un point de départ pour Wavers.

— C'est vrai. Il n'aura aucun mal à obtenir l'adresse de Reeve. Son appartement n'est donc pas l'endroit rêvé pour ta Pamela. Mais je crois quand même que sa peur est exagérée. Bien sûr, c'est une réaction normale après tout ce qu'elle a vécu. N'empêche que j'ai du mal à imaginer qu'au bout de cinq ans ce Wavers n'ait rien de mieux à faire que de s'occuper d'une fille qui lui a échappé.

— Jamais tu ne pourras lui faire partager ce point de vue. Et je n'ai pas envie de passer outre à son avis, tu comprends ? Cette pauvre fille a vécu des choses abominables. Aller trouver la police, débarquer chez Marc avec les flics qui vont la soumettre à un interrogatoire… J'aurais l'impression de l'avoir trahie.

Ils se turent quelques instants. Puis Rosanna dit :

— Alors voilà, j'ai pensé à la chose suivante : Marc va trouver la police et dit tout ce qu'il sait. Mais avant, j'emmène Pamela dans un bed & breakfast en dehors de Londres. Nous donnerons un faux nom, bien sûr. Je resterai même avec elle, s'il le faut. Et Pamela ne quittera sa cachette qu'une fois Wavers sous les verrous.

— La police va vouloir interroger Pamela sans attendre.

— Je suppose qu'un policier pourra aller la voir, mais il faut qu'elle séjourne dans un endroit où elle se sentira en sécurité. Comme tu l'as dit toi-même, chez Marc, ce n'est pas l'idéal, et quant à la loger ici, à l'hôtel, elle a tout de suite refusé : trop central, trop animé.

Cedric proposa alors :

— Un bed & breakfast, ce n'est pas une mauvaise idée, mais c'est moi qui m'en charge. Pour réparer un peu mes bêtises. J'emmène Pamela à la campagne, je cherche un endroit tranquille et je reste avec elle. Toi et Reeve, vous allez ensemble à la police, puisque vous êtes mêlés de près à cette affaire.

— Tu ferais ça ? Vraiment ?

Il confirma d'un mouvement de tête.

— C'est à cause de moi que Pamela se retrouve avec sa photo dans le journal. Il faut que j'assume. Et puis...

Comme il se taisait, Rosanna insista :

— Oui ?

— Et puis, j'aurai le sentiment de faire enfin quelque chose d'utile, avoua-t-il. Je traîne ici depuis des jours, je dors jusqu'à pas d'heure, je vis sur le fric de papa...

— Tu as emprunté de l'argent à papa ?

— Tu crois que je pourrais me payer cet hôtel avec les quatre sous que je gagne ?

— Cedric...

— Je sais. Ça ne peut pas continuer comme ça. D'accord. Tu ne peux pas savoir à quel point cette idée me poursuit.

— C'est bien de vouloir aider Pamela, mais ça ne changera rien à ta vie, et tu le sais !

Avec impatience, il répliqua :

— Je sais, je sais ! Mais laisse-moi commencer, d'accord ? Disons que c'est un début. Un petit pas en avant. Après, je verrai.

— Comme tu veux.

Rosanna craignait que ce ne soit qu'un de ces gestes caractéristiques de son frère : il accomplissait une chose spectaculaire, quelque chose de particulier, de très honorable, mais qui ne le faisait pas pour autant avancer d'un millimètre.

Ce n'était pas le moment d'en parler. Il y avait trop de problèmes urgents à régler avant.

Elle se leva à son tour.

— Je vais commencer par prendre une douche et me changer. Et appeler Dennis. Rob a disparu depuis vendredi.

— Quoi ?

— Ils se sont disputés une fois de plus à cause d'une fête à laquelle Dennis ne lui permettait pas d'assister. C'est toujours la même histoire. Je ne crois pas qu'il soit arrivé quelque chose à ce garçon. Simplement, il est furieux contre son père et il se cache chez un copain. Mais c'est évidemment terrible pour Dennis.

— Il se peut aussi que Rob se cache parce que tu es partie, émit Cedric.

C'était une idée qui n'était pas venue à Rosanna.

— Tu crois ?

— Je crois que tes deux bonshommes, chacun à sa manière, deviennent fous sans toi. C'est toi, l'élément stabilisateur, dans cette famille. Quand tu n'es pas là, ça ne tourne pas rond.

— Je ne peux pas passer ma vie à veiller sur eux.

— Non, certes. Mais chaque fois que tu essaies de couper le cordon, ils disjonctent. Il faut que tu le saches.

Elle se dirigea vers la porte, si fatiguée qu'elle était à deux doigts de s'endormir sur place. Pourtant, elle avait les nerfs à fleur de peau.

— Ah, Rosanna... soupira Cedric alors qu'elle avait déjà la main sur la poignée. Est-ce que c'est vrai, ce qu'ils disent ? Qu'il y a... quelque chose entre toi et Marc Reeve ?

Enfants, ils se disputaient comme des chiffonniers mais jamais ils n'avaient eu de secret l'un pour l'autre.

— Oui, confirma-t-elle donc, c'est vrai.

Cedric laissa échapper un sifflement entre ses dents.

— Alors, tu as encore plus de problèmes que je ne pensais.

Elle sortit sans répondre.

Une fois dans le couloir, elle prit appui contre le mur pendant quelques secondes et respira à fond.

Une chose après l'autre. Sinon, tu vas perdre la boule, se dit-elle. Une chose après l'autre !

Primo, une bonne douche.

Jusque-là, elle ne serait bonne à rien.

4

Par sécurité, Pit Wavers avait laissé sa voiture là où elle était. C'est-à-dire près de chez lui. Se montrer dans le coin était trop risqué. Et comme il n'avait pas l'intention de se laisser mettre au frais pour vingt ans simplement parce qu'il avait descendu deux putes qui ne servaient plus à rien...

Il avait emprunté sa voiture à un copain qui avait une ardoise chez lui.

« Peut-être que tu ne la récupéreras pas avant quelques jours », l'avait-il prévenu.

Le copain, dans les vapes, l'avait regardé d'un œil vitreux.

« Pas de problème », avait-il marmonné.

Pit s'était réjoui, sûr qu'il oublierait rapidement à qui il avait prêté sa voiture.

Après n'avoir eu aucun mal à trouver l'adresse du cabinet de Marc Reeve dans l'annuaire, il s'y rendit et rôda quelque temps autour du bel immeuble de Belgravia, en grès garni de stuc. La sonnette indiquait que le bureau était au premier, mais il avait l'impression qu'il n'y avait personne. Les fenêtres, ombragées, donnaient au nord. Même s'il y avait du soleil, il devait faire sombre à l'intérieur et il aurait dû y avoir de la lumière.

Pour vérifier qu'il ne se trompait pas, il sonna, mais Reeve était bel et bien absent. Quant à Hamilton, il n'avait pas trouvé son adresse. S'il avait une chance de mettre la main sur Pamela, c'était par l'intermédiaire de ce Reeve.

Il se trouvait encore devant l'entrée lorsqu'une dame âgée en manteau de fourrure en sortit et le regarda avec méfiance.

— Chez qui voulez-vous aller ? s'enquit-elle.

— Chez l'avocat, M. Reeve, dit Pit, le regard braqué sur les lourdes boucles en or qui brillaient à ses oreilles et se retenant de les lui arracher.

— Il n'y a personne au cabinet, répondit la vieille dame. Je le saurais sinon. Voyez-vous, j'habite juste en dessous, et c'est l'inconvénient des vieux immeubles, les parquets craquent. J'entends tout.

— On peut dire que je n'ai pas de chance, remarqua Pit. J'ai un dossier très urgent pour M. Reeve. Il n'y a personne, même pas une secrétaire ?

— Elle a la grippe depuis une semaine.

L'expression de méfiance s'accentua encore dans les yeux de cette voisine si bien informée.

— Où est donc votre dossier ?

— Dans ma voiture, se hâta de répondre Pit. Ça pèse un sacré poids, c'est pour ça que je venais d'abord voir s'il y avait quelqu'un.

— Je vais vous laisser entrer, et vous déposerez votre colis devant la porte du cabinet, proposa la vieille femme.

Ce n'était pas la solution pour Pit, qui prit une mine scandalisée.

— Ouh là ! C'est que ce sont des papiers très importants ! Il faut que je les remette personnellement à M. Reeve, sinon je perds mon boulot.

Il se gratta la tête comme s'il réfléchissait.

— Vous ne savez pas où il habite, des fois ? risqua-t-il. Je pourrais lui apporter le paquet chez lui.

— Evidemment que je sais où habite M. Reeve, rétorqua la vieille dame d'un ton sévère. Mais je ne sais pas si je dois vous le dire.

Résigné, Pit se détourna. Il n'avait pas atteint le bord du trottoir que la voix de la vieille dame l'arrêtait :

— Attendez ! Si c'est si important...

Il se retourna :

— Madame, quand M. Reeve saura que c'est grâce à vous qu'il a eu son paquet si vite, il vous en sera bien reconnaissant, vous verrez ! lança-t-il.

Quelques secondes plus tard, il avait l'adresse.

Garé en face de l'immeuble où demeurait Reeve, Pit se dit qu'il perdait du temps. Reeve n'était peut-être même pas à Londres. La preuve, on était lundi et il n'était pas à son cabinet. La secrétaire était malade, il avait certainement du boulot qui l'attendait. Mais il pouvait aussi être au tribunal et ne rentrer chez lui que le soir. S'il ne dormait pas ailleurs...

Plus Pit réfléchissait, plus il se posait des questions. Il faisait froid dans la voiture. Mais pas question de mettre le moteur en route. Ce n'était pas le moment de se retrouver dans le collimateur d'un flic quelconque pour atteinte à l'environnement.

Pit hésitait à partir pour le Northumberland. Mais c'était grand et il n'avait aucune chance de retrouver Pamela là-bas, pas plus que Marc Reeve et cette Hamilton.

Alors qu'à Londres il avait au moins une adresse.

Il souffla dans ses mains pour les réchauffer, les frotta l'une contre l'autre. Ah, elle l'obligeait à se geler dans cette bagnole ? Cette garce de Pamela ne perdait rien pour attendre !

Il caressa son arme d'un geste tendre. Il allait la soigner, cette fille. Ça faisait cinq ans qu'il rêvait de ce moment.

Quand elle s'était enfuie, il avait refusé d'admettre la réalité. C'était un mardi, il s'en souvenait encore. Fiévreux, il était couché sur le canapé et avait ordonné à Pamela de lui apporter deux cachets d'aspirine. Elle avait farfouillé dans la salle de bains et en était revenue les mains vides, tout en demandant si elle devait aller en acheter à la pharmacie.

Elle avait un sacré œil au beurre noir, souvenir de leur dernière engueulade. Il se rappelait encore avoir pensé : Ne dis pas oui. Appelle Ron ou un autre mais ne la laisse pas sortir.

Il savait déjà, à cet instant, qu'elle ne pensait qu'à s'enfuir. Il savait interpréter les signaux que les filles envoyaient quand elles en étaient arrivées à ce stade. Pamela n'espérait plus rien de lui. Elle vivait dans la terreur perpétuelle qu'il la frappe. Maigre et pâle, elle n'était plus aussi attirante. Elle se tenait toujours à distance, parce qu'elle s'attendait toujours à recevoir un coup de poing, même quand il ne s'était rien passé de spécial. Le meilleur moyen d'intimider les filles, c'était d'agir de façon imprévisible. Pamela ne savait pas comment se comporter pour qu'il soit bien disposé envers elle, et ça lui rendait la vie infernale.

Il y avait belle lurette qu'il lui avait pris ses papiers d'identité, mais il avait l'habitude de l'enfermer quand il quittait l'appartement. Il l'accompagnait pour aller faire les courses, ne la laissait pas sortir seule. Avant, elle faisait du jogging, mais il lui avait dit d'arrêter, parce qu'il n'avait aucune envie de courir à côté d'elle comme un chien.

Il n'avait même plus envie d'elle. Avant, il en était fou, puis il en avait eu assez. Elle n'était plus aussi belle. Elle était encore jeune, mais commençait déjà à paraître vieille. Il avait recommencé à coucher avec d'autres femmes. Ensuite, il y avait eu l'épisode Jane French, cette imbécile qui avait essayé de lui échapper.

C'était lui qui décidait quand il n'en voulait plus, pas elles ! Même chose pour Pamela.

Ce jour-là, il l'avait laissée sortir parce qu'il se sentait si mal qu'il en avait la nausée et qu'il n'avait pas la force d'appeler quelqu'un d'autre. Après, il s'était endormi pour ne se réveiller que trois heures plus tard. La pharmacie était à cinq minutes. Et pas trace de Pamela.

Malgré son état, il l'avait cherchée partout, en hurlant son nom, avait regardé dans tous les placards, sous le lit… Ses affaires étaient encore là, mais ça ne voulait rien dire. Elle n'allait pas prendre le risque de faire sa valise.

Dans la salle de bains, il avait trouvé sur une étagère, tout au fond, une boîte d'aspirine entamée. Elle lui avait menti.

Après deux cachets, il s'était senti mieux. Alors qu'il était évident qu'elle s'était enfuie, il s'était dit qu'elle reviendrait. Elle n'était pas de taille à faire une chose pareille. Pas elle, avec son petit air soumis et sa paupière qui tressautait. Elle traînait un peu dehors, mais elle n'allait pas tarder à rentrer en demandant pardon. Ah, elle serait bien accueillie ! Un accueil qu'elle ne serait pas près d'oublier.

Il avait campé sur ses positions pendant les deux jours suivants. Le troisième jour, Ron lui avait dit :

« Elle s'est cassée, mec ! Elle s'est tirée, tu vas pas la revoir de sitôt. »

Il se souvenait encore que, pendant les secondes qui avaient suivi, il avait cru étouffer de rage.

Curieusement, cette haine n'avait pas diminué au cours des années. Tapie au fond de lui, elle ressortait par épisodes, sans crier gare, sans motif. Dans ces cas-là, il prenait sa voiture et sillonnait la ville à la recherche de Pamela. Comme pendant les premières semaines qui avaient suivi sa disparition. Il étudiait les visages, les silhouettes, les démarches. Comme fou. Dans ces moments-là, plus rien n'existait, sauf le besoin de la retrouver, la garce.

Ron lui avait souvent répété qu'il était cinglé.

« Qu'est-ce que t'en as à fiche ? T'en avais marre, de toute façon. Tu vas quand même pas courir après une gonzesse qui te gonflait !

— Et toi, quand tu en as une qui fout le camp, tu prends ça comment ?

— Moi, c'est avec les filles que je gagne ma croûte. C'est mon capital. Et faut bien que je leur flanque la trouille, sinon, y a plus de respect et moi, j'ai plus qu'à remballer mes gaules. Mais pour toi et Pamela, c'est différent. Allez, oublie-la ! »

Pas la peine d'expliquer à Ron ce qui lui arrivait. D'ailleurs, il était incapable de se l'expliquer lui-même. C'était l'humiliation qu'elle lui avait fait subir qui lui restait en travers de la gorge, la rage que sa fuite avait déclenchée en lui. C'était comme un feu qui exigeait d'être alimenté en permanence. Il ne trouverait la paix que quand il aurait réglé cette affaire.

Et en de rares moments, aux petites heures du matin, parfois, il sentait que c'était la douleur qui se cachait derrière la colère, une douleur sans nom, inexplicable, et il comprenait qu'il avait besoin de sa colère pour tenir cette douleur à distance. Sinon, impossible de la supporter.

Qu'est-ce que ça signifiait ? Qu'est-ce que c'était que cette douleur ? Il n'avait pas aimé Pamela. Il l'avait désirée et après, elle ne l'avait plus intéressé. Il n'y comprenait rien. Il savait simplement qu'il devait absolument la retrouver.

Et maintenant, j'y suis presque, se dit-il en soufflant encore sur ses mains raides de froid.

Il était tellement plongé dans ses pensées qu'il en avait oublié de surveiller la rue. Il sursauta en s'apercevant soudain que deux personnes pénétraient dans l'immeuble de Marc Reeve. Un homme et une femme. Reeve et Hamilton ? Ce pouvait aussi être d'autres personnes, il n'y avait pas que Reeve dans cet immeuble. La porte se referma sur eux.

La femme, c'était pas Pamela, aucun doute là-dessus. Pamela était plus grande et ce n'était pas sa façon de se tenir. Elle, c'était les épaules courbées vers l'avant et les bras croisés devant la poitrine. Elle avait de gros nichons qu'elle cherchait toujours à cacher. Pour elle, les mecs, c'étaient des ennemis dont elle ne voulait pas attirer l'attention. Mais la bonne femme là, elle marchait tête haute et se tenait droite, et même de dos on voyait qu'elle était vachement sûre d'elle. Hamilton, peut-être, la journaliste. Il détestait ce genre de gonzesse.

Maintenant, pas de blague, il faut ouvrir l'œil, s'intima-t-il.

Il ne se passa rien durant un long moment. Il consulta sa montre. Midi moins vingt. Il y avait bien deux heures qu'il faisait le guet. Un bon café serait le bienvenu.

Alors qu'il se demandait s'il n'allait pas abandonner brièvement son poste d'observation pour se rendre au café le plus proche, la porte s'ouvrit de nouveau, livrant passage à un homme et une femme. L'homme était le même que celui qui était entré un quart d'heure plus tôt, mais pas la femme.

C'était Pamela.

Il l'aurait reconnue même sans la photo du journal, malgré les années écoulées, malgré sa transformation. Ses cheveux bruns et courts au lieu des longs cheveux blonds en faisaient un autre genre de femme. Alors qu'il avait toujours tenu à ce qu'elle s'habille de façon qu'on la regarde, elle était devenue quelconque. Un jean noir, une parka vert olive, une écharpe grise, des chaussures à lacets plates et noires. Pas une once de maquillage. Elle était fade et moche. Et plus vieille que son âge.

Mais comment a-t-elle pu changer à ce point ? se demanda-t-il, stupéfait.

Son cœur battait à se rompre. Il avait le tournis, au point qu'il dut s'accrocher au volant.

Elle était là, devant lui. Il la revit telle qu'elle était le jour où elle avait filé. En minijupe en jean, en talons hauts argentés. Avec une grande queue de cheval blonde qui lui balayait le dos.

Et la voilà qui sortait furtivement d'un immeuble, sans minijupe ni talons, sans savoir que le cercle se refermait et que les choses allaient bientôt rentrer dans l'ordre.

Il lutta contre une furieuse envie de jaillir de sa voiture, de traverser la rue en deux bonds, de l'attraper par le bras, de foutre une paire de baffes au type et de l'emmener... dans un coin tranquille où ils seraient seuls. Et où ils causeraient.

Mais ça n'aurait pas été malin. Pas ici, pas en plein Londres. Le type se défendrait certainement, ameuterait le quartier. Il y aurait bien quelqu'un pour relever la plaque d'immatriculation de sa voiture. Ils n'iraient pas loin.

Pamela fouilla la rue d'un regard inquiet. Visiblement elle n'était toujours pas rassurée.

Et elle a bien raison ! se dit Pit en se cachant derrière son tableau de bord.

Quand il se risqua à se relever, il vit que le type déverrouillait une voiture garée devant l'immeuble et y faisait monter Pamela avant de s'installer au volant. Il allait bientôt démarrer.

Il fallait prendre une décision tout de suite. Or il n'y avait pas trente-six solutions. La suivre, c'était le seul moyen.

Lorsque la voiture démarra, Pit quitta à son tour sa place de parking. Ses mains étaient moites. Il ne fallait pas les perdre, ces deux-là, ni se faire remarquer. Si jamais Pamela regardait dans le rétroviseur, elle le reconnaîtrait. Il n'avait pas changé, lui, et il supposait qu'il lui était souvent apparu dans ses cauchemars. Elle connaissait sa tête par cœur, jusqu'au moindre grain de beauté.

Maintenant, va falloir jouer serré, s'enjoignit-il.

Son cerveau travaillait à plein régime. Il y avait longtemps qu'il ne s'était pas senti aussi concentré.

Ni aussi déterminé.

5

Il était près de seize heures lorsque Marc et Rosanna se retrouvèrent à New Scotland Yard, dans le bureau de l'inspecteur Fielder, avec le sentiment d'avoir devant eux le bon interlocuteur.

Une fois Cedric et Pamela partis pour une destination inconnue, Marc était passé à son bureau prendre son courrier et annuler ses rendez-vous.

Puis, accompagné de Rosanna, il s'était rendu au commissariat, où un fonctionnaire flegmatique s'était contenté d'établir un procès-verbal de leurs déclarations en leur faisant comprendre que leur histoire abracadabrante était difficile à croire. Devant ce scepticisme, Marc en avait eu assez et avait demandé à parler à son supérieur. Après quelques va-et-vient, les choses avaient enfin bougé, en particulier lorsque le nom de *Jane French* avait été prononcé. Quelques coups de fil plus tard, Marc et Rosanna étaient conduits dans une voiture de service jusqu'à l'immeuble de vingt étages où se trouvait le siège de New Scotland Yard. Pendant qu'ils attendaient l'inspecteur Fielder, Rosanna avait tenté de joindre Dennis, en vain. Sans nouvelles de Robert, elle se sentait gagnée par une certaine nervosité, doublée d'une colère croissante vis-à-vis de Dennis. Celui-ci la maintenait dans l'ignorance dans le seul but de la punir de son escapade. Il devenait de plus en plus clair qu'une sérieuse mise au point s'imposait s'ils voulaient sauver leur couple. Ce qui ne serait possible qu'à la condition de trouver un terrain d'entente. Le cœur lourd, elle se dit que bien des choses avaient changé en quelques jours...

Fielder fit son apparition. Au premier abord, un homme calme, un peu terne, réservé. Mais en y regardant de plus près, il était évident qu'on commettait une erreur en sous-estimant sa détermination et sa ténacité.

Fielder les emmena dans son bureau et les invita à prendre place. Puis sa secrétaire apporta du café, et Fielder entama son interrogatoire :

— Vous pensez savoir qui a assassiné Jane French en novembre 2002 ? Racontez-moi tout.

Rosanna laissa Marc relater l'histoire par le menu. Fielder l'écouta, très concentré, sans l'interrompre une seule fois. Quand Marc eut fini, sa première question fut pour demander où se trouvait Pamela Luke.

— Mon frère l'a emmenée se réfugier quelque part, lui révéla Rosanna. Dès qu'ils auront trouvé un point de chute, ils nous appelleront.

— Mais elle devrait être ici, avec vous, objecta Fielder en fronçant les sourcils.

Marc opina du chef.

— Nous avons tout fait pour la persuader de nous accompagner, mais elle s'y est farouchement opposée. Inspecteur Fielder, cette femme est traumatisée et convaincue que ce Pit est déjà sur ses traces, grâce à la photo du journal. Elle refuse énergiquement de le dénoncer à la police, par peur des représailles. Nous ne pouvions évidemment pas céder sur ce sujet, mais nous n'avions pas non plus envie d'agir par la contrainte, au risque de la voir s'abandonner à la panique et s'échapper.

— Je comprends, dit Fielder.

— Nous avons pu trouver un compromis. Nous irions trouver la police nous-mêmes, et elle serait emmenée en lieu sûr. En tout cas, jusqu'à ce qu'on mette la main sur Pit Wavers.

— Et votre appartement ne vous paraissait pas assez sûr, monsieur Reeve ?

Marc secoua la tête :

— Ce n'est pas de ma propre perception de la sécurité qu'il s'agit, mais de la sienne. Pamela affirme que Pit n'aurait aucun mal à trouver mon adresse, puisque je suis nommément désigné dans l'article. Je pense pour ma part qu'elle s'inquiète trop, mais nous ne sommes pas parvenus à la persuader qu'elle n'est pas en danger de mort, comme elle en est convaincue.

— Je comprends, répéta Fielder.

Puis il ajouta :

— Vous êtes avocat, monsieur Reeve, et je suppose que vous êtes conscient d'avoir commis une faute en soustrayant un témoin aussi important à la police. Qui plus est, en l'éloignant de Londres pour une destination inconnue en un moment pareil.

Marc acquiesça.

— Oui, je le sais. J'ai réfléchi à plusieurs solutions, et je me suis décidé pour celle-là. Il est évident qu'elle ne va pas dans votre sens.

— Cedric, mon frère, ne va pas tarder à nous contacter, affirma Rosanna.

Fielder ne tint pas compte de sa remarque. Il n'était pas difficile de voir qu'il était mécontent et s'efforçait de le cacher.

— Mlle Luke a-t-elle prononcé le nom de Linda Biggs, par hasard ? s'enquit-il.

Marc réfléchit, puis demanda à son tour :

— C'est cette jeune femme qui a été retrouvée assassinée dans l'Epping Forest, n'est-ce pas ?

— Nous estimons que cette affaire a un rapport avec l'affaire French. Mais il est fort improbable que Mlle Luke sache quelque chose, compte tenu du fait qu'elle a vécu dans la clandestinité pendant cinq ans.

— Non, elle n'a pas prononcé ce nom, confirma Rosanna.

— Vous voulez dire que Wavers a récemment assassiné une autre jeune femme ? demanda Marc d'un ton incrédule, avec une expression révélant qu'il commençait à prendre un peu plus au sérieux la peur panique de Pamela.

— Il semble qu'il y ait des similitudes avec l'affaire Jane French, dit Fielder avec prudence.

Il laissa passer quelques instants avant d'ajouter :

— Nous avons arrêté Ronald Malikowski ce matin. Un témoin l'a vu avec Linda Biggs en décembre dernier.

— Malikowski, le meilleur ami de Wavers ? Il faut se garder des conclusions hâtives, mais quelques pièces du puzzle ont l'air de s'assembler ! s'exclama Marc.

Fielder partageait son avis.

— Sans aucun doute. Malikowski nie farouchement toute implication dans les deux crimes. Il n'a pas donné de nom pour l'instant, mais ce n'est qu'une question de temps. Ces types n'ont aucun scrupule à se balancer mutuellement quand il s'agit de sauver leur tête.

— Inspecteur Fielder, intervint Rosanna. Est-ce que vous avez une idée de ce qui est arrivé à Elaine Dawson ?

Elle avait compris que le policier n'était pas du genre à s'adonner à des spéculations. Pourtant, elle brûlait de connaître l'opinion d'un enquêteur chevronné de Scotland Yard.

— Le fait qu'elle ait disparu depuis des années sans laisser de traces et que son passeport ait été retrouvé peu après, selon ce qu'affirme Mlle Luke, chez un homme soupçonné d'avoir participé à deux meurtres ne nous incite pas à l'optimisme, dit Fielder. Et même si Malikowski n'est pas l'homme que nous recherchons, mais l'un de ses proches, l'affaire se présente plutôt mal. Je ne vous surprendrai sans doute pas en vous disant que vous devez envisager le pire en ce qui concerne Elaine Dawson.

— Je sais, répondit Rosanna.

— Nous allons interroger Malikowski à son sujet, reprit Fielder. Il va falloir qu'il nous donne quelques explications pour le passeport. Auriez-vous ce document sur vous, par hasard ? A moins que vous ne l'ayez laissé à Mlle Luke pour lui permettre de sillonner le monde ? ajouta-t-il, sarcastique.

Rosanna sortit le passeport de son sac et le tendit à l'inspecteur. Celui-ci l'étudia attentivement, puis le reposa sur son bureau avant de se lever pour indiquer que l'entretien était terminé.

— Je vous remercie d'être venus, dit-il en tendant la main à ses visiteurs. Vous nous avez fourni des informations très précieuses. Nous avons vos adresses à Londres. Je vous prie de ne pas quitter la ville, provisoirement. De plus, vous êtes tenus de nous informer de l'endroit où se trouve Mlle Pamela Luke dès que vous le connaîtrez.

— Vous pouvez compter sur nous, assura Marc.

Rosanna loucha discrètement sur l'écran de son portable. Toujours pas de nouvelles de Cedric.

Ils étaient partis depuis quatre heures, Pamela et lui.

6

Il avait pris la direction du Somerset, instinctivement, car c'était un trajet qu'il connaissait bien pour l'avoir souvent emprunté. Il avait pensé un instant aller chez son père, mais quand il l'en avait informée, Pamela avait refusé, horrifiée :

« Non ! C'est une adresse qu'il peut trouver ! Il faut un endroit tout à fait neutre.

— Sincèrement, je ne crois pas que Wavers puisse mettre la main sur l'adresse de mon père. Il connaît le nom de Hamilton, mais c'est le nom du mari de ma sœur. Il n'arrivera jamais à trouver son nom de jeune fille. »

La jeune femme avait simplement répondu :

« Vous ne le connaissez pas. »

Il avait renoncé à cette idée. Peut-être était-ce mieux ainsi. Cela aurait impliqué de mettre son père au courant de toute l'histoire au risque de le perturber.

Pris dans une succession d'embouteillages, ils avançaient très lentement. Devant l'heure qui tournait, Cedric proposait à intervalles de plus en plus rapprochés de sortir de l'autoroute et de se mettre en quête d'un logement, mais, chaque fois, Pamela refusait :

« C'est encore beaucoup trop près de Londres ! »

— Nous sommes bientôt à Bristol, annonça Cedric. Je crois que cette fois, nous sommes hors de portée des voyous de Londres !

Il comprenait à présent qu'il s'était lancé dans une aventure difficile. Il avait fait une ou deux tentatives de conversation avec sa passagère dans l'espoir de recueillir quelques renseignements, mais, à chaque fois, elle avait coupé court. Les regards qu'il lui jetait à la dérobée lui montraient une jeune femme pelotonnée sur son siège, les bras croisés sur la poitrine, aussi immobile qu'une statue... La peur l'entourait comme une aura. C'était une peur dont on sentait qu'elle faisait partie intégrante de cette femme, une peur appelée à subsister même si tous les Pit Wavers du monde étaient bouclés ad vitam aeternam.

Le soir, alors qu'ils se dirigeaient vers Burnham-on-Sea, Cedric décida de ne plus tenir compte des refus paniqués de Pamela. Il avait compris qu'elle ne s'arrêterait jamais d'elle-même.

Il s'engagea dans une aire de stationnement et s'arrêta. A la lumière déclinante, le visage de la jeune femme ressemblait à un mince croissant de lune.

— Pamela, nous allons essayer de trouver un hébergement, annonça-t-il prudemment, mais d'un ton qui signifiait qu'il n'y avait pas de négociation possible. Nous pouvons continuer jusqu'en

Cornouailles, mais nous finirons de toute façon par arriver au bout de la terre ferme. L'Angleterre est une île !

Il la vit opiner du chef.

— Je sais. C'est simplement que...

Elle hésita.

— C'est simplement que je sens une menace. J'ai le cœur qui bat comme un fou. Il se passe quelque chose, dit-elle sans trouver les mots pour s'expliquer davantage.

— Pamela, je comprends, mais ce qui vous tourmente n'est sans doute pas une sensation objective. C'est votre peur, répondit-il. Quand on a peur, on voit le danger partout. Moi aussi, quand j'étais petit, je voyais des fantômes partout dès qu'on m'envoyait à la cave. Mais maintenant, je sais qu'il n'y en avait pas. Et il n'y a pas de Pit Wavers à proximité. Demain, nous irons nous promener au bord de la mer, sur la plage de Burnham-on-Sea. C'est un endroit magnifique. Ça vous fera peut-être oublier un peu vos angoisses !

Il sentit que ses mots ne l'atteignaient pas vraiment, mais qu'elle rendait les armes.

Devant sa difficulté à trouver une chambre, Cedric se maudit d'avoir écouté sa passagère et de n'avoir pas cherché pendant qu'il faisait encore jour. On était en février, et les bed & breakfast de la région ne prenaient pas de clients.

A l'idée d'aller à l'hôtel, Pamela se remit à trembler. Aussi renonça-t-il à avoir une conversation logique avec elle.

— Essayez donc chez Mme Blum, en descendant la rue, juste à l'angle, leur conseilla une dame chez qui ils avaient sonné en voyant le panneau « Chambres d'hôte » mais qui ne pouvait les héberger. Elle a une maison à l'extérieur du village, avec quatre appartements de vacances. Peut-être que vous pourrez en obtenir un.

Son conseil se révéla utile. Mme Blum ne parut pas enchantée de devoir quitter son confortable canapé pour sortir dans le froid, mais la perspective d'une rentrée d'argent la décida.

— A quel nom ? demanda-t-elle, méfiante.

Cedric prit le parti de ne pas prendre de risques.

— M. et Mme Jones, déclara-t-il. Nous allons peut-être rester plusieurs jours.

— Drôle d'époque pour voyager, fit remarquer Mme Blum en secouant la tête. Et ce n'est pas prudent de ne pas réserver à l'avance. Les appartements ne sont pas chauffés, voyez-vous. Ça revient trop cher quand personne n'y loge. Si j'avais su...

— Ne vous inquiétez pas, ça ira, affirma Cedric.

Mme Blum les précéda avec sa voiture. Ils roulèrent quelque temps vers l'intérieur des terres sur de petites routes sinueuses. Bientôt, il n'y eut plus aucune lumière pour signaler une présence humaine, en dehors des phares d'une voiture occasionnelle.

Pamela s'enfonça encore un peu plus dans son siège.

— C'est complètement isolé ! souffla-t-elle.

Cedric réagit avec un peu d'humeur.

— Vous ne vouliez pas d'une ville ni d'un hôtel. Nous ne pouvons plus nous permettre de battre la campagne pour chercher autre chose. Je suis fatigué et j'ai envie de me poser. Si vous vouliez trouver l'hébergement idéal, vous n'aviez qu'à vous y prendre plus tôt, vous auriez pu choisir. Avant qu'il fasse noir comme dans un four !

Elle ne répondit pas, mais il s'aperçut qu'elle tremblait. Il hésita à lui poser une main apaisante sur le bras, de crainte que ce contact ne l'effraie encore plus.

Mme Blum quitta la route pour s'engager dans une côte bordée de part et d'autre de grands arbres, si rapprochés qu'ils avalaient la lueur de la lune et assombrissaient encore les alentours malgré l'absence de feuilles. Même si Cedric n'éprouvait aucune frayeur, il devait bien s'avouer que l'endroit n'était pas forcément bien choisi pour son accompagnatrice.

Demain, nous chercherons autre chose, se promit-il.

La maison, nichée au milieu des arbres, paraissait moderne, plutôt laide. C'était une bâtisse fonctionnelle, froide, au toit plat, sans recherche.

— Mon mari a hérité du terrain il y a des années, expliqua la propriétaire. Nous avons fait raser l'ancienne maison et fait construire celle-ci. Il y a quatre appartements. Nous nous sommes beaucoup endettés, mais c'est toujours complet en été, et nous aurons bientôt remboursé notre crédit.

Très contente d'elle-même, elle déplaisait à Cedric autant que sa maison.

A l'intérieur, elle ouvrit la première porte qui partait du couloir et pénétra dans un appartement composé de deux minuscules chambres, d'une salle de bains et d'un séjour équipé d'une cuisine à l'américaine. L'ameublement bon marché était réduit au minimum. Et, comme l'avait dit Mme Blum, il faisait très froid.

Peu importait. Ça irait pour une nuit.

Mme Blum alluma un radiateur qui, au grand soulagement de Cedric, s'anima en grinçant.

— Il va bientôt faire chaud, prédit-elle.

Elle leur tendit la clé et exigea le paiement de la première nuit.

— Je reviens demain, annonça-t-elle.

Il était clair que cette visite n'aurait d'autre but que d'encaisser les nuits suivantes.

La côte du canal de Bristol était littéralement submergée de touristes en été. C'était la seule explication au fait que cette femme désagréable loue apparemment sans problème cette baraque sans aucun charme.

Mais les environs sont peut-être beaux, se dit Cedric. Nous verrons ça demain.

Il ferma soigneusement la porte à clé derrière Mme Blum pour rassurer Pamela. Debout dans l'affreuse salle de séjour, les bras croisés sur la poitrine, cette dernière était blanche comme un linge.

— Bon, dit-il d'un ton exagérément gai, je vais appeler Rosanna pour lui raconter tout ça. Peut-être qu'elle a du nouveau de son côté. Si ça se trouve, Wavers est déjà derrière les barreaux.

Son portable lui indiqua plusieurs appels qu'il n'avait pas entendus dans la voiture. Sans doute de Rosanna. Sa sœur devait se demander pourquoi il ne se manifestait pas.

Pas de réseau ! Il jura à mi-voix. Evidemment, dans cette vallée éloignée de tout ! Un téléphone était posé sur le bar de la cuisine, mais la ligne était coupée. Sans doute fallait-il une carte pour se servir de ce fichu appareil.

Pamela le dévisagea.

— Il ne marche pas, le téléphone ?

— Il faut une carte. Mme Blum a peur de faire faillite à cause du téléphone.

— Et le portable non plus ?

— Pas de réseau. Il suffit peut-être de sortir sur la route. Je...

— Non ! s'exclama-t-elle en pâlissant encore un peu plus. Ne partez pas !

— Il faut que j'appelle ma sœur.

Il réfléchit un instant.

— Je ne sais pas pour vous, mais moi, je meurs de faim. Je vous propose d'aller faire un tour à Burnham pour essayer de trouver un pub. On mangera là-bas, et on pourra aussi téléphoner.

Elle sembla peser le pour et le contre.

— Mais si on s'en va et que, pendant ce temps, il venait et nous attendait ?

Il trouva cette idée tellement absurde qu'il faillit éclater de rire mais se retint devant son angoisse manifeste.

— Pour ça, il faudrait d'abord qu'il sache où nous sommes. Et c'est assez difficile, à mon avis. On ne tombe pas sur cet endroit idyllique par hasard !

Elle ne parut pas convaincue, et cependant ne le contredit pas. Il avait l'impression qu'elle contredisait rarement les hommes. Sans doute cela lui avait-il coûté trop cher.

Il prit les clés de sa voiture.

— On y va, dit-il.

Ils sortirent dans la nuit froide.

Tout autour d'eux, c'était le silence total, l'obscurité totale, et pas le moindre souffle de vent ne faisait bouger les branches dépouillées des arbres.

7

Rosanna était dans sa chambre en train de se demander si la robe noire qu'elle portait n'était pas trop courte et si sa tenue ne pouvait pas être mal interprétée, lorsque son portable sonna. A sa grande surprise, c'était Dennis. Elle avait essayé tant de fois de le joindre qu'elle avait presque perdu l'espoir de l'entendre.

Sa voix paraissait très lasse.

— Rosanna, c'est moi, Dennis.

— Dennis ? Tu exagères ! Est-ce que tu te rends compte à quel point je m'inquiète ?

— Rosanna…

— D'abord tu me dis que Rob a disparu, et ensuite tu disparais à ton tour de la circulation en me laissant sans nouvelles… Il y a du nouveau ?

— Rob a pris l'avion pour aller retrouver sa mère à Londres.

Rosanna en eut le souffle coupé.

— Quoi ?

— Ecoute, Rosanna, je suis à Londres, moi aussi. Je suis arrivé ce midi. Marina m'a appelé hier soir. Elle ne voulait pas que je vienne, et je crois que Rob non plus. Mais je... je ne pouvais plus rester à Gibraltar à attendre.

Dennis était à Londres. A proximité. Elle eut l'impression de manquer d'air.

— On peut se voir ? demanda-t-il.

Elle avala sa salive.

— Quand ?

— Maintenant. Je prends un taxi et je te rejoins à l'hôtel.

Elle avait rendez-vous avec Marc pour le dîner, mais il s'agissait de Rob et puis elle ne pouvait pas échapper à une conversation sérieuse avec Dennis.

— D'accord, accepta-t-elle à contrecœur.

Il lui sembla que Dennis voulait ajouter quelque chose – il avait sans doute remarqué son peu d'enthousiasme à la perspective de le voir – mais, après quelques secondes d'hésitation, il se contenta d'un : « A tout à l'heure ! » et raccrocha.

Le téléphone sonna aussitôt à nouveau. C'était Cedric. A l'arrière-plan, elle entendait un brouhaha de voix entrecoupé de tintements de verre.

— Cedric ! Enfin ! Vous êtes où ?

— A Burnham, dans le Somerset. Impossible de s'arrêter avant, Pamela ne voulait pas. Elle aurait préféré qu'on roule jusqu'au bout du monde. Elle ne va pas bien du tout.

— Cedric, je suis allée à Scotland Yard avec Marc. Ron Malikowski, le type chez qui Pamela a trouvé le passeport d'Elaine, a été arrêté ce matin, dans le cadre d'une affaire de meurtre. Mais il se peut que ce soit Wavers, le coupable. Ils le recherchent.

— C'est bien. J'espère qu'ils lui mettront bientôt la main dessus.

— Ils n'étaient pas très contents que Pamela ait quitté Londres. L'inspecteur chargé de l'affaire veut absolument lui parler.

— Je ne crois pas pouvoir la convaincre de retourner à Londres tant que Wavers sera en liberté.

— Mais elle acceptera peut-être de recevoir l'inspecteur à Burnham. Où êtes-vous exactement ?

— A l'extérieur de Cannington, dans un appartement complètement nul. Nous n'y passerons qu'une nuit. Le téléphone est coupé, et je n'ai pas de réseau sur mon portable. Je t'appelle d'un pub où nous mangeons un morceau. Je chercherai quelque chose de mieux demain.

— Rappelle-moi demain matin dès que tu pourras.

Après avoir raccroché, Rosanna alla se planter devant la glace. Sa robe était vraiment trop courte, mais elle n'avait pas envie de se changer.

Elle contempla son visage.

Tu as quelques problèmes, Rose Anne ! se dit-elle.

Et pourtant, tout allait bien. L'assassinat d'Elaine – elle ne doutait pas qu'elle avait été assassinée, la police non plus, apparemment – était sur le point d'être élucidé. Wavers semblait être l'élément-clé de l'affaire. Peut-être Pamela pourrait-elle commencer une nouvelle vie. Marc serait libéré du cauchemar de son passé. Geoff serait rassuré en ayant la certitude que sa sœur ne l'avait pas quitté de son plein gré, et peut-être trouverait-il la paix. Peut-être même retrouverait-on le corps d'Elaine et l'enterrerait-on dans le caveau familial.

Tout se réglerait pour le mieux.

Et moi, songea-t-elle, je rentrerai à Gibraltar et je vivrai heureuse et satisfaite avec Dennis.

Elle fit une grimace au visage devenu tout à coup très soucieux qu'elle voyait dans la glace.

Je suis tombée amoureuse de Marc Reeve. Est-ce que je peux faire comme si de rien n'était, et reprendre là où je m'étais arrêtée ? se demanda-t-elle. Heureuse avec Dennis ? Heureuse à Gibraltar ? Satisfaite de ma vie ?

Si elle était sincère, la réponse aux trois dernières questions était non.

Et c'était là le gros problème. Elle avait pu refouler le fait qu'elle n'était pas vraiment heureuse en ménage tant qu'il n'y avait pas eu d'autre homme. Mais maintenant, il y avait Marc. Appliquer la politique de l'autruche était devenu impossible.

Elle s'éloigna de la glace. Marc ! Il fallait l'appeler et annuler leur dîner.

Pour l'instant, son mari avait encore la priorité.

— Tu avais quelque chose de prévu, ce soir ? s'enquit Dennis, à peine installé dans le salon où ils avaient pris place après s'être dit bonjour avec quelque raideur dans le hall de l'hôtel.

Un serveur apporta de l'eau minérale pour Rosanna et un gin tonic pour Dennis. Ce dernier, habituellement très soucieux de son apparence, arborait une tenue assez négligée : un jean et une chemise à carreaux plus très fraîche. Il n'était pas rasé et avait l'air exténué. Sans doute avait-il à peine dormi depuis la disparition de son fils.

Rosanna répondit par un signe de tête négatif.

— Non, mentit-elle, je n'avais rien de prévu.

— Tu es très en beauté.

— Merci.

— Eh bien... commença Dennis.

Il se racla la gorge, puis poursuivit :

— Ce n'est pas très réjouissant comme situation. Comme je te l'ai dit...

— ... Rob s'est enfui chez sa mère. Tu lui as parlé ? Comment va-t-il ?

— Il est assez perturbé. Il n'était pas content de me voir, et il n'a pas beaucoup parlé. En résumé, il ne veut pas retourner à Gibraltar avec moi.

— Mais il vit là-bas ! Il a son lycée là-bas !

— Il dit qu'il peut tout aussi bien aller au lycée en Angleterre. C'est d'ailleurs vrai.

— Il veut vivre avec sa mère ?

Dennis haussa les épaules.

— Il n'a pas l'air d'avoir d'idée bien précise. J'ai l'impression que l'important pour lui, c'est de ne plus être avec moi. Il n'a pas vraiment réfléchi aux conséquences. Il s'est enfui... chez le seul être au monde qu'il ait en dehors de moi : sa mère.

— Et comment prend-elle la chose ?

— Marina ? Elle a l'air d'être un peu dépassée. Ça lui est tombé dessus par surprise. Elle l'a vu surgir devant elle sans crier gare, et elle se retrouve maintenant avec un fils qui lui demande de se comporter comme une mère. Elle a pris quelques jours de congé pour pouvoir passer du temps avec lui. Elle essaie de faire de son mieux.

— Au fond, ce n'est pas plus mal qu'ils fassent connaissance, fit remarquer Rosanna. J'ai toujours trouvé assez triste le fait qu'ils n'aient aucun contact. Robert est à un âge difficile. Il s'agit pour lui de trouver son identité, et pour cela, il a aussi besoin de sa mère. Sa fuite a peut-être plus de rapport avec ça qu'avec votre dispute.

— Tu veux dire que cette dispute a été le déclencheur d'une chose à laquelle il pensait de toute façon ?

— Je suppose que c'est une question qui le préoccupe depuis un certain temps. Il a des choses à régler avec Marina. Peut-être ne faut-il pas s'y opposer.

— Ce n'est pas tout... dit Dennis sans regarder Rosanna.

Dans le hall de l'hôtel régnait l'activité d'une soirée ordinaire : des hommes d'affaires qui se rencontraient pour dîner, des couples de personnes âgées qui, à en juger par leur tenue, sortaient au concert ou au théâtre, des arrivants qui tiraient leur valise à roulettes vers la réception... dans un brouhaha de voix traversé de notes de piano.

— Robert était très perturbé avant... avant de s'enfuir de la maison. Il a une idée fixe : il est persuadé que tu ne reviendras pas vivre avec nous. C'est une angoisse qui le tenaille depuis un certain temps déjà, et qui se confirme pour lui, puisque tu es partie pour Londres. Il a l'impression que son univers est en train de s'écrouler. Que la famille que nous formons va cesser d'exister. Je crois que s'il n'y avait eu que l'interdiction d'aller à cette fête, il serait venu se réfugier auprès de toi. C'est ce qu'aurait voulu la logique, compte tenu de vos relations. Mais il pense qu'il est en train de te perdre, qu'il t'a peut-être déjà perdue. Ça explique ce que j'ai dit à propos de Marina. Avec Marina, il essaie de trouver une remplaçante. Ce qui évidemment ne marche pas comme ça.

Il évitait obstinément de la regarder. Tant mieux, car elle craignait que la frayeur causée par cette révélation ne se lise sur son visage.

— Il... C'est ce qu'il a dit ? demanda-t-elle d'une voix rauque. Il a dit... que je ne reviendrais pas ?

— Il a dit que tu n'étais pas heureuse avec moi, poursuivit-il. Et que tu partirais. Tel quel.

Comme elle ne répondait pas, Dennis finit par tourner la tête vers elle.

— Est-ce que... Se peut-il qu'il ait raison ? demanda-t-il.

Elle se cramponna à son verre. Comme sous des projecteurs, elle se vit telle qu'il la voyait : avec ses cheveux propres et brillants, son visage plus maquillé que d'habitude, sa robe beaucoup trop courte. Dennis avait une autre femme en face de lui. La façon dont elle s'était apprêtée constituait la réponse à sa question.

— Je ne sais pas, dit-elle pour briser son long silence éloquent. Vraiment, Dennis, je ne sais pas.

Il respira à fond.

— Tu sais ce que tu es en train de me dire ?

Elle acquiesça d'un signe de tête.

— Il y a quelqu'un d'autre, affirma-t-il. Et ce soir, tu avais rendez-vous avec lui.

— Dennis, je t'en prie...

— Ça te dérangerait d'être sincère ?

— Je suis sincère en disant que je ne sais pas. C'est vrai, j'ai fait la connaissance de quelqu'un. Mais je ne sais pas si cette histoire a un avenir, je ne sais même pas si je veux qu'elle en ait un. J'ignore quels sont mes sentiments envers cet homme et les siens envers moi. Il me faut du temps.

— Du temps ! cracha-t-il avec ironie, et, dans cette ironie, était contenue toute sa douleur.

— Dennis, il faut que je voie clair en moi.

Elle le regarda d'un air suppliant, espérant qu'il la comprenait.

— Quand nous nous sommes mariés, je me suis entièrement coulée dans ta vie. J'ai tout pris : ton pays, ton fils, tes amis. J'ai laissé derrière moi tout ce qui faisait que j'étais moi. Et cela ne m'a pas rendue heureuse.

— Mais à l'époque, tu...

— Je sais. Personne ne m'a forcée. Mais je n'avais pas le choix, si je voulais être avec toi. Il était clair dès le début que nous vivrions ta vie et non la mienne.

— J'avais une affaire d'immobilier qui marchait bien à Gibraltar. Je ne pouvais pas tout laisser tomber.

— Moi aussi, j'avais un métier qui me plaisait.

— Mais tu n'étais pas indépendante. Tu pouvais trouver du travail ailleurs. Moi, j'aurais dû repartir de zéro.

— Oui, et c'est bien pourquoi il n'y a jamais eu de discussion entre nous sur cette question. Mais peut-être qu'à cause de cela tu n'as jamais compris que je t'avais fait une très grosse concession, quelque chose que je ne voulais pas m'avouer. Mais quand j'essayais d'évoquer la possibilité de retravailler à Gibraltar, tu t'élevais systématiquement contre, si bien que j'y ai renoncé. Et pour finir, j'avais le sentiment d'être cloîtrée à la maison entre la lessive, la cuisine, et les conflits entre toi et ton fils. Cela ne me satisfaisait pas, Dennis. Je n'y trouvais pas mon compte.

Il hocha lentement la tête en signe de compréhension. Puis :

— C'est que... je voulais la stabilité pour Rob. Qu'il trouve une mère à la maison quand il rentrait de l'école. Qu'il ait une vie régulière. Quand j'étais seul avec lui, il était transbahuté d'un endroit à l'autre, un jour ici, un jour là... Tout était toujours provisoire... Je voulais lui éviter cela une fois pour toutes. Je voulais qu'il se sente en sécurité.

Rosanna effleura son bras. Elle connaissait son amour pour son fils. Elle savait aussi qu'une grande partie de ses propres sentiments pour lui provenait de cet amour et de l'émotion qu'elle avait ressentie en l'observant. Mais le retour qu'elle en avait espéré ne s'était pas produit. Pour Dennis, elle était devenue la mère irréprochable de Robert. Il ne prêtait aucune attention au reste. Au point qu'elle en était venue à l'oublier.

— Le problème était peut-être là, dit-elle. Tu cherchais avant tout une mère pour Robert. Et après seulement, une femme pour toi. Ça ne pouvait pas marcher. Et le plus triste, c'est que pour Robert non plus, ça n'a pas marché.

— C'est vrai, renchérit-il. Tu as sans doute raison.

Ses yeux étaient rouges de fatigue. Rosanna eut envie de le prendre dans ses bras, de caresser ce visage las, de lui dire que tout allait s'arranger. Mais cela n'aurait pas été sincère.

— Donne-moi du temps, répéta-t-elle. Je me suis perdue moi-même ces dernières années. Il faut que je trouve la façon dont je vais continuer ma vie.

Il se frotta les yeux.

— Et qu'est-ce qui va se passer à ton avis ? Je vais te donner du temps, et à la fin tu m'expliqueras que tu t'es décidée pour l'autre et que tu ne reviens pas à la maison.

— La question n'est pas de savoir pour quel homme je me décide. L'enjeu est tout autre.

La colère enflamma soudain les yeux rougis de Dennis.

— Ah bon ? Les hommes n'ont rien à voir là-dedans ? Mais regarde-toi ! Tu as vu la façon dont tu es habillée et maquillée ce soir ? C'est un véritable appel du pied à tous les mecs ! Il ne reste plus qu'à attendre que tu te sois débarrassée de ton mari en le renvoyant avec des boniments sur ta recherche de toi-même et ton besoin de temps. Du temps que tu vas sans doute passer très agréablement.

— Je n'ai pas couché avec cet homme, et je n'en ai pas l'intention.

— C'est pour ça que tu t'es tartiné des tonnes de peinture sur la figure et que tu as mis une robe si courte que tu es obligée de tirer sur ton ourlet de peur qu'on ne voie ta culotte – à condition que tu en portes une ! Jamais tu ne m'as attendu accoutrée comme ça.

— Parce que tu n'aimes pas !

— Exactement, répliqua-t-il avec véhémence. Je n'aime pas !

Il se leva d'un bond, reposa son verre à grand bruit, fit signe au serveur.

— C'est moi qui paie, dit Rosanna en se levant à son tour. J'habite ici pour le moment.

Il refusa d'un signe de tête, blessé.

— Je peux encore t'inviter à prendre un verre, non ? Ça ne t'engage à rien.

— J'aimerais bien voir Rob, dit-elle d'une petite voix. Demain, peut-être ?

— Appelle-le ! jeta-t-il d'un ton bref.

Ils se faisaient face, indécis. Puis le serveur arriva et Dennis paya.

— Oui, je vais l'appeler, dit Rosanna.

— Et ta série d'articles ? demanda Dennis. La raison – ou le prétexte – de ta présence ici ?

— Tout est très embrouillé, dit-elle sans répondre à la provocation, mais le brouillard se lève petit à petit.

Elle pensa à Cedric, coincé à Cannington avec cette pauvre Pamela. A la police qui recherchait activement Pit Wavers. Et, soudain, à Geoff aussi, Geoff rempli d'amertume et de désir de vengeance, dans son horrible établissement de Taunton. Il s'était passé tant de choses dans les derniers jours, bien plus qu'en cinq années de mariage !

Dennis lui posa un semblant de baiser sur la joue avant de s'éloigner. Elle le suivit des yeux pendant qu'il quittait l'hôtel. Il avait fait preuve de plus de dignité qu'elle ne l'en croyait capable.

Elle ressentit alors un besoin urgent de remonter dans sa chambre et de pleurer.

Elle n'appellerait pas Marc ce soir. Par respect pour Dennis.

8

Il était plus de dix heures du soir lorsque Cedric et Pamela retournèrent à leur appartement. Ils avaient prolongé leur séjour au pub, car ni l'un ni l'autre n'avait envie de rentrer dans le logement inhospitalier et glacial qui les attendait. Il n'y avait pas grand monde dans l'établissement, mais l'atmosphère était agréable. Un feu brûlait dans une grande cheminée et le repas qu'on leur servit était parfait. Cedric avait mangé de bon appétit, mais Pamela avait picoré dans son assiette et fini par reposer sa fourchette avec un soupir.

« Pas la peine. Je n'y arrive pas. »

Il avait appelé Rosanna et informé Pamela des dernières nouveautés : Malikowski était sous les verrous, Wavers recherché. Mais il garda pour lui le fait que l'inspecteur chargé de l'enquête souhaitait lui parler d'urgence et qu'elle serait dans l'obligation d'entrer en contact avec Scotland Yard le lendemain. Cela pouvait attendre. Inutile de provoquer une nouvelle attaque de panique et de se gâcher davantage la soirée.

Il n'était pas mécontent d'être dans le Somerset et la perspective d'une promenade sur la plage le réjouissait. Après tout, malgré ses circonstances extraordinaires, ce voyage représentait une coupure bienvenue avec sa vie à Londres, où il passait ses journées à dormir et ses nuits à boire en refusant de penser à son avenir. Mais cette femme était un vrai rabat-joie, avec son pâle visage tout en angles et ses immenses yeux terrorisés qui ne cessaient de surveiller les environs, comme si elle s'attendait à voir entrer le diable en personne à tout moment. Néanmoins, pour éviter d'être injuste, il se rappelait régulièrement à l'ordre en se disant qu'elle avait vécu l'enfer et que son attitude était parfaitement justifiée. Mais il persistait à ne pas comprendre pourquoi elle tremblait comme une feuille alors qu'ils avaient trouvé refuge dans ce petit village bien calme, si éloigné de Londres.

Elle est traumatisée, et les gens traumatisés n'agissent pas de façon logique, se dit-il.

Dans la voiture, Pamela déclara brusquement :

— Je ne comprends pas pourquoi ils lancent un avis de recherche contre Pit. Pourquoi est-ce qu'ils ne l'arrêtent pas chez lui ?

— Parce qu'il n'était sans doute pas chez lui quand ils sont arrivés, expliqua Cedric, et ils n'ont pas dû le trouver. Ils surveillent certainement son appartement. Il va finir par tomber dans le piège. Peut-être même que c'est déjà fait.

— Sauf s'il sait que Ron a été pris.

— Comment le saurait-il ?

Elle haussa ses maigres épaules.

— Chez les voyous, les nouvelles circulent vite. Si Pit n'a pas encore été arrêté, c'est parce que quelqu'un lui a dit qu'ils ont eu Ron. C'est sûr et certain. Et pas question pour lui de rentrer chez lui.

— Est-ce que, selon lui, l'arrestation de Malikowski signifie obligatoirement qu'il va subir le même sort ?

— Il va au moins y penser. Il n'est pas bête, Pit. Il est dangereux, c'est un malade, mais il est très malin. Et il connaît Ron. Même s'ils sont copains, ça ne les empêchera pas de se dénoncer mutuellement pour se sortir de la panade.

— Joli sens de l'honneur, marmonna Cedric.

— L'honneur, ça, ils connaissent pas. S'ils connaissaient, ça les ferait rigoler.

Cedric jura à voix basse en s'apercevant qu'il avait dépassé la bifurcation qui menait chez leur logeuse. Pas étonnant : il faisait noir comme dans un four. Il fit marche arrière, s'engagea dans le chemin forestier et, une fois devant la maison, arrêta la voiture et se tourna vers Pamela.

— Dites-moi donc où est le problème. Bien, admettons que Wavers sache que la police le recherche, qu'il se cache quelque part et se débrouille si bien qu'il est introuvable. Eh bien, c'est justement la raison pour laquelle il ne va pas prendre le risque de venir se venger sur vous. Il est trop occupé à sauver sa peau. Et comment voulez-vous qu'il nous retrouve ? Regardez autour de vous ! Personne ne nous retrouvera ici !

Il n'avait pas besoin de la regarder pour savoir qu'elle tremblait.

— Vous ne le connaissez pas, murmura-t-elle.

— Non, je ne le connais pas, mais c'est une question de bon sens, répondit Cedric en descendant de voiture. Pamela, arrêtez d'avoir peur. Je comprends ce que vous ressentez, mais vous n'avez aucune raison de vous rendre folle avec ça.

Ni de me rendre fou, ajouta-t-il in petto.

Ils rejoignirent la porte à pas prudents. Le radiateur à gaz grinçait et puait sans chauffer vraiment. Il faisait encore très froid.

— Est-ce que les lits sont faits ? dit Cedric.

Pamela alla voir dans une chambre et répondit par la négative.

C'était ce qu'il craignait.

— Bon, il faut partir à la recherche de draps. Espérons que ça existe ici !

Ils trouvèrent le linge nécessaire dans une armoire. Il paraissait propre, mais humide, et il sentait le moisi. Cela ne sembla pas déranger Pamela, au contraire de Cedric qui commençait à maudire cette aventure. On fiche le camp dès demain matin, et on se cherche un petit hôtel sympa, se promit-il.

— Vous voulez dormir dans quelle chambre ? A vous l'honneur ! proposa-t-il.

— Moi, je ne vais pas dormir, annonça-t-elle en secouant la tête. Je reste ici, dans cette pièce.

— Pourquoi ?

— Parce que je pourrai mieux me défendre.

— Mais enfin ! Pamela, vous avez besoin de dormir ! Vous avez l'air morte de fatigue. Et il n'y a pas de Wavers ici ! J'en suis sûr !

De nouveau, un hochement de tête. Elle regardait Cedric en ouvrant grand des yeux remplis de terreur.

— J'ai un très mauvais pressentiment, chuchota-t-elle.

Il sentit la colère monter. Et puis zut, après tout ! Qu'elle reste là toute la nuit à grelotter en regardant les murs, qu'est-ce que ça pouvait lui faire ! Mais le lendemain, elle serait encore plus sur les nerfs et c'est sur lui que ça retomberait. Bon Dieu, qu'est-ce qui lui avait pris de se battre pour faire cette B.A. ? C'était l'affaire de Rosanna, pas la sienne, nom d'une pipe !

— Vous devriez peut-être essayer de vous débarrasser de votre *mauvais* pressentiment, au lieu de le cultiver, répliqua-t-il avec humeur. Vous ne mangez pas, vous ne voulez pas dormir, et vous vous étonnez de perdre les pédales !

— Je sens que Pit... commença-t-elle, les yeux mouillés de larmes.

Mais il l'interrompit brutalement :

— Oh, arrêtez avec ça ! Vous vous racontez des histoires et, pour être franc, vous commencez à m'énerver sérieusement.

Il avait élevé le ton. Au moment où il passa devant elle pour sortir, elle poussa un cri et recula d'un bond dans un mouvement de défense.

Il s'arrêta net.

— Pamela... dit-il doucement.

Elle émit une plainte, la plainte d'un chien, ou d'un enfant maltraité.

Il tendit une main prudente, puis la retira.

— Pamela, excusez-moi. Je n'ai pas voulu vous faire peur. Mais qu'est-ce qu'il a bien pu vous faire ? Qu'est-ce qu'il vous a fait ?

Elle ne répondit pas. Ses yeux trahissaient une folle panique.

— Je vous en prie, calmez-vous, la supplia-t-il.

Elle hocha la tête.

— Je pensais... commença-t-elle avant de se taire, incapable de terminer sa phrase.

— Je sais ce que vous pensiez, répondit Cedric. Mais ne le pensez plus jamais, d'accord ?

Il repoussa avec douceur une mèche de cheveux qui lui barrait le front.

— Tous les hommes ne sont pas comme Pit Wavers. Vous savez ce qu'on va faire, on va rester encore un peu ici, proposa-t-il, conscient que l'état de ses nerfs ne lui permettrait pas de dormir. Et je vais regarder à la cuisine si Mme Blum n'a pas caché une goutte d'alcool quelque part. Boire un petit coup ne nous ferait pas de mal.

Elle ne répondit pas, mais il lut une expression de gratitude dans ses yeux. Elle lui savait gré de ne pas insister pour qu'elle aille se coucher. De ne pas la laisser seule.

Plein d'espoir, il entreprit d'ouvrir les placards les uns après les autres. Un petit verre d'alcool remettrait un peu de couleur sur les joues de Pamela.

Et la calmerait.

Il ignorait ce qui l'avait réveillé. Et il lui fallut un moment pour savoir où il se trouvait : il était affalé dans un fauteuil inconfortable, dans le noir, dans un froid qui le transperçait jusqu'aux os, complètement endolori. En se relevant, il réprima un gémissement.

Pourquoi n'y avait-il plus de lumière ? Il se rappelait avoir bu avec Pamela du brandy oublié par un vacancier dans le coin-cuisine... Il se souvenait d'avoir lutté contre la fatigue jusqu'au moment où ses yeux s'étaient fermés tout seuls.

Elle est allée se coucher et elle a éteint la lumière, se dit-il.

Il chercha à tâtons le lampadaire qui, si ses souvenirs étaient bons, devait être juste à côté de lui, se cogna dedans, réussit à le retenir au dernier moment pour l'empêcher de tomber. La lumière s'alluma. Il jeta un coup d'œil au radiateur qui ne grinçait plus et chauffait encore moins.

Demain, je lui demande de me rembourser une partie du loyer, à la vieille ! décida-t-il, furieux.

Il regarda l'heure à sa montre. Il s'était passé moins de temps qu'il ne l'avait cru, il n'était que vingt-trois heures trente. Il n'avait pas dû dormir plus d'une demi-heure.

Au même moment, il entendit le bruit.

Plus tard, il devait se demander si c'était là ce qui l'avait tiré du sommeil, mais n'avait jamais eu la réponse à sa question. Cela n'avait plus d'importance, mais que se serait-il passé s'il ne s'était pas réveillé ?

Le bruit provenait de la porte de leur appartement. Quelqu'un s'acharnait sur la serrure. Quelqu'un qui avait déjà franchi la porte d'entrée et se trouvait à l'intérieur de la maison.

Ce bruit existait indubitablement, mais Cedric se dit néanmoins qu'il y avait obligatoirement une explication rationnelle et anodine. Mais peut-être était-il déjà tellement contaminé par l'hystérie de Pamela qu'il entendait des choses qui n'existaient pas.

Penser à Pamela lui donna une autre idée. Elle était peut-être sortie, et la porte s'était refermée derrière elle. Elle essayait de rentrer sans le déranger. Absurde, l'idée qu'elle tente de forcer la porte du logement, absurde aussi, l'idée qu'elle sorte dehors, dans la nuit noire et froide, mais c'était une femme très perturbée, et peut-être agissait-elle selon une logique qui n'était pas celle de tout le monde.

Il décida d'aller ouvrir. Lui qui vivait à Manhattan, endroit qui n'était pas réputé pour être le plus sûr de la terre, il n'allait pas avoir les jetons dans un coin isolé au fin fond du Somerset !

Il pénétrait dans la petite entrée dans l'intention de gagner la porte lorsqu'un léger sifflement l'arrêta. Il provenait de la salle de bains, laquelle jouxtait le séjour.

— Il est là, chuchota une voix.

Dans la pièce aveugle, il faisait un noir d'encre.

— Pamela ? dit-il à voix basse.

— Il est à la porte, chuchota-t-elle.

Elle s'était accroupie dans un coin et sans doute tremblait-elle de tous ses membres. Elle avait certainement entendu le bruit, elle aussi, et, après avoir éteint la lumière, s'était cachée dans la salle de bains – l'endroit le plus mal indiqué, car sans échappatoire.

Qu'elle se trouve là signifiait une chose dont il comprit subitement la portée, perdant du même coup son assurance : ce n'était pas elle qui s'activait sur la serrure.

Mais alors, bon Dieu, qui était-ce ?

L'espace d'un instant, Cedric resta paralysé sur place, ne sachant que faire, s'accablant de reproches : « Comment ai-je pu être stupide à ce point ? Une maison isolée ! Pas de téléphone ! Mais qu'est-ce qui m'a pris... ? »

Il n'eut pas le temps de réfléchir davantage. La porte s'ouvrit, et Cedric sut aussitôt que le nain au regard dément qui se tenait sur le seuil était Wavers.

Petit, brutal, et fou. Il tenait une arme.

— Où elle est ? jeta-t-il d'un ton sec.

— Je ne sais pas de qui vous parlez, répondit Cedric.

Wavers avait vécu longtemps avec Pamela. Et au cours des cinq dernières années, il avait pensé à elle nuit et jour. Il se couchait avec elle et se réveillait avec elle. Il la connaissait par cœur. Mieux qu'il se connaissait lui-même.

Le pistolet braqué sur Cedric, il se glissa, à moitié à reculons, dans la salle de bains, et alluma la lumière.

Cedric entendit Pamela pousser un hurlement.

— Je le savais, dit Pit, un rat, ça se cache toujours dans les coins les plus sombres. T'as pas changé, Pammy. Lève-toi et amène-toi.

Il parlait appuyé contre le montant de la porte, l'arme pointée sur Cedric.

— Ecoutez... commença Cedric sans savoir exactement ce qu'il allait dire.

« Sortez de cette maison » ? Ridicule. C'était Wavers qui tenait les rênes. Son index était posé sur la détente. Il lui suffisait d'un rien.

Cedric sentit la sueur jaillir par tous les pores de sa peau.

— Ta gueule ! lui intima Wavers. Je m'occupe de toi tout à l'heure.

Pamela sortit de la salle de bains, aveuglée par la lumière. Elle obéit effectivement à l'ordre de Pit et s'approcha de lui. Il l'attrapa par les cheveux, les tira brutalement pour lui baisser la tête au niveau de son coude.

— Je t'avais pas interdit de te couper les cheveux ? Et on s'était pas mis d'accord pour que tu fasses toujours ce que je dis ?

De nouveau, il lui tira les cheveux. Pamela poussa un cri et ses yeux se remplirent de larmes de douleur.

Cedric n'hésita plus. Ils n'avaient rien à perdre. Wavers allait les tuer. Tous les deux. Au matin, ils seraient morts. Personne ne viendrait à leur secours dans ce lieu perdu.

Il fit un pas en avant et, d'un seul geste, envoya violemment promener l'arme que tenait Wavers. Le pistolet rebondit sur le carrelage. De surprise, Wavers poussa un cri et lâcha Pamela.

Cedric se planta devant lui.

— Fous le camp tout de suite, sinon tu auras affaire à moi, dit-il. Mais tu ne touches pas à Pamela !

Pour toute réponse, Wavers lui envoya son poing dans la figure. Avant de s'écrouler, Cedric sentit le sang gicler de son nez. La douleur était insupportable.

J'ai le nez cassé, pensa-t-il, avant de se dire : Debout ! Lève-toi avant qu'il ramasse son arme !

Il parvint à se redresser tant bien que mal. Il faisait au moins une tête et demie de plus que Wavers, était musclé et bien entraîné, mais il ne se berçait pas d'illusions : il n'était pas plus fort que l'avorton cinglé qu'il avait devant lui. Wavers était habitué à la bagarre. Il lui était parfaitement égal de tuer un homme ou de le rendre infirme.

Pamela l'avait décrit comme un psychopathe. Cedric comprit qu'elle avait raison.

Il prit son élan et envoya à Wavers un crochet au menton qui l'envoya contre le montant de la porte. Avant qu'il reprenne ses esprits, Cedric lui administra un nouveau coup de poing au visage. Wavers esquiva et s'élança brusquement en avant, frappant Cedric à l'estomac avec une force telle qu'il en eut le souffle coupé. Ses yeux se voilèrent pendant quelques secondes. La pointe de la botte de Wavers atterrit dans ses côtes. Il se plia en deux, le flanc droit transpercé de douleur. Avec horreur, il comprit qu'il allait avoir le dessous. Il n'avait pas commis l'erreur de sous-estimer son adversaire, mais n'avait pas imaginé qu'on puisse posséder autant de puissance. Il tenta une riposte, atteignit Wavers au bas-ventre. Ce dernier poussa un hurlement et s'écroula, incapable de réagir. Cedric se redressa en haletant, essuya son visage avec son bras, constata que la manche de son pull était imbibée de sang. Wavers gisait à ses pieds, roulé en boule, et gémissait doucement. Une voix intérieure souffla à Cedric que c'était le moment de lui asséner un coup de pied en pleine tête pour lui faire perdre provisoirement conscience, mais il lui fallut trop de temps pour chasser les scrupules qui lui interdisaient d'attaquer un homme à terre. Il ne perdit que quelques secondes, mais celles-ci furent suffisantes : sans crier gare, l'autre lança les bras en avant, ses mains enserrèrent la jambe droite de Cedric, lequel perdit aussitôt son équilibre déjà instable et tomba en arrière. Sa tête heurta une surface dure et, tout en perdant conscience, il pensa : Merde ! Je suis foutu !

Il ne sut pas combien de temps il était resté ainsi, mais lorsqu'il reprit connaissance, ce fut pour voir Wavers, debout devant la porte d'entrée. Immobile. Légèrement penché en avant. Qui le guettait.

Le corps de Cedric n'était plus que souffrance. Partant de son nez, un nez si enflé qu'il avait le plus grand mal à respirer, des flèches chauffées au rouge lui parcouraient tous les nerfs du visage. Sa tête semblait prête à éclater. Il tenta de se relever et retint un hurlement : son flanc droit était si douloureux qu'il devait avoir au moins une côte brisée. En serrant les dents, il parvint néanmoins à s'appuyer sur les coudes et à redresser la tête.

Un tableau surprenant s'offrit alors à ses yeux. Pamela se tenait dans l'encadrement de la porte du séjour, le pistolet de Wavers dans une main. Elle le pointait vers son ennemi, mais sans être très convaincante : elle tremblait tant que la balle, si elle tirait, avait toutes les chances d'aller se ficher dans un mur, au plafond ou dans le plancher.

— Fous le camp ! ordonna-t-elle d'une voix rauque.

Sans doute n'était-ce pas la première fois, et Wavers ne paraissait pas l'entendre. Même avec l'esprit embrumé, Cedric comprit que la situation pouvait changer d'un instant à l'autre. L'état de stupeur dans lequel le geste de Pamela avait plongé le psychopathe n'allait pas tarder à se dissiper et il s'apercevrait que cette femme à bout de nerfs ne représentait pas une menace.

Cedric réussit à s'asseoir malgré la douleur. Il avait recouvré ses esprits.

— Donne-moi l'arme, Pamela, dit-il en prenant le risque de lui faire lâcher le pistolet de surprise.

Pamela pivota sur elle-même.

— Cedric ! s'écria-t-elle.

— L'arme ! hurla-t-il.

Elle lui obéit prestement.

C'était lui maintenant qui avait le pistolet. A son grand soulagement, il constata que sa main ne tremblait pas.

Malgré sa faiblesse, il le tint fermement dirigé vers Wavers et lui dit d'une voix froide :

— Je vais te descendre, Wavers. Ne me sous-estime pas. Un pas, et tu es mort !

Wavers pesa le pour et le contre. Certes, son adversaire n'était pas fringant, mais c'était lui qui était armé et, de plus, il n'avait rien à perdre.

Wavers sembla en tirer des conclusions. D'un mouvement vif, il se faufila par la porte sans mot dire, comme un serpent. Il disparut si soudainement qu'il sembla n'avoir jamais été là.

Pamela s'agenouilla à côté de Cedric.

— Cedric, il faut voir un médecin !

Il se releva un peu plus en gémissant.

— Pamela, j'ai peur qu'il revienne. Il faut partir d'ici.

— Et si on se barricadait...

— Il a forcé les portes, on ne pourra plus les fermer à clé. Et personne ne sait où nous sommes. Rosanna ne connaît pas l'endroit exact. La seule à venir demain matin, c'est la propriétaire. Ce n'est pas qu'elle me soit très sympathique, mais nous ne pouvons pas la laisser se précipiter droit dans les bras de ce malade. Il la liquidera sans tergiverser pour l'empêcher d'appeler la police.

Pamela partageait son avis :

— Oui, c'est vrai.

— Aidez-moi à me relever.

Elle soutint Cedric pour lui permettre de se remettre sur ses jambes, mais il resta plié en deux. La douleur au côté était intolérable. Il respirait de plus en plus difficilement.

— Est-ce que vous avez entendu un bruit de moteur dans les dernières minutes ? s'enquit-il.

Elle le regarda sans comprendre.

— Si Wavers nous a retrouvés, c'est qu'il nous a suivis depuis Londres. Ça veut dire qu'il est en voiture.

— Je n'ai pas fait attention, s'écria Pamela au désespoir. Je n'en sais rien ! Je ne sais même pas si on peut entendre, de cette pièce !

Moi non plus, se dit-il. J'ai accumulé les erreurs. Wavers peut très bien rôder autour de la maison. Le mieux est d'envisager le pire.

Sa main serra le pistolet un peu plus fort.

— Nous allons essayer de rejoindre notre voiture, décida-t-il. Nous sommes armés, et pas lui. C'est notre seule chance.

Une fille au bord de la crise de nerfs. Un homme gravement blessé qui ne tenait pas debout tout seul. Et un pistolet.

Leurs chances étaient très réduites.

Mardi 19 février

Il était minuit lorsqu'ils atteignirent la porte d'entrée.

Ils mirent un temps infini à traverser le couloir. Cedric ne pouvait respirer que par la bouche, chaque inspiration lui causant une douleur si violente qu'il était contraint de s'arrêter, courbé en avant, en attendant qu'elle s'estompe. Puis il repartait, s'efforçant de ne pas penser à ce qu'il avait lu sur les fractures costales. Certaines personnes ne les constataient que par hasard au bout de quelques jours, tandis que d'autres souffraient tant qu'ils en tournaient presque de l'œil. Souvent, c'était parce que les côtes cassées blessaient un autre organe, le pire à craindre étant la perforation des poumons.

Mais il mit ces pensées à l'écart. Il fallait à présent se concentrer sur le moyen de se sortir de cette maison et de ce bois perdus au milieu de nulle part.

Ils couraient le risque que Wavers, en les voyant avancer à ce rythme, en déduise l'état dans lequel se trouvait son adversaire. En effet, Cedric se sentait si faible qu'il n'était pas sûr de réussir à appuyer sur la détente, encore moins à atteindre sa cible.

Il aurait immanquablement le dessous.

Arrivé à proximité de la porte, il s'arrêta une fois de plus. Il prit une inspiration et en fut récompensé par un terrible coup de poignard dans la poitrine.

— Ce n'est pas possible, Pamela, gémit-il. Qu'est-ce qui vous a pris de vous mettre avec un type pareil ?

Il la distinguait à peine dans l'obscurité, mais il voyait briller ses yeux. Sans doute les écarquillait-elle, folle de terreur.

— C'était la première fois de ma vie que quelqu'un m'aimait, expliqua-t-elle.

Puis elle rectifia, comme si elle devinait à quel point ses paroles le stupéfiaient :

— La première fois que je croyais qu'on m'aimait. Les deux premières années, j'aurais léché ses bottes s'il me l'avait demandé.

La porte d'entrée était entrebâillée. Cedric l'ouvrit un peu plus et jeta un coup d'œil à l'extérieur. La nuit, sous les arbres, était silencieuse et noire, mais il doutait que l'obscurité soit suffisante pour les rendre complètement invisibles. De plus, à cause de son état, il leur serait impossible de se déplacer sans bruit.

Il distingua difficilement leur voiture. Il avait oublié qu'elle était garée aussi loin, à dix bons mètres de la porte.

Ils étaient cernés par des buissons, des arbres et des broussailles impénétrables d'où ne s'échappait aucun son. Il était prêt à parier que Wavers se cachait là, à la faveur des ténèbres.

Il ne peut pas savoir que le téléphone ne marche pas et que mon portable n'a pas de réseau, réfléchit-il, il pense que nous avons appelé la police. Il prendrait un gros risque en restant dans les parages.

C'était la roulette russe. Il fallait risquer le tout pour le tout.

— Ecoutez, chuchota-t-il. On va marcher le plus vite possible jusqu'à la voiture. Elle est sur notre droite, assez loin. Vous la voyez ?

— Oui.

— Vous avez la clé ?

Elle avait pris la clé sur le bahut en passant.

— Oui, répéta-t-elle.

— OK. Alors on fonce tout droit, sans regarder. Il fait trop sombre, de toute façon, on ne le verrait que... quand il serait déjà tout près de nous.

Il sentit qu'elle recommençait à trembler.

— Hé, dites, nous sommes armés, ne l'oubliez pas ! dit-il d'un ton qui se voulait rassurant.

— Mais s'il arrive par-derrière... murmura-t-elle. Vous n'aurez pas le temps de tirer...

Il y a longtemps qu'il aurait pu nous surprendre, lui répondit en pensée Cedric. L'idée lui avait traversé l'esprit alors qu'ils longeaient péniblement le couloir : Et s'il était en haut, sur le palier ? Mais il se garda bien d'en faire part à Pamela.

— Et si on attendait quand même demain... poursuivit-elle.

Le souffle court, il articula péniblement :

— Pamela, il faut me faire soigner... Le plus vite possible... J'ai peur d'être gravement blessé.

— Bon, alors on y va, décréta-t-elle avec, tout à coup, plus de détermination dans la voix que durant les douze heures qu'ils avaient passées ensemble.

Les dix mètres à accomplir lui parurent interminables. Le jour où il avait participé au marathon de New York, il avait souffert le martyre dans la dernière partie du circuit, et il avait cru ne jamais toucher au but. Pourtant, la douleur avait été insignifiante par rapport à celle qui le torturait à présent. Et les dix mètres qu'il avait à franchir lui semblaient infiniment plus insurmontables.

Il ne s'accorda plus de pause malgré sa faiblesse croissante. Il n'était pas loin de l'évanouissement et craignait de ne pas atteindre le havre de la voiture avant de perdre conscience.

— C'est vous qui conduirez, souffla-t-il à Pamela qui le tirait, le soutenait, le traînait.

Ils atteignirent la voiture sans encombre. Après l'avoir déverrouillée avec la télécommande, Pamela ouvrit la portière côté passager et le fit glisser sur le siège, avant de contourner le véhicule en courant pour monter à son tour.

— Vérifiez le siège arrière. Vite ! lui recommanda Cedric.

La voiture n'avait apparemment pas été ouverte, mais il fallait s'attendre à tout.

En haletant de peur, Pamela s'exécuta.

— Vide ! annonça-t-elle.

— Alors foncez !

Les doigts de la jeune femme tremblaient si fort qu'elle ne parvint à démarrer qu'à la troisième tentative.

— Je ne conduis que les voitures automatiques, chuchota-t-elle.

— Pas grave ! Vous y arriverez !

— Oui, mais...

— Allez, roulez. Il faut qu'on parte d'ici. Il faut m'emmener à l'hôpital.

Il se sentait défaillir. La douleur devenait insupportable. Pourvu que Pamela ne perde pas la tête ! Il ne connaissait pas exactement la nature de ses blessures, mais il savait qu'il risquait de mourir si on ne le soignait pas d'urgence.

Le pistolet lui glissa des mains. Il n'avait plus de sensation dans les doigts. Il n'avait plus de forces. Sa vue commença à se brouiller.

— Appuyez sur l'accélérateur !

Lentement, la voiture se mit en mouvement en cahotant. Pamela conduisait penchée en avant, le nez collé au pare-brise. Elle n'avait pas allumé les phares. Peut-être était-ce préférable. Une fois dans un endroit plus fréquenté, il lui dirait comment les actionner. S'il en était encore capable. Il avait l'impression que sa bouche enflait, devenait duveteuse.

Je m'en vais… pensa-t-il.

Et pourtant, il y avait un espoir : Nous sommes dans la voiture. Nous roulons. Nous quittons cet endroit. Il ne peut plus rien nous faire, ce salopard.

Au même moment, Pamela freina si fort qu'il fut projeté en avant. Il poussa un cri de douleur suivi d'un juron.

Devant eux, une voiture s'était mise en travers du chemin, barrant l'accès à la route.

Au lieu de foncer, Pamela tenta désespérément de passer la marche arrière.

— Je ne trouve pas la marche arrière ! s'affola-t-elle.

— Non, pas la marche arrière, articula Cedric avec difficulté. Pas… en arrière… On serait pris au piège.

Il distingua une silhouette qui sortait de l'autre voiture. Une ombre. Pit Wavers.

Pamela se battait toujours frénétiquement avec le levier de vitesse.

— Tirez ! cria-t-elle alors que Wavers s'approchait lentement. Mais tirez donc !

— J'ai… perdu… l'arme…

Les vitesses grinçaient pitoyablement. Pamela actionnait le levier dans tous les sens en oubliant certainement de débrayer.

Wavers avançait toujours.

Malgré sa faiblesse, Cedric eut la force de penser que leur adversaire prenait des risques. Cela signifiait sans doute qu'il n'y avait qu'une ou deux balles dans le barillet. Et à travers le pare-brise, notre précision de tir est très limitée, se dit-il. S'il arrive à se mettre à couvert à temps, nous lui serons livrés sans défense.

— Où elle est, cette saleté d'arme ? cria Pamela d'une voix stridente.

— A… mes… pieds… Quelque part…

Cessant de maltraiter les vitesses, elle plongea entre les pieds de Cedric. De l'autre côté du pare-brise, on distinguait nettement le visage blanc et suant de Wavers. Jamais Cedric n'avait vu pareille grimace de haine.

C'est foutu, se dit-il, au désespoir, même si elle retrouve le flingue, c'est foutu. Je... ne... peux... plus.

Ses pensées lui échappèrent, refusèrent de se laisser rattraper.

Wavers s'approchait de plus en plus. Maintenant, il était juste devant la voiture.

— Je l'ai, siffla Pamela en se redressant.

Devant les yeux de Cedric, les images s'effaçaient progressivement.

— Tire ! chuchota-t-il. Tire, bon Dieu !

Il pensa au tremblement des mains de la jeune femme quand elle avait visé le fou, un peu plus tôt. Impossible qu'elle l'atteigne. Ils étaient perdus.

— Tire... répéta-t-il malgré tout.

La détonation faillit lui percer les tympans. La balle fracassa le pare-brise, le transformant en une gigantesque toile d'araignée. Avant de perdre entièrement connaissance, Cedric eut le temps d'entendre le bruit sec de la détente se répéter à toute vitesse.

— Il n'y a plus de munitions ! hurla Pamela d'une voix si haut perchée qu'elle déraillait. Cedric, il n'y a plus rien ! C'est vide !

Je le savais, pensa-t-il, avec un soupçon de fierté irrationnel. Je le savais bien !

Puis il s'évanouit.

TROISIÈME PARTIE

Mercredi 20 février

1

Le chagrin et, plus encore, l'incompréhension avaient posé un masque sur leurs visages. Telle fut la première impression de l'inspecteur Fielder lorsqu'il se retrouva en face de la famille Biggs. En quelques jours, ils avaient changé, y compris les garçons, même s'ils essayaient, comme toujours, de paraître décontractés.

Ils étaient sous le choc.

C'était Angela la plus atteinte. Le désespoir commençait à creuser ses traits. Malgré son jeune âge, elle paraissait curieusement marquée, avec ses yeux sans éclat, ses lèvres étroitement serrées.

Son père, Gordon, ressemblait à un somnambule. On aurait dit un homme plongé dans un cauchemar, sans espoir de se réveiller.

Sally, la mère, avait relativement peu changé. L'alcool avait érigé un mur protecteur entre elle et la réalité. Le seul changement notable était dans sa manière de boire son brandy : elle utilisait une flûte à champagne. Elle se resservait régulièrement, avec concentration, en soutenant son bras de l'autre main pour maîtriser son tremblement. Son verre et sa bouteille semblaient être l'unique objet de ses préoccupations. La seule chose qui comptait vraiment.

Une fois de plus, ils étaient installés dans la cuisine, tous ensemble, même si, à pareille heure, les garçons avaient normalement classe. Angela, elle non plus, n'était pas à son travail.

Mais maintenant, ils risquent de perdre le soupçon de colonne vertébrale qui assurait leur cohésion, se dit Fielder, soudain attristé à cette idée.

— Vous nous apportez du nouveau ? s'enquit Angela.

Elle avait coiffé ses cheveux en arrière et ne portait pas de maquillage, guère soucieuse de son apparence.

— C'est le type que Dawn a identifié… ?

Fielder fit un signe de tête négatif.

— Il ne semble pas que ce soit lui. Mais la déclaration de Mlle Sparks nous a été très précieuse. Car d'après tous les éléments dont nous disposons actuellement, les soupçons se portent sur un ami très proche de Ron Malikowski. Il s'appelle Pit Wavers. Auriez-vous entendu Linda prononcer son nom ?

Les membres de la famille s'interrogèrent mutuellement du regard, à l'exception de Sally, en train de se livrer à l'exercice risqué consistant à diriger la bouteille vers son verre.

— Non, répondit Gordon. Jamais entendu ce nom.

— Moi non plus, renchérit Angela. Je m'en souviendrais. Le problème, c'est justement qu'elle disait plus rien depuis six mois.

— Nous avons arrêté Malikowski avant-hier matin, reprit Fielder, et il a fini par raconter un tas de choses. Pit Wavers et Linda s'étaient rencontrés l'été dernier. D'après lui, Wavers l'aurait abordée dans le métro, mais ce n'est pas très clair. Difficile de dire s'il s'est vraiment amouraché d'elle ou s'il jouait la comédie, toujours est-il qu'il a fait sa conquête en jouant les grands seigneurs, en l'emmenant dans des restaurants chics et en lui faisant de beaux cadeaux. Cela se recoupe avec vos observations concernant ses vêtements et ses rentrées d'argent inexpliquées. Malikowski dit que Linda est devenue très vite dépendante de Wavers. Elle voulait lui plaire, obtenir à tout prix son affection et sa bienveillance. Il dit que Wavers agissait de la même façon avec toutes ses petites amies. Il faisait en sorte de les rendre soumises.

— Mais c'est pas du tout Linda, ça ! fit remarquer Angela d'une voix blanche.

Fielder lui jeta un regard de compassion.

— Justement, c'est peut-être sa forte personnalité qui a causé sa perte, dit-il d'une voix douce. Malikowski déclare que Wavers s'est très vite lassé de Linda et qu'il envisageait de faire ce qu'il finissait toujours par faire avec ses conquêtes : il voulait l'envoyer sur le trottoir pour qu'elle lui rapporte de l'argent. Beaucoup d'argent.

Gordon émit un son horrifié et enfouit sa tête dans ses mains.

— Mon Dieu…

— Il semble y avoir eu des problèmes, parce que Linda s'est rebiffée. Malikowski affirme qu'ils se disputaient sans arrêt. Par la suite, Wavers a découvert que Linda lui avait menti en prétendant qu'elle vivait avec sa grande sœur et en lui cachant l'existence de ses parents et de ses trois frères. Ce qui lui faisait courir un risque, car il avait toujours pris la précaution de se lier avec des filles qui avaient coupé les liens avec leur famille. Malikowski suppose que Wavers a perdu la tête au cours de l'une de leurs disputes, de plus en plus fréquentes. C'est, selon lui, un type qui ne supporte pas la contradiction et perd facilement son sang-froid.

— Et on est sûr que ce n'est pas ce Malikowski lui-même qui... ? intervint Angela.

— Pour le moment, il n'y a rien de sûr, répondit l'inspecteur, et nous n'en avons pas fini avec Malikowski. Nous le ferons tomber de toute façon pour prostitution forcée, viol et blessures volontaires. Mais nous avons un témoignage à prendre avec le plus grand sérieux en ce qui concerne l'affaire Jane French. Un témoin oculaire a vu Wavers torturer à mort une jeune femme. Compte tenu de la similitude des faits, il y a tout lieu de croire qu'il est également l'assassin de Linda. Malheureusement, nous n'avons pas de preuve pour l'instant.

— Vous allez pouvoir l'arrêter, ce Wavers ? demanda Angela. Vous le recherchez ?

Fielder garda le silence quelques instants avant d'annoncer :

— Wavers est mort.

Tous les regards convergèrent sur lui.

— Mort ? répéta l'un des frères d'un ton incrédule, comme si cette éventualité était inenvisageable.

— Wavers a été tué dans la nuit de lundi à mardi dans le Somerset. En légitime défense, par une femme qui se cachait depuis des années par peur de ses représailles, et qu'il avait retrouvée. Il était inconscient, hors d'état d'être interrogé quand il a été transporté à l'hôpital. Il est mort quelques secondes après son transfert.

Un silence songeur suivit ses paroles. Angela fut la première à réagir :

— Donc, on n'aura jamais aucune certitude.

Fielder haussa les épaules à regret :

— Sous la forme des aveux de Wavers, non. Mais il reste la médecine légale, la recherche d'empreintes qui pourront peut-être apporter des preuves. Il se peut également que Malikowski n'ait pas dit tout ce qu'il savait. Il a tellement de casseroles aux fesses qu'il sera sûrement prêt à un marché avec la police. Mais avec tout ce que je sais maintenant et d'après ma longue expérience, je suis sûr à quatre-vingt-dix pour cent que c'est Pit Wavers qui a tué Linda.

— Y aura pas de procès, déplora Angela.

— Non, il n'y aura pas de procès contre Pit Wavers.

Un nouveau silence. Sally, toujours en train de se battre avec sa bouteille, marmonna des paroles incompréhensibles.

— J'aurais bien voulu me trouver face à face avec ce type, déclara Gordon.

Cette affirmation déclencha chez son fils aîné un sourire cynique.

— Qu'est-ce que t'aurais fait, papa ? Tu lui aurais fait très mal ? Tu lui aurais montré tes petits poings pour lui prouver que t'es très fort ?

— Fais gaffe à pas les recevoir dans la poire, mes poings !

— Moi non plus, cette issue ne me plaît pas, vous pouvez me croire, intervint Fielder. Je préfère les preuves intangibles et les procès. En ce qui concerne le duo Malikowski-Wavers, nous enquêtons également dans le cadre d'une affaire concernant la disparition d'une femme qui pourrait être une autre de leurs victimes. Et là non plus, la mort de Wavers ne nous arrange pas. Ce n'est pas drôle, mais il n'y a rien à faire. Nous ne pouvons pas le ressusciter.

— Non, c'est clair, acquiesça Angela.

Fielder se leva. Il aurait volontiers pris un café, mais personne n'avait pensé à lui en proposer. Il n'avait dormi que trois heures la nuit précédente. Il avait absolument besoin d'un remontant.

— Je tenais à vous mettre au courant, c'est pour ça que je suis venu vous voir. Je sais bien que rien ne vous ramènera Linda, quel que soit le résultat de nos investigations. Mais, par expérience, je sais que c'est encore plus dur pour les proches de ne pas savoir. Les proches ont besoin d'une photo bien précise des faits, et de la laisser en place.

Il n'obtint pas de réponse. Gordon regardait fixement un point imaginaire. Sally avait fermé les yeux. Les frères baissaient le nez.

— Je vous raccompagne, proposa Angela.

Elle va de l'avant, se dit Fielder. Elle a plus d'intelligence et d'énergie que le reste de la famille réuni. Si elle se sort de cette histoire, elle fera son chemin.

Sur le seuil, il lui conseilla :

— Laissez-vous aller à votre chagrin. Exprimez votre peine. Ne faites pas comme votre mère, ne vous anesthésiez pas, et ne vous réfugiez pas dans le mutisme comme votre père. Vivez ce chagrin. C'est ce qui vous permettra de...

Il hésita. Elle l'invita à poursuivre :

— Oui ?

— C'est ce qui vous permettra de revivre. Et de faire quelque chose de votre vie. Je suis sûr que c'est ce qu'aurait voulu votre sœur.

Avec un signe de tête approbateur, elle lui serra la main, une pression légère, mais non dénuée de force. Sa paume était glacée.

Dans l'escalier, l'inspecteur se demanda ce qui lui avait pris de tenir ce discours.

Il se frotta les yeux. Il était vraiment au bout du rouleau.

2

— Je comprends, Rosanna, bien sûr, dit Nick. Je ne me réjouis pas de ta décision, mais je comprends.

Après leur dernier échange, il était redevenu le Nick d'avant, l'ami plutôt que le patron. Rosanna en était soulagée. Elle venait de lui annoncer qu'elle dénonçait le contrat. S'il s'était mis en colère une fois de plus, elle aurait fondu en larmes, elle le savait. Car elle avait les nerfs dans un état lamentable. Les événements précipités des derniers jours ne l'avaient pas laissée indemne, en particulier ce qui était arrivé à son frère.

Assis derrière sa table de travail, Nick la couvait d'un regard compatissant.

— Comment va Cedric ce matin ? s'enquit-il. Tu l'as eu au téléphone ?

— Oui. Je crois que le pire est derrière lui. Il est à l'hôpital de Taunton, et notre père est auprès de lui. J'ai tout raconté à papa. Evidemment, il est très perturbé.

— En tout cas, bravo à cette Pamela Luke de l'avoir descendu d'un seul coup de feu. Manque pas de sang-froid, cette fille !

— Elle avait une chance sur cent mille, à mon avis. On a eu une veine incroyable. Surtout Cedric !

— Elle est à Londres ?

Rosanna hocha affirmativement la tête.

— Elle occupe la chambre de Cedric à mon hôtel. Scotland Yard n'arrête pas de la bombarder de questions. Toute cette affaire semble être un gigantesque marécage. Wavers et son copain Malikowski sont impliqués dans un nombre invraisemblable de crimes et de délits, mais Wavers était le pire des deux. On lui attribue deux meurtres. Si on arrive à prouver qu'il a aussi tué Elaine, ça fera trois.

— Et c'est vers lui qu'on s'oriente ?

— Tout dépend de la façon dont on le prend. Pamela a trouvé les papiers d'Elaine chez Malikowski. Mais lui se défend comme un beau diable d'avoir connu Elaine ou d'avoir jamais été en possession de ses papiers.

— Moi aussi, à sa place je nierais.

— D'accord, mais il ne nie pas d'autres faits qui lui sont reprochés.

— Dans le cas d'Elaine, le délit pourrait être un assassinat. C'est autre chose. Il va sûrement atterrir au trou, mais la durée de la peine a quand même son importance.

— On verra, dit Rosanna.

Nick s'aperçut alors de sa pâleur et de son regard sombre.

— Qu'est-ce qui se passe ? Tu n'as pas l'air dans ton assiette.

Elle se frotta les yeux.

— Je suis fatiguée, c'est tout. Cedric... Tout le reste...

— Je crois que tu devrais rentrer chez toi pour retrouver ta petite famille. Dormir, récupérer. Je ne t'en veux pas de me lâcher pour le reportage, je t'assure.

D'une voix sourde, elle répondit :

— Tu ne peux pas savoir à quel point je m'en veux. C'est moi qui ai déclenché toute cette horreur. J'aurais dû me contenter de faire simplement mes articles au lieu d'aller mener ma petite enquête personnelle.

— Tu as voulu savoir ce qui était arrivé à Elaine, et c'est bien normal, la rassura Nick. Sans compter que tu n'as rien fait de mal ! C'est le débat qui a tout déclenché et c'est moi qui t'y ai envoyée. C'est moi qui ai donné ton numéro au logeur de Pamela Luke. Si tu n'avais pas réagi, il se serait adressé à quelqu'un d'autre, il n'aurait pas lâché prise avant que quelqu'un ait mordu à l'hameçon. Il a agi parce qu'il voulait se faire mousser, c'est toi-même qui l'as dit.

— D'accord, mais je n'aurais pas dû me laisser influencer par la terreur de Pamela. Nous aurions dû la livrer à la police, pas l'envoyer au vert. Et mêler Cedric à tout ça par-dessus le marché. C'était de la folie.

— Comment pouvais-tu imaginer que Wavers leur filerait le train ?

Rosanna secoua violemment la tête :

— J'aurais dû ! J'aurais dû prévoir qu'il lui suffirait de tomber sur cet article et que tout lui serait servi sur un plateau. Le nom de Marc lui a donné l'adresse du cabinet. La police sait qu'il a obtenu l'adresse privée de Marc auprès d'une femme qui habite dans l'immeuble où est le cabinet.

— Mais...

— Je n'ai pas cru Pamela, poursuivit-elle sans vouloir l'écouter. Elle était folle d'angoisse et n'arrêtait pas de dire que Wavers était obsédé par la vengeance. Elle le connaissait bien, elle savait qu'il était fêlé, que c'était un psychopathe. J'aurais dû la prendre au sérieux. Quand je pense que mon frère a failli mourir à cause de moi ! s'exclama-t-elle au bord des larmes.

Nick fit le tour de son bureau et lui tendit un mouchoir. Il lui tapota l'épaule.

— Regarde donc le côté positif, lui recommanda-t-il. Il s'est passé beaucoup de choses, et beaucoup de choses se sont élucidées. Pit Wavers est mort. Pamela Luke n'a plus besoin de se cacher derrière une fausse identité, elle va pouvoir reprendre une vie normale. Nous avons une petite idée de ce qui est arrivé à Elaine. Pas encore de certitudes, mais tout semble indiquer qu'elle a été victime de Wavers et de Malikowski. C'est triste, mais ça veut dire primo que Reeve est réhabilité, secundo, que le frère d'Elaine peut trouver la paix. Il sait maintenant que sa sœur ne l'a pas quitté délibérément. En élucidant l'affaire, tu lui as fait un cadeau.

Tout ce que Nick disait était vrai, mais Rosanna n'en était pas rassérénée pour autant. A bout de forces, elle se dit que tout cela était plus qu'elle n'en pouvait supporter.

Elle roula le mouchoir en boule et se leva.

— Je ne vais pas te retenir plus longtemps, Nick. Merci de ta compréhension, et de... ton amitié. C'était bien... de pouvoir humer de nouveau l'odeur du journal !

— Quand tu veux, assura Nick. Quand tu auras un peu récupéré, si le cœur t'en dit... tu m'appelles.

Elle se sentit mieux une fois dans la rue. La gentillesse de Nick lui avait fait du bien. De même que le soleil étonnamment chaud pour un mois de février. Elle cligna des yeux.

Et maintenant ? se dit-elle.

Ils n'en avaient pas parlé, mais il était clair qu'elle allait devoir quitter son hôtel chic le plus rapidement possible. Son séjour ne serait plus financé par le journal, et il était même douteux qu'il le soit rétroactivement. Elle avait dénoncé le contrat. Elle était tributaire de la générosité de Nick. Elle n'avait pas d'argent à elle. Dennis paierait-il sa note d'hôtel ?

Pas vraiment envisageable.

Dennis... Mon Dieu, Rob ! Elle qui avait promis de l'appeler la veille, elle avait complètement oublié de le faire dans le feu de l'action. Encore un point de moins aux yeux de Dennis. Elle ne cessait d'aggraver son cas...

Elle sortit son portable de son sac et composa le numéro de Dennis séance tenante.

Il décrocha immédiatement.

— Dennis, c'est Rosanna. Je suis désolée, mais...

— Ce n'est pas à moi que tu dois dire ça, la coupa-t-il d'une voix froide.

Elle n'avait escompté aucune compréhension de sa part. Une fois de plus acculée à la défensive, elle sentit le désarroi l'envahir.

— Vous êtes encore à Londres ? demanda-t-elle.

— Rob est encore à Londres. Moi, je suis rentré à Gibraltar. Il faut bien que je travaille. Rob a refusé énergiquement de rentrer avec moi.

Son ton chargé de rancœur était en même temps empreint d'une grande tristesse. Rosanna en eut le cœur serré. Elle comprenait à quel point la situation le faisait souffrir.

— Il s'est passé énormément de choses, dit-elle, pourtant consciente que cela ne l'intéresserait pas. Cedric est à l'hôpital de Taunton. Il a été sauvagement tabassé par un psychopathe. Celui qui a sans doute assassiné Elaine il y a cinq ans.

— Ah bon, fit Dennis.

— J'ai renoncé à écrire la série. Je ne termine pas mon contrat. Après tout ce qui s'est passé...

Elle attendit une remarque, mais Dennis ne répondit pas.

— Je vais téléphoner à Rob et tout lui expliquer, reprit-elle. Je suis sûre qu'il me comprendra.

— Et quand envisages-tu de rentrer ? demanda Dennis. Au cas où tu l'envisagerais, naturellement.

— Je dois d'abord aller voir Cedric. Je logerai chez mon père. Je ne peux pas disparaître comme ça. C'est... c'est moi qui ai mis Cedric dans cette situation et...

— Tu as absolument voulu retravailler pour Nick Simon, et tu vois le résultat. On ne peut pas dire que ce soit une réussite pour les gens qui t'entourent. Rob est sens dessus dessous ; Cedric est à l'hôpital ; Elaine, ça ne lui sert plus à rien ; et pour finir, tu n'écris même pas les articles. Tout ça pour rien. A part un tas d'ennuis pour tous ceux qui sont mêlés à ça de près ou de loin.

— En tout cas, maintenant, on sait ce qui est arrivé à Elaine. Et on connaît l'assassin.

— Oui, et alors ? En quoi est-ce important pour nous ? Ce n'est pas pour éclaircir cette énigme que tu as accepté le contrat, je me trompe ? Tu n'as donc aucune raison de te comporter comme si tu avais atteint ton noble objectif. Parce que c'est un beau fiasco.

— Non, je ne suis pas d'accord, protesta faiblement Rosanna.

Quoi qu'elle dise, elle n'atteindrait pas Dennis. Même avec la meilleure argumentation du monde. Il était blessé, furieux, avait d'énormes problèmes avec son fils. Le reste ne l'intéressait pas.

— Je te rappelle ! se hâta-t-elle d'annoncer, soucieuse de mettre un terme à cette conversation stérile. Je pars pour Kingston dès aujourd'hui. A bientôt, Dennis !

— Transmets mon bonjour à ton père, dit-il pour la forme avant de raccrocher.

Elle rangea son portable en résistant au besoin de laisser couler ses larmes, des larmes qui n'étaient pas uniquement dues à l'attitude de Dennis, mais à tous les événements des dernières vingt-quatre heures.

— Ne pleure pas. Prends les choses les unes après les autres ! prononça-t-elle à voix haute, s'attirant les regards surpris de deux passants.

Quelles étaient les prochaines choses à faire ?

Aller à l'hôtel, faire ses bagages, payer la note avec sa carte de crédit sur le compte de Dennis, et prier pour que ça marche.

Dire au revoir à Pamela Luke au cas où celle-ci serait à l'hôtel et non pas dans le bureau de l'inspecteur Fielder – ce qui était beaucoup plus plausible.

Aller à la gare trouver une correspondance pour Taunton.

Essayer de joindre Rob depuis chez elle. Hors de question de lui parler dans la rue, elle prendrait le temps.

Elle passerait la nuit dans son ancienne chambre, dans la maison de ses parents, et cette idée la réconforta un peu. Même adulte, on avait parfois besoin d'un nid où se réfugier. Elle avait toujours eu une relation de confiance avec son père. Peut-être pourrait-elle tout lui raconter. Le couple qu'elle formait avec Dennis. Gibraltar où elle n'avait jamais été heureuse. Marc Reeve qui…

Marc Reeve ! Elle s'arrêta net.

C'était ce qu'elle avait à faire en dernier. Il fallait appeler Marc. Lui dire au revoir avant de partir pour Kingston.

3

— Il y a quelque chose qui me chiffonne, déclara l'inspecteur Fielder, songeur.

Il était dans un bar de Mayfair en train de boire un double café accompagné d'un croissant affreusement sec. Il n'avait pas pris de petit déjeuner ce jour-là, et n'avait pas non plus dîné la veille au soir. Mais les effets de l'hypoglycémie avaient commencé à se faire sentir, si bien qu'il avait cédé aux adjurations de sa collaboratrice, Christy McMarrow, et s'était laissé convaincre d'aller manger un morceau.

Ils s'étaient présentés à l'hôtel où était hébergée Pamela Luke, mais avaient fait chou blanc. Sa clé était à la réception. Le portier avait indiqué que Mlle Luke avait quitté l'hôtel le matin même vers huit heures.

« Elle n'a pas réglé sa note, et elle n'avait pas de bagages, avait-il précisé.

— Des bagages, elle n'en a pas, avait grommelé Fielder en fouillant le hall des yeux. On ne peut pas savoir si elle s'en va pour de bon ou si elle est partie faire un tour.

— Pourquoi voulez-vous qu'elle ait quitté l'hôtel ? » avait objecté Christy.

C'était alors qu'elle avait remarqué la pâleur de son supérieur, et après quelques protestations, il avait consenti à aller discuter avec elle de l'affaire Wavers au café voisin qui avait vue sur l'hôtel, leur permettant ainsi de voir passer Pamela au cas où elle regagnerait sa chambre.

— Qu'est-ce qui vous tracasse ? Qu'elle ne soit pas à l'hôtel ? s'enquit Christy, face à son verre d'eau minérale.

Il n'était pas question de croissant pour elle, car elle avait sérieusement besoin de maigrir.

— Il était entendu qu'elle se tiendrait à notre disposition en permanence.

— Mais elle ne peut pas rester cloîtrée vingt-quatre heures sur vingt-quatre dans sa chambre ! Elle va devenir folle ! Elle a peut-être eu besoin d'aller s'acheter quelques petites choses... du dentifrice, des chaussettes, une crème pour le visage... Nous ne nous sommes pas annoncés.

— Quand j'étais chez les Biggs, j'ai essayé de l'appeler, et elle n'y était déjà plus.

Christy McMarrow n'était pas autrement étonnée que Pamela Luke ait éprouvé le besoin de s'échapper un peu. La pauvre en avait vu de toutes les couleurs.

Une voiture de police l'avait conduite la veille de Taunton à Londres. Elle avait ensuite passé des heures avec Fielder. La nuit qui avait précédé avait dû être cauchemardesque : la confrontation avec son tortionnaire, les graves blessures infligées à Cedric, le coup de feu par lequel elle avait réussi à tuer Wavers. Elle était même parvenue à transporter son compagnon d'infortune jusqu'à un commissariat de police, où il avait été mis entre les mains des urgentistes. Des images atroces tournaient probablement dans son cerveau, et ce n'était pas en arpentant les quelques mètres carrés d'une chambre d'hôtel qu'elle les chasserait de son esprit...

Fielder repoussa son croissant immangeable.

— Mais ce qui me chiffonne, c'est que certaines de ses déclarations me paraissent tout simplement contradictoires.

Il frotta ses yeux fatigués.

— En fait, c'est la bonne femme tout entière qui me paraît contradictoire, ajouta-t-il.

— N'oubliez pas ce qu'elle a subi !

Songeur, il remua sa cuiller dans sa tasse.

— Elle dit qu'elle a trouvé le passeport d'Elaine Dawson il y a cinq ans dans un tiroir, chez Ron Malikowski, plus exactement dans sa chambre, réfléchit-il. Elle accompagnait souvent Wavers chez lui. J'ai creusé la question de façon ciblée. Elle parle d'une commode sans être capable de préciser à quel endroit de la pièce elle se trouvait. J'ai vu Malikowski hier soir. Il affirme que Pamela Luke n'est jamais allée dans sa chambre, qu'il n'a pas de commode et qu'il n'en a jamais eu.

— C'est sûrement faux.

— Nous sommes allés chez lui. Il n'y a effectivement pas de commode dans sa chambre. Ni aucun meuble à tiroirs, d'ailleurs. Il y a un futon et une grande armoire blanche avec des portes coulissantes et des étagères ouvertes. Pas d'autres meubles.

— En cinq ans, il a pu changer ses meubles.

— Ils ne paraissent pas vraiment neufs. Mais j'ai envoyé un agent pour vérifier s'il ne possède pas des photos qui pourraient nous éclairer.

Christy secoua la tête.

— Qu'est-ce qui vous fait croire qu'il y a un mot de vrai dans ce que raconte ce type ? C'est un souteneur de la pire espèce. Il a forcé à la prostitution des filles de l'Est qu'on a attirées ici en leur promettant monts et merveilles. C'est une ordure patentée. Soit c'est lui qui a assassiné Elaine Dawson, soit c'est son copain Wavers. Il a gardé les papiers parce que dans sa branche, c'est toujours utile. Et Wavers était un tueur.

— Pourquoi l'un des deux aurait-il tué Elaine Dawson ?

— Pour la même raison qu'il a tué Jane French et Linda Biggs.

— Wavers avait été le petit ami des deux femmes.

— Et peut-être celui d'Elaine Dawson.

— Elle n'était pas son type.

— Ecoutez... commença Christy.

Mais il l'interrompit :

— C'est un point important, Christy. Wavers était sur le point de devenir un tueur en série et, dans ces affaires, on trouve toujours des concordances chez les victimes. Jane French, Pamela Luke et Linda Biggs sont toutes les trois le même type de femme – même si Luke s'est tellement transformée que ça ne saute pas immédiatement aux yeux. Toutes très jeunes, très jolies, arrangées d'une façon que certains trouvent vulgaire, mais qui correspond très précisément au goût de Wavers. Elles venaient d'une famille où elles étaient peu protégées et peu considérées, et elles avaient déjà été en contact avec la violence. Elles avaient ou ont un niveau d'éducation relativement bas. Ces éléments ne correspondent pas au profil d'Elaine Dawson.

— Vous avez fait des recherches plus précises sur cette affaire ?

Il confirma d'un signe de tête.

— Si je suis dans cet état aujourd'hui, ce n'est pas pour rien. J'ai passé la nuit à étudier les dossiers et les procès-verbaux de l'époque. Elaine Dawson avait son bac et travaillait comme assistante médicale. Son employeur la décrivait comme une fille particulièrement timide et coincée, mais consciencieuse et intelligente. Très cultivée. Une fille qui serait allée à l'université si elle n'avait pas dû s'occuper de son frère lourdement handicapé après la mort de leurs parents. Elle n'avait jamais quitté le Somerset. Elle avait bien évoqué un copain, mais personne ne l'avait jamais vu, ce copain. Elle devait être très inexpérimentée. Sur les photos, on voit une jeune femme grassouillette qui n'a jamais dû voir un tube de rouge à lèvres de près. Tout à fait insignifiante. Le type même de la laissée-pour-compte que personne ne remarque. En aucun cas une femme propre à séduire un Wavers. Et pas non plus une femme que Malikowski aurait recrutée pour son business. De plus, je n'ai pas l'impression qu'elle se serait laissé avoir par des types du genre de nos deux lascars. Malgré son inexpérience, je la considère comme une fille dotée d'un solide sens des valeurs.

— N'empêche que son passeport a atterri chez Malikowski. Reste à savoir comment.

— Non, son passeport a atterri entre les mains de Pamela Luke, reste à savoir comment, nuance, rectifia Fielder.

Christy McMarrow attira subrepticement le croissant dédaigné par son patron et en brisa un bout. Au régime depuis quinze jours, elle avait si faim qu'elle aurait pu manger n'importe quoi.

— Donc, vous pensez que Pamela raconte des histoires ?

— Je pense simplement qu'il y a des incohérences. Il se peut que je la juge mal, mais je ne peux pas me permettre d'ignorer purement et simplement les choses déprimantes.

Christy rompit un nouveau bout de croissant. Puis :

— Autrement dit, vous envisagez l'éventualité que ce soit Pamela Luke en personne qui ait tué Elaine Dawson et lui ait pris son passeport ? demanda-t-elle sans prendre de gants. C'est bien ça ?

— Disons que, instinctivement, et également en me basant sur ce que je sais, encore très superficiellement, je vous l'accorde, de la personne d'Elaine Dawson, j'estime plus probable que cette jeune fille de la campagne, décrite par tous ceux qui la connaissaient comme très farouche, se soit laissé embobiner plus facilement par une femme que par un homme. Surtout par des hommes comme nos deux salopards qui portent leur brutalité et leur manque d'éducation sur le visage.

— Mais comment, selon vous ?

Fielder haussa les épaules.

— Pour le savoir, il faudrait avoir une déclaration de Pamela Luke, rétorqua-t-il. Je pense que ce qu'elle nous a raconté est vrai jusqu'à un certain point. Elle a vu tuer Jane French et en a été traumatisée. Elle n'a plus pensé qu'à s'enfuir. Mais elle savait quel danger elle courait. Wavers lui avait pris ses papiers. Et même si elle les avait encore eus, elle n'aurait pas pu prendre le large et commencer une nouvelle vie ailleurs. Il fallait qu'elle se donne une nouvelle identité.

— Et c'est là qu'elle a croisé la route d'Elaine Dawson ?

— Le matin du 11 janvier 2003, Elaine Dawson a quitté le domicile de Marc Reeve, l'avocat qui lui avait offert un toit pour la nuit. Celui-ci l'a vue monter dans le wagon du métro par lequel elle envisageait de rejoindre Heathrow dans l'espoir de prendre l'avion pour Gibraltar. Si les déclarations de Reeve sont exactes – et il n'y a jamais eu d'éléments pour prouver le contraire –, nous pouvons aussi ajouter foi à ses dires, à savoir qu'Elaine était perdue et désespérée et qu'elle ne supportait plus sa vie au service de son frère. Elle aurait confié à Reeve son envie de ne plus rentrer chez elle. Le fait est qu'elle n'est pas partie à Gibraltar et qu'elle a disparu.

— Selon vous, par pur hasard, Pamela Luke était assise à côté d'elle, elles ont lié conversation, Elaine lui a raconté sa vie, à la suite de quoi, Pamela lui a fait je ne sais quelle promesse mirifique – un super boulot, une super vie... Mais au lieu de cela, elle l'a attirée dans un endroit désert, l'a liquidée et a pris son passeport. A caché son corps tellement bien que personne ne l'a trouvé. Excusez-moi, patron, mais pour ma part, je trouve ça légèrement tiré par les cheveux.

— Une chose est certaine, c'est qu'elle tire comme une pro, notre Mlle Luke.

— Vous voulez dire... ?

— Je veux dire que le coup de feu héroïque qui a permis d'éliminer Pit Wavers n'est pas le fruit du hasard. En tout cas, nous ne pouvons pas le prendre pour tel sans vérifier. Il est vrai que Pamela Luke a agi avec l'énergie du désespoir. En pleine nuit, dans un lieu isolé, assise dans une voiture qu'elle ne savait pas conduire, à côté d'un blessé grave hors d'état de bouger... En face d'elle, un tueur psychopathe dont elle ne savait que trop bien de quoi il était capable. Elle a dit elle-même qu'elle tremblait comme une feuille et je la crois. D'ailleurs, elle tremblait rien qu'en en parlant. Elle n'avait qu'une seule balle dans le barillet, ce qui veut dire qu'elle ne pouvait pas tirer à l'aveuglette en espérant atteindre sa cible par hasard. Ils étaient séparés par le pare-brise. Elle avait tout pour rater son coup. Et pourtant, avec la seule et unique balle dont elle disposait, elle l'a descendu. Proprement et sans bavure. La balle s'est fichée juste à côté du cœur. Moi, je crois qu'elle connaît le métier.

— Ou alors, elle a eu une chance incroyable, insista Christy.

— S'il s'avère que ses indications concernant l'ameublement de l'appartement de Ron Malikowski et par là même l'endroit où elle a trouvé le passeport ne sont pas exactes, elle nous devra au minimum une bonne explication.

— Et maintenant, qu'est-ce qu'on fait ?

Fielder regarda sa montre.

— On attend encore un quart d'heure. Si elle se pointe, on monte l'interroger. Sinon, on rentre au bureau. On verra où en est le gars chargé de la reconstitution de la chambre de Malikowski en 2003. Après, je téléphone à Taunton. J'aimerais interroger ce Cedric Jones dès qu'il sera en état.

Il tambourina sur la table d'un doigt impatient.

Christy fit signe à la serveuse. Tant pis pour le régime. Il lui fallait un autre croissant.

4

— Ne pars pas à Taunton aujourd'hui, la pria Marc, reste au moins jusqu'à demain.

Après avoir payé sa note d'hôtel, elle était allée rejoindre Marc dans son cabinet, qui avait insisté au téléphone.

La pièce était tapissée d'étagères remplies de livres, et des piles de dossiers s'entassaient sur des dessertes ou à même le sol. Autant l'appartement de Marc était net, autant, dans son cabinet, c'était le chaos. Il trônait au milieu du fouillis ambiant, la cravate dénouée, les manches de chemise retroussées... l'air complètement dépassé.

— Ma secrétaire n'est toujours pas revenue. Je ne peux pas partir. Je croule sous le boulot. Plus personne ne s'occupe du classement depuis des jours et des jours.

Il se passa la main dans les cheveux.

— Rosanna, s'il te plaît... Je quitte mon bureau à dix-huit heures. Passons une dernière soirée ensemble. Nous irons dîner quelque part et nous parlerons.

Elle répondit sans le regarder :

— C'est comme si je jouais avec le feu. Je suis mariée. Je ne peux pas agir comme...

— Comme quoi ?

— Je ne peux pas agir comme j'en ai envie, tout simplement, répondit-elle dans un murmure.

— J'ai envie de parler, c'est tout, affirma Marc.

Elle haussa les épaules avec regret.

— J'ai payé ma chambre d'hôtel. Et je n'ai pratiquement plus d'argent.

— Je vais te donner la clé de chez moi et tu vas aller m'y attendre. Tu peux passer la nuit à la maison, et partir pour Taunton demain matin.

— Tu sais ce que dirait mon mari si je faisais ça ?

— Bon, alors loue une voiture et pars ce soir à Taunton. Mais il faut qu'on parle avant. J'ai l'impression...

Son téléphone sonna, mais il ne décrocha pas.

— ... J'ai l'impression que si tu t'en allais maintenant, je ne te reverrais plus.

Elle ne répondit pas. Le téléphone arrêta de sonner, puis recommença. Marc paraissait décidé à laisser sonner jusqu'à ce qu'elle cède.

— D'accord, finit-elle par dire.

Il poussa un soupir de soulagement.

— Tiens, dit-il en lui tendant deux clés. La clé de l'appartement et celle de la voiture. Prends ma voiture. Tu connais le chemin ?

— Oui, mais...

— Je rentre en métro. Pas de problème.

Le téléphone sonna à nouveau.

— Allez, décroche, lui conseilla Rosanna. Je vais me débrouiller.

Elle quitta la pièce, le vit lui faire un signe tout en prenant le combiné.

Oppressée, elle se demanda si elle faisait bien d'agir comme elle agissait.

Au moment où elle essayait de garer cette voiture qu'elle ne connaissait pas sur une place de parking trop juste, son portable sonna. Elle poussa un juron, cessa ses efforts inutiles et farfouilla dans son sac.

— Oui ?

— Madame Hamilton ? Inspecteur Fielder. Dites, est-ce que vous avez une idée de l'endroit où est Pamela Luke ?

— Non. Elle n'est pas à l'hôtel ?

— Elle l'a quitté ce matin vers huit heures. Il est presque treize heures, et elle n'est toujours pas revenue.

— Vous aviez rendez-vous ?

— Pas vraiment. Mais il était convenu qu'elle se tiendrait à notre disposition. Je suis un peu surpris. Même si elle avait besoin de faire quelques courses, ça ne prend pas cinq heures. Et pour les gros achats, elle n'a pas d'argent, à ce que j'en sais.

Rosanna remarqua le ton sérieux et inquiet de l'inspecteur.

— Où êtes-vous en ce moment ? demanda-t-il.

Elle n'avait pas envie de lui dire la vérité.

— Je m'apprête à aller rendre visite à des amis ici, à Londres, et je pars pour Taunton soit ce soir, soit demain matin, voir mon frère.

— Prenez contact avec moi avant de repartir pour Gibraltar, s'il vous plaît. Il se peut que nous ayons encore besoin de vous.

— Je vous appelle sans faute, inspecteur.

Il hésita.

— Madame Hamilton, vous avez retrouvé Pamela Luke dans le Northumberland et passé de nombreuses heures avec elle. Vous a-t-elle dit des choses qui pourraient nous mettre sur la piste de l'endroit où elle se trouve actuellement ? Quelque chose que vous ne nous avez pas répété parce que cela vous semblait sans importance ?

Rosanna réfléchit. Elle comprenait où Fielder voulait en venir.

— Vous voulez dire qu'elle a disparu ? Qu'elle se cache ?

— Nous ne pouvons pas l'exclure, répondit le policier. Je vais être franc : il y a des incohérences dans ses déclarations, concernant l'endroit où elle a trouvé le passeport d'Elaine Dawson.

— Elle l'a trouvé dans la chambre de ce souteneur, Malikowski. C'est ce qu'elle nous a dit, à M. Reeve et à moi-même.

— Nous avons des éléments prouvant que ses indications sur l'agencement de l'appartement de Malikowski sont fausses. Sans doute n'a-t-elle jamais mis les pieds dans cette chambre. Ce qui signifie qu'elle n'a pas pu y trouver le passeport.

— Cinq ans ont passé. Peut-être que...

— Peut-être que ses souvenirs sont trompeurs, c'est bien possible. Mais il se pourrait aussi qu'elle nous ait délibérément menti. Je dois dire, hélas, que sa disparition soudaine me fait plutôt pencher pour cette dernière version.

Dans le rétroviseur, Rosanna vit se rapprocher une voiture.

— Inspecteur, je suis très mal garée, dit-elle hâtivement. Je dois raccrocher. Je suis vraiment désolée, mais j'ignore où Pamela peut bien être. Si un élément me revenait en mémoire, je vous appellerais.

L'automobiliste, derrière elle, klaxonna avec impatience. Elle referma son portable et gara la voiture tant bien que mal sous le regard désapprobateur de deux passants. Elle s'aperçut qu'elle dégoulinait de sueur. A cause de la manœuvre ? Ou était-ce le coup de fil de l'inspecteur qui l'avait mise dans tous ses états ?

Alors qu'elle gravissait lentement les marches menant à l'appartement de Marc, elle réfléchit à ce que signifiaient les paroles de Fielder. Il était convaincu que Pamela n'avait pas dit la vérité sur l'endroit où elle avait trouvé le passeport. Mais pour quelle raison aurait-elle menti ?

Parce qu'elle est entrée en possession de ce document par un moyen qu'elle ne peut pas dévoiler. Rosanna sentit la chair de poule lui picoter la peau. Pamela Luke n'était peut-être pas seulement une victime dans cette histoire embrouillée. Etait-elle moins innocente qu'elle voulait le faire croire ?

Pourquoi avait-elle déguerpi ?

Elle ouvrit la porte du logement et entra. Cet appartement était aussi silencieux, aussi froid et impersonnel que dans son souvenir. Une tasse à café sale gisait dans l'évier et, à côté, le papier cuisson gondolé qui avait enveloppé un muffin. Un muffin et une tasse de café. Voilà en quoi consistait, selon toute apparence, le petit déjeuner de Marc.

Elle se demanda soudain s'il ne se sentait pas trop seul, lorsqu'il avalait en vitesse un tel petit déjeuner. Debout sans doute. Dans ces moments, pensait-il à la famille qu'il avait eue un jour ? Une femme qui mettait la table... un enfant qui babillait... Il en parlait si peu ! Cette perte pesait-elle encore très lourd aujourd'hui ?

Elle ouvrit le réfrigérateur. Il était presque vide. Une bouteille d'eau minérale entamée, une bouteille de vin blanc encore bouchée. Un paquet de margarine, un sachet de pain en tranches. Un minuscule bout de cheddar dans une feuille d'aluminium. C'était tout.

Elle mangea un morceau de pain et le fromage, debout, accompagnant le tout de quelques gorgées d'eau. Déjà, la mauvaise conscience s'installait. Marc ne semblait pas un fanatique des courses, et voilà qu'elle faisait main basse sur ses maigres provisions. Elle hésita à aller faire quelques achats pour lui remplir son frigo avec quelques bonnes choses avant de rejeter bien vite cette idée. Marc était un adulte responsable, il était capable de prendre soin de lui tout seul.

Elle parcourut le séjour un peu au hasard. Comme la première fois, elle fut frappée par le côté neutre de la pièce. C'était comme une chambre d'hôtel. Il se pouvait que c'en soit une, d'ailleurs. Marc avait peut-être laissé toutes ses possessions à son ex-femme après le divorce, ou les avait entreposées quelque part pour éviter de repenser à cette phase de sa vie, et pris le premier logement venu. Mais il n'était pas obligé de vivre de cette façon ! Pourquoi avoir une existence aussi déprimante ? Son histoire l'avait-elle plus affecté qu'il ne le disait ? Un mariage sur trois se soldait par un divorce mais se séparer de son fils unique ? Quelles étaient les répercussions sur lui ?

Elle songea à Dennis qui, certes, ne s'y prenait pas de la meilleure façon avec Rob, mais dont elle savait qu'il tenait à lui de toutes les fibres de son être. Dennis aurait été désespéré s'il lui était arrivé la même chose qu'à Marc. Mais peut-être ce dernier avait-il réduit sa vie à son travail. Sans doute cet appartement lui servait-il de dortoir. Elle le voyait très bien passer jusqu'aux week-ends dans son bureau.

Penser à Dennis et à Rob lui rappela la promesse qu'elle avait faite à l'adolescent.

Elle tapa son numéro sur son portable avec un certain malaise. Rob avait une manière très directe de poser les questions. Elle n'avait aucune envie de lui mentir, mais que pouvait-elle lui dire sur ses projets d'avenir ? Elle ne les connaissait pas elle-même.

Rob répondit immédiatement.

— Rosanna ?

— Salut, Rob. Dis donc, tu nous en joues, des tours ! Qu'est-ce qui t'a pris ?

— Je ne sais pas.

— Ne raconte pas de bêtises. Personne ne va te reprocher de vouloir retrouver ta mère, mais tu aurais pu prévenir. Nous nous sommes fait beaucoup de souci.

— Hum.

— Comment vas-tu ?

— Ça va.

— Ta mère est avec toi ?

— Elle est sortie faire des courses. Elle va bientôt rentrer. Après, on va faire quelque chose ensemble, aller au McDo ou autre chose. Papa est reparti à Gibraltar.

— Je sais. Je l'ai eu au téléphone. Rob...

Elle hésita, car elle ne voulait pas lui répéter ce que les adultes qui l'entouraient ne cessaient certainement de lui seriner depuis des jours. Mais il fallait bien que les choses soient dites.

— Rob, tu sais que tu ne peux pas partir comme ça. Tu vis à Gibraltar, c'est là-bas que tu as ton lycée, tu ne peux pas tout plaquer pour t'installer ici.

— C'est bien ce que tu as fait.

— Moi, c'est autre chose. J'ai...

— Tu t'es barrée d'un seul coup, et depuis on n'existe plus pour toi. Tu nous as oubliés. Tu devais m'appeler hier, mais évidemment, ce n'était pas assez important pour toi !

— C'était très important. Tu es important pour moi. Mais hier...

Elle s'interrompit. Inutile de lui raconter toute l'histoire.

— Cedric, mon frère, a eu un accident, se contenta-t-elle de dire. Il a été transporté à l'hôpital de Taunton. C'est pour ça qu'hier j'étais énervée. J'avais trop de choses à penser. Je regrette d'avoir oublié de t'appeler.

Robert se tut un instant avant de demander :

— Tu es où, là ?

— A Londres. Chez... des amis. Mais je vais sans doute aller à Taunton dès ce soir. Je veux voir Cedric.

— Je peux venir avec toi ?

C'était là ce qu'elle craignait. Que Rob se cramponne à elle. L'adolescent était la dernière personne dont elle avait besoin en ce moment. Elle avait besoin de réfléchir calmement à la suite des événements.

— Rob, ce n'est pas possible. Tu...

— Et pourquoi ?

— Parce qu'il faut que tu retournes au plus tôt chez ton père.

— On pourrait y retourner ensemble !

— Je ne sais pas encore quand je rentre.

Un nouveau silence prolongé, puis Robert lança, d'un ton agressif, désespéré :

— Tu ne sais pas si tu rentres ! C'est ça, hein ? C'est ça le fin mot de l'histoire. Et c'est pour ça que tu ne veux pas me prendre avec toi !

— Je ne sais pas comment va Cedric, et c'est de ça que dépend tout le reste.

— Et s'il va bien ? Quand est-ce que tu rentres ?

— En ce moment, il ne va sûrement pas bien.

— Ça t'arrange, hein ! siffla Rob.

Rosanna serrait son portable dans sa main crispée, l'appuyant si fort contre son oreille que celle-ci était brûlante. Elle s'en rendit compte et respira plusieurs fois à fond pour essayer de se détendre.

— Rob, ce n'est pas sympa, ce que tu dis, répliqua-t-elle calmement. Et je crois que tu le sais. Que tu te trouves dans une situation difficile, je le comprends, mais tu n'es pas le seul à avoir des problèmes, et tu devrais en tenir compte. D'ailleurs, je pense que puisque tu es en Angleterre, tu devrais profiter de l'occasion pour faire connaissance avec ta mère au lieu de vouloir venir t'asseoir avec moi au chevet de Cedric.

D'une petite voix, l'adolescent répondit :

— Ma mère, je la connais maintenant. Ça ne marche pas entre nous.

— Mais…

— Elle est gentille. Je crois aussi qu'elle se donne du mal. Mais elle ne se rend pas compte. Elle ne sait pas y faire avec moi, ou avec les jeunes. Tout ce qu'elle trouve à faire, c'est me traîner sans arrêt au McDo ou au cinéma voir des films de gosses. Elle stresse à mort, et je crois qu'elle n'a qu'une envie, c'est que je reparte.

— Sois donc un peu indulgent ! Tu t'attendais à quoi ? Tu fais irruption dans sa vie sans prévenir, et tu veux qu'elle trouve immédiatement le ton qui va bien et qu'elle sache ce qui te fait plaisir ! Evidemment qu'elle est stressée, moi aussi je le serais ! N'importe qui le serait !

— Mais toi, ce n'est pas pareil. Avec toi, ça a été… tout naturel.

— C'est que nous avons eu plus de temps pour nous habituer l'un à l'autre.

— Tu as été sympa dès le début !

— Et toi, tu étais beaucoup plus jeune. Un garçon de dix ans est beaucoup plus facile. Il a suffi que je t'offre le bon maillot de la bonne équipe de foot pour que ça marche entre nous. Mais maintenant, tu as seize ans, ce n'est plus pareil.

— En tout cas, tu connaissais la bonne équipe, s'entêta l'adolescent.

Rosanna éclata de rire.

— C'est ton père qui m'avait donné le tuyau. Parce que moi, le foot, ça n'a jamais été ma tasse de thé.

Rob sembla prendre quelques instants pour digérer cette information, puis il lança :

— Elle, ce n'est pas ma mère ! Maintenant, je le sais. Ma mère, c'est toi.

Sur ce, il raccrocha.

— Zut ! lâcha Rosanna à voix haute.

Elle se demanda si elle devait le rappeler, décida que non. Cela ne servait à rien, ils tournaient en rond. De plus, il essaierait encore de lui faire dire des choses qu'elle était incapable de dire. C'était peut-être de la lâcheté, mais elle laisserait passer quelque temps avant de lui téléphoner à nouveau.

Elle consulta sa montre. Treize heures trente. Que faire du long après-midi qui s'annonçait ?

Elle décida d'aller faire un tour.

Après avoir marché pendant plus d'une heure dans les rues froides et silencieuses, elle s'aperçut à quel point elle aimait l'odeur de la capitale, ce mélange de vapeurs d'essence, de pots d'échappement, de poussière.

Oui, c'est ma ville, c'est ici que je suis chez moi, se dit-elle.

Rentrée chez Marc, elle prit une douche très chaude, très longue, puis se changea, enfila un gros pull et d'épaisses chaussettes sortis de sa valise. Elle alluma ensuite le téléviseur et suivit distraitement un épisode d'une série dans laquelle deux femmes se disputaient âprement un beau jeune homme, si limité intellectuellement que Rosanna n'en aurait pas voulu, même en cadeau.

A seize heures trente, elle sortit la bouteille de vin blanc du frigo et s'en servit un bon verre.

Lorsqu'elle eut fini le second verre, il était dix-sept heures, et l'alcool avait si bien balayé ses scrupules qu'elle s'enhardit jusqu'à entrer dans la chambre de son hôte – dans l'espoir de tomber sur quelque chose, n'importe quel indice révélateur de la personnalité de cet homme.

Le premier coup d'œil ne lui apporta pas plus d'éléments que le reste de la maison. Un lit très bas, assez large pour deux, mais dans des proportions qui permettaient à une personne seule de ne pas s'y sentir perdue. Pas de table de chevet, juste une lampe sur un côté. Au pied de la lampe, toute une série de journaux et de magazines.

Une grande armoire gris clair faisait face à la fenêtre qui donnait sur la rue, comme celle du séjour.

Dans l'angle, un fauteuil d'où pendaient négligemment deux jeans et quelques pulls.

En face du lit, une bibliothèque blanche occupait toute la largeur du mur. La quantité d'ouvrages, en partie rangés, en partie entassés anarchiquement sur les étagères, fournissait la preuve qu'il existait pour Marc une vie après le bureau et qu'il était capable de passer des moments à lire.

Toutefois, là non plus, aucune photo de son fils.

Elle sortit quelques volumes, les feuilleta. Marc semblait être un lecteur assidu, et sans doute relisait-il plusieurs fois les mêmes livres, car un grand nombre d'entre eux étaient très fatigués. Ici et là, quelques commentaires au crayon dans la marge, d'une écriture illisible. Mais, surtout, il avait l'habitude de se servir de lettres et de cartes postales comme marque-pages et de les y laisser. Cette bibliothèque fourmillait de correspondance, et Rosanna savait qu'elle aurait dû, à ce stade, arrêter là son tour d'horizon et quitter la pièce.

Pourtant, elle parcourut une carte postale idyllique représentant un paysage de Provence, une mer bleue et une baie de sable blanc.

« Cher Marc, sommes ici depuis presque trois semaines. Il fait un temps de rêve, les plages sont surpeuplées, mais nous avons eu l'idée de louer un bateau pour pouvoir mettre le cap sur des criques infréquentées où nous pouvons nous baigner tranquilles. Comment vas-tu ? On nous dit qu'il pleut sans arrêt en Angleterre. Tu aurais dû venir ! Passer les vacances tout seul chez soi, c'est trop bête. Peut-être la prochaine fois ? Affectueuses pensées. Ellen et Dan. »

Elle essaya de déchiffrer le tampon de la poste. Août 2002. L'année au cours de laquelle sa femme l'avait quitté. L'histoire avec Elaine n'était pas encore à l'horizon. Est-ce qu'il avait eu des amis pour l'aider à sortir de sa solitude ? Ou l'avait-on fui comme la peste ? Professionnellement, il avait été mis sur la touche. Pour beaucoup, il avait dû être jugé moins intéressant, moins attirant. Le gagnant s'était brutalement mué en perdant sur tous les tableaux.

Elle sortit une biographie de Cromwell, d'où tomba une lettre pliée en quatre. Horrifiée par son propre comportement, mais incapable d'interrompre ses investigations, elle la déplia. En haut à droite, imprimé en grosses lettres, le nom d'une association : *FID. Fathers in Defence.* Une association pour la défense des pères.

Elle passa sa langue sur ses lèvres desséchées. La lettre portait la date du lundi 25 novembre 2002.

« Cher monsieur Reeve, j'ai été très heureux de faire votre connaissance vendredi dernier à la réception donnée au Vino Veritas. Je ne crois pas que ce soit le hasard qui nous ait amenés à faire connaissance au cours d'une réception à laquelle participaient environ cent cinquante personnes. Nous avons vite constaté que nous avions le même problème.

Comme je vous l'ai indiqué, Fathers in Defence, ou FID, a été créée il y a cinq ans, et nous connaissons actuellement une augmentation importante du nombre d'adhérents. Ce sont des hommes subissant le même sort que nous, des hommes que l'on a séparés de leurs enfants et que l'on a réduits au statut de simples bailleurs de fonds. Des pères que l'on n'hésite pas à saigner à blanc, mais auxquels on oppose mille obstacles lorsqu'ils tentent de maintenir un semblant de contact avec leurs enfants, quand une interdiction pure et simple ne leur est pas opposée.

Ensemble, nous représentons une force plus efficace qu'en nous battant isolément. Nous avons déjà obtenu pas mal de résultats, mais il reste encore beaucoup à faire. Malgré tout, nous puisons du réconfort dans l'échange avec nos compagnons de souffrance, avec des gens qui savent vraiment, par expérience, de quoi nous parlons.

Notre prochaine rencontre aura lieu vendredi prochain 29 novembre au restaurant dont vous trouverez les coordonnées ci-dessous. Je me permets de vous y inviter au nom de tous les membres. Il est sans doute superflu de souligner à quel point les juristes sont les bienvenus en notre sein.

Dans l'espoir de votre réponse positive, je vous prie d'agréer l'expression de mes sentiments les meilleurs. »

Suivait une signature illisible, puis un nom de restaurant écrit à la main et un plan d'accès hâtivement dessiné.

Rosanna reposa la lettre.

FID.

Elle connaissait ce genre d'association. A l'époque où elle travaillait, elle avait écrit un article sur l'une d'elles, qui l'avait invitée à une rencontre. Elle avait été frappée par le désespoir sincère de ces hommes, leur souffrance d'être séparés de leurs enfants, mais aussi par l'indignation, le sentiment d'injustice que cela déclenchait en eux. C'étaient des gens profondément malheureux.

Marc avait-il adhéré à cette association ? La sérénité qu'il semblait afficher à l'évocation de son fils était-elle jouée ? Cachait-elle en réalité un désespoir maîtrisé à grand-peine ? Cet appartement sans âme, ce réfrigérateur vide, cette solitude oppressante étaient-ils l'expression du profond chagrin dans lequel il était emmuré ?

Elle entendit le bruit de la porte un peu trop tard. Elle tenait toujours la lettre à la main lorsque Marc fit irruption.

— Ah, te voilà ! s'exclama-t-il. J'ai fini un peu plus tôt. Dis donc, tu as garé ma voiture n'importe comment !

Il ne semblait pas contrarié de la trouver dans sa chambre.

Son regard tomba sur la lettre.

— Une lettre ? interrogea-t-il en plissant le front.

Rarement elle s'était sentie aussi coupable.

— Je suis impardonnable, Marc. Je voulais simplement regarder tes livres, mais...

— Bonne pioche.

5

A chaque respiration, il souffrait le martyre. Mais du moins réussissait-il à respirer.

Il s'était réveillé entouré de médecins et d'infirmières, branché à un respirateur. Pendant un horrible moment, il avait cru mourir, suffocant, incapable de s'adapter à l'appareil, puis il avait fini par trouver le rythme.

« Nous l'avons retrouvé », avait dit quelqu'un, et il avait distingué des visages soucieux et des yeux qui l'examinaient avec insistance.

« Respirez bien », lui avait enjoint une infirmière à laquelle il aurait volontiers expliqué à quel point ça faisait mal... s'il avait été capable de parler.

On avait dû lui administrer un tranquillisant, car ses yeux s'étaient refermés rapidement. Quand il s'était à nouveau réveillé, il n'était plus relié à la machine, mais la douleur était presque plus forte qu'avant.

Une journée avait passé, puis une autre. C'était la première fois qu'il séjournait à l'hôpital, et il trouvait cela terrible. L'odeur d'antiseptique. L'affreux linoléum par terre. La raideur des draps. La nourriture insipide. Mais le pire était l'immobilité forcée. D'être livré aux autres. Sans défense.

« Vous souffrez de fractures multiples, lui avait annoncé un médecin. Quatre côtes cassées, proches les unes des autres. Nous avons craint que vos poumons ne soient touchés, mais vous avez eu de la chance. Aucun organe n'est affecté. »

Son père était là aussi. Effaré et anxieux, mais soucieux de ne pas trop le montrer.

« Tu sais ce qu'est devenue Pamela ? lui avait-il demandé péniblement, comme transpercé de coups de poignard.

— Pamela, la dame qui était avec toi ? D'après ce que je sais, elle est à Londres, la police l'interroge. Mon Dieu, mon Dieu, mais dans quelle histoire es-tu allé te fourrer ? Rosanna m'a dit que... »

Petit à petit, Cedric avait appris ce qu'il voulait savoir. Wavers avait été tué. Finalement, tout s'arrangeait.

Il ne lui restait plus qu'à sortir de l'hôpital. Le médecin lui avait laissé entendre qu'il pourrait bientôt rentrer.

« Vos côtes guériront parfaitement chez vous. Mais il vous faut du repos, d'accord ? Pour le jogging, c'est trop tôt ! »

En fin d'après-midi, il vit arriver un policier auquel une infirmière avait recommandé : « Pas plus de dix minutes d'interrogatoire. » Il appartenait à Scotland Yard. C'était Pamela qui l'intéressait.

— Elle a disparu. Sa déposition n'était pas terminée, et elle avait reçu l'injonction formelle de se tenir à notre disposition. Elle a quitté son hôtel ce matin à huit heures. Depuis, on ne l'a plus revue. Vous avez une idée de l'endroit où elle pourrait se trouver ?

— Non, aucune.

— Il est important que nous la retrouvions.

— Je suis désolé, mais je ne sais pas.

— Est-ce que vous avez remarqué quelque chose de particulier chez elle ?

— Que voulez-vous que j'aie remarqué ? Elle était terrorisée à l'idée que Wavers lui mette la main dessus. Moi, je la prenais pour une hystérique. Elle sentait le danger autour de nous. Au final, elle avait raison, son pressentiment ne l'avait pas trompée.

Le fonctionnaire consulta ses dossiers.

— Est-ce qu'elle vous a parlé du mystérieux passeport qu'elle est censée avoir trouvé il y a cinq ans dans l'appartement d'un certain Ron Malikowski ?

— Nous n'en avons plus reparlé. De toute façon, elle parlait très peu. Elle a seulement répété à plusieurs reprises qu'elle avait peur. Qu'elle sentait le malheur. Je ne l'ai pas prise au sérieux, et c'est pour ça que j'ai atterri ici.

Après le départ du policier, Cedric repensa à la façon dont il s'était exprimé : *Le passeport qu'elle est censée avoir trouvé...*

Cela signifiait que Scotland Yard en doutait.

Il fut contrarié de ne pas avoir creusé la question. Sans doute était-ce la faute des médicaments. Son cerveau fonctionnait au ralenti et il ne réagissait pas comme il aurait dû. Et pourquoi Pamela avait-elle fichu le camp ? De quoi encore avait-elle peur, bon Dieu ?

La nuit commençait à tomber, et Cedric était déjà en train de piquer du nez lorsque sa porte s'ouvrit de nouveau. Il leva la tête, ce qui lui arracha un petit cri de douleur mêlé de surprise. C'était Geoffrey.

— Ton père m'a appelé et m'a tout raconté, dit Geoff, et alors je me suis dit... Bon, j'ai eu envie de venir te voir.

— Comment es-tu venu ?

— C'est une infirmière qui m'a amené. Elle attend en bas.

Il eut un sourire en coin.

— Comme il n'y a jamais moyen de me faire bouger, ils ont poussé des cris de joie, au centre, quand j'ai dit que je voulais aller rendre visite à un ami. Ils se sont carrément battus pour m'amener !

— C'est vraiment gentil de ta part, marmonna Cedric, raide comme un piquet. Excuse-moi si je ne te regarde pas, mais j'ai trop mal quand je bouge.

— Ah, le corps, quand ça casse, ce n'est pas marrant, commenta Geoff.

A quoi Cedric répondit sans prendre de gants :

— Tu es bien placé pour le savoir.

Au bout de quelques instants de silence, Geoff reprit :

— Ecoute, ton infirmière m'a dit que je ne pouvais pas rester longtemps, alors j'en viens au fait. Je voudrais m'excuser.

— De quoi ?

— Eh bien, si je colle bout à bout toutes les infos que j'ai récoltées par l'intermédiaire de ton père, j'ai fait des sacrés dégâts en appelant Mme Pearce de *Private Talk*. J'ai déclenché un cataclysme qui... n'aurait pas dû arriver.

— Effectivement, ce n'était pas génial, comme idée.

— Cedric, j'étais tellement en rogne contre ta sœur ! J'ai regardé l'émission, et j'ai vu comment elle essayait de prendre la défense de Marc Reeve. Et ensuite, tu m'as parlé de cette femme retrouvée dans le Yorkshire, qui s'appelait Elaine Dawson, en me disant que Rosanna était partie la voir. Là, j'ai vu rouge. J'étais convaincu qu'il ne s'agissait pas de mon Elaine, et j'avais raison, mais je me suis dit que Rosanna y allait pour essayer de manigancer quelque chose pour que son Marc Reeve en sorte blanc comme neige. Ce type, tu peux me dire ce que tu veux, mais je suis certain qu'elle a craqué pour lui !

— Et alors ? Geoff, tu devrais la connaître, quand même ! Ce n'est pas pour autant qu'elle se mettrait à maquiller des faits ! Elle n'est pas idiote !

— Bon, en tout cas, j'ai eu l'idée d'appeler Pearce et de lui raconter tout ça. Je me disais que Rosanna ne pourrait pas tricher si elle était sous le regard de la presse. Tu penses bien que Pearce a sauté sur l'occasion. Elle m'a promis d'envoyer un collègue dans le Northumberland.

— Et il a fallu que ce soit un reporter du *Mirror* !

— Oui, et je vous ai mis dans de grandes difficultés, et même en danger de mort.

Geoff respira à fond et ajouta d'une voix sourde :

— Je suis désolé. J'espère que tu acceptes mes excuses ?

Cedric leva la main dans un geste rassurant et poussa aussitôt un gémissement de douleur.

— Evidemment. N'en parlons plus. Tu étais...

— ... Obsédé. Par l'idée que Marc Reeve était l'assassin. Et par le désir de vengeance. Alors que... Ça ne semble pas être ça.

Avec prudence, Cedric avança :

— Tu sais qu'Elaine n'est sans doute plus... Qu'elle n'est plus en vie ?

Geoff hocha vigoureusement la tête :

— C'est ce que dit ton père. Elle a sans doute été victime d'un assassin. Un proxénète qui sévit à Londres. J'avoue que je ne comprends pas comment elle a pu tomber sur un type de ce genre, mais... C'est sans doute ce qui s'est passé, hein ?

Elaine et un proxénète de Londres – Cedric, lui aussi, avait du mal à se représenter la chose. Les paroles du policier lui revinrent en mémoire : *Le passeport qu'elle est censée avoir trouvé...*

Avaient-ils vraiment élucidé l'affaire ? Pourquoi Pamela avait-elle disparu ?

Il décida de ne rien dire de ses doutes pour ne pas perturber Geoff.

— Geoff, on ne le saura peut-être jamais, mais il y a plusieurs possibilités. Nous savons qu'elle était dans tous ses états à cause de l'annulation de son avion. Disons que le lendemain, à l'aéroport, elle a appris qu'il n'y avait plus de vol. Ou que tout était complet. Ou qu'elle a décidé de ne pas partir, parce qu'elle n'en avait plus le courage. Elle a peut-être été abordée. Elle est peut-être montée dans la voiture qu'il ne fallait pas. Elle était inexpérimentée et un peu trop confiante, ne l'oublie pas. Elle a bien suivi Reeve. Elle a peut-être eu moins de chance avec le suivant.

— J'aimerais bien le savoir.

— Pit Wavers est mort, mais il se peut que son copain parle.

Geoff opina :

— Oui, peut-être.

Puis, sans transition, il ajouta :

— Tu sais, ça paraît fou, mais même si j'ai pour ainsi dire la certitude que ma sœur n'est plus vivante, ça me fait du bien. Pour moi, le pire a toujours été qu'elle ait pu m'abandonner. Partir comme ça, sans m'accorder une pensée. Moi, je ne le croyais pas, mais je sentais que c'était ce que la plupart des gens pensaient, et ça me déstabilisait. Ça m'a beaucoup tourmenté. Même si c'est horrible de savoir qu'elle a été assassinée… je suis quand même libéré. Elle n'a pas voulu m'abandonner.

Cedric se dit qu'ils n'avaient aucune certitude, mais il se garda bien d'exprimer sa pensée. L'une des variantes était qu'Elaine ait été poussée dans une voiture, emmenée quelque part, et tuée. L'autre était qu'elle avait suivi un type en toute conscience pour échapper à sa vie étriquée. Soit elle avait rencontré quelqu'un à Londres, soit elle connaissait quelqu'un depuis un certain temps. Rosanna avait bien parlé d'un ami qu'Elaine aurait évoqué devant Marc Reeve.

Et Pamela, que venait-elle faire dans cette histoire ?

Il restait encore beaucoup de zones d'ombre, et peut-être Geoff s'en rendrait-il compte, mais, pour l'heure, il était soulagé, et il n'était pas question de lui saper le moral.

Ils se turent tous deux, puis Geoff se racla la gorge et dit :

— Bon, eh bien voilà. C'est pour ça que je suis venu te voir. Pour m'excuser et te dire que je vais mieux et… aussi pour te voir, bien sûr.

Cedric leva la main avec prudence.

— Ça me fait plaisir, Geoff. Sincèrement. Beaucoup plus que je ne peux te le montrer.

Geoff prit la main de son ami.

— Tu retournes aux Etats-Unis ?

— Oui, quand je pourrai bouger. Auparavant, je passerai quelques semaines chez mon père. Ça lui fera du bien à lui aussi.

— Tu reviendras me voir ?

— Tu ne crois quand même pas que je repartirais sans te dire au revoir ? protesta Cedric avec indignation.

Geoff retourna son fauteuil et le dirigea vers la porte.

— Geoff ! appela Cedric.

Geoff s'arrêta.

— Oui ?

— Il ne faut plus perdre le contact. Taunton, ce n'est pas à côté de New York, mais il y a le téléphone, Internet. Il faudrait... Eh bien... Qu'on se tienne au courant mutuellement de ce qui nous arrive dans la vie...

— Oui, ça me ferait plaisir, répondit l'infirme.

Il ouvrit la porte et les roues de son fauteuil grincèrent un peu sur le lino quand il sortit.

Cedric bougea très prudemment la tête et regarda la porte qui se refermait.

C'est déjà un début, pensa-t-il. Et après tout ce qui s'est passé, c'est peut-être plus que je n'osais espérer.

Il était épuisé. Ces deux visites presque coup sur coup lui avaient demandé de gros efforts.

Pas de veine, se dit-il. Je suis quand même drôlement atteint !

La porte s'ouvrit doucement. Sans doute l'infirmière. Quand donc le laisserait-on dormir, nom d'une pipe ?

A nouveau, il tourna précautionneusement la tête.

La silhouette qui s'approcha sans bruit sur la pointe des pieds lui parut familière, mais il ne put reconnaître son visage dans le contre-jour. Ce ne fut que lorsqu'elle se laissa tomber en sanglotant à côté de son lit qu'il sut de qui il s'agissait.

— Pamela ! souffla-t-il, stupéfait. Qu'est-ce que tu fais ici ?

Elle le dévisagea avec des yeux rougis, affolés.

— Cedric, Cedric, il faut que tu m'aides !

— Doucement ! répondit Cedric, maudissant une fois de plus son immobilité, car il aurait bien voulu l'attirer contre lui, lui caresser les cheveux, la consoler. Tout doux... Et ne parle pas trop fort, sinon l'infirmière va te flanquer dehors.

— J'ai attendu dans le couloir que le type en fauteuil roulant sorte. Cedric...

— Pamela, la police te recherche. Tu le sais ?

Elle confirma d'un signe de tête.

— Je me suis tirée. Je ne savais pas où aller. Alors j'ai pensé à toi. J'ai pris le bus et j'ai fait du stop, et... Je n'en peux plus, je suis partie depuis ce matin.

Effectivement, le teint blême et les cheveux en bataille, elle avait l'air exténuée. Elle ressemblait à une vagabonde.

— Ecoute, Pamela, tu ne peux quand même pas te tirer comme ça au beau milieu d'une déposition ! Pourquoi as-tu fait ça ?

— Parce que le flic, il me croit pas. Fielder, je crois que c'est comme ça qu'il s'appelle, répondit-elle en ravalant ses larmes. Je l'ai compris hier soir. Il me croit pas, il essaie de me pousser à me contredire. Je suis pas folle, je vois bien quand on me fait des croche-pattes ! J'ai pas dormi de la nuit, et alors j'ai compris qu'il fallait que je me casse pour pas me retrouver dans la panade et...

Il interrompit son flot de paroles.

— Pas si fort ! Tu veux absolument faire venir l'infirmière ? Qu'est-ce que ça veut dire, il ne te croit pas ? Qu'est-ce qu'il ne croit pas ?

Elle soupira :

— Que j'ai trouvé le passeport d'Elaine Dawson chez Ron Malikowski.

— Pourquoi ne le croit-il pas ? interrogea Cedric.

Comme Pamela hésitait à répondre, il insista :

— Mais c'est bien là que tu l'as trouvé, non ?

Pas de réponse.

— Pamela ! Tu as raconté à tout le monde que tu...

Elle l'interrompit, agressive :

— Je sais ce que j'ai raconté !

Il parvint à bouger la tête suffisamment pour pouvoir la regarder dans les yeux :

— Tu as menti, affirma-t-il.

Elle baissa les yeux.

— Oui, avoua-t-elle d'une voix à peine audible.

— Oh, bon Dieu ! lâcha Cedric. Nom d'un chien ! Pourquoi ? Mais pourquoi, Pamela ?

Une fois de plus, elle ne répondit pas.

Dans son état, il lui était impossible de la secouer, et c'était bien dommage. Car il était furieux et déçu. Il ne pouvait y avoir qu'une raison à son mensonge : elle n'était pas blanche comme neige dans cette affaire. Sans doute était-elle entrée en possession de ce passeport par un moyen inavouable et ne valait-elle pas plus cher que les types dont elle avait si peur. Et lui qui la voyait en victime ! Qui avait sillonné la moitié du pays pour lui trouver un endroit où elle serait en sécurité ! Qui s'était fait casser en morceaux ! Qui gisait au fond de ce lit sans pouvoir bouger un orteil ! Elle avait menti !

— Alors, comment ça s'est passé ? demanda-t-il d'un ton sec. Allez, dis la vérité ! Comment as-tu pu obtenir le passeport d'Elaine ?

Elle fondit à nouveau en larmes, et cette fois, elle ne tenta pas de se maîtriser.

— Jamais tu me croiras ! articula-t-elle au milieu de ses sanglots.

6

— Je suis allé à la réunion où j'étais invité, dit Marc, mais je n'ai pas adhéré au FID. Parce que… mon problème était ailleurs.

Ils étaient assis par terre, le dos appuyé contre le canapé, les jambes repliées, et buvaient le vin que Rosanna avait débouché. Dehors, il faisait nuit. La pièce était plongée dans la pénombre, éclairée en tout et pour tout par la lampe de la cuisine américaine.

Il ne s'était pas fâché en constatant qu'elle avait lu une lettre qui ne lui était pas destinée. Il lui avait proposé de sortir, mais elle avait décliné :

« Non, je veux essayer de te comprendre, Marc. »

Assis à même le sol, leurs verres à la main, ils avaient laissé l'obscurité envahir lentement la pièce et avaient parlé. Rosanna avait évoqué sa journée et relaté son entretien avec Fielder en lui répétant ses paroles concernant la déposition de Pamela. Elle lui avait aussi fait part de ce qu'elle ressentait devant cet appartement glacé.

« Ce n'est pas toi. C'est un... confortable hébergement d'urgence. Voilà l'impression que j'ai. Pourquoi ? »

C'est ainsi qu'ils en étaient arrivés à la lettre.

— Ce n'est pas que je n'étais pas d'accord avec les actions qu'ils entreprenaient. Mais mon cas personnel était différent. Leurs ex à eux leur mettaient des bâtons dans les roues concernant leurs droits vis-à-vis des enfants, en ayant recours à tous les moyens juridiques et toutes les feintes imaginables. Mon problème à moi, ce n'était pas Jacqueline, c'était Josh. C'était mon fils lui-même qui dressait des obstacles. Et ça, c'était sans espoir.

— Sans espoir, reprit Rosanna, exactement. C'est l'expression que je cherchais pour te décrire. Cette tristesse dans tes yeux. Ton sourire qui ne semble jamais venir de l'intérieur. Ton appartement dans lequel on a froid dès qu'on y pénètre. Ta vie semble être sans espoir.

Il eut un faible sourire.

— Oui, c'est vrai.

— Quand j'ai trouvé cette lettre, j'ai senti que je tenais la clé. Le fait que ton fils t'ait quitté a joué, et joue toujours, un rôle bien plus important pour toi que tu ne le concèdes. Dès que j'abordais le problème, tu m'arrêtais net en me faisant comprendre que tu en avais pris ton parti. Or, ce n'est pas vrai, loin de là. Tu es en plein dedans.

— Rosanna, je n'en ai jamais parlé à personne. Je n'ai pas envie de faire partie d'une association comme le FID. Je trouve le ton de leur lettre larmoyant. Tu sais, cette histoire de « compagnons de souffrance ».

— Pourquoi ne t'es-tu pas battu pour Josh ?

— Oh que si, je me suis battu ! J'ai tout essayé. Je lui ai écrit, j'ai essayé de lui parler, mais rien n'y a fait. Je n'ai pas réussi à le toucher.

— Mais pourquoi, Marc ? Pourquoi ? Pourquoi un fils rejette-t-il son père de cette façon ?

Il appuya sa tête contre ses mains. Il paraissait fatigué, vieilli.

— Il y a eu plusieurs facteurs. Je crois que je l'ai trop souvent déçu. Je l'idolâtrais, mais je n'ai pas compris que l'amour se traduisait aussi sous la forme du temps que l'on consacre à ceux que l'on aime. J'étais un père qui brillait par son absence. J'ai trop souvent fait ce qu'il ne fallait pas : je ne tenais pas mes promesses, je lui faisais miroiter que nous ferions des choses ensemble le week-end, et puis j'avais un problème professionnel et ça tombait à l'eau. Je ne me rendais pas compte des répercussions sur mon fils, qui se sentait mal aimé, repoussé.

— Et...

— Et ensuite, il a compris que si sa mère pleurait si fréquemment, c'était à cause de moi.

— Pourquoi pleurait-elle ?

Il hésita.

— Elle était souvent seule. Peut-être cela l'a-t-il conduite à s'imaginer des choses. A partir d'un certain moment, elle n'a plus voulu croire que ce n'était que mon travail qui me retenait loin d'elle et de notre fils. Au début, il lui arrivait de me soupçonner d'avoir une liaison avec une consœur ou une cliente, mais elle se laissait convaincre du contraire. Seulement, avec le temps, elle est devenue comme obsédée par cette idée. Elle prétendait que je regardais les femmes dans la rue, que pendant les réceptions ou les fêtes je flirtais avec d'autres sous son nez. Nous passions notre vie à nous disputer. Elle devenait comme folle, me jetait les objets à la tête, et pour finir elle se réfugiait en larmes auprès de Josh. Je trouvais catastrophique ce qu'elle faisait subir au gamin, mais je ne pouvais pas l'en empêcher.

— Mais ses soupçons étaient-ils vraiment injustifiés ? demanda Rosanna, en repensant à l'ex-voisin qui le considérait lui aussi comme un coureur de jupons.

— Sincèrement, Rosanna, je travaillais tellement à l'époque que je n'aurais pas eu l'énergie d'aller courir ailleurs. J'étais possédé par mon métier, dévoré d'ambition. Décidé à grimper au sommet. Ma famille en a pâti, et c'est ce qu'on peut me reprocher. Mais je n'ai jamais trompé Jacqueline.

Les yeux de Rosanna firent le tour de la pièce.

— Il n'y a pas une photo de ton fils dans toute la maison, fit-elle remarquer.

— Non, je ne pourrais pas le supporter.

— Tu ne supportes pas non plus tes anciens meubles, je me trompe ?

— Non. J'ai loué cet appartement meublé. Cela me convient mieux.

— Quand as-tu vu ton fils pour la dernière fois ?

— Après l'histoire d'Elaine. Les journaux ont publié des articles sur moi. J'ai guetté Josh à la sortie de ses cours, parce que je voulais lui donner ma version. J'imaginais bien que c'était la goutte d'eau qui ferait déborder le vase.

— Il n'a pas voulu te parler ?

— Non. Et, par malchance, Jacqueline est arrivée. Il y a eu une scène affreuse. Josh m'a crié de le laisser tranquille, Jacqueline m'a demandé en hurlant comment j'osais m'approcher de l'enfant après tout ce qui s'était passé. Il y a eu un attroupement, un vrai cauchemar. J'ai compris que c'était fini. A partir de là, je n'ai plus jamais rien entrepris. Depuis ce moment, c'est... comme tu dis, l'absence d'espoir. Je n'ai plus d'espoir en ce qui concerne Josh. Et, peut-être que c'est pire encore, je n'ai plus de courage.

— Tu penses souvent à lui ?

— Tous les jours.

D'un geste hésitant, elle lui prit la main. Il ne la retira pas.

— Je me demande pourquoi tu t'évertues à cacher ta peine, dit-elle. A force de garder pour soi ce qui vous atteint au plus profond, on se coupe des autres.

— Je m'en sors mieux en n'en parlant pas.

Elle songea à ce qu'il venait de lui dire à propos de l'expression « compagnons de souffrance » employée dans la lettre, une expression qui l'avait choqué. La souffrance, c'était effectivement une notion qu'il avait du mal à accepter.

— Je suppose que pour toi, tout ça, c'est un peu synonyme d'échec, non ? Tu penses que tu...

Il la regarda, de l'agressivité plein les yeux :

— Oh, Rosanna, qu'est-ce que tu es intelligente, hein ? Tu veux dire que j'ai l'impression d'avoir tout raté ? Qu'est-ce que tu veux que j'éprouve d'autre ? J'ai foutu mon couple en l'air. J'ai perdu l'amour de mon enfant. Et quand, pour une fois, je joue le rôle du bon Samaritain, on me traite comme un pervers sexuel, si ce n'est pas comme un meurtrier. Tu ne crois pas que ça suffit pour vous coller un petit sentiment d'échec ?

Il se leva avec brusquerie pour aller se planter devant la fenêtre.

— Et zut ! lâcha-t-il, furieux. Oui, je vais beaucoup mieux quand je n'en parle pas. Je me demande pourquoi les femmes ont absolument besoin de parler de tout !

Elle se leva à son tour, surprise par ce revirement.

— Je pensais…

— Qu'est-ce que tu pensais ? Qu'il vaut mieux remuer le couteau dans la plaie pour moins souffrir après ? Tu dis vouloir apprendre à me comprendre, mais peut-être que moi, je n'ai pas envie d'être compris. Peut-être que tout ce que je veux, c'est la tranquillité. Je ne peux plus rien faire pour changer les choses avec Josh, et je me porte donc mieux en arrêtant d'y penser.

— Je comprends très bien. Et je suis désolée de…

Elle réfléchit à ses mots. Il la regarda, attendant la suite.

— Je suis désolée d'avoir lu cette lettre, dit-elle enfin. Je n'aurais pas dû. D'ailleurs, je n'aurais pas dû venir.

Il se retourna vers la fenêtre sans la contredire.

Ce soudain changement d'ambiance fit comprendre à Rosanna à quel point le calme et la sérénité qu'il affichait étaient fragiles. Il ne supportait sa vie qu'en s'anesthésiant par le travail et en s'efforçant de chasser ce qui avait trait au passé. Comme quatre-vingt-dix pour cent des hommes dans sa situation.

Elle tendit la main et lui effleura prudemment le bras. Il s'écarta vivement.

— Il faut que j'aille changer la voiture de place, dit-il en attrapant la clé sur la table du salon. Je ne peux pas la laisser garée là.

Il était déjà près de la porte lorsque Rosanna, cédant à un brusque accès de frayeur, s'écria :

— Marc ! Non ! N'y va pas !

— Je vais simplement changer la voiture de place, précisa-t-il.

Elle ne savait pas d'où venait cette peur, ni si elle était justifiée. Mais quelque chose lui disait que Marc, une fois dans sa voiture, se retirerait du jeu. Il irait se réfugier dans le premier café venu, se fondre dans le bruit ambiant et passer le reste de la soirée les yeux fixés sur un verre de bière. Ou dans son bureau, caché derrière une montagne de dossiers.

— S'il te plaît, n'y va pas, répéta-t-elle.

Elle ne supporterait pas de rester seule dans cet appartement désolé. De l'attendre en vain. Et de partir le lendemain matin pour Taunton sans lui avoir dit au revoir, prisonnière pour toujours du souvenir de cette soirée ratée.

— Je vais simplement garer la voiture, dit-il pour la troisième fois, avec impatience cette fois, avant de prendre conscience de son désespoir.

Il reposa la clé et fit un pas vers elle.

— Qu'est-ce qui se passe ?

Elle ne répondit pas. La tension entre eux était trop grande. Il n'y avait plus rien à dire.

Ils se rencontrèrent au milieu de la pièce et se tombèrent dans les bras. A peine leurs corps se touchèrent-ils que ce fut l'explosion.

Impossible de résister plus longtemps au désir qu'ils réprimaient depuis des jours. Même si Rosanna, à la pensée de Dennis et de l'adultère qu'elle s'apprêtait à commettre, tenta sans conviction d'éviter l'inévitable.

— La voiture, murmura-t-elle. Elle ne peut pas rester comme ça...

— La voiture, on s'en fiche, dit Marc.

Sa peau sentait le gel douche, son souffle, le vin qu'ils venaient de boire.

Elle devait toujours se rappeler ce mélange. Le gel qu'elle ne connaissait pas. Le vin qu'elle n'avait pas vraiment aimé, mais qu'elle avait bu quand même. La lumière des réverbères dehors. Et le contact rugueux du tapis. C'était un tapis bon marché et utilitaire, comme tout dans cet appartement spartiate, comme toute la vie de Marc.

Elle se demanda s'il oubliait sa tristesse pendant qu'il lui faisait l'amour, mais son expression n'en révélait rien, et elle n'osa pas poser la question.

Jeudi 21 février

1

Le charme ne se rompit pas le lendemain matin, même si la journée s'annonçait grise et brumeuse, sans la moindre trace du soleil auquel ils s'étaient vite habitués. C'était comme si le mois de novembre était revenu. Les arbres aux branches nues soulignaient l'uniformité grisâtre de la ville. Le brouillard avalait tous les bruits. En regardant par la fenêtre, on frissonnait en pensant à l'humidité et au froid du dehors.

Rosanna et Marc s'étaient couchés tard, s'étaient aimés encore et encore, avaient bavardé. Rosanna avait même pleuré sans savoir exactement pourquoi. Marc n'avait pas posé de questions. Il semblait deviner qu'elle-même ignorait la raison de sa tension.

Ils se levèrent à six heures et demie, Marc devant se rendre au tribunal. Dans le congélateur, Rosanna découvrit quelques muffins qui dataient du petit déjeuner avec Pamela.

Marc en sortit deux et les fit réchauffer, prépara deux cafés.

— Je n'ai plus l'habitude, dit-il. Un petit déjeuner pour deux !

— Tu n'as jamais passé la nuit ici avec une femme, depuis que tu es divorcé ?

Il sourit.

— Ici, dans cet appartement, non. Dans les six mois qui ont suivi la séparation, cela m'est arrivé mais c'était dans l'ancienne maison. Au bout d'un moment, je n'ai plus eu envie de ces rencontres d'une nuit. Parce qu'après, on se sent encore plus vide que quand on est seul. Moi, en tout cas.

Elle remua lentement sa cuillère dans sa tasse, puis demanda :

— Et tu as aimé ce qui s'est passé entre nous ?

— J'espère que la nuit dernière ne restera pas notre seule nuit, répondit Marc d'un ton grave.

— Je m'en vais aujourd'hui. A Taunton.

— Et si tu attendais demain ? Aujourd'hui, je suis pris jusqu'à ce soir, mais demain, je peux me libérer pour dix-sept heures. Je pourrais t'accompagner, si cela te dit.

— A Kingston ?

— Tu n'es pas d'accord ?

— Mon père...

— Il serait choqué ?

— Il ignore que ça ne marche plus entre Dennis et moi. Je compte le mettre au courant, mais en douceur. Il n'est veuf que depuis quelques mois, il commence à peine à surmonter son deuil. Je ne peux pas lui annoncer tout à trac que mon couple est fichu.

Elle regarda Marc, l'air malheureux.

— Il sera très affecté. Mon père est... très conservateur.

— Je comprends, répondit Marc.

Il se tenait adossé à un placard, en face de Rosanna qui s'était assise à table. C'était bien ce qu'elle avait pensé : Marc déjeunait debout, dans un coin de la cuisine.

— Tu as raison, poursuivit-il. Il vaut mieux que tu y ailles seule. Prends ton temps, et réfléchis à ce que tu veux qu'il advienne de nous.

— C'est dur pour moi de partir maintenant.

— Parce que tu crois que c'est plus facile pour moi ? Mais tu as une famille, un mari et un beau-fils. Donc c'est à toi de décider. Peut-être as-tu besoin de quelques jours de tranquillité.

Il avait raison, elle le savait. Mais l'idée de le quitter lui faisait incroyablement mal.

— Tu peux prendre ma voiture, proposa Marc. Je n'en ai pas besoin, ni maintenant ni ce week-end.

— Mais...

— Si, je t'en prie. Prends-la. Comme ça, tu seras obligée...

Il s'interrompit, posa sa tasse et lui prit doucement la sienne des mains pour se serrer contre elle, enfouir son visage dans son cou.

— Tu seras obligée de revenir, reprit-il dans un chuchotement, parce que tu ne pourras pas t'échapper avec une voiture qui ne t'appartient pas. Reviens la semaine prochaine. Pas plus tard, s'il te plaît, je ne tiendrais pas le choc.

Après le départ de Marc, Rosanna songea à la veille, à son envie pressante de retourner dans le village de son enfance, de se réfugier dans la maison de ses parents pour retrouver un semblant de paix après les journées éprouvantes qu'elle venait de passer. Il ne restait plus rien de cette envie, elle s'était volatilisée, chassée par la nuit. Avec culpabilité, elle s'aperçut qu'elle n'éprouvait plus le besoin urgent d'aller retrouver son frère qui gisait à l'hôpital. Son seul besoin, c'était Marc.

Elle se rendit dans la salle de bains, se regarda dans la glace. Ses yeux étaient grands et brillants.

— Eh bien, ma vieille, te voilà propre ! dit-elle à son reflet.

Après avoir fait traîner les choses en vaquant à des occupations ménagères sans intérêt, elle renonça à se jouer la comédie. Elle ne partirait pas pour Taunton. Elle n'en était pas capable. Pas seulement parce qu'elle n'avait pas envie de quitter Marc mais aussi parce qu'elle avait peur de ce qui l'attendait : des appels de Dennis et de Rob, les douces remontrances de son pauvre père, les mises en garde de Cedric. Quelles seraient les répercussions de tout cela sur les siens ? Elle était si bien parvenue à cacher son mal-être des dernières années à tout le monde, y compris à elle-même, qu'ils penseraient tous qu'elle jetait aux orties un mariage heureux pour une histoire sans lendemain. On la prendrait pour une folle. Personne ne la comprendrait. Elle passerait le week-end à se justifier sans obtenir l'absolution.

Elle se fit un thé et, tout en le buvant à petites gorgées, réfléchit.

Cedric n'a pas besoin de moi en ce moment. Il a papa pour s'occuper de lui. Rob est chez sa mère et même s'il ne s'y sent pas vraiment bien, ce séjour est important pour lui. Dennis travaille et, de toute façon, il se doute que je ne vais pas rentrer tout de suite. Il ne m'attend pas de sitôt. En ce qui concerne Nick, j'ai rompu mon contrat. Pamela Luke, c'est Scotland Yard qui s'en occupe, et quoi qu'il arrive de ce côté, ce n'est pas à moi de m'en mêler.

Elle était libre. Libre de faire ce qu'elle avait envie de faire. Pour la première fois depuis longtemps. Libérée de son devoir d'épouse et de mère. Libérée de son devoir de fille et de sœur. Libérée de son devoir de journaliste.

Tout à coup, elle sut ce qu'elle allait faire. Quelque chose qui n'avait rien à voir avec le devoir. Quelque chose que nul n'attendait d'elle. Et Marc encore moins que les autres.

Elle versa le reste du thé dans l'évier, mit ses bottes et son manteau, se passa un coup de brosse dans les cheveux, consciente de l'inutilité de son geste, sachant qu'ils se laisseraient dompter moins que jamais par ce temps humide.

Elle attrapa les clés de la voiture et sortit.

2

J'espère que j'ai bien retenu le nom, se dit-elle.

Marc ne l'avait prononcé qu'une seule fois. Binfield Heath.

Elle trouva rapidement l'endroit sur l'atlas. Binfield Heath n'était pas loin de Henley-on-Thames. Un coin qu'elle connaissait un peu.

Il était dix heures lorsqu'elle s'engagea sur la M40 en direction d'Oxford.

Elle délaissa bientôt l'autoroute pour emprunter les départementales qui traversaient les localités pittoresques bordant la Tamise. Le brouillard, moins dense qu'aux premières heures du matin, flottait par voiles vaporeux sur la plaine. Des églises et des fermes rompaient régulièrement l'uniformité des champs. A plusieurs reprises, elle distingua le fleuve, sur lequel, à un moment, elle vit glisser majestueusement un grand remorqueur noir. Le brouillard donnait au paysage une touche de solitude et de mélancolie. L'univers était humide, silencieux, comme mort.

Rosanna s'aperçut qu'elle frissonnait, non pas de froid mais du fait de l'ambiance environnante. Elle roulait dans l'une des plus belles régions d'Angleterre où, par temps clair, les villages étaient d'une beauté de carte postale. Mais ce jour-là, tous étaient lugubres.

Binfield Heath ressemblait à un agrégat de maisons jetées au milieu du paysage. Celles qui escaladaient la colline disparaissaient derrière un manteau de brume. Au centre du village, une imposante bâtisse de brique hébergeait une épicerie-bureau de poste.

Tout laissait à penser que c'était l'unique commerce du village. Un panneau annonçait qu'en été on servait du thé et des gâteaux dans le jardin attenant.

Sans doute allait-on pouvoir l'y renseigner. Jacqueline Reeve devait être connue dans le coin, et cette boutique était sûrement l'endroit stratégique par lequel transitaient les informations et les cancans.

Le froid et l'humidité l'assaillirent lorsqu'elle quitta la chaleur de la voiture. Elle hésita. N'était-elle pas en train de commettre une bêtise ? Il était encore temps de faire demi-tour. De laisser Jacqueline Reeve tranquille. Mieux, elle pouvait retourner à Londres, remettre la voiture devant chez Marc et partir en train pour Taunton, retrouver son père et Cedric, rentrer à Gibraltar avec un Rob aux anges... Reprendre sa vie d'avant. Oublier son séjour en Angleterre, Elaine, Pamela, Pit Wavers et Marc.

Je serais folle de ne pas le faire, pensa-t-elle. Puis, avec un brusque sentiment de panique, elle pensa encore : Je suis peut-être en train de perdre les pédales.

Pourtant, cela ne l'empêcha pas de verrouiller la voiture, de remonter son col et de pénétrer dans la boutique. Derrière le comptoir, elle avisa une jeune femme qui feuilletait un magazine, trompant son ennui. Comme il fallait s'y attendre, celle-ci connaissait Jacqueline Reeve.

— Oui, bien sûr, je sais où elle habite ! Elle est peintre, c'est très bien ce qu'elle fait. On est très fiers d'elle, nous autres.

Elle dévisagea Rosanna avec curiosité.

— Vous tenez une galerie ?

— Non. C'est... c'est personnel.

— Ah bon... fit la vendeuse, un peu déçue. D'ici, vous pouvez y aller à pied, c'est tout près. Vous prenez la route tout droit, et après, c'est tout de suite à droite. C'est la troisième maison sur la gauche. C'est là qu'elle habite.

— Et son atelier ?

— Pareil, dans la même maison. Vous verrez, c'est très simple.

Peut-être que je ferais demi-tour si ce n'était pas aussi simple, se dit Rosanna une fois dehors.

Cinq minutes plus tard, elle se garait devant chez Jacqueline Reeve.

C'était une petite maison très ancienne, aux murs passés à la chaux, avec une porte d'entrée peinte en rouge vif et un toit de chaume qui descendait très bas. Dans le minuscule jardinet poussait un tapis de crocus. Sur la façade était fixé un espalier supportant un rosier grimpant. En été, les fleurs devaient recouvrir le devant de la maisonnette.

C'était tout à fait idyllique, mais le contraste avec la résidence de Belgravia, à Londres, celle où vivait le couple autrefois, frappa si fort Rosanna qu'elle en eut la gorge serrée. Cette maison de village exprimait tout autre chose, symbolisait un monde complètement différent, une autre façon de vivre. Comment le petit Josh avait-il vécu ce changement drastique ?

Elle ouvrit le portillon, avança sur un pavage irrégulier de pierres grises et mouillées. Il n'y eut aucune réaction aux coups discrets qu'elle frappa à la porte, laquelle en revanche s'ouvrit lorsqu'elle la poussa d'un geste prudent. Un léger tintement retentit. Rosanna se retrouva dans un petit vestibule aux murs décorés de tableaux. Tous, sans exception, semblaient représenter le paysage alentour. Une prairie au bord du fleuve. Quelques collines baignant dans la lumière brumeuse du matin. Un voilier sur la Tamise. Il n'y avait rien de mièvre dans ces peintures et Rosanna se dit qu'elles étaient belles, tout simplement. Qu'elle n'hésiterait pas une seconde à les accrocher dans sa chambre.

L'air était saturé d'une odeur de peinture mêlée de térébenthine. Une épaisse tenture vert foncé masquait la vue sur la pièce adjacente, d'où provenait un air de piano.

— Oui ?

Une femme avait écarté la tenture et s'approchait de Rosanna. Au-dessus d'un pull gris foncé à col roulé et d'un jean, elle portait une longue chemise d'homme maculée de peinture. Ses cheveux bruns, roulés sur la nuque, étaient retenus tant bien que mal par une multitude d'épingles. Sur son visage, pas un soupçon de maquillage.

Et pourtant, Rosanna se dit qu'elle n'avait jamais vu de femme plus belle. De nouveau, sa gorge se serra. Comment cette beauté avait-elle pu craindre un seul instant que son mari la trompe ? Qui aurait pu rivaliser avec elle ?

D'un ton non dénué d'amabilité mais teinté d'impatience, Jacqueline s'enquit :

— Est-ce que je peux faire quelque chose pour vous ? Je travaille...

Le malaise s'empara de Rosanna. Sa démarche lui parut indiscrète, maladroite... Elle fut tentée de marmonner une excuse, de sortir sans demander son reste et de quitter ce village. Mais pour une raison inconnue, ses jambes refusèrent de bouger. Elle resta clouée sur place.

— Vous êtes Jacqueline Reeve ?

— Oui, c'est bien moi.

Rosanna se fit violence et lui tendit la main :

— Rosanna Hamilton.

Jacqueline s'essuya la main sur sa chemise et lui rendit son salut.

— Enchantée, madame Hamilton. Qu'est-ce qui vous amène ?

— C'est un peu compliqué... hésita Rosanna.

— Est-ce qu'il s'agit des tableaux ? De mon expo de la semaine prochaine ?

— Non. Non, ce n'est pas ça. Je...

Il faisait chaud et Rosanna se mit à transpirer sous son épais manteau.

— Il s'agit de votre mari, lâcha-t-elle enfin. De votre ex-mari. De Marc Reeve.

Le regard de Jacqueline s'assombrit instantanément.

— Oh ! Je ne vois pas ce que...

Rosanna reprit un peu d'assurance.

— Je vous en prie, dit-elle. C'est important. Est-ce que vous auriez quelques minutes à m'accorder ?

Cette idée était visiblement loin de sourire à son interlocutrice.

— Je suis en plein boulot. J'ai une exposition la semaine prochaine et je ne sais même pas si je serai prête...

— Quelques minutes, l'interrompit Rosanna. S'il vous plaît !

L'artiste peintre capitula. Peut-être à cause de son ton insistant, peut-être aussi par simple curiosité, supputa Rosanna.

— D'accord, répondit-elle en repoussant la tenture. Venez vous asseoir. Débarrassez-vous donc de votre manteau. Voulez-vous une tasse de thé ?

— Donc, vous êtes la nouvelle copine de Marc, constata Jacqueline.

Ce n'était pas dit de façon inamicale. Plutôt amusée.

Elle avait introduit sa visiteuse dans une minuscule cuisine où elle l'avait invitée à prendre place autour d'une table de bistro. Rosanna commençait à reprendre contenance. Dans une glace à cadre d'osier accrochée au mur, elle aperçut brièvement son visage pâle et amaigri, et ses cheveux bruns, plus ébouriffés encore que d'habitude, comme elle l'avait prévu. Avec résignation, elle se demanda si elle serait jamais contente de son physique. Sans doute pas, et encore moins si des beautés comme l'ex de Marc venaient la narguer.

Cette dernière lui offrit un thé aux fruits brûlant. Les notes de piano continuaient à s'égrener dans la pièce voisine.

Sans doute était-ce ainsi que Jacqueline trouvait l'inspiration. Sa manière de vivre sortait vraiment de l'ordinaire : le village, le brouillard, l'odeur de peinture... le silence brisé seulement par une musique douce... C'était donc pour ce genre d'existence qu'elle avait renoncé à vivre aux côtés d'un homme comme Marc...

— Eh bien... répondit enfin Rosanna. Nous ne nous connaissons pas depuis très longtemps. Mais nous sommes...

Elle s'interrompit.

— ... très amoureux, compléta Jacqueline. Oui, je l'imagine aisément. C'est un homme très séduisant. Il est compréhensif, généreux et gentil. Je comprends très bien que vous soyez tombée amoureuse de lui.

Elle avait parlé avec naturel. Rosanna tenta de déceler un soupçon d'ironie dans ses propos mais n'en trouva pas. Jacqueline semblait réellement penser ce qu'elle disait.

— Madame Reeve, je...

— Appelez-moi Jacqueline.

— Jacqueline, je ne sais pas si j'ai bien fait de venir vous voir. Cette idée m'est venue spontanément ce matin. Marc n'en sait rien. Il serait peut-être horrifié.

— Sans doute.

— Mais il y a des éléments qui ne sont pas très clairs, et je... Il y a certaines choses que je n'arrive pas à comprendre.

Elle se tut, pensant : Je n'aurais pas dû venir. Je suis là, en train de bafouiller, c'est très pénible.

Jacqueline se pencha en avant :

— Rosanna, qu'est-ce que vous voudriez savoir ? Qu'est-ce qui vous travaille ? Est-ce que c'est la fameuse histoire ?

— Vous voulez dire...

— L'histoire avec cette femme. Comment s'appelait-elle, déjà ?... Madeleine... ?

— Elaine. Elaine Dawson.

— C'est ça. Elaine Dawson. Vous êtes au courant de l'affaire ?

Oh que oui !

— Oui, répondit Rosanna.

— Vous voulez savoir si je crois que mon mari a tué Elaine Dawson ? Vous avez peur d'être tombée amoureuse d'un assassin ?

— Non. Ce n'est pas de cela que j'ai peur, mais ma visite a effectivement un rapport avec l'affaire Dawson. Je ne vais pas développer, ce serait trop long, cependant tout porte à croire que l'énigme est sur le point d'être résolue. Selon toute vraisemblance, Elaine Dawson a été assassinée. La police est sûre à quatre-vingt-dix-neuf pour cent de connaître le meurtrier.

Pit Wavers. Il est mort. Et Pamela ?

Pamela avait quitté Londres. Et si elle était allée voir Cedric ? Etait-ce possible ? Et si elle n'était pas l'innocent agneau qu'elle disait être ?

Est-ce que mon frère se trouve en compagnie d'une meurtrière ?

Elle refoula immédiatement cette idée. Ce n'était pas le moment de réfléchir à cela. Mais Jacqueline avait vu ses yeux changer d'expression.

— Ah oui ? s'enquit-elle. L'affaire est vraiment résolue ?

— Pratiquement, oui. Je pense que la presse en parlera dans les jours qui viennent. Et ça m'a donné l'idée...

— Quelle idée ? l'encouragea Jacqueline.

Rosanna se lança :

— Cela concerne Josh. Votre fils. Il s'agit des relations, ou plus exactement de l'absence de relations entre son père et lui. Son père n'a jamais été complètement blanchi dans cette affaire Dawson, et, sous cet aspect, ma visite a un petit rapport avec cette histoire.

— Et... ?

— Jacqueline, Marc souffre horriblement. Il s'est résigné à ne plus voir Josh, mais c'est une ombre qui obscurcit toute sa vie. Il se réfugie dans le travail, dans lequel il réussit d'ailleurs très bien, mais c'est un homme extrêmement solitaire, incapable d'éprouver la moindre joie de vivre.

— Il ne peut pas être aussi solitaire que ça puisqu'il vous a !

— Mais moi je ne remplace pas son fils unique. C'est justement ce que je trouve terrible : il est seul, même quand je suis avec lui, même au milieu d'un million de personnes. Il est triste, même quand il rit. Il est sans espoir.

— Eh bien... lâcha Jacqueline, moins détendue qu'elle ne voulait s'en donner l'air.

Elle attrapa un paquet de cigarettes sur le plan de travail, le tendit à Rosanna avec un regard interrogateur. Celle-ci ayant refusé d'un signe, elle alluma une cigarette et en aspira une profonde bouffée.

— Et que puis-je faire pour vous aider ?

Rosanna lui adressa un regard intense :

— N'y aurait-il pas un moyen de rapprocher Josh de son père ? Juste pour une brève rencontre. S'il s'avère que Marc est bel et bien innocent et si...

— Rosanna ! Réveillez-vous ! l'interrompit Jacqueline sans ménagement, avant de se planter au milieu de la cuisine, la cigarette à la main. Je n'ai pas pensé une seconde que Marc avait un rapport quelconque avec la disparition de cette Dawson. Et je sais que Josh, au plus profond de lui, ne l'a jamais cru, pas plus qu'il ne le croit maintenant. Et si la police a mis la main sur un coupable et que les journaux en font leur une dans les prochains jours, ce ne sera pas vraiment une surprise pour nous. Je suis très contente à l'idée que Marc soit définitivement lavé de tout soupçon. Dieu sait ce que cette affaire lui a coûté ! Mais pour moi, ça ne change rien. Pour mon fils non plus.

— Mais...

— Evidemment, quand c'est arrivé, Josh a saisi la balle au bond. Dans le style : tu vois, papa est vraiment horrible, voilà qu'il a tué une femme ! Cela lui a servi de justification supplémentaire pour son rejet, ça l'a aidé à venir à bout du sentiment de culpabilité qu'il éprouvait peut-être vis-à-vis de son père. Personne ne pouvait le forcer à passer ses week-ends avec un homme sur qui pesait un tel soupçon, n'est-ce pas ? Dans une certaine mesure, cette histoire ne tombait pas mal du tout pour lui. Et en même temps, elle l'a amené à détester son père encore plus à cause des articles qu'on écrivait sur lui. Tout le monde, à son école, était au courant, ses copains du foot, les voisins, tout le monde... Josh n'avait pas encore dix ans. Est-ce que vous imaginez ce que cela représente pour un gamin de voir son père cloué au pilori de cette façon ? Pour viol et meurtre ! Mais le fait que les accusations ne reposent sur rien, que la police l'ait très rapidement mis hors de cause, ça, c'est passé inaperçu. Pour les gens, ce qui compte, c'est le sensationnel. Pour nous deux, c'était le cauchemar. Et pour Josh, un cauchemar encore pire que pour moi.

— Je m'en doute, compatit Rosanna. Vous avez dû vivre des moments terribles. Mais... Jacqueline, dites-moi si vous me trouvez trop indiscrète, mais je n'arrive pas à m'expliquer cette haine d'un enfant envers son père.

Jacqueline eut un rire bref, sans joie, et écrasa sa cigarette sur une assiette avant de se rasseoir.

— Josh s'est séparé de Marc, définitivement. Exactement comme moi.

Rosanna savait qu'elle franchissait une limite. Elle n'en insista pas moins :

— Pourquoi ? Pourquoi cette séparation ?

Jacqueline la considéra un long moment en silence. Sans animosité. Pensivement, plutôt. Rosanna craignit de la voir se lever pour lui signifier la fin de la conversation.

Contente de vous avoir connue, Rosanna, mais mes problèmes conjugaux ne vous regardent pas. Découvrez Marc par vous-même. Ce n'est pas en quelques nuits d'amour qu'on apprend à connaître l'autre. Je vous laisse découvrir toute seule de quoi est faite la vie quotidienne avec Marc Reeve.

C'est ce que je dirais à sa place, pensa-t-elle.

Mais Jacqueline se contenta de prendre une nouvelle cigarette et la tint entre ses doigts sans l'allumer. D'une voix sourde, elle déclara :

— Rosanna, la vie avec Marc était un enfer. Pour moi, et par ricochet pour Josh. Je ne crois pas que Josh puisse pardonner à son père ce qu'il a fait à sa mère.

3

La chambre était exiguë et arrangée sans goût, mais elle lui plaisait plus que l'hôtel tape-à-l'œil de Londres. Là-bas, elle avait eu peur de devenir folle. Pas moyen d'ouvrir les fenêtres, impossible de régler le chauffage, et ce luxe qui l'écrasait... Ne serait-ce que la gigantesque salle de bains en marbre, avec la glace sur toute la largeur du mur... Quand elle sortait prendre l'air cinq minutes, elle était obligée de traverser un hall grand comme un hall d'aéroport. Des tas de gens, de voix, de regards curieux, du personnel pressé partout. Tout ce bruit et toute cette agitation lui donnaient mal à la tête.

Sans compter cet inspecteur Fielder. Il était gentil, bien sûr, il lui parlait aimablement et lui offrait du café et de l'eau minérale, mais elle n'aimait pas ses yeux. Des yeux à faire froid dans le dos. Il lui posait des questions qui montraient à quel point il se méfiait. Il ne croyait pas un mot de son histoire de passeport. Pas plus que le fait qu'elle n'avait jamais tenu une arme. Il insistait, creusait toujours plus. Il ne lui fichait jamais la paix.

A un moment, ç'avait été plus qu'elle n'en pouvait supporter. L'hôtel, l'interrogatoire... Elle était sans doute en fuite depuis trop longtemps, elle vivait depuis trop longtemps dans des villages perdus au milieu de nulle part, en évitant tout contact avec le monde extérieur.

Elle alla ouvrir la fenêtre. L'air froid et humide s'engouffra dans la pièce. Elle respira à fond. En bas, une rue silencieuse, vide de toute présence humaine. Elle remarqua un écureuil qui sautillait d'un jardin à l'autre. C'était tout. Le silence était un baume pour son âme.

C'était Cedric qui lui avait indiqué cette pension. Il lui avait donné vingt livres pour qu'elle aille y passer la nuit. Elle serait bien restée avec lui, mais il avait refusé.

« Tu veux que l'infirmière te pose des questions embarrassantes et qu'elle appelle la police ? » avait-il objecté.

La propriétaire de la pension lui avait loué la chambre sans faire de manières, mais au matin, en lui servant un petit déjeuner copieux auquel elle n'avait presque pas touché, la bonne femme s'était montrée curieuse. Pamela avait compris qu'elle avait intérêt à s'en aller rapidement. Elle n'était pas très fraîche et n'avait pas de bagages – le meilleur moyen de se rendre suspecte et d'aiguiser l'imagination des gens.

« Mon père vient me chercher à midi, et après, on passera te prendre, avait dit Cedric. Pour commencer, tu pourras occuper la chambre de ma sœur. Mais une chose est sûre, Pamela : nous ne te cacherons pas. Ni mon père ni moi. Il faudra que tu te rendes à Scotland Yard. Tu leur raconteras tout, tu m'entends ? »

Elle se détourna de la fenêtre. Le froid la faisait frissonner, mais, en même temps, l'air frais lui faisait du bien. Elle n'avait pas envie de continuer à s'enfermer. Elle ne savait pas vraiment si Cedric l'avait crue. Il l'avait écoutée, l'air grave, sans chercher à l'interrompre.

Lorsqu'il lui avait demandé pourquoi elle n'avait jamais parlé de cela, elle avait essayé de lui expliquer qu'elle avait eu peur d'être soupçonnée.

« C'est encore pire maintenant ! » avait-il objecté.

C'était vrai. Elle avait commis une erreur. Inutile d'enfoncer le clou. Elle avait besoin qu'il l'aide.

Au mur de sa chambre était accrochée une vieille pendule de porcelaine décorée de feuilles de vigne en arabesques, munie de deux balanciers en forme de grappes de raisin, peints en violet. Il n'était pas encore midi. Peut-être Cedric et son père n'arriveraient-ils pas tout de suite. S'ils venaient vraiment, s'ils n'envoyaient pas la police à la place... Mais dans ce cas, les flics seraient déjà là, non ?

Sans cesse, elle revoyait l'image de Pit Wavers. Pas le Pit fort, brutal, aux jambes arquées, qui lui avait infligé une terreur mortelle des années durant, mais le Pit inanimé sur un chemin forestier, quelque part dans la région de Cannington, dans le Somerset. Avec un trou dans la poitrine. Et les yeux fermés.

Cette nuit-là, elle s'était penchée au-dessus de lui, la trouille au ventre. Et s'il faisait semblant ? Et s'il se relevait d'un bond en lui attrapant le poignet et en le serrant d'une main de fer ? S'il lui envoyait son autre poing dans l'estomac, comme il l'avait fait si souvent autrefois ?

Il était tombé, après son coup de feu. Elle avait eu le temps de le voir avant que le pare-brise se transforme en toile d'araignée. Mais elle ne savait pas si elle l'avait atteint. Il pouvait très bien s'être simplement baissé.

Elle avait fait feu encore plusieurs fois à l'aveuglette dans sa direction, mais le barillet était vide et elle avait arrêté d'appuyer sur la détente. Ensuite, elle était restée assise. Sans bouger. Pétrifiée de peur. Sur le qui-vive, en s'attendant à le voir surgir à sa portière à tout moment. A voir près des siens ses petits yeux cruels. Ses yeux trahissaient sa personnalité. Elle avait lu quelque part que les psychopathes n'avaient aucune sensibilité, qu'ils étaient incapables de se mettre à la place des autres et d'éprouver du respect pour eux. Elle avait su alors qu'elle avait affaire à un grand malade. Ça l'avait complètement démolie.

Au bout d'un moment, elle avait compris qu'elle ne pourrait pas rester éternellement assise comme ça, les yeux rivés sur le pare-brise en miettes. A côté d'elle, Cedric paraissait avoir perdu connaissance. Sa respiration était difficile, irrégulière. Il avait besoin d'être soigné, et vite.

Elle avait fini par sortir de la voiture. Elle se souvenait encore de ce moment de folle terreur. Elle n'avait pas lâché son arme, même si elle était devenue inutile.

Il faisait nuit, mais ses yeux s'étaient plus ou moins accoutumés à l'obscurité. Elle avait fait prudemment le tour du véhicule et avait trébuché sur le corps de Pit, qui gisait à l'endroit exact où il était tombé. Elle l'avait dévisagé, avait senti son propre sang battre dans ses oreilles et attendu qu'il se passe quelque chose, sans savoir quoi.

Une fois de plus, c'était en pensant à Cedric qu'elle avait trouvé le courage de se pencher pour vérifier si Pit était mort ou vivant, s'il respirait ou non. Au prix d'un gros effort sur elle-même, elle avait posé une main sur sa poitrine et cru déceler un faible battement de cœur. Mais ce pouvait être le tremblement de sa propre main. Impossible d'en être sûre. Lorsqu'elle avait retiré la main, elle avait constaté que celle-ci était humide et poisseuse, et au bout d'un moment, elle avait compris que c'était du sang.

Je t'ai eu, Pit, avait-elle songé. Tu vois, la petite Pam, le petit tas de bouse, comme tu m'as si souvent appelée, eh bien, elle l'a fait ! Elle a visé et elle a tiré, et en plein dans le mille. Pas mal, hein ? Tu t'y attendais pas, à celle-là !

Non, pour lui, c'était impensable. Deux heures auparavant, quand elle avait pointé l'arme sur lui, dans l'appartement, elle ne lui avait pas fait peur. Normal. A ce moment-là, elle ne se sentait pas non plus capable de tirer.

Devant le corps de Pit, elle avait été prise d'une sorte d'euphorie. Ce n'était pas véritablement du soulagement, mais le signe que ses nerfs s'apprêtaient à lâcher. Elle avait envie de rire et de pleurer, se retenait de hurler.

T'as pas le droit de craquer, s'était-elle sermonnée. Attends d'avoir conduit Cedric à l'hôpital !

Elle avait jeté le pistolet devenu inutile dans l'herbe, avait pris son courage à deux mains et attrapé Pit sous les aisselles pour le tirer sur le côté. Elle l'avait laissé sur le bord du chemin. Puis elle était montée dans la voiture de Pit et avait constaté que la clé était dans le contact, lui évitant ainsi d'aller la chercher sur le corps d'un mort ou d'un mourant. Ses mains tremblaient tant qu'elle n'était parvenue à démarrer qu'à la quatrième tentative. Elle avait déplacé le véhicule de manière à ce qu'il ne bloque plus le passage, puis était remontée en hâte dans la voiture de Cedric. Pendant tout le trajet – elle devait s'apercevoir plus tard qu'elle avait roulé sans phares – elle lui avait parlé.

« Ne t'inquiète pas. On va bientôt trouver un hôpital. On va te prendre en main. Pit, il ne peut plus rien nous faire. C'est moi qui l'ai descendu, pas mal, hein ? Il est allongé par terre dans la forêt, il est mort ou tout comme. Mais nous deux, on va s'en sortir ! »

Ils s'en étaient effectivement sortis, elle ne savait plus comment. Elle avait erré au hasard, uniquement préoccupée d'arriver quelque part où il y aurait un hôpital ou un poste de police. Quand, enfin, elle avait aperçu, dans une petite ville, une enseigne éclairée indiquant un commissariat, elle avait failli éclater en sanglots.

A partir de là, c'était la police qui s'était occupée de tout. Elle se revoyait assise sur une chaise de plastique inconfortable où elle avait patienté pendant au moins une heure, en pleurant, un gobelet de carton rempli de café à la main.

Elle ferma la fenêtre. Il commençait à faire froid dans la pièce, et elle ne pouvait pas se permettre de s'enrhumer.

Jamais elle n'aurait cru qu'elle penserait un jour avec affection à son frère Liam. C'était un type brutal, sournois, grossier, fainéant et ivrogne, mais c'était lui qui l'emmenait au stand de tir. Liam était fou des armes à feu. Avant d'être transformé en épave par l'alcool, il passait son temps à s'entraîner. Elle, toujours en train de fuir son père qui avait commencé à la mater dès qu'elle avait atteint ses onze ans, et qui s'était mis à venir régulièrement dans son lit quand elle en avait eu treize, oui, elle avait obtenu de Liam qu'il l'emmène avec lui. Son frère la traitait souvent mal mais il ne levait jamais la main sur elle. Il avait été content de jouer les professeurs de tir et, de son côté, elle s'était appliquée à se montrer bonne élève. Tant et si bien qu'il l'avait complimentée.

« Elle a ça dans le sang, fanfaronnait-il devant ses copains. Vous allez voir, elle finira par atterrir chez les flics, tellement elle se débrouille bien ! »

Oui, elle avait atterri chez les flics, mais pas comme il l'avait prédit. Elle aurait aimé lui faire savoir qu'il lui avait sauvé la vie, mais la dernière fois qu'elle l'avait vu, c'était douze ans plus tôt, écroulé ivre mort à l'entrée d'une galerie marchande de Liverpool, couvert de crasse et puant à vingt mètres, cramponné à sa bouteille. Quand elle l'avait secoué, il ne l'avait pas reconnue. Depuis, elle n'en avait plus jamais entendu parler.

Elle avait découvert que Pit possédait un pistolet juste après s'être installée avec lui. Il était caché dans le placard à chaussures, derrière les vieilles bottes de caoutchouc, les battes de base-ball et les écharpes de laine malodorantes. Sachant qu'elle n'aurait pas dû farfouiller là-dedans et ayant déjà eu un aperçu de ses accès de violence, elle s'était gardée de lui en parler. Par prudence, elle ne lui avait pas dit non plus qu'elle maniait les armes comme une pro. Elle sentait confusément qu'elle pourrait un jour tirer parti de cet avantage.

Quand Pit avait commencé à la traiter comme une moins que rien et à lui chercher querelle, à la battre et à la faire vivre dans la terreur, elle s'était mise à en rêver, de ce pistolet. Pas la nuit, mais dans la journée. Elle se voyait en train de lui appuyer le canon de l'arme contre le visage et de faire exploser sa tête au visage cruel, d'effacer pour toujours son mauvais sourire. C'était devenu son passe-temps favori. Elle se représentait la scène quand il lui envoyait ses poings dans le ventre, quand il la prenait avec tant de brutalité qu'elle en hurlait de douleur, quand il la traînait par les cheveux à travers la maison pour lui montrer une tache qu'elle avait oublié de nettoyer. Elle avait besoin de ce refuge pour ne pas sombrer dans le désespoir, se jeter par la fenêtre ou s'ouvrir les veines. Dans les moments sombres, elle se disait qu'elle n'aurait jamais le courage de lui tirer dessus. Mais le rêve donnait de la force, elle en avait fait l'expérience, à l'époque. Quand elle avait décidé de s'enfuir, elle avait pensé emporter le pistolet pour ne pas se retrouver sans défense, mais quinze jours avant le moment décisif, elle avait constaté que l'arme avait disparu. Sans doute avait-il estimé que la cachette n'était pas assez sûre. Le temps lui avait manqué pour trouver l'endroit où il l'avait entreposée.

Et maintenant, je l'ai fait, se dit-elle, et malgré la situation terrible dans laquelle elle se trouvait, un frisson d'excitation la parcourut. Au bout de tant d'années, elle avait vu son rêve se réaliser. Elle avait descendu Pit. Si on ne la mettait pas en prison, ça signifiait que, pour la première fois depuis longtemps, elle serait vraiment libre.

Un nouveau regard à la pendule kitsch. Cinq minutes s'étaient écoulées.

Etait-ce raisonnable d'attendre Cedric et son père ? Peut-être ce dernier irait-il tout droit chez les flics. Mais elle n'avait pas d'argent, pas de papiers, pas même de linge de rechange. Et sans doute ne tarderait-on pas à lui mettre la main dessus.

« Fais-moi confiance, lui avait dit Cedric la veille avant qu'elle s'en aille. Si tu restes toute seule, tu ne pourras que t'enfoncer encore plus. »

Fais-moi confiance !

Elle s'assit sur le lit et enfouit sa tête dans ses mains. Si elle avait compris une chose dans la vie, c'était qu'on ne pouvait jamais faire confiance à un homme. Tout en elle s'insurgeait à l'idée de mettre son destin, ne serait-ce qu'un poil, entre les mains de Cedric.

Elle n'avait pas le choix, c'était affreux.

Elle se fixa une limite : elle attendrait encore pendant une demi-heure. Si d'ici là Cedric et son père n'avaient pas donné signe de vie, elle disparaîtrait sans laisser d'adresse.

4

Au lieu de se dissiper comme c'était généralement le cas vers midi, le brouillard semblait s'épaissir. Par la petite fenêtre, on le voyait s'étendre, gris et opaque. Il faisait merveilleusement bon dans la cuisine. Jacqueline avait préparé une nouvelle théière, posé un sucrier sur la table. Elle fumait cigarette sur cigarette.

— J'ai mis pas mal de temps à comprendre que Marc était un coureur de jupons invétéré. Il n'a peut-être pas non plus commencé tout de suite. Au début, ses sentiments pour moi l'ont certainement freiné. Mais après… il n'a plus eu aucun scrupule. Le pire étant qu'il n'avait même pas besoin de partir en chasse. Les femmes se jetaient à son cou. Pas seulement à cause de son physique, mais aussi de ses manières d'être. Réservé, sérieux, des manières policées, cette amabilité distante… Peut-être ne faut-il pas s'étonner qu'un homme faiblisse quand c'est si facile pour lui.

Rosanna but une gorgée de thé. Il était très chaud, aussi se brûla-t-elle les lèvres. Elle reposa sa tasse avec un petit cri de douleur.

Jacqueline se méprit sur sa réaction.

— Oui, ce n'est pas agréable à entendre pour vous, mais vous vouliez le connaître.

— Je voulais savoir pourquoi son fils…

Jacqueline eut un petit rire.

— C'est donc si difficile à imaginer ? Josh se réveillait presque toutes les nuits en m'entendant pleurer, parce que son père ne rentrait pas malgré toutes ses promesses. Alors, il se levait et me trouvait seule dans le grand lit vide, en train de sangloter. Il me demandait pourquoi son père n'était pas encore rentré, et je lui répondais qu'il était au travail. Il venait alors se glisser contre moi en me serrant très fort. Au début, il croyait bel et bien que papa travaillait beaucoup et que je pleurais parce que j'étais seule. Mais il a grandi, et il nous entendait nous disputer de plus en plus violemment. Il a fini par comprendre de quoi il s'agissait. Papa ne travaillait pas, papa couchait avec d'autres femmes et maman souffrait et pleurait. Vous comprenez que dans ces conditions un fils puisse se mettre à détester son père ?

Rosanna répondit par une autre question :

— Vous êtes vraiment sûre qu'il ne travaillait pas ? Il m'a expliqué que sa carrière comptait par-dessus tout. Il a parfaitement conscience de vous avoir négligée, et il le regrette.

— Vous savez, si j'étais sur le point d'entamer une nouvelle relation, je ne commencerais pas par raconter à mon nouveau partenaire que mon couple a capoté à cause de mon infidélité. Marc était effectivement accro au travail. Il était d'une ambition maladive, plus marié avec son boulot qu'avec moi. C'était un problème de plus. Sans arrêt, il nous faisait faux bond. Inutile de faire des projets, que ce soit pour un week-end à la mer, une séance de cinéma, ou autre chose... Dans quatre-vingt-dix pour cent des cas, j'étais sûre de me retrouver seule avec Josh. Au dernier moment, Marc appelait pour dire qu'il avait un empêchement majeur. Je le savais d'avance. Et vous n'imaginez pas les torrents de larmes que peut verser un petit garçon quand ça se reproduit sans arrêt.

— Et vous pensez que dans la plupart des cas c'était pour...

— ... coucher avec une blonde quelconque ? Je pense qu'il y avait les deux. Le cabinet où il travaillait exploitait effectivement ses collaborateurs. Passer un samedi soir tranquille tenait de l'indécence pour un associé. Je ne sais pas combien de fois je l'ai supplié de quitter ce cabinet, mais il me rétorquait qu'il avait trouvé le tremplin idéal. Très intéressante, à propos, la façon dont ils l'ont laissé tomber quand il a fait la une des journaux à cause de cette Dawson. Il s'est crevé pendant des années pour la boîte en sacrifiant sa vie de famille, et cela ne les a pas empêchés de se débarrasser de lui le plus vite possible. Mais, précisa-t-elle avec un haussement d'épaules, ce n'était déjà plus mon problème.

Rosanna décida de prendre le taureau par les cornes, au risque de se faire mettre à la porte par son hôtesse :

— Marc m'a dit que vous le soupçonniez d'avoir des aventures, mais il prétend que c'est une sorte de... d'idée fixe chez vous. Il dit qu'il était bien trop occupé pour ça. Il jure qu'il ne vous a jamais trompée. Pas une seule fois.

Jacqueline éclata de rire.

— Une idée fixe ? Moi aussi, à sa place, c'est ce que je dirais ! Et encore, c'est dit gentiment. A moi, il me jetait à la tête que j'étais paranoïaque, malade des nerfs, que je devais me faire soigner... Vous savez, j'ai traversé une passe difficile quand j'essayais de m'occuper de ma mère malade. Elle était dans une maison de retraite des environs de Cambridge, et j'allais souvent la voir. Je la voyais souffrir, c'était très pénible pour moi, je déprimais beaucoup. Je pleurais fréquemment à cette époque. J'étais très triste – mais pas du tout parano. Je n'étais pas malade des nerfs, comme le prétend mon ex-mari. J'étais tout à fait capable de voir ce qui se passait autour de moi.

Etait-ce la vérité ? Rosanna refusait de donner dans les clichés, bien consciente que le fait d'être amoureuse de Marc pouvait altérer son objectivité, mais elle n'était pas prête à prendre les affirmations de Jacqueline pour argent comptant. Son interlocutrice ne lui semblait pas un modèle d'équilibre. Aller s'installer dans ce village reculé pour peindre... Obliger son fils à vivre dans cet endroit, ce qui constituait une coupure des plus radicales avec sa vie d'avant... Elle était peut-être douée, mais les artistes doués n'avaient-ils pas justement une propension à bâtir un monde imaginaire ? Marc, comme il l'avait reconnu lui-même, était rarement chez lui, abandonnant sa femme et son fils à leur frustration émotionnelle. Cela ne voulait pas dire pour autant qu'il allait voir ailleurs ! Jacqueline était restée très vague dans ses accusations. Elle parlait de nuées de femmes qui se jetaient à son cou, mais elle n'avait donné aucun nom, aucune description. On donnait plus de précisions, quand on s'exprimait avec cette franchise ! Sans compter qu'elle avait admis être très déprimée pendant la maladie de sa mère – ce qui était tout à fait normal. Je n'étais pas malade des nerfs, disait-elle, mais une femme qui va régulièrement voir sa mère et assiste impuissante à sa souffrance, qui pleure beaucoup à cause de cela, est obligatoirement perturbée sur le plan nerveux. Elle s'était sans doute sentie délaissée par son mari toujours absent, et cela ne l'en rendait que plus malheureuse, et sans doute injuste. La vérité était peut-être là... C'étaient deux récits contradictoires. Rosanna avait le sentiment confus qu'elle n'obtiendrait jamais de preuve, ni d'un côté ni de l'autre.

Elle repoussa sa tasse et se leva pour signifier qu'elle ne voulait pas abuser de la patience de son hôtesse.

— Je sais que vous êtes très occupée, dit-elle, et je ne voudrais pas vous déranger plus longtemps. Je vous remercie de votre franchise.

Jacqueline se leva à son tour, la cigarette entre les doigts.

— J'ai été contente de faire votre connaissance, dit-elle d'un ton sincère, et je vous souhaite vraiment beaucoup de bonheur avec Marc. Plus de bonheur que je n'en ai eu.

— Il n'y a donc aucune chance pour que Josh se réconcilie avec son père ? Je crois que c'est ce que Marc souhaite le plus au monde.

Jacqueline haussa les épaules avec regret.

— Sincèrement, je ne crois pas que j'y parviendrai. Je vais annoncer à Josh que l'affaire Elaine Dawson est élucidée, mais, comme je vous l'ai dit, c'était plutôt un prétexte. Peut-être faut-il attendre qu'il grandisse un peu pour se rapprocher de son père. J'en serais très heureuse.

— Oui, souffla Rosanna, oppressée.

Son beau rêve de réconciliation entre Marc et son fils s'écroulait. D'ailleurs, avait-elle bien fait de se lancer dans cette expédition ? Elle avait appris des choses qu'elle aurait préféré ignorer. Si Jacqueline Reeve avait fantasmé à l'époque, il se pouvait fort bien que cela soit contagieux. Quelle que soit la suite des événements, les accusations de Jacqueline resteraient dans sa tête, petite graine de doute lancinant qui se manifesterait à chaque attitude ambiguë de Marc. Oui, décidément, cette visite était une erreur.

En sortant, elle demanda :

— Est-ce que cela ressemble à Marc d'amener chez lui une inconnue en larmes pour l'héberger ?

— Si cette femme avait été jolie, j'aurais répondu oui. Mais j'ai vu une photo de la fille dans les journaux. J'en déduis donc qu'il a agi par pure compassion.

— C'est un trait de caractère qui l'honore.

— Je n'ai jamais dit que Marc était entièrement mauvais, répondit Jacqueline. Moi aussi, j'ai été très amoureuse de lui. Il était capable d'être très chaleureux, très gentil. Je pense qu'il a réellement éprouvé de la compassion pour cette pauvre fille. Il lui arrivait souvent de se montrer serviable. Je me souviens qu'il était très apprécié dans notre club nautique, à l'époque où nous y passions presque tous nos week-ends. Plus tard, il n'a plus eu le temps. Mais il était toujours prêt à payer de sa personne pour aider les autres.

— C'est bien l'impression qu'il me donne.

— Bon, eh bien, c'est parfait, comme ça, vous êtes sûrs d'être heureux ensemble ! lança Jacqueline, cette fois avec un soupçon de méchanceté.

Elles sortirent. L'humidité du brouillard vint les frapper au visage.

— Le paysage doit être très pittoresque par ici, quand il fait beau, remarqua Rosanna.

— Très, confirma Jacqueline. N'empêche que c'est quand même un trou perdu. Mais j'ai beaucoup d'amis dans les parages, et ça rend les choses plus faciles.

Les deux femmes se serrèrent la main. Au bout de quelques pas, Rosanna eut l'impression d'être engloutie par le brouillard. La visibilité était quasiment nulle.

Comme ce jour-là, pensa-t-elle subitement en frissonnant. Comme ce fameux jour de janvier. Le jour où tous les vols avaient été annulés. Le jour où Elaine avait été bloquée à Heathrow. Est-ce que nous apprendrons un jour ce qui s'est vraiment passé ?

Quand et où Elaine avait-elle rencontré son meurtrier ?

Et s'appelait-il vraiment Pit Wavers ?

5

Le brouillard resta posé sur Londres jusqu'au soir. Lorsque la nuit tomba, la chape grise qu'on voyait de l'autre côté de la fenêtre ne s'était pas dissoute un instant.

Rosanna avait mangé un morceau dans un Burger King et bu trois tasses de café pour se revigorer, puis elle avait acheté de quoi préparer le repas du soir et était rentrée chez Marc en début d'après-midi. Elle était abattue. Elle se maudissait d'être allée voir l'ex de Marc.

Vers seize heures, elle appela son père. Celui-ci répondit dès la première sonnerie. A sa voix, elle comprit qu'il était soucieux.

— Je suis content que tu appelles, dit-il. Quand est-ce que tu arrives ?

— Bientôt. Je... J'ai encore quelques petites choses à régler ici. Comment va Cedric ?

— Très bien, compte tenu des circonstances. Je suis allé le chercher à l'hôpital ce midi. Il souffre encore beaucoup, mais on lui donne des analgésiques. Ça va aller.

— Papa, qu'est-ce qui se passe ? Tu n'as pas l'air bien !

Victor sembla hésiter. Puis finit par avouer :

— Cette Pamela Luke est ici.

Rosanna en eut le souffle coupé.

— Pamela Luke ? Scotland Yard est à sa recherche !

— Je sais. Elle est là-haut avec Cedric. Il est en train de la convaincre d'aller se présenter à la police. Il l'a vue débarquer hier soir à l'hôpital. Elle a l'air d'une clocharde, complètement à côté de la plaque. Je ne te cache pas que tout cela ne me réjouit pas.

Rosanna n'avait aucun mal à l'imaginer. Son pauvre père ! Lui si correct, si bon citoyen ! Les seules infractions à la loi qu'il s'était autorisées au cours de son existence consistaient en deux ou trois stationnements interdits. Et voilà qu'il hébergeait sous son toit une délinquante, une femme recherchée par la police qui avait sans doute trempé dans des affaires crapuleuses, une femme qui venait de descendre quelqu'un ! Et à cause de laquelle son propre fils avait été tabassé et se retrouvait avec quatre côtes cassées ! Ce pauvre papa était en plein cauchemar.

Rosanna demanda alors à parler à Cedric, qu'elle eut presque aussitôt au bout du fil :

— Cedric, qu'est-ce qui se passe ? s'écria-t-elle. Pourquoi Pamela s'est-elle enfuie ? Tu peux parler ?

Son frère soupira.

— Elle est couchée dans ta chambre. Elle va très mal psychologiquement. Elle s'est fichue dans une sacrée panade en mentant. Ce n'est pas dans la chambre de Ron Malikowski qu'elle a trouvé le passeport d'Elaine. Elle n'a jamais mis les pieds dans sa chambre, et la police le sait.

— Mais… Où l'a-t-elle… C'est-à-dire… Est-ce qu'elle est impliquée dans la disparition d'Elaine ?

— Elle prétend que non. Mais ça va être difficile à faire croire puisqu'elle a commencé par raconter des bobards.

— Mais où… ?

— Elle dit qu'elle l'a trouvé. En janvier 2003. Juste après la disparition d'Elaine, apparemment.

— Où donc ?

— Dans un bled paumé qui s'appelle Wiltonfield ou quelque chose comme ça. A l'extérieur de Londres, assez loin. Elle faisait une balade avec Pit, et elle a trouvé le passeport par terre, à côté d'une rangée de containers qui servent à la collecte des vêtements, près d'un parking. Elle a ramassé le passeport et l'a glissé dans la poche de son manteau sans que Pit s'en aperçoive. Une fois chez elle, elle a constaté que la fille à qui il appartenait avait à peu près son âge. Elle a vu là une chance de s'en sortir, et elle s'est enfuie le mois d'avril suivant.

— Tu la crois ?

— Difficile à dire… Si elle dit la vérité, tu sais ce que ça signifie ?

— Que quelqu'un s'est débarrassé des vêtements d'Elaine dans le container, et que son passeport était avec.

— Elle était à l'aéroport. Il est très possible qu'elle ait mis son passeport dans sa poche parce qu'elle s'attendait à devoir le montrer. Quelqu'un devait obligatoirement le trouver.

— Mais normalement, on rapporte ce genre de truc à la police.

— Sauf si on est dans une situation désespérée et que ces papiers sont la clé du salut.

Rosanna se tut un moment.

— Ça veut dire… reprit-elle alors avec hésitation.

— Ça veut dire que, selon cette version, il y a une forte probabilité pour qu'Elaine soit tombée entre les mains d'un meurtrier, compléta Cedric, car ce n'est pas elle qui est allée jeter son passeport à côté d'un container à vêtements, quelque part en pleine campagne.

— Dans ce cas, on repart de zéro. On ne sait toujours pas qui est l'assassin. Pamela a trouvé ce passeport par hasard, ce qui veut dire que le crime n'a pas été commis par quelqu'un de son entourage. Wavers et Malikowski sont hors jeu.

— En tout cas, ils ne sont pas plus impliqués que d'autres criminels potentiels. C'est affreux pour Geoff. Il était tellement soulagé d'avoir un nom.

— Mais comment Elaine a-t-elle échoué dans ce bled, bon Dieu ? s'emporta Rosanna.

— Aucune idée. Elle est peut-être montée dans la voiture qu'il ne fallait pas avec le mec qu'il ne fallait pas. Le type l'emmène dans un coin isolé, la viole, la tue, transporte le corps quelque part et lui retire ses fringues. Ce genre d'histoire, ça arrive souvent, malheureusement.

— Mais elle était en route pour Heathrow !

— Elle était perturbée, désespérée. Il se peut qu'elle soit sortie du métro. Ce qui s'est passé après… On ne le saura peut-être jamais.

Rosanna réfléchit, perplexe :

— Pourquoi Pamela a-t-elle préféré charger Malikowski ? La logique voudrait qu'elle ait choisi Wavers. Il avait déjà commis un meurtre, lui.

— C'est ce que je lui ai demandé. Elle m'a expliqué avoir agi sous le coup de la peur, qu'il était moins dangereux d'accuser Malikowski, que sa vengeance serait moins féroce. J'ai bien vu à quel point elle était terrorisée par Wavers. Evidemment, une fois ce dernier liquidé, le mieux aurait été de lui mettre toute l'histoire sur le dos. Mais elle ne pouvait plus faire marche arrière, puisqu'elle vous avait déjà servi une autre version. Elle était obligée de s'y tenir.

— Pourquoi n'a-t-elle pas dit la vérité dès le début ? Son histoire n'est pas si invraisemblable que cela !

— Rosanna, Pamela a grandi dans un environnement criminel. A peine partie de chez elle, elle retombe dans le même genre d'environnement. Dans une certaine mesure, sa réalité quotidienne, c'était le crime ou du moins, les délits en tout genre. Ces gens-là ne fonctionnent pas comme nous. Toi et moi, nous aurions dit la vérité sans nous poser de questions, parce que nous aurions eu la conscience tranquille et qu'il ne nous serait pas venu à l'esprit que quelqu'un puisse ne pas nous croire. Mais les gens comme Pamela savent qu'à cause du milieu dont ils sont issus ils sont suspects a priori. Ils ont toujours un pied du mauvais côté de la barrière, et, par principe, on ne les croit pas. Pamela présente d'emblée un suspect à la police pour ne pas lui donner des idées à son sujet. Parce qu'en définitive elle avait un motif pour éliminer Elaine : il lui fallait absolument des papiers. Seulement, maintenant, elle se retrouve coincée.

— Et toi, tu la crois ?

Il hésita.

— Quelque part… oui, répondit-il enfin. Je ne peux pas t'expliquer pourquoi, mais je n'ai pas l'impression qu'elle me mente. Evidemment, je peux me tromper du tout au tout. Une fille qui vit sous une fausse identité pendant cinq ans a l'habitude de jouer la comédie. C'est peut-être une sacrée filoute… Je ne sais pas.

— Pour moi, c'est une victime. Certainement pas une coupable.

— En tout cas, elle sait tirer. Si elle a réussi à descendre Wavers les doigts dans le nez, ce n'est ni par hasard ni grâce à la main de Dieu. Elle a atteint sa cible parce que c'est une vraie pro. Elle a appris avec son frère.

— Mais dans tous les cas de figure, il faut absolument qu'elle se rende à la police. Cedric, elle ne peut pas se cacher chez nous. Tu ne peux pas faire une chose pareille à papa. Nous n'avons pas le droit de l'impliquer là-dedans.

— Je sais. Je fais tout ce que je peux pour la convaincre, crois-moi.

Ils se turent tous deux. Oh, comme j'aimerais que ce soit fini ! pensa Rosanna. Comme j'aimerais savoir avec certitude ce qui s'est passé !

Elle entendit la clé tourner dans la serrure. Marc ! Il serait surpris de la trouver là. Elle ne savait toujours pas si elle devait lui parler de sa visite à son ex-femme.

— Il faut que je te quitte, annonça-t-elle. Marc est rentré.

— Tu es chez Marc Reeve ?

— Oui, répondit-elle simplement en raccrochant.

Elle n'avait pas envie d'entendre l'opinion de Cedric à ce sujet. Ne serait-ce que parce qu'elle n'arrivait pas à se débarrasser du sentiment désagréable d'être passée à côté de quelque chose, d'un élément qui aurait dû attirer son attention dans les paroles de son frère.

Malgré tous ses efforts, elle ne voyait pas de quoi il pouvait s'agir.

6

Rosanna ne trouvait pas le sommeil. Trop de problèmes la tourmentaient, trop de pensées tournaient dans sa tête. En fin de soirée, elle avait vu sur son portable que Dennis avait essayé de la joindre à deux reprises, mais elle n'avait pas le courage de le rappeler. Il la pensait à Kingston. Comment lui expliquer qu'elle était toujours à Londres ?

Marc avait été aussi surpris qu'heureux de la trouver chez lui.

« Eh bien, avait-il dit doucement en l'attirant à lui, qu'est-ce qui s'est passé ? Pourquoi es-tu restée ici ?

— Je n'avais pas envie de partir », lui avait-elle simplement répondu.

Ensuite, dans les bras de Marc, elle avait fait la sourde oreille à la sonnerie de son portable. Plus tard, ils avaient préparé leur dîner avec les provisions qu'elle avait apportées, allumé des bougies et ouvert une bouteille que Marc était descendu chercher à la cave. Bien protégé de la nuit et de l'épais brouillard, le petit appartement triste s'était mué en un nid douillet, romantique et tendre.

Au cours du repas, Rosanna avait relaté à Marc sa conversation avec Cedric et les déclarations de Pamela.

Il avait écouté son récit avec une attention particulière.

« Eh bien, ça alors ! s'était-il exclamé quand elle avait eu fini. Tu penses que ce qu'elle dit est vraisemblable ? »

Elle avait haussé les épaules.

« Difficile à dire, quand on ne connaît pas les gens. Cedric, lui, a passé plus de temps avec elle, et il a plutôt tendance à la croire. Mais il ne peut évidemment pas être certain qu'elle dise la vérité.

— Si ce qu'elle raconte est vrai, on recommence du début, avait remarqué Marc, la mine sombre. Ça signifie que je suis de nouveau dans la course comme coupable !

— A mon avis, personne n'y croit plus. Tu l'as...

— Je l'ai mise dans le métro direction Distric Line, la rame a démarré, et je n'en sais pas plus. Ce peut être vrai ou faux !

— Tu lui as expliqué qu'il y avait un changement ?

— Bien sûr. South Ealing. Piccadilly Line. Il se peut qu'elle ait confondu. Qu'elle ait pris la mauvaise direction. Rosanna, nous ne le saurons peut-être jamais. Et je vais te dire... »

Il avait repoussé son assiette encore à moitié pleine et s'était levé :

« ... j'en ai marre de réfléchir sans arrêt à ce qui s'est passé. Ça ne sert à rien. On ne trouvera pas. J'aimerais qu'on puisse oublier tout ça. »

Ils n'en avaient plus parlé, et Rosanna n'avait pas osé évoquer sa visite à Jacqueline. De toute façon, l'ambiance était gâchée ; inutile de la pourrir davantage.

Ils s'étaient ensuite installés devant la télévision en finissant la bouteille. Rosanna ressentait des picotements dans la gorge et une brûlure dans les yeux. Elle avait pris froid, il ne manquait plus que cela...

Une fois couchée, ses maux de gorge empirèrent. Et le tourbillon de ses pensées se mit en route. Tout en écoutant la respiration régulière de Marc, elle voyait des images défiler devant ses yeux. Marc se promenant dans Londres avec de jolies jeunes femmes. Pendant ce temps, elle l'attendait, inquiète, peu à peu rongée par la jalousie. Marc finissait par rentrer en sentant le parfum d'une autre et en inventant des histoires cousues de fil blanc. Elle sentait la frustration s'immiscer dans sa vie, en même temps que la torture de l'incertitude : mentait-il ou non ?

Elle finit par se lever, referma la porte sans bruit, gagna le séjour. Dans le coin-cuisine, elle prit un verre d'eau. La fraîcheur fit du bien à sa gorge enflammée. Le verre à la main, elle parcourut la pièce à pas lents pour tenter de se calmer, refusant de s'abandonner à toutes les images qui l'assaillaient. La nuit, l'imagination travaillait, on voyait des fantômes qui disparaissaient le jour venu.

Marc avait déjà répondu à tous les reproches de son ex-femme. Il l'avait décrite comme une personne obsessionnelle, d'une jalousie maladive. Il n'avait pas cherché à se faire passer pour un mari idéal, un père extraordinaire et un chef de famille protecteur. Il avait admis toutes ses erreurs sans rien enjoliver. Mais il avait démenti avoir trompé sa femme. Pourquoi croirait-elle Jacqueline plutôt que lui ?

Si j'étais sur le point d'entamer une nouvelle relation, je ne commencerais pas par raconter à mon nouveau partenaire que mon couple a capoté à cause de mon infidélité, avait dit Jacqueline. Elle avait raison, certes. Mais ça ne signifiait pas pour autant qu'elle disait la vérité. Ce pouvait tout autant être Marc.

Rosanna appuya son front brûlant contre le carreau de la fenêtre. C'était la même chose pour l'histoire du passeport d'Elaine. Les faits s'étaient peut-être déroulés comme le disait Pamela. Ou cela pouvait s'être passé d'une manière tout à fait différente. On nageait dans l'incertitude. Dans le brouillard, comme dehors.

Penser à Pamela lui rappela que, quand Cedric lui avait répété leur conversation, elle avait eu comme un déclic.

Qu'est-ce que c'était, nom d'une pipe, et pourquoi ?

Elle finit son verre. Sa gorge était en feu, et voilà qu'elle semblait avoir de la fièvre. Ah, c'était la grande forme ! Juste au moment où elle avait toutes ces énigmes à résoudre !

Après tout, se demanda-t-elle, est-ce bien nécessaire ? Je ferais mieux de tout laisser tomber et d'arrêter de chercher à savoir ce qui est arrivé à Elaine. De me laisser aller à envisager mon avenir avec Marc. De cesser de vouloir à tout prix venir à bout de toutes les histoires compliquées autour de moi.

Elle posa ses yeux douloureux sur l'aquarelle de Jacqueline accrochée au mur, la regarda sans la voir. Un ciel chargé de nuages. Des montagnes à l'arrière-plan, dont le sommet disparaissait derrière un rideau de pluie. Des eaux grises. Un tableau triste et sombre.

Elle prit alors conscience de ce qu'elle regardait.

Le voilier. Les voiles dégréées. La pluie.

Pourquoi Jacqueline en faisait-elle une représentation aussi triste, alors qu'ils aimaient tant les bateaux, elle et Marc ?

Et à cet instant, elle sut ce qui la tourmentait depuis tout ce temps.

L'endroit. Wiltonfield. Elle avait déjà entendu ce nom. Quand Marc lui avait parlé de son bateau, sur la route de Cambridge. Du club dont il faisait partie avec Jacqueline. Le club nautique de Wiltonfield.

D'un seul coup, tous ses sens furent en éveil. Son cœur se mit à battre plus vite.

Gardons notre calme, s'enjoignit-elle. Gardons-nous des conclusions hâtives !

Elle retourna à la cuisine, se servit un nouveau verre d'eau. But à petites gorgées. Et réfléchit.

Voyons, quels sont les faits – en admettant que Pamela ait dit la vérité ?

En janvier 2003, peu après la disparition d'Elaine, Pamela Luke trouve son passeport à l'orée d'un petit village des environs de Londres. A Wiltonfield. Le passeport est par terre, à côté d'un container à vieux vêtements.

Wiltonfield, le club nautique dont Marc et Jacqueline Reeve sont membres depuis des années.

Non, ce n'est pas ça. Concentre-toi !

En janvier 2003, Marc n'en fait plus partie. Après la séparation, il ne veut plus rencontrer sa femme là-bas, et il a déjà quitté le club. Il a laissé le voilier à Jacqueline. Elle en est toujours propriétaire et elle est toujours membre du club.

Rosanna se souvenait de ce que Jacqueline lui avait dit : si elle tenait le coup à Binfield Heath, c'était parce qu'elle avait un réseau d'amis dans les environs.

Evidemment ! Wiltonfield était certainement tout près. Sans doute y avait-il pas mal de membres qui habitaient tout autour de Wiltonfield et de Binfield Heath. Des gens que Jacqueline connaissait depuis des années et avec lesquels elle était très liée. Ce qui expliquait qu'elle ait choisi Binfield Heath pour lieu de résidence. Elle ne se sentait pas seule là-bas.

En janvier 2003, Marc Reeve emmène chez lui une inconnue, Elaine Dawson. La jeune femme disparaît ensuite sans laisser de traces. Son passeport réapparaît peu après à l'endroit où se trouve le bateau de Jacqueline Reeve, un endroit situé tout près de son nouveau domicile.

Un hasard ?

Rosanna se massa lentement les tempes. Elle était peut-être fiévreuse mais parfaitement réveillée.

Ça ne peut pas être un hasard.

L'affaire de la disparition d'Elaine avait commencé avec un Reeve. Et maintenant, elle semblait aboutir chez un Reeve. Mais peut-être pas le même.

Une idée germa dans la tête de Rosanna. Une idée pas si farfelue. Jacqueline était impliquée dans toute l'affaire. Jacqueline, la femme divorcée – à l'époque, en instance de divorce – à laquelle personne n'avait songé.

Une femme d'une jalousie maladive, obsessionnelle. Ainsi que Marc l'avait décrite.

Elle le soupçonnait en permanence. Le poursuivait de ses accusations. Leur vie commune n'était faite que de disputes, de reproches et de scènes. Elle était obsédée par l'idée qu'il la trompait sans arrêt.

Alors qu'en réalité il ne lui avait jamais donné la moindre raison de le penser.

Si Marc disait vrai, elle était le jouet d'une idée fixe. D'ailleurs, lors de leur entretien, elle n'avait pratiquement parlé de rien d'autre. L'ancien voisin avait, lui aussi, évoqué des disputes à ce sujet. Toujours en admettant que Marc ait dit la vérité, on obtenait l'image d'une femme qui s'était forgé son propre monde en perdant de plus en plus le sens des réalités.

Et si, ce soir-là, elle avait vu Elaine entrer chez Marc ?

Rosanna appuya le verre contre son front comme s'il pouvait chasser la fièvre. Son imagination travaillait-elle trop, ou était-ce une possibilité ? Cela sous-entendait que Jacqueline s'était trouvée à proximité de leur ancien domicile. Peut-être que, neuf mois après son départ, sa jalousie obsessionnelle était toujours là et qu'elle continuait à espionner son mari.

Peut-être Jacqueline était-elle également à l'aéroport et avait-elle vu son mari avec une autre. A moins qu'elle n'ait abordé Elaine dans le métro en lui racontant une histoire quelconque, et ne l'ait attirée hors de la ville ?

Rosanna s'efforça de réfléchir calmement et avec pragmatisme. Coup du sort ou non, il ne semblait pas complètement tiré par les cheveux que Jacqueline Reeve ait vu une chose qui ait enflammé son imagination.

Et après ?

Etait-il envisageable que Jacqueline Reeve ait tué Elaine Dawson ?

Ça l'était tout autant que la culpabilité de Marc. La solution la plus plausible était celle d'un coupable inconnu, issu d'un monde où les crimes de ce genre étaient monnaie courante. L'existence de ce monde était établie, les journaux en parlaient sans cesse. Mais Marc n'y appartenait pas. Pas plus que Jacqueline. Les exclure tous deux équivalait à considérer le lieu de la découverte du passeport d'Elaine comme un pur hasard.

Cela aussi, c'était envisageable. Le hasard était toujours envisageable.

Elle sursauta en entendant des pas derrière elle. Marc sortit de la chambre en clignant des yeux à la lumière.

— Qu'est-ce qui se passe ? s'inquiéta-t-il. Tu as une insomnie ?

— J'ai l'impression que je suis en train de tomber malade, répondit Rosanna. J'ai mal à la gorge. Je suis venue boire un verre d'eau.

Il la prit dans ses bras. Son corps était chaud, réconfortant.

— Pauvre chou ! Mais tu n'es pas couverte, tu n'as même pas mis de peignoir.

Il la repoussa un peu et l'examina, posa une main sur son front.

— Tu as de la fièvre, constata-t-il.

Peut-être était-ce la fièvre qui lui donnait ces idées folles. Et pourtant...

— Marc, crois-tu que... commença-t-elle avant de s'interrompre.

Crois-tu que ta femme pourrait t'avoir vu, ce soir-là ? Le soir où tu as emmené Elaine chez toi ? Ta femme maladivement jalouse ?

Il était trop tôt pour poser cette question. Pour le confronter à son monstrueux soupçon.

— Oui ?

Elle sourit, secoua la tête.

— Oh, rien. Tu as raison, j'ai froid. Viens, retournons nous coucher.

Vendredi 22 février

1

C'était bien ce que Rosanna avait supposé : Wiltonfield se trouvait juste avant Reading, non loin de Binfield Heath. C'était un petit village paisible niché dans les bois et les prés, au bord de la Tamise qui déroulait là-bas ses eaux calmes. Les rues et ruelles tout en angles, les petites maisons de mâchefer rouge, aux portes peintes de couleurs vives, offraient un spectacle idyllique, car le temps s'était amélioré. Le ciel était encore couvert, mais le brouillard s'était dissipé, et partout, le printemps se tenait en embuscade. L'herbe semblait n'attendre qu'un signal pour se montrer, et la terre noire, luisante d'humidité, s'apprêtait à libérer tout ce qui germait en son sein. Avec le soleil des journées précédentes, la végétation avait pris de l'avance. L'apparition du froid ne faisait que retarder un peu les choses. Au premier rayon de soleil, la campagne se couvrirait de couleurs.

Rosanna découvrit sans difficulté l'endroit où se trouvaient les containers dont avait parlé Pamela. Le village était si petit qu'on en faisait rapidement le tour. A la sortie ouest se trouvait effectivement un parking, point de départ de plusieurs chemins de randonnée, comme en témoignait un poteau muni d'une batterie de pancartes. Un grand panneau donnait des indications sur la faune et la flore de la région et faisait un peu de publicité pour une auberge où la table était bonne, ainsi que pour le club nautique à proximité de ladite auberge.

Trois grands containers à vêtements étaient installés près du parking.

En cette matinée d'hiver, l'endroit était désert. Rosanna gara sa voiture et s'approcha des containers, les bras serrés autour de sa poitrine pour lutter contre le froid. Avant de partir, elle avait acheté des pastilles pour la gorge et un médicament pour faire baisser sa température, et elle allait un peu mieux, mais il était inutile de se voiler la face : elle était malade, et se retrouverait alitée le lendemain ou le surlendemain. C'était la promesse qu'elle avait d'ailleurs faite à Marc pour le jour même. Au petit déjeuner, il n'avait cessé de la scruter d'un air inquiet et lui avait conseillé de garder le lit jusqu'au soir.

« On est vendredi aujourd'hui. Je ne rentrerai pas tard », avait-il affirmé en partant.

Par la fenêtre elle avait constaté avec soulagement qu'il se dirigeait vers la station de métro. Elle avait donc la voiture à sa disposition.

Elle frissonna. Sous l'effet de la fièvre et aussi parce que cet endroit était très isolé. Cinq ans auparavant, en ce mois de janvier fatal, l'atmosphère avait dû être semblable. Jeter des vêtements dans un container sans être vu ne posait aucune difficulté l'hiver. En été et le week-end, l'endroit fourmillait sans doute de randonneurs, mais sinon, on n'y voyait pas âme qui vive.

Que pouvait-on encore y jeter d'autre ?

Car il subsistait l'autre question : si quelqu'un – Jacqueline ? – y avait déposé les vêtements d'Elaine, qu'était-il arrivé à Elaine elle-même ? On n'avait jamais retrouvé sa dépouille.

Secouée par une série d'éternuements, Rosanna se dit que la fièvre lui embrumait le cerveau.

Elle songea à la corpulence d'Elaine, à son ossature épaisse, et la compara à la petite taille, à la délicatesse de Jacqueline. Comment une femme aussi menue se serait-elle débarrassée d'un cadavre ? Où aurait-elle puisé les forces nécessaires ?

Elle regarda pensivement les prés qui descendaient jusqu'au fleuve. La Tamise était large à cet endroit, bordée de grands saules qui plongeaient leurs branches dans les flots. Y jeter un mort évitait de creuser une tombe.

Le club nautique était juste à côté. Le bateau de Jacqueline aussi.

Obéissant à une impulsion soudaine, elle retourna à sa voiture, jeta un coup d'œil au panneau. D'après les indications, il lui suffisait de prendre la départementale pour se rendre au club. Elle n'avait qu'une question à poser. Une question idiote peut-être, mais tant qu'elle y était...

Elle atteignit le club en dix minutes. Elle vit une grande bâtisse en bois, prolongée par une large plate-forme jetée sur l'eau, surmontée de tables et de bancs recouverts de bâches. De longues passerelles auxquelles étaient amarrés d'innombrables bateaux à moteur s'avançaient dans le fleuve. A côté du club-house se trouvait une maison d'habitation aux volets fermés.

Rosanna gara sa voiture dans le parc de stationnement du club et descendit jusqu'au fleuve par un étroit chemin sablonneux. L'air froid sentait l'eau. Sous le ciel bas, les vagues d'un gris jaunâtre semblaient la repousser, presque menaçantes.

Constatant que le club-house et le ponton étaient entourés d'un haut grillage, Rosanna eut peur de s'être lancée dans une expédition inutile, quand elle remarqua la présence d'une porte entrouverte dans le grillage. Une bicyclette était appuyée à côté.

Elle pénétra dans l'enceinte, monta sur la plate-forme et fit le tour de la bâtisse. Celle-ci était ouverte sur un côté, révélant une sorte de débarras rempli d'appareillages en tout genre et de grands placards. Une porte donnait sur une pièce attenante. Dans l'espoir d'y trouver le propriétaire de la bicyclette, Rosanna frappa au battant.

Elle n'obtint pas de réponse. Elle ouvrit alors d'un geste décidé et pénétra dans une salle où elle aperçut des tables et des chaises, quelques marines accrochées au mur et un grand comptoir chargé de verres et de bouteilles. Par terre, un seau, un aspirateur et plusieurs produits nettoyants, le tout baignant dans une forte odeur d'eau de Javel. Derrière le comptoir, une femme d'un certain âge était occupée, semblait-il, à nettoyer l'évier.

— Bonjour ! cria Rosanna d'une voix que l'angine rendait un peu rauque.

La femme sursauta.

— Mon Dieu, vous m'avez fait peur ! s'exclama-t-elle d'un ton de reproche. Personne ne vient jamais, à pareille heure !

— Excusez-moi. J'ai frappé avant d'entrer.

— J'étais dans mes pensées. Qu'est-ce qu'il y a ? s'enquit la femme en la dévisageant d'un air soupçonneux.

Rosanna s'approcha, en s'apercevant par la même occasion que le sol venait d'être lavé et qu'elle le maculait de terre. Sûrement la meilleure façon de s'attirer les bonnes grâces de cette délicieuse personne !

— Je m'appelle Rosanna Hamilton. Je suis une vieille amie de Jacqueline Reeve.

— Oui, et alors ? Qu'est-ce que vous voulez ?

Rosanna s'efforça d'afficher un sourire insouciant.

— On était ensemble à l'école, mais j'ai longtemps vécu à l'étranger. J'aimerais bien la retrouver. Elle a divorcé depuis...

— Qui n'est pas divorcé de nos jours ? bougonna la femme. Mon bonhomme, ça fait neuf ans qu'il s'est fait la malle, comme ça, sans rien dire. Sinon, vous croyez que je ferais le ménage ici ? Avec ce que je gagne, c'est à peine si je peux joindre les deux bouts. Faut dire que tout a tellement augmenté !

— C'est vrai. Ce n'est pas facile de nos jours.

— Ils ont fait la fête ici hier soir. C'était le bazar ce matin quand je suis arrivée. Ils fêtaient un anniversaire. J'y étais aussi. Pas comme invitée, ça c'est sûr, je suis pas assez bien pour eux, mais c'est moi qui étais au comptoir. Ça me fait un petit extra.

— Vous travaillez beaucoup, compatit Rosanna, tout en se creusant la cervelle pour trouver un moyen d'en venir au bateau de Jacqueline et à un certain jour de janvier, cinq ans auparavant.

De toute façon, son entreprise était vouée à l'échec. Comment cette femme se souviendrait-elle d'une chose qui s'était passée tant de temps auparavant et qui n'avait rien de spectaculaire ?

— En cette saison, j'ai pas à me plaindre. Il se passe pas grand-chose. Des fois un anniversaire ou une réunion. L'été, c'est bourré à craquer. Et le week-end, ils font des barbecues. Ah, quand on a des sous, on a la belle vie !

Rosanna approuva, puis se lança :

— Vous savez, pour Jacqueline...

— Elle, vous la trouverez pas ici. Ça fait longtemps qu'elle vient plus au club.

— Ah bon ? s'étonna Rosanna. Pourtant, elle était ici comme chez elle !

— Ben, c'est vrai, personne n'a compris. Peut-être que c'est à cause de son fils. Les ados, ça vous prend tout votre temps. Je suppose qu'elle avait plus le temps.

— Et le bateau ?

La femme eut un geste vague de la main en direction de la fenêtre.

— Le *Heaven's Gate*. Il est encore là-bas. Elle l'a vendu à un type du club. Le type voulait absolument l'avoir.

— C'était quand ?

— Ouh là ! Comment vous voulez que je m'en souvienne ? C'est vieux, ça.

— Même pas à peu près... ? C'était en quelle année ? Quel mois ?

La femme sembla fouiller dans sa mémoire.

— Attendez voir... C'était pas très longtemps après que ma fille elle a eu la petite...

— Et c'était... ?

— En novembre 2002. Le 30 novembre, elle est née, la gamine. Ma première petite-fille.

— Bravo ! Elle a peut-être vendu le bateau en janvier ? En janvier 2003 ? insista Rosanna, tremblante d'excitation.

— Oui, c'était après le nouvel an. En janvier ou en février. Pas plus tard, parce qu'on était encore en hiver. Oui, ça devait être dans ces eaux-là.

— Et à partir de là, Jacqueline n'est plus venue au club ?

— En tout cas, je l'ai plus revue. Je crois qu'elle voit encore des gens du club, je les entends parler d'elle, des fois. Elle est peintre, elle est connue, je crois, elle fait des expositions et des machins comme ça. Mais la peinture, ça m'intéresse pas. J'ai pas les moyens pour.

— Est-ce que vous savez si Jacqueline a sorti le bateau à la mi-janvier ? demanda Rosanna. Vers le 10 ou le 11 ?

Le visage de son interlocutrice se ferma.

— Qu'est-ce que ça peut vous faire ?

— Ça m'intéresserait de le savoir. Vous croyez qu'elle a pu sortir ? Ou que quelqu'un ait pu sortir le bateau ?

— Comment vous voulez que je le sache ! Je suis pas toujours là !

— Hum, fit Rosanna.

Il ne fallait pas que la femme remarque sa fébrilité. Pourquoi Jacqueline avait-elle vendu son bateau juste après la disparition d'Elaine ? Encore un hasard ?

— Plus bas, vous avez l'éclusier, dit la femme. A l'écluse de Mapledurham. Il le sait sûrement, lui. Si le *Heaven's Gate* est parti loin, il est passé par là. Ils écrivent tout, là-bas, le numéro du bateau, la date, l'heure et tout. Tout ça, c'est écrit.

De nervosité, Rosanna enfonça ses doigts dans son sac à main.

— Où est-ce que je peux le trouver, l'éclusier ?

— Vous continuez la route et vous la verrez de loin, l'écluse. Vous pouvez pas la louper.

— Merci ! Merci beaucoup ! lança Rosanna en se dirigeant à grands pas vers la porte, oublieuse de sa fièvre tant son excitation était grande.

— Hé, dites ! cria la femme. Pourquoi vous voulez savoir ça ? Je croyais que vous vouliez retrouver votre copine ?

Rosanna ne lui répondit pas. Elle eut encore le temps de l'entendre rouspéter dans son dos :

— Non mais regardez-moi ça ! Vous avez sali tout mon parterre, et je me demande...

Elle courut le long du ponton. L'air froid lui brûlait les poumons. Le *Heaven's Gate* ! Où était le *Heaven's Gate* ?

Elle le trouva à l'arrière. C'était l'un des derniers bateaux amarrés. Un magnifique bateau de bois, peint en bleu, dont le nom ressortait en blanc sur le flanc. L'immatriculation du bateau était écrite de l'autre côté.

Rosanna sortit un bout de papier et un crayon de son sac, nota le numéro. Un coup d'œil en arrière lui révéla que la femme de ménage la surveillait par la fenêtre.

Elle avait ce qu'il lui fallait. Maintenant, direction l'écluse de Mapledurham.

2

— Pourquoi est-ce que tu ne voulais pas m'avoir ? demanda Rob.

Il posa sa question à brûle-pourpoint, d'un ton innocent, comme si de rien n'était. Il devinait que c'était justement cette question que sa mère craignait d'entendre, et il jouissait du pouvoir que cette crainte lui donnait. Lui seul déciderait du moment où il la confronterait au sujet qui devait faire partie des plus mauvais souvenirs de sa vie. En tout cas, il l'espérait. Parce qu'un bébé, on ne s'en débarrassait pas comme d'un vieux manteau.

Ils étaient en train de déjeuner à la cuisine. Après une interminable matinée au cours de laquelle Rob avait traîné dans le salon, montrant à sa mère à quel point il s'ennuyait avec elle, elle avait – ô miracle, ça changeait du McDo ! – proposé d'aller dans un Pizza Hut, mais il s'était insurgé.

« C'est que du fast-food, ça aussi ! Depuis que je suis là, on bouffe que ça ! Tu ne sais pas que les jeunes en pleine croissance, il leur faut aussi des légumes ? »

Elle avait sursauté, empoigné son manteau et son sac.

« OK, j'achète des légumes, avait-elle répondu d'un ton froid. Tu veux venir ? »

Avachi dans un fauteuil, il regardait un vieil épisode de *Rue Sésame* qui ne l'intéressait pas, mais il avait compris que Marina détestait le voir passer ses journées devant la télé.

« Non, j'ai pas envie. Vas-y toute seule ! »

Elle était revenue avec des brocolis et des pommes de terre et avait entrepris de les préparer. Lors d'une de ces longues soirées au cours desquelles elle essayait de construire une relation avec lui, elle lui avait confié qu'elle ne savait pas faire la cuisine, qu'elle avait même horreur de ça. Il avait donc été très content de la mettre aux fourneaux, mais une fois devant son assiette, il avait compris qu'il s'était tiré une balle dans le pied. Jamais il n'avait rien mangé d'aussi fade. A croire que Marina n'avait jamais entendu parler du sel et du poivre. A présent, il mourait d'envie de manger une bonne pizza bien garnie, et s'en voulait de son refus.

D'où sa question sur la séparation. On se défoulait comme on pouvait !

Marina, qui s'apprêtait à enfourner sa fourchette, s'arrêta dans son mouvement. Il l'observa attentivement et vit ses pupilles s'agrandir. Lentement, elle reposa son couvert sur son assiette.

— C'est peut-être une bonne idée d'en parler, finit-elle par dire.

Il avait espéré la voir perdre ses moyens, peut-être même pleurer, mais elle se contrôlait bien.

— Ce n'est pas que je ne te voulais pas, Robbi. Je...

Jamais encore elle ne l'avait appelé Robbi. Immédiatement, il détesta ce diminutif.

— Je m'appelle Robert. Ou Rob !

— OK, Rob. C'est comme ça que je t'appelais à l'époque : Robbi.

— Cette époque, elle n'a pas duré assez longtemps pour que tu aies du mal à perdre l'habitude ! D'après ce que je sais, tu m'as jeté au bout d'un mois.

— Je t'ai confié à ton père.

— Tu as foutu le camp. Que tu m'aies confié à mon père ou déposé devant un orphelinat, ça revient au même.

— Pas tout à fait. Un orphelinat, c'est autre chose qu'un père. Si tu avais passé ton enfance dans un orphelinat, tu n'aurais pas eu la vie que tu as menée, crois-moi.

Elle restait bien calme. Il ressentit envers elle une telle animosité qu'il devait se retenir de lui envoyer son assiette et son contenu si peu appétissant à la figure. Cette figure où, dans ses yeux, il reconnaissait les siens.

— Mais la plupart des enfants sont avec leur mère !

Elle ne pouvait que lui donner raison.

— Oui, je sais. Mais… j'étais si jeune. J'étais en plein dans mes études. Je ne savais pas…

Elle haussa les épaules avec impuissance.

— Si je ne me trompe pas, la pilule existait déjà il y a seize ans, poursuivit Robert. Si tu ne voulais pas avoir d'enfants, pourquoi tu ne l'as pas prise ?

— Je ne supportais pas la pilule. Ton père et moi… nous faisions attention, mais…

— Mais il y a eu l'accident. La malchance. La poisse. Comment tu préfères m'appeler, ma petite maman ? Accident ? Malchance ? Poisse ? Qu'est-ce qui te plaît le plus, comme mot ?

Il sentit qu'il tremblait légèrement. Trop bête. C'était à elle de trembler !

— Je n'aime aucun de ces mots, dit Marina. Tu n'étais rien de tout ça. Tu étais – tu es – ce que sont tous les enfants : un cadeau.

Elle se moquait de lui ou quoi ?

— Les cadeaux, on les garde.

— Il y a des cadeaux merveilleux qui sont trop lourds pour leur destinataire, à un certain moment.

Elle repoussa son assiette, se leva.

— Rob, je n'en étais pas capable. J'étais trop immature pour avoir un enfant. Quand tu auras un enfant toi-même, tu comprendras ce que je veux dire. Les bébés sont extrêmement exigeants. Ils crient. Nuit et jour ! Sans arrêt, ils ont besoin de manger et de boire. Sans arrêt, il faut les changer. On se promène des nuits entières en les berçant dans ses bras, et on se demande pourquoi ils ne s'endorment pas. On a les yeux qui brûlent, qui pleurent de fatigue. On sait que le lendemain, on a un partiel important. On sait qu'il va falloir se lever très tôt après cette nuit blanche pour l'amener à la nounou, pour être à l'heure à la fac. On sait qu'on va s'endormir sur sa feuille et qu'on va rater son examen. On imagine combien de partiels on va foirer avant de se faire éjecter de la fac. On a peur pour son avenir et... ah...

Elle s'essuya les yeux d'un geste las, résigné.

— Chaque situation est différente. La mienne, c'était celle-là.

Il se leva à son tour. Il avait entamé la conversation avec un grand sang-froid, et voilà qu'au bout de quelques minutes, il avait les genoux en caoutchouc et la tête qui tournait.

— C'est de ma faute ? C'est parce que j'étais un bébé casse-pieds ?

— Bien sûr que non. Ce n'est pas ce que j'ai voulu dire. Je voulais juste... te donner une explication.

Elle leva les mains en signe d'impuissance.

— Je n'ai pas envie de continuer à en parler, parce que je ne trouverai pas les bons mots. Alors je vais faire du café, et on va essayer de...

Il l'interrompit.

— Papa a bien réussi, lui ! Lui aussi, il était en plein dans ses études ! Lui aussi, il avait des partiels et des examens ! Ça ne l'a pas empêché de s'occuper de moi.

— Je sais. Il était plus âgé, il avait plus le sens des responsabilités. Il...

— ... Il m'aimait. Pas comme toi.

— Moi aussi, je t'aimais. Rob, aucune mère ne donne son enfant d'un cœur léger. Il faut que tu me croies. Mais après une grossesse...

Il l'interrompit à nouveau.

— Tu ne vas pas me dire que c'est la faute des hormones ! D'après ce que je sais, chez les femmes normales, c'est justement ça qui fait qu'elles aiment leurs enfants et qu'elles veulent les protéger. C'est ce qui se passe pour n'importe quelle chatte, n'importe quelle chienne ! Mais pas pour toi !

— C'est facile comme raisonnement, et je me demande si tu cherches vraiment à ce qu'on se parle ou seulement à évacuer la colère que tu es en droit d'éprouver, répliqua Marina. Dans ce cas, il vaut mieux que je me taise. Je demande un peu de compréhension, mais je m'aperçois que je n'ai aucune chance d'en obtenir.

Il la regarda avec une ironie mauvaise :

— Est-ce que ça t'a servi, au moins, de te débarrasser de tout ce qui pouvait te gêner ? Tu es heureuse aujourd'hui ? Dans ton travail, dans ta maison ? Seule ? Sans mari et sans enfants ? C'est bien ça que tu voulais, non ? Surtout, ne t'occuper de personne d'autre, surtout, pas de contraintes. Tu as simplement oublié qu'à la fin il n'y aurait sans doute personne pour s'occuper de toi. Mais peut-être que tu t'en fiches !

Enfin, il vit sa bouche trembler. Il avait mis le doigt sur son point faible. Elle était seule, complètement seule, ça lui avait sauté aux yeux. Elle n'intéressait personne. Le téléphone ne sonnait jamais, personne ne venait la chercher pour entreprendre quoi que ce soit. Ses soirées étaient longues et tristes. Elle payait le prix de sa désertion et il en tirait un malin plaisir.

— Je n'ai pas envie de continuer à en parler, répéta-t-elle, au bord des larmes.

Il repoussa sa chaise, attrapa la veste qu'il avait posée sur le réfrigérateur pour énerver Marina.

— Je sors. J'ai besoin de prendre l'air.

— Tu vas où ?

— Me balader.

— Rob !

Elle fit le tour de la table, voulut le prendre par le bras, mais il recula comme si elle avait cherché à le frapper.

— J'ai déjà une mère ! lança-t-il. Je n'ai pas besoin de toi ! Ma mère, c'est Rosanna. C'est une fille super, elle. Elle a tout ce que tu n'as pas.

— Je suis convaincue que c'est quelqu'un de fantastique. Et je me réjouis qu'elle puisse être pour toi ce que je n'ai pas pu être. Mais…

— Oui ?

— Oh, rien.

Inutile d'en parler. Dennis lui avait dit que son couple traversait une mauvaise passe, qu'il ignorait si Rosanna reviendrait à la maison. Dans les yeux de Rob, qui exprimaient à présent un désespoir quasi enfantin, elle lut qu'il venait d'avoir la même pensée. Qu'il avait très peur.

Il lui faisait tant de peine ! Ce grand garçon agressif, vulnérable, lui faisait tellement pitié qu'elle aurait aimé faire ce qu'elle n'avait pas pu se résoudre à faire quand il était bébé : le prendre dans ses bras, appuyer sa joue contre la sienne et lui murmurer que tout allait s'arranger. Le bercer jusqu'à ce qu'il s'endorme.

Mais c'était totalement exclu.

— Quand est-ce que tu reviens ? demanda-t-elle.

— J'en sais rien ! jeta-t-il.

Déjà, il avait quitté la pièce, et elle entendit la porte claquer. Le silence particulier, oppressant, qui suit une vive altercation s'installa dans la maison.

Pendant des jours, ils s'étaient tourné autour comme des chats. C'était enfin arrivé. La bombe avait explosé. Peut-être était-ce une bonne chose.

Cela devait arriver. Mais cela faisait tellement mal !

Marina se rassit sur sa chaise, enfouit son visage dans ses mains et se mit à pleurer.

3

Marc eut la surprise de voir Rosanna faire irruption dans son bureau en début d'après-midi. Sorti sur le palier afin d'accueillir le visiteur pour lequel il avait déclenché l'ouverture de la porte, il se retrouva en face de celle qu'il croyait au chaud, en train de soigner un début de grippe.

— Qu'est-ce que tu fais à te promener dehors ?

C'est alors qu'il remarqua ses joues rougies, ses yeux brillants d'un éclat curieux, son souffle court et son état d'énervement.

— Qu'est-ce qui se passe ? demanda-t-il en l'introduisant dans son bureau.

Elle se laissa tomber sur une chaise.

— J'ai des choses à te raconter, répondit-elle.

Il attira une autre chaise, s'assit en face d'elle et prit ses mains dans les siennes.

— J'ai l'impression que tu as toujours de la fièvre, observa-t-il.

— Je n'en sais rien. C'est possible. Marc, j'ai découvert un truc incroyable.

— Commence par te calmer. Et d'abord, pourquoi n'es-tu pas au lit ?

Elle retira ses mains, fouilla dans son sac, en sortit une feuille de papier sur laquelle elle avait écrit des mots illisibles d'une écriture tremblotante.

— Le *Heaven's Gate* a franchi l'écluse Mapledurham de Purley-on-Thames le 11 janvier 2003 à huit heures du matin. Le 11 janvier ! Le matin de bonne heure !

Il la regarda sans comprendre.

Rosanna était si excitée qu'elle ne parvenait pas à ordonner son récit.

— J'ai parlé avec l'éclusier. Il a vérifié ses registres. Le jour de la disparition d'Elaine, le bateau de ton ex-femme est sorti sur la Tamise. Tôt le matin, en hiver, par temps de brouillard. Tu sais ce que ça signifie ?

Il était toujours aussi perplexe.

— Non. Quoi ? Et comment... Pourquoi... ?

— Le passeport. Le passeport d'Elaine ! Il a été retrouvé à Wiltonfield. Tout près du club nautique ! Et cette sortie bizarre à une heure où personne n'a envie de mettre le nez dehors ! Est-ce que Jacqueline avait l'habitude de sortir en bateau l'hiver, au lever du jour ?

— Non, je ne pense pas qu'il y ait beaucoup de gens qui le fassent. Mais...

— Et tu sais ce que j'ai encore découvert ? Elle a vendu le bateau tout de suite après. A quelqu'un du club. Elle n'est plus propriétaire du bateau !

— Je n'en savais rien, commenta Marc, surpris.

Peu à peu, il commençait à comprendre où Rosanna voulait en venir. Il pâlit.

— Tu ne veux quand même pas dire par là que... ?

Devant sa réaction horrifiée, elle comprit qu'elle avait été trop brutale en lui assénant ces terribles informations sans ménagement. Elle posa ses mains glacées sur ses joues brûlantes, comme si ce geste était de nature à tempérer son bouillonnement intérieur.

— Je ne sais pas, Marc. Je ne sais pas ce qui s'est passé, et je ne vais pas affirmer des choses qui pourraient causer de graves difficultés à certaines personnes, mais j'ai beau tourner et retourner ça dans ma tête, pour moi, ce ne peut pas être un pur hasard. Je pense que Jacqueline a quelque chose à voir avec la disparition d'Elaine. Bien sûr, il me manque toute une série d'éléments, mais...

Il l'interrompit.

— La motivation, Rosanna. Je ne vois pas la motivation. Quelle raison Jacqueline aurait-elle pu avoir pour faire disparaître Elaine ? Et d'ailleurs, comment l'aurait-elle rencontrée ?

Elle détourna le regard, incapable de lui avouer les yeux dans les yeux qu'elle était allée fouiller dans sa vie passée à son insu.

— Je suis allée la voir hier, Marc. Je suis allée à Binfield Heath, dans son atelier. Nous avons parlé pendant une heure et demie.

— Pas possible !

— Si. Et pendant tout ce temps, elle n'a eu qu'un seul sujet de conversation : ton infidélité. Tes aventures. Selon elle, tu l'as trompée pratiquement sans interruption pendant toutes les années que vous avez passées ensemble. Elle en est encore convaincue à l'heure actuelle.

Il se leva. Elle devina combien il prenait sur lui pour maîtriser sa colère naissante.

— Mon Dieu... souffla-t-il.

Elle se leva à son tour.

— La motivation, c'est là qu'elle pourrait se trouver. Dans sa jalousie. Tu m'as bien dit qu'elle était malade, non ? Qu'elle s'imaginait des choses qui n'existaient pas ? Qu'à cause de cela vous n'arrêtiez pas de vous disputer ? Qu'elle cassait tout ce qui lui tombait sous la main quand elle s'était persuadée que tu avais une aventure ? Elle a fini par te quitter, mais est-ce que tu es sûr que son obsession a disparu pour autant ? Il se peut fort bien que son désespoir, son ressentiment d'avoir été trompée, rejetée, aient continué pendant des mois à bouillir en elle. Voire des années.

— Mais comment...

— Cela nous amène à la question suivante : est-ce qu'elle vous a vus, toi et Elaine, ce soir-là, quand tu l'as amenée chez toi ? Est-ce qu'elle vous a vus et en a tiré des conclusions erronées ?

Il secoua la tête.

— C'est complètement absurde, murmura-t-il.

Mais il n'en paraissait pas totalement convaincu.

— Toute ta... théorie ne repose que sur une chose, à savoir si Pamela Luke a dit la vérité à propos de l'endroit où elle a trouvé le passeport, dit Marc. Et bien qu'elle nous ait raconté, à nous et à la police, une version radicalement différente, tu as l'air prête à la croire les yeux fermés. Je trouve que c'est un peu fort.

Il parlait d'une voix feutrée, malgré le vacarme du café où ils étaient allés poursuivre leur conversation.

— En admettant que Pamela ne dise pas non plus la vérité, objecta Rosanna, il faut partir du principe que si elle a choisi de situer la prétendue découverte du passeport pile à l'endroit où se trouve le club nautique de Jacqueline, c'est par pur hasard. Parce qu'elle ne peut pas être au courant, tu es bien d'accord ?

— Mais ce genre de hasard n'est pas impossible du tout ! C'est un endroit très connu. Elle s'est sans doute déjà trouvée sur ce parking, et elle savait qu'il y avait là des containers à vêtements. Comme son histoire avec ce Malikowski ne tenait plus la route, elle a trouvé autre chose. Elle a donc pensé à Wiltonfield, parce qu'elle connaît la région et qu'elle n'avait pas envie de s'enferrer en donnant de mauvaises indications.

— OK. Mettons que c'est un hasard. Mais tu ne trouves pas curieux que Jacqueline aille se balader sur la Tamise le 11 janvier, le matin de bonne heure, en plein hiver, en plein brouillard ? L'éclusier ne m'a pas raconté d'histoires, lui. Tu aurais une explication ?

Il remua sa cuiller dans sa tasse, le front plissé.

— Non, avoua-t-il au bout d'un moment. Là, comme ça, aucune. Mais je ne trouve pas juste de la soupçonner pour autant. Il y a peut-être une explication très simple et elle pourrait éclairer notre lanterne elle-même.

— Reste le fait qu'elle a vendu le bateau tout de suite après le 11 janvier. D'un seul coup. Au bout de tant d'années.

— C'était après le 11 janvier, tu en es sûre ? Pas avant ?

Rosanna hésita. La femme de ménage du club n'avait pas été affirmative à cent pour cent.

— Non, admit-elle. Je n'en suis pas sûre. Mais on peut vérifier.

— Si Jacqueline a vendu le *Heaven's Gate* avant le 11 janvier, ce serait quelqu'un d'autre qui serait sorti sur le fleuve ce matin-là.

— Ce qui est curieux dans tous les cas de figure.

— C'est vrai. Mais ça n'a pas obligatoirement de lien avec l'affaire Elaine.

Rosanna baissa la tête. Elle qui avait été si grisée par toutes ces découvertes voyait ses certitudes vaciller. Peut-être Pamela avait-elle encore menti et tous ces éléments n'étaient-ils que le fruit du hasard.

— Réfléchis, poursuivait Marc. Comment veux-tu que Jacqueline ait su qu'Elaine avait passé la nuit chez moi ? Elle n'allait quand même pas jusqu'à m'espionner !

— Les gens qui sont d'une jalousie maladive font ce genre de choses. Elle ne serait pas la première.

— Nous étions séparés depuis neuf mois à l'époque.

— Cela ne l'empêchait pas de t'espionner. Il y a des gens divorcés depuis une éternité qui ne supportent pas que leur ex refasse leur vie.

— D'accord. Mais c'est quoi, la suite ? Elle m'attendait devant chez moi dans sa voiture, elle m'a vu ressortir le lendemain avec Elaine ? Elle nous a suivis – bien obligée – à pied jusqu'au métro ? Elle l'a pris elle aussi ? A abordé Elaine ? L'a convaincue de la suivre ? A repris sa voiture, que, soit dit en passant, je n'avais pas remarquée, et a emmené Elaine à Wiltonfield ? En mettant les gaz, parce que sinon, elle n'aurait pas pu passer l'écluse à huit heures. Est-ce qu'elle a tué Elaine sur le parking ? Ou seulement sur le bateau ?

Les événements ainsi présentés, tout paraissait effectivement absurde et irréaliste. Rosanna ne répondit pas.

Je me suis sans doute monté le bourrichon, pensa-t-elle avec tristesse.

Marc s'appuya sur ses coudes et la dévisagea avec intensité :

— Rosanna, je connais les faiblesses de mon ex-femme mieux que quiconque. Je l'ai vue hystériquement, fanatiquement, maladivement jalouse, et souvent destructrice, pour elle-même et les autres. Mais entre ça et commettre un meurtre, il y a une différence. Parce que c'est bien de ça que tu la soupçonnes : d'avoir commis un meurtre sur la personne d'Elaine Dawson.

— Je ne soupçonne rien du tout, protesta Rosanna. J'ai juste énuméré quelques faits qui me semblent des hasards curieux. Mais on peut sans doute en tirer plusieurs conclusions.

— Essaie de visualiser les choses. Tu as vu Jacqueline, puisque tu as fait sa connaissance. Elle est petite et frêle, tout le contraire d'une femme costaud. Elaine faisait au moins une tête de plus et elle pesait beaucoup plus lourd. Parce qu'au bout du compte, ton idée, c'est que Jacqueline a jeté Elaine à l'eau. Comment a-t-elle pu s'y prendre, à ton avis ? Tu crois qu'elle avait la force nécessaire ? Et puis il faut une sacrée dose d'énergie criminelle pour tuer quelqu'un. Je n'en ai jamais vu le moindre signe chez Jacqueline.

— Mais elle a eu des explosions de violence quand elle piquait ses crises de jalousie. Ce genre de truc, ça peut finir très mal. Même s'il n'y a pas d'intention de tuer.

— Mais l'histoire que tu échafaudes nécessite une satanée planification.

— Elle voulait peut-être simplement lui parler, et la situation a dégénéré.

Rosanna voyait bien la minceur de son argumentation. Elle qui avait été si sûre d'elle ! En un rien de temps, voilà que toute sa théorie tombait en morceaux.

Elle se prit la tête à deux mains. Peut-être était-elle tout simplement trop mal en point pour réfléchir intelligemment.

Elle sentit le regard de Marc sur elle et leva les yeux. Il avait l'air grave.

— Rosanna, pourquoi veux-tu savoir à tout prix ? Au bout de toutes ces années... Pourquoi veux-tu savoir à tout prix ce qui est arrivé à Elaine ? Pourquoi ne peux-tu pas lâcher prise ? Pourquoi poursuis-tu toujours de nouvelles pistes, en échafaudant des hypothèses de plus en plus hasardeuses ? Pourquoi ?

Elle haussa les épaules.

— Je ne sais pas. C'est...

— Pourquoi es-tu allée voir Jacqueline ? Voilà une chose que je ne comprends pas ! Quel besoin d'aller voir mon ex-femme ?

Elle aussi se l'était demandé. Officiellement, c'était dans l'idée de parvenir à une réconciliation entre le père et le fils. Inconsciemment, peut-être était-ce dans le but de mieux connaître Marc, d'apprendre des choses sur son passé. Se méfiait-elle toujours de Marc ? Elle n'avait pas encore la réponse à cette question.

— C'est à cause de moi, dit-il, interrompant le cours de ses réflexions, hein ? Peut-être n'en as-tu pas conscience, mais ce reste de soupçon qui pèse sur moi te travaille. Parce que, finalement, tu n'as que ma parole, quand j'affirme que je n'ai pas fait de mal à Elaine et que comme tout le monde j'ignore ce qui lui est arrivé. Ce peut être vrai, ou non. Je ne peux pas le prouver. Tu espérais obtenir des renseignements sur mon caractère par Jacqueline. Mais en dehors de cela, tu veux trouver un coupable. Alors seulement tu pourras te débarrasser de ce minuscule doute qui te ronge. C'est bien cela qui te pousse à agir ?

Elle aurait aimé nier, mais le pouvait-elle ? N'y avait-il pas un peu de vérité dans ses affirmations ? Subsistait-il un doute en elle, un doute qu'elle voulait éliminer une fois pour toutes ?

C'était peut-être cela, mais c'était aussi plus que cela. Le problème de la disparition d'Elaine était compliqué et multiple.

D'un geste las, elle frotta ses yeux douloureux.

— Je ne peux que répéter que je ne sais pas, dit-elle. Consciemment, je ne doute pas de toi, mais j'ai moi-même du mal à analyser tout ce que je mets de moi dans cette affaire. Ce que je ressens consciemment, c'est que, depuis que je suis en Angleterre et que j'ai accepté le contrat de Nick, j'éprouve de la culpabilité vis-à-vis d'Elaine. Je crois qu'elle était là depuis toujours, mais que je l'avais refoulée. Maintenant, elle est bien présente, et ça pèse des tonnes.

Il sembla un peu étonné.

— De la culpabilité ? Parce que tu...

— Parce que c'est à cause de moi qu'elle a quitté son petit monde préservé de Kingston et s'est lancée dans l'aventure de ce voyage. Maintenant, je suis en proie au sentiment lancinant que je lui dois de faire la lumière sur ce qui lui est arrivé. Parce que... il ne faut pas qu'elle disparaisse comme ça, sans tambour ni trompette. Autrement, sa disparition et sa mort peut-être seront conformes à ce qui s'est passé toute sa vie : tout le monde s'en fiche. Elle restera pour toujours la personne qu'on ne voit pas.

Il approuva de la tête. Il la comprenait.

— Mais, avança-t-il prudemment, quand tu l'as invitée à ton mariage, justement, tu n'as rien fait de mal. Au contraire. Tu lui as témoigné de l'amitié. C'était une manière de la sortir de cette monotonie, de cette solitude à laquelle elle était enracinée, et dont elle n'arrivait pas à se sortir toute seule.

Elle eut un sourire triste. Comme c'était beau à entendre ! Si seulement c'était la vérité !

— J'aimerais bien te donner raison. Pouvoir imaginer que j'étais une bonne amie qui lui voulait du bien. Mais non, ce n'était pas cela. Mes motivations n'étaient pas si nobles.

Il lui prit la main à travers la table. Il la sonda du regard, grave, dans un effort manifeste de la comprendre, de la connaître vraiment.

— Quelles étaient tes motivations, alors ?

Elle sentit la rougeur de ses joues brûlantes s'accentuer.

— Quand je lui ai envoyé l'invitation, je me suis trouvée très généreuse. Pourtant, en arrière-plan, il y avait de la vanité là-dessous, ça me donnait l'occasion de lui montrer ma réussite... Et juste avant le mariage, j'ai téléphoné à Cedric pour lui dire qu'Elaine avait accepté, et nous avons ri parce que nous la voyions se tromper d'avion ou d'église, etc. Mais... elle n'est effectivement pas venue, et là... Ce n'était plus marrant du tout.

— Rosanna, quelqu'un est bel et bien responsable de sa disparition, mais ce n'est pas toi. Même si les motivations qui t'ont poussée à l'inviter avaient été les plus pures du monde, cela n'aurait rien changé. Et si tu regardais les choses différemment ? N'oublie pas qu'elle s'est fait violence pour venir, qu'elle s'est disputée avec son frère pour pouvoir partir. C'est ce qu'elle m'a confié. Pour elle, c'était énorme. Cela aurait pu être le départ d'une vie différente.

Ses paroles lui faisaient du bien, mais elles ne calmaient pas entièrement son désarroi.

— En tout cas, j'aimerais bien savoir ce qui lui est arrivé. Je continue à penser que je lui dois bien ça.

— Et si c'était ce que nous avions déjà envisagé ? Si elle avait disparu de son propre chef, en espérant qu'on ne la retrouve jamais ?

— Dans ce cas, pourquoi aurait-elle jeté son passeport à côté d'un container à vêtements usagés ?

Marc haussa les épaules.

— Comment veux-tu que je le sache ?

— J'aimerais retourner là-bas demain, annonça Rosanna. Je voudrais savoir quand exactement Jacqueline a vendu son bateau, et à qui.

Marc la regarda avec un mélange d'amusement et de résignation.

— Ah, déplora-t-il, tu ne lâches pas le morceau !

— Tu m'accompagneras ?

— Oui, je t'accompagnerai, dit-il en se levant et en déposant deux billets sur la table. Mais maintenant, toi, au dodo. Tu as de la température, ça se voit à l'œil nu. Mais je te préviens : si demain tu es toujours dans le même état, je t'attache aux montants du lit.

Elle hocha la tête. Il n'aurait pas à le faire. Si son état empirait, elle serait incapable de faire un pas toute seule.

Samedi 23 février

1

La veille au soir s'était déroulée une vilaine scène qui avait empêché Marina de s'endormir. Le cœur battant à se rompre, elle était restée éveillée pendant de longues heures.

Après la querelle du déjeuner, Rob avait traîné dehors pendant un certain temps, était rentré vers quatre heures de l'après-midi et s'était réfugié sans mot dire dans la chambre d'amis qu'il occupait. Lorsqu'elle l'avait appelé pour le dîner, il n'avait pas réagi. Il n'était descendu qu'à vingt et une heures trente. Marina, au salon devant la télévision, l'avait entendu prendre sa veste dans la penderie.

Elle était sortie dans le couloir.

« Tu retournes faire un tour dans le quartier ? » s'était-elle enquise avec détachement malgré l'inquiétude qui l'avait saisie à sa vue.

En effet, il avait appliqué des tonnes de gel sur ses cheveux et s'était inondé de lotion après-rasage.

Il avait passé sa veste.

« Je sors, avait-il annoncé, je vais m'amuser un peu.

— Qu'est-ce que ça veut dire, "m'amuser un peu" ?

— Ça veut dire qu'on est vendredi soir. Tu ne crois quand même pas que je vais rester là à regarder des débilités à la télé un vendredi soir !

— Où comptes-tu aller ? »

Il avait haussé les épaules :

« Aucune idée. Je verrai bien.

— Rob, tu ne connais pas la ville, tu n'as pas de copains, et tu n'as que seize ans ! »

Comme s'il ne l'avait pas entendue, il avait décroché la clé qu'elle lui avait attribuée et s'était apprêté à sortir.

« Rob ! » avait-elle prononcé d'un ton ferme.

Il s'était retourné de mauvaise grâce.

« Oui ?

— Je ne suis pas d'accord. Londres n'est pas un village. Je ne peux pas te laisser sortir seul. C'est beaucoup trop dangereux ! »

Il s'était efforcé de la considérer en arborant un air supérieur, mais, dans ses yeux, on lisait la colère et l'humiliation.

« Comment tu vas m'en empêcher ?

— Je te l'interdis. »

Il avait eu un sourire narquois.

« C'est quoi, ça, ma petite maman ? avait-il persiflé. D'où tu crois que tu peux me l'interdire ? Tu veux que je te montre comment ça m'intéresse ? Tiens, regarde ! »

Il lui avait agité son majeur sous le nez avant de prendre la porte et de disparaître dans la nuit.

Elle ne se souvenait plus du reste de la soirée. Elle l'avait passé devant la télé sans rien voir des programmes qui s'étaient succédé. Elle avait bu, beaucoup et trop, le visage inondé de larmes, passant et repassant dans sa tête deux scènes de sa vie : le jour où Rob était né, le moment où la sage-femme lui avait mis le minuscule bébé dans les bras et où elle s'était mise à pleurer, si violemment et si longtemps qu'on avait dû lui administrer une piqûre pour la calmer ; et la scène de la soirée, le jeune homme qui lui avait fait un doigt d'honneur avant de sortir en claquant la porte, passant outre à ses protestations. Comme si ses larmes d'autrefois avaient eu pour conséquence directe la haine qu'elle avait lue dans ses yeux et qui l'avait profondément effrayée.

Elle était allée se coucher vers minuit, n'avait pas réussi à s'endormir avant quatre heures, tous les sens en éveil, guettant le retour de son fils et s'efforçant de juguler ses battements de cœur. La fatigue avait fini par avoir raison d'elle, mais à six heures et demie, elle se réveillait déjà, la bouche sèche et la tête bourdonnante.

Elle se redressa avec un gémissement. Elle avait une bonne gueule de bois. Sans doute avait-elle bu beaucoup plus qu'elle ne l'avait remarqué.

Elle se leva, passa son peignoir et, pieds nus, alla jeter un coup d'œil dans la chambre d'amis. C'était le chaos, là-dedans. Rob ne faisait pas plus son lit qu'il ne rangeait ses vêtements, les laissant tomber à l'endroit même où il se déshabillait. L'odeur de son après-rasage flottait encore dans l'air. Il n'était pas là.

Elle descendit en courant. Le sol était glacé. Un seul regard suffit à lui confirmer que la veste de son fils n'était pas dans la penderie et que sa clé n'était pas là. Il n'était pas rentré de la nuit.

A la cuisine, elle vit deux bouteilles vides sur la table. Elle les regarda fixement. La première, quand elle l'avait sortie, était déjà à moitié vide, et elle avait débouché l'autre. Elle avait bu à elle seule une bouteille et demie de vin. Pas étonnant si elle avait l'impression d'avoir la tête dans un étau.

Elle sortit un verre du placard, le remplit d'eau du robinet, le but avec avidité, s'en remplit aussitôt un second. Dans un tiroir, elle trouva un dernier cachet d'aspirine.

Et maintenant, que faire ?

Dehors, le jour commençait à poindre. Le soleil semblait prêt à émerger. Le froid remonta le long de ses jambes nues. Tout en attendant que le comprimé se dissolve, elle réfléchit : devait-elle appeler Dennis ? Se débarrasser sur lui d'une partie du poids de la responsabilité était tentant, mais Dennis ne pouvait strictement rien faire et l'inquiéter était inutile. Il n'était sans doute rien arrivé à Rob mais où donc avait-il passé la nuit ?

Elle avala son aspirine et monta à la salle de bains. Elle prit une longue douche, s'habilla chaudement, se fit un café bien fort. Elle commençait à se sentir mieux. Elle décida de prendre la voiture et de sillonner les environs. Ça n'avait sans doute aucun sens, mais il n'était pas exclu qu'il traîne quelque part dans le coin, et ça valait mieux que de rester inactive, à attendre à la maison. Il fallait fixer une heure limite après laquelle elle appellerait Dennis. Après s'être mise d'accord avec lui, elle irait trouver la police. Trois heures de l'après-midi. Si elle n'avait pas retrouvé Rob d'ici là, ou s'il n'était pas rentré de lui-même, elle ferait le nécessaire.

Elle sortit. La matinée était froide, claire et silencieuse. Le quartier dormait encore.

Marina partit à la recherche de son fils.

2

— Je t'admire, dit Cedric doucement. Tu es courageuse et forte. Vraiment.

— J'aimerais bien être de ton avis, répondit Pamela. Courageuse et forte... Pour le moment, j'ai une sacrée trouille, oui !

Elle avait l'air fatiguée et disparaissait sous le pull gris à col roulé que Cedric lui avait prêté pour lui permettre de laver ses vêtements. Elle n'était pas maquillée, avait coiffé ses cheveux bruns en arrière. Elle paraissait plus jeune que son âge. On lui aurait donné vingt ans à peine.

Ils étaient installés dans le salon de Victor. Pamela était assise sur le canapé, et Cedric dans un fauteuil. Il souffrait encore, mais moins. Il lui avait fallu moins de médicaments que la veille pour calmer la douleur.

Dehors, le printemps approchait à grands pas. Une pendule tictaquait avec insistance. Aucun bruit ne montait de la rue en ce samedi matin.

Cedric et Pamela attendaient la police.

Victor, avec tact, les avait laissés seuls et était sorti faire le marché pour le week-end.

Trois quarts d'heure auparavant, Pamela avait accepté que Cedric appelle l'inspecteur Fielder.

Le policier, qu'il avait eu en personne au bout du fil, avait aboyé : « Elle est chez vous ? Depuis combien de temps ? »

Cedric n'avait pas eu envie de mentir.

« Depuis jeudi.

— Et c'est maintenant que vous m'appelez ?

— Il lui a fallu du temps. Et je ne suis pas un mouchard. Je vous appelle avec l'accord de Pamela, et c'est ça l'important pour moi. »

Fielder était furieux, mais il avait semblé comprendre que ce n'était pas le moment de faire la leçon à son correspondant.

« Vous êtes chez votre père ? D'accord. J'envoie quelqu'un de la police de Taunton. Mlle Luke sera transférée à Londres.

— Oui, c'est ce que nous pensions », avait dit Cedric avant de donner son adresse et de raccrocher.

Devant l'expression soucieuse de la jeune femme, Cedric chercha à la rassurer :

— Ne t'inquiète pas. Tu dis la vérité et tu vas convaincre Fielder. J'en suis sûr.

— Pas moi. Je lui ai déjà menti. Il a pas de raison de me croire, cette fois.

— Il ne t'arrivera rien.

Elle le regarda d'un air triste.

— Dommage que tu puisses pas m'accompagner.

Il secoua la tête avec regret :

— Je le ferais bien, mais le trajet est trop long, et je suis encore trop mal en point.

— Bien sûr. Il faut te ménager. Tu en as déjà suffisamment bavé à cause de moi. J'aurais bien voulu t'épargner cette rencontre avec Pit. Mais... le mieux, ç'aurait été que je me mette jamais avec lui ! Ça pouvait que mal se terminer.

— C'est vrai que tu n'as pas fait le bon choix.

Pensif, Cedric ajouta :

— J'aimerais bien savoir ce qui t'a attirée en lui. Comment tu as pu croire qu'il t'aimait. Il était tellement brutal ! Tellement perturbé, imprévisible ! Ça se voyait au premier coup d'œil.

Elle haussa les épaules.

— Il me donnait le sentiment que j'étais importante pour lui. C'était la première fois que ça m'arrivait. Pour moi, c'était... tout à fait spécial. C'est fou, non ?

— Non, pas fou. Mais fatal, ça, oui.

Elle approuva lentement, puis se frotta les yeux, comme pour effacer définitivement l'image de son tortionnaire. Sans transition, elle demanda :

— Tu restes combien de temps ici avant de retourner à New York ?

— Jusqu'à ce que les médecins me donnent le feu vert. Je me réjouis d'être là encore un peu. Ça fait du bien à mon père.

— Il est très seul.

— Oui.

— Et ton ami, tu vas aller le voir ? Celui qui est en fauteuil roulant ? Celui qui est venu te rendre visite à l'hôpital quand je suis arrivée ?

— Geoffrey, oui. C'est le frère d'Elaine. Bien sûr que j'irai le voir. Lui aussi, il est très seul.

— Vous vous connaissez depuis longtemps ?

— Oh oui ! On se connaît depuis... depuis toujours en fait. On jouait ensemble au bac à sable. On est allés à l'école ensemble. A la fac. On était inséparables.

— Qu'est-ce qui lui est arrivé ? s'enquit Pamela.

Il hésita. Il n'en parlait jamais. Tout le monde, dans son entourage, respectait son silence. Mais Pam ne pouvait pas savoir.

— C'est... Je crois que je n'ai pas envie d'en parler, répondit-il sèchement.

Elle le sonda du regard mais ne dit rien.

Cedric tourna péniblement la tête vers la fenêtre. La rue était baignée de soleil. Dans le jardin, les narcisses commençaient à percer. Pas un chat dehors.

Pamela avait suivi son regard.

— Si je ne me retrouve pas en prison, est-ce que je pourrai venir te voir à New York ?

Il était content qu'elle ait changé de sujet.

— Bien sûr, ça me ferait plaisir.

— New York, je n'y ai jamais été, ni ailleurs aux Etats-Unis. J'ai toujours cru que je ne pourrais jamais y aller.

— Tu vas aimer New York. Pour moi, c'est ce qu'on fait de mieux comme ville.

Il embrassa du regard la rue tranquille, les petites maisons nichées derrière les murets de pierre et les genêts, les narcisses que sa mère avait plantés et soignés avec amour. Jamais encore il n'en avait eu une conscience aussi aiguë qu'en cet instant, à la vue de ce spectacle paisible. Malgré son sentiment d'être chez lui, malgré le charme qu'exerçait sur lui ce sentiment, son besoin de retrouver New York se faisait puissamment sentir.

— C'est le seul endroit où j'ai envie de vivre, dit-il.

Elle opina du chef, se leva et alla se planter devant la fenêtre.

— C'est si joli, ici, dit-elle. Tu as dû te sentir très protégé quand tu étais petit.

Elle avait raison. Le sentiment de protection, il l'avait eu en abondance et c'était tellement naturel qu'il ne se rendait pas compte de sa chance. La vie à Kingston lui semblait étriquée, et il n'estimait pas à sa juste valeur la stabilité que lui donnaient l'amour et l'attention prodigués par ses parents. Dans les dernières années, il s'était souvent senti comme l'oiseau sur la branche, malheureux et frustré de ne pas être capable de constance dans sa vie, tant privée que professionnelle. Mais quand il regardait Pamela, voyait ses yeux emplis de peur, il prenait conscience de la force qu'il puisait dans son enfance paisible, heureuse. Même s'il avait fait souvent fausse route et était peu sûr de son avenir, il comprenait que sa confiance originelle dans la vie était à la base de son être, qu'elle l'avait porté et qu'elle continuerait à le faire. Le sentiment de son aptitude à vivre était aussi sûrement ancré en lui qu'était enraciné en Pamela le fait de considérer la vie comme son ennemi le plus impitoyable. Elle n'avait jamais connu que la menace depuis le jour de sa naissance.

Et lui, l'amour.

Un bref instant, il se demanda ce qui se passerait entre eux si elle venait effectivement le rejoindre à New York. Elle était radicalement différente des femmes qu'il avait connues et elle lui plaisait bien.

Il attendrait. Tout dépendrait de l'enquête de la police. Son histoire résisterait-elle aux questions de Scotland Yard ?

Il s'aperçut à quel point il le souhaitait, à quel point il espérait qu'elle ne lui ait pas menti.

Il entendit une voiture se rapprocher, ralentir, s'arrêter.

Pamela s'écarta de la fenêtre. Elle était très pâle.

— Les voilà, dit-elle. Les flics.

Elle parut perdue, tout à coup. Dehors, une portière claqua.

Cedric se redressa avec difficulté. Ses côtes lui faisaient encore un mal de chien quand il bougeait. Il maudit sa lenteur. Il avait l'impression d'avoir cent ans.

— J'ai peur, dit Pamela.

— Je sais, répondit-il.

Ils se faisaient face. Une deuxième portière claqua.

— Tu es sûr que je peux venir te voir à New York ? Je ne te dérangerai pas ?

Elle le regardait avec des yeux immenses, comme si sa destinée dépendait de sa réponse.

— Ça me ferait vraiment plaisir, répondit-il avec conviction.

Oui, il se réjouissait d'avance de sa venue.

— C'est vrai, Pam, je t'attends, ajouta-t-il.

Le portillon du jardin grinça.

— Bon, répondit Pam.

Il ressentit tout à coup le besoin de lui offrir quelque chose. Une sorte de... garantie... Quelque chose qui les unirait tous les deux, pendant son épreuve londonienne, quand elle serait entre les griffes de l'inspecteur Fielder... Pendant qu'ils seraient séparés par l'immensité de l'Atlantique, quand le rapprochement qui s'était établi entre eux dans cette petite pièce, en cette journée ensoleillée de février, s'étiolerait de plus en plus...

— C'était pendant notre première année d'université, dit-il hâtivement. Nous avions dix-huit ans, Geoff et moi. Un copain nous avait invités à son anniversaire.

Des pas lourds dehors, sur le sentier.

Pamela ne le quittait pas des yeux.

— Les parents de ce copain n'étaient pas là. Nous avions toute la maison pour nous. Il y avait une flopée d'invités, au moins cinquante ou soixante.

La sonnette retentit.

Il se dépêcha de poursuivre.

— C'était deux jours avant Noël. Il n'avait pas neigé, mais il gelait. Un froid glacial. Nous avons bu des quantités phénoménales d'alcool, avec la musique à fond. C'était une super fiesta.

— Je comprends, dit Pamela.

— J'étais sur le balcon du premier étage avec Geoff et d'autres. Il devait être quatre heures du matin. On était complètement soûls. L'un des garçons a eu l'idée qu'on monte sur la balustrade, deux par deux, en partant chacun d'un côté, et qu'on se croise pour passer de l'autre côté.

Un deuxième coup de sonnette.

— Qui c'était, celui qui a eu cette brillante idée, on ne s'en est plus souvenus après, tellement on avait bu... Geoff a toujours affirmé plus tard que c'était moi. Je n'en sais rien, je ne me rappelle plus.

Il se tut. Puis :

— Donc, on est montés deux par deux en équilibre sur le rebord de la balustrade. Il était large, mais il était aussi glissant. Mais ça, on ne s'en rendait pas compte.

— Je comprends, répéta Pamela.

Il sentit remuer tout le désespoir qu'il portait au fond de lui depuis cette nuit fatale, profondément enfoui. Un peu de ce désespoir remonta, lui serra la gorge.

— Tout s'était bien passé. Geoff et moi, nous sommes passés en dernier. On s'est dirigés l'un vers l'autre...

Il revit la scène. Le ciel sombre, tapissé d'étoiles. La maison aux fenêtres éclairées. Les visages de ceux qui les regardaient. Geoffrey qui se dirigeait vers lui en titubant sous l'effet de l'alcool. Lui-même, agitant les bras pour garder son équilibre. Ils se rencontrèrent au milieu.

— On a essayé de se croiser. Et on a été déséquilibrés... Impossible de retrouver notre assiette... Mais je crois qu'on n'a même pas eu peur, qu'on ne voyait pas le danger.

Ses yeux brûlaient. Il entendit Geoffrey crier : « Je vais tomber ! »

Un troisième tintement de sonnette retentit, suivi d'un coup à la porte.

— On a glissé tous les deux au même moment. Ça s'est passé tellement vite, trop vite pour qu'on puisse réagir ! Ce qui est arrivé après, c'est le destin qui l'a décidé.

— Tu es tombé côté balcon, et ton ami... de l'autre côté.

— Il n'est pas seulement tombé d'un étage, précisa Cedric d'une voix monocorde. Sous le balcon, il y avait une piscine, en béton. De dix mètres sur dix. En décembre, elle était vide, bien sûr.

La phrase, dans toute sa dimension, résonna dans la pièce. *En décembre, elle était vide, bien sûr.*

Il fut reconnaissant à Pam de ne pas faire de commentaire. Autrefois, quand il était encore en contact avec les gens qui avaient été témoins de l'accident, on lui prodiguait des phrases de consolation comme : « Ce n'est pas ta faute. Personne ne sait qui a eu cette idée idiote. Dans ce cas, tous les participants sont fautifs. » Ou alors : « Geoffrey n'était plus un gamin. Il s'est mis tout seul en danger. Personne ne l'a obligé. C'est lui qui est responsable de ce qui lui est arrivé. »

Il n'avait plus envie d'entendre ces phrases. Qu'elles soient pleines de bon sens ou non, il ne voulait plus les entendre.

— Il faut ouvrir, maintenant, dit-il. Sinon la police va défoncer la porte.

Elle opina. Puis elle le prit dans ses bras, prudemment, doucement, dans un geste de muette compréhension.

Avant de se diriger vers la porte pour ouvrir aux deux fonctionnaires qui allaient l'emmener à Londres, à Scotland Yard.

3

Marina retrouva Rob alors qu'elle s'apprêtait à rentrer après avoir renoncé. Elle avait tourné dans tout le quartier, en cercles de plus en plus larges, scruté les jardins, vérifié les arrêts de bus, était descendue de voiture pour aller inspecter les parcs. Elle avait fini par se reprocher sa naïveté. Qu'est-ce qui lui avait fait croire qu'il était en train de traîner dans le coin ? La journée promettait d'être ensoleillée, mais la température n'incitait pas à la promenade après une nuit blanche.

Mais où donc pouvait-il être ? Où avait-il pu se réfugier ?

Je n'aurais pas dû le laisser sortir, se disait-elle. Mais comment aurait-elle pu l'arrêter ? Il était si déterminé, comment savoir comment tout cela se serait terminé ?

« Merde et merde ! » jurait-elle à haute voix en tapant du poing sur le volant.

Merde pour la culpabilité qui l'assaillait de toute part. Culpabilité pour ne pas avoir empêché Rob de n'en faire qu'à sa tête. Culpabilité pour son comportement inadéquat. Culpabilité pour ne pas avoir pu être une vraie mère.

Pour la première fois depuis l'irruption inopinée de Rob dans sa vie, elle était vraiment en colère.

Elle avait fait un dernier tour aux confins extérieurs du quartier, là où se trouvaient les maisons les plus récentes, où les jardins étaient encore en friche et où commençait un nouveau terrain à bâtir, envahi de broussailles et de pousses de pins, et c'est là qu'elle l'avait vu.

Il descendait un étroit sentier créé par des générations de lapins, et plus rien ne rappelait le garçon provocateur et furieux de la veille, qui avait décidé d'agir comme bon lui semblait. Il ressemblait plutôt à un gosse mal en point, frigorifié, affamé, aux épaules tombantes. La nuit n'avait visiblement pas répondu à ses attentes.

Elle s'arrêta à côté de lui, se pencha et ouvrit la portière côté passager.

— Allez, ordonna-t-elle, monte !

Il n'avait pas entendu arriver la voiture. Il sursauta. Lorsqu'il la reconnut, ses yeux à l'expression épuisée s'assombrirent, il serra les lèvres et fit non de la tête.

— Tu es mort de froid et je suis sûre que tu n'as pas pris de petit déjeuner. Moi, à ta place, je ne dirais pas non à une bonne douche, des fringues propres et un bon thé bien chaud avec des toasts.

Il se dirigea vers elle en traînant les pieds et monta dans la voiture, maussade.

Elle devinait où il avait passé la nuit. De l'autre côté de la friche se trouvaient des jardins ouvriers.

— Tu es entré dans une cabane, dit-elle. J'espère que tu n'as rien cassé ?

Il haussa les épaules.

Elle sentit que la colère bouillonnait encore en elle.

Elle coupa le moteur.

— D'accord, dit-elle. Ecoute-moi bien. Je n'ai pas l'intention de poursuivre ce petit jeu. Je ne vais pas supporter plus longtemps ta mauvaise tête permanente, je ne veux plus subir tes interrogatoires, et je vais arrêter de me justifier. Je t'ai dit tout ce qu'il y avait à dire. Je t'ai expliqué pourquoi, autrefois, j'ai agi d'une certaine façon, et je t'ai donné mes raisons. Tu peux essayer de me comprendre, mais je ne peux évidemment pas t'y obliger. Je refuse de continuer à être jugée et forcée à me répéter. Je ne veux plus vivre de scène comme celle d'hier soir et je ne veux plus passer la nuit à me demander où tu es. Je ne veux plus partir à ta recherche le matin de bonne heure à faire des rondes dans le quartier. C'est compris ?

Il marmonna quelques paroles incompréhensibles sans la regarder. Elle vit que ses lèvres étaient bleues de froid.

— Si tu ne changes pas de comportement, poursuivit-elle, je suis désolée, mais tu ne passeras pas une journée de plus chez moi. Tu repartiras chez ton père par le premier vol.

Les yeux fixés droit devant lui, il déclara :

— J'ai cassé un carreau.

Marina hocha la tête.

— Je m'en doutais.

— Oui.

— On va retrouver les propriétaires. Et tu paieras la réparation avec ton argent de poche.

Il opina du chef.

Elle remit le moteur en route.

— Bon, maintenant on rentre, et on voit pour la suite. Soit tu restes encore un peu à d'autres conditions, soit on fait immédiatement la réservation d'avion.

Enfin, il tourna la tête vers elle. Son visage était très pâle.

— J'aimerais aller avec Rosanna.

4

Cette fois, le club-house ainsi que la maison attenante – la maison du bosco, comme l'indiqua Marc – étaient déserts. La femme de ménage n'était pas là, pas plus que sa bicyclette. Pas une voiture non plus sur le parking. Dans le silence de cette matinée d'hiver, le seul bruit audible était le cri de quelques oiseaux aquatiques. De l'autre côté du fleuve, le soleil pointait à l'horizon, dissipant les derniers voiles de nuages. De temps à autre, un souffle de vent caressait les vagues et faisait bouger les bateaux amarrés aux deux pontons.

— Rien n'a changé, constata Marc.

Il s'était arrêté sur le chemin sablonneux qui menait à la rive pour contempler le tableau qui s'offrait à lui.

— C'est comme si le temps s'était arrêté. C'est la même odeur qu'avant.

Derrière lui, Rosanna tenta de voir la scène avec les yeux de Marc. Pensait-il aux week-ends insouciants qu'il partageait ici avec sa femme et son fils ? Se revoyait-il en leur compagnie, en train de préparer le bateau ? Josh, en short et tee-shirt, tout heureux d'avoir ses deux parents avec lui… La belle Jacqueline, qui montait sans doute à bord avec un assortiment de crayons et de carnets de croquis pour capturer les images et les ambiances. Et lui, Marc, heureux de se détendre quelques heures…

Mais peut-être les choses ne se passaient-elles pas ainsi. Peut-être les week-ends en commun étaient-ils assombris par les cris et les disputes. Peut-être Jacqueline l'accablait-elle, même sur le bateau, de soupçons et de reproches. Peut-être n'étaient-ce pas des images heureuses qui passaient devant les yeux de Marc.

— Quand es-tu venu ici pour la dernière fois ? demanda-t-elle.

Il réfléchit.

— Je crois que c'était assez longtemps avant notre séparation. J'étais tellement obsédé par mon travail que j'en suis arrivé à sacrifier les week-ends. D'autant plus que notre couple allait de plus en plus mal. La plupart du temps, Jacqueline venait seule avec Josh.

— Ça te manquait ? Le bateau, les amis ?

— Après la séparation, le seul à me manquer, c'était Josh. Je n'avais pas de place pour le reste.

Ils descendirent le chemin. L'odeur de l'eau se fit plus forte.

Le portable de Rosanna sonna. Elle resta un peu en retrait pendant que Marc l'attendait, pensif.

Sa conversation terminée, Rosanna le rejoignit. Elle avait l'air préoccupée.

— C'était Marina, l'ancienne compagne de mon mari, la mère de Rob. Elle a des problèmes avec Rob. Il est très perturbé, il veut absolument venir vivre avec moi. Pas avec son père, mais avec moi.

— Dans ce cas, tu devrais peut-être...

Elle eut un geste de dénégation.

— Non. J'ai dit que j'irais les voir cet après-midi. Il peut attendre jusque-là.

Marc avait emporté ses clés, mais la porte de la propriété était ouverte. Ils purent donc accéder à l'appontement où le soleil faisait étinceler les bateaux au mouillage. Sur quelques embarcations trônaient des mouettes qui, venues de la mer, avaient suivi le fleuve jusqu'à l'intérieur des terres.

— Tout est encore à la même place, y compris le bateau, constata Marc lorsqu'ils se retrouvèrent devant le *Heaven's Gate*, au bout de l'appontement. Rien n'a changé.

— On peut y monter, peut-être ? suggéra Rosanna.

Il hésita.

— Il ne m'appartient pas ! Et d'après ce que tu m'as dit, à Jacqueline non plus.

— Mais il n'y a personne ! Et je suis sûre que le nouveau propriétaire n'aurait rien contre. Tu pourrais expliquer que tu avais envie de revoir le bateau pour des raisons sentimentales.

— Il faudrait enlever les bâches...

— Et alors ? Puisqu'il n'y a personne ! insista-t-elle.

Il céda.

Elle le regarda retirer les bâches d'une main experte et les entreposer dans la cabine ouverte à l'arrière. Oui, il le connaissait bien, ce bateau, c'était évident. Tout comme il était évident qu'il agissait à contrecœur. Qu'il avait envie de mettre un terme à cette expédition qui n'avait aucun sens à ses yeux. Elle-même ne s'expliquait pas pourquoi elle avait voulu monter sur le bateau. Elle obéissait à un instinct. Au sentiment que c'était ici, à Wiltonfield et sur ce bateau, qu'elle s'approcherait de la réponse au mystère. A l'énigme de la disparition d'Elaine. Même si ce qu'elle appelait « sentiment » n'était peut-être, en fait, qu'une manière de prendre ses désirs pour des réalités et ne la ferait pas avancer d'un pouce.

Elle rejoignit Marc sur le bateau. Maintenant qu'il n'y avait plus de bâches, une odeur de moisi montait des planches.

— Tu crois que quelqu'un s'en est servi, cet hiver ? demanda-t-elle.

Il haussa les épaules.

— Difficile à dire. Je n'en ai pas l'impression. Faire de la voile dans le froid et le brouillard, ce n'est pas particulièrement engageant.

— Est-ce qu'on pourrait remonter un peu le fleuve ?

— Et puis quoi encore ? protesta-t-il vivement. Pourquoi, Rosanna ? Qu'est-ce que tu espères découvrir ?

C'était justement ce qu'elle ne s'expliquait pas.

— J'aimerais ressentir quelque chose. Si Jacqueline est sortie ce matin-là, j'aimerais savoir dans quel état d'esprit elle se trouvait.

— Et qu'est-ce que tu en retireras ?

— Je ne sais pas. Peut-être rien. J'ai le sentiment que le bateau a une importance. C'est tout ce que je peux dire.

— Il fait très froid sur l'eau, beaucoup plus que sur terre. Et n'oublie pas que tu es malade. Tout ce que tu y gagneras, c'est une bonne pneumonie.

Elle examina le plancher de bois foncé. A l'arrière, il était doté d'une trappe fermée par un cadenas.

— Le moteur est là-dessous, non ?

— Effectivement.

— Tu as la clé du cadenas ?

— J'ai la clé de l'ancien cadenas, le nôtre. Mais je suppose que le nouveau propriétaire l'a fait changer.

— Essaie. Si ça ne marche pas, c'est fichu. Je te promets que dans ce cas, on laisse tomber, on rentre à Londres et on n'en parle plus jamais.

Il poussa un juron étouffé, sortit son trousseau. Parmi toutes les clés se trouvait une minuscule clé rectangulaire. Il l'inséra dans la serrure, qui céda.

— Bingo ! s'écria Rosanna.

Il regarda le cadenas ouvert avec un mélange de contrariété et de résignation.

— Ne me dis pas que tu veux qu'on remonte le fleuve avec un bateau qui ne nous appartient pas ! Tu sais dans quoi on s'embarque, là ?

— On a qu'à faire comme si on ne le savait pas. Toi, au moins.

— C'est n'importe quoi ! Qu'est-ce que tu cherches ? A reconstituer une situation ? Jacqueline et Elaine un matin de janvier il y a cinq ans sur ce bateau ? Qu'est-ce qui va se passer, d'après toi ? Tu crois que tu vas avoir une illumination ?

Ils se mesurèrent du regard, se faisant face dans ce bateau qui tanguait légèrement. Elle se prit à douter. Ses épaules s'affaissèrent.

— Tu as peut-être raison. Il se peut que je me trompe. Mais tu comprends, Marc, il faut que je mène à son terme une chose que je n'arrive pas à formuler. Peut-être ne s'agit-il que de dire adieu à Elaine et à l'espoir de résoudre l'énigme de sa disparition.

— Bon, dit Marc. Je vais essayer de faire démarrer le moteur et on fait un petit tour. Si ça ne marche pas, ne t'attends pas à ce que j'aille piquer de l'essence sur les autres bateaux. D'accord ? S'il n'y a pas de jus, on rentre à la maison et on oublie tout ça.

Elle approuva de la tête.

A la troisième tentative, le moteur se mit en route en toussant.

— Aide-moi à détacher les amarres, dit Marc.

Il avait raison, le vent était très froid sur le fleuve. Rosanna se pelotonna dans sa veste, les bras serrés autour d'elle, le bonnet de laine bien bas sur son front. Elle se maudit de ne pas avoir écouté Marc. Ce n'était pas de cette façon qu'elle se débarrasserait de son rhume.

Le bateau avançait lentement. Ils suivirent le trajet que Jacqueline – ou quelqu'un d'autre – avait dû effectuer le fameux matin. Des prairies aux courbes douces longeaient le fleuve aux rives bordées çà et là de grands saules, de touffes de roseaux ou de galets sur lesquels clapotaient les vagues. De temps à autre, ils dépassaient un village, puis une petite ville dormant encore de son sommeil hivernal. Ils aperçurent un cycliste solitaire qui peinait sur un chemin cahoteux. Rien ne semblait indiquer la proximité de la gigantesque métropole. Ils naviguaient au milieu de nulle part. Tout à fait seuls.

Avant d'atteindre Purley, Marc s'enquit :

— Tu veux passer par l'écluse ? Ça va prendre du temps.

Fatiguée et résignée, elle eut un signe de refus.

— Non. Ce n'est pas nécessaire.

Assise sur le banc, elle imagina ce que Jacqueline Reeve avait pu éprouver cinq ans auparavant. Avec une Elaine peut-être déjà morte à bord, elle se demandait, nerveuse et impatiente, si elle arriverait à passer rapidement l'écluse de Mapledurham, à se débarrasser de son fardeau, à effacer les preuves. Débordante de haine envers son mari, désespérée parce que cette haine l'avait entraînée à commettre un acte horrible.

Sans doute un jour au plafond bas, gris et brumeux était-il tout juste en train de se lever à horizon. Jacqueline n'avait pas entrepris cette sortie comme un voyage d'agrément, c'était absolument inenvisageable. Ses motivations ne pouvaient pas être anodines.

Comme s'il lisait dans ses pensées, Marc fit remarquer :

— Il faudrait connaître la date exacte de la vente du bateau. Si elle a eu lieu juste avant la date fatidique, il est fort possible que son nouveau propriétaire, content de son acquisition, ait eu envie de le sortir quel que soit le temps. Ou alors, si c'était juste avant la vente, il s'agissait peut-être d'un essai.

— A une heure pareille, en plein hiver ?

Il haussa les épaules.

— C'était peut-être une question d'emploi du temps, suggéra-t-il. A l'époque, Jacqueline passait son temps à Cambridge, auprès de sa mère, particulièrement le week-end. C'était un samedi. Le seul jour où elle pouvait se libérer. Tu trouves ça absurde, comme idée ?

Non, ce n'était pas absurde. Les comportements bizarres avaient souvent des explications tout à fait banales.

— On peut faire demi-tour maintenant ? poursuivit Marc. J'aimerais bien remettre le bateau à sa place avant que quelqu'un nous voie. On aurait beaucoup de mal à donner des explications plausibles.

Il avait raison. Inutile de prolonger cette promenade. La révélation refusait de venir. Le malaise était toujours là, mais Rosanna ignorait pourquoi.

— D'accord, on fait demi-tour. J'ai sans doute eu une idée stupide. Je ne suis pas plus avancée qu'avant, admit-elle.

Il était près de dix heures lorsqu'ils arrivèrent en vue du club nautique. Les volets et les portes étaient encore fermés, et aucune voiture n'était visible sur le parking. Ils avaient eu de la chance, personne ne saurait rien de leur escapade.

— Je laisse tomber toute cette histoire, annonça Rosanna. J'en ai assez de me creuser la tête et de jouer aux devinettes. Je me suis trop investie là-dedans. J'ai envie de retrouver ma liberté.

Ils étaient très près l'un de l'autre. Marc la sonda du regard.

— Tu vas avoir du mal, remarqua-t-il, parce que tu es allée très loin.

— Je sais, mais j'y arriverai.

— Mais...

— Je vais appeler l'inspecteur Fielder et lui faire part de ma découverte – lui dire que le bateau de ton ex-femme a entrepris cette mystérieuse croisière ce matin-là. Il se peut qu'il sache déjà que le passeport a été retrouvé à Wiltonfield, si Cedric a réussi à persuader Pamela de se confier à la police. Pour le reste, à lui de trouver la solution. Il en tirera peut-être des conclusions radicalement différentes des miennes. Si Jacqueline nie avoir pris le bateau, on vérifiera son alibi, et on fera une recherche d'indices pour vérifier si Elaine était à bord.

— Cinq ans après ?

— Tu n'imagines pas tout ce qu'on sait faire aujourd'hui. Si elle s'est trouvée à bord du bateau, la police le saura.

Marc avait l'air malheureux. Sans doute était-il réticent à livrer son ex-femme, la mère de son fils, aux soupçons de la police. Josh serait le premier à souffrir de ce qui se passerait alors. Si la culpabilité de Jacqueline était prouvée, ce serait pour lui une catastrophe.

Rosanna tendit le bras, mais la pudeur l'empêcha de toucher Marc.

— Je comprends que ce soit dur, dit-elle. Mais je ne peux pas garder mes découvertes pour moi. Je ne pourrais pas... vivre avec ça. Je sais que cela pourrait signifier que Jacqueline se retrouve devant les tribunaux et...

Il eut un geste de dénégation. Son teint avait viré au gris.

— Jacqueline ne se retrouvera pas devant les tribunaux, l'interrompit-il. Elle a un alibi pour toute la période concernée.

Elle le dévisagea.

— Quoi ?

— La mère de Jacqueline est morte le 10 janvier 2003, annonça-t-il. Le jour où j'ai rencontré Elaine à Heathrow. Jacqueline est partie pour Cambridge la veille, le 9. Le 11 et le 12, elle est restée là-bas pour les formalités. C'est une amie qui s'est occupée de Josh pendant ce temps. Jacqueline m'a averti des événements à son retour. Elle a toute une série de témoins à la maison de retraite, depuis le directeur jusqu'au personnel.

Elle ne comprenait toujours pas.

— Mais... pourquoi... ?

— Je suis désolé, Rosanna, mais ce n'est pas Jacqueline la meurtrière.

5

Le voilier était proche de la rive. On pouvait le voir depuis le club, en train de dériver lentement. Mais le risque d'attirer l'attention ne semblait plus préoccuper Marc, si pressé d'arriver encore quelques minutes plus tôt.

De toute façon, il n'y avait pas un être humain en vue. Le club-house, le débarcadère et le parking étaient toujours aussi déserts.

Rosanna était assise sur le banc qu'elle n'avait pas quitté. Mille pensées s'agitaient dans sa tête, mais elle ne savait pas exactement à quoi elle réfléchissait. Elle était assaillie par toute une série d'images, de possibilités et de solutions qu'elle préférait tenir à l'écart.

Marc était toujours au poste de pilotage. Le moteur tournait au ralenti.

— Quand tu m'as appelé il y a bientôt quinze jours pour ce reportage, j'ai su qu'il y aurait des problèmes. J'étais horrifié à l'idée qu'on remue de nouveau toute cette saleté. Je n'en ai pas dormi de la nuit. Et j'ai décidé de te rencontrer. Pour garder le contrôle autant que possible.

Elle l'écoutait, pétrifiée.

— C'est ce que tu... tu m'as dit à l'époque, répondit-elle avec difficulté. Tu m'as dit que... tu avais peur qu'on t'accuse de nouveau. Que c'était pour ça que tu jouais le jeu.

— Oui. C'est pour ça.

Elle dirigea son regard vers la rive. Malgré la nudité des arbres, le paysage était paisible. Indemne de la noirceur du monde, des vilains secrets que portaient en eux les hommes.

— Qu'est-ce que tu m'as caché ? demanda-t-elle. Qu'est-ce que j'ignore encore ?

Il chercha une formulation correcte.

— Je ne t'ai pas tout raconté à propos de cette nuit-là, finit-il par dire. De la nuit qu'Elaine a passée chez moi.

— Parce que ça n'avait pas d'importance ?

Il la dévisagea, une nuance de mépris dans le regard.

— Tu sais parfaitement que c'était important. Sinon, j'en aurais parlé.

C'était comme si une énorme pierre se posait sur sa poitrine. Comme si sa gorge se contractait tellement qu'elle l'empêchait de respirer. L'impensable idée qui germait dans son cerveau était si choquante que tout en elle se cabrait. Elle comprit soudain pourquoi les dames de l'époque victorienne maîtrisaient l'art de s'évanouir avec à propos quand la situation était trop difficile à affronter. Pour la première fois de sa vie, elle regretta de ne pouvoir les imiter, perdre conscience dans l'espoir que tout serait réglé quand elle reviendrait à elle. Mais non. Elle n'allait pas s'évanouir, même si elle respirait avec difficulté, et rien ne serait réglé quand elle reprendrait connaissance.

— Elaine était donc vraiment sur ce bateau ? interrogea-t-elle d'une voix qui lui sembla appartenir à quelqu'un d'autre.

Il opina.

— Oui. La police scientifique le découvrirait sans problème.

— Tu as toujours la clé. C'est toi qui es sorti en bateau ce matin-là.

Il confirma d'un signe de tête.

— Mais pourquoi ? demanda-t-elle d'une voix sourde. Pourquoi as-tu emmené Elaine sur ce bateau ?

— Oui, pourquoi ? Bonne question. Pourquoi ai-je emmené Elaine chez moi ? Pourquoi me suis-je embarqué dans cette histoire ?

— Pourquoi... ?

Il l'interrompit.

— Est-ce que tu t'es déjà posé la question de tes *pourquoi* à toi ? Pourquoi as-tu voulu faire cet article sur Elaine ? Pourquoi as-tu voulu fouiller dans le passé ? Pourquoi as-tu refusé de laisser tomber ?

— Au début, c'était juste un contrat, quelque chose qui me sortait de la monotonie de ma vie.

— Et après ? Pourquoi n'as-tu pas pu arrêter d'y penser ? Pourquoi as-tu agi de cette façon obsessionnelle ? Pourquoi es-tu allée voir Jacqueline ? Pourquoi as-tu tiré les vers du nez à la femme de ménage, à l'éclusier ? Pourquoi ? C'est ton boulot ? Est-ce qu'on te paie pour ça ? Pourquoi t'es-tu mêlée d'une histoire qui n'est pas de ton ressort ? Nom de Dieu, qu'est-ce qui t'a pris de vouloir jouer les détectives ?

Elle remonta le bord de son bonnet de laine. Elle avait très chaud, tout à coup. Peut-être était-ce la fièvre. Elle ne comprenait pas l'agressivité de Marc. Elle lui avait pourtant tout dit de ses relations avec Elaine. Il devait savoir pour quelle raison elle avait été incapable de mettre un terme à ses recherches !

Comme si elle s'était exprimée à voix haute, il reprit :

— Pendant cinq ans, ton sentiment de culpabilité envers Elaine t'a laissée tranquille. Et voilà que d'un seul coup, tu te mets en chasse et tu crois ne pas avoir le droit d'arrêter. En te fichant éperdument de ce que tu détruis sur ton passage !

Elle essaya de respirer à fond.

— Et la justice, qu'est-ce que tu en fais ?

Il eut un rire amer.

— La justice ! Dis-moi s'il y a une once de justice sur terre ! Où est la justice, si Jacqueline a monté Josh contre moi ? Où est la justice, si mon fils refuse de me parler ? Si l'idée fixe de ma femme à propos de mes prétendus adultères l'a rendue folle au point qu'elle me déteste toujours ?

Elle se rappela la lettre qu'elle avait trouvée trois jours auparavant, de *Fathers in Defence*. Quand elle l'avait lue, dans cet appartement si froid, elle avait eu le sentiment d'avoir touché le tréfonds de l'âme de Marc. Cette épine douloureuse qui le tourmentait depuis des années.

Son fils. La perte qu'il ne parvenait pas à surmonter. Elle se souvint d'une pensée qui lui avait traversé l'esprit : la clé est là.

Mais alors, elle n'avait pas su quelle était la porte qu'elle ouvrait.

— Josh, dit-elle. Il y a un rapport avec Josh.

— Oui, répondit-il. Quelque part, il y a un rapport avec Josh.

Un oiseau aquatique jaillit tout à coup des roseaux en poussant un cri strident, les faisant sursauter.

— Elaine est morte, dit Rosanna. Et elle est au fond du fleuve, quelque part après l'écluse.

Marc hocha la tête.

Elle n'éprouva aucune colère. Uniquement du chagrin.

— Pourquoi son... corps n'est-il jamais remonté ?

— Elle est attachée à l'ancre. Elle ne peut pas remonter.

— Ses vêtements...

— Elle était habillée. J'ai même largué son sac et sa valise. Mais de retour à la voiture, j'ai vu que son manteau y était toujours. Je l'ai jeté dans le container à vêtements sur le parking. Mais je ne pouvais pas savoir que ses papiers étaient dans la poche. Je pensais qu'ils étaient dans son sac. Comme tu l'as supposé, elle devait les tenir prêts pour les montrer à l'aéroport.

Il secoua la tête.

— On dit bien que c'est comme ça qu'on résout la plupart des crimes : à cause d'une toute petite étourderie, une faute d'inattention. Moi, c'est le passeport. Ce maudit passeport. Le fait que je n'aie pas fouillé les poches. C'est ma perte.

— Normalement, la découverte aurait dû se faire beaucoup plus tôt, dit Rosanna. Si le passeport n'était pas tombé de la poche, on l'aurait retrouvé très vite et rapporté à la police. Ou si quelqu'un d'autre que Pamela Luke, qui avait désespérément besoin d'une nouvelle identité, l'avait découvert. N'importe qui d'autre l'aurait rapporté. Cette trouvaille juste à côté de ton club nautique aurait fait peser sur toi des soupçons beaucoup plus lourds, et on aurait inspecté le bateau. D'une certaine façon... tu as eu beaucoup de chance.

— De la chance ! répéta-t-il en enfouissant sa tête dans ses mains. Ce que j'ai vécu cette nuit-là a été un véritable cauchemar ! Rosanna, je ne suis pas un assassin. J'ai été pris dans une catastrophe qui a généré sa propre dynamique, et je n'ai pu réagir que comme un criminel, en essayant d'éloigner cette catastrophe. En effaçant les traces et... en faisant disparaître un cadavre.

Il leva la tête, la regarda, les yeux brillants d'un éclat qui n'était pas naturel.

— Rosanna, c'était un accident. Il faut que tu me croies. Ce qui s'est passé était un horrible accident, et tout ce que j'ai fait par la suite, je l'ai fait pour sauver ma peau, mais ça ne pouvait que mal tourner. Ça ne pouvait pas se terminer autrement.

6

— Et elle a dit ce qu'elle faisait là-bas, dans ce bled... Wiltonfield ? demanda Robert.

C'était au moins la dixième fois qu'il posait la question.

Marina n'en répondit pas moins patiemment :

— Comme je te l'ai dit, on entendait mal. J'ai cru comprendre qu'elle allait faire une sortie en bateau sur la Tamise, mais je n'en suis pas tout à fait sûre, il y avait des blancs sur la ligne.

— Qu'est-ce qu'elle allait fabriquer sur la Tamise en plein mois de février ?

— Il fait très beau aujourd'hui, et la région est superbe. Elle connaît peut-être quelqu'un qui a un bateau dans le coin.

— Qui ?

Marina haussa les épaules.

— Comment veux-tu que je le sache ? Je ne la connais pas, moi, Rosanna !

Ils étaient installés à la cuisine. Rob s'était attardé sous la douche et s'était changé pendant que Marina préparait le petit déjeuner, dont une grande théière remplie à ras bord.

Après les péripéties de la nuit et son retour peu glorieux au bercail, il avait changé de comportement. Son agressivité s'était envolée, et avec elle son arrogante insolence. Marina avait maintenant devant elle un garçon perdu qui se demandait ce qu'il allait devenir et ne voyait plus qu'un refuge : Rosanna. Son point de référence. Celle qu'il considérait comme sa mère.

— Je pense qu'elle a rencontré un mec, annonça-t-il d'un air sombre, la voix rauque malgré l'écharpe qu'il avait nouée autour de son cou, sans doute trop tard pour lui éviter un rhume.

— Qu'est-ce qui te fait dire ça ? s'étonna Marina.

— Quand je lui ai téléphoné pour la première fois en Angleterre, elle avait rendez-vous avec un type, expliqua Robert. J'ai entendu la réception de l'hôtel l'appeler pour lui dire qu'il venait d'arriver. A mon avis, ils allaient passer la soirée ensemble.

— Mais qu'est-ce que tu vas chercher ? C'était peut-être un ami d'autrefois, ou quelqu'un qu'elle voyait pour son travail ! Tu sais, un homme et une femme peuvent très bien passer une soirée ensemble sans qu'il y ait quelque chose entre eux !

— Peut-être, mais moi, je sens qu'il y a quelque chose, s'entêta Rob. Elle s'est engueulée avec papa. Ça ne date pas d'hier, ça fait au moins un an qu'ils n'arrêtent pas. Et maintenant, elle n'arrive pas à se décider à rentrer, elle a toujours une nouvelle excuse. Ne me dis pas qu'elle l'a eue toute seule, cette idée d'aller faire un tour de bateau sur la Tamise ! Non, je te parie qu'elle n'est pas seule.

— Et alors ? Je t'assure, Rob, tu te fais des idées. Elle a vécu longtemps à Londres, d'après ce que m'a dit Dennis. Elle connaît évidemment des tas de gens. Elle les voit, il n'y a pas de mal à ça.

Il baissa les yeux sur son assiette où subsistait un dernier toast.

— Et si elle n'appelait pas ?

— Elle a promis de le faire. Aujourd'hui.

— Tu vas voir, elle va encore me raconter des histoires. Elle va me dire qu'elle ne sort avec personne. Elle va commencer par m'expliquer qu'elle ne peut pas rentrer à Gibraltar en me sortant une excuse bidon. Et d'abord, qu'est-ce qu'elle fiche encore à Londres ? Elle devait aller à Taunton voir son frère, jeudi. Il doit se passer quelque chose de super-génial ici pour qu'elle n'arrive pas à décoller !

Marina se pencha vers lui et le regarda d'un air grave :

— Rob ! Rosanna est une adulte, elle a le droit de faire ce qui lui plaît. Tu n'as pas à l'espionner ou à lui demander des comptes. Ça ne servirait qu'à vous séparer.

Il repoussa son assiette et, sans tenir compte de ses paroles, demanda d'un ton bref :

— Tu m'emmènes à Wiltonfield ?

Elle haussa les sourcils.

— Quoi ? Maintenant ?

— Si tu ne m'emmènes pas, j'y vais en stop. Je trouverai bien une voiture pour me prendre.

— Mais on ne peut pas faire une chose pareille !

— Je veux savoir avec qui elle est. Et je veux lui parler.

— Tu n'as pas le droit de faire ça. Rob, sois raisonnable, tu...

L'adolescent la regarda avec des yeux écarquillés. Ses lèvres tremblaient.

— J'ai peur. Voilà pourquoi j'ai le droit. J'ai peur que ma famille parte en morceaux. Je ne peux pas rester assis ici les bras croisés à attendre. Je veux savoir.

Il s'était levé. Marina l'imita.

— Rob...

— Tu m'emmènes, oui ou non ?

Elle hocha la tête avec résignation. Elle n'avait pas envie de le voir faire du stop, au risque de s'exposer à une mauvaise rencontre.

— D'accord, je t'emmène.

7

— Elaine m'a trop parlé d'elle, ce soir-là, et je crois que c'est ce qui a déclenché la tragédie. Nous sommes allés dans un restaurant italien où nous avons mangé des pâtes et bu un peu trop de vin, et c'est là que j'ai eu l'impression qu'une digue s'était rompue en elle. Elle était désespérée. Etre bloqué à l'aéroport était contrariant pour tout le monde, mais pour elle, l'éternelle perdante, c'était une catastrophe. Elle était incapable de prendre cet événement pour ce qu'il était : la poisse, mais une poisse qui n'était pas dirigée contre elle seule. Elle était au fond du trou. Elle m'a donc déballé toute l'histoire de sa vie, une histoire dramatique de bout en bout. Pas de vrais amis, mal aimée à l'école, adolescente au physique ingrat, quand elle allait danser, personne ne l'invitait, les garçons ne s'intéressaient pas à elle, elle a perdu ses deux parents très tôt, et ainsi de suite. Le point culminant a été l'accident de son frère. Elle est devenue sa garde-malade et sa prisonnière. Elle rêvait de se marier et d'avoir des enfants, mais elle pensait ne jamais voir ce rêve réalisé, à cause de son rôle auprès de son frère et parce qu'aucun homme ne la regardait. Tout le monde l'ignorait, les gens, et la chance.

« Je l'écoutais par politesse plus que par intérêt. J'étais préoccupé par mes propres problèmes. Mon rendez-vous d'affaires raté, et Josh, bien sûr. C'était à la veille du divorce. Je savais que tout était fichu, que notre famille avait éclaté. Josh ne voulait pas me voir mais j'espérais l'amener à changer d'avis. Je réfléchissais au moyen d'obtenir la garde partagée, même si, compte tenu de son attitude haineuse à mon égard, ça semblait difficile. En résumé, ma vie n'était pas rose, mais je n'avais aucune envie de m'épancher auprès de cette inconnue. Je regrettais déjà de l'avoir emmenée. Sa conversation n'était pas faite pour me remonter le moral.

« De retour à la maison, je lui ai montré la chambre d'amis. Juste à côté, c'était la chambre de Josh. Jacqueline avait emporté pas mal de choses, mais il restait encore des jouets pour lesquels il était trop grand, et auxquels je n'avais pas touché. La pièce avait donc tout l'air d'une chambre d'enfant. La porte était ouverte.

« Elaine m'a demandé si j'avais des enfants. J'ai répondu que oui, que j'avais un fils qui vivait avec sa mère dont je n'avais pas encore divorcé. Elle a alors commencé à retourner le couteau dans la plaie, et voilà pourquoi j'ai dit que la tragédie avait été déclenchée parce qu'Elaine avait trop parlé d'elle. Le trajet entre le restaurant et la maison avait peut-être atténué les effets de l'alcool, à moins qu'elle ne se soit mise à réfléchir entre-temps. Quoi qu'il en soit, je crois qu'elle a commencé à regretter de s'être confiée ainsi, en se présentant comme une vieille fille moche poursuivie par la poisse. Elle a compris que je ne pourrais plus que la voir avec ses propres yeux, ce qui n'était pas très attrayant. En même temps, elle était encore suffisamment éméchée pour avoir perdu de sa timidité et de son sens des réalités. Elle s'est mise à gamberger à mon sujet, à m'envoyer des signaux, en faisant des allusions au destin qui nous rapprochait, etc. Je me suis dit : “Oh, mon Dieu, tout mais pas ça !” Je ne souhaitais qu'une chose, qu'elle aille se coucher et qu'elle reparte à la première heure le lendemain matin.

« Mais non. Elle s'est entêtée à me parler de Josh. Comme elle ne pouvait pas reprendre ce qu'elle avait dit, elle a essayé de m'attirer à son niveau pour faire en sorte que nous soyons à égalité. Je ne crois pas qu'elle ait agi consciemment. Elle l'a fait instinctivement, comme n'importe qui d'autre à sa place, peut-être.

« Elle n'était pas stupide. Elle avait immédiatement flairé que Josh était mon talon d'Achille. L'échec de mon couple, la perte de mon enfant… En définitive, j'étais presque comme elle : un triste perdant. J'avais peut-être mieux réussi dans la vie, mais j'avais tout fichu en l'air et je me retrouvais aussi seul qu'elle. Je la revois, assise par terre dans la chambre de Josh, en train de caresser une peluche élimée, à me plaindre. Elle n'y a pas été avec le dos de la cuiller. Tout ce qu'elle avait lu dans les magazines, vu à la télé ou entendu à la radio sur le sort des enfants de divorcés y est passé : leur traumatisme, leur psychisme perturbé, leur âme déchirée. Mais aussi la tristesse inguérissable d'un père devant la perte de son enfant unique. Comment ferais-je pour vivre avec ça, pour me sortir de ça ? Est-ce que ce malheur ferait de moi un handicapé social, un solitaire aigri ?

« Et ainsi de suite. Au début, énervé, j'ai essayé de l'arrêter en ne lui donnant que des réponses brèves et creuses ou en me taisant. Mais elle ne lâchait pas prise. Elle approfondissait la question, voulait savoir pourquoi notre couple n'avait pas tenu ; si je verrais Josh souvent ; quelles étaient nos relations ; si je pensais pouvoir construire malgré tout une relation étroite, de confiance, avec mon fils, et si je pensais pouvoir la maintenir.

« Aujourd'hui, je ne comprends pas comment des remarques et des questions aussi indiscrètes d'une personne que je ne connaissais ni d'Eve ni d'Adam et qui n'avait pas la moindre importance pour moi ont pu me mettre ainsi la pression. Je suis avocat. Adulte. Je suis habitué à repousser froidement les questions importunes. Cela fait partie de mon travail. A posteriori, je peux simplement dire que mon état psychique, parce qu'on m'enlevait mon enfant, était encore plus fragile que je ne le pensais. J'étais à la porte de son ancienne chambre, je le voyais devant moi, dans son lit en train de feuilleter un livre, ou jouer pendant des heures à son train électrique, et je comprenais avec une acuité douloureuse que ces images appartenaient au passé et qu'il n'y en aurait plus jamais de telles. La perte dans toute sa cruauté m'a alors atteint avec une violence renouvelée et j'ai vu cette étrangère là, cette personne si antipathique, que je n'avais plus envie de voir chez moi, avec laquelle je n'avais aucun lien, en train de caresser une peluche appartenant à mon fils perdu en débitant des bêtises.

« Je me souviens que cette image a disparu brutalement et que j'ai été saisi de l'envie folle de me jeter sur elle, de la remettre debout, de lui envoyer mon poing dans la figure et de la flanquer à la porte. Juste pour la faire taire, pour qu'elle arrête de me torturer. J'avais envie de lui faire mal pour moins ressentir ma propre souffrance.

« Je ne l'ai pas fait, parce que je ne suis pas un meurtrier, comme je te l'ai déjà dit, et je ne suis pas violent. Au contraire, le simple fait d'en avoir eu envie m'a secoué et m'a fait peur.

« Ce qui s'est passé ensuite, je l'ai effacé de ma mémoire. J'ai essayé et réessayé sans relâche de me rejouer la scène exacte. Ce que je sais avec certitude, c'est que je ne l'ai pas touchée. Je n'ai pas touché un seul de ses cheveux. Je crois même que j'ai cherché à me sortir poliment de cette situation en lui disant que je ne souhaitais pas prolonger cette conversation et que j'allais me coucher. Dans mon souvenir, elle s'est levée, s'est approchée de moi en me serinant que ce n'était pas une solution que de fuir les problèmes, d'éviter de m'expliquer avec moi-même. Enfin, un truc de ce genre, de la psychologie de magazine.

« Elle n'a pas laissé tomber. Elle n'a pas compris à quel point j'étais exaspéré. Si elle avait eu ne serait-ce qu'une once d'instinct, elle aurait compris qu'il était grand temps de me laisser tranquille, et tout se serait terminé autrement. Mais je crois qu'elle est carrément tombée amoureuse de son rôle de psychothérapeute. Elle m'a dit qu'il fallait que j'apprenne à regarder mes propres erreurs en face, et c'est là que quelque chose a lâché en moi. Si j'avais fait une chose depuis le départ de ma femme et de mon fils, c'était bien réfléchir à mes erreurs. Je m'étais flagellé, traîné dans la boue, et je continue. Je n'avais pas besoin que cette provinciale de vingt-trois ans me fasse la leçon. Aujourd'hui, je sais aussi – plus exactement, je l'ai su dès le lendemain – que je me comportais comme un idiot. Que j'étais fou de me laisser pousser dans mes retranchements. Elle ne me connaissait pas. Elle parlait de ce qu'elle ne connaissait pas. J'aurais dû rester froid et maître de moi. Je n'aurais pas dû me laisser emporter.

« Je te jure que je ne sais pas exactement ce que j'ai dit ou fait. Je crois que j'ai commencé à lui hurler dessus. Qu'est-ce qu'elle s'imaginait ? Qu'est-ce qui lui prenait de se mêler de mes affaires, comment pouvait-elle penser que sa pitoyable petite vie pouvait m'intéresser ? Je lui ai crié que je me fichais de savoir où elle passerait la nuit, qu'en tout cas, ce ne serait pas chez moi, et qu'elle avait intérêt à déguerpir tout de suite, que je ne voulais plus la revoir.

« Je sais que je tremblais. Je sais aussi qu'elle est devenue pâle comme un linge. Que ma sortie l'avait prise par surprise et qu'elle était effrayée, sous le choc. Ce qui me préoccupe encore aujourd'hui, c'est qu'elle ait vraiment pris peur. Je pense que j'avais l'air extrêmement agressif, beaucoup plus que je n'en avais conscience. Plus exactement, pour moi, la victime, c'était moi. C'était moi qui avais été attaqué, blessé, qui n'avais d'autre choix que de me défendre en hurlant. Je n'avais pas l'intention de lui faire du mal. Je voulais juste qu'elle la ferme, qu'elle me fiche la paix, qu'elle disparaisse.

« Mais elle a dû croire que j'allais me jeter sur elle. J'étais peut-être défiguré par la fureur. Je ne sais pas. Elle est sortie de la pièce à reculons, sans me quitter des yeux, comme si elle craignait que je lui flanque un coup de marteau par-derrière, ou quelque chose comme ça. Il est possible aussi que je l'aie suivie, que je me sois approché trop près, que j'aie eu une attitude menaçante. Mes souvenirs sont flous et incomplets.

« L'escalier de mon ancienne maison est raide. Il se peut qu'Elaine ait loupé la première marche, ou qu'elle en ait descendu deux ou trois. Je ne sais plus. Tout à coup, je l'ai vue tomber. J'ai eu peur, mais j'ai été incapable de réagir. J'aurais peut-être pu la retenir, je ne sais pas. Toujours est-il que je suis resté comme paralysé. Elle est tombée à la renverse. Sa tête a cogné sur les marches de pierre, avec un bruit affreux. Terrible. Comme si elle éclatait en mille morceaux. Ce qu'elle n'a pas fait. Quand elle s'est retrouvée allongée en bas, elle avait l'air indemne. Mais quand je l'ai rejointe, j'ai vu qu'elle était morte.

« Je suppose qu'elle s'est brisé la nuque. Grande, grosse, et morte, elle était là, par terre, sur le palier de ma maison. Alors que juste avant, elle était assise dans la chambre de Josh à me taper sur le système avec son bavardage. Ça s'était passé si vite. Si horriblement vite.

« Mais c'est bien comme ça qu'arrivent les catastrophes, non ? En l'espace de quelques secondes. Causées par de petites erreurs, des fautes minuscules. Des banalités, des étourderies. Le plus souvent, il ne se passe rien de très dramatique. Entre Elaine et moi, la situation était chargée d'émotion et d'agressivité, mais pas dangereuse pour Elaine. De son point de vue, une conversation confiante, amicale, s'était brutalement terminée par une explosion de colère.

Mais il n'aurait rien dû lui arriver. Elle aurait simplement été obligée de partir. Je crois même que je l'aurais rappelée une fois dans la rue. Je ne l'aurais pas chassée dans cette nuit froide, en plein brouillard. Il aurait suffi qu'elle arrête de me faire la leçon à propos de Josh pour que je retrouve mes esprits.

« Mais voilà, ça s'était terminé en tragédie. Il n'y avait plus rien à y changer, plus de réparation possible.

« Il fallait que je trouve un moyen de sauver ma peau.

8

— Et tu as cru qu'en te débarrassant du corps d'Elaine et en maquillant le tout tu réussirais à sauver ta peau ? demanda Rosanna.

Ils étaient toujours à la même place, dans le bateau qui se balançait doucement. Marc était venu s'asseoir en face d'elle. Un vent froid soufflait toujours sur l'eau, mais le soleil était plus haut, ses rayons, plus chauds. La rive restait déserte et seule une petite embarcation circulait sur le fleuve. Les cris des oiseaux rompaient le silence de temps à autre.

Rien n'avait changé, et tout avait changé.

Rosanna se sentait étrangement anesthésiée, comme coupée en deux : une partie d'elle-même était très loin des événements, voyait le bateau, l'homme assis en face d'elle, à travers une sorte de voile, percevait les bruits comme s'ils étaient étouffés. Une autre, au contraire, était en alerte, enregistrait avec une vive et douloureuse acuité ce qu'elle voyait et entendait.

Et ce qu'elle entendait, elle aurait voulu ne l'entendre à aucun prix.

Marc leva les deux mains dans un geste d'impuissance.

— Que voulais-tu que je fasse d'autre ? J'avais ramassé une inconnue à l'aéroport, je l'avais emmenée chez moi, et elle se retrouvait morte, à mes pieds. Comment voulais-tu que j'explique ça ?

— Comme tu viens de le faire. Tu aurais dû dire ce qui s'était passé.

— Est-ce qu'on m'aurait cru ?

— La médecine légale est très performante de nos jours. Je pense qu'on aurait été en mesure de reconstituer l'accident et de constater que tu avais dit la vérité.

— Peut-être, mais ça ne m'aurait pas servi à grand-chose, dit-il en frottant ses yeux rougis par l'épuisement. Parce que ma carrière aurait été foutue de toute façon. Le cabinet ne m'aurait pas accepté comme associé. Mais il y avait une chose beaucoup plus importante encore : à ton avis, quel effet aurait eu cette affaire sur la décision concernant la garde de mon fils ? N'oublie pas que le point d'achoppement était la vie sexuelle débridée que j'étais censé mener hors des liens du mariage. Si en plus d'être l'homme qui abordait les inconnues dans les aéroports pour les emmener chez lui, je devenais celui chez qui on les retrouvait la nuque brisée, ça n'aurait pas donné de moi une image plus sérieuse. Il y avait donc peu de chances pour qu'on me confie un mineur qui, de plus, avait déjà de sérieux problèmes avec son père.

Josh. Encore et toujours Josh. Tout, dans cette épouvantable affaire, ramenait invariablement à Josh.

— Tu as vraiment pensé que tu pouvais la faire disparaître sans que personne s'en inquiète ?

— Bien sûr que non. Elle m'avait suffisamment parlé de sa vie pour que je sache que son frère remuerait ciel et terre. Mais je tablais sur la passivité relative de la police. Elle n'allait pas employer les grands moyens pour retrouver une femme majeure disparue sans le moindre indice de crime.

— Il fallait quand même partir du principe qu'on vous avait vus ensemble.

— Evidemment. Nous sommes restés longtemps chez l'italien, où j'étais connu. Des voisins aussi pouvaient nous avoir vus. Mon espoir, c'était que la photo d'Elaine ne paraisse pas dans les journaux, parce qu'on ne diffuse généralement pas le signalement des adultes disparus. Tant que ce ne serait pas le cas, je serais à peu près tranquille. Je savais bien que j'étais sur un terrain glissant, mais j'avais une chance de m'en sortir et j'ai voulu la saisir.

Elle secoua la tête.

— Tu as l'air tellement... détaché, remarqua-t-elle. Tellement maître de toi.

— C'est l'impression que je te donne cinq ans après, mais ce n'était pas du tout le cas cette nuit-là. Je crois que j'ai d'abord été sous le choc, réaction qui protège du sentiment d'horreur dans un premier temps. J'ai agi de manière raisonnée, et cela n'a marché que parce que j'étais dans un état second. J'ai couru chercher ma voiture et je l'ai garée devant la porte. Il était vingt-trois heures trente, toutes les lumières étaient éteintes dans le voisinage. J'ai quand même attendu une demi-heure par sécurité. Comme tout était resté calme, j'ai pris le risque de porter Elaine dans la voiture. Traverser le jardin était hasardeux. Si quelqu'un avait regardé par la fenêtre... Mais j'ai eu de la chance. J'ai ensuite apporté son manteau, sa valise et son sac à main. J'avais couché Elaine sur le siège arrière. Je l'ai recouverte d'une couverture. Ensuite, je suis rentré chez moi et j'ai craqué.

Il avait l'air si malheureux qu'elle songea à prendre sa main, ne fût-ce qu'un bref instant, pour lui montrer que, malgré tout, elle était toujours avec lui. Mais pour une raison qui lui échappa, elle en fut incapable.

— J'avais les genoux en coton, les mains tremblantes, continua-t-il. Je n'aurais pas pu conduire dans cet état. Je crois que je me suis assis sur une marche et que j'y suis resté quelques heures. Petit à petit, j'ai pris conscience de l'horrible situation dans laquelle je me trouvais. Une morte que je devais faire disparaître à tout prix était couchée dans ma voiture. Elle s'était tuée chez moi. En la mettant avec toutes ses affaires dans la voiture, je m'étais interdit tout retour en arrière. Il me fallait continuer, et je ne savais pas comment. Tout ce que je savais, c'était que je m'étais retrouvé en une seconde en plein cauchemar. Et je comprenais aussi confusément que ma vie, malgré tous les dégâts, avait été jusqu'alors une vie normale, et qu'elle ne le serait plus jamais.

Rosanna tenta de raisonner de manière pragmatique :

— Quand as-tu eu l'idée d'emmener Elaine sur la Tamise ?

— Je ne sais plus. Ce qui était fou, c'est que j'étais désespéré et que j'avais l'impression d'être sur le point de perdre la tête, et qu'en même temps mon cerveau fonctionnait à plein régime pour trouver une solution. Je me suis dit qu'il fallait éviter à tout prix qu'on retrouve son cadavre, car sinon il y aurait une vraie enquête et je serais très vite impliqué. C'est alors que j'ai eu l'idée du bateau. J'ignorais que Jacqueline envisageait de le vendre. C'est tout à fait par hasard qu'elle l'a fait juste après.

— Quand es-tu parti ?

— Vers six heures du matin, je crois. J'étais complètement vidé, mais d'une certaine manière, je fonctionnais quand même. Il n'y avait évidemment personne au club nautique. Par bonheur, j'avais toujours les clés. Je n'ai eu aucun problème pour faire démarrer le bateau, je possédais encore les gestes réflexes. Transporter Elaine du parking au bateau n'a pas été une mince affaire, j'étais en nage. Après, je suis allé prendre sa valise et son sac à main. Comme je te l'ai dit, j'ai oublié son manteau, parce qu'il avait glissé par terre.

— Pourquoi as-tu franchi l'écluse ? C'était un risque tout à fait inutile !

— Ce n'était pas prévu. Mais j'avais une péniche devant moi sur le fleuve, une autre derrière. Je ne pouvais pas prendre le risque de jeter un... objet assez volumineux par-dessus bord, le danger d'être vu était trop grand. J'ai donc continué en espérant pouvoir me dégager le plus rapidement possible des tenailles de ces deux bateaux. Ça n'a été possible qu'après l'écluse de Mapledurham. J'ai alors pu... mettre en œuvre ce que j'avais prévu.

— Quand tu es retourné à la voiture...

— ... J'ai trouvé le manteau et j'ai su que ce serait un problème. Mais je n'avais plus la force de retourner sur le fleuve. Sans compter que le jour se levait et que quelqu'un pouvait arriver au club. Je suis donc reparti, et en passant devant les containers, j'ai décidé de me débarrasser du manteau. Je me suis dit qu'on ne ferait jamais le lien entre Elaine et ce vêtement. Parce que c'était le manteau le plus ordinaire qui soit. Et effectivement, il a dû finir avec d'autres vêtements chez des nécessiteux sans poser le moindre problème. S'il n'y avait pas eu le passeport...

Rosanna se fit la réflexion que ce qui lui faisait le plus de mal dans cette histoire était de s'apercevoir du talent avec lequel Marc lui avait joué la comédie.

— Quand nous sommes allés dans le Northumberland, dit-elle avec amertume, que j'étais pleine d'espoir de retrouver Elaine, et heureuse aussi pour toi, parce que j'entrevoyais la possibilité de te laver de tout soupçon... Pendant tout ce temps, tu étais là, à côté de moi, sachant que nous ne la retrouverions pas. Mais tu as fait comme si...

— Je ne pouvais pas faire autrement ! Est-ce que j'aurais dû te dire qu'on pouvait s'épargner ce voyage, qu'Elaine était au fond de la Tamise et que si je le savais, c'était parce que c'était moi qui l'y avais mise ? Je ne pouvais que jouer le jeu. J'étais intrigué, un peu tendu même, mais je croyais qu'il s'agissait d'une homonymie. Quand cette histoire de passeport est arrivée sur le tapis et que tu as confirmé qu'il s'agissait bien de celui d'Elaine, j'ai reçu un sacré coup sur la tête. Comment était-ce possible ? A en croire Pamela Luke, elle l'avait trouvé chez un souteneur. Comment les papiers d'Elaine avaient-ils atterri là ? J'étais convaincu qu'ils étaient dans son sac à main, mais même en admettant que le sac s'était détaché et qu'il avait échoué sur la rive, on l'aurait trouvé. Des papiers ne passent pas des semaines ou des mois dans l'eau en en ressortant comme neufs ! Et puis quand Wiltonfield est arrivé sur le tapis, là, j'ai compris ce qui avait dû se passer. Et j'ai su que c'était foutu.

Et pourtant, il avait écouté ses théories, s'était montré plein d'attention, de compassion. S'était inquiété pour elle, à cause de son rhume, l'avait tenue bien serrée dans ses bras la nuit précédente. N'était-ce que de la simulation ? Y compris ses sentiments ? Avait-il fait semblant de l'aimer pour avoir la mainmise sur elle ? Pour l'empêcher d'aller le dénoncer à la police au cas où elle découvrirait la vérité ?

Il poursuivit :

— Le pire, c'est que toutes mes manœuvres de camouflage n'ont rien changé. Geoffrey Dawson a tellement remué les foules que la photo de sa sœur s'est quand même retrouvée dans les journaux. Quelques jours après les événements, ma voisine m'a prévenu. Une femme très gentille qui vit sous la coupe d'un affreux mari tyrannique. Elle m'a chuchoté à travers la clôture du jardin que son mari irait trouver la police parce qu'il était convaincu de m'avoir vu avec la disparue. J'ai su alors que la pierre avait commencé à rouler. Après, ce serait au personnel du restaurant. Il fallait que je passe à l'offensive. Je suis donc allé de moi-même me présenter à la police, pratiquement en même temps que mon voisin. J'ai raconté toute l'histoire, avec une autre fin, naturellement. Tu la connais.

— Tu te débrouilles plutôt bien pour inventer des histoires. Parce que je suppose que le mystérieux « copain » dont avait parlé Elaine, tu l'as inventé de toutes pièces ?

— Oui, reconnut-il. Je voulais étayer la théorie de la fuite d'Elaine. D'ailleurs, la police a très vite été convaincue de cette théorie. Et Geoffrey Dawson lui-même y a contribué. Il a tellement tyrannisé les flics qu'ils ont fini par se dire que jamais Elaine n'avait eu l'intention de retourner auprès de lui. Ils comprenaient fort bien qu'elle ait préféré disparaître pour toujours avec son amant.

— On aurait pu trouver des traces du cadavre dans ta voiture...

— Personne n'a pensé à inspecter ma voiture. J'avais d'ailleurs reconnu qu'Elaine y était montée, comme j'avais reconnu qu'elle était venue chez moi. J'étais ouvert et coopératif. La police ne m'a jamais déclaré officiellement suspect. La presse l'a fait, parce que Dawson l'avait montée contre moi et que le sensationnel fait vendre. Evidemment, l'effet sur Josh a été fatal. Que j'aie emmené cette fille chez moi confirmait ce que Jacqueline n'arrêtait pas de lui seriner. Les choses n'auraient sans doute pas été pires si j'avais dit la vérité, parce que j'ai quand même perdu mon fils, ma réputation et, en partie, ma carrière. Mais, ajouta-t-il en haussant les épaules d'un geste de regret, on ne peut pas prédire l'avenir.

9

Lorsqu'ils furent arrivés au débarcadère, Marc sauta du bateau, le tira contre la passerelle et l'amarra fermement. Puis il aida Rosanna à descendre à terre. Toute cette histoire l'avait sidérée au point qu'elle était pratiquement incapable d'agir par elle-même. Il la scruta attentivement. Elle tremblait.

— Tu n'es pas bien, constata-t-il. Et j'ai l'impression que ta fièvre revient. Ecoute, sois raisonnable, retourne donc à la voiture et attends-moi à l'intérieur pendant que je m'occupe du bateau.

Rosanna se sentait trop mal pour refuser. Elle avait envie de rester auprès de lui, de lui poser mille questions, mais ses jambes avaient du mal à la porter et son front était brûlant. Cette croisière sur la Tamise sous un vent glacial allait l'achever ! Sans compter ce qu'elle venait d'apprendre.

— D'accord, murmura-t-elle.

Il l'attira contre lui. Son étreinte était comme toujours forte, consolatrice, pleine d'amour. Et pourtant, Rosanna eut la douloureuse révélation que ses bras ne lui donnaient plus aucune chaleur.

Lentement, elle remonta le sentier. Elle se retourna une fois, mais Marc ne remarqua pas son regard, trop occupé avec le bateau.

Il ne l'a pas tuée, argumenta-t-elle en pensée. Je n'ai pas à réviser mon jugement, ce n'est pas un criminel. C'est un simple accident. Un accident que ni lui ni Elaine n'auraient pu prévoir. Ça arrive, ces choses-là.

Mais *ces choses-là*, en général, on ne les maquillait pas. Des gens se tuaient à la suite d'une mauvaise chute, parce qu'ils se trompaient de médicaments ou se noyaient dans leur piscine, mais personne ne les transportait ensuite sur un bateau pour les balancer dans un fleuve. En jouant la comédie devant le monde entier de façon magistrale.

Mais... est-ce que c'était un crime ?

Arrivée à hauteur de la voiture, Rosanna s'aperçut que sa respiration était sifflante. A cause d'une légère montée ! Elle était plus malade qu'elle ne le croyait.

La voiture n'était pas verrouillée. Elle ouvrit la portière côté passager, se laissa tomber sur le siège, renversa la tête en arrière et ferma les yeux.

Elle devait essayer de le comprendre. Si elle y parvenait, elle pourrait peut-être envisager un avenir avec lui. Sinon, si elle doutait de lui, ce serait, à peine entamée, la fin de leur relation.

S'était-il comporté de manière criminelle ?

Ce soir-là, il se trouvait dans une situation émotionnelle particulière. Il était à la veille de son divorce. La question de la garde alternée de son fils, si importante pour lui, allait être débattue sur le plan juridique. A ses propres yeux, mais aussi à ceux de Josh, et sans doute ceux du juge, il avait été un père défaillant. Il avait contre lui deux éléments à charge : son obsession pour sa carrière et son infidélité chronique. Il reconnaissait sans discuter la première, niait la seconde avec véhémence. Mais c'était précisément pour cette dernière qu'il existait désormais une preuve irréfutable : il avait emmené chez lui une jeune femme rencontrée à l'aéroport, qui, comble de malchance, s'était brisé la nuque dans son escalier. Un enchaînement fatal susceptible de faire perdre la tête à n'importe qui. Dans un état second, il avait mis la morte et tout ce qui lui appartenait dans sa voiture. Comme il l'avait dit lui-même, il avait ensuite compris que tout retour en arrière était impossible. Les enquêteurs auraient immédiatement constaté que le cadavre avait été transporté avant d'être remis en place, et l'autopsie l'aurait peut-être également démontré. A partir d'une situation que personne ne lui aurait reprochée juridiquement parlant, Marc avait créé des circonstances qui le faisaient paraître suspect. Il n'y avait que sa parole pour assurer qu'il n'avait pas poussé Elaine. Après toutes les dispositions prises pour maquiller l'histoire, quelle valeur accorder à cette parole ?

La dynamique des événements l'avait mis dans l'obligation d'appliquer une tactique dont, très rapidement, il n'avait plus été maître. Les actions commises dans la précipitation après la mort d'Elaine l'avaient poussé à ne plus pouvoir réagir qu'au coup par coup. Jusqu'à la nécessité d'aller se présenter à la police, ce qui, ironie du sort, l'avait placé exactement dans les difficultés qu'il avait cherché à éviter. Il avait perdu son fils et sa carrière était brisée.

Elle ouvrit les yeux, chercha Marc. Il restait invisible. Sans doute s'occupait-il encore du bateau.

Peut-être n'est-ce pas l'idée qu'il ait agi en criminel qui me tourmente, se dit-elle, mais la conscience d'avoir été trompée. Il m'a joué la comédie depuis le début.

Mais qu'aurait-il pu faire d'autre ? M'avouer tout cela plus tôt.

Quand la sympathie avait été supplantée par un autre sentiment et que leur liaison avait commencé. Quand il avait remarqué à quel point cette histoire lui pesait, quel prix elle accordait à sa résolution. Mais non, il avait persisté dans ses mensonges. Il n'avait avoué qu'une fois le dos au mur, quand il avait compris que les déclarations qu'elle s'apprêtait à faire à la police le désigneraient comme suspect. Il n'avait pas agi spontanément. Quelle que soit la tournure que prendraient leurs relations, ce fait précis garderait un goût amer.

Elle avait également appris pas mal de choses sur Elaine. Elle tenta de se représenter la jeune femme cette nuit-là. Elaine s'était répandue en lamentations auprès d'un parfait inconnu, et cela lui correspondait tout à fait. En revanche, le rôle dans lequel elle s'était coulée par la suite, celui de la consolatrice, de la psychothérapeute, était inattendu. Surprenant, le fait qu'elle ait entrepris la conquête, en lui prodiguant des bonnes paroles, d'un homme aussi assuré, aussi posé que Marc Reeve, capable d'élever des barrières autour de lui pour maintenir les autres à distance. La solitude, la douleur, la vulnérabilité qui émanaient de lui avaient dû être phénoménales pour qu'une fille comme Elaine ait décelé en lui un être en souffrance. Et peut-être était-ce là une autre réponse à la question de savoir pourquoi Marc avait emmené Elaine chez lui. Il avait toujours avancé l'argument de pitié. Mais peut-être avait-il craint de rentrer seul dans sa maison vide et sombre – seul avec le souvenir de Josh et la perspective du divorce. Son rendez-vous annulé à Berlin lui aurait permis d'échapper pendant deux jours à sa situation. Son geste de solidarité représentait pour lui un dérivatif – même si cette fille larmoyante et énervante était loin d'être séduisante. Ce n'était pas pour passer la nuit avec elle, mais simplement pour ne pas être seul. Malheureusement, elle avait trop parlé, et, surtout, parlé de ce qu'il ne fallait pas.

Pour rafraîchir un peu ses joues brûlantes, Rosanna sortit de la voiture et entreprit d'en faire le tour.

Elle essaya de distinguer le débarcadère à travers les buissons. De l'endroit où elle se trouvait, on voyait le club-house, silencieux et abandonné sous le soleil, ainsi qu'un certain nombre de bateaux, mais pas le *Heaven's Gate*. Il était invisible du parking.

Combien de temps fallait-il pour tout remettre en place ? Et d'ailleurs, combien de temps s'était-il écoulé ?

Un coup d'œil à sa montre lui indiqua qu'il était près de midi. Il y avait au bas mot trois bons quarts d'heure qu'elle l'attendait. Pourquoi s'attardait-il autant ? Peut-être s'y prenait-il mal et ses nerfs lui jouaient-ils des tours, en dépit de son expérience.

Malgré ses jambes flageolantes, elle entreprit d'aller le rejoindre.

Le débarcadère était à présent baigné de soleil. L'été, il devait faire bon tremper ses pieds dans l'eau, dans cet endroit si joli, si romantique… Le spectacle d'un homme transportant le cadavre d'une femme aux petites heures d'un jour brumeux et sombre de janvier ne cadrait pas avec cette vue idyllique.

Elle s'arrêta devant le *Heaven's Gate*. Marc brillait par son absence. Le bateau était vide. Il n'avait pas non plus été recouvert. Il était tel qu'il était une heure auparavant, quand elle l'avait quitté.

— Marc ?

Sa voix lui parut irréelle dans ce silence. Comme un bruit incongru. Inconvenant.

— Marc ? Tu es là ?

Elle chercha à distinguer l'intérieur de la cabine, mais il faisait sombre derrière les vitres. Elle monta à bord. Elle eut un peu de mal à soulever la trappe qui fermait l'accès à la cabine mais finit par réussir. Une odeur d'humidité lui sauta au nez. Deux banquettes se faisaient face, une table, des étagères remplies d'objets divers. Nulle trace de Marc, nulle trace de son éventuel passage.

C'est sans doute ici, sur l'une de ces banquettes, qu'il a couché le cadavre d'Elaine, pensa-t-elle soudain. Il l'a certainement caché ici. Dehors, c'était trop dangereux.

La chair de poule lui picota la peau. Elle sortit en hâte de la cabine.

Sur le ponton, elle fouilla les alentours du regard, mais il n'y avait rien, hormis les mouettes qui poussaient des cris perçants, lugubres. Alors que, jusqu'à cet instant, ces oiseaux avaient fait pour elle partie du décor, leur criaillement accentua encore l'impression de solitude qui émanait de ces arbres nus, de ce ciel bleu et froid, des volets fermés, inhospitaliers, de cette maison d'où aucune fumée ne montait vers le ciel, ni aucun son évoquant la proximité d'un être humain.

Je suis toute seule ici, se dit-elle.

Non. Marc doit être quelque part.

Et, tout à coup, elle eut peur.

— Marc ? appela-t-elle à nouveau, d'une voix maintenant hésitante et basse qui trahissait son angoisse.

Elle se précipita vers la maison de bois et secoua la porte qui menait à la salle du club, mais celle-ci était verrouillée. Marc possédait-il également une clé ? Mais que ferait-il enfermé là-dedans ?

De loin, elle scruta l'aire de stationnement. Peut-être Marc était-il près de la voiture. Mais non…

La poitrine douloureuse et la gorge en feu, elle remonta le chemin de son pas le plus rapide. En dépit du froid qui la faisait frissonner, son dos était trempé de sueur.

Marc ne se trouvait ni dans la voiture ni ailleurs.

Elle s'arrêta, essayant de reprendre son souffle. Que se passait-il ? Il n'avait pas bâché le bateau. Peut-être son énergie l'avait-elle abandonné et n'avait-il pas voulu continuer.

Mais pourquoi se cachait-il d'elle ?

Parce que c'est moi qui représente la plus grande menace, songea-t-elle.

Elle avala sa salive, brutalement étreinte par une peur si intense qu'en l'espace de quelques secondes sa bouche s'assécha et sa langue se changea en coton. Elle n'avait réfléchi qu'à sa déception, sa souffrance, sa confiance perdue, et il ne lui était pas venu à l'esprit que lui aussi, de son côté, ait pu changer. Elle avait cru qu'ils formaient un tandem, qu'ils étaient du même côté, tiraient sur la même corde. Or ce n'était pas vrai, Marc n'avait fait que jouer la comédie, et elle, Rosanna, n'avait fait que se bercer d'illusions.

Mais ils étaient également un couple d'amoureux... Là aussi, était-ce de la comédie de la part de Marc ?

Et maintenant s'ajoutait à tout cela que Marc pouvait à tout instant devenir un suspect recherché par la police. Et que Rosanna était celle qui pouvait déclencher la chasse à l'homme.

Ils n'avaient pas parlé de la suite des événements. La dernière chose qu'il l'avait entendue dire à ce sujet, c'était qu'elle allait appeler l'inspecteur Fielder pour lui communiquer ce qu'elle savait, c'est-à-dire que le passeport d'Elaine avait été retrouvé à Wiltonfield, que Jacqueline Reeve avait possédé un bateau à cet endroit et que le bateau avait franchi l'écluse de Mapledurham au matin du 11 janvier 2003.

Depuis, elle avait appris autre chose. Et elle n'avait pas dit qu'elle garderait cette chose pour elle.

Elle n'avait d'ailleurs pas encore réfléchi à la question. Le problème était de savoir dans quelle mesure Marc avait peur d'elle. Et à quels moyens il aurait recours pour éradiquer le danger qui pesait sur lui.

— Arrête tes bêtises ! s'admonesta-t-elle à voix haute tout en jetant des regards anxieux alentour.

Marc n'était pas un criminel ! La mort d'Elaine avait été un accident, auquel il avait réagi sans réfléchir, et très mal. Mais il ne l'avait pas tuée !

A ce sujet, s'avoua-t-elle, je n'ai que sa parole. Rien de plus.

Jamais elle ne saurait. Elaine avait-elle reculé et était-elle tombée dans l'escalier ? Ou Marc s'était-il rué sur elle, l'avait-il poussée, frappée ?

Marc était allé très loin dans son maquillage de l'affaire. Jusqu'où irait-il encore ? Même si la police acceptait sa version, s'il n'était condamné que pour dissimulation de faits et non pour meurtre, sa carrière ne résisterait pas à ce nouveau coup. La presse le détruirait, il ne réussirait pas à rebondir une nouvelle fois. La perspective d'une réconciliation avec Josh, qu'il espérait encore, s'éloignait de plus en plus.

C'est moi qui suis pour lui la clé de la catastrophe finale, se dit-elle.

Il connaissait son sentiment de culpabilité envers Elaine. Son sentiment de responsabilité envers son frère. Existait-il en lui le moindre espoir qu'elle se dise prête à se taire ?

Et si cet espoir lui faisait défaut, que ferait-il ? Attendrait-il qu'elle aille trouver Scotland Yard ? Ou...

Pourquoi se cache-t-il ? se demanda-t-elle. Où est-il ? Qu'est-ce qu'il manigance ?

Elle ouvrit hâtivement la portière de la voiture, farfouilla dans la boîte à gants. Evidemment, il n'y avait pas de seconde clé. Elle était là, dans ce coin isolé, et quelque part, tout près, il y avait Marc, un homme poussé dans ses retranchements. Qui estimait qu'il n'avait plus rien à perdre.

Brièvement, elle songea à s'enfermer dans la voiture et à attendre l'arrivée hypothétique du bosco ou d'un membre du club. Personne n'avait donc envie de sortir sur le fleuve par une si belle journée ? Ou de réparer son bateau, ou n'importe quoi ? Peut-être plus tard dans l'après-midi... Le samedi, les gens faisaient leurs courses avant toute chose. L'attente risquait d'être longue.

Et personne ne savait où elle était.

Si ! Marina, l'ex de Dennis, la mère de Rob. Elle lui avait dit où elle se trouvait, mais la liaison était mauvaise. Et de plus, elle avait promis de rappeler. Rob finirait par trouver bizarre qu'elle ne le fasse pas, mais il pouvait mettre du temps à réagir. S'il réagissait.

Marc avait la clé de la voiture. Il pouvait ouvrir quand il voulait.

Elle se retourna d'un mouvement brusque, croyant entendre du bruit. Mais non, elle avait dû se tromper. Les abords du club-house et du débarcadère étaient déserts. Marc pouvait très bien avoir fait le tour par les bois et surgir par l'autre côté. Il pouvait venir par n'importe quel côté. Estimait-il que sa dernière chance consistait à la tuer pour la faire taire et à espérer que la déposition de Pamela Luke ne mettrait pas la police sur sa piste ? Irait-il jusque-là ?

Elle ne le connaissait pas. Elle était tombée amoureuse de lui – de son physique, de sa gentillesse, peut-être aussi de sa mélancolie. Mais il avait menti sur des points importants. Il s'était toujours dissimulé, avait joué la comédie ; voilà pourquoi elle ne savait rien de lui, sauf qu'il était bon comédien. Elle ne savait même pas s'il n'était pas un coureur de jupons invétéré comme l'affirmait Jacqueline.

Et elle ne savait pas s'il n'était pas un assassin.

Il fallait partir de cet endroit, le plus vite possible. Il y avait déjà trop longtemps qu'elle s'attardait et il n'y avait plus aucune explication anodine à la disparition de Marc. Il pouvait s'être enfui en longeant le fleuve, mais un geste aussi stupide ne lui correspondait pas. En revanche, et c'était plus dangereux, il était peut-être tapi quelque part, attendant l'occasion d'éliminer celle qui menaçait son avenir.

Le prochain village, Wiltonfield, était à plus de cinq kilomètres. Assez loin, donc, mais elle n'avait pas le choix.

Cours, Rosanna, s'intima-t-elle, cours aussi vite que tu le peux !

Elle se cramponna à son sac en essayant de ne pas tenir compte de ses jambes flageolantes. Elle avait le front brûlant. Mais elle n'avait pas le temps d'être malade. On verrait plus tard.

Elle se mit en route.

Alentour, c'était toujours le silence. Le désert.

10

— Wiltonfield ! s'écria Rob qui avait vu le panneau le premier. Plus que six kilomètres !

— Tu es toujours décidé ? demanda Marina. Si Rosanna est partie faire un tour en bateau, nous ne la trouverons pas.

— On attendra. Je veux savoir avec qui elle est.

— Rob ! Ça ne te regarde pas !

Les yeux braqués devant lui, il ne répondit pas. Marina le connaissait désormais suffisamment pour savoir qu'il pouvait être têtu comme une mule.

A Wiltonfield, ils traversèrent lentement la rue principale. La Tamise coulait sur leur gauche, mais la vue était bouchée par les maisons et une étroite ceinture d'arbres. Ils cherchèrent à repérer un panneau indiquant un port ou un débarcadère, n'en trouvèrent pas.

— Tu vois, ça n'existe pas, dit Marina, alors qu'ils atteignaient la sortie du village. Je t'ai bien dit que je ne l'entendais pas bien. Je ne sais pas si j'ai bien compris le nom de l'endroit.

— Mais c'est la seule solution, il faut continuer à chercher ! s'entêta Rob.

— Non. Il y a une autre solution, c'est de rentrer à la maison et d'attendre l'appel de Rosanna. Tu pourras lui poser toutes les questions que tu voudras.

L'adolescent regarda sa mère, narquois :

— Et tu crois qu'elle me dira la vérité ? Qu'elle a rencontré un mec et qu'elle veut se tirer avec lui ? Elle va chercher des excuses ! C'est ce qu'elle fait depuis des jours.

Ils avaient dépassé le panneau de sortie lorsque Rob avisa une vieille dame qui promenait son chien de l'autre côté de la route.

— Arrête ! s'écria-t-il.

Il sauta de la voiture puis remonta, tout excité.

— Je crois que tu as bien compris ce qu'elle disait ! Il y a un club nautique à cinq kilomètres. Il suffit de continuer tout droit.

Marina, qui avait espéré mettre un terme à l'entreprise, leva les yeux au ciel. Cette situation et son propre rôle l'embarrassaient beaucoup. Qu'un garçon de seize ans angoissé et jaloux veuille espionner sa belle-mère était une chose, mais qu'elle-même le soutienne dans sa démarche en était une autre. Si elle se prêtait à ce jeu, c'était par peur d'une nouvelle escapade, d'une nouvelle dispute. C'était aussi une manière de reconnaître devant l'épouse de son ancien petit ami qu'elle était dépassée par le gamin auquel elle avait donné le jour en laissant à d'autres le soin de l'élever.

Wiltonfield était situé sur une hauteur. La route tournait doucement avant de s'enfoncer dans un bois touffu. Les arbres étaient si rapprochés que le soleil avait du mal à passer, ce qui plongeait l'endroit dans une ambiance sombre un peu menaçante.

— Il devrait bientôt y avoir un panneau, dit Marina.

Au même moment, Rob s'écria :

— Arrête ! La voilà ! La voilà !

Une femme marchait le long de la route dans leur direction. Ou plutôt, elle se traînait, légèrement courbée, une écharpe devant le visage.

— C'est Rosanna ! hurla Rob.

Marina stoppa la voiture à la hauteur de la femme. Rob sauta du véhicule.

— Rosanna !

La femme sursauta. Marina vit deux yeux écarquillés par-dessus l'écharpe. Des yeux emplis de frayeur.

— Rosanna, qu'est-ce qui se passe ? s'écria Rob.

Marina descendit à son tour.

— Je suis Marina, se présenta-t-elle en tendant la main. La mère de Rob. Je suis désolée de faire irruption comme ça, mais Rob voulait absolument...

— Il faut partir tout de suite, l'interrompit Rosanna d'une voix rauque.

Marina remarqua qu'elle avait l'air mal en point, fiévreuse.

Pas exactement l'état idéal pour une petite croisière en plein mois de février, se dit-elle, consternée.

— Vous n'avez pas de voiture ? demanda-t-elle avec un regard circulaire.

Rosanna, elle aussi, jeta des coups d'œil anxieux autour d'elle.

— Nous sommes venus avec la voiture de Marc. Mais...

Elle ne poursuivit pas. Comme si elle ne trouvait pas les mots.

— Qui c'est, Marc ? s'empressa de demander Rob.

— C'est le ciel qui vous envoie, déclara Rosanna au lieu de lui répondre.

Puis elle éternua.

— J'ai une sacrée grippe, ajouta-t-elle.

Marina la prit par le bras.

— Venez, je vous emmène chez moi. On parlera après.

Au moment où elle se retournait pour monter dans la voiture, Rosanna hésita.

— Marc est encore au club nautique. Enfin, c'est ce que je crois.

— Tu vas finir par me dire qui c'est, ce Marc ? pesta Rob.

Rosanna lui caressa les cheveux d'un geste absent.

— C'est trop long à expliquer, dit-elle. C'est que... Nous nous sommes perdus de vue... et j'ai pensé... Mais je m'inquiète pour lui...

Elle s'adressa alors à Marina :

— Est-ce que vous pourriez me rendre un grand service en me ramenant au club ? Je me sentirais plus en sécurité si vous pouviez m'accompagner pendant que je cherche Marc une dernière fois.

Marina ne comprenait rien, mais elle perçut son inquiétude.

Elle acquiesça :

— D'accord.

La voiture n'avait pas changé de place. Rien n'indiquait que Marc soit retourné au parking. Toujours la même impression de solitude. Il n'y avait pas âme qui vive.

J'aurais pu rester là une éternité, se dit Rosanna. Mais où peut-il bien attendre ? Et qu'attend-il ?

— Tu peux peut-être nous expliquer ce qui se passe, insista Rob depuis le siège arrière.

En même temps, Marina disait :

— C'est très isolé ici. Est-ce que c'est la voiture de votre... ami ?

— Oui. Je me demande...

Rosanna ouvrit la portière côté passager.

Ils doivent me trouver assez confuse, se dit-elle, et je le suis sans doute. Nous aurions dû partir en vitesse.

— Je vous promets de tout vous expliquer, répondit-elle hâtivement. Mais je vais d'abord descendre au bateau voir si je retrouve Marc. Si je ne suis pas revenue dans un quart d'heure, appelez la police.

Rob ouvrit de grands yeux. Marina balbutia :

— Enfin... Ce n'est pas possible !

Rosanna descendit lentement le chemin. Combien de fois l'avait-elle déjà emprunté depuis le matin ? Avec le cœur plus lourd à chaque fois... Il s'était passé tellement de choses !

Mais elle s'était fait une idée claire sur un point. Elle avait pris une décision pendant qu'elle marchait péniblement sur la route à travers bois : elle avait décidé de croire Marc. De croire qu'il s'était agi d'un accident et non d'un crime. Et elle avait compris qu'elle pourrait vivre en gardant le secret. Si la police ne découvrait pas le fin mot grâce aux déclarations de Pamela, elle n'apprendrait rien par son intermédiaire. Il n'était pas de son ressort de jouer les détectives, et elle ne dénoncerait pas l'homme qu'elle aimait. Il fallait qu'il le sache. Le plus tôt possible.

Sauf que, pour le moment, elle avait peur de cet homme qu'elle aimait. Peut-être lui prêtait-elle des intentions qu'il n'avait pas. Il avait disparu, mais cela ne signifiait pas qu'il réfléchissait au moyen de l'éliminer. N'en avait-il pas eu l'occasion pendant qu'elle l'attendait dans la voiture, sans défense ? Or, il n'en avait pas profité. Peut-être avait-il pris la fuite, en proie à la panique, comme pendant la nuit fatale.

Elle traversa le hangar à bateaux, descendit jusqu'au ponton. Le bateau, comme elle s'y attendait, était aussi vide qu'auparavant.

Elle scruta les alentours. Il pouvait s'être caché ailleurs, mais à quoi bon ?

— Marc ?

Pas de réponse, hormis le cri d'une mouette.

Elle se sentait un peu plus en sécurité depuis qu'elle savait Rob et Marina à proximité, mais cela n'empêchait pas la peur. Elle appela une dernière fois, en vain.

Lentement, elle retourna sur la berge, entra dans le hangar obscur. A nouveau, cette intense odeur de bois. Les Optimist étaient sur la droite. Elle entrevit un couloir, le longea, buta sur un mur. Personne ne se cachait là.

A la lueur du soleil qui s'infiltrait par les portes ouvertes, elle jeta un coup d'œil à sa montre. Près de dix minutes s'étaient écoulées. Il fallait faire vite, sous peine que Rob et sa mère n'alertent la police. Elle leva la tête vers les combles.

— Marc ? appela-t-elle, au pied de l'escalier qui y menait.

Il lui restait quelques minutes, assez pour monter vérifier.

Le cœur battant, elle gravit les marches. Parvenue au sommet, elle constata, à la lumière d'une petite lucarne à la vitre sale, qu'il lui serait impossible de chercher là. Les voiles mises à sécher ou à aérer aux larges poutres du plafond créaient une sorte de labyrinthe qui la découragea.

De toute façon, le temps était presque écoulé, et Marc ne pouvait pas être là-haut. Même en pleine attaque de panique, il ne serait pas venu chercher refuge dans cet endroit où il avait toutes les chances d'être découvert et où il ne pouvait séjourner longtemps. Sauf s'il n'avait pas l'intention de se cacher mais d'attendre qu'elle monte pour...

Je croyais que tu avais décidé de lui faire confiance ? songea-t-elle.

Elle eut tout à coup le sentiment inexplicable de ne pas être seule. S'agissait-il de son imagination ou de son instinct ?

Elle s'immobilisa, l'oreille aux aguets, essayant de déceler un son quelconque dans l'obscurité. Son cœur battait à se rompre, et elle entendait sa propre respiration haletante. Les poutres et les murs craquaient, mais quoi de plus normal dans une maison en bois ? Sans doute étaient-ce ces craquements qui la trompaient. Le bois était une matière qui travaillait sans relâche. Il n'y avait personne. Aucune raison de se faire des idées.

Elle se retourna pour redescendre.

Au même moment, elle l'entendit. Un son indéfinissable. Elle n'aurait su dire si c'était une respiration, des pas... Ça venait de l'escalier.

Quelqu'un montait les marches.

Quelqu'un qui se donnait du mal pour ne pas faire de bruit.

Elle recula d'un pas. Elle fut tentée de lancer : « Marc ? C'est toi ? Je suis là-haut. »

Mais son instinct lui commanda de n'en rien faire.

Qui que ce soit, pourquoi prenait-il tant de précautions ?

Puis elle s'aperçut qu'elle n'avait aucune porte de sortie. Cette constatation la frappa avec la puissance d'un coup de poing à l'estomac. Elle était prise au piège. Rob et Marina appelleraient la police. Combien de temps mettrait-elle à arriver ? Rob et sa mère se lanceraient-ils à sa recherche ?

Elle voulut crier, mais n'arriva pas à sortir un son. Elle l'entendait distinctement maintenant, c'était une certitude : quelqu'un montait l'escalier.

Les murs de voiles la protégeraient !

Du lin grossier lui griffa les joues. Une quantité d'odeurs se mêlaient dans cette pénombre : eau, bois, huile de machine, produit nettoyant, moisi. Elle s'enfonça plus loin.

L'autre – Marc ? – était arrivé au sommet. Elle l'entendit s'arrêter, chercher à s'orienter. Ses yeux devraient d'abord s'accoutumer à la pénombre. Ses propres yeux l'avaient déjà fait, ce qui lui procurait un avantage. Mais cela ne lui servirait sans doute à rien, car elle finirait par se cogner à un mur. A moins d'errer dans le labyrinthe jusqu'à se retrouver en face de l'autre.

Une lame de parquet craqua. Elle stoppa net, arrêta de respirer. A chaque mouvement, elle pouvait se trahir. Il fallait faire attention.

Elle se glissa dans un coin et trébucha sur un tas de cordages qui gisaient sur le sol. Elle réussit à se rattraper de justesse.

Les voiles autour d'elle bougèrent. Quelqu'un arrivait derrière elle.

Puis, tout se passa en même temps.

Sans plus se soucier du bruit, Rosanna se mit à courir.

Quelqu'un cria :

— Rosanna !

Elle s'arrêta net et hurla, hurla d'épouvante et de stupeur devant le spectacle qu'elle avait sous les yeux, et des bras l'enlacèrent par-derrière, des bras puissants, chauds, réconfortants. Un visage se pressa contre le sien et elle entendit la voix rauque de Rob :

— Ne regarde pas, Rosanna, ne regarde pas !

Mais elle était hypnotisée. Ses yeux ne pouvaient se détacher du corps qui se balançait doucement devant elle. Des traits de Marc Reeve déformés par l'agonie.

— Rosanna, je te tiens bien !

Elle hurlait sans pouvoir s'arrêter.

Samedi 1er mars

— Tu devrais aller voir, le pressa Pam. Ça fait presque une heure qu'elle est là-haut. Elle a peut-être besoin de toi.

— Mais elle voulait absolument rester seule, répondit Cedric, mal à l'aise.

Il appréhendait affreusement de voir sa sœur craquer.

— Il vaut peut-être mieux que ce soit toi qui y ailles… ?

— C'est toi, son frère. Moi, je ne suis rien pour elle.

Cedric consentit de mauvais gré à sortir de la voiture. Il s'arrêta devant l'immeuble où avait vécu Marc Reeve. Jacqueline Reeve avait remis la clé à Rosanna en lui disant qu'elle pouvait y prendre ce qu'elle voulait, en souvenir. Cedric et Pamela l'avaient accompagnée, mais Rosanna avait précisé qu'elle préférait rester seule dans l'appartement.

« J'ai besoin d'un moment pour moi », avait-elle dit.

Ce moment durait depuis une heure.

Cedric traversa la rue. Ses côtes le faisaient encore souffrir, mais il allait incomparablement mieux. Il se déplaçait beaucoup plus facilement et avait même supporté le voyage de Taunton à Londres. Bientôt, il serait de nouveau lui-même.

La porte de l'appartement était entrebâillée.

Il trouva sa sœur plantée au milieu du séjour. Elle semblait ne pas avoir bougé depuis son arrivée.

— Il y a déjà une heure que tu es ici. Pam m'a dit de venir voir.

— Une heure ? s'étonna-t-elle. Je n'ai pas vu le temps passer.

Il laissa son regard errer dans la pièce. Le coin-cuisine carrelé de blanc. Les meubles de bonne qualité, ni laids ni beaux, simplement neutres. Le modeste tapis.

Il s'aperçut qu'il frissonnait.

Comment peut-on vivre dans un environnement aussi glacial ? se demanda-t-il.

Le seul objet personnel était une aquarelle accrochée au mur. Un bateau au mouillage, devant le mur d'un port. Cette aquarelle, même si elle était une exception au milieu de tous ces objets utilitaires, était si sombre, si mélancolique, qu'elle n'atténuait pas le moins du monde la tristesse ambiante.

Rosanna avait suivi son regard.

— Nous vivons dans les clichés même quand nous croyons percer la vérité et la justesse des choses, dit-elle. Marc savait forger à la perfection sa propre image, et je n'ai pas remarqué à quel point sa représentation de lui-même était incomplète. Un avocat à succès. Ambitieux. Séduisant. Intelligent. Oui, il était tout cela. Mais avant tout, c'était un homme profondément dépressif. Il a déployé une énergie incroyable pour que personne ne le remarque.

— Oui, c'est bien ce que révèle cet appartement, confirma Cedric. Je n'avais jamais vu de pièce aussi...

Il chercha le mot juste.

— Impersonnelle, compléta Rosanna. Froide. Sans vie. Qu'est-ce qui se passe à l'intérieur d'un homme qui se crée un univers pareil ?

— A ton avis, c'est l'affaire Elaine qui l'a traumatisé ? Ou l'histoire avec son fils ?

— Je crois qu'il était déjà dépressif. Sa boulimie de travail en était un signe. Mais je sais si peu de choses de lui... Pratiquement rien. Rien sur son enfance, sa jeunesse, ses origines. Pendant les deux semaines que nous avons passées ensemble, sa seule préoccupation était de s'en tenir à sa version de l'histoire du mois de janvier 2003. Il se sentait acculé, obligé de réagir sans attendre à tous les éléments nouveaux que j'apportais. Et moi, je ne lâchais pas, je ne lui permettais pas de reprendre son souffle. J'étais obsédée par le besoin de prouver son innocence. Et à la fin... je ne lui ai plus laissé de porte de sortie.

Elle parlait avec une infinie tristesse, un chagrin palpable qui se mêlait à la souffrance que cette pièce symbolisait. Cedric résista à l'impulsion de prendre sa sœur dans ses bras. Il devinait qu'elle ne le souhaitait pas.

— Rosanna, c'est lui qui s'est mis dans cette situation sans issue, objecta-t-il. Il a commencé la nuit même de l'accident. Si c'était bel et bien un accident, il n'aurait pas dû le maquiller.

— Oui, c'est vrai, répondit sa sœur, les yeux tournés vers la fenêtre et le ciel gris. Mais les choses n'auraient pas dû finir comme ça. Si j'avais été de son côté... S'il avait su que j'étais de son côté... Il aurait eu de l'espoir.

— Ecoute, Rosanna, ce n'est plus la peine de spéculer. J'imagine ce que tu dois ressentir, mais... Ça ne sert à rien, sauf à te détruire. Allez, viens, sortons de cette horrible baraque. Emporte quelque chose en souvenir, et allons-nous-en.

— Que veux-tu que j'emporte ? Il n'y a rien ici qui pourrait me relier à lui, répondit-elle d'une petite voix.

Cedric eut une envie folle de la prendre par la main et de l'entraîner dehors, mais il n'eut pas le courage de la brusquer.

— Que vas-tu faire maintenant ? s'enquit-il.

— Je ne sais pas, dit-elle avec un haussement d'épaules. Je pense chercher du travail à Londres. Et un appartement.

— Tu as donc pris ta décision ? Tu ne retournes pas auprès de Dennis ?

— Non.

— Et Rob ?

Une sorte de chaleur et de douceur lissa pour quelques instants les lignes qui avaient creusé les traits de Rosanna au cours des derniers huit jours.

— Rob... Il a été pour moi une véritable bouée de sauvetage dans la tourmente... Quand j'ai découvert l'horreur... Quand j'ai retrouvé Marc... Mon Dieu, Rob a seize ans, et pourtant, il a été si fort... Si maître de lui ! Il m'a tenue dans ses bras, m'a soutenue, et je crois que, sans lui, je n'aurais pas pu surmonter ce moment. Je ne sais pas ce qui se serait passé s'il n'avait pas été là.

— Il t'aime énormément.

— Il aimerait bien vivre avec moi.

— Mais il te faudrait l'accord de Dennis.

— Peut-être se laissera-t-il convaincre. Pour lui, le plus important a toujours été le bonheur de son fils. Je pense que nous deux, Rob et moi, nous avons une chance.

Ils se turent quelques instants, pendant lesquels Cedric tenta d'assimiler que sa petite sœur était en train de bouleverser sa vie de fond en comble, avec une détermination qu'il ne pouvait qu'admirer.

— Je repars à New York dans quelques jours, dit-il enfin. Ça va, je suis à peu près rétabli. Le médecin me demande d'attendre encore, mais j'en ai assez de tourner en rond. Il faut que j'aille de l'avant, maintenant.

— Tu emmènes Pamela ?

— Elle aimerait bien. J'hésite encore. Je ne crois pas que je sois la bonne personne pour elle... Pas un type comme moi ! Il faut d'abord que je mette de l'ordre dans ma propre vie.

— Elle a peut-être simplement besoin d'un tremplin. Elle est forte, Cedric, sinon elle n'aurait pas pu s'en sortir pendant les dernières années. Je ne crois pas qu'elle devienne un poids pour toi.

— Je l'aime bien, mais je ne sais pas ce que ça va donner.

— Moi non plus, je ne sais pas quelle va être ma vie.

— La vie, c'est une chienne ! lança Cedric en se passant la main dans les cheveux pour les repousser en arrière, son geste habituel dans les moments difficiles. Je suis allé voir Geoff, reprit-il sans transition, pour lui dire au revoir.

— Et il biche parce qu'il avait raison depuis le début, non ?

Cedric éclata de rire, pour la première fois ce jour-là.

— Ce bon vieux Geoff ! C'est notre Caton le Censeur : *ceterum censeo*... que c'est Marc Reeve le coupable. Il le répète à l'envi depuis le début. Et, effectivement, il a raison depuis le début. Mais il n'a pas triomphé. Il avait seulement l'air soulagé de connaître la vérité, de pouvoir tourner la page. Pour lui, c'était la chose qui comptait.

Rosanna comprenait parfaitement. Tourner la page, c'était important. Avoir une certitude.

Il sembla deviner ce qu'elle pensait.

— C'est peut-être justement ce qui te tourmente, se risqua-t-il à avancer. Tu ne sauras jamais avec certitude si Marc t'a dit la vérité, si Elaine est tombée par accident, et non pas parce qu'il l'a agressée, c'est ça ?

Elle eut un geste de dénégation.

— Non. A Wiltonfield, j'avais déjà pris la décision de le croire, et je m'y tiens. Je le crois. Ce qui me tourmente, c'est... que je n'ai pas pu le lui faire savoir. Que je n'ai rien fait pour lui faire entrevoir une autre issue que celle qu'il a choisie. Voilà ce qui me tourmente. Et ça me tourmentera toujours.

Que répondre à cela ?

— Le suicide de Marc est un geste de panique, finit par dire Cedric. Exactement comme l'élimination du corps d'Elaine. Dans les situations critiques, il agissait par coups de tête.

— Encore une chose qu'on n'imaginait pas quand on le côtoyait au quotidien. Non, pas une seconde. Son masque était toujours parfait.

Rosanna saisit la main de son frère.

— Allez, viens, on s'en va, dit-elle. Je ne trouve rien à emporter. Cette maison n'a rien à donner, et, surtout, je ne connaissais pas Marc.

Dans la rue, ils furent accueillis par le vent froid qui soufflait entre les immeubles, malgré le printemps qui approchait à grands pas en ce 1er mars.

Le 1er mars, pensa Rosanna, l'anniversaire de Josh. Il ne va jamais pouvoir se réconcilier avec son père. Mais peut-être ne le souhaite-t-il pas.

Pamela, qui avait quitté la voiture, faisait les cent pas sur le trottoir, les bras serrés autour du torse. Elle avait le nez rouge, les lèvres bleuâtres. Mais elle semblait plus détendue, moins affolée. Dans ses yeux, on lisait les premiers signes d'une nouvelle estime de soi, d'une nouvelle force : elle s'était débarrassée pour toujours de son tortionnaire en vengeant par la même occasion le meurtre de Jane French.

— Ouh là là, il fait un froid de canard ! s'exclama-t-elle. Je grelotte !

Ils restèrent tous trois face à face, indécis.

— Et maintenant, qu'est-ce qu'on fait du reste de notre journée ? demanda Cedric.

Qu'est-ce qu'on fait du reste de notre vie ? ajouta Rosanna en pensée.

Mais personne n'avait la réponse à sa question. Encore moins Cedric, qui l'admirait pour sa prétendue détermination. Comment aurait-il compris son vide intérieur ? Comment aurait-il pu deviner que ce qu'il prenait pour de la détermination n'était que du désespoir ?

— Moi, je sais que j'aurais bien besoin d'un peu de réconfort, déclara Pamela. D'un café sympa et de quoi me réchauffer.

— Bonne idée, approuva Cedric.

Ils remontèrent la rue en silence. Ils finiraient bien par dénicher un café. Et ils trouveraient ce qu'ils feraient ensuite. Et plus tard.

Du reste de leur journée.

Du reste de leur vie.

Note de l'auteur

Le village de Wiltonfield et son club nautique, que j'ai pris la liberté de situer entre les villages, bien réels, de Binfield Heath et de Reading, sont le fruit de mon imagination. Il n'existe aucun lien entre les clubs nautiques qui bordent la Tamise et les événements décrits dans le présent ouvrage.

Composition et mise en pages : FACOMPO, LISIEUX

Impression réalisée par

BRODARD & TAUPIN

La Flèche (Sarthe)
en avril 2010

Dépôt légal : février 2010
N° d'impression : 57851
Imprimé en France